순수의 시

한국현대시사의 시적 이상에 관한 존재론적 연구

순수의 시

한국현대시사의 시적 이상에 관한 존재론적 연구

오주리
(吳周利)

국학자료원

| 책머리에 |

'순수(純粹)'. 새삼 '순수'라는 낱말의 뜻을 우리말사전에서 찾아봅니다. '순수'란, 첫째, 전혀 다른 것의 섞임이 없음이라는 뜻과 둘째, 사사로운 욕심이나 못된 생각이 없음이라는 뜻을 지니고 있습니다. 그렇습니다. 이러한 '순수'라는 낱말을 우리는 사랑합니다. '순수한 사람', '순수한 사랑', '순수한 시절'이 그립습니다.

시인이란 이 세상에서 가장 순수한 존재이리라는 인식이 우리 사회에 여전히 남아 있는 듯합니다. 그렇습니다. 시인이 진실의 언어를 고백하는 자라 믿는다면, 시인은 순수한 존재일 것입니다. 염결성(廉潔性)과 순결성(純潔性)은 시인이 시인이도록 하는 필요충분조건이라 믿는 것입니다.

시인들에게 가장 이상적인 시에 대한 희구는 문학사에서 순수시(純粹詩)에 대한 희구로 나타나기도 하였습니다. 포(Edgar Allen Poe)는 『시적 원리』(*The Poetic Principle*)에서 시를 아름다움이 음악적으로 창조된 언어로 정의하였습니다. 이어서 발레리(Paul Valéry)는 「순수시」

("Poésie Pure")에서 비시적인 것을 모두 제외한 이상적인 시를 순수시라 이름 하였습니다. 순수시에 대한 희구는 시인에게 '순수한 나란 존재는 누구인가?'에 대한 물음이 되기도 하였습니다. 그래서 순수시를 쓰는 것은 순수 자아를 찾아가는 도정이었습니다. 그러한 도정 가운데서 카시러(Ernst Cassirer)는 『언어와 신화』(*Sprache und Mythos*)에서 순수 존재(pure Being)로서의 신(神)을 만날 수밖에 없다고 하였습니다. 그렇기 때문에 브레몽(Henri Bremond) 신부는 『기도와 시』(*Prière et Poésie*)에서 순수시를 기도의 경지로 보기도 한 듯합니다. 그렇습니다. 순수시에 대한 희구는 순수 자아에 대한 희구로 그리고 순수 존재에 대한 희구로 이어지고 있었습니다.

한국현대시사에서 모더니즘 시를 한국적으로 재창조하여 완성의 경지에 이르게 한 두 시인, 김춘수(金春洙, 1922~2004)와 김구용(金丘庸, 1922~2001)은 모두 발레리의 애독자였습니다. 그들은 한국의 현대사 한가운데서 나름대로 발레리의 순수시 시론을 받아들여 자신만의 것으로 재창조하였습니다. 폭력으로 점철된 한국현대사를 시가 포용한다는 것은 순수시로만 남아 있을 수 없다는 것을 의미하기도 하였습니다. 김춘수와 김구용의 시에는 한편으로는 이상적인 시로서의 순수시에 대한 모색이 심층 텍스트에 녹아 있으면서도, 다른 한편으로는 한국현대사의 혈흔을 반영하고 있습니다.

그밖에도 김현승(金顯承, 1913~1975)은 신이라는 순수 존재를, 김수영(金洙暎, 1921~1968)은 자연이라는 순수 근원을, 박재삼(朴在森, 1933~1997)은 진정한 자아라는 순수 자아를, 그리고 최문자(崔文子, 1

943~현재)는 원죄 없는 순수 영혼을 찾아 그들의 시세계를 구축해 가지 않았나 싶습니다. 그리하여 『순수의 시: 한국현대시사의 시적 이상에 관한 존재론적 연구』를 묶어냅니다.

발레리의 고향 세트를 찾아가, 저 홀로 푸르른 지중해가 빛나는 무덤가를 거닐던 시간을 추억합니다. 태초에 하느님의 말씀으로 우주가 창조되었던 그 순간처럼, 저는 신의 모상으로 지어진 인간인 순수한 존재로 돌아갈 수 있을까요? 순수한 존재가 된다는 것은 진선미성(眞善美聖)을 아우르는 하나의 이상일 뿐일까요? 시인으로서 저의 시와 삶을 순수의 풍경으로 이 세상에 남기고 싶습니다.

이 책이 나오기까지 저를 이끌어주신 신범순 선생님, 김유중 선생님, 방민호 선생님, 이남인 선생님 그리고 출판사 관계자 여러분과 저의 학문적 동료 모든 분께 진심으로 감사의 마음을 전합니다. 모두 사랑합니다.

2023년 8월

저자 오주리

순수의 시

한국현대시사의 시적 이상에 관한 존재론적 연구

| 차 례 |

1 김현승 신앙시의 초월성 연구: 바르트의 신학적 관점으로

I. 서론

1. 문제제기 및 연구사 검토

이 논문의 목적은 칼 바르트(Karl Barth, 1886~1968)의 신학적 관점으로 다형(茶兄) 김현승(金顯昇, 1913~1975)의 시에 나타난 초월성(超越性)을 연구하는 것이다. 김현승의 시는 한국현대시사에서 그리스도교적 신앙시(信仰詩, Christian Poetry)의 정전으로 평가받아 왔다. 김현승은 평양에서 태어나 그리스도교 목사인 아버지 김창국의 영향으로 신실한 신앙인으로 성장했다. 그의 신앙시에는 아버지의 영향으로 그리스교적 세계관이 삼투되어 있다. 또한 김현승은 그리스도교계 학교인 숭실전문학교에서 수학하였고, 그의 교육자로서의 삶도 그리스도교계 학교인 숭전대학교에서 이루어졌다. 명실공히 한국근현대사에 그리스도교 신앙의 초석을 다진 가문에서 그의 시세계는 배태됐다.

김현승이 문단활동을 시작한 것은 「쓸쓸한 겨울 저녁이 올 때 당신들은」이 양주동의 추천을 받아 『동아일보』(1934)에 실리면서부터이다. 그 후, 그의 시세계는 초기에 신앙시의 전형을 보여준 제1시집 『김현승 시초』(1957), 제2시집 『옹호자의 노래』(1963)를 거쳐, 중기에 신앙에 대한 회의를 보여준 제3시집 『견고한 고독』(1968), 제4시집 『절대고독』(1970)을 펴낸 후, 후기에 다시 신앙으로의 회귀를 보여준 유고시집 『마지막 지상에서』(1977)을 마지막으로 남김으로써 완결됐다. 그밖에 그의 시론이 나타난 산문집으로는 『고독과 시』(1977)가 있다.

김현승은 자신의 시론 「나의 고독과 시」에서 "신과 신앙에 대한 변혁을 내용으로 한 관념의 세계"를 추구했다고 고백했다.[1] 또한 그의 시 「가을이 오는 시간」의 "지금은 릴케의 시와 자신에/입맞추는 시간…"[2] 이란 시구에서도 알 수 있듯이, 그의 신앙시는 문학사적으로 릴케의 영향을 받았다.

그러한 김현승에 대한 문학사적 평가는 김윤식이 「한국시에 미친 릴케의 영향」에서 내린 바 있다. 윤동주, 김춘수, 김현승 등은 한국시에서 릴케의 계보를 형성하며, 그리스도교적 세계관을 바탕으로 형이상학적 사유를 상징적 언어로 형상화했다는 공통점이 있다. 서정주는 김현승의 그리스도교 정신은 신약의 고행과 이스라엘의 영광을 계승하였으며, 시어는 구도자적이고 지성적 언어로 수립됐다고 고평했다.[3] 김현도 그를 프로테스탄티즘의 세계관을 관념어로 표현한 시인으로 고평했다.[4] 그밖에, 조태일, 유성호, 김옥성 등 그에 대한 후대의 평가도 비교

1) 김현승, 『다형 김현승 전집: 운문편·산문편』, 다형김현승시인기념사업회 편, 한림, 2012, 25면.
2) 김현승, 『김현승 시전집』, 김인섭 역해, 민음사, 2005, 50면.
3) 서정주, 「발」, 김현승, 『김현승 시전집』, 59면.

적 기존 평가의 연장선상에서 확대·심화하는 경향이 있다. 다만, 그의 사상에 접근하는 신학적 관점이 세분화되는 경향도 나타나는데, 예를 들면, 이상옥의 예정론의 관점과 김윤정의 이신론의 관점에 의한 연구 등이 있다.

이에 본고는 아퀴나스(Thomas Aquinas, 1225～1274) 이후 가장 위대한 현대 신학의 대가 중 한 명으로 평가되는 칼 바르트의 신학의 관점에서 김현승의 신앙시의 초월성을 구명해 보고자 한다. 칼 바르트의 신학적 관점을 따르고자 하는 이유는 다음과 같은 김현승 시세계의 경향성 때문이다. 김현승의 시세계는 신 대 인간, 천국 대 지옥, 무한성 대 유한성의 이항적 세계관을 바탕으로 하고 있으며, 신앙으로써 기도를 통해 초월성을 지향하거나, 불신앙으로써 고독에 잠겨 내재성을 지향하는 경우로 분류된다. 그의 시는 초기시의 초월성을 지향하는 경향으로부터 중기시는 내재성을 지향하는 경향으로 전환됐다 다시 후기시에서 초월성을 지향하는 경향으로 선회한다. 그의 초월자를 통한 구원을 향한 구도자로서의 전체적 여정 가운데서 그의 시는 방황을 거쳐 결국 초월성의 세계를 지향해 간 것으로 판단된다.

이러한 시세계의 본질을 파악하는 데는 반드시 신학적 관점이 요청된다. 그뿐만 아니라, 그의 신앙시 분류 가운데 가장 높은 비중을 차지하는 주제는 기도인데, 현대 신학의 대가 칼 바르트는 기도를 통한 초월에 대해 깊이 있는 통찰을 보여준다. 이에 이 논문은 김현승의 신앙시를 칼 바르트의 신학적 개념으로 접근해서, 그 초월성의 의미를 구명해 보고자 한다.

---

4) 김현, 「보석의 상상체계」, 다형김현승시인기념사업회 편, 『다형 김현승의 문학세계』, 25～27면.

2. 연구의 시각

칼 바르트는 스위스 바젤에서 베른 신학대 신약학자이던 프리츠 바르트(Fritz Barth)의 아들로 태어나, 베를린 대학 등에서 자유주의 신학을 배웠다. 칼 바르트의 신학에는 세계대전의 비극을 극복하기 위해 하나님의 정의를 세우려는 사상이 담겨있다. 그는 자유주의 신학을 대신하여 하나님의 말씀을 존중하는 계시신학 사상을 확립해간다. 그 결정체는 『교회교의학』(*Kirchliche Dogmatik*) 총13권으로 집대성되어, 그는 아퀴나스 이후 최고의 신정통주의 신학자로 평가되고 있다. 본고에서도 『교회교의학』을 중심으로 김현승의 신앙시를 분석하기 위한 신학적 개념과 원리를 원용했다.

우선 『교회교의학 제1권 하나님의 말씀에 관한 교의 전반부』를 살펴보면 다음과 같다. 하나님의 말씀은 첫째, 선포된 말씀, 둘째, 기록된 말씀, 셋째, 계시된 말씀의 삼중적 형태와 통일성을 띤다.[5] 첫째, 선포된 말씀은 성서에서 예언자와 사도에 의해 증언되며, 근원적으로 하나님의 계시로 말해진 것이다.[6] 하나님의 계시를 회상하는 것은 인간의 실존에 근원적으로 내재하는, 하나님의 계시되어 있음(Offenbarsein)을 현실화하는 것이다.[7] 이것은 인간에게 망각된 부분, 즉, 인간의 무시간적 본질상태에서 절대자와의 관계성을 회복하는 것이다.[8] 성서는 교회가 하나님의 계시를 회상하고, 미래의 계시를 소명하며, 선포로 요청하는 구체적 매체이다.[9] 그러나, 성서가 곧 하나님의 계시인 것이 아니라,

---

5) Karl Barth, 『교회교의학 제1권 하나님의 말씀에 관한 교의 전반부』, 박순경 옮김, 대한기독교서회, 2020, 126~165면.

6) *Ibid.*, p.126.

7) *Ibid.*, p.140.

8) *Loc. cit.*

하나님의 계시를 증언한 것이다.[10] 계시는 본래 하나님의 말씀이다.[11]

다음으로 하나님의 말씀의 본질을 살펴보고자 한다. 하나님의 말씀의 본질은 첫째, 하나님의 말씀해 오심, 둘째, 하나님의 행위, 셋째, 하나님의 신비로 규정된다. 첫째, '하나님의 말씀'(Gottes Wort)은 '하나님이 말씀해 온다'(Gott redet)를 의미한다.[12] 하나님이 말씀해 온다는 것은 첫째, 하나님의 말씀의 영성과 인격성을 의미한다.[13] 하나님은 인격신이다. 최고의 진리는 하나님의 말씀하는 인격(Dei loquentis persona)일 때 진리이다.[14] 나아가, 예수가 하나님의 말씀이라는 것은 그도 인격존재라는 것을 의미한다.[15] 하나님이 말씀해 온다는 것은 하나님의 말씀의 목적성(Abschtlichkeit)를 의미하는데, 하나님의 말씀은 인간의 실존 안에서 인간을 의도한다.[16] 창조자로서의 하나님의 말씀은 인간과의 근원적 관계를 갱신한다.[17] 행위로서의 하나님의 말씀은 말을 넘어 그 행위로부터 출발하는 주변세계를 변형한다.[18] 신비로서의 하나님의 말씀은 세상성, 일방성, 영성에 있어서의 하나님의 신비이다.[19] 요컨대, 계시는 하나님의 자아현시(Selbstenhüllung)이다.[20]

아버지와 아들과 영으로서의 하나님은 삼중이자 하나인 주권(Herrsc

9) *Ibid.*, p.154.
10) *Loc. cit.*
11) *Ibid.*, p.161.
12) *Ibid.*, pp.180~181.
13) *Ibid.*, pp.181~185.
14) *Ibid.*, p.185.
15) *Ibid.*, p.188.
16) *Ibid.*, p.192.
17) *Loc. cit.*
18) *Ibid.*, p.195.
19) *Ibid.*, pp.220~242.
20) *Ibid.*, p.409.

haft)을 지닌다는 것이 삼위일체론이다.[21] 하나님은 세 가지 고유한 존재양식에서 하나이므로, 그 상호관계에서 존립하는 바, 주는 당신(das Du)이므로 인간적 나(das Ich)에게 다가와 하나의 주체로서 결부하여 하나님으로 계시된다.[22] 이것이 삼위일체성(Dreieinigkeit)이다.[23] 삼위일체 하나님을 살펴보면 다음과 같다. 아버지 하나님은 창조자, 즉, 인간의 현존의 주로서 계시한다.[24] 「신명기」 32장 6절과 「이사야서」 64장 7절에 나타난 바와 같이 아버지 하나님은 창조자 하나님을 의미한다.[25] 성령 하나님은 구원자로서, 인간을 자유롭게 하는 주인데, 인간은 그를 받음으로써 하나님의 자녀가 되며, 아버지 하나님과 아들 하나님의 사랑의 영으로 자신 안에 있게 된다.[26]

이어서, 칼 바르트의 『교회교의학 제2권 하나님의 말씀에 관한 교의 후반부』를 살펴보면 다음과 같다. 하나님의 계시는 하나님의 말씀이 인간이 됨으로써 발생하는데, 이 인간이 하나님의 말씀이다.[27] 인간이 된 하나님은 예수이다. 말씀의 성육신인 예수가 하나님의 계시이며, 이로써 하나님은 자신의 자유를 증명한다.[28] 인간을 향한 하나님의 자유는 예수의 존재이다.[29] 한편, 피조물로 낮아짐(Kondeszendenz), 즉, 예수가 현재하는 사건으로서의 하나님의 계시는 인간을 위한 하나님의

---

21) *Ibid.*, p.432.
22) *Ibid.*, p.450.
23) *Ibid.*, p.477.
24) *Ibid.*, p.495.
25) *Ibid.*, p.502.
26) *Ibid.*, p.574.
27) Karl Barth, 『교회교의학 제2권 하나님의 말씀에 관한 교의 후반부』, 박순경 옮김, 대한기독교서회, 2019, 15면.
28) *Loc. cit.*
29) *Ibid.*, p.45.

시간이다.[30] 인간을 위해 하나님이 인간으로 왔기 때문이다. 예수를 통해 인간 안에 '하나님이 현재한다.'[31] 예수를 통해 인간존재는 거룩해질 수 있다. "말씀이 육신이 되셨다."(요한복음 1:14)라는 구절처럼 예수는 참 하나님이자 참 사람이다.[32] 한편, 성탄절의 비밀은 성령에 의한 예수의 잉태 또는 동정녀 마리아로부터의 탄생에 있다.[33] 또한, 참된 종교는 예수의 구원에 의해 의롭게 된 죄인을 구원할 때만 의미가 있으므로, 그리스도교만이 참된 종교이다.[34]

이어서, 칼 바르트의 『교회교의학 제3권 하나님에 관한 교의 제1권』을 살펴보면 다음과 같다. 신 인식은 성령을 통해 신의 말씀의 계시를 실행하며 일어나는데, 그 내용은 인간이 두려워해야 하는 신의 존재이다.[35] 신 인식은 신 앞의 인간에 의해, 그리고 인간 앞의 신에 의해 이루어진다.[36] 신 인식은 상호적이다. 신 인식에서 인간 앞의 신은 인간이 사랑할 수 있고, 인간의 사랑을 받아야 할 존재이다.[37] 신 인식의 가능성은 신 편에서는 진리인 신이 인간에게 성령을 통해 진리로 인식되는 데 있으며, 인간의 편에서는 신의 아들 안에서 진리에 참여하는 것으로 인식되는 데 있다.[38] 신 인식에서는 이처럼 진리가 본질적이다. 나아가, 신 존재는 자유 속에서 사랑하는 자이다.[39] 신은 완전하다. 신의 완

---

30) *Ibid.*, pp.53~70.
31) *Ibid.*, p.77.
32) *Ibid.*, p.171.
33) *Ibid.*, p.223.
34) *Ibid.*, pp.405~406.
35) Karl Barth, 『교회교의학 제3권 하나님에 관한 교의 제1권』, 황정욱 옮김, 대한기독교서회, 2021, 41면.
36) *Ibid.*, pp.11~40.
37) *Ibid.*, p.41.
38) *Ibid.*, p.72.
39) *Ibid.*, p.273.

전성은 첫째, 신 자체의 완전성, 둘째, 신의 사랑의 완전성, 셋째, 신의 자유의 완전성에 있다.[40] 신의 사랑의 완전성은 신의 은혜와 자비를 통해 나타난다.[41] 신의 자유의 완전성은 신의 일원성, 편재, 항존성, 전능, 영원, 그리고 영광으로 나타난다.[42]

칼 바르트의 『교회교의학 제5권 창조에 관한 교의 제1권』을 살펴보면 다음과 같다. 인간이 자신의 현존재와 존재 형식을 하나님의 창조에 힘입었음을 깨닫는 것은 창조자와 피조물의 합일인 예수에 대한 믿음에서이다.[43] 이것이 창조의 핵심이다. 창조는 삼위일체 하나님의 첫째 사역이며, 만물의 시작인 동시에 시간의 시작이다.[44] 또한, 창조는 계약의 역사의 시작이다.[45] 계약의 역사는 그리스도에서 시작되고 끝난다. 창조자 하나님의 예는 첫째, 선하신 행동으로서의 창조, 둘째, 실현으로서의 창조, 셋째, 칭의로서의 창조가 있다.[46]

칼 바르트의 『교회교의학 제6권 창조에 관한 교의 제2권』을 살펴보면 다음과 같다. 여기에서는 피조물로서의 인간이 논의된다. 인간은 하늘 아래 땅 위에서 하나님과의 관계가 하나님의 말씀에서 드러난 피조물이다.[47] 인간 예수는 하나님이 계시하는 말씀이므로 하나님이 창조한 인간존재에 대한 인식의 근원이다.[48] 예수를 통해 인간존재를 바르

40) *Loc. cit.*
41) *Ibid.*, pp.373~434.
42) *Ibid.*, pp.470~649.
43) Karl Barth, 『교회교의학 제5권 창조에 관한 교의 제1권』, 신준호 옮김, 대한기독교서회, 2015, p.13.
44) *Ibid.*, p.63.
45) *Loc. cit.*
46) *Ibid.*, pp.426~470.
47) Karl Barth, 『교회교의학 제6권 창조에 관한 교의 제2권』, 오영석 옮김, 대한기독교서회, 2017, 15면.
48) *Loc. cit.*

게 이해할 수 있다. 인간과 하나님의 관계가 말씀으로 이어질 때, 인간은 신학적 인식의 대상이 된다.[49] 인간존재는 역사로서 하나님의 피조물이 선택받아 능력을 증명하는 가운데 나타난다.[50]

인간은 신학적으로 첫째 하나님의 피조물로서의 인간, 둘째, 하나님의 계약 동지로서의 인간, 셋째 영혼과 몸으로서의 인간, 넷째, 시간 속의 존재로서의 인간으로 규정된다. 인간은 과거, 현재, 미래의 삶의 정해진 시한 속에 있다.[51] 인간은 시간 가운데서 유한하다. 인간은 그의 존재를 한정하는 창조자 하나님의 계약의 동지라는 희망으로 시간 속을 살 수 있다.[52] 인간은 유한자이지만 하나님이라는 영원과의 관계 속에 희망을 가질 수 있다. 인간의 임박한 종말의 시간은 인간이 존재와 비존재에 대해 불안하게 한다.[53] 그러나 인간은 이러한 불안을 영원자와의 관계로 극복할 수 있다.

칼 바르트의 『교회교의학 제7권 창조에 관한 교의 제3권』을 살펴보면 다음과 같다. 섭리는 피조물과 함께하는 창조주의 행위, 즉, 현실을 그의 의지에 따라 시간 안에서 보존하고 통치하는 전능을 의미한다.[54] 그러나, 하나님이 창조한 피조물의 선한 본성에 대립하는 무(無)로 타락이 발생한다.[55] 타락한 인간은 존재의 무에 고통받는다. 하나님은 예수를 통하여 무를 심판한다.[56]

---

49) *Ibid.*, p.33.
50) *Ibid.*, p.72.
51) *Ibid.*, p.506.
52) *Loc. cit.*
53) *Ibid.*, p.683.
54) Karl Barth, 『교회교의학 제7권 창조에 관한 교의 제3권』, 윤응진 옮김, 대한기독교서회, 2016, 13면.
55) *Ibid.*, p.390.
56) *Loc. cit.*

예수 안에 있는 하나님의 피조물에 대한 통치는 그것이 맨 먼저 그리고 맨 위에 있는 세계를 요구하므로 하늘나라라고 불린다.57) 하늘나라에서 하나님의 사자인 천사가 파견되는데, 그는 믿을 만한 증인으로서 지상에서 하나님의 뜻이 계시되고 이루어지는 것보다 앞서가며, 하나님과 인간을 섬기는 종으로서 하나님에게 저항하는 권세를 감시한다.58) 그러한 천사는 천상과 지상 사이를 오간다.

칼 바르트의 『교회교의학 제8권 창조에 관한 교의 제4권』을 살펴보면 다음과 같다. 하나님과의 관계 안에 놓인 인간의 행동이 기도(Das Gebet)이다. 기도는 고백과 함께 존재하며, 하나님과의 관계 안에 있는 인간의 순종에 관한 질문이다.59) 인간이 고백할 때 하나님을 수신자로 이해한다.60) 고백과 기도는 이성으로 하나님을 인식하는 데서 기원한다. 하나님은 인간이 기도하도록 그를 부른다.61) 기도할 때, 하나님이 인간을 사랑하고 가엽게 여김이 드러나고, 인간은 하나님 앞에서 자유로워진다.62) 기도는 간구이기 때문이다.63) 그러므로 기도는 존재론적이다.64)

마지막으로 칼 바르트의 『기도』에 대해 살펴보면 다음과 같다. 그는 기도를 "하나님의 선물로서의 기도"와 "인간의 행위로서의 기도"로 분류한다.65) 나아가 그는 주기도문에 담긴 신학적 의미를 새롭게 해석해

---

57) *Ibid.*, p.507.

58) *Loc. cit.*

59) Karl Barth, 『교회교의학 제8권 창조에 관한 교의 제4권』, 박영범, 황덕영 옮김, 대한기독교서회, 2016, 128면.

60) *Ibid.*, p.129.

61) *Loc. cit.*

62) *Ibid.*, pp.130~134.

63) *Ibid.*, p.144.

64) *Ibid.*, p.152.

낸다. 그는 하나님의 초월성은 예수 안에서, 그의 전능한 자비 안에서 실현된다고 주장한다.[66] 한편 초월이란 주기도 시구 중 "하나님의 나라가 임하옵시며"(「마태복음」 6:9-12)에 대한 인간의 존재론적 열망이라고 주장한다. 그러나 그는 그 시구가 밝음과 어둠의 공존, 세계사와 교회사의 혼합이 아니라고 역설한다.[67] 즉, 그것은 지상낙원이 가능하다는 교설에 대한 경계로 해석된다.

이상으로 상술한 바와 같이 칼 바르트의 신학적 관점으로 김현승 신앙시에 나타난 초월성의 의미를 구명해 보고자 한다.

II. 인간의 언어에서 신의 언어로의 초월

II부에서는 김현승 신앙시의 초월을 언어의 관점에서 살펴보고자 한다. 그 방향성은 인간의 언어에서 신의 언어로의 초월을 향하고 있다. 그러한 관점에서 살펴볼 첫 번째 시는 「가을의 기도」이다.

> 가을에는/기도하게 하소서……/낙엽들이 지는 때를 기다려 내게 주신/겸허한 모국어로 나를 채우소서//가을에는/사랑하게 하소서……//오직 한 사람을 택하게 하소서,/가장 아름다운 열매를 위하여 이 비옥한/시간을 가꾸게 하소서//가을에는/호올로 있게 하소서…/나의 영혼,/굽이치는 바다와/백합의 골짜기를 지나,/마른 나뭇가지 위에 다다른 까마귀 같이.
>
> — 김현승, 「가을의 기도」 전문. (36)[68]

65) Karl Barth, 『기도』, 오성현 옮김, 복있는사람, 2017, 5면.
66) *Ibid.*, p.77.
67) *Ibid.*, p.110.

김현승의 「가을의 기도」는 '기도로서의 시'로 그의 대표작이다. 기도는 인간이 신 앞에서 바치는 고백의 언어이다. 곧, 기도는 고백의 곁에 존재한다.[69] 그러므로, "기도하게 하소서"라는 시구는 기본적으로 하나님과의 관계 안의 인간을 보여준다. 하나님과의 관계 안에 놓인 인간의 모습이 기도이다.[70] 특히, "하소서"라는 희원의 표현은 하나님의 선물로서의 기도를 보여준다.[71] 다음으로 "오직 한 사람을 택하게 하소서"는 하나님에 대한 순종을 보여준다. 그리스도교는 유일신교이다. 그리스도교 신자로서 따라야 하는 십계명에는 하나님 이외의 신을 섬기지 말 것과 우상을 섬기지 말 것이 명시되어 있다. 이 시의 기도는 하나님과의 관계 안에서 인간의 순종[72]을 보여준다. 「가을의 기도」는 김현승의 시세계에서 서시와 같은 시이다. 신을 향한 인간의 언어, 그 출발점을 보여준다. 다음으로 「사랑을 말함」 또한 '기도로서의 시'의 특성을 보여준다.

> 그것이 비록 병들어 죽고 썩어버릴/육체의 꽃일지언정,//주여, 우리가 당신을 향하여 때로는 대결의 자세를/지울 수도 있는, 우리가 가진 최선의 작은 무기는/사랑이외다!//그밖에 무엇으로써 인간을 노래 하리이까?/[중략]//그밖에 다른 은혜로는 아무런 하욤도/당신은 우릴 위하여 아직 창조하지 않으셨나이다!//그러나 당신은 우리들의 사랑조차 가변의 저를 가리켜,/아침에 맺혔다 슬어지는 이슬을 보라 하시리이다//그러면 주여, 나는 다시 대답하여/이렇게 당신을

---

68) 이 논문에 인용된 김현승의 시는 모두 김현승, 『김현승 시전집』, 김인섭 역해, 민음사, 2005.에서 가져온 것이다. 이하, 괄호 안에 인용면수만 표기하기로 한다.

69) Karl Barth, 『교회교의학 제8권 창조에 관한 교의 제4권』, 128면.

70) *Loc. cit.*

71) Karl Barth, 『기도』, 5면.

72) Karl Barth, 『교회교의학 제8권 창조에 관한 교의 제4권』, 128면.

향해 노래 하리이까!//처음은 이슬이오, 나머지는 광야이니다./인생의 짧은 하로는………

— 김현승, 「사랑을 말함」 부분. (29)

김현승의 「사랑을 말함」은 "주여"라는 돈호법으로 기도로서의 시라는 것이 드러난다. 첫 시구 "병들어 죽고 썩어버릴/육체의 꽃"은 시간 가운데 필멸자인 인간의 유한성을 은유적으로 형상화하고 있다. 마지막 시구 "인생의 짧은 하로" 역시 "인생" 전체를 "하로(하루)"에 은유함으로써 그 시간적 유한성을 강조하고 있다. 이러한 데서 인간이라는 존재의 무에 대한 불안이 표현된다. 그러나 바르트에 따르면, 하나님은 예수를 통하여 무를 심판한다.[73] 최후의 심판의 날은 한 인간에게는 죽음의 순간이다. 그러므로 심판 후에 영생을 얻기 위해서는 예수의 가르침을 따르며 살아야 한다. 그 가르침은 사랑이다. 그리하여 이 시의 시적 주체는 인간이 가진 "최선의 작은 무기는/사랑"이라 고백한다. 다음으로 "주여, 우리가 당신을 향하여"라는 시구에서는 인간이 고백할 때 하나님을 수신자[74]로 이해함이 나타난다. 또한 "나는 다시 대답하여"라는 시구에서는 대화자로서의 하나님이 형상화된다. 바르트의 신학에 따르면 하나님은 인간이 기도하도록 그를 부른다.[75] 그 가운데서 신과 인간의 대화가 시작된다. 그 대화는 간구가 된다. 예컨대, "그밖에 다른 은혜로는 아무런 하욤도/당신은 우릴 위하여 아직 창조하지 않으셨나이다!"라는 시구에서 인간이 하나님을 향하여 탄원을 한다. 아직 은혜받지 못한 인간의 슬픔이 형상화된 것이다. 그러나 역설적으로 이러한

---

73) Karl Barth, 『교회교의학 제7권 창조에 관한 교의 제3권』, 390면.
74) Karl Barth, 『교회교의학 제8권 창조에 관한 교의 제4권』, 129면.
75) *Loc. cit.*

기도에서 하나님은 인간을 사랑하고 가엽게 여김[76]이 표현된다.

마지막으로 살펴볼 김현승의 신앙시 중 기도로서의 시는 「내 마음은 마른 나뭇가지」이다.

> 내 마음은 마른 나뭇가지,/주여,/나의 육체는 이미 저물었나이다!/사라지는 먼뎃 종소리를 듣게 하소서,/마지막 남은 빛을 공중에 흩으시고/어둠 속에 나의 귀를 눈뜨게 하소서//내 마음은 마른 나뭇가지,/주여,/빛은 죽고 밤이 되었나이다!//당신께서 내게 남기신 이 모진 두 팔의 형상을 벌려, 바람속에 그러나 바람속에 나의 간곡한 포옹을 두루 찾게 하소서.
>
> — 김현승, 「내 마음은 마른 나뭇가지」 전문. (115)

김현승의 「내 마음은 마른 나뭇가지」는 인간의 육체의 유한성을 "마른 나뭇가지"에 은유하고 있는 작품이다. 이 시에서 인상 깊은 시구는 "당신께서 내게 남기신 이 모진 두 팔의 형상"이라는 시구이다. "당신"의 "형상"이 '나'에게 남겨져 있다는 데서, 이마고 데이(Imago Dei), 즉, 신의 모상으로서의 인간이 형상화된 것으로 볼 수 있다. 이는 인간의 형상으로 온 예수와도 연관된다. 이러한 데서 신에 근거한 인간에 대한 이해라는 신학적 존재론이 성립된다. 인간 예수는 하나님이 계시하는 말씀이므로 하나님이 창조한 인간존재에 대한 인식의 근원이다.[77] 예수를 통해 인간존재를 이해할 수 있다. 이 시의 시적 주체는 자신을 "마른 나뭇가지"로 인식하므로 그 유한성에서 벗어나길 갈구한다. 예컨대, "바람 속에 나의 간곡한 포옹을 두루 찾게 하소서."라는 시구에서 시적

76) *Ibid.*, p.130.
77) Karl Barth, 『교회교의학 제6권 창조에 관한 교의 제2권』, 15면.

주체의 초월성에 대한 열망이 고백된다. 이처럼 기도는 간구인 것이다.[78] 또한 "나의 육체는 이미 저물었나이다!/[중략]/어둠속에 나의 귀를 눈뜨게 하소서"는 영성, 즉, 육체가 아닌 이성을 통해 신과 대화함을 보여준다. 고백의 기도는 이성으로 하나님을 인식[79]하는 가운데 가능하다.

이상과 같이, 「가을의 기도」, 「사랑을 말함」, 그리고 「내 마음은 마른 나뭇가지」는 하나님에 대한 고백으로서의 기도시이다. 인간이 기도를 하는 이유는 자신의 유한성에서 벗어나 하나님 앞에서 자유를 얻기 때문이다.[80] 그러한 맥락에서 기도는 존재론적이다.[81] 인간이 존재론적 초월을 간구할 때, 인간의 언어는 기도를 통해 신의 언어와 대화를 시작하기 때문이다.

다음으로 신의 언어와 관련하여 살펴보고자 하는 작품은 「옹호자의 노래」이다.

> 말할 수 있는 모든 언어가/노래할 수 있는 모든 선택된 사조가/소통할 수 있는 모든 침묵들이/고갈하는 날,/나는 노래하련다!//모든 우리의 무형한 것들이 허물어지는 날/모든 그윽한 꽃향기들이 해체되는 날/모든 신앙들이 입증의 칼날 위에 서는 날,/나는 옹호자들을 노래하련다!//[중략]//모든 전진하는 것들의 수레바퀴처럼/나와 같이 노래할 옹호자들이여,/나의 동지여, 오오, 나의 진실한 친구여!
>
> — 김현승, 「옹호자의 노래」 부분. (155)

78) Karl Barth, 『교회교의학 제8권 창조에 관한 교의 제4권』, 144면.
79) *Ibid.*, p.129.
80) *Ibid.*, p.134.
81) *Ibid.*, p.152.

김현승의 「옹호자의 노래」에서 "모든 언어"가 "고갈"된다는 것은 인간의 언어가 한계에 다다라 시어가 될 수 없는 상황에 대한 상징적 표현이다. 그때 시적 주체가 "옹호자들을 노래하련다"라고 선언하는 것은 인간의 언어를 대신하여 신의 언어로 시를 쓰겠다는 의미이다. "옹호자"가 예언자 또는 사도로 해석될 수 있다면, "옹호자"는 하나님의 계시를 통해 말씀을 선포하는 자이다.82) 그러한 계시는 하나님의 자아 현시이다.83) 김현승은 「옹호자의 노래」에서 초월자인 신을 현시하는 시를 쓰겠노라 선언한 것이다. 다음으로 "나와 같이 노래할 옹호자"라는 시구에서 "옹호자"는 나와 함께 존재하므로, 내 안의 성령 하나님으로도 해석될 수 있다. 신학의 핵심은 삼위일체성에 있다. 아버지, 아들, 그리고 성령으로서의 하나님은 셋인 동시에 하나인 주권이다.84) 이 시의 시적 주체는 "옹호자"라는 성령을 신비롭게 내 안에 맞이한다. 성령을 통해, 주는 당신으로서 인간인 나에게 다가와 하나의 주체로서 결합함으로써 하나님으로 계시된다.85) 성령은 구원자로서 또 사랑의 영으로서 인간 안에 있게 되는 것이다.86) 마지막 연에서 "나의 동지여, 오오, 나의 진실한 친구여!"라는 시구는 "옹호자"를 모든 신앙자로 확대 해석하게 한다. "옹호자"라는 은유는 예언자 또는 사도, 성령, 그리고 신앙자로 다의적 해석이 가능하다. 이러한 은유적 의미의 확장 효과로서 아가페적 사랑이 아름답게 그려진다.

다음으로 신의 언어와 관련하여 살펴보고자 하는 작품은 「가을의 시」이다.

---

82) Karl Barth, 『교회교의학 제1권 하나님의 말씀에 관한 교의 전반부』, 126면.
83) *Ibid.*, p.409.
84) *Ibid.*, p.432.
85) *Ibid.*, p.450.
86) *Ibid.*, p.574.

넓이와 높이보다/내게 깊이를 주소서,/나의 눈물에 해당하는 ……..//산비탈과/먼 집들에 불을 피우시고/가까운 길에서 나를 배회하게 하소서.//나의 공허를 위하여/오늘은 저 황금빛 열매들마저 그 자리를/떠나게 하소서./당신께서 내게 약속하신 시간이 이르렀습니다.//[중략]/많은 진리들 가운데 위대한 공허를 선택하여/나로 하여금 그 뜻을 알게 하소서.//이제 많은 사람들이 새 술을 빚어/깊은 지하실에 묻는 시간이 오면,/나는 저녁 종소리와 같이 호올로 물러가/나는 내가 사랑하는 마른풀의 향기를 마실 것입니다.

— 김현승, 「가을의 시」 부분. (52~53)

김현승의 「가을의 시」의 "길에서 나를 배회하게 하소서"라는 시구에서는 하나님이 '나'에게 "배회"하도록 하는 권능을 지닌 초월자로 형상화된다. 이러한 시구에서 행위로서의 하나님의 말씀[87]이라는 특성이 나타난다. 이어서, "나의 공허를 위하여"라는 시구에서 특히 "~를 위하여"에 주목한다면, 하나님의 말씀의 목적성이 암시된다고 해석될 수 있다. 하나님의 말씀의 목적성이란 하나님의 말씀이 인간의 실존 안에서 인간을 의도한다[88]는 것을 의미한다. 인간이 하나님의 말씀에 따라 산다면, 인간의 실존 안에서 그 말씀의 목적이 이루어졌다고 볼 수 있다.

다음으로, "당신께서 내게 약속하신 시간"이라는 시구는 바르트의 신학에 따르면, 계약의 시간이라고 할 수 있다. 그리스도교의 세계관에서 모든 시간의 시작은 창조이고. 창조는 계약의 역사의 시작이다.[89] 그 계약의 역사는 그리스도 안에서 시작되고 끝난다. 이 시에서 "약속하신 시간"은 마치 예수가 세례를 받고, 광야에서의 시험을 받던 때를

87) *Ibid.*, p.195.
88) *Ibid.*, p.192.
89) Karl Barth, 『교회교의학 제5권 창조에 관한 교의 제1권』, 63면.

연상시키는 시구로 이어진다. 예컨대, “많은 진리들 가운데 위대한 공허를 선택”이라는 시구는 예수가 광야에서 마귀로부터 세 가지 질문을 받던 때를 연상시킨다. 한편, 이어지는 “나로 하여금 그 뜻을 알게 하소서”라는 시구는 그 시험을 이겨냄으로써 하나님의 진리를 공고히 깨닫게 되는 장면을 연상시킨다. 이 시의 시적 주체가 “공허” 가운데 “진리”를 깨닫는 것은, 예수의 수난을 추체험함으로써 ‘나’ 안에 ‘신’이 임재하는 시간, 그리하여 진리를 깨닫는 시간이라 해석될 수 있다. 또한 나아가 “나로 하여금 그 뜻을 알게 하소서”라는 시구에서 생략된 주어로서 하나님을 복원해 볼 수 있다. 그런 다음 해석해 보면, 하나님의 말씀해옴으로서의 하나님의 말씀이 나타난다.90) 하나님이 말씀해 온다는 것은 그의 인격성을 의미한다.91) 하나님은 인격신이다. 진리는 하나님이 말씀하는 인격일 때의 진리이다.92) 성서의 예언자는 “공허” 가운데 수수께끼로 숨겨져 있는 “그 뜻”을 계시로 해석해내는 자이다. 성서에서 궁극의 예언자인 예수는, 하나님은 사랑이라는 “그 뜻”의 본질을 인간에게 전한다. 이러한 시구에서 계시의 참됨93)이 표현된다.

마지막으로 “나는 저녁 종소리와 같이 호올로 물러가/나는 내가 사랑하는 마른풀의 향기를 마실 것입니다”라는 시구에서는 “풀의 향기”에도 스며있는, 무소부재한 하나님의 신비로서의 하나님의 말씀94)이 연상된다. 또한 “나”를 복음을 상징하는 “종소리”에 은유한 것은 인간의 실존에 근원적으로 내재하는, 하나님의 계시되어95) 있음이 형상화

90) Karl Barth, 『교회교의학 제1권 하나님의 말씀에 관한 교의 전반부』, 180~181면.
91) *Ibid.*, p.185.
92) *Loc. cit.*
93) *Ibid.*, p.165.
94) *Ibid.*, pp.220~242.
95) *Ibid.*, p.140.

된 것으로도 볼 수 있다.

이상과 같이 신의 언어에 대한 초월적 갈망이 나타난 시로 「옹호자의 노래」와 「가을의 시」를 살펴보았다. 인간은 말씀이라는 신의 언어를 통해 인간에게 망각되었던 절대자와의 관계성을 회복한다.[96] 성서가 하나님의 계시 자체는 아니지만, 하나님의 계시를 증언하고, 인간은 성서를 통해 하나님의 계시를 회상하고, 소명으로 받아들이고, 선포한다.[97] 성서의 역할과 같이, 「옹호자의 노래」와 「가을의 시」는 인간의 언어를 넘어 신의 언어와 대화함으로써 인간이 근원으로서의 신을 지향하는 초월이 형상화된 신앙시로 규정될 수 있다.

III. 인간의 불완전성에서 신의 완전성으로의 초월

다음으로 III부에서는 김현승의 신앙시 중, 인간의 불완전성에서 신의 완전성으로의 초월을 지향한 시들을 살펴보고자 한다. 그 첫 번째 시는 「눈물」이다.

> 더러는/옥토에 떨어지는 작은 생명이고저……//흠도 티도,/금가지 않은/나의 전체는 오직 이뿐!//더욱 값진 것으로/들이라 하올제,//나의 가장 나아종 지니인 것도 오직 이뿐!//아름다운 나무의 꽃이 시듦을 보시고/열매를 맺게 하신 당신은,//나의 웃음을 만드신 후에/새로이 나의 눈물을 지어 주시다.
>
> — 김현승, 「눈물」 전문. (25)

96) *Loc. cit.*
97) *Ibid.*, p.154.

김현승의 「눈물」은 인간의 피조물로서의 유한성에 대한 비애가 형상화된 작품이다. 첫 시구 "더러는/옥토에 떨어지는 작은 생명이고저"라는 시구에서 "옥토"는 지상에 대한 은유로, "작은 생명"은 유한자로서의 인간에 대한 은유로 해석될 수 있다. 그러므로 이 시구에서 인간은 천상과 지상 사이에 존재하는 하나님의 피조물로 형상화된 것으로 볼 수 있다.

이어서, 시적 주체는 "눈물"을 가리켜 "나의 전체"는 "오직 이뿐!"이라고 하는데, 이때 "나의 전체"는 존재론적 완전성, 즉 신적 존재를 의미한다고 할 때, 인간의 몸으로 지상에 와 인간과 같이 모든 고통을 겪은 하나님으로서의 예수와 같은 존재를 지향한다고 해석될 수 있다. 특히, 죄의 은유로 해석될 수 있는 "흠", "티", "금"이 없다는 것은 인간과 똑같은 육체를 가졌으되 죄는 없는, 순결하고 무고한 존재인 예수와 같은 초월적 존재를 지향하고 있다는 해석에 힘이 실린다. 물론 인간이 곧 예수는 아니다. 그러나, 인간 예수는 하나님이 계시한 말씀이므로, 하나님이 창조한 인간존재에 대한 인식의 근원이 예수가 될 수 있다.98) 시적 주체는 피조물로서의 인간의 한계를 넘어 예수와 같은 존재를 닮아감으로써 존재의 초월을 지향한다.

다음으로 "더욱 값진 것으로/들이라 하올제,"라는 시구에서 "값진 것"은 신을 향한 인간의 희생 제물을 형상화한 것으로 볼 수 있다. 성서 가운데 궁극의 희생 제물은 십자가형에 처한 예수였다. 하나님이 인간을 사랑하여 아들을 희생 제물로 삼은 것이다. 위의 시는 김현승이 자신의 아들을 잃은 후 창작한 작품으로 알려져 있다. "값진 것"이라는 희생 제물은 그의 전기로 유추해 볼 때 그의 아들이다. 인간존재는 하나님의 피

98) Karl Barth, 『교회교의학 제6권 창조에 관한 교의 제2권』, 15면.

조물로서 선택받고 자기 사명을 증명하며 역사를 이뤄가야 한다.99) 그는 이 시에서 자신이 받아들여야 하는 희생이 고통스러우면서도 신앙시로써 자신의 사명을 다하려 한다.

이어서 "꽃이 시듦을 보시고"라는 시구에서는 인간에게 임박한 종말의 시간이 존재로 하여금 비존재가 될지 모른다는 불안100)을 야기하는 모습이 그려진다. 그러나 마지막으로 "나의 웃음을 만드신 후에/새로이 나의 눈물을 지어 주시다."라는 시구는 인간의 이해력을 뛰어넘는 신의 은총을 역설적으로 형상화한다. 인간은 시간 가운데서 유한하다. 그러나 인간은 그의 존재를 한정하는 창조자 하나님과 계약의 동지라는 희망 안에서 다시 살 수 있다.101) 인간은 유한자이지만 하나님이라는 영원과의 관계 속에 희망을 갖는 것이다. 이 시에서 극한의 슬픔에도 불구하고 관조적 태도가 나타나는 것은 시적 주체가 초월자에 대한 견고한 신앙을 지녔다는 것의 방증이다. 요컨대 이 시 「눈물」에서는 인간은 하나님의 피조물로서의 인간, 영혼과 몸으로서의 인간, 그리고 시간 속의 존재로서의 인간의 불완전성이 형상화되며 절제된 비애감이 느껴진다.

이어서 김현승의 신앙시 가운데, 인간의 불완전성에서 신의 완전성으로의 초월을 지향한 시를 살펴보고자 한다. 그 두 번째 시가 「육체」이다.

> 나의 육체와 찔레나무의 그늘을 만드신/당신은,/보이지 않으나 나에게는 아름다운 시인……//내 눈물의 밤이슬과/내 이웃들의 머금은 미소와/저 슬픈 미망인들의 눈동자를 만드신/당신은,/우리보다 먼저 오시어 시로서 지상을 윤택케 하신 이.//당신의 그 사랑과/당신

99) *Ibid.*, p.72.
100) *Ibid.*, p.683.
101) *Ibid.*, p.506.

의 그 슬픔과/그 보이지 않는 당신의 아름다운 얼굴에/나도 이제는 어렴풋이나마 육체를 입혀/어루만지듯 어루만지듯 나의 노래를 부릅니다.

— 김현승, 「육체」 전문. (110)

김현승의 신앙시 「육체」는 창조주로서의 하나님과 그 피조물로서의 인간이 형상화된 작품이다. 첫 시구 "나의 육체와 찔레나무의 그늘을 만드신/당신은"이라는 시구는 시적 주체가 인간의 육체는 하나님의 창조에 의한 것임을 깨닫는 장면을 보여준다.102) 그런데 이보다 의미 있는 것은 다음과 같은 비유이다. "보이지 않으나 나에게는 아름다운 시인"에서 "아름다운 시인"에 은유된 원관념은 "보이지 않"는 하나님인 것이다. 다시 말해, 하나님이 "시인"에 은유된 것이다. "시인"과 하나님은 창조자라는 점에서 닮음의 수사, 즉 은유가 성립된다. 이러한 맥락에서 이 시는 신 인식을 보여준다는 점에서 중요하다. 신 인식은 신 앞의 인간에 의해, 그리고 인간 앞의 신에 의해 이루어진다.103) 신 인식은 상호적이다. 신 인식은 성령을 통해 신의 말씀인 계시가 실행됨으로써 이루어진다.104) 이 시의 시적 주체가 "보이지 않으나" 신을 인식할 수 있는 것은 말씀을 매개로 성령으로 충만한 상태이기 때문이라고 할 수 있다.

나아가 "그 보이지 않는 당신의 아름다운 얼굴에/나도 이제는 어렴풋이나마 육체를 입혀/어루만지듯"이라는 시구는 감각으로 인지할 수 없는 신을 감각화한다는 데서 신 인식에서 한 단계 더 나아간다. 또한,

102) Karl Barth, 『교회교의학 제5권 창조에 관한 교의 제1권』, 13면.
103) Karl Barth, 『교회교의학 제3권 하나님에 관한 교의 제1권』, 11~40면.
104) *Ibid.*, p.11.

이 시에서는 인간 앞의 신이 인간이 사랑할 수 있는 존재, 인간의 사랑을 받아야 할 존재[105]로 형상화되고 있는 것이다. 특히, 이 시는 "이웃"과 "미망인"이라는 타자에 대한 따뜻한 시선이 그려진다는 데서, 선한 행동으로서의 창조[106] 또한 형상화된다는 점에서도 의의가 깊다.

다음으로 인간의 불완전성과 대조적으로 신의 완전성을 형상화한 김현승의 신앙시로 「독신자」를 살펴보고자 한다.

> 나는 죽어서도/무덤 밖에 있다.//누구의 품안에도 고이지 않은/나는 지금도 알뜰한 제 몸 하나 없다.//[중략]//제단은 쌓지 말자,/무한한 것들은 나에게는 자유롭고 더욱 선연한 것……//크리스머스와/새해가 오면,/나의 친구는 먼 하늘의 물머금은 별들……/이단을 향하여 기류밖에 흐릿한 보석들을 번지우고,//첫눈이 나리면/순결한 살엔 듯/나의 볼을 부비자!
>
> — 김현승, 「독신자」 부분. (96)

김현승의 「독신자」는 예수를 화자 '나'로 설정하여 부활과 승천의 신화를 형상화한 신앙시이다. 첫 시구 "나는 죽어서도/무덤 밖에 있을 것"이라는 데서 예수의 부활과 승천이 암시적으로 형상화된다. 예수는 육신의 죽음을 극복한 초월자이다. 부활하여 승천한 예수는 하늘나라로서의 예수를 의미한다. 이어서, "제단은 쌓지 말자"라는 시구에서는 희생이 모티프가 되었던 「눈물」과 반대로, 더 이상 피 흘리는 희생은 하지 말자는 밝은 목소리의 고백이 울려퍼진다. "무한한 것들은 나에게는 자유"라는 데서 "무한"과 "자유"는 예수의 신으로서의 완전성을 나타

105) *Ibid.*, p.41.
106) Karl Barth, 『교회교의학 제5권 창조에 관한 교의 제1권』, 426면.

내는 속성이다. 인간을 향한 하나님의 자유는 예수의 존재[107]를 통해 현현된다. 한편, "먼 하늘 물 머금은 별들"은 하늘나라의 이미지를 형상화한 것이다. 예수 안에 있는 하나님의 피조물에 대한 통치는 맨 위에 있는 세계를 요구하므로 하늘나라로 불린다.[108] 다음으로 "크리스마스와/새해가 오면"이라는 시구는 예수의 탄생, 즉, 「요한복음」 1장 14절에서 "말씀이 육신이 되셨다"라는 성서의 예언이 실현된 순간을 재현한다. 성탄절은 성령에 의해 동정녀 마리아가 잉태함으로써 예수가 탄생한 날이다. "독신자"라는 시어는 하나님의 외아들인 아기 예수를 의미한다. 아기 예수의 탄생은 하나님이 인간이라는 피조물로 낮아짐[109]이 실현된 것이다.

마지막으로 "첫눈이 나리면/순결한 살엔 듯"이라는 시구에서 "첫눈"은 "순결"한 예수, 즉 죄 없이 완전한 신적 존재를 형상화하는 상징적 이미지이다. 이 시 「독신자」는 김현승의 신앙시 가운데 참 하나님이자 참 사람인 예수[110]를 전경화한다는 점에서 의의가 있다. 나아가 이 시는 역사상 예수의 탄생이라는 이천여 년 전의 사건을 현재시제로 기술함으로써 하나님이 현재[111]한다는 것을 보여준다. 다시 말해, 이 시는 영원한 말씀의 성육신인 예수가 하나님의 계시로 지상에 왔다는 것을 형상화한다.

이어서 신의 완전성을 형상화한 김현승의 신앙시로 「빛」을 한 편 더 살펴보고자 한다.

---

107) Karl Barth, 『교회교의학 제2권 하나님의 말씀에 관한 교의 후반부』, 45면.
108) Karl Barth, 『교회교의학 제7권 창조에 관한 교의 제3권』, 507면.
109) Karl Barth, 『교회교의학 제2권 하나님의 말씀에 관한 교의 후반부』, 53면.
110) *Ibid.*, p.171.
111) *Ibid.*, p.77.

우리의 모든 아름다움은/너의 지붕 아래에서 산다//이름을 부르고/얼굴을 주고/창조된 것들은 모두 네가 와서 문을 열어 준다.//[중략]//너는 충만하다, 너는 그리고 어디서나 원만하다,/너의 힘이 미치는 데까지……/나의 눈과 같이 작은 하늘에서는/너의 영광은 언제나 넘치어 흐르는구나!//나의 품안에서는 다정하고 뜨겁게/거리 저편에서는 찬란하고 아름답게/더욱 멀리에서는 더욱 견고하고 총명하게,//그러나 아직은 냉각되지 않은/아직은 주검으로/굳어져 버리지 않은/너는 누구의 연소하는 생명인가!/너는 아직도 살고 있는 신에 가장 가깝다.

— 김현승, 「빛」 부분. (100~101)

김현승의 신앙시 「빛」은 "빛"의 속성을 다채롭게 형상화한 뒤, 이 "빛"을 "신"에 은유한다. 첫 시구 "모든 아름다움은/너의 지붕 아래에서 산다//이름을 부르고/얼굴을 주고/창조된 것들은 모두 네가 와서 문을 열어 준다."라는 시구에서 "빛"은 무소부재하며, 만물의 창조주인 신의 속성을 보여준다. 이처럼 모든 피조물에 광명을 비추는 "빛"의 이미지에서 아가페적 사랑의 완전성, 즉, 거룩한 은혜[112)]가 형상화된다. 다음으로 "너는 충만하다, 너는 그리고 어디서나 원만하다,/[중략]/너의 영광은 언제나 넘치어 흐르는구나!"라는 시구에서는 "빛"의 충만성과 영광이 찬미됨으로써 신의 완전성이 드러난다. 그 가운데서 넘쳐흐르는 역동적 "빛"의 이미지는 신의 자유의 완전성이 형상화된 것으로 해석될 수 있다. 신의 자유의 완전성은 신의 편재, 전능, 그리고 영광[113)] 등으로 규정된다. 이 시에서 "충만", "힘", 그리고 "영광" 등의 시어가 그것을 표현하고 있다. 이어서 "너는 누구의 연소하는 생명인가!/너는 아

112) Karl Barth, 『교회교의학 제3권 하나님에 관한 교의 제1권』, 434~474면.
113) *Ibid.*, pp.470~640.

직도 살고 있는 신에 가장 가깝다."라는 시구는 "빛"의 이미지를 통해 "생명"을 형상화하고 있다. 신이 존재의 근원이라고 할 때, 이 시구는 신의 완전성 가운데서도 신 자체의 완전성[114]을 형상화한 것으로 해석될 수 있다. 한편, "연소"라는 시어에서는 예수의 십자가 희생에 의해 부활이라는 영원한 "생명"을 얻는다는 신비 또한 연상된다.

이상으로 김현승의 신앙시에는 인간의 불완전성을 비애감이 느껴지도록 형상화한 「눈물」 또는 「육체」 같은 시가 있으나, 그의 존재론적 지향은 신의 완전성을 희열감 있게 형상화한 「독신자」 또는 「빛」의 방향으로 나아가고 있는 것으로 판단된다. 다시 말해, 그의 신앙시는 인간의 불완전성으로부터 신의 완전성을 향하여 초월성의 세계를 지향하고 있다.

IV. 인간의 지상에서 신의 천상으로의 초월

다음으로 IV부에서는 김현승의 신앙시 가운데, 인간의 지상에서 신의 천상으로의 초월을 지향한 시들을 살펴보고자 한다. 그러나 우선적으로 인간의 지상에 대한 절망이 나타난 시를 검토하고자 한다. 그 첫 번째 시가 「견고한 고독」이다.

> 껍질을 더 벗길 수도 없이/단단하게 마른/흰 얼굴//그늘에 빚지지 않고/어느 햇볕에도 기대지 않는/단 하나의 손발//모든 신들의 거대한 정의 앞엔/이 가느다란 창끝으로 거슬리고,/생각하던 사람들 굶주려 돌아오면/이 마른 떡을 하룻밤/네 삶과 같이 떼어 주며,//[중

114) *Ibid.*, p.273.

략]//쌉쓸한 자양/에 스며드는/네 생명의 마지막 남은 맛!

— 김현승, 「견고한 고독」 부분. (186)

김현승의 신앙시 「견고한 고독」은 존재의 허무를 형상화한 시다. 지금까지 평자들에 의해 신앙에 대한 회의 또는 냉담의 결과로서의 고독이라는 정서를 형상화한 시로 평가되어왔다. "껍질을 더 벗길 수도 없이/단단하게 마른/흰 얼굴"이라는 시구에서 '무'의 이미지가 형상화된다. 신학에서 존재의 근원은 신이다. 역으로 신 존재의 부정으로서의 무를 유추해낼 수 있다. 하나님이 창조한 피조물의 선한 본성에 대립하는 무로 세상은 타락한다.[115] 특히, "모든 신들의 거대한 정의 앞엔/이 가느다란 창끝으로 거슬리고"라는 시구에서 시적 주체의, 정의로운 심판자로서의 예수에 대한 회의가 형상화된다. 나아가, "네 생명의 마지막 남은 맛"이 고독이라는 것은 시적 주체가 죽음 이후의 구원을 믿지 않는다는 의미를 내포한다.

이처럼 존재의 무가 환기하는 절망의 파토스는 키르케고르(Søren Kierkegaard, 1813～1855)를 연상시킨다. 그렇지만, 김현승은 키르케고르의 사상과 자신의 사상을 확실히 구별했다. 김현승은 「나의 고독과 시」에서 키르케고르의 고독은 구원을 갈망하는 것으로 이어지지만, 자신의 고독은 구원에 대한 절망이라고 대별한다.[116] 구원으로 이어지지 않는 "고독"이므로 김현승의 고독은 "견고한 고독"으로 차별화된다. 그의 시의 이러한 사상적 변화는 초월성의 세계를 부정한다. 그는 '고독'의 시편에서 내재성의 세계, 즉, 인간의 지상에 갇힌 존재가 된다.

다음의 시 「양심의 금속성」을 통해 인간의 지상에서 신의 지위를 살

115) Karl Barth, 『교회교의학 제7권 창조에 관한 교의 제3권』, 390면.
116) 김현승, 「나의 고독과 시」, 『다형 김현승 전집』, 26면.

펴보고자 한다.

> 모든 것은 나의 안에서/물과 피로 육체를 이루어 가도,//너의 밝은 은빛은 모나고 분쇄되지 않아,//드디어는 무형하리 만큼 부드러운/나의 꿈과 사랑과 나의 비밀을,/살에 박힌 파편처럼 쉬지 않고 찌른다.//모든 것은 연소되고 취하여 등불을 향하여도,/너만은 물러나와 호올로 눈물을 맺는 달밤……//너의 차거운 금속성으로/오늘의 무기를 다져가도 좋을,//그것은 가장 동지적이고 격렬한 싸움!
>
> — 김현승, 「양심의 금속성」 전문. (112)

김현승의 신앙시 「양심의 금속성」은 "양심"이라는 형이상학적 개념을 "금속성"의 "무기"라는 이미지로 형상화한다. 김현승은 시론 「나의 고독과 시」에서 지상의 종교는 인간이 만든 것은 아닌지, 그리고 역시 그 종교의 신 또한 인간이 만든 것이 아닌지 의문을 던진다(26). 그러면서, 그는 지상의 종교에서 신은 양심의 인격화된 형태에 불과하다며 신을 부정한다. 그러므로 이 시에서 "양심"도 마음을 괴롭히는 "무기"에 불과한 것으로 전락한다. 그러나 바르트의 신학에 따르면, 진정한 종교는 의롭게 된 죄인에 대하여 말할 수 있는 그리스도교뿐이다.[117] 예수가 십자가 구속으로 인간의 죄를 사하여 주지 않는 한, 의로운 인간은 없다. 즉, 신을 매개하지 않고 인간의 양심만으로 인간이 의로울 수 없다.

다음은 신의 천상과 대비되는 인간의 지상이 형상화된 시로서 「지상의 시」를 살펴보고자 한다.

> 보다 아름다운 눈을 위하여/보다 아름다운 눈물을 위하여/나의

117) Karl Barth, 『교회교의학 제2권 하나님의 말씀에 관한 교의 후반부』, 405~406면.

> 마음은 지금, 상실의 마지막 잔이라면,/시는 거기 반쯤 담긴/가을의 향기와 같은 술……//사라지는 것들을 위하여/사라지는 것만이, 남을 만한 진리임을 위하여/[중략]//천사들에 가벼운 나래를 주신 그 은혜로/내게는 자욱이 퍼지는 언어의 무게를 주시어,/때때로 나의 슬픔을 위로하여 주시는/오오, 지상의 신이여, 지상의 시여!
>
> — 김현승, 「지상의 시」 부분. (106)

김현승의 신앙시 「지상의 시」는 지상에 임재할 초월자에 대한 간구를 보여준다. 첫 부분 "보다 아름다운 눈을 위하여/보다 아름다운 눈물을 위하여/[중략]/사라지는 것들을 위하여/사라지는 것만이, 남을 만한 진리임을 위하여"라는 시구에서는 "눈물"을 흘리므로 아름다운 인간의 "눈" 그리고 "사라짐"이라는 필멸자로서의 운명 때문에 남겨지는 "진리"가 점층법으로 강조된다. 이러한 데서 한편으로는 인간의 유한성에 대한 수긍이 다른 한편으로는 인간의 유한성을 초월하려는 열망이 내비친다. 이어서 "천사들에 가벼운 나래를 주신 그 은혜"라는 시구에서는 "천사"를 통해 초월에 대한 지향성이 표현된다. 하늘나라에서 하나님의 사자인 천사가 파견되는데,[118] 그러한 천사는 하나님과 인간 사이를 오가도록 "나래"를 지녔다. 이 시에서 "천사"의 "나래"에 상응하는 은유적 시어는 "내게는 자욱이 퍼지는 언어의 무게를 주시어,/때때로 나의 슬픔을 위로하여 주시는/오오, 지상의 신이여, 지상의 시여!"라는 시구 중 "언어"와 "시"이다. "천사"에게 "나래"가 있다면, 시인에게는 "언어"와 "시"가 있다. 시인에게는 "언어"가 신을 형상화하고 또 신에게 다가갈 수 있는 매개이므로 "천사"의 "나래"와 그 위상이 같다. 나아가, 시인에게 언어는 지상에 신이 임재하도록 돕고 또 신의 언어를

118) Karl Barth, 『교회교의학 제7권 창조에 관한 교의 제3권』, 507면.

전달하므로 "지상의 신"이자 "지상의 시"로 격상된다.

「지상의 시」에서 "지상"의 의미를 분명히 해명하기 위해 다음으로 살펴보고자 하는 시는 「마지막 지상에서」이다. 이 시는 그가 운명한 다음 나온 『마지막 지상』의 표제작이기도 하다.

> 산 까마귀/긴 울음을 남기고/지평선을 넘어갔다.//사방은 고요하다!/오늘 하루 아무 일도 일어나지 않았다./넋이여, 그 나라의 무덤은 평안한가.
>
> — 김현승, 「마지막 지상에서」 전문. (462)

김현승의 「마지막 지상에서」는 유고이니만큼 시인이 자신의 운명을 예감한 것처럼 죽음의 이미지가 짙게 드리워진 작품이다. 우선 첫 시구 "산 까마귀/긴 울음을 남기고/지평선을 넘어갔다"는 데서부터 죽음이 암시된다. "지평선"은 천상과 지상의 경계이다. 그러므로 "지평선"을 넘어갔다는 것은 차안에서 피안으로 초월했다는 의미이다. 다음으로 "사방은 고요하다!/오늘 하루 아무 일도 일어나지 않았다."라는 시구는 인간이 죽음을 맞이하기 전, 심장과 뇌의 파장이 점점 느려지다 이내 멈추어 더 이상 외부 세계의 그 무엇도 인지할 수 없게 되는 임종의 순간을 암시하는 것으로 보인다. 다시 말해, 이 시의 제목에서 "마지막"이라는 상징적 순간이 그렇게 묘사된다. 마지막으로 "넋이여, 그 나라의 무덤은 평안한가."라는 시구는 시적 주체가 하늘나라에 감으로써 구원받고 초월하길 바라던 바를 이루었음을 지상에 남아있는 사람들에게 안부 인사 형식으로 표현한다. 이로써 이 작품의 제목, "마지막 지상"이라는 상징이 내포하는 의미가 모두 드러난다. 즉, 이 "마지막 지상"이라는 시적 표현에는 인간은 천상에서 와서 지상에 머물다가 다시 천상으로 돌아가는 존재라는 그리스도교의 신학적 인식이 내포되어 있다. 성자 하나님인 예수가 천상에서 지상에 왔다 천상으로 돌아갔다. 이때, 천상은 형이상학적 공간이자 초월의 공간이다. 천상으로 돌아간다는 의미의 승천이 존재론적 초월의 궁극을 보여준다. 그것은 영원한 근원이자 진리이자 생명으로 다시 돌아간다는 의미이다.

바르트는 주기도를 모범으로 삼아, 신학적 의미를 새롭게 해석한다. 그는 하나님의 초월성은 예수의 전능한 자비 안에서 실현된다고 교설한다.[119] 초월은 주기도문의 시구 중 "하나님의 나라가 임하옵시며"(「마태복음」 6:9-12)에 대한 인간의 존재론적 열망으로 해석될 수 있다. 김현승에게 "지상"의 의미는 바르트가 주기도문 중 "하늘에서와 같이 땅에서도"를 해석한 바와 같다. "지상"은 인간이 존재하는 공간이지만, 지상에 내려왔다 다시 천상으로 돌아간 신인(神人) 예수에게서처럼 천상이라는 초월의 공간을 지향하는 공간이다. 하늘나라가 임재하길 희원하는 공간으로서의 "지상"이 김현승의 "지상"의 의미이다. 신학적으로 아버지 하나님의 뜻이 하늘에서와 같이 땅에서도 이루어짐으로써 인간은 초월에 이르는 것이다. 그러나 바르트는 "하늘에서와 같이 땅에서도"라는 그 시구가 지상낙원이 가능하다는 교설들과는 다르다고 경계한다.[120] 이 주장은 역설적으로 신의 천상이 반드시 있어야만 한다는 것을 의미한다. 한편 "마지막 지상"이라는 제목은 "마지막"이라는 시간적 표현을 통해, 초월적 세계에는 새로운 시간이 존재함을 암시한다. 그것은 또다시 영원한 천상으로 회귀한다는 대한 믿음을 가진 자만 공감할 수 있는 시간이다. 이같이, 유고 시집 『마지막 지상에서』에 이

119) Karl Barth, 『기도』, 77면.
120) *Ibid.*, p.110.

르러, 김현승은 다시 죽음 앞에서 천상에 대한 희원을 펼치며 그리스도교 신앙시의 세계를 완성한다.

요컨대, 김현승의 신앙시 가운데, 「견고한 고독」이나 「양심의 금속성」 등은 인간의 지상, 즉, 내재성의 세계를 보여준다. 그러나 김현승은 죽음을 내다보며 신앙으로 회귀한다. 그 대표작이 「마지막 지상」이며 "지상"의 의미는 주기도문 중 "하나님의 나라가 임하옵시며"(「마태복음」 6:9-12)처럼 초월적 공간으로서의 하늘나라의 임재를 희원하는 인간의 공간으로서의 "지상"이다. 이로써 초월의 진정한 의미가 김현승의 신앙시에서 완결된다.

V. 결론

이 논문의 목적은 칼 바르트의 신학적 관점으로 다형 김현승의 시에 나타난 초월성을 연구하는 것이었다. 칼 바르트는 하나님의 말씀을 존중하는 계시신학 사상을 확립해 갔다. 본고는 그 결정체인 『교회교의학』과 『기도』를 중심으로 김현승의 신앙시를 분석하기 위한 신학적 개념을 원용했다.

II부에서는 인간의 언어에서 신의 언어로의 초월에 대하여 논의됐다. 「가을의 기도」, 「사랑을 말함」, 그리고 「내 마음은 마른 나뭇가지」는 하나님에 대한 고백으로서의 기도시였다. 기도를 하는 이유는 인간의 유한성에서 벗어나 하나님 앞에서 자유를 얻기 때문이었다. 그러므로 기도는 존재론적이었다. 신의 언어에 대한 초월적 갈망이 나타난 시로 「옹호자의 노래」와 「가을의 시」에서 인간은 말씀이라는 신의 언어를 통해 인간에게 망각되었던 절대자와의 관계성을 회복했다. 이 시편들은 성서의 역할이 그러한 것과 같이, 인간의 언어를 넘어 신의 언어에 가까워지고자 하는 초월이 형상화된 신앙시로 규정될 수 있었다.

III부에서는 인간의 불완전성에서 신의 완전성으로의 초월에 대하여 논의됐다. 인간의 불완전성에 대한 시인 「눈물」과 「육체」에서는 하나님의 피조물로서의 인간, 영혼과 몸으로서의 인간, 그리고 시간 속의 존재로서의 인간의 불완전성이 형상화되며 비애감이 표현됐다. 이어서, 인간의 불완전성과 대조적으로 신의 완전성을 형상화한 김현승의 신앙시인 「독신자」와 「빛」에서는 신의 완전성이 희열감 있게 형상화되었다. 그의 신앙시는 인간의 불완전성으로부터 신의 완전성을 향하여 초월성의 세계를 지향하고 있었다.

마지막으로 IV부에서는 인간의 지상에서 신의 천상으로의 초월에 대하여 논의됐다. 김현승의 신앙시 가운데, 「견고한 고독」이나 「양심의 금속성」 등은 인간의 지상, 즉, 내재성의 세계를 보여주었다. 그러한 세계관의 관점으로 종교도 양심도 인간이 만들어낸 것에 불과했다. 그러나 그는 건강 악화로 죽음을 내다보며 신앙으로 회귀한다. 그 대표작이 「마지막 지상」이며 그 지상의 의미가 신의 천상에 대한 지향성을 내포하고 있음은 「지상의 시」에서 확인됐다. 주기도문 중 "하나님의 나라가 임하옵시며"(「마태복음」 6:9-12)가 내포하는 초월의 진정한 의미가 그의 신앙시에서 완결된 것이다.

김현승의 시에는 '신'과 '인간', 그리고 '천상'과 '지상'이 대조적으로 형상화됐다. 그렇지만 그의 기도로서의 시에는 초월적 존재인 신을 향한 인간의 존재론적 초월에 대한 갈망이 강렬하게 드러났다. 역설적으로 그는 지상에 존재하는 존재자들의 비극성을 통해 천상으로의 초월적 지향성을 형상화했다고 할 수 있다. 그 초월성은 인간의 언어에서 신의 언어로, 인간의 불완전성에서 신의 완전성으로 그리고 인간의 지상에서 신의 천상으로 향하려는 시인의 존재론적 진실이었다.

이러한 김현승의 신앙시는 한국문학사에서 전통사상, 즉, 유불선 사상에 초월적 세계로서의 내세관이 부재하는 데 반해, 그리스도교 사상으로 초월적 세계를 작품화했다는 데 의의가 있다. 나아가 그의 신앙시는 한국현대문학사에서도 정지용, 윤동주, 박두진, 구상, 김춘수 등 그리스도교적 세계관을 사상적 배경으로 하는 시인들의 종교적 시편들과 연속선상에 있다. 그러나 이 논문에서 바르트의 신학적 관점으로 드러났듯이, 김현승의 신앙시는 여느 시인들의 종교적 시편보다 본격적인 신앙시로서 신학적으로 심원한 깊이를 지닌 신앙시라는 데 의의가 있다. 마지막으로 김현승 신앙시에서 앞으로 더 구명되어야 할 부분은 시간성이라고 판단된다. 칼 바르트의 신학적 관점에서 김현승 신앙시에 나타난 시간성에 대한 연구는 차후과제로 남겨두고자 한다.

참고문헌

김옥성, 「김현승 시의 종말론적 사유와 상상」, 『한국문학이론과 비평』12. 1, 2008.

김윤식, 「한국시에 미친 릴케의 영향」, 『한국문학의 이론』, 일지사, 1974.

김윤정, 「기독교 해석학적 관점에서 본 김현승의 문학 — '이신론'적 특징에 대한 고찰 —」, 『한중인문학연구』29, 2010.

김 현, 「보석의 상상체계」, 다형김현승시인기념사업회 편, 『다형 김현승의 문학세계』, 한림, 2015.

김현승, 『김현승 시전집』, 김인섭 역해, 민음사, 2005.

______, 『다형 김현승 전집: 운문편·산문편』, 다형김현승시인기념사업회 편, 한림, 2012.

서정주, 「발」, 김현승, 『김현승 시전집』, 김인섭 역해, 민음사, 2005.

유성호, 『김현승 시의 분석적 연구』, 연세대 국문과 박사논문, 1996.

이상옥, 「김현승 시의 변모 양상 —기독교 예정론을 중심으로—」, 『한국문예비평연구』41, 2013.

조태일, 『김현승 시정신 연구: 시의 변모과정을 중심으로』, 경희대 국문과 박사논문, 1991.

Barth, Karl, 『교회교의학 제1권 하나님의 말씀에 관한 교의 전반부』, 박순경 옮김, 대한기독교서회, 2020.

__________, 『교회교의학 제2권 하나님의 말씀에 관한 교의 후반부』, 박순경 옮김, 대한기독교서회, 2019.

__________, 『교회교의학 제3권 하나님에 관한 교의 제1권』, 황정욱 옮김, 대한기독교서회, 2021.

__________, 『교회교의학 제5권 창조에 관한 교의 제1권』, 신준호 옮김, 대한기독교서회, 2015.

_________, 『교회교의학 제6권 창조에 관한 교의 제2권』, 오영석 옮김, 대한기독교서회, 2017.
_________, 『교회교의학 제7권 창조에 관한 교의 제3권』, 윤응진 옮김, 대한기독교서회, 2016.
_________, 『교회교의학 제8권 창조에 관한 교의 제4권』, 박영범, 황덕영 옮김, 대한기독교서회, 2016.
_________, 『기도』, 오성현 옮김, 복있는사람, 2017.

2 김수영 시에 나타난 자연 존재에 관한 연구:
하이데거의 존재론의 관점으로

I. 서론

1. 문제제기 및 연구사 검토

이 논문 「김수영 시에 나타난 자연존재(φύσις, physis)에 관한 연구: 하이데거의 존재론의 관점으로」는 한국현대시사에서 혁명의 시학으로 양심적 지식인으로서의 시인의 전형을 보여준 김수영(金洙暎, 1921∼1968) 시에 나타난 자연존재의 상징 가운데 '풀'을 정점으로 하여, 그의 문학세계의 특징과 의의를 밝히는 것을 목적으로 한다. 자생적으로 솟아오르는 존재자인 자연존재로서의 '풀'은 김수영의 시에서 스스로 진리를 정립하는 한편, 실존에 대한 사유를 확장하여 그 실존이 발딛고 선 역사, 대지, 그리고 민족에 대한 사유에 이르게 한다.

김수영은 1921년 서울에서 태어나, 1945년 『예술부락』에 「묘정의 노래」를 발표하며 등단한 이래, 시집 『달나라의 장난』(춘조사, 1959)

을 상재하였다. 그러나 그는 1968년 교통사고라는 비운(悲運)으로 운명(殞命)하였다. 그 후, 1974년 문인들에 의해 유고시집 『거대한 뿌리』가 출간되었다. 한국현대문학사에서 김수영은 하나의 신화(神話)로 불린다.[1] 그가 신화로 불리는 이유는 양심적 지식인으로서 사회 참여(engagement)를 하면서 써낸 4.19혁명과 관련된 시편들의 위대성 때문이다. 그러나 그것이 김수영의 전모는 아니다.

2013년 서울 도봉구에 건립된 김수영문학관(金洙暎文學館)에는 일본어판 하이데거(Martin Heidegger, 1889～1976) 전집이 유품으로 전시되어있고, 그의 대표적인 시론인 「반시론(反詩論)」에도 릴케(Rainer Maria Rilke, 1875～1926)와의 관련성 하에 하이데거가 심도 있게 거론된 바와 같이, 김수영은 하이데거의 저서를 탐독하는 가운데 존재론적 사유에 천착해온 것으로 알려져 있다.[2] 이러한 근거에 따라 김수영 문학에 관한 연구 가운데 하이데거의 영향을 중심으로 이루어진 연구들이 김유중의 『김수영과 하이데거』(민음사, 2009)를 비롯하여 상당히 축적되어 있다. 예컨대, 김수영과 하이데거의 존재론, 예술론, 언어론과의 연관성에 관한 연구들이 축적되어 있다.[3] 그러나, 김수영의 시에

---

1) 김윤식, 「김수영 변증법의 표정」, 황동규 편, 『김수영 전집 별권 김수영의 문학』, 민음사, 1997, 295면.

2) 한국현대시사에서 하이데거의 영향을 받은 것으로 확인되는 주요한 시인으로는 김수영 이외에도 김춘수(金春洙), 고석규(高錫珪) 등이 있다. 이들은 시사에서 존재론적 시론이 형성되는 데 공통으로 기여한 것으로 평가된다. 그렇지만 이들은 각각 독자성을 지니기도 한다. 이에 대한 자세한 논의는 오주리의 『김춘수 형이상시의 존재와 진리 연구』(국학자료원, 2020)와 「고석규 비평의 존재론에 대한 연구: 하이데거의 존재론의 영향을 중심으로」(『존재의 시: 한국현대시사의 존재론적 연구』, 국학자료원, 2021)를 참조할 수 있다.

3) 문혜원, 「김수영 시에 대한 실존론적인 고찰」, 『우리말글』 제23권, 2001; 서준섭, 「김수영의 후기 작품에 나타난 '사유의 전환'과 그 의미」, 『한국현대문학연구』 제23호, 2007; 최동호, 「시와 시론의 문화적·사회적 가치—1960년대 김수영과 김춘

서 간과될 수 없는, 하이데거의 자연존재(φύσις, physis) 개념을 관점으로 한 연구는 아직 되어 있지 않다. 다만, 하이데거의 자연존재에 대한 연구[4]는 유의미한 축적과 성과를 이뤄왔다. 이에 본고는 김수영의 대표작 「풀」을 그의 시세계의 정점으로 보면서, 그가 '풀'이라는 상징에 이르기까지 그의 시에서 다뤄진 자연존재의 특성과 그 의의에 관한 연구를 시도하고자 한다.

수 시론의 상호관계」, 『한국시학연구』 제22호, 2008; 조강석, 『비화해적 가상으로서의 김수영과 김춘수의 시학 연구』, 연세대학교 국어국문학과 대학원 박사학위논문, 2008; 박균석, 「김수영의 전기시에 드러난 '자유'의 지향과 그 한계」, 『동남어문논집』 제36호, 2013; 최금진, 「김수영 초기시에 나타나는 '몸'의 하이데거적 의미」, 『비평문학』 제49호, 2013; 임동확, 「궁색한 시대, 김수영과 하이데거 －「모리배」 전후를 중심으로」, 『국제어문』 제63권, 2014; 홍순희, 『김수영 시에 나타난 하이데거의 '시적 진리'에 관한 연구』, 서울대학교 대학원 박사학위논문, 2015; 류성훈, 『김수영 시의 자유 지향성 연구』, 명지대학교 대학원 박사학위논문, 2016; 김태선, 「부정(否定)에서 부정(不定)으로－김수영 '반시론의 반어'에 관한 연구」, 『어문논집』 제83호, 2018; 방민호, 「전후의 이어령 비평과 하이데거적 실존주의」, 『이화어문논집』 제44권, 2018; 오주리, 「포스트－트루스 시대, 김수영의 반시론의 의의」, 『문학과 종교』 제23권 제3호, 2018; 최호영, 「김수영의 '언어' 인식에 관한 존재론적 고찰」, 『어문학』 제41호, 2018; 김예리, 「김수영의 시간과 시의 비/존재론」, 『한국시학회』 제63호, 2020.

4) 이선일, 『하이데거의 기술의 문제』, 서울대학교 철학과 대학원 박사학위논문, 1994; 이선일, 「하이데거와 자연의 문제 1」, 『하이데거의 철학세계』, 한국하이데거학회 편, 철학과현실사, 1997; 김종욱, 「하이데거와 불교의 자연관 비교」, 『한국불교학』 제33호, 2003; 이승종, 「자연주의, 하이데거, 비트겐슈타인」, 『철학적 분석』 제8호, 2003; 문동규, 「하이데거의 존재사유와 환경윤리의 존재론적 근거」, 『범한철학』제34권 제1호, 2004; 신상희, 「하이데거의 사방세계와 신」, 『철학』 제84권, 2005; 이병철, 『하이데거의 존재 사유와 기술에 대한 물음』, 고려대학교 철학과 대학원 박사학위논문, 2007; 박찬국, 「니체와 하이데거 사상의 비교고찰－자연관을 중심으로－」, 『현대유럽철학연구』 제25호, 2011; 서영화, 『하이데거의 존재론적 차이와 무의 관계에 대한 연구』, 서울대학교 철학과 대학원 박사학위논문, 2013; 설민, 「하이데거 철학에서 자연의 즉자성과 세계개방성의 긴장관계」, 『현상학과 현대철학』제59호, 2013.

2. 연구의 시각

이 연구를 위해 하이데거의 자연존재(φύσις, physis) 개념을 살펴보면 다음과 같다. 우선, 서양 철학사에서 아리스토텔레스(Aristoteles, B.C.384~B.C.322)는 『형이상학』에서 자연이란 신과 인간의 활동에 의존하지 않고 자기 안에 생성·소멸하는 원리를 지니는 것을 가리킨다고 하였다(1015a14).[5] 그는 『자연학』에서 자연학을 자연, 즉 '자기로-부터 존재하는 것(das von-sich-her Seiende)'에 대한 학문으로 규정하였다.[6] 다시 말해, 그는 자연학을 자연적 존재자(τά φύσει ὄντα)를 존재론적 관점으로 접근하는 학문으로 규정하였다(『근거율』 156). 그 이후, 자기 안에 생성과 소멸의 원리를 지니는 존재로서의 자연 개념은 서양 철학사에서 자연에 관한 개념의 근간을 이루게 되었다.

하이데거에게 자연존재는 퓌지스(φύσις, Physis)로 명명된다. 그는 『형이상학의 근본개념들』에서 퓌지스의 첫 번째 의미를 "전개됨 속에서 전개되고 있는 것"으로 규정하고, 퓌지스의 두 번째 의미를 "사태의 본질과 내적인 법칙으로서의 전개됨"[7]으로 규정한다. 첫 번째 의미의 퓌지스는 자생적으로 피어오르는 존재자이다.[8] 즉, 퓌지스는 '자신-으로-부터-개현함(von-sich-her-Aufgehen)'이다.[9] 특히, 퓌지스

---

5) 유아사 신이치 외, 『현상학 사전』, 이신철 옮김, 기다겐 외 편, 도서출판 b, 2011, 312면. 재인용.

6) Martin Heidegger, 『근거율』, 김재철 옮김, 파라아카데미, 2020, 159면.

7) 하이데거는 형이상학의 근본개념들을 해명하기 위해 형이상학이라는 단어를 어원상으로 메타와 퓌지스로 나누어 논증하는 과정에서 퓌지스의 개념을 앞서 정립한다. 이러한 과정에서 유기체, 동물 등의 개념들도 비교항으로서 논증된다.(Martin Heidegger, 『형이상학의 근본개념들』, 이기상 옮김, 까치, 2001.)

8) Martin Heidegger, 「예술작품의 근원」, 『숲길』, 신상희 옮김, 나남, 2010, 84면.

9) Martin Heidegger, 『근거율』, 265면.

는 "자발적으로(von sich aus)"[10] 피어오르는 존재라는 데 의의가 있다. 하이데거에게 자연의 아름다움 또한 존재자의 속성이 아니라, 존재의 최고방식, 즉, 순수한 자신—으로부터—개현함(aus—sich—Aufgehen)이다.[11] 예컨대, '장미—존재(Rose—sein)'가 그러하다(Heidegger, 『근거율』 146). 장미의 아름다움은 순수하게 자신으로부터 피어로은 존재의 최고방식인 것이다. 그러한 자연존재는 시로 지어지는 한에서 세계로부터 현상하여 자신의 본질로 존재한다.[12]

퓌지스가 중요한 개념인 이유는 그것이 존재의 근거가 된다는 데 있다. 그것이 바로 퓌지스의 두 번째 의미, 즉, 사태의 본질과 내적 법칙으로서의 의미이다. 하이데거는 "이유 없이는 아무것도 있지 않다(Nihil est sine ratione)"는 원칙인 근거율(Satz vom Grund)을 사유하면서(『근거율』 13), 라이프니츠(Gottefried Wilhelm Leibniz, 1646~1716)가 "어떤 것이 없지 않고 존재하는 근거는 자연 안에 있다(Gehr VII 289)"(『근거율』 73)라고 한 말 가운데서 "자연"이 단순히 존재자의 영역을 의미하는 것이 아니라, 본성을 의미했다는 점을 전유한다. 이러한 경우가 바로 사태의 본질과 내적 법칙으로서의 퓌지스로 해석될 수 있는 경우이다.

나아가, 하이데거에게 퓌지스는 하늘과 바다, 동물과 식물, 그리고 신과 우주까지도 포괄하는 자연존재이다.[13] 이러한 퓌지스 개념은 하이데거의 사방세계(四方世界, Weltgevierte)[14] 개념과 연관된다. 사방세계

---

10) Martin Heidegger, *Hölderlins Hymne "Der Ister", Gesamtsausgabe Bd. 53,* Frankfurt a.Martin 1984, 140. (전동진, 「하이데거와 노장사상」, 한국하이데거학회 편, 『하이데거 철학과 동양사상』, 철학과현실사, 2001, 144면. 재인용.)

11) Martin Heidegger, 『근거율』, 146면.

12) Martin Heidegger, 『횔덜린 송가—회상』, 신상희 옮김, 나남, 2009, 65면.

13) Martin Heidegger, 『논리학: 진리란 무엇인가?』, 이기상 옮김, 까치글방, 1977, 9면.

14) Martin Heidegger, 「언어의 본질」, 『언어로의 도상에서』, 신상희 옮김, 나남, 2012, 297~298면.

는 하이데거의 릴케에 관한 시인론[15)]에서 세계내면공간(世界內面空間, Weltinnenraum)을 창조할 여지를 열어준다. 이러한 점에서 사방세계는 자연존재에 대한 시적 사유와 친연성이 깊다. 사방세계의 구도 안에서, 자연의 역사에 대한 관계는 존재의 생성에 대한 관계에 상응하고, 자연의 예술에 대한 관계는 존재의 현성에 대한 관계에 상응한다.[16)] 다시 말해, 자연 위에 역사가 펼쳐짐에 따라, 존재는 그 안에서 생성되고, 자연이 예술로 형상화됨에 따라, 그 안에서 존재는 현성된다. 그러한 퓌지스는 세계－내－존재(世界內存在, In－der－Welt－sein)와 하나로 어우러지는 조화를 이루면서 존재사(存在史, Seinsgeschichte)[17)]를 형성한다. 그러나 퓌지스 그 자체가 세계－내－존재인 것은 아니다. 하이데거에게 자연은 세계내부적으로 눈앞에 존재하면서도 아직 발견되지는 않은 존재자 또는 세계내부성을 가질 가능성을 지닌 존재자로 규정된다.[18)]

그러한 맥락에서 자연존재는 도구와 다르다. 하이데거에게 자연 그 자체는 손－안에－있음(Zuhandenheit)을 부정하지만, 현상적으로 손－

15) 리처드슨(W. J. Richerdson)은 하이데거 철학의 전기와 후기 사이에 전회(Kehre)가 있었다고 본다.(W. J. Richerdson, *Heidegger: Through Phenomenology to Thought*, Martinus Nijhoff/ The Hague, 1963.) 특히, 데리다(J. Derrida, 1930～2004)는 하이데거의 『존재와 시간』 이후의 후기 철학, 다시 말해, 횔덜린론 등의 시인론과 예술론이 포함된 1930년대 후기 철학을 하이데거의 정치적 삶과 연관 지어 비판한다.(J. Derrida, "The Ends of Man,"*Margins of Philosophy,* translated with additional notes by A. Bass, Chicago: The University of Chicago Press, 1982, pp.117～136.) 그의 정치적 삶에 대한 비판은 타당하다. 그렇지만, 그의 시인론과 예술론은 하나의 미학적 관점으로 성립될 만한 가치를 충분히 지닌다. 또한 하이데거의 전후기 철학 사이의 연속성을 논증하는 연구도 나오고 있다.(서동은, 「하이데거 전후기 진리이해의 연속성과 차이」, 『범한철학』 제89집, 2018. 참조.)

16) J.－F. Mattéi, *Heidegger et Hölderlin: Le Quadriparti,* Paris: PUF, 2001, p.198.

17) Martin Heidegger, *The Principle of Reason*, trans. Reginald Lilly, Indiana: Indiana University Press, 1991, p.62.

18) Martin Heidegger, 『존재와 시간』, 이기상 옮김, 까치, 2001, 65면.

안에—있음을 지니기도 한다(유아사, 313). 손—안에—있음은 눈—앞에—있음(Vorhandenheit)과 구별된다.[19] 손—안에—있음이란 "무엇을 하기 위한 어떤 것"으로서의 도구(道具)의 존재양식이다.[20] 그러니까 자연은 근본적으로 도구, 즉, 손안에 있는 존재자(Zuhandenes)로서의 가용존재자가 아니라, 그 자체로 스스로 존재한다. 물론, 환경적 자연(Umweltnatur)은 현존재에게 도구 즉 가용존재자가 되기도 한다.[21] 자연을 가용존재자로 바라보는 대표적인 것이 현대의 물질문명을 건설한 과학이다. 그러나 하이데거는 과학이 자연을 오히려 비자연화한다고 비판한다.[22] 과학에 대한 그의 비판적 태도에서도 나타나는 바와 같이, 그는 자연을 도구로만 보지 않는다. 그는 현존재와 근원적 자연과의 조화를 지향한다. 자연은 현존재의 '위함'으로써만 존재하지 않으며, 현존재를 떠받치는 현상으로서 전언어적(前言語的)으로 이해된다.[23] 여기서 가장 중요한 것은 자연은 현존재를 떠받치는 현상이라는 것이다. 그러한 의미에서 퓌지스는 인간의 거주지로서의 대지(大地, Erde)로 현성된다.[24] 나아가 대지는 인간에게 근원적 고향(Urheimat)이기도 하다. 그리고, 인간은 대지에 시적으로 거주한다.[25] 그것의 의미는 인간이 대지를 고향 삼아 거주하면서 자연을 보호하고 개간하여 문화를 창조함으로써 역사와 시적으로 대화하며 존재한다는 것이다. 인간의 역사적 현존재는 근본적 사건으로서의 시 짓기로 자연과 본질적으로 관계한

---

19) 이선일, 「하이데거와 자연의 문제 1」, 110면.

20) Martin Heidegger, 『존재와 시간』, 100~102면.

21) 이선일, 「하이데거와 자연의 문제 1」, 111면.

22) Martin Heidegger, 『횔덜린의 송가—게르마니엔과 라인강』, 최상욱 옮김, 서광사, 2009, 116면.

23) 유아사 신이치, 『현상학 사전』, 313면.

24) Martin Heidegger, 「예술작품의 근원」, 55~56면.

25) Martin Heidegger, 『횔덜린 송가—회상』, 65~66면.

다.[26] 그러한 맥락에서, 인간이 시적으로 거주하는 근원적 고향이자 대지로서의 퓌지스의 가치는 자연세계(Naturwelt)(Heidegger, 『존재와 시간』 158)의 그것 이상이다.

II. '꽃'이란 자연존재의 상징 : 실존적 존재의 의미

김수영은 실존적 존재의 의미를 묻고 답하는 사유의 과정을 여러 시편들을 통해 보여준다. 예컨대, 대표적으로 「공자의 생활난」, 「달나라의 장난」 등이 그러하다. 그런데, 이러한 시편들에서도 '꽃' 또는 '달'과 같은 자연존재의 상징이 형이상학적 사유를 형상화하기 위해 나타난다. 그 이유는 인간의 실존과 자연존재 사이에서 김수영은 모종의 공통점을 발견하기 때문인 것으로 보인다. 특히 「꽃」과 「꽃잎」 연작에서는 자신의 존재에 대해 가장 근원적인 차원의 형이상학적 질문이 제기된다. 이러한 김수영의 시에서는 '꽃'이란 자연존재의 상징이 실존적 존재의 의미를 갖는 것으로 보인다. 이러한 관점에서 「꽃」과 「꽃잎」 연작을 살펴보면 다음과 같다.

> 심연은 나의 붓끝에서 퍼져가고/나는 멀리 세계의 노예들을 바라본다/진개(塵芥)와 분뇨(糞尿)를 꽃으로 마구 바꿀 수 있는 나날/그러나 심연보다도 더 무서운 자기상실(自己喪失)에 꽃을 피우는 것은 신(神)이고//나는 오늘도 누구에게든 얽매여 살아야 한다
>
> — 김수영, 「꽃」 부분. (111)[27]

---

26) Martin Heidegger, 『횔덜린의 송가—게르마니엔과 라인강』, 115면.

27) 이 논문에 인용된 김수영의 시는 모두 김수영, 『김수영 전집 1 시』, 민음사, 1997.에서 인용된 것으로 괄호 안에 지면만 밝히기로 한다.

위에 인용된 김수영의 「꽃」은 "심연"에서 "세계의 노예"를 바라본다는 데서, 하이데거가 「가난한 시대의 시인」에서 말한, 신이 죽은 시대의 상징인 "세계의 밤"(Weltnacht)(207)을 연상되게 한다. "심연"은 비본래성과 본래성이 혼돈의 상태에 놓인 시인의 내면으로 읽힌다. 그 "심연"이 열리는 "나의 붓끝"은 시인이 시를 쓰고 있는 상황에 대한 제유(提喩)로 해석될 수 있다. 이 시는 자신의 내면을 응시하며 시를 쓰고 있는 시인 자신의 실존을 형상화하는 것이다. 이 시가 보여주는 바와 같이, 시인임은 직업이 아니라 실존의 양상이다.[28] 시인은 누구보다 자신의 존재상실의 위기에 예민하게 반응한다. 이 시에서 시인이 "자기상실"을 말하는 것이 바로 그것이다, 「꽃」에서 "자기상실에 꽃을 피우는 것은 신"이라는 표현은 중의적으로 해석될 수 있다. 한편으로 그 표현은 "자기상실"을 했음에도 불구하고, 그 허무를 극복하여 새로운 삶을 창조했다는 의미로 해석될 수도 있다. 다른 한편으로 그 표현, "자기상실"은 자기 자신의 존재를 희생양으로 바침으로써 역설적으로 자신을 완성했다는 의미로 해석될 수도 있다. 특히, "꽃을 피우는 것은 신"이라는 표현은 "신"을 "꽃"이라는 퓌지스로 상징함에 힘입어 '자신—으로—부터—개현함'(von—sich—her—Aufgehen)이라는 새로운 의미를 낳을 수 있었다. 김수영은 이 시에서 "신"을 "꽃"이라는 퓌지스로 사유하고 있다는 것을 암시적으로 드러내는 것이다. 이러한 사유는 "신"에게 "꽃"과 같은 퓌지스가 본성으로 내재한다는 것을 의미하기도 할 것이다. '창조' 또는 '생명'과 같은 본성이 "신"과 "꽃"에 공통적으로 내재한다.

---

28) Maxence Caron, *Heidegger: Pensée de l'être et origine de la subjectivité*, Paris: Cerf, 2005, p.1392.

누구한테 머리를 숙일까/사람이 아닌 평범한 것에/많이는 아니고 조금/벼를 터는 마당에서 바람도 안 부는데/옥수수잎이 흔들리듯 그렇게 조금//바람의 고개는 자기가 일어서는 줄/모르고 자기가 가닿는 언덕을/모르고 거룩한 산에 가닿기/전에는 즐거움을 모르고 조금/안 즐거움이 꽃으로 되어도/그저 조금 꺼졌다 깨어나고//언뜻 보기엔 임종의 생 같고/바위를 뭉개고 떨어져 내릴/한 잎의 꽃잎 같고/革命 같고/먼저 떨어져내린 큰 바위 같고/나중에 떨어진 작은 꽃잎 같고//나중에 떨어져내린 작은 꽃잎 같고

— 김수영, 「꽃잎(一)」 전문. (276)

김수영의 시는 실존(實存, existenz)의 의미를 묻는다. 그러한 의미에서 그의 시의 '언어는 존재의 집'임을 보여주는데, '언어는 존재의 집'이라는 명제의 의미는 현존은 진실의 언어에 의해 보호되고, 빛나며 생기가 돈다는 것이다.[29] 특히, 그 실존의 의미는 '꽃'이라는 자연존재의 상징으로 여러 차례 생기를 나타낸다. 그 대표적인 작품들이 「꽃잎」 연작이다. 이 시편들에서 '꽃'은 인간의 존재론적 상황을 상징적으로 형상화한다.

예컨대 「꽃잎(一)」의 첫 구절은 "누구한테 머리를 숙일까"라는 자기 자신에 대한 질문으로 시작된다. 이 시에서 '꽃'은 스스로 인간 존재의 의미가 무엇인지 묻고 답함으로써만 자신의 존재의 의미를 찾을 수 있는 실존을 상징한다고 볼 수 있다. 이 시의 시적 주체와 같이 인간의 실존의 의미를 묻는 존재를 현존재(現存在, Dasein)라고 한다(Heidegger, 『존재와 시간』 22). 그런데 이러한 실존에 대한 질문의 답을 구하는 대상이 인간이 아니라 "평범한 것"이라 지명된 자연존재라는 점이 김수

29) Martin Heidegger, 「언어에 이르는 길」, 『언어로의 도상에서』, 378면.

영의 시적 발상의 독특한 점이다. '인간의 이상이 무엇인가?'라는 질문에 대한 답을 이 시는 퓌지스, 예컨대, "벼", "옥수수", "언덕", "산", "바위"와 같은 자연존재에 대한 통찰을 통해 찾고 있다. "누구한테 머리를 숙일까"라고 묻는 시적 주체는 "바람"과 동일시되는데, 그 "바람"은 자의식 없이 자연을 떠돌다 "산"에 이르러 '즐거움'을 느끼면 "꽃"으로 변용된다고 말하고 있다. "바람"이 "꽃"으로 변용되는 상상력은 마치 니체(Friedrich Wilhelm Nietzsche, 1844~1900)의 '초인—되기'처럼 존재론적인 비약을 담고 있다. "바람"의 "꽃"으로의 변용은 '인간의 이상은 무엇인가?'라는 물음에 '그것은 꽃이다'라고 답이 되었음을 의미한다. 그러한 의미에서 "꽃"은 이상적인 존재의 상징일 수 있다. 그런데 이 시에서의 "꽃"은 시간의 흐름에 따라 존재의 잃어버림의 양상도 드러낸다. 이때의 "꽃"은 유기체 전체로서의 "꽃"이 아니라, 떨어져나온 한 부분으로서의 "꽃잎"이 된다. 떨어지는 "꽃잎"은 생의 절정으로서의 이미지와 죽음의 이미지를 동시에 지니고 있다. 이러한 데서 "임종의 생"이란 표현이 탄생한다. 한 존재의 죽음의 무게 때문에 "꽃잎"은 "바위"를 뭉갤 수도 있다. 그리고 그것은 다시 그렇기 때문에 "혁명"일 수도 있다. "꽃잎"이 자신의 전 존재를 던져 "바위"에 부딪는 것, 그것은 역사를 향하여 죽음충동과도 같은 열정을 다 바치는 혁명가에 비유되는 것이다. 이와 같이 김수영의 시에서는 실존적인 물음에 대한 답이 퓌지스에 대한 통찰을 통해 얻어지고 있다.

꽃을 주세요 우리의 고뇌를 위해서/꽃을 주세요 뜻밖의 일을 위해서/꽃을 주세요 아까와는 다른 시간을 위해서//노란 꽃을 주세요 금이 간 꽃을/노란 꽃을 주세요 하얘져 가는 꽃을/노란 꽃을 주세요 넓어져 가는 소란을//노란 꽃을 받으세요 원수를 지우기 위해서/노

> 란 꽃을 받으세요 우리가 아닌 것을 위해서/노란 꽃을 받으세요 거룩한 우연을 위해서//꽃을 찾기 전의 것을 잊어버리세요/꽃의 글자가 비뚤어지지 않게/꽃을 찾기 전의 것을 잊어버리세요/꽃의 소음이 바로 들어오게/꽃을 찾기 전의 것을 잊어버리세요/꽃의 글자가 다시 비뚤어지게//내 말을 믿으세요 노란 꽃을/못 보는 글자를 믿으세요 노란 꽃을/떨리는 글자를 믿으세요 노란 꽃을/영원히 떨리면서 빼먹은 모든 꽃잎을 믿으세요/보기 싫은 노란 꽃을
>
> — 김수영, 「꽃잎(二)」 전문. (277)

「꽃잎(二)」는 "꽃을 주세요 우리의 고뇌를 위해서"라는 구절로 시작되고 있다. 이 시에서 "꽃"은 "고뇌"를 "위해서" 필요하다. 축자적으로 해석을 하면 "꽃"은 "무엇을 하기 위한 어떤 것"으로서의 도구(道具)의 존재양식[30]을 지닌 것처럼 보이기도 한다. 그러나, "고뇌"라는 것이 실존에 대한 물음이라고 해석 가능하다고 할 때, "고뇌"를 위한 "꽃"은 손안의 존재자(Zuhandenes)로서의 가용존재자라고 볼 수 없다. 특히 이 시에서 첫 구절은 변주를 반복하여 "꽃을 받으세요 거룩한 우연을 위해서"라는 구절을 파생시킨다는 데 주목할 필요가 있다. 이 시에서의 "꽃"은 존재의 비본래적인 것들을 지워나감으로써 본래적인 것에 이를 수 있는 무(無)로서의 공백을 열어 보인다.

> 순자야 너는 꽃과 더워져가는 화원의/초록빛과 초록빛의 너무나 빠른 변화에/놀라 잠시 찾아오기를 그친 벌과 나비의/소식을 완성하고//우주의 완성을 건 한 자(字)의 생명의/귀추를 지연시키고/소녀가 무엇인지를/소녀는 나이를 초월한 것임을/너는 어린애가 아님을/꽃도 장미도 어제 떨어진 꽃잎도/아니고/떨어져 물 위에서 썩은 꽃잎

30) Martin Heidegger, 『존재와 시간』, 100～102면.

이라도 좋고/썩는 빛이 황금빛에 닮은 것이 순자야/너 때문이고/너는 내 웃음을 받지 않고/어린 너는 나의 전모를 알고 있는 듯/야아 순자야 깜찍하고나/너 혼자서 깜찍하고나//네가 물리친 썩은 문명의 두께/멀고도 가까운 그 어마어마한 낭비/그 낭비에 대항한다고 소모한/그 몇 갑절의 공허한 투자/대한민국의 전재산인 나의 온 정신을/너는 비웃는다//너는 열네 살 우리집에 고용을 살러 온 지/3일이 되는지 5일이 되는지 그러나 너와 내가/접한 시간은 단 몇 분이 안 되지 그런데/어떻게 알았느냐 나의 방대한 낭비와 넌센스와/허위를/나의 못 보는 눈을 나의 둔갑한 영혼을/나의 애인 없는 더러운 고독을/나의 대대로 물려받은 음탕한 전통을//꽃과 더워져가는 화원의/꽃과 더러워져 가는 화원의/초록빛과 초록빛의 너무나 빠른 변화에/놀라 오늘도 찾아오지 않는 벌과 나비의/소식을 더 완성하기까지//캄캄한 소식의 실낱같은 완성/실낱같은 여름날이여/너무 간단해서 어처구니없이 웃는/너무 어처구니없이 간단한 진리에 웃는/너무 진리가 어처구니없이 간단해서 웃는/실낱같은 여름바람의 아우성이여/실낱같은 여름풀의 아우성이여/너무 쉬운 하얀 풀의 아우성이여

— 김수영, 「꽃잎(三)」 전문. (278~279)

「꽃잎(三)」에서는 "꽃"을 닮은 "순자"에 의해 "대한민국의 전재산인 나의 온 정신"이 비판의 대상이 되고, "너무 진리가 어처구니없이 간단해서 웃는/실낱같은 여름바람의 아우성"이 예찬의 대상이 된다. 김수영의 시세계에서는 자신의 존재에 대해 묻는 현존재의 실존의 양상이 그대로 드러남과 동시에 강렬한 자기모멸감을 동반한 자아비판도 강하게 나타난다. 이 시에서도 김수영은 자신을 비판적으로 성찰하는데, 그 대상이 되는 것은 허위의식에 가까운 국가이념에 사로잡혀 있는 자기 자신의 정신이다. 그가 자아비판 끝에 도달한 것은 '나는 비어 있는 존재이다'라는 것으로 보인다. 불교에서는 아(我)를 공(空)이라는, 내용 없이

비어 있는 형식으로 인식하고, 그리스도교에서는 존재의 최고의 격인 신을 '나는 나인 나(I am that I am)'라는, 내용 없이 비어 있는 형식으로 인식한다. 자기 자신을 '무로서의 존재' 또는 '존재의 무'로 인식하는 데 이른 것이 김수영의 시인의 존재사유인 것으로 보인다. 하이데거는 『존재에 대한 질문으로』에서 우리 가운데 존재하는 가장 큰 것들 가운데, 무의 존재가 첫 번째라고 말했다.[31] 그러한 것처럼 김수영은 자신의 존재의 진리에 대한 물음에서 무의 존재를 발견한다. 김수영 시에 나타나는 무수한 자기에 대한 부정성은 소크라테스(Socrates, B.C.469?~B.C.399)가 진리가 아닌 것들의 부정을 통해 진리에 도달하려 하였던 것에 비견될 수 있을 것으로 보인다. 그는 이 시의 말미에서 "진리"란 "간단"한 것이라고 판단한다. 그 간단한 진리가 무엇인지 구체적으로 이 시는 말하고 있지 않다. 다만, 그 진리 때문에 '풀이 웃는다'라는 암시만이 남겨 있을 뿐이다. 그는 이 진리를 퓌지스에서 발견하고 있는 것으로 보인다.

지금까지 살펴본 바와 같이, 「꽃」과 「꽃잎」 연작 시편들에서 '꽃'은 손 안의 존재자로서 수단이 아니라 목적으로 대해져야 하며 스스로 진리를 드러내는 인간 존재의 존엄성을 상징하였다. 그러한 점에서 이 '꽃'들은 '장미—존재(Rose—sein)'[32]와 같은 존재라고도 할 수 있을 것이다. 「꽃」에서는 '창조' 또는 '생명'과 같은 본성이 '꽃'이라는 자연존재에 내재하는 것으로 형상화되었다. 「꽃잎」 연작에서는 존재의 진리를 묻는 현존재가 비본래성에 대한 부정으로 무의 존재에 이르는 과정이 '꽃잎'이라는 자연존재가 소멸해가는 본성으로 형상화되었다.

---

31) Jean Beaufret, *De l'existentialisme à Heidegger*, Paris: Vrin, 2000, p.112.
32) Martin Heidegger, 『근거율』, 146면.

그러나 다른 한편으로 그런데 이 현존재는 홀로 존재하지 못한다. 현존재는 항상 세계—내—존재(In—der—Welt—sein)이다(Heidegger, 『존재와 시간』 82). 이 시편들의 '꽃'은 한 인간 개인의 실존을 보여주면서도, 그 실존 양상의 상징성이 지닌 보편성으로 일반적인 인간의 실존을 보여주기도 한다. 김수영 시에서 실존에 대한 물음은 역사적 존재의 의미에 대한 물음으로 발전한다.

Ⅲ. '뿌리'란 자연존재의 상징 : 역사적 존재의 의미

문학사에서 김수영의 역사의식은 권력에 저항하여 자유를 외치는 양심적 지식인으로서의 시인이 지녀야만 할 정치적 올바름의 귀감(龜鑑)으로 고평(高評)되어 왔다. 「폭포」, 「사랑의 변주곡」 등의 시와 「시여, 침을 뱉어라」, 「반시론」 등의 시론은 그의 준열한 역사의식을 보여준다. 그러한 김수영의 시 가운데서 역사적 존재에 대한 물음이 처음 나타난 것은 등단작인 「묘정의 노래」에서부터이다.

> 백화(白花)의 의장(意匠)/만화(萬華)의 거동의/지금 고요히 잠드는 얼을 흔들며/관공(關公)의 색대(色帶)로 감도는/향로의 여연(餘烟)이 신비한데/어드매에 담기려고//칠흑의 벽판(壁板) 위로/향연(香烟)을 찍어/백련을 무늬 놓는/이 밤 화공의 소맷자락 무거이 적셔/오늘도 우는/아아 짐승이냐 사람이냐
>
> — 김수영, 「묘정의 노래」 부분. (13)

「묘정의 노래」는 일본제국주의에 의해 국권을 강탈당한 조선 왕조

의 묘정을 바라보는 시인의 애상(哀想)이 짙게 드러난 시이다. "백화(白花)" 즉 죽은 사람에게 바치는 조화(弔花)로 꾸민 조정(朝廷)의 "의장(意匠)"은 그 자체로 멸망한 조선의 왕조를 상징한다. 또한 "백화"의 이미지는 "백련"의 이미지로 확장되면서 비애에 젖어 있는 "화공(畫工)"의 옷자락의 이미지로 연결된다. 이 시에서 "백화"와 "백련"이라는 퓌지스의 상징은 유적에 깃들어 역사적 존재의 비애를 형상화한다. 이러한 그의 등단작 「묘정의 노래」는 그의 역사에 대한 애정이 얼마나 근원적인 것이었는지 보여준다.

김수영이 역사에 애정을 갖는 것은 그 어느 인간 존재도 역사적 존재이지 않을 수 없기 때문이다. 하이데거적 의미의 시간적 존재로서의 현존재인 인간도 역사(歷史, Geschichte)라는 시간 안에서 현존재인 것이다. 김수영의 역사에 대한 성찰은 자신의 근원으로서의 민족에 대한 성찰로 확장된다. 그것은 '나'의 존재에 대한 물음에서 '우리'의 존재에 대한 물음으로 확대되어 가는 과정이기도 할 것이다. '우리'는 '나들'(Iche)의 합이 아니라, 그때마다 자기존재로부터 규정되며, '여기 지금 있는 자'들로서 민족에 귀속되어, 민족존재 안에 들어서 있다.[33] 민족존재[34]에 대한 사유가 드러나는 대표적인 작품이 「어느 날 고궁을 나오며」와 「거대한 뿌리」 같은 작품이다.

> 왜 나는 조그마한 일에만 분개하는가/저 왕궁(王宮) 대신에 왕궁의 음탕 대신에/오십(五十) 원짜리 갈비가 기름덩어리만 나왔다고

33) Martin Heidegger, 『언어의 본질에 대한 물음으로서의 논리학』, 김재철·송현아 옮김, 파라아카데미, 2021, 93~96면.

34) 민족존재에 대한 태도는 하이데거와 김수영의 정신사적 배경이 각각 독일과 한국이라는 데서 둘 사이의 역사적 간극도 존재한다. 특히, 김수영은 제국주의에 대해 극렬히 비판적이다.

분개하고/옹졸하게 분개하고 설렁탕집 돼지 같은 주인년한테 욕을 하고/옹졸하게 욕을 하고//한 번 정정당당하게/붙잡혀간 소설가를 위해서/언론의 자유를 요구하고 월남(越南)파병에 반대하는/자유를 이행하지 못하고/이십(二十) 원을 받으러 세 번씩 네 번씩/찾아오는 야경꾼들만 증오하고 있는가//옹졸한 나의 전통은 유구하고 이제 내 앞에 정서(情緖)로/가로놓여 있다/이를테면 이런 일이 있었다/부산에 포로수용소의 제사십야전병원(第四十野戰病院)에 있을 때/정보원이 너어스들과 스폰지를 만들고 거즈를/개키고 있는 나를 보고 포로경찰이 되지 않는다고/남자가 뭐 이런 일을 하고 있느냐고 놀린 일이 있었다/너어스들 옆에서//지금도 내가 반항하고 있는 것은 이 스폰지 만들기와/거즈 접고 있는 일과 조금도 다름없다/개의 울음소리를 듣고 그 비명에 지고/머리에 피도 안 마른 애놈의 투정에 진다/떨어지는 은행나무잎도 내가 밟고 가는 가시밭//아무래도 나는 비켜 서 있다 절정(絶頂) 위에는 서 있지/않고 암만해도 조금쯤 옆으로 비켜 서있다/그리고 조금쯤 옆에 서 있는 것이 조금쯤/비겁한 것이라고 알고 있다!//그러니까 이렇게 옹졸하게 반항한다/이발쟁이에게/땅주인에게는 못하고 이발쟁이에게/구청직원에게는 못하고 동회직원에게도 못하고/야경꾼에게 이십(二十) 원 때문에 십(十) 원 때문에 일(一) 원 때문에/우습지 않으냐 일(一) 원 때문에/모래야 나는 얼마큼 적으냐/바람아 먼지야 풀아 나는 얼마큼 적으냐/정말 얼마큼 적으냐……

— 김수영, 「어느 날 고궁을 나오며」 전문. (249~250)

「어느 날 고궁을 나오며」는 "고궁(古宮)"이 조선 왕조를 상징한다는 점에서 「묘정의 노래」와 그 주제와 소재 면에서 연장선에 놓여있다. 그러면서 "고궁"이라는 공간을 통해 조선시대와 현대의 대한민국이 연결된다. 즉, 사적지를 통해서 역사적으로 과거의 시간과 현재의 시간이 연결되는 것이다. 「어느 날 고궁을 나오며」의 주제는 김수영 시인 자신으로 유추되는 시적 주체의 소시민성(小市民性)에 대한 자아비판이다. 김수영의 주요한 시들이 그러한 것처럼 이 시도 "왜 나는 조그마한 일에만 분개하는가"라는 실존적인 물음으로 시작된다. 특히 이 실존적인 물음은 역사 앞에 양심(良心, Gewissen)의 부름이다. "왜 나는" 역사가 세계—내—존재로서의 '나'에게 공동현존재로서 함께 책임져야 할 인류의 문제들, 예컨대, 이 시에서는 월남파병에 대한 반대, 매카시즘에 대한 저항, 피식민지가 된 조국에 대한 부끄러움, 권력자에 대한 반항 등을 외면하고 있는가 자문하고 있다. 이렇게 자문하는 것이 바로 양심의 부름이다. 양심의 부름은 현존재를 자신의 가장 고유한 자기존재가능으로 불러세운다.[35] 이 시에서 "설렁탕집 주인", "야경꾼", "이발쟁이" 등 상대적으로 사회적 약자에게만 분개하는 시인은 그들 가운데 상실된 상태라고 볼 수 있다. 이처럼 양심은 현존재의 자신을 그들 가운데 상실되어 있음으로부터 불러세운다(Heidegger, 『존재와 시간』 366). 그것은 양심의 부름을 외면하는 자기 자신에 대한 비판으로 나타난다. 이처럼 "고궁" 앞에서 일깨워진 김수영의 역사적 실존은 역사의 무상함을 보여주는 "고궁"이 상징하는 바와 같이, 시간의 유한성에 대한 자각 속에서 양심을 진지하게 사유한다(Heidegger, 『존재와 시간』 503). 과거의 역사로 현존재가 되돌아가는 방식이 양심이다.[36] 이러한 양심에 의한 자아비판은 역사의 본질에 대한 통찰에 이르는 「거대한 뿌리」로 발전해 나아간다.

> 나는 아직도 앉는 법을 모른다/어쩌다 셋이서 술을 마신다 둘은 한 발을 무릎 위에 얹고/도사리지 않는다 나는 어느새 남쪽식으로/도사리고 앉았다 그럴 때는 이 둘은 반드시/이북 친구들이기 때문에

---

35) Martin Heidegger, 『존재와 시간』, 360면.
36) Martin Heidegger, 『시간개념』, 김재철 옮김, 길, 2013, 148면.

나는 나의 앉음새를 고친다/8.15 후에 김병욱이란 시인은 두 발을 뒤로 꼬고/언제나 일본여자처럼 앉아서 변론을 일삼았지만/그는 일본대학에 다니면서 4년 동안을 제철회사에서/노동을 한 강자다//나는 이사벨 버드 비숍여사와 연애하고 있다 그녀는/1893년 조선을 처음 방문한 영국 왕립지학협회 회원이다/그녀는 인경전의 종소리가 울리면 장안의/남자들이 모조리 사라지고 갑자기 부녀자의 세계로/화하는 극적인 서울을 보았다 이 아름다운 시간에는/남자로서 거리를 무단통행할 수 있는 것은 교군꾼,/내시, 외국인 종놈, 관리들뿐이었다 그리고/심야에는 여자는 사라지고 남자가 다시 오입을 하러/활보하고 나선다고 이런 기이한 관습을 가진 나라를/세계 다른 곳에서는 본 일이 없다고/천하를 호령한 민비는 한번도 장안 외출을 하지 못했다고……//전통은 아무리 더러운 전통이라도 좋다 나는 광화문/네거리에서 시구문의 진창을 연상하고 인환네/처갓집 옆의 지금은 매립한 개울에서 아낙네들이/양잿물 솥에 불을 지피며 빨래하던 시절을 생각하고/이 우울한 시대를 패러다이스처럼 생각한다/버드 비숍여사를 안 뒤부터는 썩어빠진 대한민국이/괴롭지 않다 오히려 황송하다 역사는 아무리/더러운 역사라도 좋다/진창은 아무리 더러운 진창이라도 좋다/나에게 놋주발보다도 더 쨍쨍 울리는 추억이/있는 한 인간은 영원하고 사랑도 그렇다//비숍여사와 연애를 하고 있는 동안에는 진보주의자와/사회주의자는 네에미 씹이다 통일도 중립도 개좆이다/은밀도 심오도 학구도 체면도 인습도 치안국/으로 가라 동양척식회사, 일본영사관, 대한민국 관리,/아이스크림은 미국놈 좆대강이나 빨아라 그러나/요강, 망건, 장죽, 종묘상, 장전, 구리개 약방, 신전,/피혁점, 곰보, 애꾸, 애 못낳는 여자, 무식쟁이,/이 모든 무수한 반동이 좋다/이 땅에 발을 붙이기 위해서는/—— 제3인도교의 물 속에 박은 철근 기둥도 내가 내 땅에/박는 거대한 뿌리에 비하면 좀벌레의 솜털/내가 내 땅에 박는 거대한 뿌리에 비하면//괴기영화의 맘모스를 연상시키는/까치도 까마귀도 응접을 못하면 시꺼먼 가지를 가진/나도 감히 상상을 못하는 거대한 뿌리에 비하면……

— 김수영, 「거대한 뿌리」 전문. (225~226)

위에 인용된 김수영의 시 「거대한 뿌리」는 그의 예언자적 역사의식을 대변하는 대표작이다. 「거대한 뿌리」는 1974년 발간된 김수영의 유고시집 『거대한 뿌리』의 표제작이기도 하다. 이 시집은 참여문학(engagement literature)의 고전(古典)으로, 오늘날까지도 지식인들에게 큰 영향을 미치고 있다. 이 시의 제재는 "나는 이사벨 버드 비숍여사와 연애하고 있다"에 나타나는 바와 같이, 김수영이 이사벨라 버드 비숍(Isabella Bird Bishop, 1831～1904) 여사의 책을 읽으면서 역사에 새롭게 개안(開眼)해가고 있다는 것이다. 이사벨라 버드 비숍 여사는 영국인 지리학자이자 여행작가로서 『한국과 그 이웃 나라들』(1898)을 썼다. 이 책에서 그는 조선 후기 풍속, 고종과 명성황후 알현, 금강산의 아름다움, 중국과의 비교 등을 다루고 있다. 이 책은 서구사회에 조선을 알리는데 큰 역할을 한다. 여기서 조선은, 하이데거가, 국가는 민족의 역사적 존재[37]라고 말한 바와 같이, 한민족의 역사적 존재로 해석될 수 있다. 김수영은 이 시에서 이사벨라 버드 비숍 여사의 조선에 대한 애정 어린 시선에 동조한다. 다시, 조선에 대한 애정은 민족의 역사적 존재에 대한 애정이기도 할 것이다.

그러면서 김수영은 이 시에서 지식인의 좌우 진영을 모두 비판한다. 그의 비판의 대상이 되는 이는 진보 진영으로는 사회주의자, 진보주의자 등이고, 보수 진영으로는 친일파, 친미파 등이다. 진보와 보수, 어느 편이든 그는 외설적인 욕설을 퍼붓고 있다. 그 욕설은 한 사회가 부여한 상징적 의미를 무화시킨다. 그러한 맥락에서 그는 모든 이데올로그를 존재의 무로 되돌려버린다고 할 수 있다. 그것은 그들이 모두 이념이라는 이상(理想)을 좇는 관념주의자에 불과하고 민중에 대한 애정이

37) Martin Heidegger, 『언어의 본질에 대한 물음으로서의 논리학』, 254면.

결핍되었다는 데 원인이 있는 것으로 보인다. 왜냐하면, 그가 옹호하는 것은 "더러운 전통" 또는 "더러운 역사"라 하더라도, 그것이 바로 지금 여기 자신의 실존이 발 딛고 있는, 우리 민족 자신의 전통과 역사이기 때문이다. 현존재가 세계—내—존재로 타인과 더불어 함께 할 때 나타나는 생기(生起, Ereignis)는 공동체의 생기이자 민족의 생기이다.[38] 그렇기 때문에, 그는 세계-내-존재로서 생기를 나타내며 "이 우울한 시대를 패러다이스처럼 생각한다"는 역설적 진실을 고백할 수 있는 것이다. 어떠한 의미에서 비숍 여사는 조선의 민족을 있는 그대로 현상학적 기술을 했던 것으로도 볼 수도 있다. 그러한 맥락에서 김수영이 자신의 존재를 역사에 근거를 두고 성찰하는 태도와 비숍 여사의 역사를 바라보는 태도는 만난다고 할 수 있다.

이 시에서 김수영은 우리 민족이면서도 그 누구도 우리 민족의 정체성으로 받아들이려 하지 않던 "곰보, 애꾸, 애 못 낳는 여자, 무식쟁이" 같은 "반동"까지도 민족의 "뿌리"의 한 부분으로 포용한다. 통념상 우리 민족의 전통으로 자랑스럽게 여겨지는 유교 이데올로기 중심의 양반 문화의 관점에서는 "반동"일 수 있는 이들을 김수영은 포용하는 것이다. 구체적이고 일상적인 세계에서 타인과 함께하는 현사실적인 삶의 공동성의 문제에서, 아렌트(Hannah Arendt, 1906~1975)는 현존재의 본래적 공동성을 세인(世人, das Man)의 차원에서 해명해야 한다고 조언하는데, 이에 따라, 세인의 특성은 뿌리 뽑힌 비본래성이 아니라, 단지 덜 실존함으로 재규정될 수 있다.[39] 다시 말해, 세인도 장차 비본래성으로부터 벗어나, 비은폐성(非隱蔽性, Unverborgenheit)으로서의 진

38) Martin Heidegger, 『존재와 시간』, 503면.
39) 박일태, 「현존재의 자기근거로서 세계와 타인」, 『현대유럽철학연구』 제51집, 2018, 178~180면.

리(aletheia)[40]에 도달할 수 있는 자인 것이다. 김수영은 이러한 세인을 배척하지 않고, 자신의 시에서 공동현존재로 포용한다. 그럼으로써 오히려 김수영은 민족의 뿌리로서 위에 나열된 민초(民草)들의 삶으로서의 민예(民藝),[41] 그 자체를 받아들이는 것이다.

나아가 김수영은 자신의 산문 「가장 아름다운 우리말 열 개」에서 이 시어들에 대한 시인으로서의 각별한 애정을 드러내기도 한다.[42] 하이데거는 언어가 있는 곳에 세계가 있고, 세계가 있는 곳에 역사가 있다고 주장했다.[43] 김수영 역시 민족의 일원, 그 하나하나를 가리키는 언어를 통해, 세계와 역사를 시적으로 형상화한다. 그의 시 짓기는 민족의 근원어(根源語)[44]를 창조하는 것이 되어간다.

하이데거에게 민족은 존재의 부름에 귀 기울여 자신의 운명적 모습을 삶의 터전에서 회복하려는 역사적 인간존재를 가리킨다(「근원」 54~55). 그는 민족을 규정하는 데서 피와 고향이 필요충분조건은 아니라고 말한다.[45] 예컨대, 게르마니엔은 고대 그리스에 시원을 둔 존재사유와 관계를 맺고 있는 서구적 인간공동체이다(하피터 603). 자신의 실존을 사태 자체로 표현하고자 하는 예술가에게 역사적 인간존재로서의 민족은 빗겨 갈 수 없는 대상이다. 그리고 그 민족이 거주하는 공간이

---

40) Martin Heidegger, 『존재와 시간』, 296면.

41) 김응교, 『김수영, 시로 쓴 자서전 1921~1968』, 삼인, 2021, 478면.

42) 김수영, 「가장 아름다운 우리말 열 개」, 『김수영 전집 2 산문』, 민음사, 1997, 279~280면.

43) Eliane Escoubas, *Questions heideggeriennes: Stimmung, logos, traduction, poésie*, Paris: Hermann, 2010, p.141~164.

44) Martin Heidegger, 『횔덜린의 송가—게르마니엔과 라인강』, 114면.

45) Martin Heidegger, *Sein und Wahrheit: Die Grundfrage der Philosophie; 2. Vom Wesen der Wahrheit*, ed. H. Tietjen, Frankfurt am Main: Vittorio Klostermann, 2001, p.263. (하피터, 『하이데거의 사회존재론』, 그린비, 2022, 602면. 재인용.)

바로 대지(大地, Erde)이다. 김수영은 일본어판 하이데거 전집에서 "인간이 근본적으로 거주해야 할 그 바탕과 터전을 밝혀주"는 것으로서의 대지에 밑줄을 그었다고 전해진다.46) 이 대지에서 시인은 자신의 "뿌리"에 대해 시적으로 숙고하는데, 그럼으로써 이 대지는 고향(Urheimat)으로 거듭난다. 고향은 역사성을 수반한다.47) 시인은 대지, 그 이상의 고향에서 역사와 대화함으로써 역사적 실존으로 자신을 정립할 수 있다.

이 시에서 "뿌리"라는 퓌지스는 민족에 대한 은유인 동시에 대지와 환유적으로 만난다. 그래서 김수영은 「거대한 뿌리」에서 "내가 내 땅에 박은 거대한 뿌리"라고 고백할 수 있는 것이다. 하이데거는 역사적 인간이 거주하는 세계보다 더 넓은 그 공간, 대지(大地, Erde)가 작품을 통해 드러난다고 하였다.48) 「거대한 뿌리」에서 "뿌리"는 바로 그러한 대지라는 지평을 새롭게 펼쳐 보인다. 그 "뿌리"가 "거대한" 이유를 이 시 안에서는 결코 찾을 수 없다. "거대한 뿌리"의 근거를 독자는 상상력으로 추정해야 한다. 김수영을 세계의 밤으로서의 어두운 시대에 예언자적 시인이라고 했을 때, "뿌리"의 거대함은 미래를 향한 것이다. 시인의 언어는 미래적인 것이다.49) 김수영의 예언자적 선언은 어떠한 의미에서 오늘날 정치적·경제적·문화적 선진국의 반열에 올라선 대한민국을 내다본 것일 수 있다.

---

46) 박수연, 「한일회담, 베트남 그리고 김수영」, 강진호·정호웅 외, 『탄생 100주년 문학인 기념문학제 논문집 2021: 시민의 탄생, 사랑의 언어』, 민음사, 2021, 46면.

47) Martin Heidegger, 『횔덜린 송가—이스터』, 최상욱 옮김, 서울: 동문선, 2005, 81면.

48) Martin Heidegger, 「예술작품의 근원」, 62~63면.

49) Martin Heidegger, 『언어의 본질에 대한 물음으로서의 논리학』, 263면.

Ⅳ. '풀'이란 자연존재의 상징 : 실존적 존재와 역사적 존재의 만남

김수영의 「거대한 뿌리」에서 '뿌리'로 상징되는 민족은 그의 시세계의 정점인 「풀」의 탄생을 예고한다, 「풀」을 살펴보면 다음과 같다.

> 풀이 눕는다/비를 몰아오는 동풍에 나부껴/풀은 눕고/드디어 울었다/날이 흐려서 더 울다가/다시 누웠다//풀이 눕는다/바람보다도 더 빨리 눕는다/바람보다도 더 빨리 울고/바람보다 먼저 일어난다//날이 흐리고 풀이 눕는다/발목까지/발밑까지 눕는다/바람보다 늦게 누워도/바람보다 먼저 일어나고/바람보다 늦게 울어도/바람보다 먼저 웃는다/날이 흐리고 풀뿌리가 눕는다
>
> —김수영, 「풀」 전문. (297)

위에 인용된 김수영의 시 「풀」의 '풀'은 통념상 민초(民草)로 해석되어왔다. 민초는 민중이 마치 풀과 같다는 어원의 형성원리를 내포하고 있다. 그러한 근거에 따라 자연스럽게 민초의 상징인 '풀'은 저항과 혁명의 주체인 민족 또는 민중으로 해석되어왔다. 김수영의 시가 민주주의나 탈식민주의 등의 사회과학적 관점에 의해 해석되어 온 전례는 충분히 존중되어야 한다. 그렇지만 이 논문에서는 그동안 간과되어온 퓌지스의 관점에서 「풀」의 해석을 시도해 보고자 한다.

「풀」에서 '풀'이라는 자연존재가 중요한 첫 번째 이유는 바로 '풀'이 덮인 대지(大地, Erde)가 인간의 근원적 고향(Urheimat)이라는 점 때문이다. 이 시의 '풀'은 근원적 자연이자 근원적 고향으로 현존재와의 조화로운 가운데서 현존재가 진리에 이르게 한다. 하이데거는 「예술작품

의 근원」에서 자연과 예술작품의 관계에 관해 논한다. 하이데거에게 예술의 본질은 존재자의 진리가 작품—속으로—스스로를—정립하고—있음이다.[50] 작품화된다(Werkwerden)는 것은 작품 가운데 진리가 생성된다는 것이다(Heidegger, 「근원」 85). 김수영의 「풀」이 시대를 초월한 보편적 감동을 자아내는 것도 존재의 진리가 작품 속에 스스로 정립하고 있기 때문일 것이다. 한편, 예술작품은 알레고리(Allegorie)이자 상징(Symbol)의 형식으로 나타난다(Heidegger, 「근원」 22). 김수영의 「풀」에 정립된 진리는 '풀'이라는 자연존재를 상징으로 하여 하나의 알레고리를 형성함으로써 문학의 형식을 취하고 있다.

김수영의 '풀'이라는 자연존재의 상징은 그 존재양태가 대지를 뒤덮고 있다는 점에서 그 자체로 대지를 내포하고 있다. 하이데거는 진리의 본질 속의 밝힘과 은닉 사이의 대립과 투쟁이 일어나는 열린 장이 세계와 대지라고 하였다(「근원」 76). 김수영의 「풀」에서는 '풀'이 '울다'와 '웃다' 사이, 그리고 '눕다'와 '일어서다' 사이를 오가는데, 바로 이 오감이 진리의 은폐와 비은폐 사이의 투쟁이라고도 할 수 있을 것이다. 왜냐하면, 역사적인 세계—내—존재의 실존과 더불어 자연조차도 역사적일 수 있기[51] 때문이다. 김수영은 이 시에서 세계—내—존재로서 역사의 한가운데서 자신이 발 딛고 있는 대지 그리고 그 대지를 덮고 있는 풀을 통해 존재의 진리를 발견한 것이다. 하이데거는 예술가의, 작품의 제작은 존재자의 현존을 나타나게 하는 산출행위 속에서 이루어지는데, 이 모든 일이 퓌지스, 즉, 자연존재 가운데서 일어난다고 하였다.[52] 김수영의 「풀」은 '풀'이라는 자연존재의 생명력에 힘입어 존재자

50) Martin Heidegger, 「예술작품의 근원」, 46면.
51) Martin Heidegger, 『존재와 시간』, 507면.
52) Martin Heidegger, 「예술작품의 근원」, 84면.

의 현존을 나타내고 있다.

다음으로, 김수영의 시 「풀」에서 '풀'이라는 자연존재가 중요한 두 번째 이유는 '풀'에 내재하는 본성 때문이기도 하다. '풀'이 바람에 누웠다가 스스로 다시 일어나는 것은 태양광을 받아 광합성을 함으로써 에너지를 얻는, 호광성 식물인 풀의 본성 때문일 수 있다. 또는 유기체가 스스로 자기보존을 하려는 항상성의 원리 때문일 수 있다. 물론 하이데거의 존재론에서 퓌지스가 생물학적 관점의 자연과 일치하는 것은 아니다. 그럼에도 불구하고, 김수영은 '풀'을 통해 모든 인간의 공통분모이자 존재의 근거로 내재하는 자연적 본성을 생명력으로 본 것으로 파악된다. 모든 생명체가 스스로 존속시켜 가는 생명력의 본성을 김수영은 민중이라 불리는 인간 존재에게서도 본 것이다. 자기 자신을 지키기 위해 저항을 하는 것, 나아가 스스로 능동적으로 움직이는 것, 그것이 생명의 본성이라는 것이다. 그러한 맥락에서 '자신—으로—부터—개현함'이라는 퓌지스의 본래적 의미[53]를 '풀'은 가장 잘 보여주는 상징적인 자연존재라고 할 수 있다. '풀'에 본성으로서 내재하는 자연존재로서의 생명력은 형이상학적 차원에서 존재론적 근거이다. 이러한 '풀'의 의미는 근원적 고향으로서의 대지를 뒤덮는 근원적 자연으로서의 퓌지스라는 의미와 더불어 간과되어서는 안 될 존재자 안에 근거로서 내재하는 본성으로서의 자연존재의 본질적 의미이다.

특히, 김수영의 「풀」은 언어적인 면에서도 김수영 특유의 난해한 관념어를 쓰지 않았다는 점에서 민중의 언어로 다가간 것으로 볼 수 있다. 고백의 언어에서 대화의 언어로 옮겨간 것이다. 어머니로부터 배운 평범한 일상어[54]가 자신의 시어라고 말했던 그의 시의 언어는 역사가

---

53) Martin Heidegger, 『근거율』, 265면.

펼쳐지는 대지 가운데서 만나는 공동현존재들과 대화하기 위한 언어이다. 대화로서의 언어를 다루는 시 짓기는 역사적 현존재의 근본사건이다.[55] 「풀」의 근원적 고향으로서의 대지에 이르러서야 비로소 공동현존재와의 대화의 언어를 완성한 것은 역사적 현존재에게 필연이다.

김수영의 자연존재의 상징을 통한, 실존적 존재에서 역사적 존재로의 사유의 발전은 하이데거의 그러한 예술론에 부합된다. 그뿐만 아니라, 오늘날 한국현대사에서 양심적 지식인으로서의 시인상의 귀감인 김수영은 실존과 역사의 문제에 직면한 우리 모두에게 살아있는 시사점을 던져준다.

V. 결론

이 논문 「김수영 시에 나타난 자연존재(φύσις, physis)에 관한 연구: 하이데거의 존재론의 관점으로」의 목적은 하이데거의 자연존재 개념의 관점으로 김수영 시를 구명하는 것이다.

I부에서는 하이데거의 존재론의 관점에서 자연존재 개념이 논구되었다. 아리스토텔레스의 '자기로–부터 존재하는 것'으로서의 자연 개념을 계승한 하이데거의 퓌지스 개념은 첫째, '전개됨 속에서 전개되고 있는 것'이란 의미와 둘째, '사태의 본질과 내적인 법칙으로서의 전개됨'이란 의미로 규정된다. 첫째 의미일 경우, 퓌지스는 자생적으로 피어오르는 존재자이다. 즉, 퓌지스는 '자신–으로–부터–개현함'이다.

---

54) 김수영, 「시작 노우트」, 『김수영 전집 2 산문』, 민음사, 1997, 287면.
55) Martin Heidegger, 『휠덜린의 송가–게르마니엔과 라인강』, 116면.

또한 둘째 의미일 경우, 퓌지스는 존재의 근거율로서의 내재적 본성이기도 하다. 하이데거는 과학이 자연을 도구, 즉, 손안에 있는 존재자로서의 가용존재자로 간주하는 것을 비판한다. 오히려 그는 자연존재 개념을 존재의 본질에 대한 시적 사유와 연관 짓는다. 하이데거의 퓌지스는 사방세계 개념과 만날 때, 하늘과 바다, 동물과 식물, 그리고 신과 우주까지도 포괄하는 자연존재이다. 그러한 퓌지스는 인간의 거주지로서의 대지로 현성된다. 나아가 대지 그것은 인간에게 근원적 고향이기도 하다. 그 대지에 인간은 시적으로 거주한다. 이 논문은 하이데거의 존재론을 원용하여 김수영 시에 나타난 자연존재의 상징의 의미를 논구하였다.

II부에서는 '꽃'이란 자연존재의 상징에 대하여 「꽃」과 「꽃잎」 연작을 통해 그 안에서 실존적 존재의 의미를 해석해 보았다. 이 시편들에서 김수영은 자신의 존재에 대해 가장 근원적인 차원의 형이상학적 질문을 던지는데, 그는 자신의 실존과 자연존재 가운데서 공통분모를 발견한다. 「꽃」에서는 '창조' 또는 '생명'과 같은 본성이 '꽃'이라는 자연존재에 내재하는 것으로 형상화되었다. 「꽃잎」 연작에서는 존재의 진리를 묻는 현존재가 비본래성에 대한 부정으로 무의 존재에 이르는 과정이 '꽃잎'이라는 자연존재가 소멸해가는 본성으로 형상화되었다. 요컨대, '꽃'과 '꽃잎'이라는 자연존재의 상징은 스스로 존재의 진리를 열어 밝혀 보여야 할 현존재의 존엄성을 암시하는 장미―존재로서의 의미를 지녔다.

III부에서는 '뿌리'란 자연존재의 상징에 대하여 「묘정의 노래」, 「어느 날 고궁을 나오며」, 그리고 「거대한 뿌리」를 통해 역사적 존재의 의미가 해석되었다, 「묘정의 노래」와 「어느 날 고궁을 나오며」에서 멸망한 조선을 바라보는 시인은 시간적 유한성 안의 존재로서의 현존재는 역사라는 시간 안에서 현존재임을 깨닫는다. 역사에 대한 성찰은 자신의 근원으로서의 민족에 대한 성찰이다. '우리'는 '나들'의 합이 아니라, '여기 지금 있는 자'들로서 민족에 귀속되어, 민족존재 안에 들어선다. 양심의 부름으로 깨어난 역사적 존재로서의 김수영은 더불어 삶을 함께하는 세인마저 포용한 우리가 진정한 민족임을 결단한다. 「거대한 뿌리」에서 민족존재으로서의 '뿌리'라는 자연존재의 상징은 역사가 펼쳐지는 공간으로서의 대지를 넘어 근원적 고향으로서의 대지와 만난다.

Ⅳ부에서는 '풀'이란 자연존재의 상징에 대하여 「풀」을 통해서 실존적 존재와 역사적 존재의 만남으로 해석해 보았다. 「풀」에서 '풀'이라는 자연존재의 상징은 우선 근원적 자연이자 근원적 고향을 의미하는 것으로 해석되었다. 다음으로 '풀'이라는 자연존재의 상징은 '눕다'와 '일어서다'라는 비유를 통해 진리의 은폐와 비은폐 사이의 투쟁을 형상화하여 보여주었다. 또한 '풀'이라는 자연존재의 상징은 '바람보다 먼저 웃는' 양태를 통해 '자신－으로－부터－개현함'이라는 생명력이 인간의 실존에 내적 본질로 내재함을 형상화하였다. 특히, 어머니로부터 배운 언어로 쓰인 「풀」은 대화로서의 언어로 시 짓기를 함으로써 그것이 역사적 현존재의 근본사건임을 증명하였다. 이로써 '풀'이라는 자연존재에서 실존적 존재와 역사적 존재가 하나로 만났다고 할 수 있다.

결론적으로 김수영의 시세계는 '꽃'－'뿌리'－'풀'이라는 자연존재의 상징을 통해 존재상실의 위기에 놓인 현존재가 자신의 본래성을 되찾아가는 데 성찰의 거울이 된다. 자연존재의 상징은 김수영에게 실존적 존재의 의미, 역사적 존재의 의미, 그리고 실존적 존재와 역사적 존재가 만남의 의미에 대하여 형이상학적으로 사유하는 과정에서 깨달은 바를 현존재의 아름다운 진리로 열어 밝혀 보이는 데 절대적으로 기여한다. 이는 오늘날 존재 상실의 위기, 민주주의의 위기, 그리고 자연 파괴의 위기 가운데 놓인 우리에게 실존과 역사와 자연에 대한 통찰력을 제시해 주기도 할 것이다. 김수영의 시세계는 자연존재의 상징에 힘입어 '존재사(存在史, Seinsgeschichte)'[56]를 아름다운 진리로 형상화한다. 이 아름다운 진리는 자연과 예술이 만나 자신―으로―부터―개현함 자체이다. 결국, 김수영의 시세계, 그것은 한마디로 존재의 시로서의 인간[57]의 본질을 예술화하는 진리에의 도정(道程)이었다.

---

56) Martin Heidegger, *The Principle of Reason*, Trans. Reginald Lilly, Indiana: Indiana University Press, 1991, p.62.

57) Martin Heidegger, "The Thinker as Poet (Aus der Erfahrung des Denkens)," *Poetry, Language, Thought*, translated and introduction by Albert Hofstadter, New York: Harper Perennial Modern Thought, 2013, p.4.

참고문헌

김동규, 「죽음의 눈 : 김수영 시의 하이데거적 해석」, 『철학탐구』16, 중앙철학연구소, 2004.

김수영, 『김수영 전집 1 시』, 민음사, 1997.

______, 『김수영 전집 2 산문』, 민음사, 1997.

김유중, 『김수영과 하이데거: 김수영 문학의 존재론적 해명』, 민음사, 2010.

김윤식, 「김수영 변증법의 표정」, 황동규 편, 『김수영 전집 별권 김수영의 문학』, 민음사, 1997.

김응교, 『김수영, 시로 쓴 자서전 1921~1968』, 삼인, 2021.

김종욱, 「하이데거와 불교의 자연관 비교」, 『한국불교학』 제33호, 2003.

김태선, 「부정(否定)에서 부정(不定)으로－김수영 '반시론의 반어'에 관한 연구」, 『어문논집』 제83호, 2018.

문동규, 「하이데거의 존재사유와 환경윤리의 존재론적 근거」, 『범한철학』제34권 제1호, 2004.

문혜원, 「김수영 시에 대한 실존론적 고찰」, 오세영·최승호 편, 『한국현대시인론』I. 서울: 새미, 2003.

류성훈, 『김수영 시의 자유 지향성 연구』, 명지대학교 대학원 박사학위논문, 2016.

박군석, 「김수영의 전기시에 드러난 '자유'의 지향과 그 한계」, 『동남어문논집』 제36호, 2013.

박수연, 「한일회담, 베트남 그리고 김수영」, 강진호·정호웅 외, 『탄생 100주년 문학인 기념문학제 논문집 2021: 시민의 탄생, 사랑의 언어』, 민음사, 2021.

박일태, 「현존재의 자기근거로서 세계와 타인」, 『현대유럽철학연구』 제51집, 한국하이데거학회, 2018.

박찬국, 「니체와 하이데거 사상의 비교고찰 －자연관을 중심으로－」, 『현대유럽철학연구』 제25호, 2011.

방민호, 「전후의 이어령 비평과 하이데거적 실존주의」, 『이화어문논집』 제44권, 2018.

서동은, 「하이데거 전후기 진리이해의 연속성과 차이」, 『범한철학』 제89집, 2018.

서준섭, 「김수영의 후기 작품에 나타난 '사유의 전환'과 그 의미」, 『한국현대문학연구』 23, 한국현대문학회, 2007.

서영화, 『하이데거의 존재론적 차이와 무의 관계에 대한 연구』, 서울대학교 철학과 대학원 박사학위논문, 2013.

설민, 「하이데거 철학에서 자연의 즉자성과 세계개방성의 긴장관계」, 『현상학과 현대철학』제59호, 2013.

신상희, 「하이데거의 사방세계와 신」, 『철학』 제84권, 한국철학회, 2005.

오주리, 「포스트-트루스 시대, 김수영의 반시론의 의의」, 『문학과 종교』 제23권 3호, 2018.

______, 『김춘수 형이상시의 존재와 진리 연구』, 국학자료원, 2020.

______, 「고석규 비평의 존재론에 대한 연구: 하이데거의 존재론의 영향을 중심으로」, 『존재의 시: 한국현대시사의 존재론적 연구』, 국학자료원, 2021.

이병철, 『하이데거의 존재 사유와 기술에 대한 물음』, 고려대학교 철학과 대학원 박사학위논문, 2007.

이선일, 『하이데거의 기술의 문제』, 서울대학교 철학과 대학원 박사학위논문, 1994.

______, 「하이데거와 자연의 문제 1」, 『하이데거의 철학세계』, 한국하이데거학회 편, 철학과현실사, 1997.

이승종, 「자연주의, 하이데거, 비트겐슈타인」, 『철학적 분석』 제8호, 2003.

임동확, 「궁색한 시대, 김수영과 하이데거 ─ 「모리배」 전후를 중심으로」, 『국제어문』 재63권, 2014.

전동진, 「하이데거와 노장사상」, 한국하이데거학회 편, 『하이데거 철학과 동양사상』, 철학과현실사, 2001.

조강석, 『비화해적 가상으로서의 김수영과 김춘수의 시학 연구』, 연세대학교 국어국문학과 대학원 박사학위논문, 2008.

최금진, 「김수영 초기시에 나타나는 '몸'의 하이데거적 의미」, 『비평문학』 제49호, 2013.

최동호, 「시와 시론의 문화적·사회적 가치-1960년대 김수영과 김춘수 시론의 상호관계」, 『한국시학연구』 제22호, 2008.

최호영, 「김수영의 '언어' 인식에 관한 존재론적 고찰」, 『어문학』 제41호, 2018.
하피터, 『사회존재론』, 그린비, 2022.
홍순희, 『김수영 시에 나타난 하이데거의 '시적 진리'에 관한 연구』, 서울대학교 대학원 박사학위 논문, 2015.

유아사 신이치 외, 『현상학 사전』, 이신철 옮김, 기다겐 외 편, 도서출판 b, 2011.
Heidegger, Martin, 「가난한 시대의 시인」, 『시와 철학: 횔덜린과 릴케의 시세계』, 소광희 옮김, 서울: 박영사, 1980.
______________, 『논리학: 진리란 무엇인가?』, 이기상 옮김, 까치, 2000.
______________, 『존재와 시간』, 이기상 옮김, 까치, 2001.
______________, 『형이상학의 근본개념들』, 이기상 옮김, 까치, 2001.
______________, 『횔덜린 송가—이스터』, 최상욱 옮김, 동문선, 2005.
______________, 『횔덜린의 송가—게르마니엔과 라인강』, 최상욱 옮김, 서광사, 2009.
______________, 『횔덜린 송가—회상』, 신상희 옮김, 나남, 2009.
______________, 「예술작품의 근원」, 『숲길』, 신상희 옮김, 나남, 2010. [「근원」으로 표기.]
______________, 『언어로의 도상에서』, 신상희 옮김, 나남, 2012.
______________, 『시간개념』, 김재철 옮김, 길, 2013.
______________, 『근거율』, 김재철 옮김, 파라아카데미, 2020.
______________, 『언어의 본질에 대한 물음으로서의 논리학』, 김재철·송현아 옮김, 파라아카데미, 2021.

Beaufret, Jean, *De l'existentialisme à Heidegger*, Paris: Vrin, 2000.
Caron, Maxence, *Heidegger: Pensée de l'être et origine de la subjectivité*, Paris: Cerf, 2005.
Derrida, Jacques, "The Ends of Man," *Margins of Philosophy*, translated with additional notes by A. Bass, Chicago: The University of Chicago Press, 1982.
Escoubas, Eliane, *Questions heideggeriennes: Stimmung, logos, traduction, poésie*, Paris: Hermann, 2010.
Heidegger, Martin, *The Principle of Reason*, Trans. Reginald Lilly, Indiana: Indiana University Press, 1991.

____________, "The Thinker as Poet (Aus der Erfahrung des Denkens)," *Poetry, Language, Thought*, translated and introduction by Albert Hofstadter, New York: Harper Perennial Modern Thought, 2013.

____________, *Sein und Wahrheit: Die Grundfrage der Philosophie; 2. Vom Wesen der Wahrheit*, ed. H. Tietjen, Frankfurt am Main: Vittorio Klostermann, 2001. (하피터, 『하이데거의 사회존재론』, 그린비, 2022. 재인용.)

Mattéi, Jean—François, *Heidegger et Hölderlin: Le Quadriparti*, Paris: PUF, 2001.

Richerdson, William, *Heidegger: Through Phenomenology to Thought*, Martinus Nijhoff/ The Hague, 1963.

3 이상과 김춘수, 내재와 초월:
키르케고르의 신학적 관점으로

I. 서론

1. 문제제기 및 연구사 검토

김춘수(金春洙, 1922~2004)는 『한국 현대시 형태론』의 이상(李箱, 1910~1937)에 대한 비평에서 '이상은 왜 키르케고르(Søren Aabye Kierkegaard, 1813~1855)의 길을 가지 않았는가?' 묻는데, 그것은 김춘수 자신의, 시인으로서의 존재론적 지향점이 궁극적으로 초월자를 향해 갔기 때문이라고 판단된다. 김춘수의 초월자에 대한 사유는 즉, 신(神), 존재(存在), 진리(眞理), 선(善)에 대한 사유는 그 자체에 대한 사유를 넘어 시인으로서의 자기 자신의 초월에 대한 사유라고 사량(思量)된다. 반면에, 이상이 키르케고르의 길을 가지 않은 것은 초월성이 허상이라고 믿는 세계관, 즉, 내재성을 믿는 세계관을 지녔기 때문인 것으로 사량된다. 본고는 이러한 전제 아래, 김춘수 비평에서의 이상에 대해, 초월과 내재라는 관점에서 분석해 보고자 한다.[1] 이러한 연구의 필요성은 한국현대시사 100년을 넘어선 현시점에서 한국 모더니즘 문학의 거장이라고 할 수 있는 두 시인인 이상과 김춘수 사이의 연속성과 불연속성을 고찰하는 것이 한국의 정신사를 발굴하는 데 의의가 있다는 것이다.

초월(超越, transcendence)이란 철학적·신학적 전통에서 플라톤(Plato, BC 427~BC 347)의 이데아(idea 希 Ιδέα)나 그리스도교의 신 개념과 같이 차안으로부터 피안을 지향하는 것을 의미한다(미조구치, 「초월/내재」 379). 아리스토텔레스(Aristoteles, BC 384~BC 322)부터 스콜라 철학으로 이어지는 초월자 개념은 기본적으로 『형이상학』(*Metaphysica*)에서 다루는 '존재', '하나', '진(眞)', 그리고 『니코마코스 윤리학』(Ἠθικὰ Νικομάχεια)에서 다루는 '선(善)'의 네 가지 개념이다. 스콜라 학파의 신학자인 안셀무스(Anselm, 1033~1109)는 『모놀로기온』(*Monologion*)에서 존재하는 것 중 가장 좋고, 가장 크고, 가장 높은 것이 존재한다고 주장하였으며,[2] 『프로슬로기온』(*Proslogion*)에서는 신은 생각될 수 있는 모든 것보다 더 큰 존재라고 주장하였다.[3] 이러한 주장은 초월자인 신의 특성을 규정한 것으로, 사상사적으로 플라톤의 이데아 개념에서 시작되어 그리스도교 신학으로 계승된 초월 개념을

1) 김유중은 이상과 김춘수의 문학 사이의 공통분모도 있다고 주장한다(「토론문」). 릴케의 관념시의 영향이 나타나는 김춘수의 초기시와 후기시의 경우, 초월의 경향이 나타난다. 그러나 무의미시로 대표되는 김춘수의 중기시는 이상의 문학적 선취의 영향 아래 있다고 수도 있다. 그러한 맥락에서, 김춘수는 이른바 블룸(Harold Bloom, 1930~2019)이 말한 '영향에 대한 불안'을 감추고 있기도 하다. 그렇지만, 김춘수는 자신의 중기시의 실험이 실패였다고 자평했다. 본고가 이상 대 김춘수를 내재 대 초월로 규정한 것은 김춘수의 비평의 관점에 따른 것이다.

2) Anselmus, 『모놀로기온과 프로슬로기온』, 박승찬 옮김, 아카넷, 2022, 31면.

3) *Ibid.*, p.255.

바탕에 깔고 있다. 아퀴나스(Thomas Aquinas, 1225~1274)는 『존재자와 본질에 대하여』(*De Ente et Essetia*)에서 초월자로서의 신(神, Deus)은 최초의 원인(causa prima)이면서 모든 완전성(omnes perfections)을 가진 존재(存在, esse)라고 하였다.4) 그러면서 아퀴나스는 신은 진·선·미·하나로서 인간이 추구하는 덕을 수용한 존재로 나타난다고 하였다. 이는 아퀴나스가 초월자로서의 신의 특성을 강조한 것이다. 나아가, 아퀴나스의 초월은 신과 인간이 친근성을 지니고 있어서, 수용된 덕이 있는 곳에서라면 종교적 초월이 일어난다는 것이다(이명곤 50). 이러한 아퀴나스의 초월을 종교적 초월이라고 한다면, 키르케고르의 초월은 인간의 모든 지평을 넘어서는 절대적 초월이라고 할 수 있다(이명곤 49~50). 초월론적 철학의 핵심 사상이 담겼으며, 선험적 인식의 가능성을 묻는 칸트(Immanuel Kant, 1724~1804)의 『순수이성비판』(*Kritik der reinen Vernunft*)에서 '초월론적'은 순수 이성이 자신을 인식하는 자기 관계가 초월론적이라는 개념의 핵심을 이룬다(구고 407). 마레샬(Joseph Maréchal, 1878~1944)은 『신비주의자의 심리학』(*The Psychology of Mystics*)에서 칸트를 비판하며,5) 인간의 지성은 절대 존재(Absolute Being), 즉, 절대적 진리(Absolute Truth)와 절대적 선(Absolute Goodness)을 향해 간다고 주장하였다.6) 한편, 하이데거(Martin Heidegger, 1889~1976)는 『존재와 시간』(*Sein und Zeit*)에서 존재는 곧 초월이라고 주장한다(61). 현존재(現存在, Dasein)의 존재의 초월은 개별화의 가능성과 필연성이

---

4) Thomas Aquinas, 『존재자와 본질에 대하여』, 김진·정달용 옮김, 서광사, 1977, 53~62면.

5) Joseph Maréchal, *The Psychology of Mystics,* Trans. Algar Thorold. New York: Dover Publications, 2012, pp.84~86.

6) *Ibid.,* pp.99~101.

있으므로 하나의 탁월한 초월이며, 또한 존재가 열어 밝혀져 있음은 초월적 진리라는 것이다.7) 하이데거주의자이자 초월적 토미스트인 라너(Karl Rahner, 1904~1984)는 『세계-내-정신』(*Geist-in-Welt*)에서 인간에게는 존재와 신에 대한 선이해가 있음을 보임으로써 초월적 신학을 계승한다.8) 즉, 라너의 초월적 신학은 모든 인간이 필연적으로 신에 대해 경험할 수밖에 없다고 주장한다(Kim, Chi-Heon 16). 바르트(Karl Barth, 1886~1968)는 『기도』(*Das Vaterunser*)에서 하나님의 초월성은 예수 그리스도 안에서, 그의 전능한 자비 안에서 실현된다고 주장하면서 주기도문에서 "하나님의 나라가 임하옵시며"(「마태복음」 6:9-12)에서 인간의 신을 향한 존재론적 열망이 나타난다고 의미부여하였다.9) 이러한 정신사적 흐름이 김춘수의 플라토닉 포에트리에 이어진다.

한편, 내재(內在, immanence)란 가능한 경험 한계 내에 있는 것(호소야 416) 또는 자기의 의식 체험에 속하는 것이다(미조구치 380). 철학사에서 이러한 내재성을 추구하는 계보는 서양사상사에서는 고대 그리스의 자연철학자들 중 데모크리토스(Democritos, BC 460~ BC 370) 그리고 에피쿠로스 학파의 에피쿠로스(Epikouros, BC 341~BC 270)로부터 어느 정도 그 단초가 배태된 것으로 볼 수 있다.10) 엄밀한 의미에서는 내재성의 철학은 스피노자(Baruch de Spinoza, 1632~1677), 니체(Friedrich Wilhelm Nietzsche, 1884~1900), 그리고 들뢰즈(Gilles Deleuze, 1925~1995)로 이어진다.11) 최근에는 바디우(Alain Badiou, 1937~현재)

7) Martin Heidegger, 『존재와 시간』, 이기상 옮김, 까치, 2001, 61~62면.

8) *Karen Kilby, Karl Rahner: Theology and Philosophy,* London·New York: Routledge, 2004, pp.17~38.

9) Karl Barth, 『기도』, 오성현 옮김, 복있는사람, 2017, 77면.

10) Jonathan Egan, *A Genealogy of Immanence: From Democritus to Epicurus and Nietzsche,* London: LAP, 2013, p.1.

도 『진리의 내재성: 존재와 사건 3』(*L'Immanence des Vérités: L'Être et Événement 3*)에서 내재성에 대한 논의를 이어가고 있다.[12] 이들의 철학은 초월성의 철학에 대하여 내재성의 철학이라고 규정될 수 있다. 광의의 무신론으로 분류될 수 있는, 스피노자의 『에티카』에서 주장되는 이신론(理神論), 니체의 『차라투스트라는 이렇게 말했다』에서 주장되는 영원회귀(永遠回歸, Ewige Wieder-Kunft) 그리고 들뢰즈의 『경험론과 주체성: 인간 본성에 관한 흄의 이론에 대한 에세이』(*Empiricism and Subjectivity: An Essay on Hume's Theory of Human Nature*)와 『순수한 내재성: 생에 대한 에세이』(*Pure Immanence: Essays on A Life*)에서 주장되는 경험주의적 사유와 내재성의 평면(plan d'immanence) 등은 내재성의 형이상학을 이룬다. 특히, 들뢰즈는 초월의 진정한 의미에 의문을 던지면서, 순수한 내재성이란 생(life)이며, 절대적인 내재성은 힘(power)이라고 주장한다.[13] 들뢰즈의 이러한 세계관은 인간의 본질을 욕망으로 본 스피노자로부터 시작되어, 인간 존재를 권력에 대한 의지(will to power, 獨 Machtstreben)로 본 니체를 경유하여 형성된 것으로 내재성의 형이상학을 대표한다. 이러한 정신사적 흐름은 이상의 전위시로 이어진다.

본고는 이와 같은 초월과 내재의 개념들을 빌려,[14] 김춘수와 이상에

---

11) 그밖에 내재성의 철학의 계보에 니체의 영향을 받은 이후의 현대 프랑스 철학자들이나 유물론의 철학자들도 들어간다고 보는 관점도 존재하지만, 그들의 철학이 내재성의 철학에 완전히 일치한다고 단정 지을 수는 없어, 본고에서는 그들에 대한 논의는 생략한다.

12) Alain Badiou, *L'Immanence des Vérités: L'Être et Événement 3,* Paris: Fayard, 2018.

13) Gilles Deleuze, *Pure Immanence: Essays on A Life,* New York: Zone Books, 2005, p.27.

14) 피안에 대한 부정이 차안의 긍정이 아닌 자기 내면과 무의식의 세계로 이르는 길이라면, 내재성은 역설적으로 또 다른 내면의 피안을 추구하는 것일 수도 있지 않느냐는 견해가 존재할 수 있다(김유중, 「토론문」). 이러한 견해도 타당성이 있다. 일반적으로 프로이트의 정신분석학에서 무의식은 본능과의 연관 가운데서 정의되기 때문에 내재성의 영역에 속한 것으로 볼 수 있다. 그렇지만, 인식론적 차원에서 초

대한 논의를 펼치고자 한다. 기존에 이상 연구의 정설은 김윤식, 김현, 권영민, 신범순, 김유중, 방민호, 그리고 서영채 등에 의해 확립되어 왔다. 또한 기존에 김춘수에 대한 연구의 정설은 김윤식, 이재선, 신범순 그리고 김유중 등에 의해 확립되어 왔다. 본고는 이러한 기존의 연구를 계승하고 보완하는 차원에서, 내재와 초월이라는 개념의 틀을 새롭게 도입하여 이상과 김춘수의 세계관을 대별하여 논의해 나아가고자 한다. 왜냐하면, 한국현대시사가 시작된 지 100여 년이 된 현시점에서 한국 모더니즘 시의 두 거장인 이상과 김춘수 사이의 연속성과 불연속성을 구명함으로써 한국현대시사에 내포된 정신사적 궤적을 발굴하는 것은 학문적으로 큰 의의가 있을 것이기 때문이다. 본고는 그러한 연구를 위하여 우선 김춘수의 이상에 대한 비평을 정독하는 데서 출발하고자 한다. 그러한 취지에서 본고는 김춘수가 이상에 대한 비평에서 거론한 키르케고르의 관점으로 이상과 김춘수를 내재와 초월이라는 개념으로 대별하여 논의해보고자 한다.[15]

2. 연구의 시각

키르케고르의 사상은 『그리스도교의 훈련』과 같은 저서에서 알 수 있듯이, 신학이자 종교철학으로서 그리스도교적 실존주의의 범주에 든다고 할 수 있다. 그러나, 무엇보다 김춘수가 이상에 대한 비평에서 언

월이 경험되지 않은 것의 종합이라면, 무의식적 종합도 가능할 수 있다. 이 문제에 대해 현재 학계에서 논의가 진행 중인 것으로 알려져 있다.

15) 이상이 내재성에서 구원을 찾는 세계관과 김춘수가 초월성에서 구원을 찾는 세계관의 전모를 해명하는 학문적 작업은 키르케고르를 비롯하여 어느 한 명의 철학자의 사상만으로는 가능하지 않다. 논문의 분량상의 제약으로 시, 소설, 수필을 아우르는 작품 전작을 통한 논의는 차후 과제로 남겨놓기로 한다.

급한 저서이기도 하면서, 키르케고르의 대표 저서는 『죽음에 이르는 병』(1841)이다. 그의 사상의 핵심은 『죽음에 이르는 병』에서 주장되는, 죽음에 이르는 병인 절망이 신 앞에 선 단독자(單獨者, Der Einzelne)가 됨으로써 극복될 수 있다는 것이다. '죽음에 이르는 병'이라는 제목은 『성경』의 「요한복음」(11:4)에서 예수가 죽은 나사로를 살리면서 "이 병은 죽음에 이르지 않는다"라는 말을 한 데서 비롯됐다.[16] 이 『성경』 구절의 역(逆)인 죽음에 이르는 병이 의미하는 것은 바로 절망이다. 키르케고르는 인간의 모든 절망을 분류하고 각 절망의 특징을 밝힌다. 키르케고르가 분류한 절망은 의식의 규정 하에서의 절망과 비규정 하에서의 절망으로 구분된다. 다시, 의식의 규정 하에서의 절망은 자기를 가지고 있음을 의식하지 못하는 비본래적 절망과 자기를 가지고 있음을 의식하는 본래적 절망으로 구분된다. 본래적 절망은 다시 절망하여 자기 자신이기를 욕망하지 않는 절망, 즉, 자살에 이를 수도 있는 절망과 절망하여 자기 자신이기를 욕망하는 절망, 즉, 반항하는 절망으로 구분된다. 의식의 비규정 하에서의 절망은 유한성과 무한성 사이에서의 절망 그리고 가능성과 필연성 사이에서의 절망으로 구분된다. 이처럼 키르케고르는 모든 인간의 모든 절망의 종류를 분류하는데, 그 결과 모든 인간은 어떠한 종류의 절망을 가지든 절망하는 존재라는 결론을 내린다. 그런데 키르케고르가 인간은 곧 절망하는 존재라는 결론을 내림으로써 역설적으로 주장하고자 한 것은 인간은 절망으로부터 벗어나기 위해 그리스도교 신앙을 가져야 한다는 것이다. 왜냐하면 신을 향한 신앙이 인간의 절망에 대한 해독제라는 것이다.[17] 즉, 죽음에 이르는

16) Søren Aabye Kierkegaard, 『죽음에 이르는 병』, 박환덕 옮김, 범우사, 1975, 17면.
17) *Ibid.*, p.67.

병인 절망은 신앙의 결여인 고로, 절망에 대립되는 개념은 신앙이다.[18] 그 이유는 그리스도교의 관점에서는 절망의 근원적인 원인인 죽음이 종말이 아니라, 영원한 생명 내부의 작은 사건으로 해석되기 때문에, 진정한 그리스도교인이라면 그는 죽음에 대하여 초연할 수 있을 것이기 때문이다.[19]

다음으로 키르케고르의 『불안의 개념』을 살펴보면, 불안(不安, Angest)은 인간의 존재론적 상실을 의미하는데, 이러한 불안은 무(無, Nichts)에서 비롯된다(임규정 21). 그는 불안을 신학적으로 인간의 죄 또는 원죄와의 관계 속에서 구명한다. 첫째, 원죄의 전제로서의 불안에 대해 살펴보면, 인간이 절망이라는 죽음에 이르는 병을 가질 수밖에 없는 이유는 신학적 관점에서 인간은 근원적으로 원죄를 갖기 때문이다. 원죄는 인간이 절망을 느끼도록 만든다.[20] 원죄는 아담이 지음으로써 인류에게 이어져 내려온 죄이다. 아담이 선악과를 먹기 전에는 무죄하고 순결한 순진함(die Unschuld)의 상태였다(키르케고르, 『불안』 165). 그러한 순진의 상태는 정신의 무지의 상태이자, 정신의, 꿈꾸는 상태라고 할 수 있으나 순진은 무와 마주하기 때문에 인간을 불안하게 한다.[21] 이것이 신앙을 회복해야 하는 이유이다. 둘째, 점진적으로 원죄를 설명해주는 불안에 대해 살펴보면, 불안은 반성할수록 점차 죄책(罪責, die Schuld)으로 전환된다(키르케고르, 『불안』 197). 그리스도교 신학에서 성(性, die Geschlechtlichkeit)은 죄성(罪性, die Sündigkeit)과 함께 정립되었다.[22] 단독자에게 원죄의 결과 또는 원죄의 현전이 불안이다(키르

18) *Ibid.,* p.83.

19) *Ibid.,* p.19.

20) Søren Aabye Kierkegaard, 『불안의 개념』, 임규정 옮김, 한길사, 1999, 109면.

21) *Ibid.,* p.159.

케고르,『불안』 183). 또한 감성이 곧 죄성은 아니지만, 죄가 감성을 죄성으로 만들 수 있다.[23] 셋째, 죄의식의 부재인 죄의 결과로서의 불안에 대해 살펴보면, 천재는 내면으로 향하면서 자유를 발견하는데, 그러는 만큼 죄에 대한 불안의 가능성도 비례한다(키르케고르,『불안』 299). 자유가 커질수록 불안도 커지는 것이다. 그 이유에 대해 키르케고르는 허물이 자유를 박탈할 수 있기 때문이라고 주장한다(『불안』 299). 넷째, 죄의 불안 또는 단독자에서의 죄의 결과인 불안에 대해 살펴보면, 불안은 자유가 가능성을 통해 자신에게 드러남으로써 규정된다.[24] 다섯째, 신앙을 통한 구원인 불안에 대해 살펴보면 다음과 같다. 불안하다는 것을 깨달은 인간은 궁극적인 것을 깨달을 수 있고, 그러한 이유에서 더 깊이 불안에 빠질수록 그 인간은 더 위대하다(키르케고르,『불안』 395). 이처럼 키르케고르는 불안에 대한 역설적 진실을 주장한다. 자유의 가능성인 불안만이 신앙의 도움을 입을 수 있고, 그럼으로써 교육적이라는 것이다.[25] 그럼으로써 신앙을 통한 구원인 불안이 성립된다.

다음으로 키르케고르의 시인에 대한 관점을 살펴보면 다음과 같다. 키르케고르는『순간』에서 인간은 시인을 가장 사랑하지만, 신이 보기에 시인은 가장 위험한 존재라고 말한다(191). 비슷한 맥락에서, 키르케고르는『죽음에 이르는 병』에서 시인의 실존은 절망과 죄의 변증법적 경계에 있다고 한다(127). 또한 시인은 시로써 사랑을 옹호하고 찬양하지만, 신앙에 대해서는 그렇게 하지 않는다는 것이다.[26] 이러한 비

22) *Ibid.,* p.183.
23) *Ibid.,* p.230.
24) *Ibid.,* p.309.
25) *Ibid.,* p.387.

판에는 모든 인간이 그리스도교인으로서의 자세를 갖길 원하는 속뜻이 있다. 키르케고르의 입장에서 시인은 신을 사랑하는 종교적 요구를 지닐 수 있으나, 신보다 자신의 고뇌를 사랑하여, 신 앞에서 자기 자신이고자 하는 존재이다(『죽음』 128). 그러한 이유에서 키르케고르의 관점에서 시인의 실존은 죄다.[27)]

이어서, 키르케고르 사상에서의 사랑의 의미에 대해 구명해 보면 다음과 같다. 키르케고르는 그리스도교의 사랑은 존재한다고 단언한다.[28)] 실존주의자이면서도 그리스도교적 신학의 신 개념을 고수한 그의 사상에서 핵심적인 부분은 『사랑의 역사』에서 아가페(agape)로서의 사랑을 에로스(eros)로서의 사랑보다 우선시한다는 점이다. 키르케고르는 에로스적 사랑은 영원하지 않은 사랑이라고 규정한다(『사랑』 39). 그리스도교에서의 사랑은 신의 사랑으로서의 아가페의 사랑이다. 그리스도교에서 인간에 대한 사랑은 인간과 인간 사이에 신을 매개로 한 사랑이다. 즉, 키르케고르는 그리스도교의 사랑은 '사람-하느님-사람'의 관계에서 성립되는 사랑, 다시 말해, 하느님이 사람들의 중간에서 매개함으로써 성립되는 사랑이라고 주장한다.[29)] 왜냐하면, 키르케고르에 따르면, 하느님을 사랑하는 것은 진리 안에서 자기 자신을 사랑하는 것이고, 나아가 타인이 하느님을 사랑하도록 돕는 것이 타인을 사랑하는 것이며, 아울러 타인의 도움을 받아 하느님을 사랑하는 것은 하느님으로부터 사랑받는 것이기 때문이다(『사랑』 198). 이러한 사랑은 박애주

---

26) Søren Aabye Kierkegaard, 『두려움과 떨림: 변증법적 서사시』, 임규정 옮김, 지식을만드는지식, 2014, 68면.
27) Søren Aabye Kierkegaard, 『죽음에 이르는 병』, 127면.
28) Søren Aabye Kierkegaard, 『사랑의 역사』, 임춘갑 옮김, 도서출판 치우, 2011, 19면.
29) *Ibid.,* p.198.

의적으로 전 인류에게 확대되어야 하는 사랑이다. 이것이 『성경』의 「마태복음」(22:39)에 나오는 "네 이웃을 네 몸과 같이 사랑하라."라는 구절에 담긴 의미이다. 그러한 의미에서 키르케고르의 신학에서 그리스도교에서의 사랑은 의무적으로 실천해야 하는 이웃에 대한 사랑이다.[30)]

왜냐하면 그리스도교인이 아니라 할지라도 누구나 자기 자신과 애인은 사랑하기 때문이다. 진정한 그리스도교인이라면 그러한 협소한 사랑 이상의 사랑을 실천할 수 있어야만 한다. 다시 말해, 키르케고르의 관점에서 애인에 대한 사랑은 '다른 자기(the other-self)' 또는 '다른 나(the other-I)'에 대한 사랑에 불과하고, 반면에 이웃에 대한 사랑이 '다른 너(the other-you)'에 대한 사랑이다(『사랑』 102). 그리스도교인이 실천해야 할 사랑은 이처럼 자기를 넘어 타자(他者)까지 포용하는 사랑이어야 하는 것이다. 이러한 맥락에서, 그는 『사랑의 역사』에서 사랑의 실천은 양심의 문제라고 역설한다(249). 그는 사랑은 의무일 때만 영원하며 절망으로부터 안전하다고 주장한다.[31)]

본고는 위와 같은 키르케고르의 신학적 개념을 원용하여, 이상과 김춘수를 내재와 초월 개념으로 대별하여 논증해 나아가고자 한다.

II. 절망에 대하여

김춘수는 '시인-학자'로서 시론을 연구할 뿐 아니라, 한국 현대시문

30) *Ibid.*, p.85.
31) *Ibid.*, p.58.

학사를 기술해 갔다. 그의 저서 가운데 문학사를 기술한 저서로는 『한국 현대시 형태론』(1959), 『시의 표정』(1979), 『시의 위상』(1991), 『김춘수 사색 사화집』(2002)이 있다. 이 가운데 『한국 현대시 형태론』과 『시의 위상』에서는 이상에 대한 비평이 기술되어 있다. 다음은 『한국 현대시 형태론』에서 이상의 문학이 언급된 부분과 이상 작품의 원문이다.

> 자의식의 과잉에 허덕인다는 것은 "나의 아버지의아버지의아버지의……"(「시제2호」) 아버지의 비밀을 알려는 데 지쳤다는 말이다. 플라톤의 이데아니 상기니 하는 말과 어떤 관계가 있는지 모른다. 상은 비밀을 가졌다. "아버지의아버지의아버지의……" 비밀을 알려는 비밀을 가졌다. 상은 이 비밀을 생각할 적에는 "천하를 놀려먹을 수 있는 실력을 가진 큰 부자일 수"(「비밀」) 있었다. 그는 그러나 절망한다. 비밀은 영원히 비밀이기 때문이다. '절망은 죽음으로 가는 병'(키르케고르)인데, "절망은 신앙에의 계기"(「비밀」)가 되기도 한다. 상은 절망은 가졌으되 신앙은 못 가졌다. "신 앞의 내"(「비밀」)—"피조물의식"(「비밀」)—는 기독자는 못 되었다. 될 수도 없었다. 여기 비밀을 가진 채 절망한 사람의 시니컬한 웃음이 새어나온다. 베드로의 비밀과 유다의 비밀을 함께 다 알고 있었지만 상은 예수가 아니었다. 비밀을 가진 부자였던 상은 비밀을 가지지 못한 빈자인 속중보다도 제 재산의 무게 때문에 오히려 더 괴로워야 했다. 그의 시 형태는 수면상의 몇 괴의 방산에 지나지 않는다.
>
> — 김춘수, 『한국 현대시 형태론』 부분.[32]

비밀이 없다는 것은 재산 없는 것처럼 가난할 뿐만 아니라 더 불쌍하다. 정치(情痴) 세계의 비밀-내가 남에게 간음한 비밀, 남을 내

32) 김춘수, 『김춘수 시론 전집』I, 현대문학사, 2004, 101면.

게 간음시킨 비밀, 즉 불의의 양면-이것을 나는 만금(萬金)과 오히려 바꾸리라. 주머니에 푼전이 없을망정 나는 천하를 놀려먹을 수 있는 실력을 가진 큰 부자일 수 있다.

— 이상, 「19세기식—비밀」 부분.[33]

김춘수의 『한국 현대시 형태론』 가운데 이상이 다뤄진 부분은 「제6장 1927-1937년의 아류 모더니즘-3. 이상의 시형태」이다. 김춘수의 관점에서 이상의 문학은 문예사조 상 초현실주의(超現實主義, surrealism)와 다다이즘(dadaism) 계열이다.

김춘수는 이상에 대한 비평에서 이상의 수필 「19세기식—비밀」을 분석한다. 김춘수는 위의 인용문에서 ""절망은 신앙에의 계기"(「비밀」)"라고 적고 있으며, 또 ""신 앞의 내"(「비밀」)—"피조물의식"(「비밀」)"이라고 적고 있다. 그렇지만, 이상의 「19세기식—비밀」에는 그러한 구절이 없다. 그러므로 ( ) 안의 내용이 인용의 출처를 표기한 것이라면 그것은 오기(誤記)이며, "「비밀」"은 『죽음에 이르는 병』으로 수정되어야 한다. 그렇지만, 김춘수가 그것을 몰랐을 리는 없다. 그러므로 ( ) 안에 쓰인 것은 김춘수가 편의상 자신의 해석을 간단히 괄호 안에 표기한 것으로 보는 것이 타당하다. 중요한 것은 표기의 문제보다. 김춘수가 키르케고르의 『죽음에 이르는 병』에서 절망이 죽음에 이르는 병이라는 것을 정확히 이해하고 있었다는 점이다.

이상이 「19세기식—비밀」에서 "간음"한 "비밀"을 자신의 "재산"이라고 한 부분을 논거로 해보기로 한다. 그러한 경우, 이상의 절망은 키르케고르가 분류한 절망 가운데 의식의 규정 하에서의 절망 가운데서도 자기를 가지고 있음을 의식하는 본래적 절망이면서, 자기 자신이기

33) 이상, 『이상 전집 4 수필』, 권영민 편, 뿔, 2009. 101면.

를 욕망하는 절망, 즉 반항으로서의 절망이라고 규정할 수 있다.[34] 왜냐하면 이상은 "간음"에 대하여 신 앞에서 죄라고 고백하지 않기 때문이다. 물론, "간음"은 이상 문학의 수사학적 패러독스로 이해될 수 있다. 그런데 일종의 수사로서의 "간음"은 관습과 도덕 너머 죽음충동을 수반한다. 그러므로, 이상의 절망은 키르케고르의 『죽음에 이르는 병』의 관점에서 의식적이고 본래적이면서 반항적인 절망이라고 규정될 수 있다.

키르케고르는 절망이라는 실존적 상황이 신을 자각하고 신앙을 받아들이는 계기가 되어서 인간은 절망으로부터 자신을 치유한다고 하였다. 그렇지만, 김춘수가 평한 바와 같이 이상은 절망은 가졌지만, 신앙은 갖지 못했다. 이상이 신앙을 가지려면, 이른바 "간음"이라는 "비밀"에 대해 속죄(贖罪)해야 했겠지만, 그는 그렇게 할 수 없었다. 이러한 상황이 키르케고르가 말한 절망이라는 실존적 상황이라고 할 수 있다.

위의 인용에서 김춘수가 평하길 이상은 베드로(Petrus the Apostle, AD ?~ AD 64?)의 비밀과 유다(Iskariotes Judas, BC 3?~AD 30?)의 비밀은 가졌지만, "기독자", 즉, 그리스도는 되지 못했다. 베드로의 비밀이란 『성경』의 「마태복음」(26:34)에서 예수가 "오늘 밤 닭이 울기 전에 너는 세 번이나 나를 모른다고 할 것이다."라고 말한 바대로 「마태복음」(26:75)에서 실제로 베드로가 예수를 배신하고 슬피 운 비밀을 가리킬 것이다. 한편, 유다의 비밀이란, 『성경』의 「마태복음」(26:21)에서 예수가 "너희 가운데 한 사람이 나를 팔아넘길 것이다."라고 말한 대로 「마태복음」(27:3-6)에서 유다의 배신으로 예수가 사형선고를 받은 후, 유다가 자살한 비밀이다. 키르케고르도 『성찬의 위로』에서 배신은 사람

---

34) Søren Aabye Kierkegaard, 『죽음에 이르는 병』 참조.

에게 가할 수 있는 가장 큰 고통이라고 말한 바 있다.[35] 요컨대, 베드로의 비밀과 유다의 비밀은 예수를 배신한 비밀이다. 김춘수의 관점에서 이상이 베드로와 유다의 비밀을 가졌다는 것은 이상이 그리스도교를 알았지만, 그것을 신앙으로 받아들이지 않았다는 의미로 해석될 수 있다.

실제로 이상은 「육친(肉親)」이라는 시에서 시적 주체 자신과 예수를 동일시하지만, 예수와 같이 인류를 위해 자신을 희생하는 숭고한 사랑의 길을 선택하지 않는다는 의미에서 "크리스트의別身을暗殺"한다는 시구를 쓴 바 있다.[36] 「육친」은 아가페로서의 사랑 대신 에로스의 사랑을 선택하는 분기점을 보여주는 시다. 이상은 키르케고르가 주장한 그리스도교인의 사랑과 반대 방향으로 나아간 것이다.

그러나 김춘수가 이상을 유다와 베드로에 비유한 것을 이상에 대한 비판으로 볼 것은 아니다. 왜냐하면, 키르케고르도 『스스로 판단하라』에서 「베드로전서」를 변증하였다는 데서 베드로의 계승자라고 볼 수 있기 때문이다. 그러한 키르케고르는 예수를 배신한 사람은 대제사장, 빌라도(Pontius Pilate), 그리고 모든 인류라고 말한다. 키르케고르의 『성찬의 위로』에 따르면, 예수를 십자가에 못 박은 것은 모든 인류라는 점에서 모든 인류가 십자가 사건의 공범이라는 것이다(137). 그러므로 김춘수가 가리킨 베드로와 유다의 배신이라는 비밀은 불신앙하는 사람 또는 견고하지 못한 신앙을 가진 사람 누구에게나 있다. 김춘수가 말하고자 한 것은 이상이 다만 "신 앞의 내 피조물 의식", 즉, 키르케고르의

---

35) Søren Aabye Kierkegaard, 『성찬의 위로』, 윤덕영·이창우 옮김, 카리스아카데미, 2022, 140면.

36) 오주리, 「이상 시의 '사랑의 진실' 연구」, 『한국 현대시의 사랑에 대한 연구』, 국학자료원, 2020, 157면.

개념으로 신 앞에 선 단독자의 길로 나아가지 않았다는 것이다.

다음은 김춘수가 『한국 현대시 형태론』 중 「부록—이상」에서 키르케고르를 다시 언급한 부분이다.

> 이상을 말하는 사람들은 대개 절망을 말하고 있는 것 같지만 최근(1957년 4월호 『문학예술』) 고석규 형이 「시인의 역설」이란 글에서 흥미 있는 말을 하고 있다. "사실 그는 무엇에 대하여 절망할 수 있었다는 것인가"라고 고형은 반문하고 있다. 이 물음에 나도 동감이다. 왜냐하면 절망은 하나의 의지다. 절망은 궁극으로 인간에 대한 절망이냐? 신에 대한 절망이냐?의 의지일 것이다. […] 이상은 무엇에 대하여 절망한 것이 아니라, 무엇에 대하여 절망할 수 없는 절망을 살았다고 할 것이다. […] 기껏 해봤자 '권태'를 붓으로 미화하는 키르케고르가 말하는 소위 제1단계의 실존인 미적 실존이 있었다면 있었다고나 할 것이다. 절망하려야 절망할 수가 없었던 사람의 눈물나게도 서글픈 모습이다.
>
> — 김춘수, 『한국 현대시 형태론』 부분.[37]

> 이상은 건망 그것보다도 건망하는 상태를 주시하다 못해 '절망'을 외쳤다. "사람의 절망은 정일(靜謐)한 것을 유지하는 성격이다."(「且8氏의 出發」)에서 느껴지는 그의 절망이란 도대체 어떤 것일까. 그것은 오히려 생리적 '무관심(Indifference)'이라고만 생각된다. 이상은 절망과 이 심리적 무관심과의 차이를 좀체 돌보지 않은 것이었다. […] 이윽고 절망하지 못한 이상의 절망은 '표현하는 절망'으로서 아니면 '절망의 형태'로서만 짙게 되었으니 "절망이 기교를 낳고 기교 때문에 또 절망한다"는 그의 존재 이유는 확실히 절망에의 '의지(Intention)'가 결여되었음을 변증하는 것이다.
>
> — 고석규, 「시인의 역설」 부분.[38]

37) 김춘수, 『김춘수 시론 전집』I, 160~161면.

> 沙漠보다도靜溢한 絶望은 사람을불러세우는無表情한表情의無智한한때의珊瑚나무의사람의脖頸의背方인前方에相對하는自發的인恐懼로부터이지만사람의絶望은靜謐한것을維待하는性格이다.
>
> — 이상, 「且8氏의 出發」 부분.[39]

김춘수는 고석규가 「시인의 역설」에서 이상의 절망에 대해 비평한 부분에 공감을 표한다. 고석규는 이상이 「且8氏의 出發」에서 절망에 대해 "정일"한 것, 즉, 지극히 정적인 것을 유지하는 것이라고 표현한 데 주목한다. 그러면서 고석규는 절망한 상태로서의 "정일"한 상태를 "무관심(Indiffernce)"의 상태이자, "의지(Intention)가 결여"된 상태로 규정한다. 김춘수는 고석규의 이러한 섬세한 감식안에 동감한다. 절망하는 것도 무언가 어떠한 대상에 대한 의지가 있은 다음에 그 대상에 대해 절망할 수 있다는 논리다. 그런데 김춘수는 고석규보다 더 깊이 이상의 절망의 본질에 대해 질문을 던진다. 김춘수는 그 절망이 '인간에 대한 절망인가?' 아니면 '신에 대한 절망인가?'를 묻는다. 아이러니하게도 인간에게 절망한 자는 신이라는 초월성을 믿는 세계관을 구축하게 되고, 신에게 절망한 자는 자연적 본성(nature)이라는 내재성을 믿는 세계관을 구축하게 된다. 그런데 무엇을 추구하느냐는 의지의 문제가 아닐 수 없다.

그러나 김춘수와 고석규가 진단을 내린 바와 같이, 이상의 절망이 처음부터 그 무엇에 대해서도 무관심하고 무의지한 상태는 아니었을 것으로 판단된다. 왜냐하면, 이상의 문학세계의 어디에나 존재하는 공포

---

38) 고석규, 「시인의 역설」, 『고석규 문학전집 2 평론집』, 남승우 편, 마을, 2012, 221~222면.

39) 이상, 『이상 전집 1 시』, 권영민 편, 뿔, 2009, 178면.

라는 정서와 죽음에 대한 강박은 강렬한 고통을 동반하는 파토스의 일종이다. 이상이 「且8氏의 出發」에서 "절망"을 "사막"에 은유하는 것은 그러한 공포라는 정서와 죽음에 대한 강박이 수반하는 고통에 대해 어느 정도 심리적 방어기제를 갖춤으로써 무감(無感)의 상태에 이르렀음을 보여준다. 이러한 상태에서의 이상의 절망은 키르케고르의 관점에서 자기 자신이고자 하지 않는 절망, 즉, 자살에 이를 수도 있는 가장 위험한 종류의 절망일 수 있다. 이상이 직접 자살 기도를 하지는 않았지만, 자신의 건강을 돌보지 않는 태도는 자신의 죽음을 암묵적으로 방임한 것으로 볼 수 있기 때문이다.

김춘수는 위의 인용문에서 이상이 권태를 키르케고르의 제1단계 미적 실존 수준에서 형상화하는 데 그쳤다고 평한다. 위의 평에서 김춘수가 "권태"를 언급한 부분은 이상의 수필 「권태」를 논거로 확인해 보면 타당하다. 키르케고르는 『기독교의 공격』에서 권태(倦怠, Livslede)는 모든 유한한 것을 잃어버렸음에도 불구하고 살아야 할 때 느끼는 공허감과 혐오감으로 자기 부인(self-denial) 상태에 이르렀을 때 느껴진다고 주장한다.[40] 이상은 「권태」에서 "지는것도 倦怠어늘 이기는것이 어찌 倦怠아닐수잇스랴?"라며, "작난"에 흥미를 잃은 상태를 보여준다. 바로 이러한 모습이 키르케고르가 말한 유한한 것을 잃어버린 모습이라고 할 수 있다. 또한 이상은 「권태」에서 "업다. 나에게는 아무것도업고 아무것도업는내눈에는 아무것도보이지안는다."라고 말하는데, 이러한 모습이 키르케고르가 말한 자기 부인에 이른 상태라고 할 수 있다.

이상이 이러한 권태의 상태를 작품화한 것에 대하여 김춘수는 키르

40) Søren Aabye Kierkegaard, 『기독교의 공격』, 이창우 옮김, 카리스아카데미, 2021, 63면.

케고르의 인간실존 3단계 중 1단계 미적 실존의 상태라고 진단을 내린다. 키르케고르는 『이것이냐 저것이냐』에서 인간의 실존을 3단계로 구분한다. 1단계는 미적 실존의 상태로 대표적인 인물로는 돈 후안이 있고, 2단계는 윤리적 실존의 상태 대표적인 인물로는 파우스트가 있으며, 마지막으로 3단계는 종교적 실존의 상태로 대표적인 인물로는 아브라함이 있다. 이러한 맥락을 살펴볼 때, 김춘수가 이상의 실존적 상태를 키르케고르의 1단계 심미적 실존, 즉, 돈 후안과 같은 실존으로 규정한 것은 이상의 작품에 권태가 나타날 뿐 아니라, 성(性)을 주제로 한 작품이 많음을 간접적으로 지적한 것으로 보인다. 또한, 김춘수가 이상에 대해 1단계에 머물렀다고 지적한 것은 2단계 윤리적 실존의 상태와 3단계 종교적 실존의 상태로 나아가지 못했음을 암시한 것이다. 그러나 반면에, 이상의 입장에서 1단계에 머문 것은 절대선의 현현으로서의 신의 세계, 즉, 초월성의 세계에 대한 회의로 내재성의 세계에 머문 것이라고 해석될 수 있다.

요컨대, 키르케고르의 개념으로 보았을 때 이상은 죽음에 이르는 병으로서의 절망이라는 실존적 상황에 이르러, 그 절망의 상황은 때로는 자기 자신이고자 하는 반항으로 나타나고, 때로는 자기 자신임을 포기하고자 하는 죽음충동으로 나타났으나, 신 앞에 선 단독자의 단계로 나아가지 않은 것이다. 이러한 이상의 상황을 김춘수는 키르케고르의 인간실존 1단계 미학적 실존의 단계로 본 것이다.

이러한 일련의 비평을 살펴보았을 때, 김춘수는 이상이 키르케고르를 읽었으나 왜 키르케고르적인 길로 나아가지 않았는가 의문을 던졌는데, 키르케고르적인 길을 가고자 한 것은 실은 김춘수 자신이던 것으로 판단된다. 김춘수는 릴케의 강력한 영향을 받았는데, 릴케는 키르케고르의 강력한 영향을 받았던 것이다. 그러한 까닭에, 김춘수는 릴케를 경유하여 키르케고르의 영향 아래 있었다고 볼 수 있다. 그러므로, 김춘수의 그 질문은 그가 무의식중에 자신의 문학적 지평에 요절한 이상의 미래를 투사해 본 데서 나온 질문이라고도 볼 수 있다.

특히, 김춘수는 말년에 니부어(Reinhold Niebuhr, 1892~1971)의 신학을 수용하면서, 『쉰한 편의 비가』와 같은 시집에서 '천사'를 주인공으로 내세워 초월적 세계를 형상화하였다. 그 시편들이 릴케의 『두이노의 비가』에 바쳐진 오마주라는 것은 김춘수 스스로 시작 의도에서도 밝힌 바 있다. 그런데 『두이노의 비가』는 릴케가 키르케고르의 『죽음에 이르는 병』을 뛰어넘기 위해 쓴 시집이었다. 이러한 정황상, 키르케고르의 3단계 실존까지 나아가고 싶었던 것은 이상에 대한 비평이라는 텍스트의 이면에 숨겨진 김춘수의 무의식적 욕망이었다고도 할 수 있을 것이다.

III. 불안에 대하여

다음은 김춘수의 『한국 현대시 형태론』 중 「부록—이상」에서 키르케고르가 다시 언급된 부분이다.

> 1934년 『조선일보』에 실린 그의 시 「오감도」 중의 「시제2호」 에서 볼 수 있는 "왜드디어나와나의아버지와나의아버지의아버지와나의아버지의아버지의아버지노릇을한꺼번에하면서살아야하는것이냐"하는 말도 잠재의식의 세계사에서가 아니라, 다소라도 어떤 종교의식(말하자면 죄의식과 같은)에서 나왔다고 하면 그에게 새로운

안계가 열렸을는지도 모르는 일이다. 전기한 고려대학교 문학회 간 이상 전집의 편자의 의견에 따르면, 이상에게 키르케고르를 애독한 흔적이 있다고 하고 있는데, 키르케고르를 길잡이로 하여 그리스도교 세계에 적극적으로 접근해갔다면 어찌 되었을까? 한번 생각해 볼 일이 아닌가 한다.

— 김춘수, 『한국 현대시 형태론』 부분.41)

나의아버지가나의곁에서조을적에나는나의아버지가되고또나는나의아버지의아버지가되고그런데도나의아버지는나의아버지대로나의아버지인데어쩌자고나는자꾸나의아버지의아버지의아버지의[…]아버지가되느냐나는왜나의아버지를껑충뛰어넘어야하는지나는왜드디어나와나의아버지의아버지의아버지와나의아버지의아버지의아버지노릇을한꺼번에하면서살아야하는것이냐.

— 이상, 「烏瞰圖 詩第二號」 부분.42)

김춘수의 「부록—이상」에서는 이상의 「오감도 시제이호」가 논평된다. 김춘수는 「오감도 시제이호」 가운데서도 "왜드디어나와나의아버지와나의아버지의아버지와나의아버지의아버지의아버지노릇을한꺼번에하면서살아야하는것이냐"라는 시구에 질문을 던지고 있다. 그 질문은 이 시구가 "잠재의식"에서 쓰인 것이 아니라, "종교의식"에서 쓰였다면 어땠을까 하는 질문이다. 김춘수가 잠재의식(潛在意識, subconsciousness)이라고 지칭한 개념은 현재 학계의 정신분석학적 용어로 무의식(無意識, unconsciousness)이라는 개념에 가까운 것으로 보인다. 「오감도 시제이호」는 무의식적으로 시적 주체가 자신을 아버지와 상상적 동일시(imaginary identification)는 하고 있지만, 상징적 동일시(sy

41) 김춘수, 『김춘수 시론 전집』I, 159~160면.
42) 이상, 『이상 전집 1 시』, 46면.

mbolic identification)를 해야 할 명분을 찾지 못함으로써, 진정한 의미의 '아버지 되기'에 실패하고 있음을 보여준다.[43)]

그러나 김춘수는 이상의 「오감도 시제이호」를 분석하는 것을 넘어 이상에게 종교의식을 제안하고 있다. 만약, 「오감도 시제이호」가 종교의식으로 해석된다면, '아버지의아버지의아버지[…]'는 궁극적으로 아담이 될 수 있을 것이다. 신학적으로 아담으로부터 원죄가 시작되었으며, 원죄가 모든 죄의식의 근원이다. 아담이 선악과를 먹기 전에는 죄없이 순결한 순진함의 상태였다. 키르케고르는 『불안의 개념』에서 아담의 그러한 순진함의 상태는 정신의 무지의 상태이자, 꿈꾸는 상태이지만, 무와 마주하기 때문에 불안하다고 해명한다(159).

그러나 이상이 "아버지노릇을한꺼번에하면서살아야" 하느냐고 의문을 던지고 있는 것은 '아버지 되기'의 무거움 때문이라는 점에서 모종의 부채의식(負債意識)이라고 볼 수 있다. 니체는 『도덕의 계보』에서 그리스도교의 죄의식, 즉, 양심의 가책은 조상에 대한 부채의식에 불과하다고 비판하였다.[44)] 그러니까, 이상은 자신의 근원을 찾아 올라가면서 니체와 같은 인식에 다다른 것이다. 즉, 조상에 대해 느끼는 무거움은 부채의식일 뿐 죄의식은 아니라는 것이다. 이러한 니체의 사상이 신이라는 초월적 존재를 상정하지 않는 내재성의 세계관을 잘 보여준다.

그렇지만, 김춘수는 이상의 그러한 인식이 신학적인 존재의 근원으로서의 신에 대한 인식과 죄의식을 지닌 인간에 대한 인식으로 이어지는 계기였다는 것을 지적한다. 키르케고르도 『불안의 개념』 에서 죄책(罪責, die Schuld)은 불안 때문에 반성할수록 증폭된다고 주장한다(1

---

43) 오주리, 「이상 시의 '사랑의 진실' 연구」, 157~158면.

44) Friedrich Wilhelm Nietzsche, 『도덕의 계보/이 사람을 보라』, 김태현 옮김, 청하, 1994, 70~71면.

97). 또한 그는 역시 『불안의 개념』에서 신학적으로 성은 죄성과 함께 정립되었다고 주장한다(183). 그러므로 그는 성에 대한 원죄의 현전이 단독자에게는 불안이라고 말한다.[45)]

이상 시의 불안은 무의식적으로 성이라는 원죄에 대한 죄의식일 수 있다. 그러나, 「오감도 시제이호」에서는 죄책 대신 부채의식이 나타나지만, 이 작품 이외에 '아버지', '어머니', '아내', '애인' 등의 인간관계가 드러나는 이상의 또 다른 작품들에서는 성에 대한 별다른 죄의식은 나타나지 않는다. 「오감도 시제이호」에서와 같이 이상의 문학세계에서 상징적 아버지(symbolic father)의 기능이 폐제(廢除, foreclosure)되어 있는 것은 그에게 왜 살아야 하는지, 존재의 이유를 가질 수 없게 한다. 그것은 이상 문학에서 죽음, 즉 무에 대한 불안으로 나타난다.

김춘수가 이 지점에서 키르케고르를 언급하는 것은 이상 문학이 초월성의 길로 나아가지 못한 아쉬움으로 볼 수도 있다. 불안은 인간의 존재론적 상실을 의미하며 무에서 비롯된다(임규정 21). 불안은 신학적으로 인간의 죄 또는 원죄와 관계있다. 그렇지만, 이상은 「육친」에서 "크리스트"를 "암살"한다며, 신학의 방향으로는 나아가지 않는다. 그러나 이상의 문학은 불안이라는 정서를 근본 정서로 하고 있다. 이상의 그러한 면모가 간파된 글은 김춘수의 또 다른 이상에 대한 비평 「「죽음의 본능」을 위한 변명」이다. 다음은 그 일부이다.

> 이상은 스물일곱의 나이로 이역 땅에서 폐를 잃고 죽어갔다. 동경의 그 어둔 하늘을 병실의 유리창을 통하여 멀리 바라보면서 북한산 위에 드높이 펼쳐진 서울의 가을 하늘을 한 번만 더 보고 싶어 했는

---

45) Søren Aabye Kierkegaard, 『불안의 개념』, 183면.

> 지도 모른다. 그가 죽기 조금 전에 간호원에게 레몬을 하나라도 갖다 달라고 했다는 말이 전해지고 있다. 그것이 사실이라면 그의 문학은 하나의 반어였다는 것을 알 수 있다. 그는 살고 있는 동안 늘 죽음을 가까이에 거느리고 있었던 사람이다. 곧 죽는다는 예감 속에서 살았다고 할 수 있다. […] 일본의 노벨문학상 수상작가 모씨는 「말기의 눈」이란 말을 하고 있다. 죽어가는 사람의 눈으로 세상을 봐야 한다는 것이다. 작가의 눈이란 결국은 그러한 것이다. […] 심리학자 프로이트는 이름을 붙여 타나토스 즉 「죽음의 본능」이라고 했다. 쉽게 말해서 그것은 인간의 파괴본능이다. 이것은 언제라고도 어디서라고도 할 수 없이 드러날 수가 있다. […] 타나토스는 죽음의 본능이라고 하지만 목숨을 희구하는 나머지의 죽음의 본능이라고 해야 한다.
>
> — 김춘수, 「「죽음의 본능」을 위한 변명」 부분.[46)]

김춘수의 「「죽음의 본능」을 위한 변명」에 나타난 이상에 대한 시각을 정리해 보면 다음과 같다. 첫째, 김춘수는 이상이 죽으면서 레몬을 찾았다는 데서, 프로이트(Sigmund Freud, 1856~1939)의 죽음충동(Thanatos, death drive 獨 Todestrieb)과 달리 이상의 죽음 충동에는 삶에 대한 충동이 숨겨져 있다고 주장한다. 이상에게는 삶에 대한 희구가 "레몬"이라는 '즉물'의 세계, 즉, '감각'의 세계로 나타난다는 것이다. 둘째, 이상이 세상을 바라보는 눈은 가와바타 야스나리(川端康成, 1899~1972)의 "말기의 눈"(末期の眼)(『文芸』 1933年 12月号)과 같다는 것이다. 이상은 항상 "죽는다는 예감" 가운데서 살았는데, 야스나리에 따르면, 진정한 모든 예술가는 그러한 "말기의 눈"으로 세상을 바라본다는 것이다. "죽는다는 예감"은 존재론적 상실로서의 무에 대한 불안이라고

46) 김춘수, 『김춘수 전집 3 — 수필』, 문장사, 1982, 341~342면.

할 수 있다.

키르케고르는 『성찬의 위로』에서 인간은 무에 의해 제한받으면서 무한한 세상에 홀로 존재하며, 모든 것이 불확실한 가운데 오직 죽음만이 확실하다고 말한다.[47] 그러나, 키르케고르는 다시 『기독교의 공격』에서 불확실성 가운데 공포와 불안을 견디고 있다는 것은 역설적으로 깨어있다는 방증이라고 주장한다.[48] 그러한 의미에서, 예술가가 "말기의 눈"을 가진 것처럼 죽음 앞에서 불안을 견디며 아름다운 예술을 창작할 수 있는 것은 역설적으로 깨어있다는 증거이기도 할 것이다.

그러나 키르케고르는 『죽음에 이르는 병』에서 인간의, 절망의 근원적 원인은 죽음인 종말이 아니며, 죽음은 영원한 생명 내부의 작은 사건에 불과하기 때문에, 진정한 그리스도교인이라면 죽음에 대하여 초연할 수 있어야 한다고 주장한다(19). 그런데 신학적으로 죽음에 초연하다는 것과 영생을 믿는다는 것에는 차이가 있다. 키르케고르는 『기독교의 공격』에서 영원한 생명(immortality)은 불멸(perpetuity)과 같이 삶의 계속성(continuation)을 의미하는 것이 아니라, 심판에 의해 의인과 악인이 영원히 분리되는 것을 의미한다고 주장하며(165), 나아가 영원한 것(the eternal)은 의(義, righteousness)라고 주장한다(172). 그러한 주장의 의미는 죽는 순간, 최후의 심판을 받을 때 의인이라는 선고를 받은 사람만이 사후에 천국에 간다는 의미이다. 이것이 인간이 자신의 존재를 뛰어넘어 신적인 존재를 추구하는, 초월의 궁극적인 의미에 가깝다. 그렇지만, 이상은 죽는 순간에도 초월의 상징적 공간으로서의 천국 대신 "레몬"을 찾았다. 그것은 들뢰즈가 『순수한 내재성』(*Pure Imma*

47) Søren Aabye Kierkegaard, 『성찬의 위로』, 59~60면.
48) Søren Aabye Kierkegaard, 『기독교의 공격』, 179~181면.

nence)에서 주장하듯이, 초월성 대신 자연적 본성으로서의 내재성, 즉, 생과 힘을 이상은 추구한 것이라고 해석될 수 있다.[49]

IV. 사랑에 대하여

다음으로 살펴보고자 하는 김춘수의 이상에 대한 비평은 『한국 현대시 형태론』에서 이상을 문학사적으로 평가한 부분이다.

> 이상은 의식 하에 있어서는 여전히 동양인이었겠지만, 의식으로는 이미 동양인이 아니었다. 설명을 붙일 필요도 없이 불교도 유교도 그의 의식과는 관계없는 것이었다. 그의 약력이 말하는 바 그의 교양은 서구적인 것이다. 그것도 근대에 국한된다. […] 그것은 서구 근대의 기술문명의 모태인 합리주의 정신에 대한 야유이기도 하다. 이 점에 있어 그는 세기말 시인들과 프로이트파 심리학에 통하고 있다. 하여간 그는 시대를 구가할 수 있는 기술을 버리고, 시대를 야유할 수 있는 문학으로 달렸던 것이다. 그러한데 세기말 시인들과 프로이트파 심리학은 서구 근대의 합리주의 정신의 실제의 대변자인 서구 근대의 시민계급의 낙천적 진보주의를 조소하고, 그 도덕의 기만성을 폭로하기는 하였으나, 기술문명이 저질러 놓은 인간성의 여지 없는 파괴에 대한 책임 있는 만회책은 강구를 못했던 것이다. 세기말 시인들의 감정과 프로이트파 심리학의 지성은, 말하자면 근대 시민계급의 낙천적 진보주의마저 다시 파괴해버리고, 그 터전에 비관주의의 허무적 분위기를 퍼뜨렸던 것이다.
>
> — 김춘수, 『한국 현대시 형태론』 부분.[50]

---

49) Gilles Deleuze, *Pure Immanence,* p.27.
50) 김춘수, 『김춘수 시론 전집』I, 158～159면.

1930년대의 조선이라고 하는 일본의 식민성에서, 서구 근대의 기술문명을 야유한 이상이 기술 대신 섭취한 서구 근대는 주로 이러한 분위기였다고 할 것이다. 해결을 얻지 못하고(또는 혈로를 찾지 못하고) 악순환만을 되풀이한 이상의 의식의 한계가 보다 많이 여기에 원인하고 있는 것이나 아닌가? 서구 근대의 파탄이 어디서부터 나온 것이고, 그 파탄을 서구인들은 어떻게 무엇으로 극복해갈 수 있는 것이며, 그들은 그들의 주체를 어떻게 다시 세워갈 수 있는 것인가? 하는 서구인의 갱생에의 열쇠는 오히려 근대 이전의 서구에 있는 것일는지도 모르는데, 그러한 데에 관심이 적극적으로 미쳐가기도 전에 그의 건강이 이미 쇠했고, 설령 건강이 좀 더 유지되었다고 하더라도 서구에 접촉(간접으로) 한 지 얼마 안 되는 한국에 있어서는 난사 중의 난사였을는지도 모른다. 이렇듯 이상은 서구 근대 말기의 데카당스를 예민하게 체험하기는 하였으나, 제가 체험한 그 체험은 끝끝내 제 자신을 망쳐버리는 데 주요한 원인이 되기도 하였던 것이다.

— 김춘수, 『한국 현대시 형태론』 부분.[51]

김춘수는 「부록—이상」에서 이상은 서구인의 교양을 연마했고, 프로이트 심리학과 상통한다는 세계관을 지녔으며, 서구 근대의 시민계급의 낙천적 진보주의와 도덕성을 조소했다고 진단한다. 그러나, 김춘수는 이상의 세계관에는 서구 근대에 대한 대안이 부재했다는 점은 한계였다고 덧붙인다. 김춘수의 관점에서 이상의 문학은 데카당스(décadence)의 세계를 형상화하였으나, 그것을 극복하지는 못한 것이다. 여러 비평에서 프로이트 심리학의 한계를 언급했던 김춘수는 위의 비평에서도 이상의 유사한 한계를 다시 언급한다.

51) *Ibid.,* p.159.

나아가, 위의 인용문에서 김춘수가 "서구인의 갱생에의 열쇠는 오히려 근대 이전의 서구"라고 한 부분이 주목된다. 왜냐하면, 그는 근대 서구의 대안으로 근대 이전의 서구를 제안하고 있기 때문이다. 김춘수는 이상이 요절하지 않았다면 근대 이전 서구의 세계관으로 나아갔어야 한다고 본 것이다. 근대 이전의 세계관이란 중세의 세계관, 다시 말해, 아퀴나스의 신학, 즉, 토미즘(Thomism)으로 대변되는 그리스도교적 세계관이라고 할 수 있다. 김춘수가 이상 문학에 중세의 그리스도교적 세계관을 제안한 것은 키르케고르의 그리스도교적 세계관을 제안한 것과 거의 동일한 맥락에서 이해될 수 있다.

김춘수가 이상의 세계관에 닿아있다고 한 프로이트 심리학은 에로스적 사랑에 대한 심리학이다. 예컨대, 서영채가 『한국 근대 소설에 나타난 사랑의 양상과 의미 연구』에서 이상의 소설의 사랑을 마조히즘의 연애로 규정한 것이나,[52] 오주리가 「이상 시의 '사랑의 진실' 연구」에서 이상의 시를 정신분석학적으로 사랑을 구명한 것이 그 예이다. 그러나 키르케고르는 『사랑의 역사』에서 에로스적 사랑은 영원하지 않은 사랑이라고 주장한다(39). 나아가 그는 『사랑의 역사』에서 애인에 대한 사랑은 '다른 자기' 또는 '다른 나'에 대한 사랑에 불과하므로, 진정한 타자인 '다른 너', 성경적 표현으로 이웃에 대한 사랑을 실천해야 한다고 주장한다(102). 그리스도교에서의 사랑은 아가페적 사랑이다. 키르케고르는 『사랑의 역사』에서 그리스도교의 사랑은 '사람-하느님-사람'의 관계 가운데 성립되는 사랑이라고 주장한다(198). 왜냐하면 하느님을 사랑하는 것은 진리 안에서 자신을 사랑하는 것이고, 타인이 하느

52) 서영채, 『한국 근대 소설에 나타난 사랑의 양상과 의미 연구』, 서울대 박사학위 논문, 2002, 180면.

님을 사랑하도록 돕는 것이 타인을 사랑하는 것이며, 타인의 도움을 받아 하느님을 사랑하는 것이 하느님으로부터 사랑받는 것이기 때문이라고 키르케고르는 『사랑의 역사』에서 강조한다.53)

그러나 이상은 「실낙원」에서 "파라다이스는 빈터"이며 "천사의 키스에는 색색이 독"이 들었다며 애통해한다. 이상의 「실낙원」은 밀턴(John Milton, 1608~1674)의 『실낙원』에서 제목을 빌려온 작품이다. 『실낙원』은 인간이 에덴동산으로부터 추방된 이후 고난의 삶을 형상화한다. 이상은 「실낙원」에서 "파라다이스" 즉 천국을 더 이상 믿지 않는데, 그것은 구원을 경험할 수 없는, 식민지 조선의 근대라는 시대 탓일 수 있다. 이상은 '다른 너'인 이웃을 사랑하라는 그리스도교적 사랑을 실천하기에는 너무나 타락한 시대를 살고 있었다.54) 천국이 초월적 세계의 상징이라고 할 때, 이상의 가치관이 내재성의 세계에 머물 수밖에 없던 이유가 「실낙원」 같은 작품에서 유추될 수 있다. 밀턴은 『실낙원』 이후 『복낙원』의 세계로 선회했다. 그렇지만 요절로 「실낙원」에서 멈춘 이상의 문학세계는 신앙으로 선회하지 않았다. 그것은 이상이 중세 그리스도교의 세계 또는 키르케고르의 그리스도교의 세계로 나아가지 않았다는 것이다.

다음으로 살펴보고자 하는 김춘수의 이상에 대한 비평은 『시의 위상』에서 이상을 문학사적으로 평가한 부분과 이상이 김기림(金起林, 1908~?)에게 보낸 편지의 부분이다.

---

53) Søren Aabye Kierkegaard, 『사랑의 역사』, 198면.

54) 이상의 사랑이 에로스적 사랑, 즉, '다른 자기' 또는 '다른 나'에 대한 사랑이라는 데 다른 견해가 존재할 수 있다. 왜냐하면, '다른 너'는 무의식으로 대변되는 내부의 타자로 확대되어 해석될 수도 있기 때문이다(김유중, 「토론문」). 예컨대, 라캉(Jacques Lacan, 1901~1981)의 정신분석학에서의 대타자 개념이나 타대상 개념도 '다른 너'로서의 '내 안의 타자'일 수 있다.

T. S. 엘리엇은 마침내 단테론에서 단테의 사상을 읽지 말고 시를 읽으라고 권한다. 『신곡』을 시로서 읽으라는 것이다. 『신곡』의 사상은 토마스 아퀴나스의 신학 체계에 더 정치하게 전개되고 있다는 것이다. […] 엘리엇이 단테론에서 말한 단테의 시라고 하는 것은 바로 이런 것을 두고 한 말이다. 이런 시선과 대상(주제)의 처리방법을 편석촌은 터득하지 못하고 있다. 그것은 시사문제를 취급한 그의 장시 「기상도」에서도 드러나고 있다. […] 시를 훈련과 교양의 차원으로 이끌어준다. 자연발생적인 소박성으로부터 구제해주고, 더 나아가면 시인을 전문가로 만들고 자각된 엘리트 시(폐쇄적 전위기)를 낳게 하고 시의 역사에 날카로운 비판의 자국을 남기게 된다. 30년대에는 이상이 역시 대표적으로 시를 새로운 국면으로 이끌어주고 있다. […] 30년대까지의 이 땅의 시는 대체로 감상이 매우 승한 세계의 단순화, 즉, 리얼리티를 놓친 그러한 경향으로 이어져 와서 매우 단조로운 전통을 이룩해왔다고 할 수 있다. 이상이 그것을 본격적으로 과격하게 깨뜨린 최초의 시인이 되었다. 그의 시가 가뜩이나 폐쇄적으로, 즉 엘리트 시인의 전위시로 보이는 것은 그의 이러한 점 때문이기도 하다.

— 김춘수, 『시의 위상』 부분.[55]

소설을 쓰겠소. 우리네들의 행복을 신 앞에 자랑스레 내보일 수 있는 그런 해괴망칙한 소설을 쓰겠다는 이야기요. 흉계(凶計)지오? 가만있자! 철학 공부도 좋구려! 따분하고 따분해서 견디기 어려운 그따위 일생도 또한 사(死)보다는 그래도 좀 자미가 있지 않겠소?/ 연애라도 할까? 싱거워서? 심심해서? 스스로워서?/ 이 편지를 보았을 때 형은 아마 뒤이어 「기상도」의 교정을 보아야 될 것 같소.

— 이상, 「편지 〈1〉 —기림 형」 부분.[56]

---

55) 김춘수, 『김춘수 시론 전집』II, 현대문학, 2004, 213~218면.
56) 이상, 『이상 전집 4 수필』, 166~167면.

김춘수는 『시의 위상』 13장에서 T. S. 엘리엇(Thomas Stearns Eliot, 1888~1965)의 비평문 가운데 단테(Alighieri Dante, 1265~1321), 셰익스피어(William Shakespeare, 1564~1616), 던(John Donne, 1572~1631) 등에 대한 논의를 전개한다. 그러면서 그들과 김기림, 이상을 비교하여 평가한다. 엘리엇은 비평집 『신성한 나무』(*The Sacred Wood*)의 「단테론」("Dante")에서 철학시(哲學詩, philosophical poetry)로서의 『신곡』을 평한다. 단테의 작품을 자신의 작품에 인유하는 등 단테로부터 큰 영향을 받은 엘리엇은 『신곡』을 고평한다(이영숙 1). 엘리엇은 「단테론」에서 철학의 원형은 시적이지 않을 수 있지만, 시는 철학적 관념에 의해 관통될 수 있다고 역설(力說)하면서, 단테의 시가 철학을 다루어 비전을 제시하는 데 성공했다고 고평한다.[57]

엘리엇은 「단테론」에서 '시인이 감정(emotion)을 어떻게 다루는가?'를 기준으로 셰익스피어는 낮게 평가하는 반면, 단테는 높게 평가한다(118). 셰익스피어는 감정에 지배되는 듯한 인물을 그대로 형상화한 반면에, 단테는 감정을 질서화하여 『신곡』의 「지옥 편」, 「연옥 편」, 그리고 「천국 편」을 구성했다는 것이다(118). 엘리엇의 객관적 상관물(objective correlative) 개념은 특별한 감정의 공식이 될 수 있는 대상, 상황, 사건을 가리키는데,[58] 이러한 관점에서도 단테의 『신곡』은 시적 형상화와 철학성 양면에서 성공한 작품으로 평가될 수 있다.

김춘수가 자신의 비평문에서 엘리엇의 「단테론」이 인용된 부분과 엘리엇의 「단테론」 원문을 비교해 볼 때, 차이가 나타난다. 김춘수는 아퀴나스를 언급했지만, 실제로 엘리엇은 「단테론」에서 아퀴나스를

57) Thomas Sterns Eliot, "Dante," *The Sacred Wood, Berkeley*: Mint Editions, 2021, pp.114~119.

58) Thomas Sterns Eliot, "Hamlet and His Problems," *The Sacred Wood* p.75.

언급하지 않았다. 다만, 엘리엇은 「단테론」에서 『신곡』의 「연옥 편」에 아리스토텔레스의 사상이 나타난다고 했는데(119), 아퀴나스를 아리스토텔레스 사상의 계승자로 볼 수는 있을 것이다.

김춘수가 엘리엇의 「단테론」을 인용한 이유는 시와 철학의 완벽한 조화의 전범을 『신곡』에서 발견했기 때문이다. 이어서 김춘수는 단테의 『신곡』과 김기림의 「기상도(氣象圖)」를 비교한다. 그러면서 김기림이 "훈련"과 "교양"으로 단련된 시인이라는 점에 대해서는 높이 평가하는데, 그러한 평가는 이상으로 이어진다. 김춘수는 이상의 한국문학사에서의 위상을 엘리엇에 버금가는 지위에 올려놓는다. 전문가이자 엘리트로서의 시인의 상을 이상이 확고하게 만들었다는 것이다.

김춘수가 한국 최고의 모더니즘 시인들에 대해 비평하는 지면에서 굳이 단테의 『신곡』과 아퀴나스의 사상을 비교의 준거로 삼은 것은 김춘수가 이상에게 키르케고르의 길을 제안한 것과 유사한 맥락으로 이해될 수 있다. 초월성의 세계관이 어느 정도 김춘수에게 그들에 대한 비평적 준거로 작용한 결과로 판단된다.

그러나 이상이 초월성의 세계를 추구하지 않은 이유는 김기림에게 보낸 편지에서 유추될 수 있다. 이상은 위의 편지에서 "우리네들의 행복을 신 앞에 자랑스레 내보"이는 소설을 쓰겠다고 김기림에게 고백한다. 여기서 이상의 신에 대한 태도는 신이라는 초월적 존재를 추구하는 것과는 다르다. 즉, 이상의 태도는 신에 대한 대결 의지라고 할 수 있다. 신범순은 『이상의 무한정원 삼차각나비』에서 김기림이 이상에게 바친 추도시 「쥬피타 추방」에서 이상의 상징인 주피터가 니체의 초인(超人, Übermensch)의 이미지를 지녔다고 해석한 바 있다(24). 그러한 해석과 같이, 이상의 신에 대한 대결 의지는 니체가 『차라투스트라는 이렇게 말했다』에서 신의 죽음 이후, 인신(人神)으로서의 초인을 제안한 것을 연상시킨다. 이상이 편지에서 권태로울지언정 죽음 아닌 삶 가운데서 무엇이라도 하겠다고 고백하는 것도 니체가 「이 사람을 보라」에서 역설한 운명에 대한 사랑, 즉 아모르 파티(Amor Fati)[59]를 긍정하는 것으로 볼 수 있다. 신범순은 『이상 문학 연구』에서 이처럼 이상 문학에 넘쳐흐르는 원초적인 힘에 대한 희구를 프로이트적인 리비도(libido) 또는 니체적인 권력의지와 유사한 것으로 해석한다.[60] 이상 문학에 나타나는 죽음을 넘어서려는 역설적인 생명에의 희구는 프로이트 사상 그리고 니체 사상과 상동성이 있다.

또한 편지에서 이상이 김기림의 「기상도」를 언급하며 우정을 드러낸 것은 그들이 당대의 에피스테메를 공유한 것으로 볼 수 있다. 김유중은 『김기림 연구』에서 김기림의 「기상도」를 근대 문명의 타락상뿐 아니라 역사에 대한 위기의식을 반영한 작품으로 평가한다.[61] 벤야민(Walter Benjamin, 1892～1940)은 「보들레르의 작품에 나타난 제2 제정기의 파리」에서 근대를 자본주의만이 종교인 시대라고 규정한다(5). 식민지 조선의 1930년대가 바로 그러한 시대였다. 다시 말해, 그리스도교적인 세계관이 사실상 제국주의적인 세계관에 의해 무력해진 시대였던 것이다. 그러므로 김춘수의 제안처럼 이상과 김기림이 초월적 존재로서의 신을 찾기 위해 단테의 『신곡』과 같은 작품을 쓰기는 어려웠을 것이다. 마찬가지로 그러한 시대적 분위기에서 그리스도교 신학을 바탕으로 한 키르케고르의 사상이 모든 시인에게 보편적으로 받아들여지기는 어려웠을 것이다. 동시대에 키르케고르의 사상을 수용한 식민지

59) Friedrich Wilhelm Nietzsche, 『도덕의 계보/이 사람을 보라』, 53면.
60) 신범순, 『이상 문학 연구: 불과 홍수의 달』, 지식과교양, 2013, 107면.
61) 김유중, 『김기림 연구』, 월인, 2022, 21면.

조선의 시인으로는 박용철(朴龍喆, 1904~1938)과 윤동주(尹東柱, 1917~1945)가 있었다. 그러므로 이상이 박용철이나 윤동주가 될 필요도 없었다.

김춘수가 이상을 비판한 지점은 키르케고르가 시인을 비판한 지점과 근사하다. 키르케고르가 시인을 비판하는 가장 근본적인 이유는 시인은 신성을 언어로 찬미하나, 아가페를 실천하지 않으며, 그럼으로써 시인의 실존은 절망에서 벗어나지 못한, 죄의 상태에 머물러 있다는 것이다. 그러나 이상은 신앙을 통한 구원에 이르지 못했을지라도 문학사에서는 전위시를 남기는 진보를 이뤘다. 그는 천재로서의 사명은 다한 것이다. 키르케고르는 『불안의 개념』에서 천재는 내면으로 향하면서 자유를 발견하는데, 그러한 만큼 죄에 대한 불안의 가능성도 커진다고 주장한다.[62] 그 이유를 키르케고르는 『불안의 개념』에서 불안은 자유가 가능성을 통해 자신에게 드러남으로써 규정되기 때문이라고 하였다(309).

이상의 문학세계에는 불안의 정서가 어느 작품에나 삼투되어 있다. 그것은 궁극적으로 존재의 무로서의 죽음에 대한 불안일 것이다. 그러나 키르케고르는 불안의 역설을 주장한다. 다시 말해, 불안하다는 것을 깨달은 인간은 궁극적인 것을 깨달을 수 있으므로, 더 깊이 불안에 빠질수록 그 인간은 더 위대하다고 키르케고르는 『불안의 개념』에서 주장하는 것이다(395). 천재로서의 이상은 내면의 자유를 윤리의 제약에 굴복시키지 않았다. 키르케고르는 『불안의 개념』에서 자유의 가능성인 불안이 신앙을 통한 구원으로의 열린 길이라고 하였다.[63] 그러한 주

62) Søren Aabye Kierkegarrd, 『불안의 개념』, 299면.
63) *Ibid.*, p.397.

장처럼 이상이 요절하지 않았다면, 김춘수가 제안한 길로 나아갈 가능성이 전혀 없지만은 않았을 것이다.

요컨대, 이상의 사랑은 그리스도교적인 사랑, 즉 아가페적인 사랑으로서의 인류애적 사랑으로 나아가지 않았다. 또한, 이상 나름의 그리스도교에 대한 비판적 논리로 그렇게 할 수도 없었다. 그렇지만, 이상은 자유로운 천재 시인의 실존 가운데서 무에 대한 불안을 감내하며 전위적으로 새로운 창조의 영역을 여는 데 기여하였다.

V. 결론: 이상과 김춘수, 내재와 초월

이 논문은 김춘수가 이상에 대한 비평에서 '이상이 왜 키르케고르의 길을 가지 않았는가?'를 물은 데 착안하여, 시인으로서의 존재론적 지향점이 김춘수는 초월성을 향해 갔으며, 이상은 내재성을 향해 갔다는 전제 아래에 논증되었다. 초월성을 지향한다는 것은 차안으로부터 피안의 신, 존재, 진리, 선을 추구한다는 것이며, 내재성을 지향한다는 것은 자연으로부터 유래한 인간의 본성과 생명력을 신뢰하며 자기의식의 체험을 긍정한다는 것이다. 김춘수는 초월성의 관점을 키르케고르의 신학에서 취한 바, 이 논문 또한 그의 사상을 원용하여 논증해 나아갔다. 연구의 시각에서는 키르케고르의 『죽음에 이르는 병』, 『불안의 개념』, 『사랑의 역사』, 『순간』, 『두려움과 떨림』등을 중심으로 핵심 사상을 원용하였다.

이에 따라 II장에서는 절망에 대하여 논의되었다. 김춘수의 『한국 현대시 형태론』에서는 이상의 「19세기식—비밀」이 비평되면서 키르케고르의 『죽음에 이르는 병』이 언급되었다. 이상의 절망은 키르케고르적으로 신 앞에 선 단독자로 나아가지 않은 채, 본래적이면서 자기 자신이기를 욕망하는 반항으로서의 절망으로 나타났다. 또한 김춘수의 『한국 현대시 형태론』에서는 고석규의 이상론에서의 절망이 다시 언급되었다. 이 절망은 「且8氏의 出發」의 절망으로, 키르케고르의 『기독교의 공격』에서 말하는 바와 같이, 살아야 할 이유를 잃어버렸을 때 느끼는 권태와 자기 부인에서 오는 절망으로 자살에 이를 수도 있는 절망이었다. 김춘수는 이상의 이러한 실존을 키르케고르가 『이것이냐 저것이냐』에서 언급한 1단계 심미적 실존으로 규정하였다.

III장에서는 불안에 대하여 논의되었다. 김춘수의 『한국 현대시 형태론』에서는 다시 이상의 「오감도 시제이호」가 비평되면서 키르케고르가 언급된다. 그 시에서 이상은 '아버지-되기'에 실패했는데, 김춘수는 무의식적 부채의식이 아니라, 종교적으로 원죄의식으로 나아갔으면 어땠을까 의문을 던진다. 그렇다면, 키르케고르가 『불안의 개념』에서 말한, 아담의 순진한 영혼이 꿈꾸는 상태에서 느끼는 무에 대한 불안으로 연결되었을 것이다. 그러나 이상은 「육친」에서 예수를 부정한 바와 같이 초월적 세계로 나아가지 않는다. 다시 말해, 이상은 키르케고르의 『기독교의 공격』에서 의인이 됨으로써 영원한 생명을 얻는 세계로 나아가지 않은 것이다. 김춘수는 「「죽음의 본능」을 위한 변명」에서 이상이 죽음에 대한 불안을 느끼면서도 임종 때 "레몬"을 찾은 것을 상기한다. 이것은 차안에서 생명력을 추구한는 내재성의 철학의 성격을 띠는 이상의 존재론적 지향의 단면을 보여주는 것이다.

IV장에서는 사랑에 대하여 논의되었다. 김춘수는 『한국 현대시 형태론』에서 이상이 서구의 근대를 프로이티즘의 시각으로 비판했지만 극복하지는 못했다고 평가한다. 그러면서 전근대의 세계관을 대안으로 제시하는데, 이상은 「실낙원」에서 그리스도교의 아가페적 사랑에 대한 불신을 보여준 바 있다. 마지막으로 김춘수는 『시의 위상』에서는 엘리엇의 「단테론」의 인용을 통해 단테의 『신곡』이 철학시로서의 전범임을 내세운다. 반면에 이상이 김기림에게 보낸 서신과 김기림이 이상에게 바친 추도시 「쥬피터 추방」은 이상이 초월자로서의 신을 추구하는 것이 아니라 신과의 대결 의지를 지녔음을 보여준다. 이는 니체의 초인의 권력의지와도 같은 것이었다. 이상은 키르케고르의 『사랑의 역사』가 말하는 아가페적 사랑을 추구하지는 않았지만, 『불안의 개념』이 말하는 불안을 감내하며 내면의 자유를 추구하며 예술의 새로운 영역을 개척하는 천재상을 보여주었다.

문학사적으로 김춘수와 이상의 문학세계의 연속성이 있는 부분은 한국현대시사에서 모더니즘의 두 거장이라는 점이다. 그러나 이상과 김춘수의 시세계의 불연속성이 있는 부분은 근본적으로 세계관 부분이다. 다시 말해, 인간의 구원의 문제를 '내재성' 안에서 찾느냐, 아니면 '초월성' 안에서 찾느냐의 문제인 것이다. 이상의 경우, 인간의 구원의 문제를 '내재성'에서 찾았다고 할 수 있다. 반면에, 김춘수는 인간의 구원의 문제를 '초월성'에서 찾았다고 할 수 있다. 그러나, 내재성나 초월성이나 어느 편이든 나름의 필연성을 지니고 있다. 그러므로 어느 편이 우월하다고 평가할 수 없다.

마지막으로, 이 논문이 시작된 질문으로 돌아오고자 한다. '이상이 왜 키르케고르의 세계관으로 나아가지 않았는가?'를 물었던 김춘수는 키르케고르적 세계관을 자신의 시에 받아들였다고 볼 수 있다. 왜냐하면 김춘수가 릴케의 계승자였고, 릴케는 키르케고르의 계승자였기 때문이다. 김춘수의 『쉰한 편의 비가』는 릴케의 『두이노의 비가』로부터 영감을 받았고, 릴케의 『두이노의 비가』는 키르케고르의 『죽음에 이르는 병』으로부터 영감을 받았다. 릴케를 경유하여 키르케고르의 사상이 김춘수에게 계승된 것이다. 김춘수의 예수와 관련된 시편이나 천사와 관련된 시편에는 현대의 신학자 니부어에 대한 독해가 반영되었다. 김춘수의 세계관이 키르케고르의 사상에서 니부어의 사상까지 연결된 것으로도 볼 수 있다. 이러한 점은 김춘수가 '초월성'의 세계로의 지향을 통해 구원을 갈구했다는 것을 보여준다. 김춘수는 형이상시(形而上詩, metaphysical poetry)로써 신의 영역에 다가가는 시작을 하였다.

요컨대, 김춘수가 '이상은 왜 키르케고르의 세계관으로 나아가지 않았는가?'라는 질문을 던진 것은 요절한 이상의 미래에 김춘수가 자신의 문학적 지평을 무의식적으로 투사한 것이라고 할 수 있다. 이상 문학은 '내재성' 가운데서 인간 구원의 문제를 묻고 있는데, 그것은 사상적으로나 역사적으로나 나름대로 충분히 그 타당성을 지니고 있다. 김춘수는 이상과 달리 '초월성' 가운데서 인간 구원의 문제를 묻고 있다. 한국 현대시사에서 모더니즘의 두 거장은 이처럼 '내재성'의 사상과 '초월성'의 사상의 두 축을 담지하면서 한국의 정신사를 풍요롭게 하였다.

참고문헌

1. 기본 자료

이상, 『이상 전집 1 시』, 권영민 편, 뿔, 2009.

____, 『이상 전집 4 수필』, 권영민 편, 뿔, 2009.

김춘수, 『김춘수 전집 3 – 수필』, 문장사, 1982.

______, 『김춘수 시론 전집』I, 현대문학, 2004.

______, 『김춘수 시론 전집』II, 현대문학, 2004.

2. 국내 논저

고석규, 「시인의 역설」, 『고석규 문학전집 2 평론집』, 남승우 편, 마을, 2012.

권영민, 『이상 텍스트 연구』, 뿔, 2009.

김유중, 『한국 모더니즘 문학과 그 주변』, 푸른사상, 2006.

______, 「김춘수의 문학과 구원」, 『한중인문학연구』45, 2014, 51~79면.

______, 『김기림 연구』, 월인, 2022.

______, 「〈이상과 김춘수: 내재와 초월〉에 관한 토론문」, 『한국현대문학회 2023년 제1차 정기학술대회 자료집』, 2023. {「토론문」으로 표기}

김윤식, 「한국시에 미친 릴케의 영향」, 『한국문학의 이론』, 일지사, 1974.

______, 『김윤식 문학 선집』5, 솔, 1996.

김현, 「이상에 나타난 '만남'의 문제」, 『자유문학』, 1962. 10.

방민호, 『이상 문학의 방법론적 독해』, 예옥, 2015.

서영채, 『한국 근대 소설에 나타난 사랑의 양상과 의미 연구』, 서울대 박사학위 논문, 2002.

신범순, 「문학과 예술 사이」, 『깨어진 거울의 눈』, 현암사, 2000.

______, 『이상의 무한정원 삼차각 나비』, 현암사, 2007.
______, 『이상 문학 연구: 불과 홍수의 달』, 지식과교양, 2013.
오주리, 「이상 시의 '사랑의 진실' 연구」, 『한국 현대시의 사랑에 대한 연구』, 국학자료원, 2020.
이명곤, 「토미즘의 인간적 행위에서 '자기초월'의 의미」, 『철학연구』105, 2008, 49~74면.
이영숙, 「단테의 인유로 보는 엘리엇 작품 속의 종교적 여정: 『신곡』을 위주로 한 기독교적 세계관을 중심으로」, 『문학과 종교』14.2 ,2009, 1~32면.
이재선, 「한국현대시와 R. M. 릴케」, 『김춘수 연구』, 김춘수 연구 간행 위원회 편, 학문사, 1982.
임규정, 「인간의 존재론적 상실을 의미하는 불안의 개념」, 키르케고르, 『불안의 개념』, 임규정 옮김, 한길사, 1994.

Kim, Chi-Heon, "Karl Rahner's Idea of Transcendence in Foundational Human Experiences," *Literature and Religion* 27.4, 2022, pp.1~16.

3. 국외 논저 및 번역서

· 동양서

구고, 다카유키, 「초월론적」, 사카베 메구미 외 편, 『칸트 사전』, 이신철 옮김, 도서출판 b, 2009.
미조구치, 고헤이, 「초월/내재」, 기다 겐 외 편, 『현상학 사전』, 이신철 옮김, 도서출판 b, 2011.
호소야, 아키오, 「초월적」, 사카베 메구미 외 편, 『칸트 사전』, 이신철 옮김, 도서출판 b, 2009.

· 서양서

Anselmus, 『모놀로기온과 프로슬로기온』, 박승찬 옮김, 아카넷, 2022.
Aquinas, Thomas, 『존재자와 본질에 대하여』, 김진·정달용 옮김, 서광사, 1977.
Aristoteles, 『형이상학』, 김진성 역주, 이제이북스, 2010.

__________, 『니코마코스 윤리학』, 천병희 옮김, 숲, 2013.

Badiou, Alain, *L'Immanence des Vérités: L'Être et Événement 3*, Paris: Fayard, 2018.

Barth, Karl, 『기도』, 오성현 옮김, 복있는사람, 2017.

Benjamin, Walter, 「보들레르의 작품에 나타난 제2 제정기의 파리」, 『발터 벤야민 선집 4』, 김영옥·황현산 옮김, 길, 2015.

Deleuze, Gilles, *Empiricism and Subjectivity: An Essay on Hume's Theory of Human Nature,* Trans. C. V. Boundas, Columbia: Columbia UP, 1991.

__________, *Pure Immanence: Essays on A Life,* New York: Zone Books, 2005.

Egan, Jonathan, *A Genealogy of Immanence: From Democritus to Epicurus and Nietzsche,* London: LAP, 2013.

Eliot, Thomas Stearns, *The Sacred Wood, Berkeley:* Mint Editions, 2021.

Heidegger, Martin, 『존재와 시간』, 이기상 옮김, 까치, 2001.

Kierkegarrd, Søren Aabye, 『죽음에 이르는 병』, 박환덕 옮김, 범우사, 1975. [『죽음』으로 표기]

__________, 『불안의 개념』, 임규정 옮김, 한길사, 1999. [『불안』으로 표기]

__________, 『이것이냐 저것이냐』, 박재욱 옮김, 혜원, 1999.

__________, 『그리스도교의 훈련』, 임춘갑 옮김, 다산글방, 2005.

__________, 『순간/현대의 비판』, 임춘갑 옮김, 다산글방, 2007. [『순간』으로 표기]

__________, 『사랑의 역사』, 임춘갑 옮김, 도서출판 치우, 2011. [『사랑』으로 표기]

__________, 『두려움과 떨림: 변증법적 서사시』, 임규정 옮김, 지식을만드는지식, 2014.

__________, 『스스로 판단하라: 베드로전서 4장7절에 관한 변증』, 이창우 옮김, 샘솟는기쁨, 2017.

__________, 『기독교의 공격』, 이창우 옮김, 카리스아카데미, 2021.

__________, 『성찬의 위로』, 윤덕영·이창우 옮김, 카리스아카데미, 2022.

Kilby, Karen, *Karl Rahner: Theology and Philosophy,* London·New York: Routledge, 2004.

Maréchal, Joseph, *The Psychology of Mystics,* Trans. Algar Thorold, New York: Dover Publications, 2012.

Nietzsche, Friedrich Wilhelm, 『도덕의 계보/이 사람을 보라』, 김태현 옮김, 청하, 1994.
______________________, 『차라투스트라는 이렇게 말했다』, 정동호 옮김, 책세상, 2000.

4 보들레르와 김춘수 시에서 고통의 치유로서의 인공낙원

I. 서론

1. 문제제기

이 논문 「샤를 보들레르와 김춘수 문학에서 고통에 대한 치유로서의 인공낙원」은 샤를 보들레르(Charles Baudelaire, 1821~1867)와 김춘수(金春洙, 1922~2004)의 시세계의 심층심리의 근원에는 고통에 대한 콤플렉스(complex)가 존재하고, 그것에 대한 치유의 시도로서 예술적 이상으로서의 인공낙원이 추구된다는 가설을 논증하는 것을 목적으로 한다. 예컨대, 샤를 보들레르는 그의 시론인 『인공낙원』("Les Paradis Artificiels")과 일련의 시편들에서 마약중독으로 인한 고통 콤플렉스를 승화(昇化, sublimation)하는 양상을 처절하고 아름답게 형상화한다. 김춘수는 그의 시론인 「고통에 대한 콤플렉스」와 일련의 시편들에 고문

체험으로 인한 고통 콤플렉스를 승화되는 양상을 처절하고 아름답게 형상화한다. 이 시인들은 궁극적으로 예술작품의 창작이라는 승화를 통해 고통스러운 콤플렉스를 극복하고, 예술적 이상으로서의 인공낙원의 건축으로 새로운 시인상을 만들어냄으로써 자기 치유를 추구한다. 이러한 인공낙원은 그리스도교적 의미에서 실낙원(失樂園), 그 이후, 자유의지를 지닌 두 예술가의 천로역정(天路歷程)이기도 할 것이다. 이 논문은 이러한 가설을 논증해가 보고자 한다.

그러한 맥락에서 우선 보들레르의 시론『인공낙원』의 핵심 구절들을 살펴보기로 한다.

> 내가 인공적 이상이라고 부르는 것을 창조하는 데 가장 적합한 환각제들 가운데, 육체적 분노를 빠르게 충동하고 정신력을 압도하는 술과 과도하게 사용하지 않는 향수를 제쳐둔다면, 인간의 상상력을 더욱 예민하게 만들면서, 육체적 힘을 점차적으로 고갈시키지만, 사용이 가장 편리하고 접근이 가장 용이한, 두 가지의 효력 강한 물질은 대마초와 아편입니다.

> Parmi les drogues les plus propres à créer ce que je nomme l'Ideal artificiel, laissant de côté les liqueurs, qui poussent vite à la fureur matérielle et terrassent la force spirituelle, et les parfums don't l'usage excessif, tout en rendant l'imagination de l'homme plus subtile, épuise graduellement ses forces physiques, les deux plus énergiques substances, celles don't l'emploi est le plus commode et le plus sous la main, sont le hachisch et l'opiuMartin
>
> — Charles Baudelaire, "Les Paradis Artficiels," *Œuvres Complètes* I.[1)]

1) Charles Baudelaire, "Les Paradis Artficiels," *Œuvres Complètes* I, Paris: Gallimard, 1975, p.403

≪오 정확하고, 예민하고 강력한 아편이여! .... 너는 낙원의 열쇠를 가지고 있다!≫

≪O juste, subtil et puissant opium! .... tu possèdes les clefs du paradis!≫

— Charles Baudelaire, "Les Paradis Artficiels"[2)]

보들레르의 『인공낙원』은 그의 대표적인 시론으로, 예술적 이상을 지향해 가는 예술가적 고뇌가 피력된 명문이다. 이 시론이 문제적인 것은 한편으로는 제작으로서의 예술을 통해 인공적인 미를 추구하는 현대예술의 방향성에 지대한 영향을 미쳤기 때문이고, 다른 한편으로는 예술의 창작을 위한 영감을 얻는 데 환각제로부터 도움을 받을 수도 있다고 밝혔기 때문이다.

위의 인용에서 "인공적 이상(l'Ideal artificiel)"이라고 한 것은 "인공낙원"을 대체하는 개념으로 해석될 수 있다. 그가 "인공적 이상"을 창조한다는 것은 "인공낙원"으로서의 예술을 창조한다는 것이다. 그런데, 환각제가 인간의 상상력을 예민하게 만들기 때문에 복용될 수 있다는 태도는 문제적이다. 특히, 이 글에서는 가장 편리하게 복용될 수 있는 환각제로 대마초와 아편이 거론되고 있다. 그 가운데 아편은 "낙원의 열쇠(les clefs du paradis)"라고까지 찬사된다. 물론, 그는 환각제가 "육체적 힘을 점차적으로 고갈시킨"다는 것을 경고한다. 이 시론의 결론에서 그는 결국 환각제에 의존하지 않고 순수한 시인의 영성으로 영감을 얻어야 함을 역설한다. 위의 인용도 그가 마약이 궁극적으로는 예술가에게 이롭지 않다는 깨달음에 이르는 과정을 보여준다.

---

2) *Ibid.*, p.471.

다음은 보들레르의 『인공낙원』에서 포도주와 대마초에 대해 언급한 부분이다.

> 포도주는 육체에 대한 지지물이고 대마초는 자살을 위한 무기입니다. 포도주는 인간을 착하고 사교적으로 만듭니다. 대마초는 고립되게 만듭니다. 이를테면, 전자는 부지런하고, 후자는 본질적으로 게으릅니다. 우리가 천국을 한 번에 잃어버릴 수 있다면, 일하고, 경작하고, 쓰고, 무엇이든 만드는 것이 실제로 무슨 소용이 있겠습니까? 결국 포도주는 일하는 사람들 그래서 그것을 마실 만한 자격이 있는 사람들을 위한 것입니다. 대마초는 고독한 기쁨을 즐기는 계급의 것입니다. 즉, 그것은 비참한 게으름뱅이를 위해 만들어졌습니다. 포도주는 유용하며 유익한 성과를 낳습니다. 대마초는 불필요하고 위험합니다.
>
> Le vin est un support physique, le hachisch est une arme pour le suicide. Le vin rend bon et sociable. Le hachisch est isolant. L'un est laborieux pour ainsi dire, l'autre essentiellement paresseux. À quoi bon, en effet travailler, labourer, écrire, fabriquer quoi que ce soit, quand on peut emporter le paradis d'un seul coup? Enfin le vin est pour le peuple qui travaille et qui mérite d'en boire. Le hachisch appartient à la classe des joies solitaires; il est fait pour les misérables oisifs. Le vin est utile, il produit des résultats fructifiants. Le hachisch est inutile et danmereux.
>
> — Charles Baudelaire, "Les Paradis Artficiels"3)

위에 인용된 『인공낙원』의 부분에서는 포도주와 대마초가 대조되고

3) *Ibid.*, p.397.

있다. 보들레르의 포도주와 대마초의 비교에 따르면, 포도주는 육체를 지지하고, 부지런히 일하는 사람들을 위하며, 그들의 성정을 사교적으로 만들기 때문에 결론적으로 유익한 것이다. 그러나 대마초는 "자살을 위한 무기(une arme pour le suicide)"이고, 인간을 고립되게 만들며, 성정을 게으르게 만들어, 결론적으로는 무용하고 위험한 것이다. 대마초는 감각을 예민하게 만들고, 상상력을 풍부하게 만든다는 이유에서 창작자들을 유혹해온 환각제이다. 오늘날에도 그 효과와 위험성의 양면에서 법적·의학적 논란이 있는 대마초를 보들레르는 예술적 이상에 이르기 위한 도취의 보조제로 인정한다. 그런데 가장 문제적인 것은 대마초가 "자살을 위한 무기"라는 위험성을 내포한다는 점이다. 이러한 점 때문에, 보들레르의 『인공낙원』은 단순히 번역되는 데 그쳐서는 안 되며 학문적으로 심도 있게 접근되어야 한다. 다시 말해, 예술의 창작에서 병리적 진실과 병리적 아름다움의 문제는 그 해석에서 정신의학 또는 정신분석의 이론적 도움이 필요할 것으로 판단된다.

한편, 다행스럽게도 보들레르는 시인 스스로 순수한 영적인 힘에 확신을 가져야 한다는 방향으로 시론을 발전시켜 나아간다.

> ≪나는 이성적이고 영적인 사람이 시적 행복을 얻기 위해 인위적인 수단을 사용하는 이유를 이해하지 못합니다. 열정과 의지는 그를 초자연적인 존재로 끌어올리기에 충분하기 때문입니다. 위대한 시인, 철학자, 예언자는 순수하고 자유로운 의지의 행사로써, 원인인 동시에 결과이며, 주체인 동시에 대상이고, 최면술사인 동시에 몽상가인 상태에 도달하는 존재입니다.≫

> ≪Je ne comprends pas pourquoi l'homme rationnel et spirituel se

sert de moyens artificiels pour arriver à la béatitude poetique, puisque l'enthousiasme et la volonté suffisent pour l'élever à une existence supranaturelle. Les grand poètes, les philosophes, les prophètes sont des êtres qui par le pur et libre exercice de la volonté parviennent à un état où ils sont à la fois cause et effet, sujet et objet, magnétiseur et somnambule.≫

— Charles Baudelaire, "Les Paradis Artficiels"[4]

시인이자 철학자인 우리는 끊임없는 연구와 명상을 통해, 의지의 끈질긴 실행과 의도의 영구적인 고귀함을 통해, 우리의 영혼을 거듭나게 하는 동안에, 우리는 진실한 아름다움의 정원을 사용하도록 창조하였습니다.

tandis que nous, poètes et philosophes, nous avons régénéré notre âme par le travail successif et la contemplation; par l'exercice assidu de la volonté et la noblesse permanente de l'intention, nous avons créé à notre usage un jardin de vraie beauté.

— Charles Baudelaire, "Les Paradis Artficiels"[5]

보들레르의『인공낙원』중, 위에 인용된 부분에서 시인은 철학자나 예언자에 가까운, 자유의지를 지닌 존재이면서 동시에 예술가적 상상력을 지닌 존재로 격상된다. 그렇기 때문에, 보들레르는『인공낙원』에서 이성적 존재이자 영적인 존재인 시인은 시적 행복을 위해 환각제의 도움을 빌려 도취에 이를 필요가 없다는 주장을 인용하면서, 자신도 그 주장에 동의한다. 보들레르에 따르면, 시인은 시인인 동시에 철학자로

---

4) *Ibid.*, p.398.
5) *Ibid.*, p.441.

서, 끊임없는 연구와 명상, 그리고 실천적인 의지와 고결한 의도를 지니고서, “진실한 아름다움의 정원(un jardin de vraie beauté)”을 창조하는 자라는 것이다. 여기서 “진실한 아름다움의 정원”은 “인공낙원”에 대한 또 다른 은유로 해석될 수 있다. 보들레르의 시론에서 이러한 주장이 바로 ‘인공낙원’이라는 주제를 내포하고 있는 부분이라고 판단된다.

이 부분에서 주목할 점은 기존에 환각제로 영감을 얻어 인공낙원에 도달한다던 병적 태도에서 벗어나, 명상으로 영감을 얻어 인공낙원에 도달한다는 승화가 나타난다는 점이다. 그러므로 보들레르가 왜 마약이라는 환각제가 자살에 이르게 하는 위험성이 있음에도 불구하고 그것에 빠져들었으며, 또 어떻게 그러한 상태에서 벗어나 승화에 이르렀는지, 일련의 심리적 과정을 정신분석학적으로 해명해 볼 필요가 있다고 판단된다. 이러한 문제의식을 해결하고자 하는 것이 바로 이 논문의 목표이다.

특히, 이러한 연구에서 전범(典範)이 되는 것은 김춘수의 보들레르에 관한 시론들 그리고 자신만의 독자적인 시론들이다. 김춘수는 다음과 같이 『시의 위상』에서 보들레르에 대해 논평한다.

> 퇴폐, 즉 데카당스란 데카당스 라틴이란 말이 가리키고 있듯이 문화의 쇠퇴현상을 두고 하는 말이다. [중략] 보들레르가 시집 『악의 꽃』에서 펼쳐보인 것은 이런 따위 퇴폐현상이다. 그것은 보들레르의 「지옥편」이라고 할 수 있는 그런 것이다. [중략] 보들레르는 결국 T.S. 엘리엇의 비유를 빌리자면, 뒷문으로 살짝 기독교(영혼의 구제를 위한)로 들어갔다는 것이 된다. 일종의 수줍음의 미학을 그의 시집 『악의 꽃』에서 보여준 셈이 된다. 그렇다. 그가 스스로 남 앞에서 얼굴을 붉히지 않고 신앙(기독교)을 말하기에는 그의 영혼은 너

무도 섬세하고 한편 솔직했다는 것이 된다. [중략] 결국 보들레르의 핵심되는 시세계일는지도 모르는 기독교를 놓치고 말았다. 그리고 또 하나 있다. 보들레르의 시 「조응」에 함축된 플라토니즘이 그것이다.

— 김춘수, 『시의 위상』[6]

프랑스에서의 상징주의 시의 계보를 따질 때 샤를 보들레르(Charles Baudelaire)를 그 선도자로 삼는 것이 정설로 되어 있다는 것은 상식이다. 보들레르의 시세계를 요약하자면 몇 가지의 특색이 드러난다. 철저한 '인공낙원'(그의 산문의 제목이기도 한)의 사상이 그 하나다. 두말할 나위 없이 이것은 철저한 문화주의의 입장이다. 시는 만드는 것이지 절대 태어나는 것이 아니라는 시관을 에드거 앨런 포 (Edgar Allan Poe)의 영향을 통해 재확인한다.

— 김춘수, 『시의 위상』[7]

김춘수는 위에 인용된 『시의 위상』에서 보들레르 시의 한 특성으로서 "데카당스"를 언급한다. 김춘수에게 "데카당스"는 "퇴폐현상"이자 "성도덕의 문란"이자 "「지옥편」"으로 해석된다. 이러한 "데카당스"는 모종의 병리성으로 간주된다. 그런데, 그의 비평의 적확성은 보들레르의 "데카당스"의 이면에 "기독교"와 "플라토니즘"이 공존함을 간파한 데 있다. 실제로 보들레르는 도덕적으로 타락한 시인으로서 문학사에서 사라진 것이 아니라, 오히려 "인공낙원"으로 상징되는 현대예술의 이상을 제시함으로써 시인들의 시인으로 찬사받고 있다. "데카당스"와 "인공낙원"이라는, 양립하기 어려워 보이는 대립적 특성이 보들레르의 문학세계에 공존하는 것을 모종의 병리성의, 예술로의 승화로 보는 것

---

6) 김춘수, 『김춘수 시론 전집』II, 현대문학, 2004, 297~298면.
7) *Ibid.*, p.183.

은 학문적으로 타당하다. 특히, 학문적 시각 가운데서도 정신분석학적 시각이 보들레르의 심층심리를 해석하는 데 상당히 유효할 것으로 기대된다.

김춘수 또한 정신분석학적 시각으로 자신에 대해 해명한 매우 의미심장한 시론을 썼는데, 그것은 바로 「고통에 대한 콤플렉스」와 「<죽음의 본능>을 위한 辯明」이다.

> 나는 고통에 대한 콤플렉스를 가지고 있다. [중략] 시간이 가면 갈수록 그때의 기억이 되살아나 새로운 고통을 안겨 주곤 하는 그런 고통의 기억도 있다. 이것은 죽을 때까지 내 육체에서 씻어낼 수 없을 것이다. 이미 내 체질의 일부가 되고 있다. 때로 나는 여기서부터 도피해 보려고 하지만 한 번도 성공한 일은 없다. 나는 늘 패배의식을 안은 채 살아가고 있다. 내 경우에는 육체의 고통이 정신을 압도한 것 같다. [중략] 왜 나는 육체만이 아니고, 의식도 가지고 있는가? 육체와 의식을 분리해서 생각할 수 없는 것이 아닐까? 이런 따위는 매우 미묘한 의문이라서 나에게 있어서는 산문의 논리로서는 석연하게 풀리지가 않는다. 누군가가 나에게 육체와 의식을 함께 주어 놓고는 감각의 아픔과 의식의 이름을 또한 왜 주고 있는가? 왜 그것들을 감당할 수 없게 하는가? 무슨 이유로 그러는가? 이런 따위 의문을 형이상학적 물음이라고 할 수 있겠지만, 이 문제가 풀리지 않는 이상은 나는 남(他人)을 생각할 여지가 없다. 그러니까 이것은 나에게는 내 存在의 근본 문제가 된다. [중략] 시에서 나는 형이상학적 물음을 던지기도 하고, 걷잡을 수 없는 내 자신의 내면의 밑바닥을 드러내기도 해야 한다. 어느 쪽이든 논리로서 체계화되지 않는 혼돈이다. [중략] 시는 그러니까 언어로써는 포착할 수 없는 상태다. [중략] 그러니까 때로 시는 유희가 될 수밖에는 없다. 여기서 논리가 비약하는 것 같지만 그렇지 않다. 유희란 순수한 상태다. 순수한

상태란 두말할 것도 없이 공리성을 떠난 상태를 두고 하는 말이다. 도덕까지를 포함해서 말이다. 나는 이것을 철학적으로 말해서 의미차원이 아니고 존재차원이라고 하고 싶다. 그렇다. 나는 시에서 존재차원을 드러냄으로써 모든 공리성을 떠나게 되고 유희의 경지에 들어서게 된다. [중략] 시작 자체가 또한 유희가 되도록 해야 한다. 그것이 나에게는 구원이 된다. 현실의 모든 공리성으로부터 떠나면서 나는 내 자신을 존재차원에서 발견하면서 유희의 경지에 들어선다.

— 김춘수, 「고통에 대한 콤플렉스」[8)]

심리학자 프로이드는 이름을 붙여 타나토스 즉 <죽음의 본능>이라고 했다. 쉽게 말해서 그것은 인간의 파괴본능이다. 이것은 언제라고도 어디서라고도 할 수 없이 드러날 수가 있다. [중략] 타나토스는 죽음의 본능이라고 하지만 목숨을 희구하는 나머지의 죽음의 본능이라고 해야 한다.

— 김춘수, 「<죽음의 본능>을 위한 변명」[9)]

위에 인용된 「고통에 대한 콤플렉스」에서 김춘수는 "고통에 대한 콤플렉스"를 가지고 있었다고 고백한다. 모종의 고통을 "고통에 대한 콤플렉스"라고 그 자신이 명명한 이유는 반복적으로 찾아오는 고통에 대해 "피동적"인 입장이 되어, 그 고통을 스스로 통제할 수 없던 데 있다. 즉, 그 고통은 무의식적으로 출현하는 고통이던 것이다. 이러한 병리적 심리 또한 정신분석학적으로 접근하여 해명될 것으로 판단된다.

김춘수에게 고통은 형이하학적 차원에서 육체의 고통, 감각의 고통이 있고, 그리고 형이상학적 차원에서 의식의 혼돈 상태, 유희로서의 순수한 상태의 고통이 있다. 그가 고문 체험을 통해 겪었던 고통은 형

---

8) 김춘수, 『김춘수 전집 2 — 시론』, 문장사, 1982, 354~355면.
9) 김춘수, 『김춘수 전집 3 — 수필』, 문장사, 1982, 341~342면.

이하학적 고통이지만, 그가 시인으로서 창작을 통해 겪었던 고통은 형이상학적 고통이다. 그런데, 여기서 주목할 점은, 보들레르의 경우와 유사하게, 그 형이상학적 고통이 순수한 유희로서의 예술로 승화된다는 것이다. 그러한 예술적 승화는 김춘수에게 고통에 대한 치유이다. 김춘수에게 구원은 유희로서의 시작 자체이다. 그것은 순수하게 존재론적 탐색을 하는 시작(詩作)이라고 주장된다. 시작이 구원으로까지 격상된다는 데서 모종의 인공낙원에 도달하고자 하는 행위라고도 의미부여 될 수 있다.

이어서 김춘수가 「<죽음의 본능>을 위한 辯明」을 통해 프로이트(Sigmund Freud, 1856~1939)의 '죽음의 본능'을 해석한 시각도 학문적 주목을 요청한다. 김춘수는 시인 이상(李箱, 1910~1937)이 죽어가면서 레몬의 향기를 맡길 원했다는 사실을 예로 들며, '죽음의 본능'의 이면에 '삶의 본능'이 내포된다고 본다. 중요한 점은 김춘수가 프로이트의 정신분석학 가운데서도 고통에 대한 콤플렉스와 죽음에 대한 본능이라는 개념을 자기에 대한 분석에 적용한다는 점이다. 그러므로 정신분석학적 관점이 고통에 대한 콤플렉스와 죽음에 대한 본능의 상관성에 대해서도 해명해 줄 것으로 기대된다.

이에, 이 논문의 목표는 샤를 보들레르와 김춘수의 시론에서 '인공낙원'의 의미가 어떠한 의미를 갖는지 분석한 후, 실제로 그들의 시작품에서 '인공낙원'이 어떠한 형상으로 구현되는지 분석하는 데 있다. 특히, 이 논문은 '인공낙원'이란 개념의 발상이 창조자로서의 시인의 입장에서는 심리적 고통을 유발하는 콤플렉스를 스스로 치유해가는 예술창작으로의 승화의 과정에서 나온 것이라는 전제하에 이를 논증해 보이는 데 목표가 있다.

나아가, 이 논문의 목표는 비교문학적으로 두 시인의 영향 관계를 비교함으로써 김춘수의 문학이 샤를 보들레르의 문학을 전유함으로써 자신만의 독자성을 확립해갔는지를 밝히는 데도 있다. 인공낙원이라는 개념이 예술사에서 현대예술의 새로운 지향점이 보여주고 있다는 대전제 아래, 두 시인의 문학세계의 공통점과 차이점, 그리고 세계문학사에 기여한 바를 밝히고자 한다.

2. 연구사 검토

기존의 선행연구를 살펴보건대, 보들레르의 문학에 관한 개별적인 연구와 김춘수의 문학에 관한 개별적인 연구는 충분히 학문적 성과를 이뤄왔다. 우선, 보들레르에 관한 문학사적 평가는 다음과 같다. 보들레르와 동시대를 살았던 프랑스의 대문호 위고(Victor Hugo, 1802~1885)가 『악의 꽃』에 대하여 "새로운 전율을 창조했다"[10]라고 고평한 이래, 보들레르는 현대문학의 한 기원으로 인정받아 왔다. 고티에(Théophile Gautier, 1811~1872)는 「샤를 보들레르」라는 산문에서 보들레르의 문우로서 그의 전기적 사실들에 대해 증언하는 한편, 『악의 꽃』과 『인공낙원』의 본질을 해석하였다. 보들레르는 당대에 『악의 꽃』이 공중도덕과 기독교 정신에 위반된다는 이유로 재판에 기소되기도 한다. 그러나 말라르메(Stéphane Mallarmé, 1842~1898)나 엘리엇(Thomas Stearns Eliot, 1888~1965)과 같은 후대의 대시인들이 보들레르 시의 계승자임을 자처하는 등 그의 문학사적 지위는 공고해졌다. 특히 문학사가(文學史家) 랑송(Gustave Lanson, 1857~1934)은 19세기 프랑스에서

10) 김붕구 외, 『불문학사』, 일조각, 1963, 278면.

가장 중요한 시인으로 보들레르를 자리매김하면서, 그의 시의 본질을 죽음에 대한 강박관념, 관능, 그리고 신비주의로 규정한다.11) 그 이후 근대문학의 기원으로서의 보들레르에 관한 연구는 문학의 영역을 넘어, 철학, 미학, 사회학 등 여러 학자에 의해 진행된다. 예컨대, 벤야민(Walter Benjamin, 1892~1940)은 「보들레르의 몇 가지 모티브에 관해서」, 『도시의 산책자』, 『보들레르의 파리』, 「19세기의 수도 파리」 등의 논문에서 자본주의 사회에 나타난 현대성의 본질을 보들레르의 작품을 통해 규명한다. 바타유(Georges Bataille, 1897~1962)는 『문학과 악』(*La Littérature et le Mal*)에서 보들레르가 천재로서 지닌 미성년과 같은 특성을 자유로서의 악으로 규정한다.12) 반면, 레몽(Marcel Raymon d, 1897~1981)은 보들레르의 예술을 위한 예술의 시학을 펼치는 예술가로서의 시인의 이면에 도덕주의자로서의 시인이 공존함을 균형 있게 평가해야 한다고 주장한다.13) 사르트르(Jean Paul Sartre, 1905~1980)는 『보들레르』(*Baudelaire*)에서 보들레르가 대자(對自, for itself 佛 pour soi)로서 이상적인 자유를 구현한 삶을 완성한 실존이라며 고평하였다.14) 프리드리히(Hugo Friedrich, 1904~1978)는 『현대시의 구조』(*Die Struktur der modernen Lyrik*)에서 『악의 꽃』이 "종말을 고지하는 여신의 불협화음"이었다고 논평했다.15) 푸코(Michel Foucault, 1926~1984)는 「계몽이란 무엇인가?」("Qu'est—ce que les lumières?")에서 자기(自己)의 테크놀로지를 발전시켜 가면서, 보들레르는 스스로 자기 자신을 창

11) Gustave Lanson, 『랑송 불문학사』, 하. 정기수 옮김, 을유문화사, 1997, 168면.
12) Georges Bataille, 『문학과 악』, 최윤정 옮김, 민음사, 1995, 39면.
13) Marcel Raymond, 『프랑스 현대시사』, 김화영 옮김, 현대문학, 2007, 20면.
14) Jean Paul Sartre, *Baudelaire,* Paris: Gallimard, 1947, p.179.
15) Hugo Friedrich, 『현대시의 구조』, 장희창 옮김, 지만지, 2012, 55면.

조하는 예술가라는 데 주목하였다.[16] 랭세(Dominique Rincé, 1950~현재)는 『보들레르와 시의 현대성』(*Baudelaire et la Midernité Poétique*)에서 우울로부터 벗어나기 위해 부상의 감각과 보상의 기교로 고안한 것이 『인공낙원』임을 해명하고, 그가 결코 실제 알코올중독자나 마약중독자는 아니었음을 증언한다.[17]

국내의 보들레르에 관한 논의로는 우선 일제 강점기에는 백대진의 「20세기초두구주제대 문학가를추억함」(『신문학』1916.5.)을 필두로 하여, 김억(金億)의 「요구와 회한 (『학지광』 1916.9.), 임노월의 「퇴폐미의 작가 뽀—드레—르」(『개벽(開闢)』1922.10.), 양주동(梁柱東, 1903~1977)의 「뽀—드레—르」(『금성』1923.11.), 박영희(朴英熙, 1901~?)의 「惡의 花를 심은 뽀드레르론」(『개벽』1924.6.) 등이 이어졌다. 보들레르에 관한 학문적 연구는 해방 이후에 이루어지는데, 작가론 가운데는 김붕구의 『보들레르』를 위시하여 현재까지 문충성, 윤영애, 이건수, 이진성 등에 의해 유의미한 연구가 축적되었고, 주제론 가운데는 곽민석, 김시몽, 맹미경, 정의진, 조재룡, 조현진, 조희원, 주현진 등에 의해 유의미한 연구가 축적되었다. 특히, 국내의 보들레르 연구에서 독특한 점은 한국 시인과의 영향관계에 관한 연구가 많다는 점이다. 한국 시인인 이상화(李相和, 1901~1943), 서정주(徐貞柱, 1883~1978), 송욱(宋稶, 1925~1980), 김종삼(金宗三, 1921~1984) 등과의 영향관계에 관하여 김용민, 문혜원, 이민호, 이형권 등의 연구가 축적된 바 있다. 그렇지만, 보들레르와 김춘수의 시론에 대한 비교 연구는 개별 논문으로 나와 있

---

16) Michel Foucault, “Qu’est—ce que les lumières?”, *Dits et Ecrits* II*: 1976~1988,* Paris: Gallimard, 2001, pp.1387~1390.

17) Dominique Rincé, 『보들레르와 시의 현대성』, 정명희 옮김, 고려대학교 출판문화원, 2021, 82~85면.

는 바가 없다. 지금까지 상당히 축적된 김춘수 연구를 보건대, 김춘수 시론에서 보들레르가 자주 거론되었음에도 이에 관한 연구가 거의 없는 것은 의외라고 사료된다. 다만, 김춘수와 상징주의와의 관련성에 관한 연구는 상당히 축적되어 충분한 성과를 내고 있다. 상징주의 시인으로 주로 릴케(Rainer Maria Rilke, 1875～1926)나 말라르메와의 관련성에 관한 김춘수 연구가 이루어져 왔다. 김춘수와 릴케에 관한 연구로는 김윤식, 김재혁, 김현, 류신, 신범순, 오주리, 이재선, 조남현, 조강석 등의 연구가 주목할 만하고, 김춘수와 말라르메에 관한 연구로는 조영복, 송승환, 오주리 등의 연구가 주목할 만하다. 그러나 전술한 바와 같이 보들레르와 김춘수의 시론과 연계하여 문학세계까지 조망한 연구는 없다. 이에 본고는 김춘수 시론에 언급된 보들레르의 『인공낙원』에 관한 논의를 분석하고, 『인공낙원』이 술과 마약에 의한 도취를 창작의 수단으로 삼는다는 이상심리적인 병리성에 주목하여 정신분석학적 접근으로 보들레르와 김춘수 비교연구의 새로운 지평을 열고자 한다.

3. 연구의 시각

김춘수는 「<죽음의 본능>을 위한 辯明」라는 수필에서 언급한 프로이트의 "죽음본능"은 최근에 정신분석학에서 죽음충동(thanatos, death drive 獨 Todestrieb 佛 pulsion de mort)으로 번역된다. 죽음충동은 인간조건(conditio humana)이다.[18)]

---

18) Jacques Lacan, *The Seminar of Jacques Lacan Book II: The Ego in Freud's Theory and in the Technique of Psychoanalysis 1954—1955*, Ed. Jacques—Alain Miller, Trans. Sylvana Tomaslli, New York·London: W· W· Norton & Company, 1988, p.83.

프로이트에 따르면, 인간에게는 삶에 대한 본능으로서의 에로스(eros), 그리고 이와 대조되는 죽음에 대한 충동으로서의 타나토스(Thanatos)가 있다. 그는 죽음충동을 『쾌락원칙을 넘어서』라는 논문에서 심층적으로 다룬다. 쾌락원칙(Pleasure Principle, 獨 Lustprinzip, 佛 principe de plaisir)이란, 인간의 심리는 자동적으로 불쾌(不快)를 유발하는 긴장을 완화함으로써 쾌를 얻으려는 심리적 경향성이 있다는 원칙이다.[19] 쾌락원칙은 항상성의 원칙(Konstanzprinzip)에서 기인한다.[20] 생명체가 자신을 보존하려는 항상성의 원칙과 같은 것이 인간의 심리에는 쾌락원칙으로 존재한다는 것이다. 이러한 자아의 자기 보존 본능의 영향력 아래, 쾌락원칙은 현실원칙(Realitätsprinzip)이 된다.[21] 현실원칙은 인간이 현실을 살아가면서 지켜야 하는 원칙으로서, 도덕, 법, 질서 등까지 아우른다. 그러므로 쾌락원칙과 현실원칙은 '자기 보존 기능'이라는 데, 일정 부분 교집합을 지니고 있지만, 완전히 일치하는 개념은 아니다. 현실원칙과 달리, 쾌락원칙은 성본능(Sexualtrieb)에 의해 지속된다.[22] 억압된 성본능은 불쾌로 감지된다.[23] 불쾌의 두 근원은 첫째 성본능의 억압된 경우와 둘째 고통이 위험으로 인식된 경우가 있다.[24] 인간은 이러한 불쾌를 피하려는 경향성을 지닌다는 것이다. 다시 말해, 쾌락원칙은 정신기관을 자극에서 해방되게 하고, 자극의 양이 낮춰진 상태에서 유지되게 하는 경향이다.[25] 그런데 여기서 심층적으로 살펴

19) Sigmund Freud,『쾌락원칙을 넘어서』, 박찬부 옮김, 파주: 열린책들, 1998, 9면.
20) *Ibid.*, p.12.
21) *Ibid.*, p.13.
22) *Ibid.*, p.14.
23) *Loc. cit.*
24) *Ibid.*, p.15.
25) *Ibid.*, p.87.

보면, 생명체는 무생물계의 정지 상태로 되돌아가고자 하는데, 이 또한 쾌락원칙 때문이다.[26] 생명본능은 평화를 파괴하고 긴장을 유발하며 이것을 방출하는 데서 쾌락을 느끼고, 죽음본능은 자신의 일을 조용히 드러나지 않게 하는데, 쾌락원칙은 이러한 죽음본능을 위해서도 봉사하므로, 쾌락원칙은 양쪽 본능을 모두 지켜보면서 위험한 자극을 낮춘다.[27]

프로이트는 인간의 완벽을 향한 열정, 예컨대 초인(Übermensch)이 되고자 하는 열정은 본능이 아니라, 오히려 본능을 억압한 결과로, 그러한 열정은 소수의 인간에게 나타나며, 그들이 창조한 문명은 본능을 억압한 결과라고 본다.[28] 즉, 그의 관점에서 인간이 문명화되는 것, 또는 사회화되는 것은 본능을 억압해가는 과정으로 이해된다. 그런데, 이 억압된 본능은 반복적으로 되돌아온다. 그러한 맥락에서 아이러니하게도 본능은 반복 강박과 관련된다.[29] 프로이트는 죽음충동이 반복적으로 주체(主體, subject 獨 Subjekt 佛 sujet)에게 돌아오는 것을 정신분석학적 용어로 반복 강박(反復 强迫, 獨 Wiederholung Zwang 佛 compulsion de répétition)이라고 규정하였는데, 그가 이 개념에 주목한 이유는 반복 강박이 쾌락원칙을 넘어선다는 데 있다.[30] 쉽게 말해, 반복 강박은 고통스럽다는 것을 예측할 수 있는 상황에 자기 자신을 반복적으로 노출하는 주체의 성향을 가리킨다.[31] 반복 강박으로 상징화된 인간의 몸에 증상(症狀, sympton 佛 symptôme)이 무시로 반복하여 출현한다.

---

26) *Loc. cit.*
27) *Ibid.*, p.88.
28) *Ibid.*, p.58.
29) *Ibid.*, p.51.
30) *Ibid.*, p.32.
31) Dylan Evans, 『라캉 정신분석 사전』, 김종주 외 옮김, 인간사랑, 1998, 135면.

이 고통스러운 증상은 일종의 실재(實在, the real 佛 le réel)로서 현실의 질서에 균열을 일으키는 혼돈과 같다. 그렇기 때문에, 반복 강박은 쾌락원칙과 반대로 작동할 때 악마적 힘이 작동하는 것처럼 보인다.[32)]

그러나, 라캉은 이처럼 쾌락원칙을 넘어서는 것은 형이상학적이라고 말한다.[33)] 이와 같이, 죽음충동이라는, 생명체가 지닌 자기 모순적 충동은 인간이 본래적으로 분열적인 존재라는 것을 보여준다.[34)] 그러나, 라캉은 인간은 매순간 이 같은 자살을 통해 자기 세계를 구성하는 존재라고 말한다.[35)] 한편, 라캉은 반복 강박은 의미작용적인 사슬의 자기주장(insistance)에 근원을 갖고 있다고 본다.[36)] 반복 강박이라는 개념은 탈—존(脫—存, ex—sistence)의 상관항으로 끌어낸 것으로서, 무의식의 주체가 탈존 속에 위치함을 보여준다.[37)] 죽음충동이 인간 존재의 분열적 속성을 보여주는 것과 반복 강박이 무의식의 주체를 탈존 속에 위치하게 하는 것은 동일선상에서 이해된다.

나아가, 죽음충동은 위반(transgression)과 관계있다.[38)] 프로이트에 따르면 죽음충동은 기본적으로 매저키즘(Masochism)이다.[39)] 매저키즘적 고통의 섭리는 선의 섭리이다.[40)] 죽음충동이 지배하는 죽음의 경계

---

32) Sigmund Freud, 『쾌락원칙을 넘어서』, 49면.

33) Sigmund Freud, "Love of one's neighbor," *The Seminar of Jacques Lacan Book VII: The Ethics of Psychoanalysis,* Ed. Jacques—Alain Miller, Trans. D. Porter, New York· London: W· W· Norton & Company, 1997, pp.184~185.

34) Jacques Lacan, 『에크리』, 홍준기 외 옮김, 새물결, 2019, 140면.

35) *Loc. cit.*

36) Jacques Lacan, 『에크리』, 17면.

37) *Loc. cit.*

38) Jacques Lacan, "Outline of the seminar," *The Seminar of Jacques Lacan Book VII: The Ethics of Psychoanalysis,* p.2.

39) Jacques Lacan, "The function of the beautiful," *The Seminar of Jacques Lacan Book VII: The Ethics of Psychoanalysis,* p.239.

40) *Loc. cit.*

는 고통으로 주체를 피폐하게 만들지만, 주체는 이 고통을 향락(jouissance)으로 받아들이고 즐긴다. 쉽게 말해, 향락은 쾌락법칙을 넘어서는 '고통스러운 쾌락'으로, 주체가 증상을 통해 얻는 역설적 만족이며, 나아가 쾌락법칙을 넘어 향락으로 향하는 것이 바로 죽음충동이라고 할 수 있다.41)

큰 사물(Dsa Ding)은 인간 심리의 가장 내밀한 곳에 있으면서 동시에 쾌락원칙과 현실원칙에 포획되지 않는 형태로 그 원칙들 너머에 있는데, 주체의 욕망이 그 큰 사물에 다가가려고 할 때, 그 욕망은 죽음충동이 되어 나타난다.42) 인간의 내면에서 큰 사물은 유아기의 아이가 어머니의 품에서 느끼던 존재의 완전한 충일감이다. 아이는 아버지의 법을 받아들임으로써 어머니를 통해 만족을 구하는 것을 억압하면서 근원적으로 어머니를 상실한다. 그것은 한 인간이 사회화되는 과정이다. 죽음충동은 그 근원적인 상실의 대상을 향하여 충동을 느끼는 것이다. 그러므로 죽음충동은 상실에서 비롯되는데, 죽음충동을 느끼는 주체는 상실된 자신과 합일을 추구하지만, 실재의 허무(虛無)라는 빈 공간에 부딪힌다.43) 그런데 예술가에게는 바로 이 빈 공간의 둘레에 만들어지는 것이 예술이다.44)

라캉에 따르면, 향락이 주체에게 가할 수 있는 위험성으로부터 주체를 보호해주는 것이 우회로로서의 대상 a(objet a)이다. 충동은 욕망의 원인으로서의 대상 a의 주위를 맴돈다.45) 그러나 대상 a는 존재하지 않

---

41) Dylan Evans, 『라캉 정신분석 사전』, 431~432면.

42) Jacques Lacan, "Das Ding," *The Seminar of Jacques Lacan Book VII: The Ethics of Psychoanalysis,* p.43~70.

43) Peter Witmer, 『욕망의 전복』, 홍준기 외 옮김, 한울아카데미, 2009, 79면.

44) Fronçois Regnault, *Conférences D'Esthétique Lacanienne,* Paris: Seuil, 1997, p.12.

45) Jacques Lacan, 「전이와 충동」, 『자크 라캉 세미나 11: 정신분석의 네 가지 근본 개

기 때문에 우회 자체가 충동의 목표이다.[46] 충동은 한편으로는 무의식 속에서 성욕을 현전화하고, 다른 한편으로는 본질적으로 죽음을 대표한다는 특성을 지닌다.[47]

한편, 외상(外傷, Trauma 佛 traumatisme)은 자극에 대해 방어하던 장벽에 파열이 생긴 것인데, 이것은 혼란을 초래하고 모든 방어 장치가 작동되게 하며 쾌락원칙을 멈추게 한다.[48] 그런데 이러한 외상은 쾌락원칙에 의해 주체화하는 항상성에 의해 완충된다.[49] 실재로서의 외상은 향락을 걸러내는 현실원칙이 실패함으로써 찾아온다. 아물지 않는 상처로서의 외상은 말하자면 상징계(象徵界)의 균열로부터 찾아온다.

한편, 라캉은 향락을 사드(Marquis de Sade, 1740～1814)와 연관 지어 해명한다.[50] 향락은 죽음의 수용을 내포한다.[51] 향락은 나의 옆 사람으로 인한 고통을 내포하기 때문에 고통이다.[52] 향락은 악의 한 형태이다.[53] 이러한 향락의 특성은 사드의 작품들 속의 주인공을 통해 잘 드러난다. 그래서 사디즘(Sadism 獨 Sadismus)이란 개념은 사드의 문학작품에 기원을 둔다. 사디즘은 자기애적 리비도의 영향에 의해 자아에서 분리되어 대상과의 관계 속에 나타나는 죽음본능이며, 역으로, 마조

념』, Jacques－Allain Miller 편, 맹정현·이수련 옮김, 새물결, 2008, 254면.

46) Jacques Lacan, 「부분 충동과 그 회로」, 『자크 라캉 세미나 11: 정신분석의 네 가지 근본 개념』, 271면.

47) Jacques Lacan, 「전이와 충동」, 『자크 라캉 세미나 11: 정신분석의 네 가지 근본 개념』, 302면.

48) Sigmund Freud, 『쾌락원칙을 넘어서』, 41면.

49) Jacques Lacan, 「투케와 오토마톤」, 『자크 라캉 세미나 11: 정신분석의 네 가지 근본 개념』, 90면.

50) Jacques Lacan, "Love of one's neighbor," *The Seminar of Jacques Lacan Book VII: The Ethics of Psychoanalysis,* p.188.

51) *Ibid.*, p.189.

52) *Ibid.*, p.184.

53) *Ibid.*, p.189.

히즘(Masochismus)은 주체의 자아에게 되돌아온 사디즘이다.[54]

라캉에 따르면, 한 인간의 일생은 유년기의 반복이라는 심리적 메커니즘에서 크게 벗어나지 않는다. 문명에서 살아가는 인간에게 어머니는 큰 사물(Dsa Ding) 같은 존재일 수 있다. 아이의 충동이 아버지의 법에 의해 억압되면 육체는 소외되는데, 이것을 라캉은 첫 번째 죽음으로 규정하고, 억압되는 데 실패한 충동은 언어화·상징화되지 못한 절편이 되어 육체에 증상으로 출현하는데 이것을 라캉은 두 번째 죽음으로 규정한다.[55] 이러한 두 죽음 사이의 공간(l'espace de l'entre deux morts)은 비극이 연출되는 공간이다.[56] 두 죽음 사이의 공간에서 미(美, beauty)는 존재와의 관계를 드러내면서, 끊임없는 고통을 가하는 가학적인 환상(幻想, fantasy)을 만들어낸다.[57] 미는 선의 원칙 너머에 있다.[58] 이러한 가운데 예술가는 무를 발견하고, 그 무로부터의 창조(creation ex nihilo)[59]를 한다.

미는 예술을 통해 구체적으로 실현된다. 프로이트는 예술에서의 승화를 예술가의 욕망을 문명이 허용하는 것으로 변화시키는 것으로 규정했다. 여기서 더 나아가 라캉은 승화는 충동의 만족인데, 특히나 억압 없이 이루어지는 만족 또는 억압 장치 자체를 없애며 이루어지는 만

---

54) Sigmund Freud, 『쾌락원칙을 넘어서』, 75~76면.

55) Jacques Lacan, "Antigone between two deaths," *The Seminar of Jacques Lacan Book VII: The Ethics of Psychoanalysis,* pp.270~290.

56) Jacques Lacan, "The demand for happiness and the promise of analysis," *The Seminar of Jacques Lacan Book VII: The Ethics of Psychoanalysis,* pp.294~298.

57) *Loc. cit.*

58) Jacques Lacan, "The function of the beautiful", *The Seminar of Jacques Lacan Book VII: The Ethics of Psychoanalysis,* p.237.

59) Jacques Lacan, "The Articulations of the Play," *The Seminar of Jacques Lacan Book VII: The Ethics of Psychoanalysis,* p.260.

족이라고 보았다.[60] 그러한 승화에 이르는 것이 치유의 목적일 수 있다. 정신분석학적 치유의 목적은 자신의 환상을 횡단함으로써 주체가 고통을 느끼도록 억압하던 초자아가 절대적 존재가 아니라, 오히려 공백에 불과하다는 것을 깨닫게 함으로써, 그 공백으로부터 새로운 자아를 창조하도록 돕는 것이다.

II. 보들레르의 시에서 고통에 대한 치유로서의 인공낙원의 의미

1. 고통의 기원으로서의 유소년기의 외상 체험

보들레르의 유년시절 친아버지 조셉 프랑스와 보들레르(Joseph François Baudelaire, 1759~1827)는 천주교 사제(司祭)였으나 프랑스혁명(French Revolution, 1789~1794) 당시 천주교 사제에 대한 공격이 심해져서 환속(還俗)하였다. 친어머니 카롤린 뒤페(Caroline Dufaÿs, 1793~1871)는 샤를 보들레르가 6세 때 남편을 여의고 7세 때 재혼하였다. 샤를 보들레르의 새아버지 자크 오픽(Jacques Aupick, 1789~1857)은 프랑스의 군인 장교였다. 이러한 가족사는 보들레르에게 심리적인 외상을 남긴 것으로 알려져 있다. 다음은 그의 그러한 전기적 사실이 강하게 드러난 시 「축복」이다.

---

60) Jacques Lacan, 「전이와 충동」, 『자크 라캉 세미나 11: 정신분석의 네 가지 근본 개념』, 250면.

전능하신 하느님의 점지를 받아,/시인이 이 지겨운 세상에 나타날 때,/질겁해 모독의 말들이 북받친 어머니는/두 주먹을 떤다, 저를 측은해하는 하느님 향해://"아! 이 조롱거리를 기를 바에야 차라리,/내가 왜 살무사 사리를 낳지 않았단 말인가!/내 배가 내 속죄의 씨앗을 배고만/그 덧없는 쾌락들의 밤이 저주스럽구나!//내 못난 남편의 미움거리 삼으려고/당신이 뭇 여자들 중에서 저를 고르셨으니,/또 이 오그라든 괴물을 연애편지처럼,/불꽃 속에 팽개칠 수도 없는 노릇이니,//나를 짓누르는 당신의 증오를 나는/당신의 심술로 저주받은 연장 위로 되돌려보내겠소.

— 보들레르, 「축복」, 『악의 꽃』 (27)[61)]

만일 세상에 어떤 자명한 현상이 [중략] 존재한다면 그것은 모성애다. 사실 사랑이 없는 어머리를 상상한다는 것은 열이 없는 빛을 상상하는 것만큼이나 어려운 일이니까. [중략] 그를 그의 부모의 집에 돌려보내겠다고 위협할 정도였습니다. 그리고 나는 외출을 했지요. [중략] 집으로 돌아오자 나의 시선을 제일 먼저 후려치는 것은 장롱의 널빤지에 목매어 있는 내 인생의 익살스런 동반자, 나의 어린 신사였습니다.

— 보들레르, 「목매는 줄」, 『파리의 우울』 (158~160)

위에 첫 번째 인용된 시 「축복」의 '축복'이라는 제목의 의미는 그리스도교에서 하느님께서 인간에게 축복을 내린다는 의미의 축복에서 인유된 것이라고 볼 수 있다. "전능하신 하느님"으로 시작되는 이 시의 첫 구절은 사도신경을 비롯한 여러 기도문에서 나타난다. 이 시는 시인이 세상에 태어날 때, 어머니의 고백으로 진술되고 있으므로 유아세례를

61) 이 논문에서 보들레르의 『악의 꽃』으로부터 인용된 시는 모두 보들레르, 『보들레르 시전집』, 박은수 옮김, 민음사, 1995.에서 가져온 것이다. 괄호 안에 면수만 표기하기로 한다.

연상시킨다. 그런데, 어머니의 고백은 아이를 향한 "모독의 말"로 나타난다. 어머니는 아이를 "조롱거리", "살무사", "속죄의 씨앗", "남편의 미움거리" 등으로 표현하고 있다. 이러한 표현들은 재혼한 어머니가 초혼에서 낳은 아들 보들레르를 심리적으로 부담스러워하는 것을 넘어서 증오한다는 것을 보여준다. 정신분석학적으로 아이는 어머니의 품 안에서 존재의 완전한 충일감을 주는 무한한 사랑을 받는다. 어머니로부터 받은 사랑이 한 인간의 첫사랑이 된다. 이러한 첫사랑은 아버지의 법을 받아들임으로써 어머니 아닌 다른 사랑의 대상을 찾아야 한다는 것을 받아들이며 성인이 되어간다. 이러한 과정이 오이디푸스 콤플렉스(Ödipuskomplex)가 해소되어 가는 과정이다. 그러나 성인이 되어서도 내면 심리에 잠재된 어머니의 사랑, 즉, 어머니가 주었던 쾌락을 되찾으려는 충동은 남아 어머니를 대신할 대상으로서의 대상 a를 찾게 된다. 어머니에 대한 향락이 주체에게 가할 수 있는 위험성으로부터 주체를 보호해주는 것이 우회로로서의 대상 a(objet a)이다. 충동은 욕망의 원인으로서의 대상 a의 주위를 맴돈다.[62] 그런데 보들레르는 어린 시절 친아버지의 죽음과 친어머니의 재혼으로 인해 오이디푸스 콤플렉스가 정상적으로 해소되지 않은 것으로 볼 수 있다. 보들레르에게 유년기에 어머니에게 느꼈던 상실감의 고통은 어머니의 그에 대한 노골적인 증오로 인해 죽음충동에 가까운 것이었다. 죽음충동이 반복적으로 주체에게 돌아오는 것이 반복 강박(反復 强迫, 獨 Wiederholung Zwang 佛 compulsion de répétition)이다.[63] 보들레르는 유년기의 어머니로부터의 증오에 의해 성년이 되어서도 죽음충동을 반복 강박적으로 나타

62) Jacques Lacan, 「전이와 충동」, 『자크 라캉 세미나 11: 정신분석의 네 가지 근본 개념』, 254면.

63) Sigmund Freud, 『쾌락원칙을 넘어서』, 32면.

났고, 이러한 양상이 그의 이후 시 세계에 점철된다.

위에 두 번째 인용된 시 「목매는 줄」은 보들레르의 모성애에 대한 인식을 단적으로 보여주는 작품이다. 그는 이 시의 전반부에서 이 세상에 모성애만큼 자명한 것은 없다는 통념에 의문을 제시하며, 이 시의 후반부에서 어머니와 함께 살아야 한다는 공포에 질려 목매달아 자살한 소년의 일화를 제시한다. 이 시에서 소년이 어머니에 대한 공포로 자살한다는 일화는 보들레르 자신의 가족사에 대한 심리가 투사된 한 편의 알레고리로 볼 수 있다. 유소년시절, 자신을 증오하는 어머니는 자신에게 죽음충동을 유발하는 대상이었다. 보들레르에게는 이러한 죽음충동이 주는 고통은 일생 반복 강박으로 되돌아왔다.

반복 강박은 인간의 몸에 증상(症狀, sympton 佛 symptôme)으로 반복하여 출현하기도 한다. 실제로 보들레르는 신경쇠약, 졸도, 권태, 우울, 무력증, 실어증(失語症, aphasia), 중풍증(中風症) 등을 앓았는데, 이러한 증상들은 반복 강박과 어느 정도 연관이 있을 것으로 추정된다, 『악의 꽃』에서 '악(mal)'은 고통을 가리키기도 한다. 그러한 의미에서 『악의 꽃』은 '고통의 꽃'으로 점철된 시집이다. 이러한 측면에서 보들레르에게 어머니의 재혼으로 인한 사랑의 상실은 아물지 않는 상처로서의 외상(外傷)으로 볼 수 있다. 외상(外傷, Trauma 佛 traumatisme)은 자극에 대해 방어하던 장벽에 파열이 생긴 것인데, 이것은 혼란을 초래하고 모든 방어 장치가 작동되게 하며 쾌락원칙을 멈추게 한다.64)

이와 같이 보들레르의 시에서 모성애와 반대되는 어머니상은 이후에 그가 성인이 되어 어머니 아닌 다른 여성과 사랑을 나눌 때에도 투영되어 나타난다. 그러한 것을 확인할 수 있는 것은 다음의 시 「흡혈귀」이다.

---

64) Sigmund Freud, 『쾌락원칙을 넘어서』, 41면.

애처로운 내 가슴에,/ 한 대의 칼침처럼 파고든 너;/ 악마의 무리처럼 드세어/ 미친 듯이 으스대며 온 너는,//창피당한 내 정신을/네 침대나 집으로 삼으니;/— 마치 고역수가 쇠사슬에,/악착같은 노름꾼이 노름판에,//술주정뱅이가 술병에,/썩은 송장이 구더기 떼에 얽매이듯/나를 얽매고 있는 파렴치한 너는,/ — 저주받고 또 받아야지!// 내 자유를 되찾아달라고/ 날쌘 칼에 사정도 해보았고,/ 내 비겁을 좀 부추겨달라고/부실한 독약한테 부탁도 했다// 아! 그러나 독약과 칼은/ 나를 깔보고는 말하기를: "너 따위는 저주받은 종 노릇에서 / 풀어줄 만한 가치도 없어,// 바보야! — 설사 우리가 애써 너를/ 그녀의 지배에서 풀어준다 하더라도,/ 네 흡혈귀의 그 송장을/ 네 키스들이 되살려놓을 테니!"

— 보들레르, 「흡혈귀」, 『악의 꽃』 (72~73)

위에 인용된 시 「흡혈귀」는 보들레르와 사랑을 나누었던 여성인 잔느 뒤발(Jeanne Duval, 1820~1862)이 모델로서 등장한다. "흡혈귀"는 "너"가 "나"에게 한 말 가운데 나오는 표현으로, 잔느 뒤발이 보들레르를 가리키는 표현으로 해석될 수 있다. 이 밖에도 "칼침", "고역수", "쇠사슬", "종 노릇" 등의 표현은 "흡혈귀"라는 표현과 함께 이 시에 나타난 사랑이 사도—마조히즘의 양상을 띠는 것으로 추론될 수 있게 한다. 사도—마조히즘의 성향은 이 시뿐만 아니라, 보들레르가 사랑의 대상으로서의 여성과의 관계를 다룬 시들에 대체로 공통으로 나타나는 성향이다. 보들레르의 사도—마조히즘의 성향은 정신분석학적으로 그의 유소년기에 어머니와의 비정상적인 관계에서 유발되던 죽음충동의 영향으로 해석될 수 있다. 프로이트는 사디즘(Sadismus)을 나르시시즘적 리비도(libido)의 영향에 의해 자아에서 분리되어 대상과의 관계에 나타나는 죽음본능으로 보고, 마조히즘(Masochismus)은 주체의 자아에게 되돌아온 사디즘으로 본다.65) 보들레르의 사도―마조히즘은 어머니에 의해 거부당함으로써 자신의 외부에서 사랑의 대상을 상실하고, 그럼으로써 나르시시즘적으로 흘렀던 리비도가 자기 자신을 공격하는 죽음충동이 잔느 뒤발 등의 여인에게 투사된 것이라고 볼 수 있다. 위의 시 「흡혈귀」에는 "침대"나 "술병" 같은 쾌락의 기호와 "독약"과 "칼" 같은 고통의 기호가 공존한다. 사도―마조히즘의 사랑에 쾌락과 고통이 공존하는 것이다. 이러한 고통스러운 쾌락을 정신분석학은 향락이라고 한다. 라캉은 향락을 사드와 연관 지어 해명한다.66) 향락은 죽음의 수용을 내포할 뿐만 아니라 악의 한 형태이기도 하다.67) 위의 시 「흡혈귀」에 나타나는 사랑은 "송장"이나 "흡혈귀"와 같은 극단적인 부정성의 상징으로 죽음과 악을 보여준다.

2. 고통의 양상으로서의 반복강박과 죽음충동

다음으로 보들레르 시에 나타난 고통이 정신분석학적으로 반복 강박과 죽음충동에 의한 것임을 밝혀보고자 한다. 다음의 시는 「가을의 노래」와 「즐거운 주검」으로 보들레르 시세계의 고통의 양상을 잘 보여준다.

> 겨울 모두가 내 존재 속으로 되돌아오려는 참;/역정과 미움, 설레임과 두려움, 강요된 고생이,/그래서 내 심장은 제 북극 지옥에 떨어

---

65) Sigmund Freud, 『쾌락원칙을 넘어서』, 75~76면.

66) Jacques Lacan, "Love of one's neighbor," *The Seminar of Jacques Lacan Book VII: The Ethics of Psychoanalysis,* p.188.

67) *Ibid.*, p.189.

진 해처럼,/시뻘겋게 얼어붙은 덩어리 하나가 되고 말겠지.//떨어지는 장작개비마다에 귀기울이면 소름 끼치니;/단두대 쌓는 소리보다 더 무딘 그 메아리,/내 정신은, 지칠 줄 모르는 육중한 망치 얻어맞고 /속절없이 허물어지는 탑과도 같구나.//이 한결같은 충격에 흔들리는 내 귀에는,/어디선가 관에 서둘러 못박는 소리 들리는 듯,/누구의 관일까? [중략] 짧은 이승의 과업!/무덤이 기다린다;/무덤은 걸귀!/아! 내 이마를 당신의 두 무릎 위에다 얹고,/찌는 듯이 덥고 하얀 여름을 아쉬워하며,/누르고 다사로운 늦가을 햇살을 실컷 맛보게 해다오!

— 보들레르, 「가을 노래」, 『악의 꽃』 (115~116)

달팽이 떼 우글거리는 기름진 땅에다/깊숙한 구멍 하나를 나는 손수 파겠다./내 늙은 뼈를 편안히 펼치고, 물결 속의 상어처럼/내가 망각 속에서 잠들 수 있는 구멍을,//나는 유언도 무덤도 다 싫으니;/남의 눈물 한 방울을 빌기보다는 차라리,/살아서, 까마귀 떼더러 너절한 내 몸뚱이를/조각조각 쪼내도록 해달라는 편이 낫겠다.//오, 구더기! 귀도 눈도 없는 엉큼한 친구들아,/자유롭고 즐거운 주검 하나가 네게 오는 것을 보라;/바람둥이 철학자들, 부패의 아들들아,//그러니 이 폐인을 여한 없이 파고들어 가라,/그래서 주검들 사이에서 죽은 이 넋 없는 늙은 몸에/아직도 무슨 고통이 있는지를 내게 말해다오!

— 보들레르, 「즐거운 주검」, 『악의 꽃』 (137)

위에 첫 번째 인용된 시 「가을의 노래」에서 "내 존재" 속에는 "미움", "두려움", "고생"이 있다며 시적 주체는 자신의 심리적 고통을 토로한다. 그 고통은 "지옥"과 "단두대"와 같은 극단적인 영벌(永罰)에 비유된다. 시적 주체의 정신은 "허물어지는 탑"과 같이 붕괴되는 고통에 시달리다 못해 죽어가고 있다. 이러한 고통을 끝내는 방법은 죽음밖에 없다고 판단한 시적 주체는 차라리 자기 자신의 "무덤"에 누워 "늦가을 햇살"을 누리길 원한다. 이 시는 죽음충동이 시적 주체 자신의 "무덤"으로 형상화된 시이다. 그리고 그 죽음충동은 프로이트의 개념상으로 쾌락원칙의 원리를 따른 것일 수 있다. 왜냐하면, 쾌락원칙은 정신기관을 자극에서 해방되게 하고, 자극의 양이 낮춰진 상태에서 유지되게 하는 경향이기 때문이다.[68] 보들레르의 시적 주체는 이 시에서 극도의 고통의 자극으로부터 벗어나길 원하고 있다. 죽음본능은 자신의 일을 조용히 드러나지 않게 하는데, 쾌락원칙은 바로 이러한 죽음본능을 위해서도 봉사하면서 위험한 자극을 낮추려 한다.[69]

위에 두 번째 인용된 시 「즐거운 주검」은 「가을 노래」에 나타난 죽음충동의 심층 심리를 더 깊이 보여준다. 보들레르의 「즐거운 주검」 해석하면, "깊숙한 구멍 하나를 나는 손수 파겠다./내 늙은 뼈를 편안히 펼치고"는 시적 주체가 자기 자신의 죽음을 준비하고 있다는 데서 죽음충동을 보여준다고 할 수 있다. 특히 「즐거운 주검」은 "주검"이 "달팽이 떼", "까마귀", 그리고 "구더기"에 의해 분해되고 부페되어 가는 과정을 보여준다. 즉, 생명체가 무생명체로 되돌아가는 과정을 보여주는 것이다. 시적 주체는 그 과정의 결과, "주검들 사이에서 죽은 이 넋 없는 늙은 몸"에는 더이상 고통이 남아있지 않아 있을 것이라고 말한다. 죽음이 고통의 끝이 될 수 있다는 것이다. 고통을 끝내기 위해 죽음을 원하고, 거기서 더 나아가 완전한 무생명체로 되돌아가는 과정을 보여준다는 점에서 「가을 노래」 보다 「즐거운 주검」은 좀 더 심층 심리를 보여준다. 정신분석학은 인간에게 죽음본능이 존재한다는 것에 대하여, 유기적 생명체에

68) Sigmund Freud, 『쾌락원칙을 넘어서』, 87면.
69) *Ibid.*, p.88.

내재하는 자기 자신을 복원하려는 관성적 충동으로 간주한다.[70] 무생명체로부터 진화되고 발생된 생명체의 목적은 어떠한 의미에서 무생명체로 되돌아가는 것, 즉, 죽음이라고 볼 수도 있는 것이다.[71]

보들레르의 「가을 노래」가 대상의 상실로 인하여 나르시시즘적 죽음충동을 느끼고, 그 죽음충동이 생명체의 본능의 관점에서 쾌락원칙을 따르는 것으로 볼 수 있게 해주었다면, 「즐거운 주검」은 생명체의 본능으로서의 죽음충동이 무생명체로 돌아가려는 심층 심리임을 볼 수 있게 해주었다.

보들레르의 『악의 꽃』과 『파리의 우울』은 고통과 죽음충동을 암시하는 시어들로 점철되어 있다. 끝없는 고통과 고통에서 벗어나고자 하는 죽음충동은 반복 강박으로 그의 시 전반에 나타나는 수준을 넘어 그의 시의 심층에 창작의 심리적 메커니즘으로 작동하고 있다. 「즐거운 주검」에서 죽음충동이 투사된 시적 상징이었던 "주검"이 다음의 시 「우울」에서는 단순히 상징에 그치지 않고 시인의 실존과 밀접한 연관이 있다는 것을 보여준다.

> 내 머리는 공동묘지보다도 많은 주검들 간직한,/하나의 피라미드, 하나의 엄청난 지하 유골안치소,/—나는 달도 질색하는 하나의 묘지,/긴 구더기 떼가 사무친 한처럼 기어다니며/나와 가장 친하던 주검들에만 노상 달라붙는 곳,/나는 시들은 장미꽃들 가득 찬 낡은 도장방,/유행 지난 너부렁이들만 흩어져 있어 뒤죽박죽,/애처로운 파스텔 그림과 바랜 부셰 그림들만이,/마개 빠진 향수병 냄새를 맡고 있는 곳,//눈 잦은 해들의 묵직한 눈송이들 아래서,/서글픈 무관

70) *Ibid.*, p.51.
71) *Ibid.*, p.53.

심의 열매인 권태가/불멸한 것의 크기로 뻗어나갈 때는,/절름발이 나날들과 길이가 맞먹을 것은 하나 없다

— 보들레르, 「우울」, 『악의 꽃』 (142~143)

위에 인용된 시 보들레르의 「우울」은 시적 주체 자신이 "공동묘지보다도 많은 주검들 간직한" "피라미드"이자, "유골안치소"이자 "묘지"라고 고백하고 있다. 그러므로 다른 시편들에서 등장했던 '묘지'라는 상징적 공간은 시인의 심리적 무대라고 할 수 있다. '묘지' 자체에 비유되는 시적 주체는 죽음충동에 사로잡혀 있는 그러한 주체이다. 그러한 시적 주체에게는 "서글픈 무관심의 열매인 권태"라는 시구에서 보는 바와 같이 우울의 한 증상으로서의 무관심과 권태마저 나타난다. 이러한 죽음충동은 육체와 물질에 대한 혐오이기도 하다는 점에서 플라토니즘(Platonism)으로서의 상징주의를 보여준다. 다시 말해, 이 우울을 극복하기 위해 보들레르의 시 세계에서는 이데아적인 이상이 요청될 것이 예고된다는 것이다.

아이의 충동은 아버지의 법에 따라 억압되면서 아이의 육체는 소외되는데, 이것을 라캉은 첫 번째 죽음으로 규정하고, 그럼에도 불구하고, 억압되는 데 실패한 충동은 언어화·상징화되지 못한 절편이 되어 다시 육체에 증상으로 출현하는데, 이것을 라캉은 두 번째 죽음으로 규정한다.[72] 보들레르의 시에 나타난 죽음의 이미지, 예컨대, 무덤, 시체, 단두대, 지옥 등의 죽음의 이미지는 두 번째 죽음이라는 개념으로 볼 수 있다. 이 두 죽음 사이의 공간(l'espace de l'entre deux morts)은 비극이 연출되는 공간이다.[73] 보들레르의 시에서 '묘지'로 표상되는 시적

72) Jacques Lacan, "Antigone between two deaths," *The Seminar of Jacques Lacan Book VII: The Ethics of Psychoanalysis,* pp. 270~290.

주체 자신을 상징하는 공간에서는 항시 '나 자신이 왜 죽어야만 하는가?'를 보여주는 드라마가 연출된다. 그러나, 다시 그 드라마는 한 편의 시가 되어 독자들에게 감동을 준다는 데서 미의 구현으로서의 예술로 거듭나고 있는 것이다. 다시 말해, 두 죽음 사이의 공간에서 미(美 beauty)는 존재와의 관계를 드러내면서, 끊임없는 고통을 가하는 환상(幻想, fantasy)을 만들어낸다.[74] 보들레르의 이러한 시세계는 결코 선의 영역이라고는 할 수 없다. 그러나, 독자의 입장에서 보들레르의 시는 예술작품 감상의 효과로서 자기 자신의 실존을 직시하고 성찰하게 한다는 데서 윤리적 효과가 전혀 없다고 할 수 없다. 그러한 차원에서 미는 선의 원칙 너머에 있다고 할 수 있다.[75]

다음으로 보들레르 시에 나타나는 고통의 양상으로서의 죽음충동과 반복강박을 죄의식의 차원에서 살펴볼 수 있다. 다음은 그러한 양상을 살펴볼 수 있는 시 「베드로 성자의 배반」과 「영벌 받는 여인들」이다.

> 소망과 용맹으로 온통 부푼 가슴으로,/당신이 그 천한 장사치들을 힘껏 채찍질하던 그 날을,/그리고 마침내 주가 되신 그날을? 당신의 옆구리에/창보다는 뉘우침이 더 깊이 파고들지 않았던가?//—아무렴, 나는 떠나겠다, 내 나름대로는,/행동이 꿈의 누이가 아닌 세상에 만족해서;/칼을 써서 칼로 망할 수만 있어도!/베드로 성자는 예수를 모른다고 잡아떼었다……당연한 일!
>
> — 보들레르, 「베드로 성자의 배반」, 『악의 꽃』(236)

73) Jacques Lacan, "The demand for happiness and the promise of analysis," *The Seminar of Jacques Lacan Book VII: The Ethics of Psychoanalysis,* pp.294~298.

74) *Loc. cit.*

75) Jacques Lacan, "The function of the beautiful," *The Seminar of Jacques Lacan Book VII: The Ethics of Psychoanalysis,* p.237.

오, 처녀들, 오, 악마들, 오, 괴물들, 오, 순교자들,/현실을 깔보는 위대한 정신들아,//무한을 찾는 여인들, 광신녀들, 색마들아,/때로는 아우성치다가, 때로는 울어대는 너희들,//너희들의 서글픈 고통, 풀리지 않는 갈증 때문에,/너희들의 큰 심장 채우는 사랑의 항아리 때문에,/내 넋이 지옥까지도 뒤쫓아간 너희들,/가엾은 누이들, 나는 너희를 동정하면서 사랑한다!

— 보들레르, 「영벌 받는 여인들」, 『악의 꽃』 (220)

위에 인용된 첫 번째 시, 보들레르의 「베드로 성자의 배반」을 해석해 보면, "당신이 그 천한 장사치들을 힘껏 채찍질"한다는 구절은 예수가 범속한 인간들이 세속적인 가치를 추구하는 것을 죄악시하고 심판하였다는 것을 보여준다. 시의 후반부에서 "베드로 성자는 예수를 모른다고 잡아떼었다……당연한 일!"이라고 보들레르가 논평하고 있는 이유는 인간인 베드로가 신인 예수를 이해할 수 없는 것이 당연함을 보여준다. 베드로는 예수를 사랑한다고 세 번이나 고백하였음에도 불구하고, 예수를 모른다고 세 번이나 배반한다. 베드로의 예수에 대한 배반에 대한 해석은 신학적으로 충분히 이루어져 왔다. 이 작품에서 보들레르는 "장사치"로 상징되는 범속한 인간들이 살아가는 세상이 성스러운 곳일 수 없음을 역설한다. 한편, 이 시는 자신의 욕망에 충실한 인간의 한 단면을 폭로한다. 또한 예수가 절대선과 도덕률(道德律)의 상징으로 해석될 수 있다면, 베드로의 배반은 절대선과 도덕률에 대한 위반으로 해석될 수도 있을 것이다. 라캉은 죽음충동이 위반(transgression)과 관계있다고 말한다.[76] 그러한 맥락에서 이 시 「베드로의 배반」은 보들레르 시

76) Jacques Lacan, "Outline of the seminar," *The Seminar of Jacques Lacan Book VII: The Ethics of Psychoanalysis,* p.2.

에 나타난 죽음충동을 도덕률에 대한 위반의 충동으로 해석할 수 있는 여지를 준다. 그러한 위반은 다른 한편으로 죄의식을 유발할 수도 있을 것이고, 그러한 죄의식은 벌 받는 환상과 연관된다.

위에 인용된 두 번째 시, 보들레르의 「영벌 받는 여인들」은 죄의식과 벌 받는 환상의 관계를 살펴볼 수 있는 시이다. 이 시에서 "현실을 깔보는 위대한 정신들"은 현실원칙을 넘어서는 이상을 추구하는 자들의 내면의 죽음충동을 보여준다. 여기서 현실원칙을 자기 보존에 대한 원칙으로서의 쾌락원칙을 대입하는 것이 가능하다면, 그 시구절에는 라캉이 죽음충동으로서 쾌락원칙을 넘어서는 것은 형이상학적이라고 한 바("Love of one's neighbor," *Seminar VII* 184∼185)를 적용할 수 있다. "영벌"을 받는 것과 같은 "고통" 가운데서도 현실 그 이상을 추구할 수 있다는 것은 인간에게 형이상학적인 진리를 추구하고자 하는 본성이 있다는 것을 의미할 것이다. 이 시에서 "너희들의 서글픈 고통 [⋯] 나는 너희를 동정하면서 사랑한다!"는 시구절은 시적 주체가 고통받는 자들과 자신을 동일시하면서 그들을 사랑한다는 것을 보여준다. 이 시의 시적 주체의 그러한 고백은 위대한 역설적 진실을 보여준다. 라캉에 따르면, 죽음충동이라는, 생명체가 지닌 자기 모순적 충동은 인간이 본래 분열적 존재라는 것을 보여준다.[77] 그러나, 인간은 그러한 자기 분열 가운데서 탈존(脫存, exsistence)하며 그러한 탈존은 자기 자신을 넘어서게 하는 근거가 되기도 한다. 그러한 의미에서 라캉은 인간은 항상 자살을 통해 자기 세계를 구성하는 존재라고 말한 데[78] 역설적인 진실이 있다.

---

77) Jacques Lacan, 『에크리』, 140면.
78) *Loc. cit.*

이제 나는 관념의 가을에 닥뜨렸으니,/물에 무덤처럼 커다란 구멍들 팬,/침수된 땅을 다시 고르기 위해서는/삽과 쇠스랑을 손에 들어야 한다.//그러나 누가 알지, 내가 꿈꾸는 새로운 꽃들이/개펄처럼 씻겨진 이 흙 속에서/신비로운 생명의 양식을 찾아낼는지?//—오, 이 괴로움! 시간이 생명을 좀먹고,/우리 심장 갉아먹는 엉큼한 원수가/우리가 잃는 피로 자라나고 살찌다니!

— 보들레르, 「원수」, 『악의 꽃』 (43)

악마가 노상 내 곁에서 설치고 다닌다;/만져지지도 않는 공기처럼 내 둘레를 감돈다;/내가 놈을 삼키면 놈은 내 허파를 불태우며/괘씸한 영원한 욕망으로 허파를 가득 채운다.//내가 예술에는 사족 못 쓰는 줄을 아는 놈은,/더없이 매혹적인 여자로 이따금씩 둔갑해,/엉큼하기 짝없는 허울 좋은 구실을 내세워,/내 입술을 더러운 미약들에 맛 들이게 만든다.//지쳐빠져 헐떡이는 나를 놈은 이렇게 하느님의 눈길에서 멀리 떨어진/아득한 권태의 허허벌판으로 데리고 가서,//때 묻은 옷가지들이며, 헤벌어진 상처들을,/또 파괴의 피투성이 연장을 /얼떨떨한 내 두 눈에 던져넣는다!

— 보들레르, 「파괴」, 『악의 꽃』 (315)

위에 첫 번째 인용된 시 「원수」에서 고통은 "원수"로 의인화되고, 두 번째 인용된 시 「파괴」에서 죽음충동으로서의 "파괴"는 "악마"로 의인화된다. 「파괴」에서 "내가 예술에는 사족 못 쓰는 줄을 아는 놈"이라는 표현은 예술에 과도하게 몰입해 감으로써 점점 심신이 파괴되어 가는 시적 주체를 보여준다. "하느님의 눈길에서 멀리 떨어진"이라는 표현은 신으로부터 구원받지 못한 시적 주체의 고립된 상태를 보여준다. 이어서 "헤벌어진 상처들을,/또 파괴의 피투성이 연장을/얼떨떨한 내 두 눈에 던져넣는다!"는 아물지 않는 상처가 주는 고통이 끝내 죽음에 이를 때까지 계속되는 파괴본능의 위험성을 보여준다. 정신분석에서 고통스럽게 반복적으로 주체를 찾아오는 외상은 일종의 실재(實在, the real 佛 le réel)로서 주체의 현실적 질서에 커다란 균열을 일으키는 혼돈과도 같은 것으로 이해된다. 그렇기 때문에, 반복 강박에 의해 찾아오는 고통은 악마적 힘이 작동하는 것처럼 보인다. 「파괴」라는 시에서 죽음충동이 "악마"로 의인화된 비유로 나타나는 것은 결코 보들레르의 과장된 수사법이 아니라는 의미이다. 이러한 지점에 놓여 있는 시인은 죽음을 받아들이지 않는 이상 고통에서 벗어나는 제3의 방법을 찾아야만 한다. 그것이 보들레르의 시에서는 인공낙원으로 나타나는 것으로 보인다.

3. 고통의 치유로서의 승화: 무로부터의 창조로서의 인공낙원

보들레르는 죽음충동을 유발하는 반복강박이 그에게 가해오는 고통에서 벗어나기 위하여 도취라는 방법을 택한다. 그의 문학세계에서 도취의 모티프는 『악의 꽃』, 『파리의 우울』 그리고 『인공낙원』과 같은 글 전반에 점철되어 있다. 예컨대, 『악의 꽃』에서 <술>이라는 제목의 챕터에는 「술의 넋」, 「넝마주이들의 술」, 「살인자의 술」, 「외톨이의 술」, 「애인끼리의 술」 이렇게 5편의 시가 있는데, 술이라는 소재는 도취의 모티프와 직결된다. 『파리의 우울』 가운데 「바카스의 지팡이」와 「취하십시오」도 마찬가지이다. 그밖에 「독」 같은 작품도 도취의 모티프를 갖는 시로 분류될 수 있다. 그 가운데, 대표성을 띠는 작품은 다음의 「술의 넋」이다.

> 포도주의 넋이 어느 날 저녁, 병 속에서 노래했었다:/"인간아, 오, 친애하는 낙오자여, 나는 애 유리 감옥과/주홍빛 밀랍들 아래서, 네게 들려주겠다,/빛과 우애 넘치는 노래 한 가락을!//내 생명을 낳기 위해, 내게 넋을 넣어주기 위해,/불타오르는 언덕 위에서, 얼마나 많은 고생과 땀과,/찌는 듯한 햇볕이 필요한가를 나는 알고 있다;/나는 그 은혜를 저버리지도 앙심을 품지도 않겠다,//왜냐하면 고된 일체 지친 사람의 목구멍에 흘러들 때/나는 그지없이 큰 기쁨을 느끼니까,/또 그의 뜨거운 가슴이 내 썰렁한 지하실보다는/사뭇 더 내 마음에 드는 기분 좋은 무덤이니까.//주일날들의 노랫소리들과, 설레는 내 가슴 속에서/지절대는 소망이, 울려 퍼지는 소리가 너는 들리는가?/식탁 위에 팔꿈치 괴고, 소매 걷어 올린 너는,/나를 찬양하겠지, 그래서 너는 흐뭇해지겠지;/우쭐해진 네 아내 눈에다 밝은 불을 켜주겠다;/네 아들에게는 제 힘과 혈색을 돌려주어/그 연약한 생활의 투사를 위해서 내가/씨름꾼의 근육들을 굳혀주는 기름이 되어주겠다.//식물성 영약인 나, 영원한 씨뿌리는 이가 뿌린/값진 씨앗인 나는, 네 몸안에 떨어지겠다,/우리들의 사랑에서 시가 태어나 진기한 꽃처럼/하느님을 향해 용솟음치도록 하려고!"
>
> — 보들레르, 「술의 넋」, 『악의 꽃』(203)

위에 인용된 보들레르의 「술의 넋」의 화자는 "포도주"이다. 이 시는 "포도주"가 의인화되어 인간들에게 자신의 의미에 대해 고백적인 진술을 하고 있다. 이 시는 흥미롭게도 1연에서는 "포도주"가 인간을 "낙오자"라고 호명하며 말을 걸어오고, 2연에서는 "포도주"가 만들어지기까지 인간이 농사를 짓는 과정을 보여주며, 3연에서는 "포도주"가 노동에 지친 인간에게 주는 기쁨을 노래하고, 4연에서는 주일 미사에서 미사 중 영성체에서 예수의 성혈로 쓰임을 이야기하며, 5연에서는 노동에 지친 인간에게 힘을 주는 "포도주"의 긍정적인 효과가 이야기되며, 마지막으로 6연에서 "포도주"는 "영약"으로 격상되며 인간의 영혼에 영감을 주어 "시"와 "사랑"이 태어나게 한다고 고백하고 있다. 이 시 한 편에 포도주와 인간의 관계의 전모가 모두 드러나 있다.

이 시에 나타난 보들레르의 포도주에 대한 인식은 그의 시론 『인공낙원』에 나타난 그것과 거의 일치한다. 『인공낙원』에서 보들레르는 포도주와 대마초를 대비시키며, 포도주는 인간에게 궁극적으로 유익하지만, 대마초는 인간을 죽음으로 이끌 수 있는 위험성을 내포한다는 것을 지적한 바 있다.[79] 보들레르가 『인공낙원』에서 술, 대마초, 아편 등이 예술가에게 어느 정도 감각을 예민하게 하고 영감을 줄 수 있다는 것을 인정한 것은 사실이다. 그러나 고티에가 증언하는 바와 같이, 보들레르는 일시적으로 대마초 등을 복용한 적은 있을지 모르나 중독된 적은 없었다.[80] 그 이유는 진정한 시인이라면, 순수하고 자유로운 의지를 사용해야 하며,[81] 나아가 시인은 철학자와 같은 명상과 고결한 의지로 진실한 아름다움을 창조해야 하기 때문이다.[82]

그러한 이유에서인지 보들레르의 시세계 전반에서 술과 마약 등의 소재를 빌린 도취의 모티프는 중요한 부분인 것은 사실이지만, 그의 시정신의 절정은 다른 부분에 있는 것으로 판단된다. 라캉은 죽음충동의 형이상학적인 면은 말한 바 있는데,[83] 보들레르도 죽음충동을 극복하는 방법으로 형이상학적인 면을 추구하는 방향으로 나아가는 것으로

---

79) Charles Baudelaire, "Les Paradis Artficiels," *Œuvres Complètes I,* p.397.

80) Théophile Gautier, 「샤를 보들레르」, Charles Baudelaire·Théophile Gautier, 『보들레르와 고티에』, 임희근 옮김, 걷는책, 2020, 96면.

81) Charles Baudelaire, "Les Paradis Artficiels," *Œuvres Complètes I,* p.398.

82) *Ibid.*, p.441.

83) Jacques Lacan, "Love of one's neighbor," *The Seminar of Jacques Lacan Book VII: The Ethics of Psychoanalysis,* pp.184~185.

판단된다. 그의 시세계에 점철되어 있는 죽음충동에 의해 주검이 되고 묘지가 되었던 보들레르는 그 무의 지점으로부터 새로운 창조(creation ex nihilo)[84]를 해 나아가는 것이다. 다음은 보들레르의 시 가운데 여행의 모티프를 가진 두 편의 시이다.

> 그토록 아름다운 하늘의 아들, 시테르 주민아,/망신스러운 네 예배들에 대한 속죄로서/또 네 무덤마저도 금한 죄악들에 대한 속죄로서/너는 이 모욕들을 잠자코 당하고 있었다.//우스꽝스러운 목 매달린 자야, 네 고통들은 바로 내 것!/허공에 뜬 네 팔다리를 보자 나는 느꼈다,/해묵은 고통들이 긴 쓸개즙 강물이 되어/구역질처럼 내 이빨 쪽으로 솟아오는 것을;//그토록 알량한 옛생각 지닌 가엾은 악마야, 네 앞에서,/나는 느꼈다, 전에는 그다지도 내 살 씹기 좋아하던/쑤셔대는 까마귀들의 모든 부리들과/검은 표범들의 모든 턱주가리들을,//—하늘은 근사했었고, 바다는 한결같이 잔잔했었다;/한데 그 후로는 모두가 내게는 어둡고 피투성이,/아! 그래서 내 마음은 마치 두꺼운 염포에 싸인 듯,/이 알레고리 속에 파묻혀 있었다.//오, 비너스여! 네 섬에서 내가 발견한 것은 오직/내 모습 매달린 상징적인 교수대 하나뿐……/—아! 주여! 제 몸과 마음을 진저리나지 않게/바라볼 수 있는 힘과 용기를 저에게 주십시오!
>
> — 보들레르, 「시테르 여행」, 『악의 꽃』(229~230)

> 오, 늙은 선장인 죽음아, 때가 왔구나! 닻을 올리자!/우리는 이 나라가 지겹다, 오, 죽음아! 떠날 채비를 하자!/하늘과 바다는 비록 잉크처럼 검더라도,/네가 아는 우리 가슴은 광선들로 가득 찼으니!//네 독을 부어 우리 기운을 부추겨다오!/이 불꽃이 이다지도 우리 머릿골을 불태우니,/지옥이건 천국이건 무슨 상관? 심연 밑바닥에,/미지

84) Jacques Lacan, "The Articulations of the Play," *The Seminar of Jacques Lacan Book VII: The Ethics of Psychoanalysis*, p.260.

의 밑바닥에, 우리는 잠기고 싶다, 새로운 것 찾아내려고!

— 보들레르, 「여행」, 『악의 꽃』 (259~260)

위에 인용된 보들레르의 「시테르 여행」을 해석해 보면, "시테르"는 비너스의 고향이다. 미와 사랑의 여신 비너스의 고향인 "시테르"는 서양문학사에서 이상향의 하나로 상징화되어 있는 공간이다. 그곳이 이상향으로 간주되는 것은 향락적 행복의 상징적 공간이기 때문이다. 그러나 이 시의 시적 주체는 향락적 행복만 느끼는 것은 아니다. "네 무덤마저 도금한 죄악들에 대한 속죄"는 그의 내면에 죄의식과 속죄의식이 있음을 보여준다. 나아가 "우스꽝스러운 목 매달린 자야, 네 고통들은 바로 내 것!"과 "교수대"는 죄에 대한 벌로 인한 고통을 상징한다. 결국에 이 시의 시적 주체는 종교적 구원을 찾는다. 이 시의 결미에서 "—아! 주여! 제 몸과 마음을 진저리나지 않게 바라볼 수 있는 힘과 용기를 저에게 주십시오!"는 고백이 진술되는 것은 영혼의 구원에 대한 간절한 갈구를 보여준다. 그러므로, 이상향의 하나로 상징화되어온 "시테르"는 보들레르에게는 역시 구원되어야 할 존재들이 향락을 즐기고 있는 불완전한 공간일 뿐이다. 이 시는 보들레르가 찾아 헤매는 이상향이 구체적인 공간이 될 수 없음을 암시한다. 이상향을 가리키는 유토피아라는 단어의 어원적 의미가 이 세상에 존재하지 않는 곳인 것과 같은 이치이다.

위에 인용된 보들레르의 「여행」은 『악의 꽃』의 마지막 시이다. "늙은 선장인 죽음아"는 "죽음"을 의인화한 것이다. 다른 시들에서 죽음충동의 지배를 받아 고통스러워하던 시적 주체의 모습이 이 시에서는 죽음충동을 통제하는 시적 주체의 모습으로 변모되어 나타난다. "우리는 이 나라가 지겹다, 오, 죽음아! 떠날 채비를 하자!"는 그의 여느 시와 마찬가지로 세상에 대한 염오(厭惡)와 허무가 나타나지만, 이 시에서는 그것을 극복하고 죽음을 넘어 이상세계를 추구하고 있음을 보여준다. "하늘과 바다는 비록 잉크처럼 검더라도"는 여행의 공간은 "잉크"로 헤쳐 나아가야 할 세계, 즉, 시를 써 나아가는 자신의 내면세계임을 암시한다. "네 독을 부어 우리 기운을 부추겨다오!"는 술이나 마약보다 더 강력한 도취는 죽음에의 도취라는 것을 보여준다. "심연 밑바닥에,/미지의 밑바닥"은 시작의 근원이 되는 내면과 무의식의 혼돈상태를 보여준다. "우리는 잠기고 싶다, 새로운 것 찾아내려고!"는 예술적 창조를 위한 도취를 보여준다.

이 시는 결국 보들레르가 반복강박적으로 찾아오는 죽음충동과의 고통스러운 사투 끝에 발견한 상징적 죽음의 지점, 다시 말해, 무의 지점으로부터 새로운 자아를 창조해 가는 것(creation ex nihilo)이 인공낙원을 찾아가던 그에게 최선의 방책이었을 것이다. 그것은 「여행」이 보여주는 바와 같이, 죽음 앞에 의연히 무로부터의 창조 그 자체를 이상을 추구해가는 과정으로 긍정하는 것이다. 그것은 정신분석학에서의 치유라는 것이 욕망의 존재인 인간이 그 무엇도 욕망하지 않는 우울과 허무의 지점으로부터 새로운 자아를 창조해 가는 과정에 있는 것과 닿아있는 것으로 보인다.

III. 김춘수 문학에서의 고통의 기억과 상처의 치유

1. 고통의 기원으로서의 유소년기의 외상 체험

김춘수는 고통에 대한 콤플렉스가 있다고 밝힌 바 있다. 그 고통이 반복강복으로 찾아오는 죽음충동이라는 것은 「고통에 대한 콤플렉스」와 「<죽음의 본능>을 위한 辯明」에서 비교적 상세하게 그 심리적 메커니즘을 기술하였었다. 김춘수의 고통에 대한 콤플렉스는 고문 체험이다. 그 고문 체험은 그의 소설과 시에 모두 나타난다. 다음은 김춘수의 『꽃과 여우』와 『처용단장』의 부분이다.

> 요코야마의 헌병대 감방은 독방이었다. 참고로 몇 마디 물어보고 곧 돌려보내겠다던 약속은 거짓이었다. 그것은 그들의 상투 수단인 줄을 나는 몰랐다. 붙들려 간 지 꼭 보름 만에 처음으로 불려나가 심문을 받게 됐다. [중략] 한 달 만에 우리는 풀려나와 하숙에 잠깐 머물 사이도 없이 다음날 이른 새벽녘에 이번에는 세다가야서(署) 고등계 형사 세 명에게 붙들려 갔다. [중략] 나는 아주 초보의 고문에도 견뎌내지 못했다. 아픔이란 것은 우선은 육체적인 것이지만 어떤 심리 상태가 부채질을 한다. 그렇게 되면 사람의 육체적 조건은 한계를 드러낸다. [중략] 감방이란 희한한 곳이다. 사람을 비참하게 만들고 자신감을 죽이는 이상으로 재기 불능의 상처를 남긴다.
>
> — 김춘수, 『꽃과 여우』 (187~194)

> ㅕ ㄱ ㅅ ㅏ ㄴ ㅡ ㄴ/눈썹이없는아이가눈썹이없는아이를울린다./역사를/ 심판해야한다 ㅣ ㄴ ㄱ ㅏ ㄴ ㅣ/심판해야한다고 니콜라이 베르쟈에프는/이데올로기의솜사탕이다/바보야/하늘수박은 올리

브빛이다바보야 [중략] ㅣ 바보야/역사가 ㅕ ㄱ ㅅ ㅏ ㄱ ㅏ 하면서/
ㅣ ㅂ ㅏ ㅂ ㅗ ㅑ

— 김춘수, 「제3부 메아리」,『처용단장』(594~595)[85]

뉘더라/한번 지워진 얼굴은 복원이/ 쉽지 않다./한번 지워진 얼굴
은 ㅎ ㅏ ㄴ 번 ㅈ ㅣ ㅝ ㅈ ㅣㄴ ㅓ ㄹ ㄱ ㅜㄹ ㅡㄴ/, 복상(腹上)의/무덤도
밀쳐낸다는데/글쎄,

— 김춘수, 「제3부 메아리」, 『처용단장』(592~593)

위에 인용된 『꽃과 여우』는 김춘수의 자전소설의 한 부분으로 그의 고문체험을 형상하여 보여준다. 김춘수는 일제 강점기 말 시인이 되기 위해 일본의 니혼대학 문예창작과로 유학을 간다. 그 시대에 식민지 조선으로부터 유학 온 학생은 불령선인, 즉, 사상이 불온한 조선인이라고 하여 무조건 헌병에 의해 검거되어 유치장에 끌려간다. 김춘수의 경우 교도소까지 끌려가서 고문과 취조를 당한다. 그는 이때 고문이라는 육체적 고통 앞에 최고의 지성인이라 믿었던 인물들도 그 앞에 정신이 무릎을 꿇는 것을 목격한다. 그뿐만 아니라 그는 「고통에 대한 콤플렉스」에서 증언한 바와 같이 아주 작은 고통조차 이겨내지 못한다. 김춘수는 그러한 고문체험을 통해서 인간이 육체적 고통 앞에서 얼마나 무력한가를 깨달은 한편, 역사가 인간에게 얼마나 폭력적인가를 깨닫는다.

그러한 체험은 김춘수에게 역사에 대한 원체험인데, 외상(外傷)적인 체험으로 일생 그에게 영향을 미친다. 외상(外傷, Trauma 佛 traumatisme)은 자극에 대해 방어하던 장벽에 파열이 생긴 것인데 외상은 혼란을 초래하고 모든 방어 장치가 작동되게 하며 쾌락원칙을 멈추게 한다.[86] 아

85) 이 논문에서 김춘수의 인용된 시는 모두 김춘수, 『김춘수 시 전집』, 현대문학, 2004.에서 가져온 것이다. 괄호 안에 면수만 표기하기로 한다.

묻지 않는 상처로서의 외상은 말하자면 상징계(象徵界)의 균열로부터 찾아온다. 그의 고통에 대한 콤플렉스는 반복강박적으로 불시에 찾아오는 고통 때문에 더욱 강화되었다. 그 상징계의 균열은 파자의 형태로 나타난다.

위에 인용된 『처용단장』은 극도의 고통이 시인의 정신을 어떻게 파괴하는가 철저히 그 극한까지 보여준다. 김춘수는 『처용단장』에서 '역사가'를 "ㅕ ㄱ ㅅ ㅏ ㄱ ㅏ" 로 표기하고, '이 바보야'를 "ㅣ ㅂ ㅏ ㅂ ㅗ ㅑ"로 표기한다. 이러한 파자(破子) 형태의 표기는 마치 그가 고문을 당하면서 질렀을 비명 섞인 발음처럼 들린다. 김춘수의 『꽃과 여우』와 『처용단장』은 모두 그의 자전적인 작품이면서 고문체험에 초점을 맞추고 있다. 그 고문체험은 그에게 외상적인 원체험으로서 심층심리에서 작용한다.

2. 고통의 양상으로서의 반복강박과 죽음충동

김춘수의 시에서 고통의 양상으로서의 반복강박과 죽음충동은 '예수' 시편을 통해서 집요하게 천착된다. 김춘수는 인간으로서의 자기 자신의 스스로의 힘으로는 반복강박적으로 찾아오는 고통을 극복할 수 없다고 판단한 것으로 보인다. 김춘수가 자신의, 중년의 시기에 『처용단장』과 함께 '예수' 시편을 창작했다는 것은 의미심장하다. 그러면서 그의 말년에 '도스토예프스키' 시편을 통해 선악의 문제를 다루고, 이후 '천사' 시편을 통해 신학적인 구원을 찾아나아가는 과정을 보여주는 것은 그의 중기시에서 '예수' 시편이 중요한 역할을 했다는 것을 확인

86) Sigmund Freud, 『쾌락원칙을 넘어서』, 41면.

해 준다. 다음은 김춘수의 '예수' 시편들이다.

> – 예수가 십자가에 못 박힐 때, 그의 아픔을 덜어주기 위하여 백부장(百夫長)인 로마군인은 술에 마약을 풀어 그의 입에다 대어 주었다.//예수는 눈으로 조용히 물리쳤다./–하느님 나의 하느님,/유월절 속죄양의 죽음을 나에게 주소서./낙타 발에 밟힌/땅벌레의 죽음을 나에게 주소서/살을 찢고/뼈를 부수게 하소서./애꾸눈이와 절름발이의 눈물을/눈과 코가 문드러진 여자의 눈물을/나에게 주소서./하느님 나의 하느님,/내 피를 눈 감기지 마시고, 잠재우지 마소서./내 피를 그들 곁에 있게 하소서./언제까지나 그렇게 하소서.
>
> — 김춘수, 「마약(痲藥)」 (405)

> 술에 마약을 풀어/어둠으로 흘리지 마라./아픔을 눈 감기지 말고/피를 잠재우지 마라./살을 찢고 뼈를 부수어/너희가 가라./맨발로 가라./숨 끊이는 내 숨소리/너희가 들었으니/엘리엘리나마사박다니/나마사박다니/시편의 남은 구절은 너희가 있고,/술에 마약을 풀어/아픔을 어둠으로 흘리지 마라./살을 찢고 뼈를 부수어/너희가 낸 길 을 너희가 가라./맨발로 가라. 찔리며 가라.
>
> — 김춘수, 「못」 (349)

김춘수의 「마약(痲藥)」을 해석해 보면, 진통제로서의 "마약"이 등장한다. 그러나 "마약"을 거부하는 것은 "예수"이다. 인간의 고통을 이해하기 위해 고통을 감수하는 "예수"이다. 스스로 희생양이 되길 바라는 "예수"이다. "예수"는 쾌락의 원칙을 넘어 고통 가운데 신학적으로 영원한 진리 추구하는 것이다. 김춘수의 「못」을 해석하면 진통제로서의 술과 마약을 거부한다. 고통을 가하는 것으로서의 "못"을 받아들인다, 「마약」과 같은 주제 의식이다. 쾌락의 원리를 넘어 고통을 감수함으로써 신학적으로 영원한 진리를 추구한다. 라캉은 쾌락원칙을 넘어서는 것은 형이상학적이라고 말한다.[87] "예수"는 천상에서 내려와 다시 천상으로 돌아갈 신인(神人)이다. 천상, 또는 천국은 그 자체로 형이상학적이다.

이 두 편의 시에서 묵묵히 고통을 받아들이는 "예수"는 매저키즘적이라고 볼 수도 있다. 프로이트에 따르면 죽음충동은 기본적인 매저키즘(Masochism)이다.[88] 매저키즘적 고통의 섭리는 선의 섭리이다.[89] "예수"는 자신에게 주어진 고통을 받아들이고, 자신에게 고통을 가한 자들에게 보복을 가하지 않음으로써 선을 실천한다. 그것은 인간으로서의 한계를 넘어선 신의 지극한 사랑으로서의 선이다.

> 널따란 마당으로 나간다. 타작마당인가 저만치 들꽃들이 무리를 저어 시들고 있다. 포도밭이 있고 길은 그쪽으로 비스듬히 뻗어 있다. 오늘은 가을에 비가 내린다. 한 번도 환하게 웃어보지 못하고, 늦게 맺은 포도알이 하나둘 고개를 떨군다./저무는 하늘, 비쭈기나무가 한 그루 지워져 가는 구름 사이 사지를 길게 뻗고 산발하고 아까부터 죽어 있다. 그런 모양으로 바다가 또한 저물어간다./망할 놈의 지옥,
>
> — 김춘수, 「바다의 주름 예수의 이마 위의 주름」 (508)

> 너무 달아서 흰빛이 된/해가 지고, 이따금 생각난 듯/골고다 언덕에는 굵은 빗방울이/잿빛이 된 사토(砂土)를 적시고 있었다./예수는 죽어서 밤에/한 사내를 찾아가고 있었다./예루살렘에서 제일 가난한

---

87) Jacques Lacan, "Love of one's neighbor," *The Seminar of Jacques Lacan Book VII: The Ethics of Psychoanalysis,* pp.184~185.

88) Jacques Lacan, "The function of the beautiful," *The Seminar of Jacques Lacan Book VII: The Ethics of Psychoanalysis,* p.239.

89) *Loc. cit.*

사내/유월절에 쑥을 파는 사내/요보라를 그가 잠든/겟세마네 뒤쪽/올리브숲 속으로, 못 박혔던 발을 절며/찾아가고 있었다./—안심하라고,/쑥은 없어지지 않는다고/안심하라고,

— 김춘수, 「요보라의 쑥」 (407)

꿀과 메뚜기만 먹던 스승,/허리에만 짐승 가죽을 두르고/요단강을 건너간 스승/랍비여,/이제는 나의 때가 옵니다./내일이면 사람들은 나를 침 뱉고/발로 차고 돌을 던집니다./사람들은 내 손바닥에 못을 박고/내 옆구리를 창으로 찌릅니다./랍비여,/내일이면 나의 때가 옵니다./베드로가 닭 울기 전 세 번이나/나를 모른다고 합니다./ 별에 굽히고 비에 젖어/쉿빛이 된 어깨를 하고/요단강을 건너간 스승/랍비여,

— 김춘수, 「겟세마네에서」 (410)

위에 인용된 첫 번째 시 김춘수의 「바다의 주름 예수의 이마 위의 주름」을 해석해 보면 다음과 같다. 천국의 상징으로서의 "포도(밭)"이 나타난다. 또한 그리스도교에서는 예수의, 성혈(聖血)의 상징으로서의 "포도(주)"가 나타난다. 그런데 이 시에서 "포도"의 죽음은 "지옥"이라고 시적 주체는 진술하고 있다. "포도(주)"는 그리스도교적 상징체계에서 죽음과 구원의 양가적 의미를 지닌다. 그런데 이 시에서 김춘수가 "지옥"이라는 시어를 쓴 이유는 '인간' 예수가 느꼈을 고통을 있는 그대로 표현하고자 했기 때문일 것으로 이해된다.

김춘수는 '예수' 시편에서 '예수'가 지닌 양면성, 즉, 신으로서의 특성과 인간으로서의 특성 가운데 유독 인간으로서의 특성에 초점을 맞춘다. 그 이유는 인간 예수가 고통을 감내하는 모습을 관상(觀想)함으로써 인간 김춘수 자신의 고통에 대한 콤플렉스를 극복하려는 시도로 보인다.

다음의 시, 「요보라의 쑥」도 마찬가지이다, 「요보라의 쑥」은 인간

예수가 십자가형으로 인해 느꼈을 고통에 대한 상상으로 시 한 편이 형상화되어 있다. 인간 예수도 십자가형 이후에 그 고통을 치유하기 위해 약초로서의 "쑥"을 찾아다니지 않았을까 하는 상상이 이 시에 형상화된 것이다. 이러한 상상은 『성경』에는 나와 있지 않다. 그러므로 이러한 상상력은 김춘수가 자신의 고통에 대해 성찰하는 과정에서 자신을 예수에 투사한 결과물로서 생겨난 것이라고 볼 수 있다.

이처럼 김춘수 자신의 고통을 예수에게 투사하는 상상력은 다음의 시, 「겟세마네에서」에서도 나타나는 것으로 보인다. 이 시에서는 십자가형을 당하는 인간 예수가 자신에게 세례를 주었던 스승 세례 요한에게 심리적으로 의지했을 것이라고 상상되는 것이다. 이 시에서는 육체적 고통뿐만 아니라 심리적 고통도 다루고 있다. 그것은 바로 베드로의 배신으로 인한 심리적 고통이다. 단테의 『신곡』 중 「지옥편」에서 가장 큰 죄로 취급되는 것이 바로 배신이다. 배신감은 그만큼 인간이 느낄 수 있는 심리적 고통 가운데 가장 큰 것이라고 할 수 있다.

이상으로 김춘수의 시에 나타난 고통의 양상으로서의 반복강박과 죽음충동은 '예수' 시편에 주로 나타난다는 것이 확인되었다. 김춘수의 '예수' 시편의 '예수'가 다른 작가들이 창조한 '예수'와 다른 점은 '예수'의 인성에 초점을 맞추고 있으며, 특히나 '예수'가 고통에 반응한 바를 『성경』을 참조하거나 그 위에 자신의 고통 콤플렉스를 투사하여 그려냈다는 데 있다. 김춘수의 '예수' 시편은 쾌락원칙을 넘어선다는 점에서 형이상학적[90]이며, 매저키즘적 고통의 섭리를 감내함으로써 선의 섭리[91]를 구현해 내고 있다.

---

90) Jacques Lacan, "Love of one's neighbor," *The Seminar of Jacques Lacan Book VII: The Ethics of Psychoanalysis*, pp.184~185.

91) Jacques Lacan, "The function of the beautiful," *The Seminar of Jacques Lacan Book VII:*

3. 고통의 치유로서의 승화: 무로부터의 창조로서의 인공낙원

김춘수는 중년에 『처용단장』과 '예수' 시편의 시기를 지나, 말년에 신학적인 구원을 추구하는 시기로 나아간다. 그의 말년에 그의 시에서 전경화되는 것은 바로 '천사'의 상징이다. '천사'의 상징은 그리스도교 문화권에서 보편적인 상징이다. 그럼에도 불구하고, 그러한 보편적인 상징성과 차별되는 김춘수의 '천사'만이 갖는 상징성이 있다면, 그것은 바로 '천사'를 고통과 연관 짓는다는 데 있다. 다음은 그러한 천사의 상징성을 보여주는 그의 산문이다.

> 전신이 눈으로 되어 있다는 천사는 모든 것을 볼 수 있음으로 하여 얼마나 괴로워하고 있을까? [중략] 전신이 눈으로 되어 있다는 천사는 이를테면 양심 그것이다. 정신분석학적으로 말하면 초의식이 라고 하는 그것이다. 이리하여 천사라고 하는 환영은 개인의 힘을 초월한 실재(實在)가 되었다.
>
> — 김춘수, 「천사는 전신이 눈이라고 한다 (2)」[92]

위에 인용된 김춘수의 「천사는 전신이 눈이라고 한다 (2)」를 해석하면 다음과 같다. 김춘수의 천사의 특이성은 천사는 전신이 눈으로 되어 있다는 상상이다. 그러한 천사상은 세스토프라는 러시아의 철학자로부터 왔다. 그는 『비극의 철학: 톨스토이, 도스토옙스키, 니체』라는 책의 한 부분인 「허무로부터의 창조」라는 산문에서 '온몸이 눈으로 된 천사'를 제시하며, 눈이 많음으로 인하여 이 세상의 고통에 누구보다 민감하게 반응한다는 것이다. 김춘수는 이러한 세스토프의 천사상을 자신의

The Ethics of Psychoanalysis, p.239.

92) 김춘수, 『김춘수 전집 3 — 수필』, 문장사, 1982, 163~164면.

말년작들에 등장하는 천사상의 모델로 삼는다. 즉, 하느님의 사자로서의 천사 또는 진선미의 상징으로서의 천사와 같은 보편적인 상징성에서 더 나아가 타자의 고통에 민감한 존재로서의 천사를 제시하고 있는 것이다.

위의 산문에서 김춘수는 전신이 눈으로 된 천사를 프로이트의 "초의식"이라고 규정한다. "초의식"으로 명명한 것은 현재 정신분석학계에서는 초자아(超自我, superego)로 명명하는 것으로 파악된다. 정신분석학에 따르면 도덕과 양심의 역할을 맡는 것이 초자아이다. 김춘수는 천사를 초자아를 형상화한 것으로 보는 것이다. 이러한 천사에 대한 논의를 통해 김춘수는 선(善)은 고통을 감수하는 것이라는 성찰을 보여준다. 천사는 가장 큰 고통을 감내한다는 결론에 이른다.

> 거울 속에 그가 있다./빤히 나를 본다./때로 그는 군불아궁이에/발을 담근다. 발은 데지 않고/발이 군불처럼 피어난다./오동통한 장딴지,/날개를 접고 풀밭에 눕는다./나는 떼놓고/지구와 함께 물도래와 함께/그는 곧 잠이 든다./나는 아직 한 번도/그의 꿈을 엿보지 못하고/나는 아직 한 번도/누구라고 그를 불러보지 못했다. ┤1054
>
> — 김춘수, 「천사」, 『거울 속의 천사』 (991)

> 하늘에는 눈물이 없다. 하늘에는/구름이 있고 바람이 있고/비가 오고 눈이 내린다./하늘에는 고래가 없고/우산오이풀이 없다./하늘에는 우주의 그림자인/마이너스 우주가 있다. 하늘에는 밤마다/억만 개의 별이 뜬다./사람이 살지 않아 하늘에는/눈물이 없다.
>
> — 김춘수, 「제20번 비가(悲歌)」, 『쉰한 편의 비가』 (1068)

김춘수는 반복강박이 유발하는 죽음충동이 주는 고통을 '예수' 시편을 통해 쾌락의 원칙을 형이상학적[93]으로 극복하고, 매저키즘적 고통의 섭리를 선의 섭리로 받아들였었다.[94] 그러한 과정을 거쳐 김춘수는 '예수'의 십자가 죽음이라는 지점을 무의 지점으로 받아들인 것으로 볼 수 있다. 김춘수가 그 무로부터의 창조(creation ex nihilo)[95]를 보여준 것이 '천사' 시편의 창조라고 볼 수 있다. 이 세상에서 가시적으로 파악할 수 있는 존재가 아닌 천사의 상징을 빌어 천사가 주인공인 시집 『거울 속의 천사』와 『쉰한 편의 비가』 두 권을 상재한 것은 무로부터의 창조가 아닐 수 있다. 위에 인용된 「천사」는 "거울" 속의 시적 주체가 곧 "천사"임을 보여준다. 김춘수는 무의 지점에서 천사의 상으로 자기 자신의 자아상을 새롭게 창조하고 있는 것이다. "누구라고 그를 불러보지 못했다"라는 시구절은 세상이 그를 부르는 이름이 아닌 완전히 새로운 이름으로 자기 자신을 부를 것임을 보여준다. 이 세상의 무의 지점에서 새로운 창조를 통해 자아를 발견했다는 것을 의미하는 것으로 해석할 수 있다.

다음으로 「제20번 비가」도 마찬가지다. "마이너스 우주"라는 표현은 그가 무의 지점에서 창조한 이상세계로서의 인공낙원이 이 세상의 물질계에는 존재하지 않는 이상세계라는 의미에서 나온 표현일 수 있다. 그곳은 "하늘", 즉 천국이라고 할 수 있는데, 그곳은 "눈물"이 없는 곳, 김춘수가 그토록 벗어나고 싶었던 고통이 없는 곳이다. 그러나 고통 없는 그곳은 이 세상에 존재하지 않는 곳, 그러나 형이상학적으로만

---

93) Jacques Lacan, "Love of one's neighbor," *The Seminar of Jacques Lacan Book VII: The Ethics of Psychoanalysis,* pp.184~185.

94) Jacques Lacan, "The function of the beautiful," *The Seminar of Jacques Lacan Book VII: The Ethics of Psychoanalysis,* p.239.

95) Jacques Lacan, "The Articulations of the Play," *The Seminar of Jacques Lacan Book VII: The Ethics of Psychoanalysis,* p.260.

상상할 수 있는 곳, 그곳은 다름 아닌 "마이너스 우주"이다.

김춘수의 「천사」와 「제20 비가」는 그의 말년작 '천사' 시편으로, 중년의 '예수' 시편에서 고통에 대한 콤플렉스가 극한의 지점에서 승화된 것이다. 진정한 승화는 억압 없이 이루어지는 만족이다.[96] 김춘수의 천사는 너무나 투명한 천상의 세계에 그 자체로 자족적으로 존재하는 것으로 보인다. 그러한 천사의 상은 예수의 죽음을 무의 지점으로 재설정한 이후, 새로운 자아를 창조해 가는 과정에서 이룬 작품이라고 할 수 있을 것이다. 김춘수는 이러한 '천사' 시편을 통해 신학적 천국으로서의 인공낙원, 즉, 천상과 지상의 일치에 이른다.

IV. 결론을 대신하여: 보들레르와 김춘수의 고통의 치유로서의 인공낙원 비교

지금까지 논증한 바에 따르면, 시론(詩論) 상에서, 김춘수는 보들레르로부터 예술을 위한 예술이 추구하는 가치인 순수 유희로서의 창작, 시인 자신의 내면에 대한 존재론적 성찰, 형이상학적 이상세계의 추구 등에서 긍정적인 영향을 받은 것으로 판단된다. 그렇지만, 김춘수는 미의 선에 대한 자율성은 보들레르와 마찬가지로 적극적으로 옹호하지만, 그렇다고 해서 보들레르처럼 악의 전경화까지 나아가지는 않은 것으로 판단된다. 김춘수의 시론이 보들레르의 시론과 가장 차별화되는 것은 바로 이러한 지점이다. 그 결과, 그들의 작품은 고통과 치유의 관점에서 '외상—고통—승화'라는 심리적 단계를 동일하게 나타나지만,

---

96) Jacques Lacan, 『자크 라캉 세미나 11: 정신분석의 네 가지 근본 개념』, 250면.

그 구체적인 양상은 상당히 다르게 나타났다. 그 양상은 본론에서 논구되었다.

본론에서는 보들레르와 김춘수의 고통의 치유로서의 인공낙원의 의미를 비교·연구하기 위해 첫째, 고통의 기원으로서의 유소년기의 외상체험, 둘째, 고통의 양상으로서의 반복강박과 죽음충동, 셋째, 고통의 치유로서의 승화—무로부터의 창조로서의 인공낙원, 이렇게 세 단계로 나누어 살펴보았다. 첫째, 고통의 기원으로서의 유소년기의 외상 체험의 관점에서 보들레르의 「축복」, 「목매는 줄」, 「흡혈귀」와 같은 작품은 그의 유년기에 어머니로부터의 증오에 의한 외상이 반복 강박적으로 죽음충동을 느끼게 한다는 것을 보여주었다. 한편 김춘수의 『꽃과 여우』와 『처용단장』과 같은 작품은 그의 유소년기에 고문체험에 의한 외상이 반복 강박적으로 죽음충동을 느끼게 한다는 것을 보여주었다. 둘째, 고통의 양상으로서의 반복강박과 죽음충동의 관점에서 보들레르의 「가을의 노래」, 「즐거운 주검」, 「우울」, 「파괴」, 「영벌 받는 여인들」 등은 끝없는 고통과 고통에서 벗어나고자 하는 죽음충동이 반복강박으로 그의 시의 심층에 창작의 심리적 메커니즘으로 작동함을 보여주었다. 김춘수는 「마약(痲藥)」, 「못」, 「겟세마네에서」 등은 고통을 받아들이는 '예수'를 통해 쾌락원칙을 넘어 형이상학적으로 선의 섭리를 구현함을 보여주었다. 마지막으로 셋째, 고통의 치유로서의 승화—무로부터의 창조로서의 인공낙원의 관점에서 보들레르의 「술의 넋」과 「여행」 등은 반복 강박적으로 찾아오는 죽음충동과의 고통스러운 사투 끝에, 육체의 도취를 넘어, 무의 지점으로부터 새로운 자아를 창조해 가는 것이 인공낙원을 찾아가는 도정임을 보여주었다. 김춘수의 『거울 속의 천사』와 『쉰한 편의 비가』 등이 창조한 천사의 상은 예수의 죽음을 무의 지점으로 재설정한 이후, 새로운 자아를 창조해 가는 과정에서 신학적 천국으로서의 인공낙원을 찾아가는 도정을 보여주었다. 이와 같이 보들레르와 김춘수의 시 세계의 차이점이 논증되었다.

결론적으로, 보들레르와 김춘수의 시세계는 고통의 감각으로 점철되어 있다. 이러한 고통의 감각은 정신분석학적으로 인간의 근본조건으로서의 죽음충동이 반복강박적으로 시적 주체를 찾아온다는 데 있었다. 결론적으로 이러한 고통의 극한에서 상징적 죽음으로서의 무의 지점을 발견한 보들레르와 김춘수는 무로부터의 창조를 해 나아간다. 그 결과 보들레르는 인공낙원과 미학적 천국에 이르고, 김춘수는 신학적 천국으로서의 인공낙원, 천상과 지상의 일치에 이른다. 보들레르와 김춘수의 시적 주체도 끝없이 고통을 유발하며 허무감과 우울감 느끼게 하는 죽음충동이 이끄는 공백의 지점에서 새로운 예술세계를 창조해냄으로써 승화를 이뤄낸다. 그 새로운 예술세계를 이른바 인공낙원이라고 규정할 수 있을 터인데, 그것은 기존의 문명과 기존의 사회가 시적 주체에게 보편성의 이름으로 제시해온 절대적 아름다움의 규범을 붕괴시킨 다음에 창조된 것이다. 그러한 의미에서 보들레르와 김춘수가 창조한 예술적 이상은 예술가의 손에 의해 새롭게 탄생한 '인공낙원'이라고 부를 수 있을 것이다. 정신분석학적인 관점에서 인공낙원은 일종의 공백(空白, le vide)으로 해석될 수 있다. 인공낙원이 공백인 것은 이데아(Idea)가 공백인 것과 같다. 다시 말해, 인공낙원은 이데아적인 공백이다. 보들레르는 공백으로서의 인공낙원을 추구함으로써 친모가 유년시절 자신을 증오했다는 데서 비롯되는 끝없는 고통의 콤플렉스로부터 승화를 이룬다. 김춘수는 고문 체험이라는 외상적 원체험이 있었지만 '예수 시편'에서 고통에 대한 콤플렉스로부터 승화되어 예술적인 이상에 이른다. 예수는 고통을 치유하는 것을 거부함으로써 인간의 구원을 위해 지상에 온 희생양으로서의 신이라는 비극을 완성한다. 그러한 것처럼 시인에게 고통은 시인으로 존재하기 위한 필요충분조건으로서의 십자가형이다. 김춘수에게 예수가 몰락으로부터 부활하는, 무로부터의 창조(creation ex nihilo)를 보여주는 것은 김춘수 자신이 시인으로서 고통 가운데 상징적 죽음을 지나 새로운 예술을 창조하는 것과 같이 받아들여졌을 것이다. 그렇게 새롭게 창조된 자아상은 천사의 상징이었다.

참고문헌

1. 기본자료

Baudelaire, Charles, 『보들레르 시전집』, 박은수 옮김, 민음사, 1995.

______________, 『파리의 우울』, 윤영애 옮김, 민음사, 1995.

______________, *Œuvres Complètes I*, Paris: Gallimard, 1975.

______________, *Œuvres Complètes II*, Paris: Gallimard, 1976.

김춘수, 『김춘수 시론 전집』 II. 현대문학, 2004.

_____, 『김춘수 시 전집』, 현대문학, 2004.

_____, 『김춘수 전집 2 — 시론』, 문장사, 1982.

_____, 『김춘수 전집 3 — 수필』, 문장사, 1982.

_____, 『꽃과 여우』, 민음사, 1997.

2. 국내 논저

곽민석, 「보들레르 이후 프랑스 현대시에 나타난 '자율성'의 글쓰기」, 『인문과학연구』 제36호, 2013.

김붕구, 『보들레에르』, 문학과지성사, 1997.

김붕구 외, 『불문학사』, 일조각, 1963.

김시몽, 「시 속에의 시체 묘사 —보들레르와 벤의 비교 고찰」, 『불어불문학연구』 제85호, 2011.

김 억, 「요구와 회한」, 『학지광』, 1916.9.

김용민, 「이상화와 보들레르의 비교문학적 고찰」, 『인문학연구』 제31권, 2019.

김윤식, 「한국시에 미친 릴케의 영향」,『한국문학의 이론』, 일지사, 1974.

김재혁, 「시적 변용의 문제: 릴케와 김춘수」, 『독일어문학』16, 2001.

김　현,「김춘수와 시적 변용」,『상상력과 인간/시인을 찾아서 — 김현 문학 전집 3』, 문학과지성사, 1991.
류　신,「천사의 변용, 변용의 천사 — 김춘수와 릴케 」,『비교문학』 제36호, 2005.
맹미경,「보들레르 시에 나타난 현대성과 우울에 관한 고찰」, 연세대학교 석사학위논문, 1999.
문충성,『보들레르를 찾아서』, 제주대학교 출판부, 2003.
문혜원,「보들레르의 영향을 중심으로 한 송욱의 시론 연구」,『한중인문학연구』, 제20호, 2007.
박영희,「惡의 花를 심은 뽀드레르론」,『개벽』, 1924.6.
백대진,「20세기초두 구주제대 문학가를추억함」,『신문학』, 1916.5.
신범순,『한국현대시의 퇴폐와 작은 주체』, 신구문화사, 1998.
양주동,「뽀—드레—르」,『금성』, 1923.11.
오주리,『김춘수 형이상시의 존재와 진리 연구: 천사의 변용을 중심으로』, 국학자료원, 2020.
______,「이데아로서의 '꽃' 그리고 '책': 김춘수 시론에서의 말라르메 시론의 전유」,『우리문학연구』 67, 2020.
______,「보들레르와 오장환의 우울에 관한 비교연구 : 정신분석학적 관점으로」,『문학과 종교』 25.3, 2020.
______,「순수시(純粹詩) 시론을 넘어: 김춘수 시론에서의 폴 발레리 시론의 전유」,『동서비교문학저널』57, 2021.
윤영애,『파리의 시인 보들레르』, 문학과지성사, 1998.
이건수,『저주 받은 천재 시인 보들레르』, 살림, 2013.
이민호,「김종삼의 시작법과 프랑스 상징주의 영향관계 연구」,『국제한인문학연구』 제1권 제1호, 2017.
이재선,「한국현대시와 R. Martin 릴케」,『김춘수 연구』, 학문사, 1982.
이형권,「한국시의 보들레르 이입과 수용 양상」,『어문연구』 제45권, 2004.
이진성,『샤를르 보들레르』, 건국대학교 출판부, 2004.
임노월,「퇴폐미의 작가 뽀—드레—르」,『개벽(開闢)』, 1922.10.
정의진,「발터 벤야민의 보들레르론」, 한국프랑스학회 학술발표회, 2008.
조강석,「김춘수의 릴케 수용과 문학적 모색」,『한국문학연구』 제46호, 2014.
조남현,「김춘수의「꽃」」,『김춘수 연구』, 학문사, 1982.

조영복, 「여우 혹은 장미라는 '현실'과 언어 — 김춘수와 문학적 연대기」, 『한국 현대시와 언어의 풍경』, 태학사, 1999.
조재룡, 「『악의 꽃 Les Fleurs du Mal』에 나타난 산문(prose)을 향한 일보(一步)」, 『한국프랑스학논집』 제50호, 2005.
조현진, 「보들레르의 「인공낙원」과 도취의 미학」, 충남대학교 석사학위논문, 2004.
______, 「보들레르 작품에 나타난 디오니소스적 여정」, 『인문학연구』, 제42권 제4호, 2012.
조희원, 「보들레르의 '예술가—주체(sujet—artiste) 개념과 '상상력(imagination)」, 『미학』 제63호, 2010.
주현진, 「19세기의 우울과 환각: 보들레르 환각체험 작품을 중심으로」, 『한국프랑스학논집』 제111권, 2020.

3. 국외 논저 및 번역서

Bataille, Georges, 『문학과 악』, 최윤정 옮김, 민음사, 1995.
Baudelaire, Charles·Gautier, Théophile, 『보들레르와 고티에』, 임희근 옮김, 걷는책, 2020.
Benjamin, Walter, 「보들레르의 몇 가지 모티브에 관해서」, 『발터 벤야민의 문예이론』, 반성완 편역, 민음사, 1983.
______, 『도시의 산책자』, 조형준 옮김, 새물결, 2008.
______, 『보들레르의 파리』, 조형준 옮김, 새물결, 2008.
______, 「19세기의 수도 파리」, 『역사의 개념에 대하여·폭력 비판을 위하여·초현실주의 외』, 최성만 옮김, 길, 2009.
______, 『보들레르의 작품에 나타난 제2제정기의 파리·보들레르의 몇 가지 모티프에 관하여 외』, 황현산 옮김, 길, 2015.
Evans, Dylan, 『라캉 정신분석 사전』, 김종주 외 옮김, 인간사랑, 1998.
Foucault, Michel. "Qu'est—ce que les lumières?", *Dits et Ecrits II: 1976~1988*, Paris: Gallimard, 2001.
Friedrich, Hugo, 『현대시의 구조』, 장희창 옮김, 지만지, 2012.
Freud, Sigmund, 『쾌락원칙을 넘어서』, 박찬부 옮김, 열린책들, 1998.
Lacan, Jacques, 『에크리』, 홍준기 외 옮김, 새물결, 2019.

______, *The Seminar of Jacques Lacan Book II: The Ego in Freud's Theory and in the Technique of Psychoanalysis 1954—1955*, Ed. Jacques—Alain Miller, Trans. Sylvana Tomaslli, New York·London: W· W· Norton & Company, 1988.

______, 『자크 라캉 세미나 11: 정신분석의 네 가지 근본 개념』, Jacques—Allain Miller 편, 맹정현·이수련 옮김, 새물결, 2008.

______, *The Seminar of Jacques Lacan Book VII: The Ethics of Psychoanalysis,* Ed. Jacques—Alain Miller, Trans. D. Porter, New York· London: W· W· Norton & Company, 1997.

______, 『욕망 이론』, 권택영 외 편역, 문예출판사, 1994.

Lanson, Gustave, 『랑송 불문학사』 하, 정기수 옮김, 을유문화사, 1997.

Raymond, Marcel, 『프랑스 현대시사』, 김화영 옮김, 현대문학, 2007.

Rincé, Dominique, 『보들레르와 시의 현대성』, 정명희 옮김, 고려대학교 출판문화원, 2021.

Regnault, Fronçois, *Conférences D'Esthétique Lacanienne*, Paris: Seuil, 1997.

Sartre, Jean Paul, *Baudelaire*, Paris: Gallimard, 1947.

Witmer, Peter, 『욕망의 전복』, 홍준기 외 옮김, 한울아카데미, 2009.

5 이데아로서의 '꽃' 그리고 '책':

김춘수 시론에서의 말라르메 시론의 전유

I. 서론

1. 연구사 검토

이 연구 「이데아로서의 '꽃' 그리고 '책' — 김춘수 시론에서의 말라르메 시론의 전유」는 김춘수(金春洙, 1922~2004)가 자신의 시론에서 프랑스 상징주의 시론에 대하여 논의한 내용을 근거로 하여, 김춘수가 어떻게 프랑스 상징주의 시론을 전유하였는지에 대하여, 프랑스 상징주의 시인들의 시와 시론을 프랑스어 원문과 대질하는 비교문학적 연구 방법을 통하여 밝혀내는 것을 목적으로 한다.

프랑스 상징주의 시는 세계문학사에서 '현대시'를 연 시이다. 보들레르(Charles Pierre Baudelaire, 1821~1867)의 『악의 꽃 *Les Fleurs Du Mal*』은 사상적으로 현대시의 시초이며, 『파리의 우울 *Le Spleen de Paris*』은 형식적으로 현대시의 시초이다. 또한, 보들레르의 뒤를 이은, 랭보(Art hur Rimbaud, 1854～1891), 베를렌(Paul—Marie Verlaine), 말라르메(Stéphane Mallarmé, 1842～1898), 발레리(Paul Valéry, 1871～1945)는 '시인들의 시인'으로서 높은 위상을 지니고 있다. 현대시가 추구할 수 있는 절대적인 이상을 실험하고 개척한 것이 바로 프랑스 상징주의 시인들이다. 그러므로 프랑스 상징주의 시는 비단 프랑스라는 하나의 국가의 문학사 가운데 있는 시가 아니라, 세계문학사 전체를 대표하고 선도했던 시라는 데 의의가 있다.

김춘수가 자신의 시론을 정립하는 과정에서 프랑스 상징주의 시론에 관심을 가진 것도 그러한 맥락에서인 것으로 보인다. 김춘수는 한국현대문학사에서 최첨단에 서려는 의지를 가진 시인이었다. 그는 세계문학사에서 최고의 위상에 놓여 있는 프랑스 상징주의 시론을 끊임없이 살펴보면서 그것을 자신의 시론과 견주어 보았다.

그러한 연유에서 프랑스 상징주의 시론을 한국현대문학사에 수용한 시인들은 김춘수 이전에도 있었다. 예를 들면 1920년대 김억(金億, 1896～미상)이나 1930년대 서정주(徐廷柱, 1915～2000)가 대표적인 예라고 할 수 있다. 그렇지만, 김춘수는 김억이나 서정주의 상징주의 시론의 전유에 대하여 비판적인 태도를 보였다. 김춘수는 그들이 프랑스 상징주의의 본질을 이해하지 못했다고 혹평한다. 그러면서 김춘수는 프랑스 상징주의에 대한 기본적인 이해를 일본 유학 시절 니혼대학(日本大學)에서의 수학을 통해 갖춘다. 그러나 현시점에서 김춘수의 프랑스 상징주의에 대한 수용도 일본을 경유한 프랑스 상징주의였다는 한계가 지적될 수 있다.

이 연구는 그러한 문학사적 시도와 한계를 두루 고려하면서, 프랑스 상징주의에 대한 프랑스 현지 연구를 참조하여, 김춘수 시론에서의 프랑스 상징주의 시론의 전유를 연구하려는 것이다. 그러나 기존의 연구사에서 김춘수의 시론과 프랑스 상징주의 시론과의 영향 관계는 아직 많이 연구되어 있지 않다. 김춘수에 관한 연구는 유치환[1]과 서정주[2]에 의해 시작된 이래, 김춘수를 인식의 시인으로 조명한 연구로 김용직,[3] 김주연,[4] 조영복[5], 남기혁[6] 등의 연구가 있고, 김춘수를 존재의 시인으로 조명한 연구로 조남현,[7] 이승훈,[8] 장경렬,[9] 김유중[10] 등의 연구가 있다. 또한, 김춘수의 시를 독일의 상징주의 시인인 릴케와의 상관성에서 조명한 연구로 김윤식,[11] 신범순,[12] 조강석,[13] 이재선,[14] 류

---

1) 유치환, 「시집 『구름과 장미』에 대하여」, 김춘수 연구 간행 위원회, 『김춘수 연구』, 학문사, 1982.

2) 서정주, 「시집 『늪』에 대하여」, 앞의 책.

3) 김용직, 「아네모네와 실험의식—김춘수론」, 앞의 책.

4) 김주연, 「명상적 집중과 추억 — 김춘수의 시세계」, 앞의 책.

5) 조영복, 「여우 혹은 장미라는 '현실'과 언어—김춘수와 문학적 연대기」, 『한국 현대시와 언어의 풍경』, 태학사, 1999.

6) 남기혁, 「김춘수 전기시의 자아인식과 미적 근대성—'무의미의 시'로 이르는 길」, 『한국시학연구』vol. 1, 한국시학회, 1998.

7) 조남현, 「김춘수의 「꽃」」, 『김춘수 연구』.

8) 이승훈, 「시의 존재론적 해석시고(解釋試攷) — 김춘수의 초기시를 중심으로」, 앞의 책.

9) 장경렬, 「의미와 무의미의 경계에서 — '무의미 시'의 가능성과 김춘수의 방법론적 고뇌」, 『응시와 성찰』, 문학과지성사, 2008.

10) 김유중, 「김춘수 문학을 어떻게 이해할 것인가?」, 『한국현대문학연구』vol. 30, 한국현대문학회, 2010; ______, 「김춘수의 문학과 구원」, 『한국시학회 학술대회 논문집』, 한국시학회, 2014.10; ______,「김춘수와 도스토예프스키」, 『한중인문학연구』49집, 한중인문학회, 2015; ______,「김춘수의 대담: 내면 고백과 합리화의 유혹을 넘어서」, 『어문학』, 한국어문학회, 2017

11) 김윤식, 「한국시에 미친 릴케의 영향」, 『한국문학의 이론』, 일지사, 1974.

12) 신범순, 「무화과 나무의 언어—김춘수, 초기에서 <부다페스트에서의 소녀의 죽음>까지 시에 대해」,『한국현대시의 퇴폐와 작은 주체』, 신구문화사, 1998; _______, 「역사의 불모지에 떨어지는 꽃들」, 『시와 정신』, 2015년 9월호,

13) 조강석, 「김춘수의 릴케 수용과 문학적 모색」, 『한국문학연구』제46집, 한국문학연구소, 2014.

신[15] 등의 연구가 있다.

그러나 아직 김춘수 시론 가운데 프랑스 상징주의 시론의 전유에 대해 전면적으로 연구한 성과는 드러나 있지 않다. 간혹 기존의 논문 중에 김춘수에 대한 논의의 한 부분에서 프랑스 상징주의 시인을 언급하거나,[16] 반대로 과도하게 김춘수의 일부 시를 프랑스 상징주의 시인의 아류로 폄훼하는 경우가 있다. 그러나 그것은 올바른 비교문학적 연구의 태도가 아니다. 김춘수는 분명히 한국적인 시를 세계적 수준으로 끌어올리려 한 시인 중 한 명이다. 그러므로 균형 잡힌 시각에서 김춘수의 시론과 프랑스 상징주의 시론을 견주어 보는 연구가 지금 필요하다고 판단되는 것은 바로 그 때문이다. 그러므로 김춘수 시론에서의 프랑스 상징주의 시론의 전유 연구는 이 시점에서 꼭 필요한 연구라고 판단된다.

그러나, 프랑스 상징주의 시론 전체를 한 편의 논문 안에서 모두 다루는 것은 질적인 면에서나 양적인 면에서 어려움이 있다. 그러므로 본고는 그 첫 단계로 김춘수 시론에서의, 말라르메의 시론의 전유에 관하여 다루어 보고자 한다. 그 이유는 김춘수가 언급한 프랑스 상징주의 시인, 즉, 보들레르, 랭보, 베를렌느, 말라르메, 그리고 발레리 가운데 가장 많이 언급한 시인이 바로 말라르메이기 때문이다. 특히, 김춘수의 대표작이라고 할 수 있는 「꽃」을 김춘수 자신이 스스로 말라르메의 시론을 빌려 해명하고 있기 때문이다.

---

14) 이재선, 「한국현대시와 R. Martin 릴케」, 『김춘수 연구』, 103면.

15) 류신, 「천사의 변용, 변용의 천사 — 김춘수와 릴케 」, 『비교문학』제36집, 한국비교문학회, 2005.

16) 지주현, 「김춘수 시의 형태 형성과정 연구」, 연세대학교 국어국문학과 대학원 석사학위논문, 2002.

김춘수의 시론과 말라르메의 시론에 대해 주목할 만한 연구로는 송승환의 「김춘수 시론과 말라르메 시론의 비교 연구」가 있다.[17] 이 논문은 주로 황현산의 말라르메에 대한 평문들[18]의 관점에 따라, 말라르메의 시론에서의 '무(無, Néant)'와 김춘수의 시론에서의 '무(無)'를 비교한 것이다. 본고는 말라르메의 시론 중 김춘수의 시론에 영향을 미친 핵심은 이데아의 시론에 있다는 관점을 취하고자 한다. 김춘수 시론의 프랑스 상징주의 시론의 전유에 관한 연구의 첫 단계를 시행하고자 한다.

말라르메의 시론에 대하여 가장 깊이 있게 해명한 학자로는 제일 먼저 블랑쇼(Maurice Blanchot, 1907～2003)를 들 수 있다. 블랑쇼는 말라르메의 시론에 존재론적 관점으로 접근한다, 『문학의 공간 *L'Espace Littérarire*』에서 블랑쇼는 말라르메가 신(神)의 부재를 직시하면서 희망에 대해 어떠한 권리도 없이 시어 가운데서 자신의 죽음을 만나야만 했던 운명과 시를 순수한 관념으로 받아들일 수밖에 없던 운명을 이해하였다.[19] 블랑쇼는 그러한 작가론적 맥락에서 말라르메가 자신의 소설 「이지튀르 Igitur」에서 '철학적 자살'을 주제로 다루게 되는 필연을 존재론적으로 밝혀낸다.[20] 자살은 자기 자신에 의한 존재의 무화(無化)이다. 그러나 그러한 무에 이르러 시인은 모든 것을 시초부터 다시 사유할 수 있는 것이다. 이처럼, 글을 쓴다는 것은 말라르메에게 근원의 언

---

17) 송승환, 「김춘수 시론과 말라르메 시론의 비교 연구」, 『우리문학연구』47, 우리문학회, 2015.

18) 황현산, 「말라르메의 언어와 시」, Stéphane Mallarmé, 『시집』, 황현산 옮김, 문학과지성사, 2005; ________, 「말라르메 송욱 김춘수」, 『잘 표현된 불행』, 문예중앙, 2012.

19) Maurice Blanchot, 『문학의 공간 *L'Espace Littéraire*』, 이달승 옮김, 그린비, 2014, 39～42면.

20) 위의 책, 48면.

어로 돌아가는 것이다.[21] 또한 『도래할 책 *Le Livre à Venir*』에서 블랑쇼는 말라르메가 자신의 문학적 탐구에서 '언어의 부정(否定)'[22]의 힘에 부담을 느꼈음을 지적하며, 그의 작품의 궁극에 놓인 「주사위 던지기 Un Coup de Dés」의 의미를 해명한다.

그밖에, 말라르메의 시론에 대하여 깊이 있게 해명한 학자로는 바르트(Roland Barthes, 1915～1980)가 있다. 그는 말라르메의 시론에 텍스트의 관점으로 접근한다. 바르트는 자신의 '글쓰기의 영도'(Le Degré Zéro de l'Écriture)의 기원을 말라르메가 언어의 해체를 통한, 무(無)로부터의 글쓰기에 두고 있다.[23] 말라르메의, 순수한 시적 언어에 도달하기 위한 언어의 해체 작업은 궁극적 지점에서 실서증(失書症)에 이를 수밖에 없고, 이것은 시인에게는 '자살'과도 같은 것이다.[24] 그러나 이것은 역설적으로 시인을 사회적인 언어로부터 해방하여 그에게 자유를 주는 것이기도 하다. 이러한 의미에서, 바르트는 말라르메가 공허(creux)라는 시작의 한계에 대한 고찰로부터 위대한 문학을 창조하였다고 고평하였다.[25] 그밖에, 푸코(Michel Foucault)[26], 크리스테바(Julia Kristeva),[27] 데리다(Jacques Derrida),[28] 바디우(Alain Badiou)[29] 등도 말라르메의 시

---

21) Emmanuel Levinas, 『모리스 블랑쇼에 대하여 *Sur Maurice Blanchot*』, 박규현 옮김, 동문선, 2003, 18면.

22) Maurice Blanchot, 『도래할 책』, 심세광 옮김, 그린비, 2011, 117면.

23) Roland Barthes, 「서론」, 『글쓰기의 영도 *Le Degré Zéro de L'Écriture*』, 김웅권 옮김, 동문선, 2007, 10면.

24) Roland Barthes, 「글쓰기와 침묵」, 앞의 책, 69면.

25) Roland Barthes, 『목소리의 결정 *Le Grain de la Voix*』, 김웅권 옮김, 동문선, 2006, 43면.

26) Michel Foucault, 『말과 사물 *Les Mots et les Choses*』, 이규현 옮김, 민음사, 2012.

27) Julia Kristeva, 『시적 언어의 혁명 *La Révolution du Language Poétique*』, 김인환 옮김, 동문선, 2000.

28) Jacques Derrida, 『그라마톨로지에 대하여 *De La Grammatologie*』, 김웅권 옮김, 동문선, 2004.

29) Alain Badiou, 『비미학 *Petit Manuel d'Inesthetique*』, 장태순 옮김, 이학사, 2010.

론을 연구하였다. 그렇지만, 문학연구로서의 접근이었다기보다 자신의 철학으로 전유하기 위한 연구였으므로 본고에서는 그 구체적인 내용을 생략하고자 한다.

국내에서 말라르메의 시론에 관한 연구로는 김기봉,[30] 김현,[31] 박이문,[32] 채기병,[33] 이부용[34] 등의 평문 또는 논문이 큰 학문적 성과를 내었다. 특히 김현은 「절대에의 추구」에서 말라르메에게는 현세를 벗어난 영원의 세계, 즉, 이데아의 세계가 필요하였으며, 이데아의 세계 구현을 위해 시간성을 초월하여 본질(essence)을 표현한 예술작품을 창작하고자 하였음을 밝혔다.[35] 본고는 이상의 연구 성과를 토대로 말라르메의 시론 중 김춘수의 시론에 영향을 미친 핵심은 이데아의 시론에 있다는 관점으로, 김춘수 시론의 프랑스 상징주의 시론의 전유에 관한 연구 중 첫 단계에 들어서고자 한다.

2. 연구의 시각

김춘수는 상징주의를 플라톤주의(Platonism)로 이해했다. 그뿐만 아

---

30) 김기봉, 「말라르메의 본질」, 『불어불문학연구』 vol. 1. no. 1, 한국불어불문학회, 1966.

31) 김현, 「절대에의 추구」, 『존재와 언어/현대 프랑스 문학을 찾아서』, 문학과지성사, 1992; ____, 「말라르메 혹은 언어로 사유되는 부재」, 『존재와 언어/현대 프랑스 문학을 찾아서』, 문학과지성사, 1992.

32) 박이문, 「말라르메가 말하는 '이데아'의 개념: 논리정연성에 대한 꿈」, 『둥지의 철학』, 미다스북스, 2017.

33) 채기병, 『말라르메의 부재와 <이데>의 시학』, 성균관대학교 불어불문학과 대학원 박사학위논문, 1993.

34) 이부용, 「말라르메의 모색과 꿈—그의 시와 시론을 중심으로」, 연세대학교 불어불문학과 대학원 석사학위논문, 1999.

35) 김현, 「절대에의 추구」, 98면.

니라 그는 자기 자신을 상징주의자이자 플라톤주의자로 규정하기도 하였다. 특히, 상징주의 시인들 가운데서도 말라르메의 플라토니즘 중 이데아론은 김춘수가 자신의 대표작인 「꽃」 계열의 시에서 '꽃'을 말라르메적인 '꽃'으로 규정하면서, 그 '꽃'을 이데아로서의 '꽃'이라고 하였기 때문에, 학문적으로 깊은 고찰이 필요하다. 이처럼, 말라르메나 김춘수가 이해한 바와 같이, 상징주의자들의 시론의 밑바탕에는 플라톤의 이데아론이 있다.[36] 그러므로 우선 플라톤의 이데아 개념부터 정립해 볼 필요가 있다.

이데아(idea)는 그리스어에서 형상이란 의미이다. 그리스어에서 형상이란 의미로는 이데아, 에이도스(eidos), 모르페(morphē)가 있는데, 이 중 이데아가 플라톤의 철학에서 특별한 의미로 쓰이게 되었다(Plato 175—6). 철학적으로 이데아는 본래 사물 또는 존재의 본모습을 가리키는 개념(Plato 176)으로 쓰였다. 예컨대, 이데아는 언제나 변함없는, '아름다움 자체의 본모습' 또는 '올바름 자체의 본모습'에서 '본모습'을 가리킨다(Plato 378). 그러니까 전자를 '아름다움의 이데아' 후자를 '올바름의 이데아'라고 할 수 있을 것이다.

그뿐만 아니라, 플라톤에게 이데아는 곧 '존재이자 본질'(ousia)이다. 그는 생성과 소멸이라는 변화를 겪지 않는 것을 '존재이자 본질'이라 보면서 그것을 사랑하였다(Plato 387). 그는 철학자의 임무가 생성(genesis)이 아니라 존재이자 본질을 포착하는 것이라고 여겼다(Plato 470). 요컨대, 이데아는 사물 또는 존재의 본모습으로서의, 영원히 변치 않는 존재이자 본질이라고 규정될 수 있다.

말라르메의 문학은 '지성(知性)의 문학'이라고 불린다. 그 이유는 그

36) 이부용, 앞의 논문, 6면.

가 시작(詩作)에서 지성의 역할을 특별히 강조했기 때문이다. 그러한 이유도 바로 이데아의 시론과 관계가 있다. 플라톤에게서 지성이 중요한 이유는 지성에 의해서 이데아를 알 수 있기 때문이다(Plato 453). 이데아는 육안에 보이지 않으나, 지성(nous)에 의해 알 수 있으며(Plato 176), 감각의 도움으로 육안에 보인다(Plato 434—41). 그러므로 시를 통해 이데아를 추구했던 말라르메에게 지성은 특별한 역할을 하는 것이었다. 그러나 이데아는 인식과 진리의 원인이지만(Plato 437), 진리나 인식보다 훌륭한 것이다(Plato 438). 선(善)의 이데아는 모든 것의 궁극적 원리이다((Plato 428). 선의 이데아는 인식되는 것에 진리를 제공하고, 인식하는 자에게 힘을 준다(Plato 437).

플라톤의 『국가』에서 이데아는 동굴의 비유를 통해 설명된다. 즉, 지성에 의해 이데아를 알게 되는 것이 죄수가 동굴을 벗어나 태양을 바라보는 것에 비유되는 것이다(Plato 485). 동굴 밖은 지성으로 파악 가능한 실재의 세계에 대한 비유이다(Plato 447). 플라톤이 교설하는 것은 우리도 동굴의 죄수처럼 그림자의 세계가 실재이자 진리라고 착각해서는 안 되며, 동굴 밖의 세계를 실재이자 진리에 다가갈 이데아의 세계로 받아들여야 한다는 것이다.

일반적으로 플라톤의 시론은 '시인추방론'으로 알려져 있다. 그러나 플라톤이 『국가』에서 주장한 시론은 '시인추방론'이라기보다, 시가 진리 또는 도덕과 조화를 이루어야 한다는 시론이다(220). 플라톤의 『국가』에서 소크라테스가 시인이 시를 창작하는 데서 주제가 제한되어야 한다고 주장한 이유는 죽음의 세계를 노래하는 시는 독자를 나약하게 만들 수 있기 때문이다(187). 소크라테스는 일반 독자가 두려워해야 할 것은 죽음의 세계가 아니라 노예의 신세라고 반박한다(Plato 186). 그러나 플라톤이 『국가』에서 시민교육과 교양교육의 첫 단계가 시 교육이어야 한다고 주장한 데서 알 수 있듯이 그는 시의 교육적 가치를 중요하게 여겼다(609). 플라톤의 『국가』에서 '시가에 능하다'를 의미하는 'mousikos'는 곧 '교양이 있다'는 의미이기도 하다(107). 이러한 어원에서도 시 교육이 교양교육에서 얼마나 중요시되었는지 알 수 있다. 다시 말해, 청소년들을 위해 시 교육을 해야 하는 이유는 그들에게 고상하고 우아한 성품(ēthos)을 형성시켜 주기 위해서이다(Plato 220). 그러므로 플라톤의 시론이 시인추방론이라는 통념은 정정되어야 하며, 그의 시론은 다만 시작 시 유의점 또는 시작의 규범을 제시한 것으로 재해석되어야 한다(Plato 609). 이처럼 시의 교육적 가치를 위해 소크라테스는 시가 도덕적이고 건강한 삶에 이바지해야만 한다고 주장한다(Plato 216). 아름다운 나라(kallipolis)를 위해서 청소년들이 시가를 통해서 법질서(eunomia)를 받아들이도록 해야 하며(Plato 268), 시인의 시 가운데 신과 영웅에 대한 찬가만 받아들여진다는 것이다(Plato 637).

그런데 플라톤의 『국가』에서 독특한 점은 시가 이처럼 교육의 도덕적 가치를 위해 제한적으로만 이용되려면, 철학자의 역할이 요구된다는 점이다. 즉, 철학자는 시인이 좋은 성품의 상(eikōn)을 시에 새겨 넣도록 감시해야 한다는 것이다(Plato 219). 이러한 이유는 이데아론에 근거를 두고 있다. 즉, 플라톤에게서 시가 제약되어야 하는 이유는 이성이 아니라 감성에 의존하기 때문이다(Plato 609). 감성으로는 이데아를 인식할 수 없다. 이성으로만 이데아를 인식할 수 있다. 그렇기 때문에 시는 철학자의 도움을 받아야 한다. 즉, 그에 따르면, 시는 현상(phantasma)의 모방술(hē mimētikē)로 쓰이는데, 현상 자체가 이데아의 모방으로, 시는 이데아로부터 세 단계나 멀어진다는 것이다(Plato 609—18).

신이 본질 창조자(phytourgos)라면, 시인은 모방자(mimētēs)인 것이다. 그러므로 그는 시를 대신해 철학이 이성을 통해 이상국가를 실현해야 한다고 주장하는 것이다(Plato 609). 이러한 이데아론을 바탕으로 한 이상주의가 프랑스 상징주의의 밑바탕에 놓여 있다. 그러므로 플라톤주의로서의 상징주의에 대해 논의해 보기로 한다.

II. 플라톤주의로서의 상징주의

상징주의란 상징을 통해 사상(事象) 너머의, 이데아의 세계를 창조하려는 문예사조로 정의될 수 있다. 이러한 상징주의는 기존의 학자들에 의해 새로운 플라톤주의로 해석되어왔다. 특히, 김춘수는 1920~30년대 한국의 시인들이 상징주의를 데카당스(décadence) 또는 세기말(fin de siècle) 사상으로만 이해한 바와 달리, 예술지상주의 또는 플라톤주의로 이해했다. 그러한 근거를 김춘수의 시론을 통해 확인해 보면 다음과 같다.

> 상징주의의 형이상학은 보들레르의 시 「조응」의 그 조응(correspondance) 사상에 있다. 유한과 무한이 조응한다는 말라르메적 무한사상이 바로 그것이다. 만해의 '님'도 이러한 상징주의적 이데아 사상에 연결된다고 해야 하리라. 폴 발레리가 인간의 두뇌구조와 우주의 구조는 상사형(相似形)이라고 했을 때, 이 보들레르의 조응의 사상을 우리는 연상하게 된다. 나는 20대에 상징주의자가 되었다가 40대에 리얼리스트가 되었다. 그러나 지금은 그것들의 절충, 아니 변증법적 지양을 꿈꾸고 있다. 이 꿈을 다르게 말하면, 시로써 초월의 세계로 나가겠다는 것이 된다. 시로써라는 말을 또 다르게 말하면, 이미지

라는 것이 된다. 이상을 다시 요약하면, 사물과 현실만을 사물과 현실로서만 보는 답답한 시야를 돌려 사물과 현실의 저쪽에서 이쪽을 보는 시야의 전이를 시도한다는 것이 된다. 사물과 현실은 그들 자체로는 그들의 문제가 해결될 것 같지 않다. 새로운 내 나름의 플라토니즘이 가능할까? 이콘을 무시한 이데아는 시가 아니라, 철학이거나 사상일 따름이다.

—김춘수, 『시의 위상』 부분. (II 358)[37]

위에 인용된 산문은 김춘수의 『시의 위상』의 일부분이다, 『시의 위상』은 김춘수의 중요한 시론을 담고 있다. 특히, 『시의 위상』은 김춘수의 대표적인 시론으로 인식된, 무의미 시론 이후에 쓰인 시론이면서, 무의미 시론을 뛰어넘는 시론이라는 데서 큰 의미가 있다. 『시의 위상』에서 김춘수는 자신의 시론을 정립해 가는 과정에서 프랑스 상징주의에 대한 논의를 위해 지면을 상당량 할애하고 있다. 그뿐만 아니라, 김춘수의 프랑스 상징주의에 대한 이해 또한 현시점에서도 상당히 정확한 것으로 파악된다. 무엇보다 가장 중요한 점은 김춘수가 자신을 "20대의 상징주의자"라고 언급했다는 점과 "새로운 내 나름의 플라토니즘"을 시도하려 한다고 언급했다는 점이다. 그는 시로써, 즉 이미지로써 "초월의 세계", 즉 이데아의 세계를 추구한다는 것이다. 그러면서 그는 프랑스 상징주의자들인 보들레르와 말라르메의 플라톤주의의 예를 앞서 제시한다.

위에 인용된 부분은 김춘수가 보들레르(Charles Baudelaire)의 「조응」("Correspondances")을 언급한 부분이다. 보들레르의 「조응」은 그의 대

37) 이 논문에서 김춘수 시론을 인용하는 경우 김춘수, 『김춘수 시론 전집』I·II 현대문학, 2004.를 따른다. 인용 권호수와 면수는 ( ) 안에 숫자로만 표기한다.

표작이다. 그뿐만 아니라, 보들레르의 「조응」은 베를렌(Paul Verlaine)의 「시법」(“Art Poétique”)과 함께 상징주의 전체의 시론을 대표하는 것으로 평가된다.[38] 그러므로 여기서 보들레르의 「조응」의 핵심 부분을 살펴보면 다음과 같다.

> 자연은, 그 살아 있는 기둥들에서 시시로
> 아리숭한 말들 새어나오는 하나의 신전;
> 사람은 다정한 눈길로 자기를 지켜보는
> 상징의 숲들을 거쳐 그리로 들어간다.
>
> —보들레르, 「조응」 1연.[39]

> La Nature est un temple où de vivants piliers
> Laissent parfois sortit de confuses paroles;
> L'homme y passe à travers des forêts de symboles
> Qui l'observent avec des regards familiers.
>
> — Baudelaire, "Correspondances"[40]

보들레르의 「조응」에서 “자연”은 하나의 “신전”에 비유되는데, 인간은, “자연”과의 “조응”을 통해, “자연”으로부터의 “상징”이 이데아에 가닿게 하는 비의(秘意)임을 보여준다. 여기에 바로 상징주의의, 조응의 시론의 핵심이 담겨 있다. 김봉구에 따르면, 이 시에서 “신전”은 천상계, 즉, 이데아계로, “자연”은 지상계, 즉, 감성계로, 마지막으로 “인간”은 시인으로 해석될 수 있다.[41] 이러한 해석은 보들레르가 시에서 “자

---

38) 김경란, 『프랑스 상징주의』, 연세대학교 출판부, 2005, 25면.
39) Charles Baudelaire, 『보들레르 시전집』, 박은수 옮김, 민음사, 1995, 34면.
40) Charles Baudelaire, *Œuvres Complètes I*, Paris: Gallimard, 1961, p.11.
41) 김봉구, 『보들레에르: 평전·미학과 시세계』, 문학과지성사, 1997, 433면.

연"은 "신전"이라고 은유의 초월성을 다소 도식화한 것으로 보일 수도 있다. 그러나, "자연"이라는 현상 안에 "신전"이라는 이데아가 내포된 것이라고 본다면, 보들레르의 시에서 비동일성의 동일성으로서의 은유의 논리를 해치지 않으면서도, "신전"=이데아계, "자연"=감성계라는 관념상의 구별도 가능해진다. 그러므로 이 시는 '이데아계'와 '감성계'와 '시인' 삼자 간의 조응을 보여준다고 할 수 있다. 김춘수가 이 시를 통해 상징주의를 일종의 플라톤주의적인 형이상학으로 받아들이는 것도 그러한 이유에서이다. 형이상학은 원리를 탐구하는 학문이다. 원리란 불변의, 존재의 본질로서의 이데아와 상통한다(플라톤 387). 그러므로 김춘수는 상징을 통해 불변의, 존재의 본질로서의 이데아를 추구하는 상징주의를 플라톤주의적 형이상학으로 받아들인 것이다. 김춘수는 상징주의의 이러한 핵심을 정확히 통찰해내고 있다.

김춘수는 『시의 위상』에서 "초월의 세계"를 추구하던, 젊은 날의 자기 자신을 상징주의자로 규정하였다. 여기서 "초월의 세계"는 이상주의(理想主義, Idéalisme)로 해석될 수 있다. 보들레르의 「조응」은 『악의 꽃』의 「우울과 이상」("Spleen et Idéal")(Baudelaire, *Œuvres Complètes I*, 7)이란 장(章)에 실려 있다. 여기서 유추될 수 있는 것은 바로 "우울"과 "이상"이 동전의 양면과 같다는 것이다. 다시 말해, 한편으로는, "우울"이 시인에게 "이상"을 추구하도록 하지만, 다른 한편으로는 시인이 "이상"을 추구하기 때문에 그에게 "우울"이 찾아온다는 것이다. 예컨대, 「우울과 이상」 중 한 편인 「신천옹」에서 보들레르는 "시인"을 "신천옹"에 비유하는데, "신천옹"은 하늘에서는 "왕자"이지만, 땅에서는 "병신"과 같은 존재이다.[42] 이러한 "신천옹"의 운명을 가진 "시인"이야말

42) Charles Baudelaire, 『보들레르 시전집』, 31면.

로, 현실에서의 우울을 승화하여 예술이라는 이상을 추구하는 존재인 것이다. 이처럼 프랑스 상징주의의 시초인 보들레르의 시세계로부터 보이는 바와 같이, 통념상 "우울"이 세기말 사상의 퇴폐적 정서로만 여겨져 온 것은 온당한 평가인 것만은 아니다. 왜냐하면, 그 "우울"의 이면이 바로 "이상"이기 때문이다.

말라르메는 「시의 위기」("Crise de Vers")에서 상징주의를 자연의 물질들을 거부하는 일종의 이상주의(Un Idéalisme)로 칭하기도 한다.[43] 그 핵심적인 부분을 살펴보면 다음과 같다.

> 퇴폐적 또는 비의적이라고 스스로를 규정하거나 우리 평론지에 의해 그렇게 분류되기도 하는 상징주의 시파는 마치 운명적 만남과 같이 이상주의적인 관점을 취하는데, 이는 (푸가나 소나타와 같은) 자연의 물질들을 인정하지 않는다. 또한, 오직 암시만을 견지하기 위하여 적나라하게 그것들을 지배하는 정확한 사유를 채택한다.

> Décadente, Mystique, les Écoles se déclarant ou étiquetées en hâte par notre presse d'information, adoptent, comme rencontre, le point d'un Idéalisme qui (pareillement aux fugues, aux sonates) refuse les matériaux naturels et, comme brutale, une pensée exacte les ordonnant; pour ne garder de rien que la suggestion.
>
> —Mallarmé, "Crise de Vers"[44]

위의 인용문에서 말라르메는 상징주의가 "이상주의의 관점"(le point d'un Idéalisme)을 채택한다고 밝힌다. 그런데, 이 "이상주의"는 "자연의

43) Stéphane Mallarmé, "Crise de Vers," *Œuvres Complètes II*, Paris: Gallimard, 2003, p. 210.

44) *Loc. cit.*

물질들"을 거부한다는 데서 "관념론"으로도 해석될 수도 있을 것이다. 이 두 의미를 아우른다면, 말라르메는 상징주의 시파가 이상주의적 관념론을 추구한다고 선언한 것으로 해석될 수 있을 것이다. 즉, 그 이상(理想)은 관념을 통해 이루어질 수 있는 이상인 것이다. 그러나, 위의 글에서 말라르메는 상징주의는 관념, 즉, "사유"(pensée)만으로 쓰이는 것은 아님 또한 말하고 있다. 「시의 위기」에서 말라르메는 "푸가"와 "소나타" 등 음악의 양식을 예로 들면서, "암시"(suggestion)라는 시작법에 따라 관념의 이상을 추구한다고 밝힌 것이다. 이것은 플라톤이 이데아는 이성에 의해 알 수 있지만, 그것은 감각에 의해 육안에 보인다고 한 것과 근사한 이치이다(『국가』 434—441). 왜냐하면, 말라르메가 예를 든 음악은 청각이라는 감각을 통해, 이성으로만 파악 가능한 관념으로서의 이상 또는 이데아를 상기시키기 때문이다. 이러한 "암시"란 개념은 위의 인용에서는 하나의 단어로 제시되어 있지만, 본고가 후술(後述)할 바와 같이, 말라르메의 시론 전체에서는 "명명"[45]이란 개념의 대립개념으로서 대단히 중요한 시작법의 개념 중 하나이다. 말라르메는 문학과 음악을 이데아의 양면으로 간주하면서 음악이 문학을 돕는 역할을 하길 기대하였다. 그럼으로써, 그에게 시는 문학과 음악이 결합한 예술 장르로서 이데아를 구현할 수 있는 궁극의 예술 장르였다. 그에게 시는 음악, 그 이상의 예술이었다. 그 이유는 바로 음악은 이데아를 암시하는 데 그치지만, 시는 음악의 그러한 효과를 지니면서 동시에 언어를 통해 순수 관념 또한 추구할 수 있기 때문이다.[46]

---

45) Stéphane Mallarmé, "Sur l'évolution littéraire," *Œuvres Complètes II*, p.700.

46) Stéphane Mallarmé, "La Musique et les Lettres," *Poésies et Autres Textes,* Édition Établie, Présentée et Annotée par Jean—Luc Steinmetz, Paris: Le Livre de Poche, 2015, pp. 330~336.

김춘수가 『시의 위상』에서 "이콘을 무시한 이데아는 시가 아니라, 철학이거나 사상일 따름"이라고 말한 것도 이와 근사한 이치이다. 여기서 김춘수가 주장하는 것은 시란 감각으로서의 "이콘"의 도움으로 이상으로서의 "이데아"에 도달한다는 데서 철학과 구별된다는 것이다.

여기 말라르메의 「시의 위기」에서 "암시"는 이데아와 감각을 연결하는 시작법으로 제시되고 있다. 그러므로, "암시"에 관한 설명을 그의 「문학의 진화에 관하여」("Sur l'évolution littéraire")에서 조금 더 살펴보면 다음과 같다.

> 하나의 사물에 명명하는 것, 그것은 조금씩 간파되며 이루어지는 시의 즐거움의 3/4을 없애는 것이다: 그러므로 암시하기, 거기에 꿈이 있다. 상징을 구성하는 것은 바로 이 신비의 완벽한 적용이다. 다시 말해, 그것은 영혼의 상태를 그리기 위하여 사물을 조금씩 환기하는 것, 아니면, 그와 반대로, 사물을 선택하고 일련의 해독(解讀)에 따라 거기서 영혼의 상태를 이끌어내는 것이다.

> Nommer un objet, c'est supprimer les trois quarts de la jouissance du poème qui est faite de deviner peu à peu: le suggérer, voilà le rêve. C'est le parfait usage de ce mystère qui constitue le symbole: évoquer petit à petit un objet pour montrer un état d'âme, ou, inversement, choisir un objet et en dégager un état d'âme, par une série de déchiffrements.
>
> —Mallarmé, "Sur l'évolution littéraire"[47]

위에 인용된 「문학의 진화에 관하여」에서 말라르메는 "명명하기"(n

---

47) Stéphane Mallarmé, "Sur l'évolution littéraire," *Œuvres Complètes II*, p.700.

ommer)와 "암시하기"(suggérer)를 대비하고 있다. 명명이라는 것은 존재의 본질에 맞는 이름을 붙이는 것이다. 그러나, 말라르메는 그러한 시작법을 권하지 않고 있다. 왜냐하면, "시의 즐거움"(la jouissance du poème)은 "조금씩 간파되"(deviner peu à peu)는 데 있기 때문이다. 그러므로 말라르메는 그 대안으로 "암시하기"를 시작법으로 제시하고 있는 것이다. 말라르메에 따르면 시작법으로서의 "암시하기"는 마치 "꿈"(rêve)을 표현하는 것과 같다. 또한, 그것은 "신비"(mystère)로 "상징"(symbole)을 구성하는 것이다. 그럼으로써 "영혼의 상태"(un état d'âme)를 그려내는 것이다.

김춘수도 『시론—작시법을 겸한』(문장사, 1961)에서 말라르메가 "시는 설명하면 그 재미의 4분의 3이 죽는다. 시는 암시해야 한다."라고 한 말을 인용한다.[48] 그러면서 김춘수는 말라르메의 "암시"를 "리듬을 통한 몽롱한 분위기"로 해석한다.[49] 나아가 그는 말라르메의 시에 대한 태도가 "분간하기 힘든 의식의 세계" 또는 "영혼의 상태"라는 것을 깨달으면서, 시에서의 리듬이란 언어의 의미성을 훼손하지 않는 선에서 추구되어야 한다는 자신만의 시작법을 재창조한다.[50] 그러므로 김춘수의 플라토닉 포에트리는 음악성에 대한 태도, 즉, 이데아의 세계를 암시해야 한다는 태도도 말라르메의 시론을 전유한 것이라고 볼 수 있다.

---

48) 김춘수, 『김춘수 시론전집』I, 현대문학사, 2004, 203면.
49) *Loc cit.*
50) *Ibid.*, pp.203～204.

III. 이데아로서의 '꽃'

김춘수 또한 말라르메처럼 평생 시인으로서 자신의 시뿐만 아니라, 자신의 시작법 또한 갱신해 간다. 김춘수는 "초월의 세계"로서의 이데아계를 추구하면서도 항상 예술의 육체가 놓이는 자리로서의 감성계의 중요성을 간과하지 않았다. 다음은 그러한 김춘수의 시론을 확인할 수 있으면서 동시에 말라르메 시론으로부터의 영향을 확인할 수 있는 중요한 글이다. 그 글을 살펴보면 다음과 같다.

> 생각은 즉 사물이다. 시도 하나의 사물처럼 '있다.' 관념(사상)으로 있는 것이 아니다. 이런 이치는 상징주의와 이미지즘, 이데아와 이콘의 문제로 연결된다.
>
> 상징주의는 추상적인 사상과 감정을 표현하는 데 구체적인 심상을 쓰는 방법이다.(1)
>
> 우리를 에워싸고 있는 비근한 또는 구체적인 기억에 고민하지 않고 순수한 관념을 만드는 일이다.
>
> 내가 '꽃'이라고 한다. 그러자 내 소리는 어떤 윤곽도 남기지 않고 잊어버려진다. 그러나 그와 함께 그 망각에서 우리가 알고 있는 꽃잎과는 다른 그 무엇이 음악적으로 떠오른다. 그것은 어떤 꽃잎과는 다른 그 무엇이 음악적으로 떠오른다. 그것은 어떤 꽃다발에서도 볼 수 없는 감미로운 꽃의 관념 그것이다.(2)

(1)은 C. 채드윅 Chadwick의 「상징주의 이론」에서 (2)는 말라르메가 쥘 르나르 Jules' Renard의 『어법』에 붙인 「서문」에서 각각 인용한 것들이다. (1)은 상징주의에 대한 가장 초보적이고도 일반적인

정의다. 그러나 그만큼 상징주의의 원래적 위상이 단적으로 드러나고 있다. 상징주의는 '사상'이나 '감정'을 위하여 '구체적인 심상'을 수단으로 쓰는 것이 그 아주 소박한 위상이다. (2)에서는 그 위상을 말하고 있다. 결국은 현실이 문제가 될 수 없고, 관념이 문제다. 꽃이라고 할 때 소기(所記)로서의 꽃이 문제가 될 수 없고, 능기(能記)로서의 꽃만이 문제가 된다. 즉 언어가 만들어내는, 현실에는 없는 '음악'과 같은 이데아로서의 꽃이다.

—김춘수, 『시의 위상』 부분. (II 357~358)

김춘수가 인용한 글 중 (2)의 원문은 아래의 글인 것으로 확인이 된다. 아래의 글은 말라르메의 전집 II 권 중 「여담」("Divagation")이란 제목의 장에 실린 「시의 위기」("Crise de Vers")의 한 부분이다. 말라르메의 전집 상에서 이 글이 김춘수가 언급한 것과 같이 쥘 르나르(Jules Renard, 1864~1910)의 『어법』의 「서문」으로부터 인용된 것인지는 확인되지 않는다. 그뿐만 아니라 이 인용문이 쥘 르나르의 『어법』의 「서문」에 실린 글이라는 김춘수의 말은 오류일 가능성이 크다. 왜냐하면, 이 글은 1886년 르네 길(René Ghil, 1862~1925)의 『어법 *Traité du Verbe*』의 「서문」에 실린 글이기 때문이다. 반면에, 쥘 르나르는 『홍당무 *Poil de Carotte*』(1894)와 『박물지 *Histoires Naturelles*』(1896)의 작가로 한국에도 잘 알려져 있는 작가이다. 그러나, 그의 책 가운데 『어법』이란 책은 존재하지 않는다. 르네 길의 『어법』은 말라르메를 비롯한 상징주의에 대한 평문들이 주된 내용을 이루는 책이다. 그러므로 이러한 문헌상의 사실적인 정황으로 보아서도 김춘수가 인용한 글은 쥘 르나르의 『어법』의 「서문」이 아니라, 르네 길의 『어법』의 「서문」으로 정정되어야 할 것으로 판단된다. 그러나 김춘수가 이러한 데서 오류를 보였다고 할지라도, 중요한 것은 말라르메의 글이 어느 지면에 실렸는가가 아니라, 말라르메의 글의 핵심이 무엇인가이다. 말라르메가 자신의 핵심 시론 중 하나인 「시의 위기」("Crise de Vers")에서 르네 길의, 『어법』의 「서문」에 실린 글을 한 부분으로 설정했다는 사실이 더 중요하다. 요컨대, 김춘수가 인용한 (2)가 아래와 같이 「시의 위기」("Crise de Vers")의 한 부분인 것은 분명하다. 그 원문은 아래와 같다.

> si ce n'est pour qu'en émane, sans la gêne d'un proche ou correct appel, la notion pure. Je dis: une fleur! et, hors de l'oubli où ma voix relègue aucun contour, en tant que quelque chose d'autre que les calices sus, musicalement se lève, idée même et suave, l'absente de tous bouquets.
>
> —Mallarmé, "Crise de Vers"[51)]

위에 인용된 말라르메의 「시의 위기」에서 깊이 논구해야 할 개념은 바로 "순수 관념"(notion pure)과 "이데아"(idée)이다. 말라르메의 이 글에 나타난 "notion"과 "idée"가 김춘수의 한역(韓譯)에서는 똑같이 "관념"으로 표기된다. 그렇지만, 말라르메의 시론이 추구하던 "순수 관념"이란 본래의 의미를 살리기 위해서 "notion pure"는 "순수 관념"으로 번역되는 것이 맞지만, "idée"는 말라르메 자신이 말하는 "꽃"(fleur)이 '이데아로서의 꽃'임을 의미하려는 것이기 때문에, "idée"는 관념이 아니라, "이데아"로 번역되어야 할 것으로 판단된다.

그러므로 차례대로 말라르메에게 '순수 관념'과 '이데아'가 그의 시론 안에서 어떠한 의미를 갖는지 알아보도록 한다. 우선 '순수 관념'에 관

51) Stéphane Mallarmé, "Crise de Vers," *Œuvres Complètes II*, p.213.

해 논의해 보도록 한다. 말라르메는 "시, 관념에 가까운 것"[52]이라고 하면서 자신의 시관(詩觀)을 밝혔다. 그는, 김춘수가 자신을 플라톤주의자로 규정하는 데 참조했던 랜섬(John Crowe Ransom, 1888～1974)이 분류한 시의 하위 장르 가운데, 이른바, 관념시(觀念詩), 즉, 플라토닉 포에트리(Platonic Poetry)를 추구한 것이라고 볼 수 있다.[53] 그가 관념의 언어를 추구한 것은 숭고함(suprême)을 지닌 불멸의 언어(immortelle parole)[54]를 추구하고자 한 것이다. 하이데거가 언어는 존재의 집[55]이라고 말한 바와 같이, 불멸의 언어를 추구한다는 것은 곧 불멸의 존재를 추구한다는 것이다. 존재의 불멸성은 현실이 아니라, 그것을 초월한 순수한 관념에 의해서만 가능하다. 그래서 말라르메는 순수 관념을 추구한 것이다. 이러한 존재 이해를 통해 말라르메의 시론에서 이데아에 대한 사유가 녹아 있음이 확인된다. 그러나 이것만으로 말라르메의 시론에서의 이데아의 의미가 모두 드러났다고 볼 수는 없다. 왜냐하면, 이데아는 영원불변의 진리라는 의미에서 현실을 초월한 이상(理想)이라는 의미 또한 내포하기 때문이다. 그러므로 김춘수의 시론을 통해 말라르메의 시론에서 이데아의 이상으로서의 의미에 대하여 살펴보면 아래와 같다.

완성된 조화는 이리하여 창작이 되고 거기에는 꽃의 이데아가 깃

52) Stéphane Mallarmé, 「정신의 악기, 책」("Le livre, instrument spirituel", 1895). 플레이아드 『전집』, 381면. (Maurice Blanchot, 『문학의 공간』, 이달승 옮김, 그린비, 2014, 42면. 재인용.)

53) John Croew Ransom, "Poetry: A Note in Ontology", *The American Review*, New York: May 1934, pp.180～187.

54) Stéphane Mallarmé, "Crise de Vers," *Œuvres Complètes II*, p.208.

55) Martin Heidegger, 「가난한 시대의 시인」, 『시와 철학—휠덜린과 릴케의 시세계』, 소광희 옮김, 박영사, 1980, 262면.

들게 된다. [중략] 말라르메가 꽃이라고 말했을 때 눈앞에 떠오른 바로 그 꽃과 같은 꽃이다. [중략] 상징주의는 이런 종류의 이데아가 거의 결정적인 구실을 한다. 그러니까 상징주의는 가장 예술지상주의적 예술의 입장이 된다.

—김춘수, 『시의 위상』 부분. (II 179~81)

위의 인용에서 김춘수는 말라르메의 '꽃의 이데아'를 예로 든다. 그러면서 그는 상징주의가 일반적으로 이데아를 추구하는 것으로 인식한다. 나아가, 그는 상징주의를 예술지상주의(藝術至上主義)로 인식한다. 예술지상주의는 예술 자체를 이상(理想)으로 보는 문예사조이다. 예술지상주의는 고티에(Theophile Gautier, 1811~1872)에 의해 선언되었으며, 쿠쟁(Victor Cousin, 1792~1867)에 의해 명명되었다. 그뿐만 아니라, 포(Edgar Allen Poe, 1809~1849)도 그들과 동시대에 예술지상주의적인 문학세계를 확립한다. 말라르메를 비롯한 상징주의 시인들은 포로부터 영향을 받는다. 예를 들면, 말라르메는 포의 죽음을 추모하여 「에드거 포의 무덤」(1876)이란 시를 썼을 뿐만 아니라, 포의 시를 불역하여 『갈까마귀』(레클리드 출판사, 1875)와 『에드거 포 시집』(드망 출판사, 1888)을 출간하기도 한다.[56] 이처럼 말라르메가 영향을 받았던 예술지상주의의 이념은 '예술을 위한 예술(l'art pour l'art)'이다. 이러한 이념은 '인생을 위한 예술'과 대척점에 놓여 있다. '예술을 위한 예술'은 예술로부터 비예술적인 요소를 배제하는 것으로부터 출발한다. 즉, 예술로부터 윤리성, 정치성, 종교성, 사회성 등을 배제하는 것이다. 이러한 예술적 태도는 말라르메를 거쳐 발레리에게도 계승된다. 발레리에

56) 황현산, 「작가 연보」, Stéphane Mallarmé, 『시집』, 황현산 옮김, 문학과지성사, 2005, 348~353면.

게서 온전히 확립된 '순수시(la poésie pure)'라는 개념이 바로 시로부터 비시적(非詩的)인 요소를 배제한 시라는 의미를 지니는 것이다.[57] 클로델(Paul Claudel, 1868~1955)에 따르면, 말라르메가 순수한 시(la poésie pure)를 꿈꾼 것은 순수한 삶(la vie pure)을 꿈꾼 것과 하나의 맥락을 갖는다.[58] 예술지상주의자로서의 상징주의자였던 말라르메는 순수의 궁극에서 예술 그 자체를 이상으로 삼았던 것이다. 그러므로 말라르메는 김춘수가 이해한 바와 같이, 플라톤주의자로서의 상징주의자였을 뿐 아니라, 예술지상주의자로서의 상징주의자였다. 그것은 '아름다움의 이데아'를 하나의 이상으로 추구한 시인의 상을 보여준다고 할 수 있을 것이다. 그리고 이러한 시론은 김춘수의 '꽃'의 시편을 탄생하게 한 시론에 절대적인 영향을 미친 것이다. 다음으로 김춘수의, 말라르메의 언어관을 아래의 인용문을 통해 살펴보기로 한다.

> "언어에 우선권을 주고 시에서는 언어가 주제가 되어야 한다"(『시의 위기』)는 말라르메의 명제는 어느 날 갑자기 영감으로 그의 뇌리에 떠오른 것은 아니다. 오랜 사색 끝의 결론이다. 그는 꽃과 같은 물체도 언어가 만들어낸다고 했다. 꽃이라는 물체가 있는 것이 아니라 언어가 있을 뿐이다. 언어는 주사와 빈사가 어우러져 문(文)을 만들면서 세계를 만든다.
>
> —김춘수, 『시의 위상』 부분. (II 272)

다만, 시가 존재하지 않는다는 것을 아시기 바랍니다: 그것(시)은

57) Paul Valéry, "Avant—propos À La Connaissance De La Déesse," *Œuvres I*, Édition Établie et Annotée par Jean Hytier, Paris: Gallimard, 1987, pp.1270~1275.

58) Joseph Chiari, *Symbolisme from Poe to Mallarmé: The Growth of Myth*, New York: Macmillan Company, 1956, p.62.

우수한 보완물로서의 언어의 결핍을 철학적으로 보상합니다.

Seulement, sachons n'existerait pas le vers: lui, philosophiquement rémunère le défaut des languages, complément supérieur.

— Mallarmé, "Crise de Vers"59)

위에 인용된 김춘수의 시론에서는 말라르메의 「시의 위기」로부터 "언어에 우선권을 주고 시에서는 언어가 주제가 되어야 한다"라는 문장이 직접 인용된 것으로 쓰여 있다. 그러나 실제로 말라르메의 「시의 위기」("Crise de Vers")에 "언어에 우선권을 주고 시에서는 언어가 주제가 되어야 한다"와 정확히 일치하는 문장은 없다. 다만, 김춘수는 말라르메의 「시의 위기」에서 다음 문장, 즉, "(*Seulement*, sachons n'existerait pas le vers:) lui, philosophiquement rémunère le défaut des languages, complément supérieur."을 패러프레이즈 한 것으로 판단된다. 말라르메의 원문을 직역해 보면, 그 문장은 한국어로 "(다만, 시가 존재하지 않는다는 것을 아시기 바랍니다:) 그것(시)은 우수한 보완물로서의 언어의 결핍을 철학적으로 보상합니다."가 된다. 그러나, 김춘수가 말라르메의 문장을 패러프레이즈 한 문장도 원문의 의미를 크게 벗어난 것은 아니다. 말라르메는 기존의 시 개념을 뛰어넘어 혁명적으로 새로운 시 개념을 창조하고 있던 것이다. 다시 말해, 그는 시를 순수한 언어로 보면서, 주제적인 측면에서 철학적으로 보완이 되어야 한다고 주장하고 있던 것이다. 김춘수가 인용한 말라르메의 원문은 문맥상, 불멸의 언어(immortelle parole)에 대한 논의로부터 파생된 결론이다. 불멸의 언어에 이르기 위하여 시에는 철학이 있어야 한다는 것이다. 여기서 철학은 형이

59) Stéphane Mallarmé, "Crise de Vers," *Œuvres Complètes II*, p.208.

상학적 사유일 것이다. 그러한 말라르메의 시적 언어는 사유의 언어로서의 순수한 언어이다.[60] 현실에 물들지 않은 순수한 언어는 상징주의자인 말라르메에게는 상징의 언어이다. 상징은 생각을 표현하는 것이 아니라, 그것을 존재하도록 한다.[61] 상징주의자로서의 말라르메에게 상징의 언어를 통한 시의 창조는 곧 존재의 창조이다. 그에게 존재의 의미란 플라톤적 의미, 영원불변의 진리를 지닌 존재이다. 그렇다면 말라르메는 왜 순수 관념을 통해 존재의 불멸성을 추구한 것일까? 이에 대한 김춘수의 질문과 답은 『한국 현대시 형태론』(1959), 『의미와 무의미』(1976), 『시의 표정』(1979), 『시의 위상』(1991)과 같은 시론에서 나타난다. 그 예들을 찾아보면 아래와 같다.

> 말라르메의 불행은 그가 인간으로 태어났다는 데 있다. 이 말은 그에게도 한계가 있었다는 것을 말하는 것이 된다. 그러나 그는 인간의 한계라는 절망을 딛고, 그것(절망)에까지 도전하려고 한 시인이다.
>
> —김춘수, 『시의 위상』 부분. (II 251)

> 스테판 말라르메(Stèphane Mallarmé), 폴 발레리, 장 콕도(Jean Cocteau) 등의 시작태도에서 그들의 지성의 시작 이전의 허무상태를 역설적으로 볼 수 있다는 것은 흥미 이상의 그 무엇이다. 그들은 인간으로서는 허무를 살고 있었던 것이 아닌가?
>
> — 김춘수, 『한국 현대시 형태론』 부분. (I 71)

> 그는 성문경변으로 질식사한다. 말이 나오는 기관이 경련을 일으

60) Maurice Blanchot, 『문학의 공간』, 41면.

61) Jacques *Rancière, Mallarmé: The Politics of the Siren*, Trans. Steven Corcoran, Bloomsbury: Continuum, 2011, p.16.

켜 지능이 마비된 채 숨이 막혀 죽는다는 것은 그에 대한 조물주의 복수일는지 모른다. 장 폴 사르트르(Jean Paul Sartre)는 그의 죽음을 자살이라고 한다.

—김춘수, 『시의 위상』 부분. (II 177)

말라르메처럼 '지성의 축제'(폴 발레리)를 유일한 생의 보람으로 삼으면서 시작을 '지성의 축제'의 으뜸으로 여기는 태도도 구원이다.

—김춘수, 『의미와 무의미』 부분. (I 496)

일상의 무의미한 자기를 떠나 높은 정신의 세계에 참례하는 것이다. 실로 이 동안에 말라르메처럼 인생의 전부를 거는 것이다. 순전히 제 자신을 위하여 하는 것이다. [중략] 외계와 차단되어 있다는 점으로는 상아탑적이기도 하고, 제 자신의 구원을 생각하고 있다는 점으로는 수도자적이기도 하다.

—김춘수, 『시의 표정』 부분. (II 138~39)

위에 인용된 김춘수의 시론 가운데서 그가 이해한 말라르메의 인생관의 출발점으로 삼을 수 있는 것은 바로 출생에 관한 언급일 것이다. 『시의 위상』에서 김춘수가 이해한 바에 따르면, 말라르메의 불행은 인간으로 태어났다는 것이다. 인간으로 태어난 것, 그 자체를 불행으로 받아들이는 말라르메의 삶에 대한 태도는 염세적인 허무주의(虛無主義, nihilism)라고 볼 수 있다. 김춘수 역시 말라르메의 허무에 대해 주목한다. 김춘수는 『한국 현대시 형태론』에서 말라르메가 지성의 문학을 시도하기 이전에 허무의 상태가 있었다고 언급한다. 역으로 그 말의 의미는 말라르메가 허무의 상태를 극복하기 위해 지성의 문학을 시도했다는 의미이기도 할 것이다. 시를 오직 감성(感性)의 산물로만 본다면,

염세적인 허무주의자에게 감성은 시인에게 실존적으로 끝없는 고통의 감각을 줄 뿐이다. 감성이 가진 정동으로서의 에너지는 한 인간을 정신적으로 완전히 파괴할 수도 있다. 시인이 그러한 위험 앞에 놓인 경우, 감성의 힘에 의존하지 않고서도 시를 쓸 수 있는 것은 지성의 힘에 의존해서이다. 나아가 그 고통스러운 감각의 끝은 김춘수가 『시의 위상』에서 인용한 사르트르(Jean Paul Sartre, 1905～1980)의 말처럼 자살이 될 수밖에 없었을 것이다. 사르트르의 말라르메론으로는 『말라르메, 빛 그리고 그림자의 얼굴: 말라르메에 관한 에세이 *Mallarmé, La Lucidité Et Sa Face D'Ombre, Essai Sur Mallarmé*』[62]가 출간된 바 있다. 또한, 영어권에는 사르트르의 말라르메론이 『말라르메, 또는 무(無)의 시인 *Mallarmé, Or The Poet of Nothingness*』[63]으로 번역되어 출간된 바 있다. 여기서 의미심장한 것은 사르트르가 말라르메의 무(無, néant)에 주목했다는 것이다. 왜냐하면, 무라는 주제는 사르트르 자신의 사상의 결정체인 『존재와 무 *L'Être et Le Néant*』(1943)에서 전개된 존재론에서 핵심적인 주제이기 때문이다. 사르트르는 무에 의해 역설적으로 인간에게는 자유가 주어진다는 존재론을 확립한다. 이와 같이, 무에 대해 깊은 혜안을 인류에게 선사한 사르트르의, 말라르메의 시론에 대한 안목은 예사롭지 않은 것이었다. 그렇기 때문에, 말라르메의 의학적인 사인을 형이상학적으로 재해석하여 시인으로서 필연적으로 부딪힐 수밖에 없었던 상징적 죽음, 즉 자살로 해석한 것이다. 그러므로, 김춘수가 『의미와 무의미』에서 밝힌 대로 말라르메에게는 허무의 극복으로서의 '지성의

---

62) Jean Paul Sartre, *Mallarmé, La Lucidité Et Sa Face D'Ombre, Essai Sur Mallarmé*, Paris: Gallimard, 1986.

63) Jean Paul Sartre, *Mallarmé, Or The Poet of Nothingness*, translates by Earnest Sturm, Pennsylvania: Penn State University Press, 1991.

축.제'가 구원이 되는 것이다. 나아가, 김춘수가 『시의 표정』에서 밝힌 대로, 말라르메에게 삶의 무의미에 저항하는, 구원으로서의 시작(詩作)을 실천하는 시인의 삶의 태도는 "상아탑적"이고 "수도자적"일 수밖에 없게 된다. 말라르메는 허무 위의 창조자가 되었다. 그러한 말라르메는 지성으로 순수한 아름다움을 창조하기 위해 일상어의 문장구성법을 해체한 후 순수한 시적 문장구성법을 시도함으로써 시를 써내려 하였다.[64] 김춘수 또한 말라르메처럼 자신이 허무주의자임을 시와 시론을 통해 여러 차례 언명한다. 김춘수가 허무의 극복으로서의 관념의 시편을 실험한 것은 말라르메와 유사한 점이 있다.

Ⅳ. 이데아로서의 '책'

다음으로 플라톤주의로서의 상징주의를 추구했던 말라르메의 문학적 궁극에 대해 논의해 보기로 한다. 아래의 인용문은 김춘수가 자신의 시론 『시의 위상』에서 진단한 말라르메의 문학의 궁극적 목표 지점이 드러난 글이다.

> '쓴다는 것은 무엇인가?'에 대한 물음에 말라르메는 생애를 걸기도 하고, "세계는 한 권의 책을 위해서 있다"는 말도 하게 된다. [중략] 그의 입에서 꽃이라는 말이 어느 때에 새어나온다고 하면 현실에는 없는 꽃이 하나 피어난다. 그것은 플라톤식으로 말하자면 이데아의 꽃이지만, 그것이 말이 만들어낸 꽃 중의 꽃이다. 그것이 바로

64) Gustave Lanson·Paul Tuffrau, 『랑송 불문학사』하, 정기수 옮김, 을유문화사, 1997, 222면.

꽃의 실재다. [중략] 말하는 데 대한, 즉 쓰는 데 대한 천착 없이 말한다는 것, 즉 쓴다는 것은 이제는 문화인이 할 일이 아니다. 스테판 말라르메 이후는 그렇다. 이제는 물리적인 자연발생적인 시인은 용납되지 않는다. 말라르메의 시대는 계속되고 있다. 그것이 또한 근대성이라고 하는 것이다.//상징주의는 다른 뜻도 있지만, 말라르메를 거치면서 드러난 쓴다는 행위를 통한 자의식의 자각으로 근대의 출발을 점한다.

—김춘수, 『시의 위상』 부분. (II 176~77)

다음은 나의 제안입니다. 만약 다양하게 나에 대한 칭찬 또는 비난에서 인용될 것이라면, 나는 여기서 미래에 존재할 사람들과 함께 서둘러 주장합니다. 요컨대 나는 이 세계의 모든 것이 한 권의 책에 도달하기 위해 존재하길 원한다고.

Une proposition qui émane de moi — si, diversement, citée à mon éloge ou par blâme — je la revendique avec celles qui se presseront ici — sommaire veut, que tout, au monde, existe pour aboutir à un livre.

—Mallarmé, "Le Livre, Instrument Spirituel"[65)]

위에 인용된 『시의 위상』에서 김춘수는 말라르메가 시인으로서 일생을 건 문제가 바로 '쓴다는 것은 무엇인가?'라는 문제였다고 주장한다. 셰레(Jaques Scherer) 역시 말라르메에게는 '나는 쓴다. 고로 존재한다.'[66)]는 명제가 성립된다고 보았다. 그것은 바로 시를 쓰는 주체로서의 시인의 자의식의 문제이기도 하고, 언어를 매개로 해서만 창조를 할 수 있는 시인에게 시의 근본적인 질료로서의 언어에 관한 탐구라는 문

65) Stéphane Mallarmé, "Le Livre, Instrument Spirituel," *Œuvres Complètes II*, p.224.
66) Jaques Scherer, *Le Livre de Mallarmé*, Gallimard, 1977, p.93. (이부용, 앞의 논문, 79면. 재인용.)

제이기도 하다. 이러한 말라르메의 문학적 입장은 절대적 주관주의(absolute subjectivism)[67]라고 불릴 수도 있을 것이다. 이러한 문제의식은 오늘날 현대시를 창작하는 시인들에게는 일반적이다. 그러나, 김춘수는 이러한 문제의식이 일반화된 것의 기원에 바로 말라르메라는 시인이 있음을 지적한다. 즉, 오늘날 '쓴다는 것은 무엇인가?'라는 문제에 대한 자의식과 언어적 탐구가 없는 시인은 시인으로서 자격이 없다는 것이다. 그러한 인식을 가졌던 김춘수는 한국현대시사에서 선구자적으로 언어·미학적 실험을 선도해 왔다. 김춘수는 『시의 위상』 말라르메에게서 '쓴다는 것은 무엇인가?'라는 언어의 문제는 플라톤적인 이데아로서의 꽃을 창조하는 것이며, 그 궁극에는 "한 권의 책"이 있음을 지적한다. 이른바, "한 권의 책"은 말라르메의 시론에서 핵심적인 개념 중 하나이다.

블랑쇼의 『도래할 책 *Le Livre à Venir*』 중 5장 「도래할 책」은 말라르메의 책(*Le Livre*)에 대한 산문이다. 블랑쇼가, 말라르메는 "오직 한 권의 책만이 폭발한다"[68]고 말하였음을 강조한 바와 같이, 말라르메는 자신의 모든 시편이 하나의 우주로 창조되고 완성되어 새로운 태초의 폭발이 일어나길 바랐다. 즉, 그는 우주의 창조주로서의 신을 대신하여 자신만의 새로운 우주의 창조주로서의 신의 지위에 자신을 놓으려던 것이다.[69] 그러한 새로운 우주로서의 '한 권의 책(*Le Livre*)'의 특징은 하나의 통일성과 전체성을 지니면서 아름다운 음악이 흐르는 꿈의 궁전과 같은 세계이다.[70] 그가 창조하고자 했던 그 '한 권의 책'은 시를 통해

---

67) Joseph Chiari, *op. cit.*, p.168.

68) Maurice Blanchot, 『카오스의 글쓰기 *L'Écriture du Désastre*』, 박준상 옮김, 그린비, 2013, 31면.

69) Joseph Chiari, *op. cit.*, p.168.

도달할 수 있는 궁극의 이데아인 것이다. 그가 이데아로서의 꽃을 추구하던 데서 나아가 하나의 우주의 진리를 담은 이데아로서의 '한 권의 책'을 추구한 것은 시라는 종교에 시인이라는 사제로서 순교한 것과 같다. 그에게는 절대에의 추구(the search for the absolute)[71]가 있던 것이다. 김춘수도 평생 다양한 문학적 실험을 감행했지만, 결국 릴케의 『두이노의 비가 *Duineser Elegien*』의 영향으로부터 시작하여 이에 대한 패러디로 끝을 맺으며, 자신의 시 세계를 하나의 원환으로 완성한 것도 말라르메가 궁극적으로 '한 권의 책'에 도달하려 한 것과 일맥상통하는 면이 있다. 마지막으로 말라르메의 '한 권의 책'으로 일컬어지는 『주사위 던지기 *Un Cou de Dés*』가 언급된 김춘수의 시론을 살펴보면 다음과 같다.

> 말라르메 사후의 시집 『골패 일척』에 실린 시들의 새로운 스타일은 괄목할 만하다. [중략] 어떤 우연도 시인에게는 필연이 되어야 하는데, 그것은 거의 절망적이다. "골패 한번 던져지면 절대로 우연을 정복하지 못한다"고 말라르메는 그의 시집의 서두에서 말한다. 여기서부터 그의 '백지의 고민(blanc soucie)'이 시작된다. 완벽하고 절대적인 세계를 그의 의도대로 한 장의 종이 위에 그려내기 위해 밤을 새고 또 새곤 하지만, 우연은 절대로 극복되어지지 않는다. [중략] 한 권의 책에 도달하려는 절망적인 인간의 꿈이 있을 뿐이다.
>
> —김춘수, 『시의 위상』 부분. (II 204~05)

위에 인용된 김춘수의 『시의 위상』에서 김춘수는 블랑쇼가 도래할 책[72]으로 지목한 책, 즉 말라르메의 궁극의 책으로서의 '한 권 의 책'인

---

70) 박이문, 앞의 책. 참조.

71) Joseph Chiari, *op. cit.*, p.157.

『주사위 던지기』를 언급한다. 그러나 그 표현은 일역(日譯) 식 표현으로 『골패 일척』이라 칭해지고 있다. 말라르메의 이 시 『주사위 던지기』에서 주제를 담고 있는 구절은 바로 "주사위 던지기는 결코 우연을 배제하지 않는다(Un Coup de Dés Jamais N'oublira le Hasard)."[73]라는 문장이다. 이 말의 의미는 '주사위 던지기'라는 는 허구의 공간으로서의 시[74]에서 우주의 형이상학적 원리로서의 필연을 추구하면 할수록 우연을 배제할 수 없다는 결론을 얻었다는 의미이다. 블랑쇼가, 말라르메가 「주사위 던지기」의 결말 부분에서 "모든 사유는 한 번의 주사위 던지기를 발한다."라고 말한 것을 강조한 바와 같이,[75] "주사위 던지기는 결코 우연을 배제하지 않는다."라는 말의 의미는 결국 모든 이성(理性)에 의한 사유에서 우연을 배제할 수 없다는 의미로 확대될 수 있다. 이것은 관념론의 궁극적 지점에서 관념론의 한계를 깨닫게 된 결론이라고 할 수 있다. 그래서 김춘수가 『시의 위상』에서 '한 권의 책'에 도달하려는 말라르메의 "백지의 고민(blanc soucie)"은 결국 그 목표에 도달할 수 없다는 절망만을 남긴다고 말하고 있다. 그러므로 시인에게 궁극의 이데아로서의 '한 권의 책'은 마치 플라톤이 『국가론』에서 꿈꾼, 궁극의 선의 이데아가 실현된 유토피아와 같이 이 현실에는 존재하지 않는 세계였다.

여느 시인의 시 세계보다 다채로웠던 김춘수의 시 세계 또한 그가 삶 가운데서 무엇과 마주쳤느냐에 따라 마치 주사위 던지기처럼 우연과

---

72) Maurice Blanchot, 『도래할 책』, 452면.
73) Stéphane Mallarmé, *Igitur· Divagations· Un Coup de Dés,* Édition de Bertrand Marchal, Paris: Gallimard, 2016, p.417.
74) Maurice Blanchot, 『도래할 책』, 446면.
75) 위의 책, 459면.

혼돈 속에 탄생한 것일 수 있겠다. 그의 시집이 나올 때마다 새로운 실험이 감행되었다는 것도 그러한 방증이 될 수 있을 것이다. 겉으로 보았을 때, 이질적이고 모순적인 요소들의 중층적 접합처럼 보이기도 하는 것이 김춘수 그의 시 세계이다. 그러한 관점에서 보았을 때, 김춘수의 시집들은 마치 신의 유희 끝에 던져진 주사위처럼 우연적인 듯한 표정을 하고 있다. 그것은 일자로 드러난 존재의 안에는 혼돈이 소용돌이치며 진정한 존재의 잠재태들이 생성되고 있기 때문일 것이다. 김춘수 또한 이데아로서의 '꽃'을 추구했고, 그 궁극에서 마치 자신이 시의 언어의 창조자로 서며 궁극의 이데아로서의 '책'을 추구하였지만, 그 고통스러운 창조의 도정에서 결국 아름다운 우연의 무늬들로 그의 시 세계를 완성하였다. 이러한 점은 말라르메와 김춘수의 공통점이라고 할 수 있다.

V. 결론

이 연구 『이데아로서의 '꽃' 그리고 '책' — 김춘수 시론에서의 말라르메 시론의 전유』는 김춘수가 자신의 시론에서 프랑스 상징주의 시론에 대하여 논의한 내용을 근거로 하여, 김춘수가 어떻게 프랑스 상징주의 시론을 전유하였는지에 대하여, 프랑스 상징주의 시인들의 시와 시론을 프랑스어 원문과 대질하는 비교문학적 연구방법을 통하여 밝혀내는 것을 목표로 하였다. 이러한 연구의 첫 단계로 이 논문은 프랑스 상징주의 시인들 가운데서도 김춘수가 자신의 시론에서 가장 많이 언급하였으며, 김춘수의 대표작에 가장 결정적인 영향을 미친 말라르메를 중심으로 다루었다. 이 논문은 김춘수가 자신을 상징주의자이자 플라톤주의자로 자칭한 것을 근거로 삼아, 플라톤주의로서의 프랑스 상징주의라는 관점으로 논구되었다. 그리하여 플라톤의 『국가론』을 통하여 이데아라는 핵심 개념이 고대 그리스어로는 본모습이란 의미로, 인간의 이성에 의해서만 알 수 있는 영원불변의 존재의 진리임을 기본 입장으로 세웠다. 그 결과 말라르메의 「시의 위기」라는 대표적인 시론을 통해 김춘수의 대표작인 '꽃'의 시편들의 정체가 '순수 관념'으로 구현된 '순수시'의 상징으로서의 '이데아로서의 꽃'임이 재확인되었다. 이러한 논증의 과정에서 이 연구는 김춘수의 시론의 오류를 말라르메의 시론의 원문을 통해 정정하는 큰 성과를 얻을 수 있었다. 나아가 말라르메가 이러한 이데아로서의 시의 세계를 추구하였던 것은 생에 대한 염세적 허무주의자의 태도에서 비롯된 것이었으며, 이러한 생에 대한 허무를 극복하는 과정에서 궁극의 이데아로서의 '한 권의 책'을 추구하게 된다는 것을 말라르메의 시론 「책, 영혼의 악기」를 통해서 알 수 있었다. 이 '한 권의 책'은 시인이 창조주의 지위를 대신하여 우주 전체의 진리를 담는 궁극의 책으로 시도되었으나, 그 정점에서 결국 우연을 배제할 수 없다는 결론을 얻게 되어 시인은 백지 앞의 절망에 놓일 수밖에 없음이 확인되었다. 이러한 것도 플라톤의 이데아론이 궁극의 선의 이데아로서의 유토피아를 지향하였지만, 그 유토피아란 현실에 존재하지 않는 세계였다는 것과 오묘하게 일치하였다. 김춘수 역시 초기 시에서는 이데아로서의 꽃을 추구하였으나, 중기 시에서 생의 허무에 부딪히며 말라르메의 한 권의 책으로서의 『주사위 던지기』와 같이 우연의 무늬와 같은 실험들을 반복하다, 후기 시에서는 그 궁극의 지점에서 다시 릴케의 『두이노의 비가』를 패러디한 초기 시의 세계로 돌아오는 원환적 시 세계를 완성한다. 김춘수의 이러한 시 세계도 그의 사후에 전체적으로 소급해 보았을 때, 이데아로서의 한 권의 책을 추구하는 과정이었다고 볼 수 있다.

그리하여, 이 논문의 의의는 김춘수의 시론에 언급된 말라르메의 시론을 말라르메의 프랑스어 원문 확인과 비교를 통하여, 말라르메 시론의 본래적 의미와 김춘수의 시론이 전유한 말라르메의 시론의 의미를 세밀하게 밝힌 데 있다고 하겠다.

마지막으로, 김춘수의 시론 가운데 말라르메의 시론으로부터 해체주의, 무정부주의, 음악성 등에 대하여 언급한 논의들은 이 논문의 주제의 일관성을 유지하는 차원에서 생략되었음을 밝히며, 이에 관한 연구는 차후 과제의 주제로 남겨놓도록 하겠다.

참고문헌

1. 기본자료

김춘수, 『김춘수 시론 전집』I·II, 현대문학, 2004.

Mallarmé, Stéphane, *Œuvres Complètes II*, Paris: Gallimard, 2003.

________________, "La Musique et les Lettres," *Poésies et Autres Textes*, Édition Établie, Présentée et Annotée par Jean—Luc Steinmetz, Paris: Le Livre de Poche, 2015.

________________, *Igitur· Divagations·Un Coup de Dés*, Édition de Bertrand Marchal, Paris: Gallimard, 2016.

________________, 「정신의 악기, 책」("Le livre, instrument spirituel", 1895). 플레이아드 『전집』, 381면. (Maurice Blanchot, 『문학의 공간 *L'Espace Littéraire*』, 이달승 옮김, 그린비, 2014, 42면. 재인용.)

________________, 『시집 *Poésie*』, 황현산 옮김, 문학과지성사, 2005.

2. 논저

김기봉, 「말라르메의 본질」, 『불어불문학연구』제1권 제1호, 한국불어불문학회, 1966.

김붕구, 『보들레에르: 평전·미학과 시세계』, 문학과지성사, 1997.

김 억, 「프랑스 시단」, 『태서문예신보』제11호, 1918. 12. 10.

김용직, 「아네모네와 실험의식—김춘수론」, 『김춘수 연구』, 학문사, 1982.

김유중, 「김춘수 문학을 어떻게 이해할 것인가?」, 『한국현대문학연구』제30권, 한국현대문학회, 2010.

_____, 「김춘수의 문학과 구원」, 『한국시학회 학술대회 논문집』, 한국시학회, 2014.10.

_____, 「김춘수와 도스토예프스키」, 『한중인문학연구』제49집, 한중인문학회, 2015.
_____, 「김춘수의 대담: 내면 고백과 합리화의 유혹을 넘어서」, 『어문학』제138호, 한국어문학회, 2017.
김윤식, 「한국시에 미친 릴케의 영향」, 『한국문학의 이론』, 일지사, 1974.
김주연, 「명상적 집중과 추억 — 김춘수의 시세계」, 『김춘수 연구』, 학문사, 1982.
김 현, 「말라르메 혹은 언어로 사유되는 부재」, 『존재와 언어 · 현대 프랑스 문학을 찾아서 — 김현 문학 전집 12』, 문학과 지성사, 1992.
_____, 「절대에의 추구」, 『존재와 언어/현대 프랑스 문학을 찾아서』, 문학과지성사, 1992.
남기혁, 「김춘수 전기시의 자아인식과 미적 근대성—'무의미의 시'로 이르는 길」, 『한국시학연구』제1권, 한국시학회, 1998.
류 신, 「천사의 변용, 변용의 천사 — 김춘수와 릴케 」, 『비교문학』 제36집, 한국비교문학회, 2005.
서정주, 「시집 『늪』에 대하여」, 『김춘수 연구』, 학문사, 1982.
신범순, 「무화과 나무의 언어—김춘수, 초기에서 <부다페스트에서의 소녀의 죽음>까지 시에 대해」, 『한국현대시의 퇴폐와 작은 주체』, 신구문화사, 1998.
_____, 「역사의 불모지에 떨어지는 꽃들」, 『시와 정신』, 시와정신사, 2015년 9월호,
유치환, 「시집 『구름과 장미』에 대하여」, 김춘수 연구 간행 위원회, 『김춘수 연구』, 학문사, 1982.
이부용, 「말라르메의 모색과 꿈—그의 시와 시론을 중심으로」, 연세대학교 불어불문학과 대학원 석사학위논문, 1999.
이승훈, 「시의 존재론적 해석시고(解釋試攷) — 김춘수의 초기시를 중심으로」, 『김춘수 연구』, 학문사, 1982.
이재선, 「한국현대시와 R. Martin 릴케」, 『김춘수 연구』, 학문사, 1982.
장경렬, 「의미와 무의미의 경계에서 — '무의미 시'의 가능성과 김춘수의 방법론적 고뇌」, 『응시와 성찰』, 문학과지성사, 2008.
조강석, 「김춘수의 릴케 수용과 문학적 모색」, 『한국문학연구』제46집, 한국문학연구소, 2014.
조남현, 「김춘수의 「꽃」」, 『김춘수 연구』, 학문사, 1982.
조영복, 「여우 혹은 장미라는 '현실'과 언어—김춘수와 문학적 연대기」, 『한국 현대시와 언어의 풍경』, 태학사, 1999.

지주현, 「김춘수 시의 형태 형성과정 연구」, 연세대학교 국어국문학과 대학원 석사학위논문, 2002.

채기병, 『말라르메의 부재와 <이데>의 시학』, 성균관대학교 불어불문학과 대학원 박사학위논문, 1993.

황현산, 「작가연보」, Stéphane Mallarmé, 『시집*Poésie*』, 황현산 옮김, 문학과지성사, 2005.

______, 「말라르메의 언어와 시」, Stéphane Mallarmé, 『시집』, 황현산 옮김, 문학과지성사, 2005.

______, 「말라르메 송욱 김춘수」, 『잘 표현된 불행』, 문예중앙, 2012.

Badiou, Alain, 『비미학 *Petit Manuel D'Inesthetique*』, 장태순 옮김, 이학사, 2010.

Barthes, Roland, 『목소리의 결정 *Le Grain De la Voix*』, 김웅권 옮김, 동문선, 2006.

______________, 『글쓰기의 영도 *Le Degré Zéro De L'Écriture*』, 김웅권 옮김, 동문선, 2007.

Baudelaire, Charles, *Œuvres Complètes I*, Paris: Gallimard, 1961.

________________, 『보들레르 시전집』, 박은수 옮김, 민음사, 1995.

Blanchot, Maurice, 『도래할 책 *Le Livre à Venir*』, 심세광 옮김, 그린비, 2011.

______________, 『카오스의 글쓰기 *L'Écriture du Désastre*』, 박준상 옮김, 그린비, 2013.

______________, 『문학의 공간 *L'Espace Littéraire*』, 이달승 옮김, 그린비, 2014.

Chiari, Joseph, *Symbolisme from Poe to Mallarmé: The Growth of Myth*, New York: Macmillan Company, 1956.

Derrida, Jacques, 『그라마톨로지에 대하여 *De La Grammatologie*』, 김웅권 옮김, 동문선, 2004.

Foucault, Michel, 『말과 사물 *Les Mots et les Choses*』, 이규현 옮김, 민음사, 2012.

Ghil, René, *Traité du Verbe*, Paris: Chez Giraud, 1886.

Heidegger, Martin, 『시와 철학—횔덜린과 릴케의 시세계』, 소광희 옮김, 박영사, 1980.

Plato, 『국가』, 박종현 역주, 파주: 서광사, 2011.

Scherer, Jaques, *Le Livre de Mallarmé*, Paris: Gallimard, 1977. (이부용, 앞의 논문, 79면. 재인용.)

Rancière, Jacques, *Mallarmé: The Politics of the Siren*, Trans. Steve Corcoran, Bloomsbury: Continuum, 2011.

Sartre, Jean Paul, 『존재와 무 *L'Être et Le Néant*』, 정소성 옮김, 동서문화사, 2014.

__________________, *Mallarmé, La Lucidité Et Sa Face D'Ombre, Essai Sur Mallarmé*, Paris: Gallimard, 1986.

__________________, *Mallarmé, Or The Poet of Nothingness*, translates by Earnest Sturm, Pennsylvania: Penn State University Press, 1991.

Valéry, Paul, "Avant—propos À La Connaissance De La Déesse," *Œuvres I*, Édition Établie et Annotée par Jean Hytier, Paris: Gallimard, 1987.

6 순수시 시론을 넘어:

김춘수 시론에서의 폴 발레리 시론의 전유

I. 서론

이 논문 「순수시(純粹詩) 시론을 넘어: 김춘수 시론에서의 폴 발레리 시론의 전유」의 연구 목적은 궁극적으로 김춘수(金春洙, 1922~2004) 시론에서의 프랑스 상징주의 시론의 전유에 관한 연구를 완성하는 것이다. 그러한 일환에서 이 연구의 장기적 계획은 김춘수 시론이 형성되는 과정에서 탐구된 보들레르(Charles Baudelaire, 1821~1867), 랭보(Arthur Rimbaud, 1854~1891), 베를렌(Paul Verlaine, 1844~1896), 말라르메(Stéphane Mallarmé, 1842~1898) 그리고 발레리(Ambroise-Paul-Toussaint-Jules Valéry, 1871~1945) 시론의 전유 양상을 총체적으로 구명해내는 것이다. 김춘수는 자신의 시론을 형성해 가는 과정에서 세계문학사에서 현대시를 개척한 프랑스 상징주의의 시론을 고찰해 갔다. 그럼에도 불구하고 아직 김춘수 시론 가운데 프랑스 상징주의 시론의 전유에 관한 총체적 연구를 해낸 성과가 없다. 이 논문은 이러한 기존 연구사를 보완하여 김춘수 시론의 본질을 새롭게 조명하는 것을 목적으로 한다.

물론 김춘수의 시론에 가장 큰 영향을 미친 것은 릴케(Rainer Maria Rilke, 1875~1926)의, 존재의 시론이다. 그러나 『시의 위상』에서 김춘수는 스스로 자신을 상징주의자라고 일컬은 바 있거니와,[1] 릴케의 시세계도 프랑스 상징주의의 영향을 받아 탄생한 상징주의 시 범주에 든다. 이러한 근거에 따라 김춘수 시론의 형성에 미친 프랑스 상징주의 시론의 영향을 탐구하는 것은 학문적으로 타당하다.

물론 이러한 비교문학적 연구가 김춘수 시론의 독창성, 특히 한국적 정체성을 폄훼하는 것이 되어서는 안 된다. 김춘수는 한국의, 전통의 시론의 궁극까지도 실험하여 현대화하려 시도하였던 시인으로서도 한국현대시사에서 독보적이다. 김춘수는 프랑스 상징주의 시론을 넘어서고자 했던 것으로 보인다. 그러므로 김춘수 시론에 관한 연구에서 한국의 전통으로부터의 영향과 프랑스의 시론으로부터의 영향 간에 균형 잡힌 시각이 절대적으로 필요하다.

그러나 이 논문은 김춘수 시세계의 정점이 중기의 '처용' 시편들과 함께 나타나는 '무의미의 시'의 시기보다 초기의 '꽃' 시편들 그리고 후기의 '천사' 시편들과 함께 나타나는 '의미의 시'의 시기에 있다고 가정하고자 한다. 왜냐하면 그 자신도 말년에 자신의 시를 이른바, 플라토닉 포에트리(Platonic Poetry), 시학의 개념으로 형이상시(形而上詩, metaphysical poetry)로 규정했기 때문이다. 그러므로 김춘수가 스스로 플라토닉 포에트리를 쓰는 상징주의자로 자기규정을 한 바를 근거 삼아, 이 논문은 김춘수 시론에 나타난 프랑스 상징주의 시론의 전유에 관한

1) 김춘수, 『김춘수 시론 전집』II, 오규원 편, 현대문학, 2004, 358면.

연구를 단계적으로 수행하고자 한다.

특히, 한국현대시사에서 참여시(參與詩)에 대하여 순수시를 대표하는 시인으로 평가되어 온 김춘수의 시론에서 프랑스 상징주의 시인 가운데서도 발레리의 순수시(Poésie Pure) 시론이 어떻게 전유되었는지는 학문적으로 반드시 검증되어야 한다. 그러나 김춘수 시론에 관한 연구사는 릴케의 시론의 영향과 말라르메의 시론의 영향에 편중되어 있다.[2] 그 이유는 물론 김춘수의 대표작, 예컨대 '꽃'의 시편들 또는 '천사'의 시편들이 그 자신도 시론에서 밝혔듯이 릴케와 말라르메의 직접적인 영향 아래서 창작되었기 때문이다. 그러나 발레리의 순수시 시론도 김춘수가 '시란 무엇인가'라는, 시학의 관점을 확립하는 데 상당한 영향을 미쳤다고 판단된다. 발레리의 시와 시론에 관한 연구사[3]는 의미 있는 축적을 이루었다. 그러나 발레리의 시론이 김춘수의 시론에 미친 영향에 관한 연구는 거의 전무하다. 그러므로 이 논문 「순수시 시론을 넘어: 김춘수 시론에서의 폴 발레리 시론의 전유」는 궁극적으로 프랑스 상징주의 시론이 김춘수 시론에 전유된 바를 총체적으로 조명하기

---

2) 김춘수에 대한 논평은 그의 스승격인 유치환에 의해 시작된다. 그 이후 김춘수는 한국현대문학사에서 존재의 시인이자 인식의 시인으로 평가된다. 그를 존재의 시인으로 본 연구로는 조남현, 이승훈, 장경렬, 김유중, 오주리 등의 연구가 있고, 그를 인식의 시인으로 본 연구로는 김용직, 김주연, 남기혁, 로페즈 등의 연구가 있다. 김춘수 연구사에서 특이점은 비교문학적 연구가 많다는 점이다. 비교문학적 연구 가운데 릴케와의 상관성을 밝힌 연구로는 김윤식, 조강석, 이재선 등의 연구가 있고, 말라르메와의 상관성을 밝힌 연구로는 조영복, 송승환, 오주리 등의 연구가 있다. 그러나 이러한 비교문학적 연구도, 전자는 김춘수를 존재론적 시인으로, 후자는 인식론적 시인으로 본다는 점에서 연구사의 일관성이 나타난다.

3) 발레리에 관한 논의로는 국외에서 작가론적 관점의 논의로 Launay, 존재론적 논의로 Blanchot, Liebert, Prigent, 관념성에 대한 논의로 Blüher, Cianni, Badiou, Jarrety, Nunez, Regard, Signorile, Rey, 그밖의 논의로 Barthes, Wilson의 글이 있다. 국내에서 존재론적 논의로 함유선, 관념성에 대한 논의로 김진하, 노은희, 이지수, 그리고 순수시에 대한 논의로 이진성, 최귀동의 글이 있다.

위하여 선행적으로 발레리의 순수시 시론이 김춘수 시론에 전유된 바를 구명해 보고자 한다.

II. 플라토니즘으로서의 프랑스 상징주의

김춘수는 자신을 상징주의자로 규정한 바 있다. 나아가, 김춘수는 프랑스 상징주의의 본질을 플라토니즘(Platonism)으로 이해했다. 김춘수가 자신의 시를 플라토닉 포에트리(Platonic Poetry)라고 규정하는 것도 이러한 맥락에서 이해된다. 다음은 이러한 사실이 확인되는 김춘수의 시론 『시의 위상』의 부분이다.

> 프랑스에서의 상징주의 시의 계보를 따질 때 샤를 보들레르(Charles Baudelaire)를 그 선도자로 삼는 것이 정설로 되어 있다는 것은 상식이다. 보들레르의 시세계를 요약하자면 몇 가지의 특색이 드러난다. 철저한 '인공낙원'(그의 산문의 제목이기도 한)의 사상이 그 하나다. 두 말 할 나위 없이 이것은 철저한 문화주의의 입장이다. 시는 만드는 것이지 절대 태어나는 것이 아니라는 시관을 에드거 앨런 포[4]Edgar Allan Poe의 영향을 통해 재확인한다. 이런 문화의식과 연결되지만 더 나아간 우주관, 세계관이 있다. 그는 자연을 혐오하고 멸시한 나머지 육체를 기피하며 드디어 플라토니즘으로 나아간다. 이것이 그의 또 하나의 전진한 입장이다. 그의 시 「조응」은 플라토니즘의 조응을 말한 것이지만 플라톤과 함께 이데아(관념)를 우위에 두고 현상계를 상징으로 본다. 거울에 비친 얼굴은 이데아의 반

4) 원문에는 '포우'라고 되어 있지만, 이 논문에서는 현재의 한국어 어문규범 중 외래어 표기법에 따라 '포'로 통일하여 표기하기로 한다.

영이다. 나르시시즘은 보들레르를 거쳐 조응과 함께 말라르메 및 폴 발레리Paul Valéry 등의 그의 제자와 손자 제자에 이어지는 시의 중요한 주제가 된다. 자아의 형이상학적 탐구라는 것이 여기서 그의 또 하나의 특색으로 드러난다. 그리고 다음은 보들레르에 있어서도 문제가 되는 자유와 개인의 재능이다. 그 문제는 시의 형태 파괴와 형태의 새로운 모색으로 드러난다. 문화의 전환기를 그도 의식하고 있었다. 그의 산문시들이 그것을 증명한다.

보들레르의 세 가지 특색—인공찬미(문화의식), 플라토니즘과 자아탐구, 자유(전통의 거부)—는 말라르메와 발레리에게는 거의 전적으로, 그리고 중요한 부분이 좀 색다른 방향으로 아르튀르 랭보 Arthur Rimbaud에게 이어지면서 이른바 프랑스 상징주의의 계보를 이룬다. 상징주의라고 할 때의 상징은 수사학적 의미를 전연 배제할 수는 없지만, 보들레르의 시 「조응」에 드러난 플라토니즘의 형이상학적 의미가 더 큰 비중을 차지한다. 상징주의의 상징은 이데아 사상이다. 말라르메와 발레리가 자아를 순수한 정신으로 보게 된 것은 보들레르를 매개로 하여 플라톤으로 연결되는 유럽 정신의 전통의 한 가닥인 관념론(이데아 사상)을 따른 것에 지나지 않는다.

— 김춘수, 『시의 위상』 II (183~185)[5)]

상징주의의 형이상학은 보들레르의 시 「조응」의 그 조응(corresp—ondance) 사상에 있다. 유한과 무한이 조응한다는 말라르메적 무한사상이 바로 그것이다. 만해의 '님'도 이러한 상징주의적 이데아 사상에 연결된다고 해야 하리라. 폴 발레리가 인간의 두뇌구조와 우주의 구조는 상사형(相似形)이라고 했을 때, 이 보들레르의 조응의 사상을 우리는 연상하게 된다. 나는 20대에 상징주의자가 되었다가 40대에 리얼리스트가 되었다. 그러나 지금은 그것들의 절충, 아니 변증법적 지양을 꿈꾸고 있다. 이 꿈을 다르게 말하면, 시로써 초월

5) 이 논문에서 김춘수 시론을 인용하는 경우 김춘수, 『김춘수 시론 전집』I·II 현대문학, 2004.를 따른다. 인용 권호수와 면수는 ( ) 안에 숫자로만 표기한다.

의 세계로 나가겠다는 것이 된다. 시로써라는 말을 또 다르게 말하면, 이미지라는 것이 된다. 이상을 다시 요약하면, 사물과 현실만을 사물과 현실로서만 보는 답답한 시야를 돌려 사물과 현실의 저쪽에서 이쪽을 보는 시야의 전이를 시도한다는 것이 된다. 사물과 현실은 그들 자체로는 그들의 문제가 해결될 것 같지 않다. 새로운 내 나름의 플라토니즘이 가능할까? 이콘을 무시한 이데아는 시가 아니라, 철학이거나 사상일 따름이다.

— 김춘수, 『시의 위상』 II (358)

위에 인용된 김춘수의 시론 『시의 위상』에는 프랑스 상징주의에 관한 탐구가 피력되어 있다. 김춘수는 우선 프랑스 상징주의 시인들의 계보를 정리한다. 그러면서 그는 프랑스 상징주의에 관한 정설대로 보들레르(Charles Baudelaire)를 그 계보의 선도자로 본다. 그는 보들레르의 시적 이상(理想)이 "인공낙원"이란 개념으로 대변된다고 본다. 보들레르의 「인공낙원」의 원제는 "Paradis Artificiels"[6]로, 술(vin)과 대마초(hachisch)와 아편(opium) 등의 소재로 데카당스(décadence)의 예술세계를 보여주는 산문이다. 서정주가 보들레르의 퇴폐적이고 감각적인 데카당스 자체에 관심을 둔 데 반해,[7] 김춘수는 『시의 위상』에서 보들레르 시론의 이러한 경향을 "자연을 혐오"하고 "육체를 기피"하는 "플라토니즘"으로 이해한다. 플라토니즘의 핵심 개념은 이데아(Idea)로, 감성계를 넘어 영원히 변하지 않는 본질과 진리로서의 이데아를 추구하는 사상이다.[8] 이러한 이데아의 사상은 플라톤으로부터 시작되어 보들레르

6) Charles Baudelaire, *Œuvres Complètes I*, Paris: Gallimard, 2016, p.375.
7) 신원철, 「영미시 연구자의 눈으로 읽은 보들레르와 서정주」, 『동서비교문학저널』 제44호, 2018, 82면.
8) Plato, 『국가』, 박종현 역주, 서광사, 2011, 387면.

의 인공낙원의 시론으로 계승되고 있다고 김춘수는 본 것이다. 나아가 김춘수는 보들레르의 플라토니즘이 시로서는 「조응」("Correspondances")에 나타난다고 본다, 「조응」은 보들레르의 대표작으로, 시론으로서의 성격을 지닌 시이다. 보들레르의 「조응」에서 자연은 신전에 비유되는데, 인간은 바로 이 자연과의 "조응"을 통해 이데아에 가닿는 비의(秘意)를 보여준다.[9]

여기서 중요한 것은 김춘수가 보들레르의 시론의 핵심이 프랑스 상징주의의 계보에서 말라르메와 발레리에게로 계승된다고 본 것이다. 이 계보의 특징은 바로 김춘수의 『시의 위상』에서 "자아의 형이상학적 탐구"로 규정된다. 이러한 탐구는 말라르메의 절대시(絶對詩, absolute poetry) 개념으로, 그리고 발레리의 순수시 개념으로 계승된다. 말라르메에게 플라토니즘은 순수 관념(notion pure)[10]으로서의 시로 창작되며 지성의 문학의 전통을 창조한다. 이러한 시적 경향이 그의 제자인 발레리에게 그대로 계승되는 것은 물론이다. 김춘수는 이러한 시사적 계보를 모두 읽어내고 있었다. 특히, 그가 『시의 위상』에서 문학에서 플라토니즘은 나르시시즘(narcissism)으로 나타난다는 것을 간파한 것은 그의 혜안이 빛을 발하는 부분이다. 플라토니즘으로서의 상징주의는 시인의 내면에 상징의 언어로 존재계(存在界)를 형상화한다는 점에서 자아(自我) 자체가 예술적 탐구의 대상이 된다는 데서 본질적으로 나르시시즘이라고 볼 수 있기 때문이다.

발레리의 시세계에서는 자아탐구로서 '나르시스' 시편들이 주요하게 나

---

9) 오주리, 「이데아로서의 '꽃' 그리고 '책'— 김춘수 시론에서의 말라르메 시론의 전유」, 『우리문학연구』 제67호, 2020, 287면.

10) Stéphane Mallarmé, "Crise de Vers," *Œuvres Complètes* II, Paris: Gallimard, 2003, p.213.

타난다. 그리고 김현이 발레리의 「나르시스는 말한다」("Narcisse Parle")와 「나르시스 단장」("Fragments du Narcisse")의 제목이 김춘수의 「처용은 말한다」와 「처용 단장」에 영향을 주었다고 주장한[11] 바와 같이, 발레리의 '나르시스' 시편들은 김춘수의 '처용'의 시편들에 영향을 준 것으로 추정된다. 김춘수의 소설 『처용』이 그의 자전소설이고, 시 『처용단장』이 자전적 대서사시라는 점에서 그에게 '처용'은 그의 분신적 존재로서 자신의 거울상에 도취된 또 다른 나르시스였던 것이다.

이에 김춘수가 프랑스 상징주의를 플라토니즘 나아가 나르시시즘으로 보았으며, 그러한 특성이 보들레르—말라르메—발레리의 계보로 이어진다고 본 시각에 동의하며, 다음 장에서는 발레리만의 시론, 즉, 순수시의 시론에 관하여 논의를 이어가기로 한다.

III. 발레리의 순수시 시론의 형성과 특징

김춘수는 자신의 시론 『시론—시작법을 겸한』(1961)과 『의미와 무의미』(1976)와 『시의 위상』(1991)에서 발레리의 순수시에 관하여 심도 있게 논의한다. 이는 현대시의 본질에 대한 탐색을 통해 한국적인 자신의 시론을 발전시켜 가는 과정의 일환이었다. 이러한 맥락에서, 학문적으로 발레리의 순수시 시론에 관한 김춘수의 시론 자체에 대한 평가를 내리는 데 그칠 것이 아니라, 발레리의 순수시 시론 원문(原文)과 김춘수의 시론을 대질하는 엄밀한 검증이 필요하다. 이에 본고는 발레리의

11) 김현, 「처용의 시적변용」, 『상상력과 인간·시인을 찾아서: 김현 문학 전집』 3, 문학과지성사, 1991, 193면.

순수시 시론의 형성과정과 그 특징을 살펴보고자 한다.

우선, 순수시의 개념은 일반적으로 시에서 시 이외의 모든 요소를 제외한 시로 정의된다. 발레리의 이러한 순수시 개념의 형성과정을 살펴보는 것은 학문적으로 필연적이다. 순수시는 포(Edgar Allen Poe, 1809—1849)의 대표적인 시론 『시적 원리』(*The Poetic Principle*)(1850)의 영향을 받은 보들레르에 의해 배태된 시론으로 상징주의를 대변하는 시론의 하나가 되었다.[12] 포는 『시적 원리』에서 시를 아름다움이 음악적으로 창조된 언어로 정의한다.[13] 이처럼 시 이외의 모든 요소를 제외하고 음악적인 요소만 남긴 시로서의 발레리의 순수시 개념은 포로부터 시작되어 보들레르의 시 세계에서 예술적으로 실현된 것이다.

구체적으로, 발레리에게서 순수시, 즉, "la poésie pure"라는 어구가 처음 쓰인 것은 1920년 프랑스의 작가 뤼시엥 파브르(Lucien Fabre, 1889~1952)의 시집 『여신의 인식』(*Connaissance de la Déesse*)의 서문(序文)에서이다.[14] 그러나 발레리의 순수시의 시론이 발전해 간 것은 그 이후 일련의 시론들을 통해서이다. 특히, 그의 순수시 시론의 발전은 단독으로 이뤄진 것이 아니라, 가톨릭 신부이자 신학자인 앙리 브레몽(Henri Brémond, 1865~1933)과의 교감을 통해서 이뤄진 것으로 알려져 있다. 순수시가 오늘날에 통용되는 하나의 개념어로서 정착된 것은 바로 앙리 브레몽 신부가 프랑스 학술원(Académie Française)에서 1925년 「순수시」("Poésie Pure")라는 제목의 연설을 발표한 때부터이다. 나아가,

12) 오주리, 『김춘수 형이상시의 존재와 진리 연구 — 천사의 변용을 중심으로』, 국학자료원, 2000, 35면.

13) Edgar Allan Poe, *The Complete Works of Edgar Allan Poe: Criticism* Volume 7·8·9. Memphis: General Books, 2012, p.1.

14) Paul Valéry, "Avant—propos à la Connaissance de la Déesse," *Œuvres* I, Paris: Gallimard, 1957, p.1275.

앙리 브레몽 신부는 『기도와 시』(*Prière et Poésie*)(1926)에서 종교인으로서 순수시를 기도의 경지와 동일시한다. 그렇지만 문학의 영역에서 순수시의 이론을 완성한 것은 발레리이다. 그러므로 발레리의 순수시의 시론이 발전해 간 과정을 살펴볼 필요가 있다. 다음은 발레리의 글 「여신의 인식 서문」(1924) 부분이다.

> 반대로, 우리의 길이 참으로 유일한 길이라고 가정해야만 합니다. 우리는 우리 예술의 본질 자체에 대한 우리의 열망에 감동했고, 우리 조상의 모든 노고 전체의 의미를 진실하게 해독했으며, 그들의 작품에서 가장 매력적으로 보이는 것을 부홍했고, 이러한 유적을 우리의 방식으로 창조했으며, 야자수와 담수 우물이 혜택을 주는, 이 귀중한 길을 무한히 따라갔습니다. 그 지평선에, 언제나 순수시 ... 거기에 위험이 있습니다. 거기에 정확히 우리의 손실이 있습니다. 그리고 거기에 또한 목표가 있습니다.

> Il faut supposer, au contraire, que notre voie était bien l'unique; que nous touchions par notre désir à l'essence même de notre art, et que nous avions véritablement déchiffré la signification d'ensemble des labeurs de nos ancêtres, relevé ce qui paraît dans leurs œuvres de plus délicieux, composé notre chemin de ces vestiges, suivi à l'infini cette piste précieuse, favorisée de palmes et de puits d'eau douce; à l'horizon, toujours, la poésie pure...Là le péril; là, précisément, notre perte; et là même, le but.
>
> — Valéry, "Avant—propos à la Connaissance de la Déesse" (1275)[15)]

---

15)*Paul Valéry,* "Avant—propos à la Connaissance de la Déesse," *Œuvres* I, Paris: Gallimard, 1957, p.1275.

마지막으로, 19세기 중반경, 우리는 우리의 문학에서 시를 그 자체가 아닌 다른 본질로부터 확실하게 분리하려는 놀라운 열망을 보게 됩니다. 순수한 상태의 시를 위한 그러한 준비는 에드가 포에 의해 가장 정확하게 예측되고 권장되었습니다.

On voit enfin, vers le milieu du XIXᵉ Siècle, se prononcer dans notre littérature une volonté remarquable d'isoler définitivement la Poésie, de toute autre essence qu'elle—même. Une telle préparation de la poésie à l'état pur avait été prédite et recommandée avec la plus grande précision par Edgar Poe.

— Valéry, "Avant—propos à la Connaissance de la Déesse" (1270)[16)]

위에 인용된 발레리의 글 「여신의 인식 서문」("Avant—propos à la Connaissance de la Déesse")(1924)은 "순수시(la poésie pure)"라는 어구가 처음으로 사용된 시론이다. 그 의미를 정확히 파악하기 위해 그 어구가 사용된 전후 맥락을 살펴보면, "순수시"가 예술의 본질 자체(l'essence même de notre art)이며 목표(le but)라고 발레리는 주장하는 것으로 보인다. 이와 같이 예술의 본질 자체가 그 목표로 극대화된 시가 순수시가 된다. 나아가, 발레리는 그 개념의 전초는 포가 "시를 그 자체가 아닌 본질로부터 확실하게 분리"하려 시도한 데 있다고 본다. 이처럼, 순수시 개념의 형성은 다음으로 발레리의 보들레르에 관한 논의로 이어진다. 다음은 발레리의 시론 「보들레르의 지위」("Situation de Baudelaire") (1924)의 한 부분이다.

16) *Ibid.*, p.1270.

첫 번째 시편들이 『악의 꽃』의 가장 아름답고 밀도 높은 구절과 혼동될 수 있는 스테판 말라르메의 경우, 그는, 그에게 열정을 전해주고 중요성을 가르쳤던, 에드가 포에 관한 분석과 보들레르에 관한 평론들과 해설들에 대한 형식적이고 기술적인 연구들을 가장 미묘한 결과로 추구했습니다. 베를렌과 랭보가 감성과 감각의 질서 안에서 보들레르를 계승하는 동안, 말라르메는 완벽성과 시적 순수성의 영역에서 그를 계승했습니다.

Quant à Stéphane Mallarmé, dont les premiers vers pourraient se confondre aux plus beaux et aux plus denses des Fleurs du Mal, il a poursuivi dans leurs conséquences les plus subtiles les recherches formelles et techniques dont les analyses d'Edgar Poe et les essais et les commentaires de Baudelaire lui avaient communiqué la passion et enseigné l'importance. Tandis que Verlaine et Rimbaud ont continué Baudelaire dans l'ordre du sentiment et de la sensation, Mallarmé l'a prolongé dans le domaine de la perfection et de la pureté poétique.

—Valéry, "Situation de Baudelaire" (612~613)[17]

위에 인용된 발레리의 글 「보들레르의 지위」에서 발레리는 보들레르의 『악의 꽃』이 후대의 다른 프랑스 상징주의 시인들에게 어떻게 계승되었는지를 보여준다. 발레리는 베를렌과 랭보가 보들레르의 감성(sentiment)과 감각(sensation)을 계승했다면, 말라르메는 완벽성(perfection)과 시적 순수성(la pureté poétique)의 영역에서 보들레르를 발전시켰다고 보았다. 김춘수도 자신의 시론 『시의 위상』에서 보들레르를 계승한 프랑스 상징주의 시인들을 반지성적인 경향의 랭보와 지성적인 경향의 말라르메와 발레리로 구별한 바 있다.[18] 위의, 발레리의 시론 「보

17) Paul Valéry, "Situation de Baudelaire." *Œuvres* I, pp.612~613.

들레르의 지위」는 말라르메의 제자였던 발레리가 프랑스 상징주의 내에서 자신의 지위를 어떻게 자리매김하는지 보여준다. 즉, 발레리는 보들레르의 발전적 계승자로서의 말라르메를 고평하면서 말라르메의 제자인 발레리 자신의 문학사적 지위 또한 확고히 하는 것이다. 발레리의 말라르메에 대한 고평은 바로 시적 순수성을 완벽성과 동일시하는 데까지 이른다. 이러한 발레리의 문학사적 안목이 순수시 시론의 형성에 영향을 미친 것이다. 다음으로 발레리가 순수시의 시론을 한 층 더 발전시켜 간 글 「시에 관한 이야기」("Propos sur la Poésie")(1927)의 한 부분을 살펴보면 다음과 같다.

> 이것이 시인에게 요구되는 것입니까? 확실히, 자유롭게 풀려나 무의식적으로 표현하는 힘으로 특징지어지는 감정은 시의 본질입니다. 그러나 시인의 임무는 감정을 따르는 것에 만족하는 데 있을 수 없습니다. 이러한 표현들은, 흥분으로부터 분출되는데, 우연히 순수할 뿐이고, 그 표현들은 표현들과 함께 많은 결함을 가져오며, 그 효과가 시적 전개를 방해하고 결국 낯선 영혼 안에서 자극하는 공감이 확장되는 것을 멈추게 할, 많은 결함들도 포함합니다. […] 예술의 목적 그 자체와 그것의 기교들의 원리, 그것은 그것을 획득할 사람이 있는 이상적인 상태가 수월하게 결점 없이 자발적으로 매력적인 표현을 생산할 수 있고, 그리고 훌륭하게 그것의 본성과 우리의 운명에 따라 질서 지어진 표현을 생산할 수 있을 것임을 명확하게 소통하는 것입니다. […] 예술의 목적 그 자체와 그것의 기교들의 원리, 그것은 그것을 획득할 사람이 있는 이상적인 상태의 인상이 수월하게 결점 없이 자발적으로 매력적인 표현을 생산할 수 있고 그리고 훌륭하게 그것의 본성과 우리의 운명에 따라 질서 지어진

---

18) 김춘수, 『시의 위상』, 『김춘수 시론 전집』II, 183~184면.

표현을 생산할 수 있을 것임을 명확하게 소통하는 것입니다.

> Est—ce là ce que l'on exige du poète? Certes, une émotion caractérisée par la puissance expressive spontanée qu'elle déchaîne est l'essence de la poésie. Mais la tâche du poète ne peut consister à se contenter de la subir. Ces expressions, jaillies de l'émoi, ne sont qu'accidentellement pures, elles emportent avec elles bien des scories, contiennent quantité de défauts dont l'effet serait de troubler le développement poétique et d'interrompre la résonance prolongée qu'il s'agit enfin de provoquer dans une âme étrangère. [⋯] L'objet même de l'art et le principe de ses artifices, il est précisément de communiquer l'impression d'un état idéal dans lequel l'homme qui l'obtiendrait serait capable de produire spontanément, sans effort, sans faiblesse, une expression magnifique et merveilleusement ordonnée de sa nature et de nos destins.
>
> — Valéry, "Propos sur la Poésie" (1378)[19]

위에 인용된 발레리의 글 「시에 관한 이야기」는 발레리가 순수시의 개념을 구체화해가는 과정이 드러난다. 이 글에서 발레리는 감정(émotion)이 시의 본질(l'essence de la poésie)이라는 것을 인정한다. 그렇지만, 발레리는 흔히 예술가적 열정이 동반하는 흥분(émoi)에 의한 표현(expressions)은 우연히 순수한(accidentellement pures) 것이라고 지적한다. 이러한 이유에서 발레리는 예술의 목적은 이상적 상태의 인상(l'impression d'un état idéal)을 정확하게 전달하는 것뿐이라고 주장한다. 발레리는 예술 철학자(le philosophe de l'art)로서 자신의 작품에서 자기 자신

19) Paul Valéry, "Propos sur la poésie." *Œuvres* I, p.1378.

에 대한 관찰을 통한 구성, 즉, 건축적인 창조(la création architecturale)를 한다.[20] 그러니까 통념상 '순수하다'라는 것이 연상시키는 이미지가 인간의 감정의 자연적이고 순진무구한 상태라면, 발레리는 그러한 통념과 자신의 순수시 개념과는 분명히 다른 것으로 구별 짓고 있는 것으로 보인다. 순수시의 시론을 확립해가는 과정에서 발레리가 감정, 열정, 흥분 등을 경계하는 것은 그의 시인—철학자(poète—philosophe)로서의 태도를 잘 보여준다. 그의 이러한 태도는 고대 철학으로부터 계승된 것이다. 고대 철학에서는 주체를 순수화(purification)하는 것이 카타르시스(catharsis)였다.[21] 스토아학파(Stoicism)의 철학자로서『명상록』(*Meditations*)의 저자인 마르쿠스 아우렐리우스(Marcus Aurelius Antoninus, 121~180)는 현재에 정신을 집중하기 위하여 자기 자신으로부터 열정과 충동을 분리해야 한다고 주장하였다.[22] 이러한 명상의 수행은 영혼의 지성적 부분이자 신과 동일시되는 부분인 순수한 자아에 이르게 한다는 것이다.[23] 특히, 죽음에 대한 명상이 그러한데, 플라톤에 의하면 죽음이야말로 육체로부터 영혼을 분리하기 때문이다.[24] 발레리가「시에 관한 이야기」에서 감정, 열정, 흥분을 대신하여 자기성찰을 통해 순수한 자아와 순수한 시에 이를 수 있다고 주장한 것은 사상사적으로 이와 같이 플라토니즘과 스토이시즘의 영향이라고 볼 수 있다.

이러한 글 역시 김춘수가 발레리를 지성의 문학의 계보를 잇는 순수

20) Patricia Signorile, "Paul Valéry, philosophe de l'art," Vallès—Bled et al, *Regards sur Paul Valéry,* Sète: Musée Paul Valéry, 2011, pp.47~59.

21) Jean—Louis Cianni, "Valéry, invisible philosophe," Vallès—Bled et al, *Paul Valéry—contemporain*, Sète: Musée Paul Valéry, 2012, p.56.

22) *Loc. cit.*

23) *Loc. cit.*

24) *Ibid.*, pp.56~57.

시의 시인으로 본 것이 타당함을 예증한다. 다음은 발레리의 순수시의 시론이 발전해 가는 것을 보여주는 「시의 필요성」("Nécessité de la Poésie")(1937)의 한 부분이다.

> 간단히 말씀드리며 마무리하겠습니다. 시와 예술은 기원과 종말에 대한 감수성을 갖고 있습니다. 그러나, 이 극단들 사이에서, 지성과 사유의 모든 자원은, 심지어 가장 추상적일지라도, 기술들의 모든 자원처럼 사용될 수 있고 또 사용되어야 합니다. [⋯] 시인은 종이 위에서 자신의 작품을 보고, 여기저기서 그의 시의 첫 번째 얼굴을 수정합니다.
>
> Je termine en vous disant qu'en somme, la poésie et les arts ont la sensibilité pour origine et pour terme, mais, entre ces extrêmes, l'intellect et toutes les ressources de la pensée, même la plus abstraite, comme toutes les ressources des techniques peuvent et doivent s'employer. [⋯] Le poète regarde son œuvre sur la page et retouche, ça et là, le premier visage de son poème...
>
> — Valéry, "Nécessité de la Poésie" (1390)[25]

위에 인용된 발레리의 글 「시의 필요성」에서는 발레리가 앞선 시론들에서 자연스러운 감정의 발로의 한계에 대하여 언급한 데서 더 나아가 시작(詩作)에서의 지성(l'intellect)의 중요성과 추상적인(abstraite) 사유(pensée)의 중요성을 역설하고 있다. 지성의 강조는 발레리의 초기 산문 『테스트 씨』(*Monsieur Teste*)로부터 시작되어,[26] 발레리 시세계의 정

25) Paul Valéry, "Nécessité de la Poésie," *Œuvres* I, p.1390.
26) 김기봉, 「발레리의 시와 사유체계」, 『프랑스 상징주의와 시인들』, 소나무, 2000, p.306.

점『해변의 묘지』(*Le Cimetière Marin*)에서 디오니소스(Dionysos)가 아니라 아폴론(Apollon)을 등장시키는 데까지 일관되게 이어진다. 이러한 지성의 강조는『테스트 씨』의 "나는 있음으로써 존재하고, 나를 바라봄으로써 존재한다(Je suis étant, et me voyant)"라는 구절에서 보는 바와 같이, 거울 속의 자신을 들여다보는 것과 같은, 자기성찰과 언어의 내적 특성을 통한 순수 문학의 추구와 깊은 연관이 있다.[27] 마침내『해변의 묘지』에서는 순수한 실존과 회생하는 인간을 상징적으로 형상화하는 데 이른다.[28]

시작에서의 지성과 추상적 사유의 중요성에 대한 주장은 플라토니즘으로서의 상징주의의 특성을 잘 보여준다. 그것은 바로 이데아를 인식하고 이데아에 도달할 수 있는 것은 감성이 아니라 이성뿐이라는 플라토니즘이다. 발레리는「상징주의의 존재」("Existence du Symbolisme")에서 상징주의를 영혼의 상태(l'état de l'esprit)를 드러내는 지고(至高)한 상아탑(la Tour d'ivoire)에 비유한 바 있다.[29] 이러한 시관(詩觀)은 발레리에 앞서 그의 스승 말라르메에게서 이미 확립된 바 있다. 즉, 시를 순수 관념(notion pure)에 가까운 것으로 보는 시관이다. 그런데 위에 인용된 발레리의 글「시의 필요성」은 말라르메의 사유로서의 시 개념에서 더 나아가 시는 필연적으로 나르시시즘일 수밖에 없음을 주장하고 있다. 인용문에 나르시시즘이란 용어는 나와 있지 않다. 그렇지만 인용문은 시인의 거울로서의 작품에 관하여 주장하고 있다. 사유로서의 시는 외부세계를 반영하는 것이 아니라 내면세계를 형상화하는 것이므로 그

---

27) Michel Jarrety, "Valéry en miroir," Vallès—Bled et al, *Paul Valéry—en ses miroirs intimes*, Sète: Musée Paul Valéry, 2013, pp.14~24.

28) Claude Launay, *Paul Valéry,* Paris: La Manufacture, 1990, p.92.

29) Paul Valéry, "Existence du Symbolisme," *Œuvres* I, p.706.

것은 시인 자신의 반영일 수밖에 없다. 그리고 그것은 거울로서의 내면에 비친 자아탐구로서의 시인 것이다. 김춘수는 "거울에 비친 얼굴은 이데아의 반영"이라면서 플라토니즘이 예술의 나르시시즘으로 발전함을 간파하였다.[30] 발레리가 시작에서의 추상적 사유의 중요성을 주장한 것은 차후에 「시와 추상적 사유」("Poésie et Pensée Abstraite")(1939)에서 보다 구체적으로 발전한다.[31] 마지막으로 발레리의 순수시의 시론을 정리하는 차원에서 그의 시론 「순수시」("Poésie Pure")(1927)의 결미 부분을 살펴보면 다음과 같다.

> 순수시의 개념은 접근할 수 없는 유형의 개념, 즉, 시인의 희망, 노력, 그리고 역량의 이상적인 한계를 의미하는 개념입니다.

> La conception de poésie pure est celle d'un type inaccessible, d'une limite idéale des désirs, des efforts et des puissances du poète...
>
> — Valéry, "Poésie Pure" (1463)[32]

위에 인용된 발레리의 시론 「순수시」의 결미 부분은 '순수시란 무엇인가?'에 관한 논쟁 끝에 도달한 결론을 보여준다. 발레리는 "순수시의 개념"(La conception de poésie pure)은 접근할 수 없는 유형(un type inac cessible)의 개념이라고 말한다. 그러면서 그것은 이상적인 한계(une lim ite idéale)라고 다시 말한다. 순수시는 하나의 다가갈 수 없는 이상이라는 것이다. 발레리는 「순수시」에서 순수시에 대하여 접근 불가능한 이상이라는 결론을 내리기에 앞서, 절대시(poésie absolute)의 창작의 존재

---

30) 김춘수, 『시의 위상』, 183면.

31) Paul Valéry, "Poésie et Pensée Abstraite." *Œuvres* I, pp.1314~1339.

32) Paul Valéry, "Poésie Pure." *Œuvres* I, p.1463.

가 불가능함을 먼저 언급한다.33) 절대시는 말라르메의 개념이다. 발레리가 순수시를 접근 불가능한 이상으로 규정하는 것은 말라르메가 우주의 모든 진리와 원리를 한 권의 책(Le Livre)에 담는 이상을 꿈꾸었지만, 그것이 불가능하다는 결론에 이르렀던 것과 같은 국면이다. 이러한 데서 순수시의 개념이 긍정 표현이 아니라, 부정표현을 통해서만 정의되는 이유가 밝혀진다. 그러므로 순수시라는 것은 '무엇이다'로 규정될 수 있다기보다 '무엇이 아니다'라고 규정되는 것이다. 순수시가 '시에서 비시적인 요소를 모두 제거한 시'로 정의될 수밖에 없는 것도 그러한 이유이다.

IV. 김춘수 시론에서의 발레리의 순수시 시론의 전유

발레리가 시인으로서 시의 정수만을 담은 가장 순수한 시를 꿈꾸었다는 것은 어떤 의미에서 모든 시인의 이상이기도 할 것이다. 김춘수가 발레리의 순수시의 시론에 관심을 가지고 그것을 탐구하였던 것도 문화적 사대주의 때문이 아니라, 자신의 시적 이상을 추구해 가는 과정에서 문학사의 섭렵을 통해 자신만의 독창성을 창조해내려는 필연적인 과정이었다고 할 수 있다. 다음은 김춘수의 시론 중에서 순수시가 탐구된 시론들이다.

> 순수시 poésie pure를 말한 것은 폴 발레리가 처음이 아니다. 1세기나 앞서서 에드거 앨런 포가 그의 자작시(「큰 까마귀」)를 해설하

33) *Ibid.*, p.1463.

는 글(「시작 詩作의 철학」)에서 이미 언급하고 있다. 그는 시에서 도덕적·철학적·교훈적·이야기적 기타 산문적 요소를 배제해야 하고, 시는 넋을 고양시킴으로써 격렬한 흥분을 주는 것이라야 하기 때문에 길이가 짧아야 한다고 말하고 있다. [⋯] 발레리는 순수시를 말하면서 "시인은 시 속에서 감정이나 사상을 전달하려 하지 않고, 다만 음과 박자와 시적 언어가 시 속에서 조화 있는 한 세계를 만든다"고 하고 있다. 마치 모차르트의 음악과 같은 세계다.

— 김춘수, 『시의 위상』 II (227~228)[34]

폴 발레리가 시에 제목을 붙일 필요가 없다고 말한 일이 있는데, 시를 내용보다는 형식, 즉 시를 만들어가는 기술에 보다 관심하게 되면 이런 말을 하게 되는 것이 아닌가 한다. 음악의 절대악과 같이 언어를 우리의 경험의 세계와 차단하여 추상화해놓고 보면 언어는 우리의 경험과는 상관없이 언어 그 자체로서의 실재를 엄연히 가지고 있다는 것을 알게 된다. 음 그 자체의 고저장단 강약을 잘 다스려 질서를 세운다면 거기 음 그 자체만의 미가 음악을 빚어낼 수 있듯이, 언어도 언어의 속성의 어느 부분을 잘 살려 질서를 세운다면 순수한 언어예술인 순수시를 빚어낼 수 있는 것이다. 폴 발레리 같은 시인은 언어의 음에 보다 관심하여 음악적인 순수한 상태의 시를 생각하고 있었다.

—김춘수, 『시론—시작법을 겸한』 I (252)[35]

발레리가 순수시의 개념을 처음 사용할 때 포의 시론 『시적 원리』로부터 논의를 시작하였던 바와 같이, 김춘수도 위에 인용된 『시의 위상』에서 포가 시에서 비시적인 요소를 모두 배제하고 음악적 언어로 창조된 시를 순수시라고 하였음을 발레리가 그대로 수용하고 있음을 알고

34) 김춘수, 『시의 위상』, 227~228면.
35) 김춘수, 『시론—시작법을 겸한』 『김춘수 시론 전집』 I, 현대문학, 2004, 252면.

있었다. 발레리의 시론에서 시는 음악에서의 악보와 같다(Regard 238). 그만큼 그는 순수시에서 음악성을 중요시하였다. 김춘수 또한 자신의 시 세계에서 그 어느 시인보다 순수시를 쓰려고 노력하였다. 김춘수의 시에서 음악성은 그의 시를 아름답게 느껴지도록 하는 핵심적인 요소이다. 그가 신라시대의 거문고의 고수 백결선생(百結先生)을 등장시킨 서사시 『낭산(狼山)의 악성(樂聲)』을 창작하거나, 음악의 신 처용(處容)을 등장시킨 서사시 『처용단장(處容短章)』을 창작한 것도 그의 음악적 이상으로서의 시에 대한 추구를 보여주는 단적인 예라고 할 수 있다. 그가 발레리의 순수시 시론으로부터 모차르트를 연상한 것도 그 자신의 예술관이 투사되었기 때문인 것으로 보인다.

김춘수의 시가 음악적이면서도 철학적인 것은 발레리의 시의 향취와 유사한 면이 있다. 특히 김춘수는 『시론—시작법을 겸한』에서는 시인의 내면세계에 추상화된 사유를 음악적 언어로 쌓아 올린 순수시의 세계에 대해 자세히 기술하고 있다. 이러한 부분이 김춘수가 발레리의 순수시 시론을 탐독한 바가 그대로 반영된 부분이라고 할 수 있다.

발레리는, 김춘수가 위에서 지적한 바와 같이, 시로부터 경험의 세계를 차단하여 추상의 세계를 상징적으로 형상화하였다. 발레리의 시 가운데 신화시(神話詩, mythopoetry, 佛 Mytho—Poésie)와 철학시(哲學詩)가 많은 경향성과 관계가 깊다. 그러나 김춘수의 경우 시로부터 경험의 세계를 완전히 차단하지는 않았다. 특히, 김춘수는 역사에 대한 경험과 사유를 자신의 시 안에 포용하여 창작하는 데 주저하지 않았다. 다음은 김춘수의, 순수시와 형이상시에 대한 시론이다.

> 다만 전기한 바와 같이 미학을 전면에 내세우면서 이들 계통의 시가 출발하였다는 사실로 하여 현대시는 그 출발에 있어 시작의 방법면으로 이전의 시가 잘 몰랐던, 형이상학적 의미부여를 할 수 있게 되었고, 그것을 밑받침으로 하여 여러 가지 혁신적인 시의 작법이 안출되었다는 것을 알리고 싶을 따름이다. 그러니까 이들 계통의 현대시는 다분히 그 시관에 있어 순수시의 쪽으로 기울어진 것도 하나의 숨길 수 없는 사실이다.
>
> — 김춘수, 『의미와 무의미』.[36]

위에 인용된 시론은 김춘수의 대표적인 시론 『의미와 무의미』의 부분이다. 위에 인용된 『의미와 무의미』에서 보는 바와 같이, 김춘수는 순수시가 세계문학사의 현대적 경향이라는 것을 간파하고 있었다. 또한 순수시라고 해서 미학적 입장만 취하는 것이 아니라, 형이상성도 내포할 수 있다는 것도 간파하고 있었다. 위에 인용된 내용은 김춘수가 문학의 현대성이란 무엇인가에 대한 질문에 나름의 답을 구해가는 과정에서 나온 것으로 판단된다. 한국근현대시사에서 순수시에 대한 논의는 여러 차례 있었으며 그때마다 나름의 순수시에 관한 규정이 있었다. 그런데 위에 『의미와 무의미』에 인용된 순수시의 규정은 발레리의 순수시 규정과 상당히 유사하다. 이러한 데서 김춘수의 순수시에 대한 모델은 주로 발레리의 순수시 시론을 통해 이해되었을 것으로 보인다. 김춘수가 발레리의 순수시 시론을 상당히 여러 차례 언급하고 있는 것도 그러한 추정의 근거가 된다. 다음은 김춘수가 발레리의 시론을 상당히 깊은 부분까지 이해하고 있었다는 것을 보여주는 시론 『시론—시작법을 겸한』의 부분이다.

---

36) 김춘수, 『의미와 무의미』, 『김춘수 시론 전집』I, 577~578면.

발레리가 영감을 우연이나 초자연적인 힘과 같은 것으로 생각한 것은 좀 지나친 감이 없지 않으나, 시를 정신의 노작이라고 생각하는 그로서는 있을 법도 한 얘기다. 정신을 주로 지성의 쪽으로만 생각한 것 같은 발레리는 시를 만들어가는 과정에 있어서의 지성의 많은 노력을 가장 소중히 여긴 사람이기 때문에, 영감 그것만을 믿는 태도를 시작의 과정에 있어서의 필연성을 등한했다는 의미에서 배척하고 있다고 보면 될 것이다. 그러나 발레리가 릴케를 찬양하는 「릴케 송」을 쓴 것을 생각한다면 위대한 영감을 배척한 것은 아니다.

— 김춘수, 『시론—시작법을 겸한』 I.[37)]

위에 인용된 시론은 『시론—시작법을 겸한』의 부분이다. 김춘수는 위의 인용에서 발레리의 "영감"에 대한 관점을 다소 비판하고 있다. 그가 발레리를 비판하는 이유는 "영감"을 "우연"이나 "초자연적인 힘"으로 간주했기 때문이다. 이러한 발레리의 입론이 피력된 것은 「시에 관한 이야기」에서였다. 상술된 바와 같이, 발레리는 「시에 관한 이야기」에서 감정(émotion)을 무의식적인 표현력(la puissance expressive spontanée)으로 간주하고, 흥분(émoi)을 우연적으로 순수한(accidentellement pure) 것으로 간주하면서, 상대적으로 시작에서의 지성의 역할을 강조했다.[38)] 발레리의 이러한 경향은 플라톤주의, 스토아학파, 그리고 상징주의의 말라르메로 계승되어 온 것이다. 특히, 발레리는 그의 스승, 말라르메보다도 훨씬 지성적인 성향이 강했다. 예컨대 발레리는 과작(寡作)의 시인으로 시보다 산문을 더 많이 남겼다. 그리고 그는 산문집 『카이에』II권(*Cahiers* II)에서 「수학」("Mathématiques") 그리고 「과학」("Science") 같은 산문을 남기는 등, 수학과 과학에 대한 큰 관심을 보이기도 했다.

37) 김춘수, 『시론—시작법을 겸한』, 214면.
38) Paul Valéry, "Propos sur la poésie," *Œuvres* I, p.1378.

발레리의 지성에 경도된 성향은 일부 비평가들로부터 비판받아온 지점이기도 하다. 김춘수도 역시 발레리의 그러한 점을 부분적으로 비판한다. 김춘수의 시 또한 지성적인 성향과 형이상적인 성향이 강하지만, 그는 주로 말년작, 예컨대, 『거울 속의 천사』와 『쉰한 편의 비가』에서 강한 영성(靈性)으로 묵시록적인 형이상시 시편들을 창작하게 된다. 이러한 말년작은 천사가 주인공으로 등장하며, 삶과 죽음, 그리고 천상과 지상을 아우르는 세계내면공간(世界內面空間, Weltinnenraum)을 형상화한 릴케의 『두이노의 비가』(*Duineser Elegien*)의 영성 가득한 신비주의적인 세계관과 깊이 닿아 있다. 이러한 면에서, 김춘수는 시론의 측면에서는 발레리의 시론을 참조했지만, 창작의 측면에서는 릴케의 시의 영향을 받았다고 할 수 있다. 그래서 위의 시론 『시론—시작법을 겸한』에서 김춘수는 발레리 대신 릴케의 편을 들었다고 할 수 있다. 그러나 릴케는 발레리와 긴밀한 교유관계에 있던 지드(André Gide, 1869—1951)에게 발레리의 작품에 감동을 받았다고 편지를 보냈을 뿐 아니라, 릴케의 『두이노의 비가』에는 발레리의 『해변의 묘지』의 영향이 드러나는 것으로 알려져 있다. 그뿐만 아니라, 발레리는 릴케를 예찬하는 「릴케 송」을 작시했고, 자신의 산문시 「비유들」에 릴케의 「홍학들」을 직접 인용하기도 하였다.[39] 이처럼 릴케와 발레리는 동시대를 살면서 독일과 프랑스에서 각각 상징주의 시인으로서 활약하였으며 서로 호감을 가지고 영향을 주고받는 관계에 있었다. 김춘수 또한 위의 시론에서 발레리의 「릴케 송」을 거론하며, 상징주의 시인들 간의 포괄적인 동질성도 간파하고 있었다고 할 수 있다.

그러나 김춘수가 발레리의 아류 시인인 것은 아니다. 후배 시인이 거

39) Paul Valéry, 『발레리 시전집(詩全集)』, 박은수 역, 민음사, 1987, 209면.

장인 선배 시인의 영향에서 벗어나 독창적인 시인이 되는 것은 선배 시인을 비판하면서이다. 김춘수의, 발레리에 대한 비판은 『의미와 무의미』의 다음과 같은 대목에서도 나타난다.

> 한때 폴 발레리를 읽고 깜짝 놀란 일이 있다. 그의 시가 순수하지 못했기 때문이다. 도도한 사변의 대하였기 때문이다. 그는 자기의 시와 시론의 틈바구니에 끼여 괴로운 변명을 하고 있는 듯하나(순수시는 도달해야 할 목표지, 도달할 수는 없는 것으로 치부한다), 순수시는 있다.
>
> — 김춘수, 『의미와 무의미』[40)]

김춘수는 『의미와 무의미』에서 발레리의 시를 읽으며 그의 시는 그의 시론이 순수시의 시론인 것과 달리 사변적이라는 점에서 순수시의 이상에 다다르지 못했다고 비판한다. 김춘수는 발레리를 비판하면서 발레리가 「순수시」에서 순수시를 접근 불가능한 유형(un type inaccessible)이자 이상적 한계(une limite idéale)로 규정한 것[41)]을 의식한 듯이, 순수시는 도달할 수 없는 것이라는 말까지 덧붙인다.

상징주의 문학에 대한 비평서 『악셀의 성』(*Axel's Castle*)을 쓴 비평가 윌슨(Edmund Wilson, 1895～1972) 또한 발레리가 자신을 데카르트에 견주는 태도에 대해 비판한다.[42)] 발레리가 데카르트에 지대한 관심을 보인 것은 사실이다. 예컨대 발레리는 산문집 『바리에테』(*Variété*)에 데카르트(René Descartes, 1596～1650)에 대한 에세이인 「데카르트에 대한 단편」(“Fragment d'un Descartes”)을 쓰는 등, 여러 산문에서 데카르트

---

40) 김춘수, 『의미와 무의미』, 648면.
41) Paul Valéry, “Poésie Pure.” *Œuvres* I, p.1463.
42) Edmund Wilson, 『악셀의 성』, 이경수 옮김, 홍성사, 1984, 84면.

트의 철학에 대한 탐구를 보여준다. 그러나 윌슨이 발레리를 비판하는 이유는 발레리가 데카르트와 같은 철학자라면 그의 시는 철학적 논문이어야 할 것이기 때문이다.[43] 그는 발레리의 이러한 자기모순 때문에 발레리가 사상가로서 엄밀하지 못했다고 강력하게 비판한다.[44] 나아가, 윌슨은 발레리가 순수시를 추구하며 철학자와 같은 태도를 취하는 것에 대하여 시가 예술 가운데 가장 어려운 장르라는 것을 내세우기 위한 딜레탕티즘(dilettantism)이자 스노비즘(snobbism)이라고 신랄한 비판을 가한다.[45] 그러나 윌슨의 이러한 비판은 과도한 면이 있다. 왜냐하면 발레리는 세인들 사이에서 시인—철학자로 통했지만, 그 자신은 시인과 철학자의 언어는 다른 것이라고 믿었기 때문이다.[46] 김춘수는 윌슨만큼은 아니지만, 발레리에 대해 유사한 맥락의 비판을 가한다.

김춘수는 발레리를 이와 같이 비판하던 시기에 무의미시의 실험을 하게 된다. 그러한 김춘수에게 발레리의 "의식의 명확성"[47]이 자신에게 맞지 않는다고 느껴졌던 것이다. 또한 김춘수는 순수시를 지향하면서도 순수시에 완전히 만족하지 못했는데, 김현은 내면을 정경에 투사하여 표현하는 것으로 충분치 못한 어떤 것을 내면에 지니고 있었기 때문이었을 것이라고 진단한다.[48] 김춘수는 이러한 이유 때문인지, 발레리와 달리 자신의 『처용단장』에 과감히 한국현대사의 역사를 소재로 들여온다. 무의미시의 시기의 대표작인 '처용' 시편은 김춘수에게 자서

43) *Loc. cit.*
44) *Loc. cit.*
45) *Ibid.*, pp.80~85.
46) Marcel Raymond, 「상징주의의 고전, 폴 발레리」, 『프랑스 현대시사』, 김화영 옮김, 현대문학, 2015, 210면.
47) 김현, 「해설」, 폴 발레리, 『해변의 묘지』, 김현 옮김, 민음사, 1996, 112면.
48) 김현, 「처용의 시적 변용」, 『상상력과 인간·시인을 찾아서: 김현 문학 전집』 3, 문학과지성사, 1991, 194면.

전으로서의 성격을 지니는 서사시이다. 김춘수가 자아탐구의 과정에서 반드시 거쳐야 할 과정이었다. 그렇지만 그는 일제강점기 때, 불령선인으로 지목되어 일본의 세다가야서 감방에서 고문을 당했던 사건 등, 자신의 인생과 한국의 역사가 필연적으로 만났던 순간을 자신의 시에서 사상해버리지 않는다.

이 시기의 시가 가장 한국적인 전통과 역사가 실험성과 융화되어 나타났었다. 김춘수 또한 초기 시와 말기 시 본다면 시인—철학자의 계보에 든다. 그렇지만 김춘수는 발레리의 순수시의 시론을 비판적으로 전유한 시점에서 그는 무의미시의 세계를 창조하였다. 요컨대, 발레리의 순수시의 시론은 김춘수의 시론에서 수용되어 김춘수가 음악적이고 철학적인 순수시의 세계를 창조할 때는 같은 시적 이상의 지향성을 보였다면, 김춘수의 시론에서 비판되어 김춘수가 한국의 전통과 역사를 끌어안는 자서전적 대 서사시를 쓸 때는 다른 시적 이상의 지향성을 보였다고 할 수 있다.

V. 결론

김춘수는 자신을 상징주의자로 규정한 바 있다. 나아가, 김춘수는 프랑스 상징주의의 본질을 플라토니즘으로 이해했다. 김춘수가 자신의 시를 플라토닉 포에트리라고 규정하는 것도 이러한 맥락에서 이해된다. 김춘수의 시론 『시의 위상』에는 프랑스 상징주의에 관한 탐구가 피력되어 있다. 그는 프랑스 상징주의에 관한 정설대로 보들레르를 그 계보의 선도자로 본다. 그는 보들레르의 시적 이상이 "인공낙원"이란 개념으로 대변된다고 본다. 플라토니즘의 핵심 개념은 이데아로, 감성계를 넘어 영원히 변하지 않는 본질과 진리로서의 이데아를 추구하는 사상이다. 이러한 이데아의 사상은 플라톤으로부터 시작되어 보들레르의 인공낙원의 시론으로 계승되고 있다고 김춘수는 본 것이다. 여기서 중요한 것은 김춘수가 보들레르의 시론의 핵심이 프랑스 상징주의의 계보에서 말라르메와 발레리에게로 계승된다고 본 것이다. 이 계보의 특징은 바로 김춘수의 『시의 위상』에서 "자아의 형이상학적 탐구"로 규정된다. 플라토니즘으로서의 상징주의는 시인의 내면에 상징의 언어로 존재계를 형상화한다는 점에서 본질적으로 나르시시즘이라고도 볼 수 있다.

순수시의 개념은 일반적으로 시에서 시 이외의 모든 요소를 제외한 시로 정의된다. 순수시는 포의 대표적인 시론 『시적 원리』(1850)의 영향을 받은 보들레르에 의해 배태된 시론으로 상징주의를 대변하는 시론의 하나가 되었다. 포는 『시적 원리』에서 시를 아름다움이 음악적으로 창조된 언어로 정의한다. 이처럼 시 이외의 모든 요소를 제외하고 음악적인 요소만 남긴 시로서의 발레리의 순수시 개념은 포로부터 시작되어 보들레르의 시 세계에서 예술적으로 실현된 것으로 알려져 있다.

발레리에게서 순수시, 즉, "la poésie pure"라는 어구가 처음 쓰인 것은 1920년 프랑스의 작가 뤼시엥 파브르의 시집 『여신의 인식』의 서문에서이다. 다음으로 발레리의 시론 「보들레르의 지위」(1924)에서 그는 베를렌과 랭보가 보들레르의 감성과 감각을 계승했다면, 말라르메는 완벽성과 시적 순수성으로 보들레르를 발전시켰다고 보았다. 발레리의 시론 「시에 관한 이야기」(1927)에서 그는 흥분에 의한 표현은 우연히 순수한 것이라고 지적한다. 발레리가 지성의 문학의 계보를 잇는 순수시의 시인이기 때문이다. 발레리의 시론「시의 필요성」(1937)에서는 시작(詩作)에서의 지성의 중요성과 추상적인 사유의 중요성을 역설하고 있다. 더 나아가, 시는 필연적으로 나르시시즘일 수밖에 없음을 주장한다. 마지막으로 발레리의 시론「순수시」(1927)에서는 순수시가 하나의 다가갈 수 없는 이상임이 역설된다.

발레리가 순수시의 개념을 처음 사용할 때 포의 시론『시적 원리』로부터 논의를 시작하였던 바와 같이, 김춘수도『시의 위상』에서 포가 시에서 비시적인 요소를 모두 배제하고 음악적 언어로 창조된 시를 순수시라고 하였음을 발레리가 그대로 수용하고 있음을 알고 있었다. 김춘수의 시가 음악적이면서도 철학적인 것은 발레리의 시의 향취와 유사한 면이 있다. 특히 그는『시론—시작법을 겸한』에서는 시인의 내면세계에 추상화된 사유를 음악적 언어로 쌓아 올린 순수시의 세계에 대해 자세히 기술하고 있는데, 김춘수의, 발레리 순수시 시론의 탐독이 그대로 반영된 부분이라고 할 수 있다. 김춘수는『의미와 무의미』에서 발레리의 시를 읽으며 그의 시는 그의 시론이 순수시의 시론인 것과 달리 사변적이라는 점에서 순수시의 이상에 다다르지 못했다고 비판한다. 그뿐만 아니라, 김춘수는『시론—시작법을 겸한』에서 발레리의, 시작에서의 지나치게 지성에 의존한 태도를 비판한다. 발레리의 순수시의 시론은 김춘수의 시론에서 수용되어 김춘수가 음악적이고 철학적인 순수시의 세계를 창조할 때는 같은 시적 이상의 지향성을 보였다면, 김춘수의 시론에서 비판되어 김춘수가 한국의 전통과 역사를 끌어안는 자서전적 대 서사시를 쓸 때는 다른 시적 이상의 지향성을 보였다고 할 수 있다. 그러므로 김춘수는 자신의 시론에서 발레리의 시론을 전유함으로써 순수시 시론을 넘어 새로운 시론을 창조했다고 평가될 수 있다. 그러므로 김춘수의 시론에 관하여 비교문학적으로 균형 잡힌 가치평가가 요청된다.

나아가 한국현대시사에서 일제강점기의 프랑스 상징주의의 수용이 데카당스로 편향된 한계를 나타냈던 것에 반해, 김춘수의 프랑스 상징주의의 수용은 그 본질을 이해하고 체화하여, 한국적인 시와 시론으로의 재창조하는 데 이바지했다는 점은 문학사적 의의로 제고되어야 할 것이다.

참고문헌

1. 기본 자료

Valéry, Paul, 『발레리 시전집(詩全集)』, 박은수 옮김, 민음사, 1987.

_________, 『해변의 묘지』, 김현 옮김, 민음사, 1996.

_________, *Variété* I et II, Paris: Gallimard, 1930.

_________, *Variété* III, IV et V. Paris: Gallimard, 1938.

_________, *Cahiers* II, Paris: Gallimard, 1974.

_________, *Œuvres* I, Paris: Gallimard, 1957.

_________, "Avant－propos à la Connaissance de la Déesse," *Œuvres* I, Paris: Gallimard, 1957, pp.1269~1279.

_________, "Situation de Baudelaire," *Œuvres* I, Paris: Gallimard, 1957, pp.598~613.

_________, "Propos sur la poésie," *Œuvres* I, Paris: Gallimard, 1957, pp.1361~1378.

_________, "Nécessité de la Poésie," *Œuvres* I, Paris: Gallimard, 1957, pp.1378~1390.

_________, "Existence du Symbolisme," *Œuvres* I, Paris: Gallimard, 1957, pp.686~706.

_________, "Poésie et Pensée Abstraite," *Œuvres* I, Paris: Gallimard, 1957, pp.1314~1339.

_________, "Poésie Pure," *Œuvres* I, Paris: Gallimard, 1957, pp.1456~1463.

김춘수, 『김춘수 시 전집』, 오규원 편, 현대문학, 2004.

______, 『김춘수 시론 전집』I, 오규원 편, 현대문학, 2004.

______, 『김춘수 시론 전집』II, 오규원 편, 현대문학, 2004.

2. 국내 논저

김경란, 『프랑스 상징주의』, 연세대학교 출판부, 2005.

김기봉, 「발레리의 시와 사유체계」, 『프랑스 상징주의와 시인들』, 소나무, 2000.

김성택, 「해변의 묘지 Le Cimetière Marin의 구조 연구: 오르페우스 신화의 회귀」, 『불어불문학연구』 88, 2011, 41~77면.

김억, 「프랑스 시단」, 『태서문예신보』 11, 1918.12.10.

김용직, 「아네모네와 실험의식—김춘수론」, 김춘수 연구 간행위원회, 『김춘수 연구』, 학문사, 1982.

김유중, 「김춘수 문학을 어떻게 이해할 것인가?」, 『한국현대문학연구』 30, 2010, 443~466면.

_____, 「김춘수의 문학과 구원」, 『한중인문학연구』 45, 2014, 51~79면.

_____, 「김춘수와 도스토예프스키」, 『한중인문학연구』 49, 2015, 1~35면.

_____, 「김춘수와 존재의 성화(聖化)」, 『어문학』 128, 2015, 215~246면.

김윤식, 「한국시에 미친 릴케의 영향」, 『한국문학의 이론』, 일지사, 1974.

김진아, 「P. Valéry의 La Jeune Parque에 나타난 여성의 이미지와 운동」, 전남대학교 석사학위 논문, 2004.

김진하, 『폴 발레리의 '정신(esprit)'의 시학 연구』, 서울대학교 박사학위 논문, 2003.

김주연, 「명상적 집중과 추억: 김춘수의 시세계」, 김춘수 연구 간행위원회 편, 『김춘수 연구』, 학문사, 1982.

김현, 「처용의 시적 변용」, 『상상력과 인간·시인을 찾아서: 김현 문학 전집』 3, 문학과지성사, 1991.

____, 「해설」, 폴 발레리, 『해변의 묘지 』, 김현 옮김, 민음사, 1996.

남기혁, 「김춘수 전기시의 자아인식과 미적 근대성—'무의미의 시'로 이르는 길」, 『한국시학연구』 1, 1998, 64~100면.

노은희, 「폴 발레리 시에 나타난 몸, 에스프리 그리고 세계」, 『한국프랑스학논집』 72, 2010, 263~282면.

문충성, 『프랑스 상징주의 시와 한국의 현대시』, 제주대학교 출판부, 2000.

신원철, 「영미시 연구자의 눈으로 읽은 보들레르와 서정주」, 『동서비교문학저널』 제44호, 2018, 81~99면.

오주리, 『김춘수 형이상시의 존재와 진리 연구 — 천사의 변용을 중심으로』, 국학자료원, 2000.

______, 「이데아로서의 '꽃' 그리고 '책'— 김춘수 시론에서의 말라르메 시론의 전유」, 『우리문학연구』 67, 2020, 275~311면.

유기룡, 「새로운 가능을 현시하는 미의식—김춘수, 시 세계」, 김춘수 연구 간행위원회, 『김춘수 연구』, 학문사, 1982.

유제식, 『뽈 발레리 연구』, 신아사, 1995.

유치환, 「시집 『구름과 장미』에 대하여」, 김춘수 연구 간행위원회, 『김춘수 연구』, 학문사, 1982.

이승훈, 「시의 존재론적 해석시고(解釋試攷) — 김춘수의 초기시를 중심으로」, 김춘수 연구 간행위원회, 『김춘수 연구』, 학문사, 1982.

이재선, 「한국현대시와 R. Martin 릴케」, 김춘수 연구 간행위원회, 『김춘수 연구』, 학문사, 1982.

이지수, 「뽈 발레리의 사유체계 탐색」, 서강대학교 대학원 석사학위논문, 2002.

이진성, 「발레리의 순수시론과 브르몽의 순수시론」, 『인문과학』 63, 1990, 235~263면.

장경렬, 「의미와 무의미의 경계에서」, 『응시와 성찰』, 문학과지성사, 2008.

조남현, 「김춘수의 「꽃」」, 김춘수 연구 간행위원회, 『김춘수 연구』, 학문사, 1982.

조영복, 「여우 혹은 장미라는 '현실'과 언어」, 『한국 현대시와 언어의 풍경』, 태학사, 1999.

최귀동, 「뽈 발레리 연구」, 『논문집』 제7권, 배재대학교, 1985.

함유선, 『발레리의 시에 나타난 자아 탐구』, 이화여자대학교 박사학위논문, 1993.

3. 국외 논저 및 번역서

Baudelaire, Charles, *Œuvres complètes* I, Paris: Gallimard, 2016.

Badiou, Alain, 『비미학』, 장태순 옮김, 이학사, 2010.

Barthes, Roland, 『목소리의 결정』, 김웅권 옮김, 동문선, 2006.

____________, 『글쓰기의 영도』, 김웅권 옮김, 동문선, 2007.

Blanchot, Maurice, 『도래할 책』, 심세광 옮김, 그린비, 2011.

______________, 『문학의 공간』, 이달승 옮김, 그린비, 2014.

Blüher, Karl Alfred, "Valéry et Kant," *De l'Allemagne I: Bulletin des Études Valéryennes* 92, Ed. Blüher, Karl Alfred & Jürgen Schmidt—Radefeldt, Paris: L'Harmattan, 2002.

Brémond, Henri, *La Poésie Pure — avec un Débat sur la Poésie*, Maurepas: Hachette Livre BNF, 2018.

______________, *Prière et Poésie*, Maurepas: Hachette Livre BNF, 2018.

Cianni, Jean—Louis, "Valéry, invisible philosophe," Vallès—Bled et al., *Paul Valéry—contemporain*, Sète: Musée Paul Valéry, 2012, pp.47~64.

Jarrety, Michel, "Valéry en miroir," Vallès—Bled et al, *Paul Valéry—en ses miroirs intimes*, Sète: Musée Paul Valéry, 2013, pp.13~33.

Launay, Claude, *Paul Valéry*, Paris: La Manufacture, 1990.

Liebert, Georges, "Paul Valéry et la Musique," Liebert, Georges et al., *Paul Valéry et les Artes,* Sète: Actes Sud, 1995.

Mallarmé, Stéphane, "Crise de Vers," *Œuvres Complètes* II, Paris: Gallimard, 2003.

Nunez, Laurent, "Trop Beau pour Être Vrai," Nunez, Laurent et al., *Le Magazine Littéraire,* Autmne 2011.

Plato, 『국가』, 박종현 역주, 서광사, 2011.

Poe, Edgar Allan, *The Poetic Principle*, A Word to the Wise, 2013.

______________, *The Complete Works of Edgar Allan Poe: Criticism* Volume 7·8·9, Memphis: General Books, 2012.

Prigent, Michel, "L'éclatement poétique," *Histoire de la France littéraire Tome 3: Modrenités XIXe—XXe siècle*, Paris: PUF, 2015, pp.298~300.

Raymond, Marcel, 『발레리와 존재론』, 이준오 옮김, 예림기획, 1999.

______________, 「상징주의의 고전, 폴 발레리」, 『프랑스 현대시사』, 김화영 옮김, 현대문학, 2015, 221~247면.

Regard, André· Michard, Laurent, 「폴 발레리—생애와 그의 시학」, 폴 발레리, 『발레리 시전집』, 박은수 옮김, 민음사, 1987, 225~238면.

Rey, Alain, "L'architecte et la danse," Vallès—Bled, Maïthé et al., *Paul Valéry—intelligence et sensualité*, Sète: Musée Paul Valéry, 2014.

Signorile, Patricia, "Paul Valéry, philosophe de l'art," Vallès—Bled et al., *Regards sur Paul Valéry,* Sète: Musée Paul Valéry, 2011, pp.47~70.

Wilson, Edmund, 『악셀의 성』, 이경수 옮김, 홍성사, 1984.

7 발레리와 김춘수의 신화시 비교 연구:

카시러의 신화론의 관점으로

I. 서론

1. 문제제기 및 연구사 검토

김춘수(金春洙, 1922~2004)는 자신의 자전소설 『꽃과 여우』에서 스스로에 대하여 '신화주의자(神話主義者)'라고 규정한 바 있다.[1] 또한, 그는 자신의 산문 『오지 않는 저녁』에서 레비—스트로스(Claude Lévi—Strauss, 1908~2009)의 신화소(神話素, mythème)와 프라이(Northrop Frye, 1912~1991)의 원형(原型, archetype)을 언급하며, 원형의 반복성과 운명의 결정성을 보여주는 신화에 깊은 관심을 보였다.[2] 김춘수는 역사에 대한 허무주의를 극복하고자 신화적 세계를 창작해 나아간다. 그는 『처용단장(處容斷章)』을 비롯하여 신화시(神話詩, mythopoetry, 佛 Mytho—Poésie, 獨 Myt

1) 김춘수, 『꽃과 여우』, 민음사, 1997, 61면.
2) 김춘수, 『오지 않는 저녁』, 근역서재, 1979. (김춘수, 『김춘수 전집 3—수필』, 문장사, 1982, 291면. 재수록.)

hopoesie)로 분류될 수 있는 많은 시편을 창작하였다. 김춘수의 신화시는 단재(丹齋) 신채호(申采浩, 1880～1936)의 영향 아래, 한민족의 역사적 기원을 상상적으로 구현한 「밝안제」로부터, 20세기의 한국사와 자신의 인생을 하나로 아우른 대서사시 『처용단장』을 거쳐, 예수 신화의 비극성을 형상화한 「겟세마네에서」 등에 이르기까지 광범위하게 전개되어 나아간다. 그러므로 김춘수의 신화시의 특징을 하나로 귀결시킬 수는 없다. 다만, 이 논문에서는 김춘수의 시세계와 발레리(Ambroise—Paul—Toussaint—Jules Valéry, 1871～1945)의 시세계의 영향관계를 근거로 하여, 김춘수의 신화시와 발레리의 신화시를 비교연구 하는 것을 목표로 한다.

김현(1942～1990)은 김춘수의 「처용은 말한다」와『처용단장』이 발레리의 「나르시스는 말한다」(“Narcisse Parle”)와 「나르시스 단장들」(“Fragments du Narcisse”)의 영향을 받았다고 주장한다.[3] 김춘수의 단편소설 「처용(處容)」은 그 자신의 유년시절을 재현한 자전소설이다. 이러한 점에 비추어 볼 때, ‘처용’이 김춘수의 분신(分身)임에는 이론의 여지가 없다. 나르시스가 거울 속의 자신, 즉, 자신의 분신과 사랑에 빠진 신화적 인물이라는 점에 비추어 볼 때, 발레리의 나르시스를 김춘수가 처용으로 대체했을 것이라는 김현의 주장은 타당해 보인다. 그러므로 ‘나르시스’ 시편과 ‘처용’ 시편은 각각 나르시스 신화와 처용 신화를 모티프로 차용한 신화시로 규정될 수 있으면서 비교연구가 가능하다.

그뿐만 아니라, 발레리의 경우, ‘나르시스’ 시편들 이외에 많은 신화시를 창작하였다. 예컨대, 「헬레네」(“Hélène”), 「오르페우스」(“Orphée”), 「비너스의 탄생」(“Naissance de Vénus”), 「세미라미스」(“Sémiramis”),

3) 김현, 「처용의 시적 변용」,『상상력과 인간·시인을 찾아서: 김현 문학 전집』 3, 문학과지성사, 1991, 193면.

「젊은 파르크」("La Jeune Parque"), 「암피온」("Amphion"), 「아폴로 신전의 무녀」("La Pythie") 등이 대표적인 신화시로 분류될 수 있다. 특히 「젊은 파르크」는 발레리가 본격적으로 시작(詩作)을 재개하였음을 알리는 작품으로, 순수시(純粹詩, Poésie Pure)의 시작이다. 또한, 발레리의 시세계의 정점인 「해변의 묘지」("Le Cimetière Marin")도 표층텍스트에는 신이 등장하지 않지만, 오르페우스 신화의 모티프를 변형하여 차용하고 있다.[4] 김춘수의 신화시의 경우 음악의 신인 '처용'이 한국적인 오르페우스로 보일 수도 있다는 점에서 발레리의 신화시의 오르페우스 모티프와 비교될 수 있다.

그러나 무엇보다도 김춘수와 발레리가 비교될 수 있는 가장 직접적인 이유는 김춘수가 자신의 시론에서 발레리의 시와 시론에 대하여 많은 논평을 하고 있기 때문이다. 김춘수는 시론 『시의 위상』에서 자신을 상징주의자로 규정한 바 있을 뿐 아니라,[5] 프랑스 상징주의 시론을 탐구하여 자신의 시론을 확립하는 데 심혈을 기울였다. 김춘수의 시론에 가장 큰 영향을 준 프랑스 상징주의 시인은 말라르메(Stéphane Mallarmé, 1842~1898)이다. 그렇지만, 김춘수의 시론 여러 편에서 발레리의 순수시의 시론의 영향을 받았다. 예컨대, 김춘수는 자신의 시론, 『시의 위상』, 『의미와 무의미』, 『시론—시작법을 겸한』 등에서 발레리의 순수시 시론[6]에 대해 면밀히 분석한다. 특히 발레리의 시론 「시에 관한 이

4) 김성택, 「해변의 묘지 Le Cimetière Marin의 구조 연구: 오르페우스 신화의 회귀」, 『불어불문학연구』 88, 2011, 41면.

5) 김춘수, 『시의 위상』 (김춘수, 『김춘수 시론 전집 II』. 오규원 편, 현대문학, 2004, 358면. 재수록.)

6) 발레리의 순수시 시론이 담긴 산문은 다음과 같다. "Avant—propos à la Connaissance de la Déesse", "Situation de Baudelaire", "Propos sur la Poésie", "Nécessité de la Poésie", "Poésie Pure".

야기」(“Propos sur la Poésie”)나 「순수시」(“Poésie Pure”)의 핵심적인 내용이 김춘수의 시론에서 한편으로는 수용적으로 또 한편으로는 비판적으로 전유된다. 이러한 근거에 따라, 발레리와 김춘수 두 시인이 비교되는 것은 학문적으로 타당하다. 본고는 이러한 근거에 기대어 발레리와 김춘수의 신화시를 비교연구 해보고자 한다.

기존의 발레리에 관한 연구[7]와 김춘수에 관한 연구[8]는 유의미한 축적이 상당히 이루어져 있다. 이 선행연구들 가운데 본고는 유기룡이 김춘수 시에 나타난 존재의 내면적 의미에 관한 탐구를 에른스트 카시러(Ernst Cassirer, 1874~1945)의 자기해방(自己解放, self—liberation)의 관점으로 접근한 바에 주목하고자 한다(90~99). 본고는 이러한 관점을 심화하고, 기존 연구와의 차별화를 위하여, 상징주의자를 자처하는 발레리와 김춘수의 신화시에 접근하는 방법론으로, 신화를 일종의 상징으로 간주하는 현대의 신화학자인 에른스트 카시러의 신화론(神話論)을 이 논문에 원용해 보고자 한다.

---

7) 국외에서 발레리에 관한 논의로는 Claude Launay 작가론적 논의, Maurice Blanchot, Georges Liebert, Michel Prigent의 존재론적 논의, Karl Alfred Blüher, Alain Badiou, Jean—Louis Cianni, Michel Jarrety, Laurent Nunez, André Regard, Patricia Signorile, Alain Rey의 관념론적 논의, 그리고 Roland Barthes, Edmund Wilson 등의 그 밖의 논의가 있다. 국내에서 발레리에 대한 논의로는 함유선의 존재론적 논의, 김진하, 노은희, 이지수의 관념론적 논의, 그리고 이진성, 최귀동의 순수시에 대한 논의 등이 있다. 특히, 본고가 주목하는 발레리의 신화에 대한 연구로 Salah Stétié, 김성택과 김시원의 연구가 있다.

8) 김춘수에 대한 논의는 그의 문학적 스승 유치환으로부터 시작된다. 그 후, 김춘수는 문학사에서 존재론적 시와 인식론적 시로 높이 평가된다. 주목할 만한 논의로는 김유중, 오주리, 이승훈, 장경렬, 조남현 등의 존재론적 논의, 김용직, 김주연, 남기혁 등의 인식론적 논의가 있다. 비교문학적 연구 가운데서는 김윤식, 조강석, 이재선 등의 릴케로부터의 존재론적 영향에 대한 논의, 그리고 송승환, 오주리, 조영복 등의 말라르메로부터의 인식론적 영향에 대한 논의가 있다. 특히, 본고가 주목하는 김춘수의 신화에 대한 연구로는 라기주와 오주리의 논문이 있다.

2. 연구의 시각

칸트(Immanuel Kant, 1724~1804)는 『이성의 한계 안에서의 종교』(*Die Religion innerhalb der Grenzen der bloβen Vernunft*)에서 인간은 이성적 동물이라고 규정한다.[9] 여기서 이성적 동물의 의미는, 『존재자와 본질에 대하여』(*De Ente et Essentia*)에서 아퀴나스(Thomas Aquinas, 1225~1274)가 주장하는 바와 같이, 인간은 동물과 이성(animali et rationali)이 합성된 존재라는 것이다.[10] 그런데 여기서 더 나아가, 칸트의 계승자로서의 카시러는 인간은 이성적 동물일 뿐 아니라, 신화적 동물이라고 규정한다. 카시러가 인간이 신화적 동물이라고 하는 의미는 곧 신화성이 인간의 본성에 본질적인 부분으로 내포되어 있다는 의미이다.[11] 예를 들어, 카시러에게 신성함에 대한 감정은 인간의 근본 감정이며,[12] 인간의 근원적 경험에는 신화의 이미지가 배어 있다.[13] 이러한 근거들에 따라 카시러는 인간을 신화적 동물로 규정한다.

그런데 카시러의 철학에서 신화는 하나의 상징(symbol)으로 간주된다. 본고에서 발레리와 김춘수의 신화시를 해석하는 관점으로 카시러의 철학이 선택된 이유 또한 바로 이러한 데 있다. 발레리와 김춘수가 상징주의자임을 자처하면서 신화시를 창작하였는데, 카시러의 철학이 바로 신화를 하나의 상징으로 간주하는 것이다.

---

9) Immanuel Kant, 『이성의 한계 안에서의 종교』, 백종현 옮김, 아카넷, 2012, 189면.

10) Thomas Aquinas, 『존재자와 본질에 대하여』, 김진·정달용 옮김, 서광사, 1995, 31면.

11) Ernst Cassirer, 『상징 신화 문화: 에른스트 카시러의 1935-1945년 에세이 및 강의』, 도널드 필립 붜린 편, 심철민 옮김, 아카넷, 2015, 368면.

12) Ernst Cassirer, 『상징형식의 철학 제II권 신화적 사유』, 박찬국 역, 아카넷, 2014, 228면.

13) Ernst Cassirer, 『언어와 신화』. 신응철 역, 지식을 만드는 지식, 2015, 19면.

카시러의 철학에서 상징은 암시적·비유적 표현으로 현실을 가리키는 표상에 그치는 것이 아니라, 고유한 세계를 형성하는 정신적 힘이다.[14] 그에게 상징과 은유와 신화는 본질적으로 같다. 신화적 비유의 원리는 우리가 말하는 모든 것이 비유라는, 일반적인 언어의 비유적 기능에 기반을 둔다.[15] 특히, 신화적 사고에는 모든 비유의 기본 원리인 '전체가 곧 부분이라는 원리'(principle of pars pro toto)가 내재되어 있다.[16] 비유적 사유의 형식은 존재를 은유로 변형하지만, 이 은유를 해석하기 위해서는 종교적 해석학이 필요하다.[17] 신화적 비유의 해석에 관한 카시러의 이러한 견해는 신화시의 해석에도 유의미하게 적용될 것이다.

신화를 하나의 상징으로 보는 카시러의 관점은 칸트의 비판철학(批判哲學, critical philosophy)으로부터 유래한다. 카시러는 칸트의 초월론적인 방법론을 과학적 인식의 영역을 넘어, 문화적 인식의 영역에까지 적용함으로써, 언어, 신화, 종교, 예술 등이 세계의 형성에 어떠한 수행을 한다고 파악한다.[18] 인간이 상징에 외부세계를 반영하는 것이 아니라, 인간이 상징을 통해 외부세계를 구성하는 것이라고 보는 카시러의 관점은 칸트의 『순수이성비판(純粹理性批判)』(*Kritik der reinen Vernunft*)

14) *Ibid.*, p.16.

15) *Ibid.*, p.166.

16) *Ibid.*, p.162.

참고로 'pars pro toto'는 라틴어로 '부분은 곧 전체'로 해석되는 것이 옳다고 보인다. 예컨대, 『상징형식의 철학 제II권 신화적 사유』에서는 'pars pro toto'가 '부분은 곧 전체'로 번역되었다. 엄밀히 말해서, '전체는 곧 부분'이라는 표현은 라틴어로 'totum pro parte'이다. 그렇지만, 넓은 의미에서 '부분과 전체가 같다'라는 의미이므로 'pars pro toto'가 'totum pro parte'와 같은 의미로 쓰일 수도 있다고 판단된다.

17) Ernst Cassirer, 『상징형식의 철학 제II권 신화적 사유』, 528면.

18) 박찬국, 「역자해제」, 에른스트 카시러, 『상징형식의 철학 제I권 언어』, 박찬국 역, 아카넷, 2016, 576면.

으로부터 계승된 관점이다.[19] 카시러는 신칸트학파(Neo—Kantianism, 獨 Neukantianimus)의 일원으로서 상징이론에 입각한 신화론을 확립한 것이다. 이같이, 카시러의 상징형식의 철학은 칸트의 비판철학을 계승하여, 신화에서 혼돈으로부터 하나의 우주, 즉 전형적인 세계상이 형성됨을 통찰하는 데 목표를 두었다.[20]

이처럼, 카시러의 상징에 대한 관점은 단순한 수사학의 범주를 넘어선다. 카시러에게 신화는 인식형식이다.[21] 신화에 의해 세계의 구조가 주어지는 것이다.[22] 인류는 신화를 통해 세계를 인식해 왔다고도 할 수 있다. 즉, 카시러는 상징으로서의 신화는 외적 또는 내적으로 주어진 존재의 상을 존재 자체 안에서 그러한 상이 산출되는 대로 반영하는 거울이 아니라, 오히려 독자적인 광원이며 모든 형태화 작용의 근원이라고 주장한다.[23] 카시러의 이러한 상징이론은 상징주의 시론의 상징 개념을 해명하는 데도 상당히 유효하다.

카시러의 상징으로서의 신화론은 언어철학까지도 탐색한다. 카시러는 현대 언어철학이 '내적 언어형식(innere Sprachform)'이라는 개념을 설정했던 것처럼, 신화적 인식에도 '내적 형식'이 탐구되어야만 한다고 주장한다.[24] '내적 언어형식'은 독일의 언어철학자 훔볼트(Karl Wilhelm von Humboldt, 1767~1835)로부터 유래한 개념이다. 훔볼트의 '내적 언어형식'이란 개념은 언어가 정신 안에서 지속적으로 이상을 향하여 창조적 활동을 한다는 의미를 내포한다.[25] 이러한 훔볼트의 언어 개

---

19) *Ibid.*, p.562.

20) Ernst Cassirer, 『상징형식의 철학 제II권 신화적 사유』, 81~82면.

21) Ernst Cassirer, 『상징형식의 철학 제I권 언어』, 박찬국 옮김, 아카넷, 2016, 115면.

22) Ernst Cassirer, 『언어와 신화』, 신응철 옮김, 지식을 만드는 지식, 2015, 83면.

23) Ernst Cassirer, 『상징형식의 철학 제I권 언어』, 64면.

24) *Ibid.*, p.38.

념을 카시러는 자신의 신화론으로 전유한다. 그리하여, 카시러는 최초의 언어적 형식을 신화적 관념화의 형식에서 찾는다.[26] 카시러는 언어의 근원 개념을 신화의 직관적·창조적 형식에서 찾는 것이다.[27] 다음은 카시러가 언어와 신화에 관해 직접 언급한 부분이다.

> 언어적 의식, 신화적 의식, 종교적 의식 사이의 본래적인 유대는 모든 언어적 구조가 어떤 신화적 힘을 부여받은 신화적 실재로서 나타난다는 사실, 그리고 말(the Word)은 사실상 일체의 존재와 행위가 생겨나는 일종의 근원적 힘이 된다는 사실에 잘 표현되어 있다. 모든 신화적 우주론에서 가능한 한 그 근원으로 소급해 올라가면, 이와 같은 말의 최고 지위가 나타난다.
>
> — Ernst Cassirer, 『언어와 신화』[28]

> 이러한 말(Word)의 신화적인 구체화(hypostatization)야말로 인간 정신의 진화에서 아주 결정적인 것이다. 왜냐하면 그것은 언어에 내재한 정신적인 힘을 완전히 이해할 수 있는 최초의 형태이기 때문이다. 말은 관념적인 도구로서, 정신의 한 기관으로서, 그리고 정신적 현실의 구성과 발전의 근원적인 기능으로서 파악되기 이전에 먼저 신화적 형식 안에서 실질적인 존재와 힘으로서 생각하지 않으면 안 된다.
>
> — Ernst Cassirer, 『언어와 신화』[29]

---

25) 신익성, 「훔볼트의 언어관과 변형생성이론의 심층구조」, 『어학연구』 15. 1, 1979, 15~16면.

26) Ernst Cassirer, 『언어와 신화』, 62면.

27) *Ibid.*, p.66.

28) *Ibid.*, p.84.

29) *Ibid.*, p.111.

위의 인용에서 보는 바와 같이, 카시러에게 신화의 언어는 존재의 근원적 힘이다. 이러한 언어관은 문학의 언어관과 공통분모가 있다. 카시러는 신화와 언어와 예술은 통일체로 시작되었다고 본다.30) 그러한 연관성에서 그는 시, 특히 서정시는 관념적 발달을 반영한다고 보는데, 그 이유는 서정시는 발단부터 신화적 모티브에 근거해 있을 뿐 아니라, 최고의 순수한 작품에서 다시 신화성과 만나기 때문이라는 것이다.31)

카시러의 이러한 신화론은 상징주의의 시인들 가운데 신화시를 창작한 경우가 많은 것과 본질적인 연관성이 있을 것으로 추정된다. 카시러에 따르면, 진정한 예술가는 경험적인 사물의 우연한 존재가 아니라 정신의 내적 척도(interior numbers)를 자신의 작품에 표현한다.32) 그러한 맥락에서, 천재로서의 예술가는 최고의 예술인 자연처럼 조화와 질서 가운데 내적 형식의 구조를 지닌 완결체(完決體)로서의 예술작품을 만들어내는 제2의 창조자다.33) 카시러의 예술품과 예술가에 대한 이러한 관점은 상징주의 시인들에게 완전히 부합한다.

카시러는 시와 신화의 밀접한 연관성에 대해 확신한다. 신화는 이론적 요소와 예술적 요소를 결합하고 있는데, 특히 시와 유사하다.34) 나아가 그는 신화적 개념으로 사유하고 신화적 형상으로 직관함으로써만 인간은 내면세계를 발견할 수 있다고 역설한다.35) 카시러는 종교의 기능이 순수한 내면성의 세계를 발견하는 데 있다고 주장한다.36) 그러나

---

30) *Ibid.*, p.170.
31) *Ibid.*, pp.171~172.
32) Ernst Cassirer, 『상징형식의 철학 제I권 언어』, 168면.
33) *Ibid.*, pp.168~169.
34) Ernst Cassirer, 『인간이란 무엇인가』. 최명관 역. 서울: 창, 2008, 137면.
35) Ernst Cassirer, 『상징형식의 철학 제II권 신화적 사유』, 415면.
36) Ernst Cassirer, 『상징형식의 철학 제II권 신화적 사유』, 496면.

신화와 시 사이에는 본질적으로 다른 부분도 존재한다. 신화는 개인적 경험의 객관화가 아니라 사회적 경험의 객관화이기 때문에, 신화에서 개인적 고백은 나타나지 않는다.37) 시, 특히 서정시라는 장르의 본질은 일인칭 고백의 장르라는 것이다. 이러한 지점에서 신화와 시가 구별된다. 그러므로, 카시러가 시는 신화에서 신의 개성화에 기여한다고 주장한다든지38) 또는 신들의 세계가 시인들 안에서 일어나면서 시가 형성된다고 주장하더라도39) 이것은 신화론의 관점으로 주장하는 것이다. 시는 신화에 복속되지 않는, 독립적이고 자율적인 자신만의 고유한 영역을 확보하고 있다. 신화시를 논하는 데서도 신화와 시의 공통점뿐 아니라 차이점도 간과되어서는 안 될 것이다.

그러나 신화와 시의 중요한 연결지점 중 하나는 바로 존재론이다. 철학적 사유의 시작은 존재 개념이 특징짓는다.40) 신화적 사유도 마찬가지다. 신화적 정신은 언어로써 신의 속성을 추구할 뿐 아니라, 궁극적으로 신에 대한 관념의 통일성과 존재의 개념을 추구함으로써 신화적 사유를 완성한다.41) 신의 통일성은 존재의 통일성을 근거로 증명된다.42) 신화는 완전한 존재에 대한 물음인 것이다. 그러한 의미에서 신화는 하나의 존재론일 수 있다. 신은 존재론적으로 '순수 존재(pure Being)'이다.43) 신이 '순수 존재'인 것은 플라톤이 이데아의 순수 존재를 '온토스 온(Ό ν τ ω ς Ο ν)'이라고 한 데 비견된다.44) 바로 이러한 지

37) Ernst Cassirer, 『국가의 신화』, 최명관 역, 창, 2013, 78면.
38) Ernst Cassirer, 『상징형식의 철학 제II권 신화적 사유』, 407면.
39) *Ibid.*, p.408.
40) Ernst Cassirer, 『상징형식의 철학 제I권 언어』, 21면.
41) Ernst Cassirer, 『언어와 신화』, 130~131면.
42) *Ibid.*, p.134.
43) *Ibid.*, p.135.
44) Ibid., pp.138~139.

점에서 발레리가 순수시의 시론을 추구하면서 신화시를 썼던 이유가 존재론적으로 해명된다. 그의 신화시의 창작은 순수 존재를 추구하는 도정에서 신의 존재를 그리지 않을 수 없던 것이다. 김춘수도 존재론적 시작의 여정에서 신화시를 창작한다.

다시 말해, 신화는 존재의 근원에 대한 물음이다. 신화의 진정한 본성은 그것이 기원의 존재일 때 드러나며, 이렇듯 신화의 신성함도 곧 기원의 신성함으로부터 드러난다.[45] 인간이 자신의 존재에 대한 물음을 던지다 보면, 자신의 기원에 대한 물음을 던지지 않을 수 없다. 인간이 자신의 기원으로서의 최초의 인간 존재의 탄생에 대한 물음을 던질 때, 신화는 생성의 세계를 표현하는 것을 가능하게 한다.[46] 왜냐하면, 존재하지 않으면서 오로지 생성하는 것은 신화적 표현 이외에는 그 무엇으로도 가능하지 않기 때문이다.[47]

뮈토스(Mythos)라는 개념은 일반적으로 신화의 언어로 이해된다. 카시러에게 이러한 뮈토스 개념은 신화적 세계를 시간적 관점으로 보는 개념이다.[48] 신화적 '근원 시간'(Urzeit)은 본래적 시간이다.[49] 인간이 자신의 근원에 대해 물음을 던지는 것은 인간의 본래적 모습에 대해 물음을 던지는 것과 같은 것이다. 그러한 맥락에서 신화의 시간은 모든 존재와 생성을 지배하는 보편적인 운명의 시간이다.[50] 신화가 문학에서 힘을 갖는 것은 인간의 근원성과 본래성을 밝혀 보임으로써 보편성을 갖기 때문이다. 발레리와 김춘수의 신화시에서도 존재의 근원과 운

45) Ernst Cassirer, 『상징형식의 철학 제II권 신화적 사유』, 230면.
46) *Ibid.*, p.27.
47) *Loc. cit.*
48) *Ibid.*, p.229.
49) *Ibid.*, p.233.
50) *Ibid.*, p.245.

명의 문제를 묻고 있는 것으로 나타난다. 이에 본고는 지금까지 상술한 바와 같이, 카시러의 상징으로서의 신화론을 원용하여 상징주의 시인인 발레리와 김춘수의 신화시에 관한 논의를 전개해 보고자 한다.

II. 근본감정인 신성함의 구현으로서의 신화시

1. 발레리의 경우: 「나르시스는 말한다」와 「나르시스 단장들」

카시러는, 앞 장에서 상술한 바와 같이, 인간을 신화적 동물로 규정하면서 신성함을 인간의 근본감정으로 간주한 바 있다. 이러한 카시러의 관점에서 발레리의 시에 접근해 보고자 한다.

시인－철학자(poète－philosophe)라고 불렸던 발레리는 정신의 인간(homme de l'esprit)을 추구했다.[51] 발레리의 경우, 그의 산문집『바리에테』(*Variété*)에는 철학자 르네 데카르트(René Descartes, 1596～1650)에 대한 에세이인「데카르트에 대한 단편」("Fragment d'un Descartes")이 실려 있다. 발레리는 프랑스적 정신의 상징으로서의 데카르트의 철학에 대한 심도 있는 통찰을 보여주었다. 즉, 발레리는 데카르트가 '나는 생각한다. 고로 존재한다.'라고 말한 것으로부터 기존의 철학사적 해석과 같이 방법론적 회의에 의미를 부여하는 것이 아니라, 데카르트가 '나는 존재한다'라고 선언한 그 자체에 의미를 부여한다.[52] 발레리에 의하면, '나는 존재한다'라는 선언은 데카르트가 자아(自我, ego)를 중

51) Marcel Raymond,「상징주의의 고전, 폴 발레리」,『프랑스 현대시사』, 김화영 옮김, 현대문학, 2015, 221～239면.

52) Marcel Raymond,『발레리와 존재론』, 이준오 옮김, 예림기획, 1999, 68면.

요시하며, 삶에 대한 열망을 가지고 있음을 보여준다는 것이다.[53] 발레리는 상징주의 시인으로서 자아의 문제를 예술적으로 구현하기 위한 탐구를 지속한다.

예컨대, 발레리는 그의 산문집 『까이에 I』(*Cahiers* I)에서 「자아」("Ego")와 「나, 작가」("Ego Scriptor")라는 제목의 글들에 자신의 자아에 대한 철학적 단상을 적었다. 그가 「자아」에서 "나는 무언가를 발견하기 위해 존재한다(J'existe pour trouver quelque chose)."[54]라고 말하는 것은 데카르트가 『방법서설』(*Disours de la Metode*)에서 "나는 생각한다. 고로 존재한다(Je pense, donc je suis.)"[55]라는 테제를 연상시킨다. 물론, 윌슨(Edmund Wilson, 1895~1972)처럼, 발레리가 자기 스스로를 데카르트와 같은 존재로 상상한 것을 발레리의 한계로 지적하기도 하는 논자도 있다.[56] 그럼에도 불구하고, 발레리가 데카르트를 계승하여 자아에 대한 존재론적 탐구를 했다는 것은 '내면의 옹호'라는 상징주의의 이념을 실현했다는 데 세계문학사적 의의가 있다.

그러므로 우선 자아에 대한 탐구를 하는 시인의 상징으로서 나르시스에 관한 발레리의 시편들이 그의 여러 신화시들, 예를 들어, 「헬레네」("Hélène"), 「오르페우스」("Orphée"), 「비너스의 탄생」("Naissance de Vénus")보다 더 중요한 위상을 지닌다고 판단된다. 그러므로 발레리의 자아에 대한 관심이 신화시로 표현된 두 시편, 「나르시스는 말한다」("Narcisse Parle")와 「나르시스 단장들」("Fragments du Narcisse")을 우선적으로 살펴보기로 한다.

53) Marcel Raymond, 「상징주의의 고전, 폴 발레리」, 221~239면.
54) Paul Valéry, "Ego," *Cahiers* I, Paris: Gallimard, 1973, p.19.
55) René Descartes, 『방법서설』, 권오석 옮김, 홍신문화사, 1995, 41면.
56) Edmund Wilson, 「폴 발레리」, 『악셀의 성』, 이경수 옮김, 홍성사, 1984, 84면.

나르시스의 영혼을 달래기 위해//오, 형제들! 슬픈 나리꽃들아, 너희가 알몸으로/나를 탐내었기에 나는 아름다움에 시달리며,/너희 곁에 와, 님프, 님프, 샘물의 님프여,/내 헛된 눈물을 순수한 침묵에 바친다.//큰 고요가 내게 귀 기울이고, 고요 속에서 나는 소망에 귀 기울인다./샘물들 목소리는 바뀌어 저녁을 내게 말해 주고;/은빛 풀이 거룩한 그늘에서 커 가는 소리 들리고,/엉큼한 달이 제 거울을 치켜든다/사라진 샘물의 비밀들 속에까지도//그리고 나! 이 갈대들 속에 기꺼이 던져진 나는./내 서글픈 아름다움에 시달린다, 오 사파이어!/그 웃음도 그 옛 장미꽃도 내가 잊고만/마술의 물밖엔 이제 나는 사랑할 줄을 모르니,//죽고 말 하늘빛 속에서 내 두 눈이/젖은 꽃송이들 관을 쓴 내 모습을 길어낸 샘,/이토록 힘 없이 내게 안긴 샘이여,/순수하고 숙명적인 네 광채를 나는 얼마나 한탄하는가! [중략] 잘 가거라, 갇혀 잔잔한 물결 위에 사라진 그림자여,/나르시스여…이 이름만으로도 달콤한 가슴에는/정다운 향기, 이 텅 빈 무덤 위 고인의 망혼에게/장미꽃 조화를 따서 뿌려 주렴.

— 발레리, 「나르시스는 말한다」 (26)

위에 인용된 시는 발레리의 「나르시스는 말한다」의 부분이다. 발레리의 「나르시스는 말한다」는 "나르시스의 영혼을 달래기 위해"라는 제사(題詞)로써 시작의도(詩作意圖)가 밝혀지며 시작된다. 그러므로 이 시는 '나르시스'에게 바쳐진 진혼시(鎭魂詩)로 규정될 수 있다. 또한, 이 시는 11연 58행으로 구성된 장시(長詩)이다. 비장미와 우아미를 갖췄을 뿐만 아니라, 장중한 무게감을 지니는 명시이다. 그러면서 이 시는 '나르시스는 말한다'라는 제목과 화자가 '나'로 설정된 것이 명시하는 바와 같이, '나르시스'가 일인칭 고백을 하는 형식을 띠고 있다.

'나르시스'는 자기 자신에 대한 사랑 때문에 물에 빠져 죽는, 그리스 신화 속의 인물의 이름이다. 카시러에 따르면, 신의 명칭과 신의 성질은 같다.[57] 물가에 피는 흰 꽃, 수선화(水仙花)의 학명인 나르키소스(Narcissus)는 신화 속의 나르시스의 성격을 상징한다. 이 시는 수선화가 피는 샘을 배경으로 나르시스 신화의 모티프를 차용했다는 점에서 신화시로 규정될 수 있다. 그렇지만, 이 시는 나르시스의 신화가 갖는 서사(敍事) 전체를 차용하고 있지는 않다. 이러한 점에서 신화시는 신화와는 구별된다.

「나르시스는 말한다」는 '나르시스'가 죽음을 맞이하는 장면에만 초점을 맞추어 그것을 형상화하고 있는 신화시다. 특히, '나르시스'의 신화보다 훨씬 섬세하고 미시적인 시선으로 '나르시스'의 내면이 상상적으로 구현되고 있다. 이 시에서 '나르시스'는 "내 서글픈 아름다움에 시달"리다가, "사랑할 줄을 모르"는 죄로 "물결 위에 사라진 그림자"가 된다. 그러면서 이 시에서 '장미꽃'은 조상(弔喪)에 바치는 조화(弔花)의 의미를 갖는다. 죽음이 상당히 심미적으로 미화되어 있다. 죽은 자에게 '장미꽃'을 바친다는 것에는 죽음을 반드시 슬픈 것으로만 보지 않는다는 발레리의 독특한 관점이 드러난다.

특히, 순수시(純粹詩, Poésie Pure)[58]를 주장했던 발레리의 일련의 시론들을 고려해 볼 때, 이 시에 쓰인 "순수"라는 단어도 가볍지 않은 의미를 지닐 것으로 보인다. 이 시에서는 "내 헛된 눈물을 순수한 침묵에 바친다"라는 구절과 "순수하고 숙명적인 네 광채"에서 "순수"라는 시어가 쓰이고 있다. 발레리는 일련의 순수의 시론에서 순수시의 의미를 비시적인 모든 것을 배제한 시로 규정하고 있다. '순수'라는 것은 그 자체가 무엇이라고 규정될 수 없고, 불순한 모든 것을 부정함으로써만 규

57) Ernst Cassirer, 『언어와 신화』, 129면.

58) Paul Valéry, "Avant—propos à la Connaissance de la Déesse," *Œuvres* I, Paris: Gallimard, 1957, p.1275.

정될 수 있다. 그러므로 이 시에서 "순수한 침묵"이 의미하는 것은 축자적으로 밤의 고요를 가리키는 것으로 해석될 수도 있지만, 암시적으로 죽음을 가리키는 것으로 해석될 수도 있다. 또한 "순수한[…]광채"는 "샘", 다시 말해, 물거울에 반사된 빛으로 해석되는데, '나르시스'에게는 죽음의 입구인 것이다.

발레리는 자신의 시론 「시의 필요성」("Nécessité de la Poésie")에서 시 쓰는 과정을 종이에 비친 시인 자신의 얼굴을 보고 수정하는 것에 비유한 바 있다.59) 그러한 맥락에서 시인은 작품이라는 물거울에 자신을 비춰보는 '나르시스'이다. 이러한 의미에서 「나르시스는 말한다」는 발레리의 시인론을 담고 있는 시라고도 규정될 수 있다. 그렇다면, 여기서 발레리가 시인으로서 자아 탐구를 하는 도정에서 왜 나르시스라는 신을 자신의 분신으로 설정했는가 하는 의문이 제기될 수 있다. 이에 대해 카시러의 신화론이 하나의 답을 제시할 수 있다. 카시러에 따르면, 존재론적으로 신은 '순수 존재'이다. 신이 '순수 존재'인 것은 플라톤의 이데아가 순수 존재인 것에 비견된다.60) 발레리에게 발레리라는 인간 자신도 세상 한가운데 살고 있는 한 완전히 순수한 존재라고 할 수 없었을 것이다. 발레리는 자신 안에서도 시를 쓰는 순수 자아를 표상하기 위해서 '나르시스'라는 신화의 상징적 존재가 필요했을 것이다. 바로 이러한 지점에서 발레리가 순수시의 시론을 추구하면서 순수한 시적 자아를 추구하고, 순수한 시적 자아를 추구하면서, 순수 존재로서의 신을 추구함으로써 신화시를 쓰게 되었던 이유가 존재론적으로 해명된다. 발레리의 신화시의 창작은 순수시라는 이상을 완성하기 위

59) Paul Valéry, "Nécessité de la Poésie." *Œuvres* I, p.1390.
60) Ernst Cassirer, 『언어와 신화』, 138~139면.

해 순수 존재를 추구하는 도정에서 신의 존재를 형상화할 수밖에 없던 것이다. 발레리가 '나르시스'를 소재로 쓴 신화시 한 편을 더 살펴보면 다음과 같다. 다음은 발레리의 「나르시스 단장들」의 한 부분이다.

> 아직은 조금 타오르고, 지쳤으나 흐뭇한 햇빛의 힘이,/제 죽음을 붉게 물들여 줄 만큼이나 숱한 보석들에,/그래서 금빛 속에 만족해 무릎 꿇었다간,/드러누워, 녹아들고, 제 포도 수확을 잃어 가며,/저녁이 꿈으로 바뀌는 그 꿈속으로 사라지게 해줄 만큼이나,/숱한 보석들에, 숱한 옛 생각들에 다정스레 짓눌려,/마침내 사랑의 장미 되어 물러날 때는,/오, 그 햇빛의 힘보다도 오래 살아남는 즐거움. [중략] 싸늘한 네 장미가 얼마나 센 입김을 물결에 보내오는가!/나는 사랑해…나는 사랑해! …그럼 누가 자기 말고 딴 것을 사랑할 수 있는가?…//오, 내 몸, 소중한 내 몸, 너만을,/죽은 이들로부터 나를 막아주는 유일한 것, 너만을 나는 사랑해!
>
> — 발레리, 「나르시스 단장들」 (91~101)

위에 인용된 시는 「나르시스 단장들」이다. 이 시에서는 '나르시스'가 죽어가는 과정이 심미적으로 형상화되고 있다. 죽은 '나르시스'는 "숱한 보석들"에 의해 고귀하게 치장되며, 마침내 "사랑의 장미"가 된다. 그러므로 "장미"는 죽은 '나르시스'의 상징이라고 해석될 수 있다. "사랑의 장미"는 "햇빛의 힘보다도 오래 살아남는 즐거움"이라고 의미부여 되는 데서 죽음을 넘어서는 존재라고 할 수 있다. 즉, 인간의 유한성을 넘어서는 존재이자 그러한 의미에서 신적인 존재라고 할 수 있다. 신화에서 신은 인간성의 한계를 초월한 완전한 존재의 상징이다. 그러한 맥락에서 이 시에서의 "장미"는 존재의 완전성을 상징한다. '나르시스'가 죽음 이후에 이른 곳은 "사랑의 장미"로 표상되는 심미주의적인 이상 세계이다.

발레리는 시론 「여신의 인식 서문」("Avant-propos à la Connaissance de la Déesse")에서 "순수한 상태에 이른 시"(la poésie à l'état pur)를 지향한다고 선언하였고,[61] 또한 시론 「순수시」("Poésie Pure")에서 "순수시"를 닿을 수 없는 "이상적 한계"(une limite idéal)까지 밀어붙인 시라고 주장해 왔다.[62] 그의 이러한 시론이 삼투되어있는 시 가운데 한 편이 바로 「나르시스 단장들」이라고 할 수 있다.

'나르시스'는 자신의 내면에 심미주의적인 이상 세계를 창조하는 시인의 상징이다. 특히, 발레리의 '나르시스'는 낙원을 창조하는 시인의 상징[63]이다. 발레리가 추구하는 이상적인 시세계로서의 순수시는 현실의 미메시스(mimesis)를 형상화하는 그러한 시가 아니다. 순수시는 인간의 유한성과 세계의 세속성을 초월한다는 점에서 그 세계는 관념의 세계에서만 완성될 수 있다. 그러한 맥락에서 발레리는 「시의 필요성」("Nécessité de la Poésie")에서 시를 창조하는 데서 지성의 역할을 감성의 역할 그 이상으로 고평한다.[64] 지성에 의해 관념의 언어로 순수한 자아를 구성함으로써 존재계를 상징적으로 형상화하는 시세계가 바로 발레리가 추구하는 이상적인 시세계이다. 그러므로, 발레리가 창조하는 시세계는 자신의 내면 안에 존재하는 세계이다. 이러한 나르시스로서의 시인은 우주와의 불협화음에 의해 우주로부터 자신을 이탈시킬 수밖에 없는 고독한 존재이다.[65] 발레리의 고독은 타자 지향성 때문에

---

61) Paul Valéry, "Avant—propos à la Connaissance de la Déesse," *Œuvres* I, p.1270.
62) Paul Valéry, "Poésie Pure." *Œuvres* I, p.1463.
63) Marcel Raymond, 『발레리와 존재론』, 19면.
64) Paul Valéry, "Nécessité de la Poésie." *Œuvres* I, p.1390.
65) Marcel Raymond, 『발레리와 존재론』, 50면.

생기는 것이 아니다. 발레리의 고독은 이상 세계의 창조를 위한 실존적인 조건인 것이다. 그러한 맥락에서 발레리의 사상은 유아론(唯我論, Solipsisme)[66]으로 규정된다.

위에 인용된 두 편의 시, 「나르시스는 말한다」와 「나르시스 단장들」은 카시러가 인간을 신화적 동물[67]로 규정하고, 나아가 신성함을 인간의 근본감정[68]으로 규정하였던 것을 보여주는 신화시라고 판단된다. 왜냐하면, '나르시스'가 물거울에 비친 자기 자신을 사랑하는 것은 자신의 내면세계로서의 물거울에 자신의 분신을 형상화하는 시인의 신화적 원형을 보여주기 때문이다. 그리고 이 시들에서 신화적 원형으로서의 '나르시스'는 발레리 자신이기 때문이다.

'나르시스'의 신화는 인간을 이성적 동물로 보는 관점으로는 이해되지 않는다. 왜냐하면, '나르시스'가 자기 자신을 사랑한다든지, 그 때문에 죽음에 이르게 되었다든지 하는 것은 모두 비이성적이다. 그러나, 인류 가운데 '나르시스'와 같은 부류의 인간형이 있으니, 그들은 바로 시인들이다. 시인들은 신화적 동물이란 관점으로만 이해될 수 있다. '나르시스'에 관한 신화시에는 시인이라는 존재에 대한, 인간의 근원적 경험에 대한 이미지가 배어 있는 것이다.[69] 발레리의 「나르시스는 말한다」와 「나르시스 단장들」은 자아에 대한 탐구의 여정에서 시인의 원형으로서의 '나르시스'를 발견했던 것이고, 자신의 시인으로서의 운명을 신성하게 받아들이는 데서 자신을 '나르시스'에 투사해서 창조되었

---

66) *Ibid.*, p.185.

67) Ernst Cassirer, 『상징 신화 문화: 에른스트 카시러의 1935－1945년 에세이 및 강의』, 368면.

68) Ernst Cassirer, 『상징형식의 철학 제II권 신화적 사유』, 228면.

69) Ernst Cassirer, 『언어와 신화』, 19면.

던 것이다. 나아가 그것은 신화시를 통해 전달되는 신성함에 대한 근본 감정의 하나이자 인간의 근원적 경험의 하나이다.

2. 김춘수의 경우: 「나르시스의 노래」

다음으로 김춘수의 신화시에서 인간의 근본감정으로서의 신성함이 구현된 경우에 대하여 논의해 보기로 한다. 우선 발레리의 경우와 마찬가지로 '나르시스' 신화를 차용한 신화시 「나르시스의 노래」에 대해 살펴보기로 한다.

> 여기에 섰노라. 흐르는 물가 한 송이 수선(水仙)되어 나는 섰노라.//구름 가면 구름을 따르고, 나비 날면 나비와 팔랑이며, 봄 가고 여름 가는 온가지 나의 양자를 물 위에 띄우며 섰으랑이면.//뉘가 나를 울리기만 하여라. 내가 뉘를 울리기만 하여라.//(아름다왔노라/아름다웠노라)고,//바람 자고 바람 다시 일기까지, 해 지고 별빛 다시 널리기까지, 한오라기 감드는 어둠 속으로 아아라히 흐르는 흘러가는 물소리……//(아름다왔노라/아름다웠노라)고,//하늘과 구름이 흘러가거늘, 나비와 새들이 흘러가거늘,//한송이 수선이라 섰으랑이면, 한오래기 감드는 어둠 속으로, 아아라히 흐르는 흘러가는 물소리……
>
> — 김춘수, 「나르시스의 노래」 (64)

위에 인용된 시는 김춘수의 「나르시스의 노래」이다. 김춘수의 「나르시스의 노래」는 '나르시스' 신화로부터 모티프를 차용하고 있다는 점에서 신화시로 볼 수 있다. 김춘수는 시인으로서의 자기 자신을 신화 속 인물인 나르시스에 대입하며 이러한 시를 창작할 수 있었다. 김춘수가 자신의 자아와 내면의 문제를 천착했다는 것을 보여주는 대표적인 작품이 바로 이 작품 「나르시스의 노래」이다. 이 시는 카시러가 종교를 통해서만 순수한 내면성의 세계를 발견할 수 있다고 한 바와 같이,[70] 신화적 모티프를 통해 김춘수 특유의 내면성의 세계를 잘 보여준다. 이 시에서 카시러가 말하는, 인간의 근본감정으로서의 신성함[71]이 드러나기 시작함을 예고한 작품이라고 할 수 있다.

이 시의 1연에 나오는 "한송이 수선"은 '나르시스'를 상징하는 꽃이다. 이 시의 시적 주체 "나"가 자신을 "한 송이 수선"이라고 고백한다는 데서, "나"는 '나르시스'이다. 2연의 "나의 양자"는 물속의, 자신의 분신(分身)을 가리킨다는 점에서 아 시는 '나르시스' 신화를 그대로 따르고 있다. 이러한 시구들에서 신화적 모티프를 눈에 보일 듯이 생생하게 형상화하는, 이른바 신화적 구체화(hypostatization)가 이루어지고 있다.[72] 그런데, 발레리의 '나르시스' 시편들과 김춘수의 이 「나르시스의 노래」가 다른 점은 "울리기만 하여라"라는 시구에서 보는 바와 같이 비애감(悲哀感)이 애상적(哀傷的)으로 표현되어 있다는 것이다. 이러한 애상적 비애감은 김춘수 시세계 전반(全般)에 공통으로 배어 있는 근본감정이기도 하다. 그러한 점에서 이 시는 시인이 경험적 사물의 우연적 존재 아닌, 정신의 내적인 척도(interior numbers)에 준하여 창작된 신화시라고 할 수 있다.[73] 또한, 김춘수의 '나르시스'만의 특징은 비애감에 젖어 있는 시적 주체인 '나'와 "하늘", "구름", "바람", "나비", "새" 등의 자연 사이에 물아일체(物我一體)가 이뤄지고 있다는 것이다. 카시러는,

70) Ernst Cassirer, 『상징형식의 철학 제II권 신화적 사유』, 496면.

71) *Ibid.*, p.228.

72) Ernst Cassirer, 『언어와 신화』, 111면.

73) Ernst Cassirer, 『상징형식의 철학 제I권 언어』, 168면.

천재로서의 예술가는 최고의 예술인 자연처럼 조화와 질서 가운데 내적 형식의 구조를 지닌 완결체(完決體)로서의 예술작품을 만들어내는 제2의 창조자라고 말한다.[74] 김춘수는 이 시에서 자신의 내면세계와 자연세계를 조화롭게 하나의 완결된 우주인 것처럼 창조한다.

III. 세계를 형성하는 정신적 힘으로서의 신화시

1. 발레리의 경우: 『젊은 파르크』

카시러는, 서론에서 상술한 바와 같이, 신화를 인식형식[75]으로 보면서, 신화는 세계를 반영하는 것이 아니라 창출한다고 하였다. 특히 진정한 예술가는 정신의 내적 척도를 자신의 작품에 창조한다고 하였다.[76] 이러한 카시러의 관점에서 발레리의 신화시의 특징을 세계를 형성하는 정신적 힘[77]으로 보고 이에 대하여 논의해 보고자 한다.

발레리의 시세계의 데카르트 사상과 나르시시즘의 주제는 『젊은 파르크』(*La Jeune Parque*)로 이어진다(김기봉 308). 이 작품은 발레리의, 20여 년만의 문학활동의 재개를 알렸다는 데 의의가 있지만, 또한 그 이상의 중대한 의미를 지닌다. 발레리의 『젊은 파르크』를 비롯한 일련의 대표작들은 지성(知性)의 힘에 의해 쓰임으로써 프랑스문학사에서 20세기에 고전주의(古典主義, classicism)를 부활시킨 명작들로 평가되는

74) *Ibid.*, pp.168~169.
75) *Ibid.*, p.115.
76) *Ibid.*, p.168.
77) Ernst Cassirer, 『언어와 신화』, 16면.

것이다.[78] 그는 시인이지만, 프랑스 최고의 지성으로 존경을 받는 것으로 알려져 있다. 그는 지성의 옹호자였다. 예컨대, 20세기 초의 초현실주의 시인들이 자동기술법(écriture automatique)의 방식으로 작시를 한 반면, 발레리는 고전주의적으로 구성(composition)의 방식으로 작시를 한 것이다(김경란 132). 특히, 이 시는 신화시로서 그리스 신화의 모티프를 차용하고 있어, 발레리와 동시대의 시인들이 추구했던 시세계의 방향과는 확연한 차이를 보인다. 이러한 맥락에서 『젊은 파르크』는 발레리의 시세계에서 중요한 위상을 지닌다. 그러므로, 발레리의 『젊은 파르크』라는 시편을 살펴보고, 이 시편 안에서 신화시의 의미에 대해 논의해 보도록 하겠다. 다음은 『젊은 파르크』의 한 부분이다.

> (i) 거기서 나는 나를 방금 문 뱀 하나를 좇고 있었다//[…] 오, 속임수! … 몸에 남은 고통의 어스름빛에서 나는/ 상처 입은 나보다는 인식된 나를 사뭇 더 깨달았으니…/ 넋을 가장 배반하는 국소에서 뾰죽끝 하나가 내게 태어나고;/ 그 독, 내 몸의 독이, 나를 밝혀 주며 스스로를 인식하니;/ 독은 색칠한다, 스스로 제 몸에 안겨 시새우는 한 처녀를…/한데 누구를 시새우고 누구의 협박을 받는 몸인가?/ 또 무슨 침묵이 내 유일한 소유자에게 말을 거는가?

> (ii) 하나의 꿈과는 다른, 조화로운 나여,/ 순수 행위들 거느린 침묵들을 지닌, 유순하고도 야무진/여인이여! […] 나는 절반은 죽어 있었고; 또 절반은 아마도 불멸인 몸으로/ 몽상하고 있었다, 미래라는 것마저도/ 내 이마의 그 숱한 다른 절대의 불꽃들 사이서 태어날/싸늘한 불행들이 서로 엇바뀌는 왕관을/마무르는 한 알의 금강석에 지

78) Michel Prigent, "L'éclatement poétique," *Histoire de la France littéraire Tome 3: Modrenités XIXe—XXe siècle*, Paris: PUF, 2015, pp.298~300.

나지 않다고,//시간은 내 갖가지 무덤들에서 감히 되살릴 것인가,

(iii) 내 눈은 하늘에 놓여 내 신전 설계도를 그려라!/그래서 유례 없는 제단이 나를 토대 삼아 쌓이기를!

(iv) 죽음이 더없이 값진 이 장미송이를 들이마시려 든다/달콤해서 제 엉큼한 목적에는 요긴한 이 장미를!

(v) 이토록 순수한 나도

(vi) 오, 태양아, 이젠 어쩔 도리 없이 나도 내 마음을 숭배해야지,/네가 와 보고 너 자신을 알아보게 되는 내 마음을,/태어나는 기쁨의 다정하고 힘찬 되돌아옴인 내 마음을,

— 발레리, 『젊은 파르크』 (50~70)
(i)~(vi)의 구분은 인용자.

『젊은 파르크』의 파르크(Parque)는 고대 그리스 신화에 나오는 운명의 여신(女神)이다(문충성 82). 카시러도 『상징형식의 철학』에서 운명의 여신 모이라(Moira)에 대해 언급한 바 있어, 카시러의 신화론의 관점으로 이 작품을 해석해 보는 것도 의미가 있을 것으로 보인다. 『젊은 파르크』는 파르크의 독백으로 이루어진 장시(長詩)이다. 「젊은 파르크」는 자서전의 형식을 띠며, 오페라의 레시타티브와 같은 음악성을 지니고, 존재와 허무라는 심오한 주제를 지닌 대작(大作)이라는 특징을 지닌다(유제식 120—31). 이 시는 발레리가 지성(知性)의 힘에 의한 시작(詩作)을 추구한 작품으로 고전적인 아름다움이 빛을 발한다. 이 시에서 '파르크'는 "젊은 파르크"로 설정이 되어있다. 파르크는 아름다운 육

체를 지닌 여인으로 묘사되면서, 관능·모성·지성을 겸비한 것으로 그려진다(김진아 I—ii).

『젊은 파르크』는 장시로서 전체적인 구조에 일련의 서사를 내포하고 있다. "나는 나를 방금 문 뱀 하나를 쫓고 있었다"라는 구절에 나타난 바와 같이, 이 시에서 파르크는 지중해의 한 섬에서 뱀에게 물렸다가 하룻밤 사이 세 번 깨어났다 잠든다는 서사를 내포하고 있다. 이 시는 파르크의 내적 독백을 통해 의식의 변화과정을 아주 미시적으로 섬세하게 그려내고 있다. 이 시는 신화시의 형식을 빌려 순수한 내면성의 세계[79]의 극치를 보여준다. 이 시에서 파르크는 하룻밤 사이에 유년에서 성년으로 넘어가는, 일종의 정신적 통과의례를 거치는 것으로 그려진다. 이러한 점은 제1차 세계대전 중의 발레리의 정신적 성숙의 과정에 상응하므로 이 시는 발레리의 자전적 시로 간주된다.

이 시는 비교적 길기 때문에 (i)~(vi)까지 순번을 나누어 분석해보고자 한다. (i)에서 발레리는 파르크가 뱀에 물린 고통과 그 고통 속에서의 의식의 변화과정을 형상화해 보이고 있다. 그런데 파르크는 뱀의 독이 몸에 퍼짐으로 인해 목숨을 잃을 수도 있는 위기의 순간에 독자의 예상을 벗어나는, 의외의 반응을 보인다. 그것은 바로 "상처 입은 나보다는 인식된 나를 사뭇 더 깨달았으니"라는 구절이 보여주는 바와 같이, 파르크는 상처 가운데서 오히려 자신의 자아에 관한 분명한 의식을 갖게 되었다고 고백하는 것이다. 이러한 점은 발레리가 육체보다 정신을 의미 있게 생각한다는 것을 보여주는 것이다. 또는 삶을 멈추는 병중의 상황이 오히려 자신의 삶과 자기 자신을 성찰하는 계기가 되었다는 것을 보여주는 것이다.

79) Ernst Cassirer, 『상징형식의 철학 제II권 신화적 사유』, 496면.

(ii)에서 발레리는 "조화로운 나여"란 구절과 같이 자아에 대한 긍정적인 인식을 보여준다. 그리고 "순수 행위들 거느린 침묵"이라는 구절과 같이 침묵 가운데서 자신이 순수해질 수 있다는 것을 보여준다. 이러한 구절은 상술된 「나르시스는 말한다」의 '침묵과 순수'와 내적인 연관성이 있는 것으로 보인다. 나아가, 그의 순수의 시론이 시에서 비시적인 것을 배제함으로써 순수한 시를 형상화하는 것을 목표로 하는 것[80]을 넘어, 순수한 자기 자신, 즉, 순수한 자아를 추구하는 데 있다는 것을 보여준다. 발레리가 '순수'라는 주제에 골몰하는 이유는 궁극적으로 순수한 자아에 이르기 위함으로 보인다. 그러한 순수의 추구는 "나는 절반은 죽어 있었고; 또 절반은 아마도 불멸인 몸으로"라는 구절이 보여주는 바와 같이, 시인으로 하여금 생사의 경계에 이르게 할 수도 있다. 왜냐하면, 순수를 지향한다는 것은 세상적인 것을 지워간다는 의미이기 때문일 것이다. 인간은 세상의 중심을 향해 나아갈수록 불순해질 수밖에 없다. 그러나 파르크는 "시간은 내 갖가지 무덤들에서 감히 되살릴 것인가"라고 자기 자신에게 질문을 던지며, 죽음 넘어 부활을 꿈꾼다.

(iii)에서 파르크는 "내 눈은 하늘에 놓여 내 신전 설계도를 그려라!/그래서 유례없는 제단이 나를 토대 삼아 쌓이기를!"이라고 소망하고 있다. 순수한 자아는 삶도 아닌, 그리고 죽음도 아닌, 죽음을 넘어선 삶으로서 천상에 세우는 "신전" 가운데의 삶을 꿈꾼다. 순수한 자아에의 추구는 자신을 희생 제물로 삼은 신성한 "제단"을 쌓는 것과 같다. 순수한 자아의 이상(理想)은 신성함으로 승격된다. 발레리의 순수한 자아의 추구는 신화에서 궁극의 '순수 존재'(pure Being)'인 신의 경지를 향해 나

80) Paul, Valéry, "Avant—propos à la Connaissance de la Déesse," *Œuvres* I, p.1270.

아가는 것이다.[81]

(iv)에서 파르크는 "죽음이 더없이 값진 이 장미송이를 들이마시려든다/달콤해서 제 엉큼한 목적에는 요긴한 이 장미를!"이라고 읊조린다. 이 시에서 '장미'가 값지고 '달콤하고 엉큼하다는 것은 '장미'가 생명, 젊음, 아름다움, 관능 등을 상징하는 것으로 해석되게 한다. 한편, '장미'는 파르크를 비유하는 것으로도 해석될 수 있다. 그러한 의미에서 이 시에서의 '장미'는 오묘하게 지성과 관능의 이원론적 모순을 자신 안에 조화시키고 있는 존재로 상징된다. 나아가 '장미'는 '죽음' 또는 '고통'에 저항하는 양상을 띤다. 이러한 점도 또한 장미가 오묘하게 삶과 죽음의 이원론적 모순을 자신 안에 조화시키고 있는 존재로 상징되는 것이라고 할 수 있다.

(v)에서 "이토록 순수한 나"라는 구절이 보여주는 바와 같이, 파르크는 궁극의 순수에 이른다. 그 후, (vi)에서는 파르크는 "오, 태양아"라고 태양을 호명한다. 여기서 "네가 와 보고 너 자신을 알아보게 되는 내 마음"이라는 구절은 '태양'과 '파르크'의 마음이 거울관계, 즉, 은유관계에 있음을 보여준다. 여기, 결말부에서 파르크는 이 시의 도입부에서 뱀에 물려 온 몸에 독이 퍼져가는 가운데 생사를 넘나들었던 것과는 정반대의 모습을 보여준다. 여기서 파르크는 완전히 "태어나는 기쁨"을 느끼며, 부활과 같은 순간을 맞이한다. 파르크는 독으로부터 완전히 해독되어 완치되었을 뿐만 아니라, 자기 자신을 긍정하고, 태양이라는 타자로부터도 승인을 받는 성숙한 존재가 되어있다. 이렇게 『젊은 파르크』라는 장시는 상승의 구도를 그리며 파르크가 통과의례를 통해 완전히 새로운 존재로 거듭났음을 보여준다.

---

81) Ernst Cassirer, 『언어와 신화』, 135면.

이 시점에서 카시러의 상징으로서의 신화론으로 발레리의 신화시 『젊은 파르크』를 해석해 보아야 한다. 카시러가 신화를 하나의 인식형식[82]이라고 하였듯이, 이 시는 발레리가 파르크의 신화를 통해서 자신의 삶을 인식했다고 볼 수 있다. 나아가 신화는 일종의 삶의 형식이다.[83] 생과 형식은 단일체로서 분리될 수 없다.[84] 이 시의 제사(題詞)에서 지드의 권유에 의해 오랜 기간의 절필을 멈추고 다시 창작을 했다는 것이 밝혀지고 있다. 이러한 제사와 본문은 상호텍스트적인 관계를 형성하며, 파르크가 발레리의 분신임을 유추할 수 있도록 한다. 파르크가 이 시에서 뱀에 물려 마비 상태에 있다가 오히려 순수한 자아를 의식하며 깨어나 신성한 제단을 쌓아올리고 태양과 같은 존재로 거듭나는데, 이러한 신화의 서사는 발레리가 자신의 인생에서 절필을 극복하고 다시 진정한 시인으로 거듭났음에 대한 비유가 되거니와, 파르크의 신화와 같이 자기 자신의 인생을 해석했다는 것을 알게 한다. 이 시는 병든 육체에 대한 순수한 정신의 승리를 보여준다. 카시러는 신화시가 세계를 형성하는 정신의 힘이라고 하였다. 발레리가 절필을 극복할 수 있었던 것도 자기 자신을 파르크의 신화에 대입하여 성찰하였기 때문일 수 있다. 발레리의 내면에 내재한 신화성은 하나의 믿음이 되어 발레리를 진정한 시인으로 거듭나게 하였을 수 있다. 카시러는 진정한 예술가는 정신의 내적 척도를 작품에 형상화한다고 하였는데,[85] 『젊은 파르크』 이 시가 보여주는 극도로 섬세하고 풍부한 의식의 변화과정에 대한 형

82) Ernst Cassirer, 『상징형식의 철학 제I권 언어』, 115면.

83) Ernst Cassirer, 『상징형식의 철학 제II권 신화적 사유』, 323면.

84) Ernst Cassirer, 『인문학의 구조 내에서 상징형식 개념 외』, 오향미 옮김, 책세상, 2019, 58면.

85) Ernst Cassirer, 『상징형식의 철학 제I권 언어』, 168면.

상화야말로, 세계의 반영이 아닌, 정신의 내적 척도를 형상화해 보인 것이라고 할 수 있다.

2. 김춘수의 경우: 『처용단장』

카시러는, 서론에서 상술한 바와 같이, 신화를 인식형식으로 보면서, 신화는 세계를 반영하는 것이 아니라 창출한다고 하였고, 특히 진정한 예술가는 정신의 내적 척도를 자신의 작품에 창조한다고 하였다. 이러한 카시러의 관점에서 김춘수의 신화시 『처용단장』의 특징을 세계를 형성하는 정신적 힘으로 보고 이에 대하여 접근해 보고자 한다.

> (i) 호주 선교사네 집에는/호주에서 가지고 온 해와 바람이/따로 또 있었다./탱자나무 울 사이로/겨울에 죽도화가 피어 있었다./주님 생일날 밤에는/눈이 내리고/내 눈썹과 눈썹 사이 보이지 않는 하늘을/나비가 날고 있었다. 한 마리 두 마리,
>
> — 김춘수, 「제1부 눈, 바다, 산다화」, 『처용단장』 (543)[86]

> (ii) 돌려다오./불이 앗아간 것. 하늘이 앗아간 것. 개미와 말똥이 앗아간 것./여자가 앗아가고 남자가 앗아간 것./앗아간 것을 돌려다오.
>
> — 김춘수, 「제2부 들리는 소리」, 『처용단장』 (552)

> (iii) 꿈이던가,/여순 감옥에서/단재 선생을 뵈었다./땅 밑인데도/들창 곁에 벚나무가 한 그루/서 있었다./벚나무는 가을이라 잎이 지

86) 이 논문에 인용된 김춘수의 시는 모두 김춘수, 『김춘수 시 전집』, 오규원 편, 현대문학, 2004.에 재수록된 시를 인용한 것이다. 괄호 안에 전집의 면수만 표기하기로 한다.

고 있었다./조선사람은 무정부주의자가 되어야 하네/되어야 하네 하시며/울고 계셨다./단재 선생의 눈물은/발을 따뜻하게 해주고 발을/시리게도 했다./인왕산이 보이고/하늘이 등꽃빛이라고도 하셨다. 나는 그때 세다가야서/감방에 있었다.

— 김춘수, 「제3부 메아리」, 『처용단장』 (560~561)

(iv) 역사는 나를 비켜가라./아니/맷돌처럼 단숨에/나를 으깨고 간다

— 김춘수, 「제4부 사족」, 『처용단장』 (618~619)

김춘수의 『처용단장』은 '처용'이라는 신을 자신의 분신으로 차용한 신화시로 볼 수 있다. '처용'은 문헌상으로 『삼국유사』에 처음 등장하는데, 용의 아들로 춤과 노래로써 인간의 역병(疫病)을 쫓는 의신(醫神)으로 전해진다. 카시러에 따르면, 인간의 병은, 신화의 관점에서 악령이 그 사람을 소유하게 되었을 때 발생한다.87) 이러한 신화적 사유는 '처용'의 경우에도 그대로 나타난다. 의학이 발달하지 않았던 시대에 신화는, 병이란, 악령에 의해 생기는 것으로 설명해왔다. 그러므로 치유를 위해서는 악령을 쫓는 신적 존재가 요청될 수밖에 없었다. 바로 '처용'이 악령을 물리침으로써 인간의 병을 고쳐주는 의신이었던 것이다. 악령을 물리치는 벽사(辟邪)의 역할을 하는 '처용'은 한국의 전통문화에서 민족으로부터 많은 사랑을 받았다. 카시러는 신화는 개인적 경험의 객관화가 아니라 사회적 경험의 객관화라고 해명한다.88) '처용'은 삼국시대, 고려시대, 그리고 조선시대에 이르기까지, 국난(國難)이 닥칠 때마다 그것을 극복하고 안위를 지켜주는 신으로서의 지위를 지니고 있었다.

김춘수는 그러한 '처용'을 자신의 분신으로 삼는다. 그 이유는 '처용'

87) Ernst Cassirer, 『상징형식의 철학 제II권 신화적 사유』, 141면.
88) Ernst Cassirer, 『국가의 신화』, 78면.

이 병을 고치는 의신이라는 것 이외에도 음악의 신이라는 데 있다. '처용'이 음악의 신이기 때문에 시인인 김춘수가 자신의 분신으로 삼을 수 있던 것이다. 그 이외에도 관용의 상징인 '처용'의 성품이 김춘수 자신의 성품, 나아가 한민족의 성품과 비슷하다고 그는 판단했던 것이다.

본격적으로 『처용단장』을 위의 인용문 중심으로 분석해 보면 다음과 같다. 우선 『처용단장』은 (i)~(iv)에서 보는 바와 같이, 4부로 구성되어 있다. 1부 「눈, 바다, 산다화」는 (i)에서 보는 바와 같이, 천상적인 이미지를 보여준다. "호주 선교사"와 "주님 생일날"과 같은 시어는 성탄절이라는 그리스도교의 축제일을 암시하면서, 거룩하고 성스러운 이미지를 형성화하고 있다. "눈"과 "바다"와 같은 시어는 1부 전반(全般)에서 지배적인 이미지를 형성하는 시어들로, 김춘수가 태어난 한려수도를 천상의 낙원과 같은 이미지로 형상화하는 데 기여한다. 1부의 주제는 마치 천상의 낙원과 같은, 시인의 유년시절에 대한 회상이다.

반면에 2부 「들리는 소리」에는 주술적인 시어들이 반복되면서 강한 흡인력을 갖는 리듬이 형성되어 있다. (ii)에서 보는 바와 같이 "돌려다오"와 "~이/가 앗아간 것"이란 시구의 반복은 '처용'이 악령을 쫓기 위해서 주술을 읊조리는 노래 같은 인상을 남긴다. 1부가 낙원의 이미지를 갖는다면, 2부는 낙원의 상실에 대해 낙원의 복원을 기원하는 주술적 노래가 들려온다. 그러한 맥락에서 1부와 2부는 하나의 대칭적 관계로 읽힐 수 있다.

이에 반해 3부에는 김춘수가 살면서 겪었던 한국현대사가 그 중심에 제재로 놓인다. (iii)에서 보는 바와 같이, '단재 신채호'가 수감 중 순국한 "여순감옥"이 등장할 뿐 아니라, 김춘수 자신이 수감 중 고문을 당했던 일본의 "세다가야서 감방"이 등장한다. 김춘수는 '감옥'의 이미지를 매개로 신채호와 김춘수 자신이 오버—랩(over lap) 되게 하는 기법을 쓰고 있다.

4부는 『처용단장』의 마지막 부이면서, 「사족」이라는 제목을 가지고 있다. 그러면서 (iv)에서 보는 바와 같이 "역사는 나를 비켜가라./아니/맷돌처럼 단숨에/나를 으깨고 간다"라고 주술적인 시구들이 읊조려지면서 대서사시의 대단원의 막이 내려진다. 4부에 나타나는 시적 주체의 역사에 대한 태도는 마치 '처용'이 역신을 대했던 태도를 연상시킨다. 즉, 역신과 정면으로 대결하기보다, 역신에게 체념과 관용의 태도를 보였던 '처용'처럼, 김춘수는 자신의 인생을 관통한 역사가 자신에게 안긴 고난과 역경에 대해 그저 견뎌내는 방식으로 감내한 것이다.

김춘수는 자신의 자서전적 대서사시로서, 나아가, 한민족의 현대사(現代史)를 아우르는 대서사시로서 『처용단장』을 창작했다. 김춘수는 '처용'의 신화로서 자신의 삶을 인식했고 또 자신의 삶이 가로놓인 한국 현대사를 인식했던 것이다. 김춘수는 작품에 한국현대사를 단순한 미메시스로 반영하는 방식이 아닌, 자신만의 내적 척도로서 그것을 해석하고 자신의 삶과 엮어 아름다운 대서사시를 창조해냈다. 그 결과, 김춘수는 '처용'이 되었는데, 그 '처용'은 한민족의 다른 이름이기도 하였다. 그러한 의미에서 카시러가 신화는 개인적 경험의 객관화가 아니라 사회적 경험의 객관화라고 한 바가 『처용단장』에도 적용된다.

『처용단장』은 김춘수의 자전적 삶의 배경이 되는 역사를 단순히 반영하는 차원에서 창작된 것이 아니다. 오히려 『처용단장』은 신화를 하나의 인식형식으로 선택함으로써 시인 자신을 '처용'으로 명명할 수 있었고, 그럼으로써, 한국현대사의 고난 가운데 가로놓인 자신의 운명을 '처용'처럼 감내할 수 있던 것이다. 그러한 의미에서 『처용단장』은 카시러가 말하는 세계를 형성하는 정신적 힘으로서의 신화를 보여준다. 1960년대 후반부터 1991년까지 20여 년에 걸쳐 쓰인 『처용단장』은 김춘수의 중년의 삶과 함께 전개되어 나아가면서 그 삶을 형성해 갔다고 할 수 있다. 김춘수는 신화 속의 '처용'과 자신을 동일시함으로써, 고문체험이라는 트라우마적인 체험으로부터 시작된, 자신의 내면 깊은 곳의 고통 콤플렉스를 극복할 수 있었고, 새롭게 다가오는 고통도 감내할 수 있던 것이다. 그러한 의미에서 인간의 병을 악령에의 사로잡힘으로 보고 그 치유를 악령의 물리침으로 보는 신화가 김춘수의 신화시로서의 『처용단장』에서 실현된 것이다. 일반적으로 김춘수의 『처용단장』이 무의미시라고 규정될 때, 그 의미는 형식적인 면에서 서술적 이미지를 추구하는 시라는 것이고, 주제적인 면에서는 생에 대한 허무와 역사에 대한 허무를 내포한 시라는 것이었다. 그러나 신화시로서의 『처용단장』은 김춘수의 시세계 전반을 관통하는 존재에 대한 탐구와 역사허무주의에 대한 극복의지가 심미적으로 아름답게 형상화되면서도 순수존재로서의 신적 존재를 중심에 호명해냈다는 점에서 무의미시로서의 『처용단장』이 가진 의미를 넘어선다.

지금까지 살펴본 바와 같이, 김춘수의 『처용단장』은 발레리의 『젊은 파르크』와 일면 같고 일면 다른 방식으로 시인 자신의 운명을 상징적 언어로 신화적 구체화(hypostatization)[89]를 하면서, 그 운명 가운데서 고난과 역경을 어떻게 극복해 갔는가를 보여주는 서사를 내포하고 있다. 이들은 공통으로 신화를 하나의 인식형식으로 받아들임으로써 세계를 수동적으로 수용하는 것을 넘어서서 세계를 능동적으로 창조하는 정신적 힘을 보여준 것이다.

89) Ernst Cassirer, 『언어와 신화』, 111면.

IV. '순수 존재'로서의 신을 현현하는 신화시

1. 발레리의 경우: 『해변의 묘지』

다음으로 발레리의 신화시의 특징은 신을 순수 존재로 본다는 것이다. 신화는 완전한 존재란 무엇인가 묻는 존재론이며, 존재의 근원은 무엇인가를 묻는 존재론이다. 그러한 의미에서 신화는 존재와 생성을 지배하는 운명의 시간을 보여준다. 신화시는 신화적 근원적 시간으로 인간을 되돌려 자신의 존재의 본질을 성찰하게 하는 보편적인 운명의 시간[90]을 담는 뮈토스다. 이러한 점에서 발레리의 대표작이자 발레리의 시세계의 정점인『해변의 묘지』를 통해 해명해 보고자 한다. 다음은 『해변의 묘지』의 부분이다.

(i) 내 넋이여, 영생을 바라지 말고,/힘자라는 분야를 바닥내라.
—핀다로스, 아폴로 축제경기 축가, III.

(ii) 올바름인 정오가 거기서 불꽃들로/바다를 구성한다, 늘 되풀이되는 바다를!//오, 신들의 고요에 오래 쏠린 시선은/한 가닥 명상 뒤의 고마운 보답!

(iii) 하나의 해가 심연 위에 쉴 때는,/영구 원인의 두 가지 순수 작품,/시간은 반짝이고 꿈은 바로 앎이다.

(iv) 오, 나의 침묵! …넋 속의 신전,/ 그러나 기왓장도 무수한 금빛 등마루, 지붕아!/단 한 번의 한숨에도 요약되는, 시간의 신전,/이 순

90) Ernst Cassirer, 『상징형식의 철학 제II권 신화적 사유』, 245면.

수점에 나는 올라가 익숙해진다,

(v) 오, 나만을 위해, 나 혼자서, 나 자신 속에서,/한 마음 곁에서, 시의 샘물들에서,/공백과 순수 결과 사이서,/나는 기다린다, 내 속에 있는 위대함의 메아리를,/늘 미래인 빈속을 넋 속에서 울리는,/쓰고 어둡고 소리 잘 내는 저수탱크를!

(vi) 아느냐, 어떤 육신이 제 게으른 종말로 나를 끌고가고,/어떤 이마가 이 뼈투성이 땅으로 육신을 끝어당기는가를?//막혀, 거룩하고, 물질 없는 불로 가득 차,/빛에게 바쳐진 땅 조각,/이곳이 나는 좋다

(vii) 모두가 땅밑으로 가서 윤회에 다시 끼여드니!//[…] 자아! 모두가 도망친다! 나의 현존은 잔구멍투성이,/영생 바라는 거룩한 조바심 또한 죽어가니!//금칠을 해도 검은 수척한 영생이여./죽음을 어머니의 태로 삼는,/끔찍스럽게도 월계관 받쳐쓴 위안자여,/아름다운 거짓말과 경건한 속임수여!

(viii) 막무가내인 벌레는 묘석 아래서 잠자는 당신들 위한 것은 아니어서, 생명을 먹고살고, 나를 떠나지 않으니//어쩌면 나 자신에 대한 사랑인가, 아니면 미움인가

(ix) 바람이 인다!……살려고 해봐야지!/가없는 공기가 내 책을 열었다가 다시 닫고,/박살난 물결이 바위들로부터 마구 용솟음치니!/날아올라라, 온통 눈이 부셔 어지러워진 책장들아!

— 발레리, 『해변의 묘지』 (130~135)

폴 발레리의 『해변의 묘지』는 그의 대표작이자 그의 시세계의 정점으로 평가받는다. 이 시는 사상적인 면에서 「나르시스는 말한다」나

『젊은 파르크』를 뛰어넘는다. 그러한 『해변의 묘지』는 우선 발레리의 고향, 세트(Sète)가 배경이다. 세트는 프랑스 남부 지중해를 바라보고 있는 항구도시이다. 이 시의 제목 『해변의 묘지』는 상징이기도 하지만, 실제로 발레리의 고향 세트에는 해변을 따라 공동묘지가 존재한다. 현재 그 공동묘지 위편으로 폴 발레리 박물관(Musée Paul—Valéry)이 세워져 있다. 발레리는 지중해를 바라보며 시야에 걸치는 공동묘지로부터 시적 영감을 받았을 것으로 보인다. 그러한 면에서 이 시 『해변의 묘지』는 신화성과 자전성이 결합된 시이다.

이 시는 144행에 이르는 장시이다. 그러므로 이 시의 분석을 위해 편의상 (i)~(ix)까지 번호를 붙여 나누어 살펴보기로 한다. (i)에서 "내 넋이여, 영생을 바라지 말고,/힘자라는 분야를 바닥내라."라는 제사는 핀다로스의 「아폴로 축제경기 축가」로부터 인용된 것이다. 이러한 제사는 이 시 전체의 주제를 암시한다. 즉, 이 시는 태양의 신, '아폴로'를 내세워, 삶 너머의 "영생"을 소망하지 말고, 차라리 "힘"을 다하라는 주제를 본문을 통하여 펼쳐가고 있다고 볼 수 있다. 이하 이 시의 본문에서, "태양", "정오", "불꽃" 등이 '아폴로'의 상징성을 대신하면서 변주되고 있다.

(ii)에서 이 시의 배경인 "바다"가 펼쳐진다. "바다"는 그 위에 태양을 떠받들고 있는 '신전'과 같이 성스러운 공간으로 묘사된다. "바다"는 시인의 "명상"에 의해 신전이라는 신성한 공간으로 다시 태어난다.

(iii)에서는 "순수 작품"이라는 시어가 주목된다. 태양이 떠 있는 바다는 순수시와 순수한 자아를 추구하는 시인에게 "순수 작품"으로 다가간다. 이 구절의 이미지는 발레리에게 순수시란 무엇인가라는 물음에 답이 될만한 이미지라고도 할 수 있다.

(iv)는 (iii)과 밀접하게 연결된다. 또한 이 부분에 쓰인 시어, "침묵", "신전", "순수(점)"는 발레리의 시세계에서 반복되는 핵심적인 상징들이다. 본고에서도 상술된 「나르시스는 말한다」와 『젊은 파르크』에서도 이러한 시어들이 순수의 상징을 견고하게 응집하고 있다.

(v)에서는 "오, 나만을 위해, 나 혼자서, 나 자신 속에서"라는 구절이 보여주는 바와 같이, 극도로 순수한 자아를 추구하는 시적 주체의 결의에 찬 고백이 드러난다. 발레리 시세계 전체를 관통하는 주제가 직접적으로 명시되고 있다.

(vi)에서는 시의 전개가 방향을 선회한다. "육신"이 "종말"로, 그리고 "땅"으로 끌려간다. 필멸의 존재로서의 인간이 육신에 메여있음으로 인하여 흙으로 돌아가는 것에 대하여 강한 거부감이 표현되고 있다. 이러한 진술은 발레리 특유의 주제, 즉, 정신 대 육체의 대결에서 정신을 강력하게 옹호하는 주제가 드러나고 있다. "물질 없는 불"이라는 시구절은 빛에 대한 비유인 것으로 보이는데, 이 시의 시적 주체는 흙으로 돌아가는 육체보다 빛과 같은 비물질적인 어떤 것, 아마도 신적인 것을 좋아한다고 고백하고 있다.

(vii)에서는 "모두가 땅밑으로 가서 윤회에 다시 끼여드니"에서 보는 바와 같이, 발레리는 "윤회"에 대해 부정적인 인식을 지니고 있다. 그뿐만 아니라, "영생 바라는 거룩한 조바심 또한 죽어가니!"에서 보는 바와 같이 발레리는 "영생"에 대해서도 부정적인 인식을 지니고 있다. 즉, 그는 "윤회"나 "영생", 인간의 생명을 시간적으로 연장하는 것을 거부한다. 이 시의 시적 주체는 오히려 "윤회"와 "영생" 때문에 자아가 달아난다고 고백하고 있다. 즉, 순수한 자아를 추구하는 데는 "윤회"나 "영생"이 의미가 없다는 것이다.

(viii)에서는 육신의 죽음에 대해 극도로 그로테스크한 표현을 써가면서 추(醜)를 형상화하고 있다. 즉, "묘석" 아래서 시체를 파먹는 "벌레"를 적나라하게 형상화하며 육신에 깃든 삶의 허망함을 역설하고 있다.

마지막으로 (ix)에서는 독자들 사이에서 가장 유명한 발레리의 시구, "바람이 인다!… 살려고 해봐야지!"라는 시구가 나온다. 그러면서 이 시의 궁극적인 주제가 드러난다. 바닷가의 묘지에 바람이 불어와 시적 주체로 하여금 생에 대한 신선한 감각과 생에 대한 애틋한 의지를 일깨우는 것이다. "날아올라라, 온통 눈이 부셔 어지러워진 책장들아!"라는 구절은 발레리 자신의 작품에 생에 대한 강렬한 열망을 불어넣길 바라는 모습이 연상된다.

이 작품의 주제는 죽음이라는 거대한 허무 앞에서 인간이 느끼는 비애와 비탄의 고통을 윤회 가운데서 긍정하고 생에 대한 충만감을 회복하는 것이라고 할 수 있다. 이 시에서 주목을 요하는 개념은 "영속성", "윤회", "영생"이다. 이 시는 "영속성"과 "영생"을 부정한다. 결국에 이 시의 귀결은 "바람이 인다!……살려고 해봐야지!"에서 나타나는, 허무 앞에서의 생에 대한 긍정이라고 할 수 있다. 이 시에서 그러한 생을 긍정하는 상징으로는 잠정적으로 "바다", "정오", "바람" 등으로 보인다.

스테티에(Salah Stétié)가 지적하는 바와 같이, 발레리의 시에는 대표작 『해변의 묘지』에서부터 생에 대한 비극적 감정과 근본적인 염세주의가 투명함과 공존한다.[91] 발레리의 산문집 『까이에 I』(*Cahiers* I) 중 「자아」에서 그가 "나는 힘 오로지 힘만을 원한다(Je désire pouvoir et seulement pouvoir).[92]"라고 말한 것은 힘에 대한 의지(the will to power)

---

91) Salah Stétié, "Réenchantement de Paul Valéry," *Regards sur Paul Valéry: Journées Paul Valéry 2011*, edit. by Fata Morgana, Sète: Musée Paul Valéry, 2011, p.14.
92) Paul Valéry, "Ego," *Cahiers* I, p.22.

를 존재의 본질로 본 니체(Friedrich Wilhelm Nietzsche, 1844—1900)를 연상시킨다. 전기적으로 확인해 보았을 때, 발레리는 또한 니체의 번역서를 읽은 것으로 확인된다.[93] 그러나 발레리는 지성의 문학과 순수의 시론을 추구했다는 점에서 니체의 사상과는 확연히 구분된다.

이 시점에서 카시러의 신화론을 발레리의 『해변의 묘지』에 적용하여 해석해 보고자 한다. 카시러는 자신의 신화론에서 신을 '순수 존재'로 보았다. 발레리의 시세계 전체도 '순수 존재'를 추구하는 과정이라고 보아도 과장이 아니다. 이 작품에서 발레리가 찾고자 하는 순수 자아를 넘어 신적 존재 그 자체인 순수 존재의 표상은 아폴론으로 나타난다. 본고에서 상술된 「나르시스는 말한다」와 『젊은 파르크』가 순수한 자아를 찾아가는 과정을 보여주었다면, 『해변의 묘지』는 발레리가 일평생에 걸친 사유 끝에 도달한 '순수 존재'가 무엇인가를 보여주는 작품으로도 볼 수 있다.

그 '순수 존재'는 『해변의 묘지』에서 죽음을 넘어선 존재, 정오의 바다와 같은 순수한 신전 가운데서 명상하는 존재, 그럼으로써 불어오는 신선한 한 줄기 바람에 생 자체를 긍정하는 존재이다. "바람이 인다!…… 살려고 해봐야지!"라는 구절은 '왜 살아야 하는가?'에 대한 모든 철학적 답변을 지워버리고 있다. 인간이 살아야 하는 이유는 철학자들이 말하듯이 인간이 선한 존재이기 때문도, 이성적인 존재이기 때문도, 행복을 추구하는 존재이기 때문도 아니다. "바람이 인다!……살려고 해봐야지!"라는 시구절은 살아야 하는 이유가 없거나, 살아야 하는 이유를 모르거나, 살아야 하는 이유를 잃어버렸다고 하더라도 삶 자체를 긍정한

93) Blüher & Schmidt—Radefeldt, "Valéry et Kant," *De l'Allemagne I: Bulletin des Études Valéryennes* 92, Ed. Blüher, Karl Alfred & Jürgen Schmidt—Radefeldt. Paris: L'Harmattan, 2002, p.4.

다. 이 긍정의 순간은 발레리가 태어나는 또 하나의 태초의 시간이라는 점에서 근원적 시간이라고도 볼 수 있다.

"바람이 인다!……살려고 해봐야지!"는 세계의 독자로부터 가장 사랑받는 시구절이다. 그 이유는 바로 이 시구절이 인간이라는 존재와 생의 목적에 대해 공허감을 느끼는 많은 독자에게 공감을 주는 보편성을 갖기 때문일 것이다. 그것은 신화라는 공동체의 언어와 시라는 개인의 언어가 만나, 발레리 개인의 존재의 근원에 대한 물음이 보편적인 인간 존재의 근원에 대한 물음으로 확대되었다는 것이다. 이 시에서 "바람"이 이는 그 지점, 그 지점이 바로 무에서 유가 시작되는 근원적 시간을 문학적으로 다시 경험하게 하는 지점이라고도 볼 수도 있을 것이다. 신화시는 필멸의 존재인 인간의 시간을 태초의 순간으로 되돌려 탄생의 순간을 다시 경험하게 함으로써 허무와 절망에 차 있는 인간으로 하여금 재생을 경험하도록 한다. 다시 말해, 그러한 재생의 시간은 인간을 되돌려 자신의 존재의 본질을 성찰하게 하는 보편적인 운명의 시간이다.[94]

2. 김춘수의 경우:「신화의 계절」과「밝안제」

다음으로 김춘수의 신화시의 특징을 신을 순수 존재로서 규정한 카시러의 신화론과 연관 지어 논의해 보고자 한다. 신화는 상술한 바와 같이 완전한 존재란 무엇인가 묻는 존재론이며, 존재의 근원은 무엇인가를 묻는 존재론이다. 그러한 의미에서 신화는 존재와 생성을 지배하는 운명의 시간을 보여주는데, 김춘수의 신화시의 경우 대표적으로

---

94) Ernst Cassirer,『상징형식의 철학 제II권 신화적 사유』, 245면.

「신화의 계절」이 그러한 사례를 보여준다. 또한 신화시는 신화적 근원 시간으로 인간을 되돌려 자신의 존재의 본질을 성찰하게 하는데 김춘수의 신화시의 경우 대표적으로 「밝안제」가 그러한 사례를 보여준다. 이러한 점에서 김춘수의 「신화의 계절」과 「밝안제」를 통해 해명해 보고자 한다. 다음은 「신화의 계절」과 「밝안제」 전문이다.

> 간밤에 단비가 촉촉이 내리더니, 예저기서 풀덤불이 파릇파릇 돋아나고, 가지마다 나뭇잎은 물방울을 흩뿌리며, 시새워 솟아나고,/점점(點點)이 진달래 진달래가 붉게 피고,//흙 속에서 바윗틈에서, 또는 가시 덩굴을 헤치고, 혹은 담장이 사이에서도 어제는 보지 못한 어리디어린 짐승들이 연방 기어 나오고 뛰어 나오고……//태고연히 기지개를 하며 산이 다시 몸부림을 치는데,//어느 마을에는 배꽃이 훈훈히 풍기고, 휘넝청 휘어진 버들가지 위에는, 몇 포기 엉기어 꽃 같은 구름이 서(西)으로 서으로 흐르고 있었다.
>
> — 김춘수, 「신화의 계절」 (69)

> 진(辰) 땅에는 예로부터 「불근」이란 신도(神道)가잇서, 태양을 하느님이라하여, 섬겻스니, 옛날의 임금은 대개 이 신도의 어른이니라//별 끝에 횃불 날리며, 원하는 소리 소리 하늘을 태우고, 바람에 불리이는 메밀밭인 양 태백의 산발치에 고소란히 엎드린 하이얀 마음들아,//가지에 닿는 바람 물 위를 기는 구름을 발 끝에 거느리고, 만년 소리없이 솟아오른 태백의 멧부리를 넘어서던 그날은,//하이얀 옷을 입고 눈보다도 부시게 하늘의 아들이라 서슴ㅎ지 않았나니, 어질고 착한 모양 노루 사슴이 따라,//나물 먹고 물 마시며, 지나 새나 우러르는 겨레의 목숨은 하늘에 있어,/울부짖는 비와 바람 모두모두 모두어 제단에 밥 들이고,//별 끝에 횃불 날리며 원하는 소리 소리 상달 희맑은 하늘을 태우도다.
>
> — 김춘수, 「밝안제」 (74)

위에 인용된 김춘수의 「신화의 계절」과 「밝안제」는 그의 대표적인 신화시이다. 또한 이 시들은 그가 자신을 신화주의자라고 규정했던 것을 창작으로 증명해 보이고 있는 작품이기도 하다. 나아가 이 작품들은 단순히 신화성을 띤다는 데 그 의의가 있는 데 그치지 않고, 시세계 전체를 통해 일관되게 존재론적 탐구를 했던 김춘수에게 인간존재의 근원은 무엇인가라는 시적 탐구의 결과물이라는 데도 의의가 있다.

우선 「신화의 계절」은 "태고연히"라는 시어가 보여주는 바와 같이, 역사 이전의 태고의 신성한 시간을 상상적으로 형상화하고 있는 작품이다. 이 시는 '~하니, ~하고, ~하며, ~하는데, ……'와 같은 통사구조로 전개된다. 이러한 통사구조는 시간의 흐름에 따라 사건들을 나열하며 일련의 서사를 형성한다. 이 시의 서사의 전개는, 마치 『성경』의 천지창조의 순서와 유사하게, "밤", 즉, 어둠으로부터 시작되어서 "비", 즉 물이 생겨나고, 그다음으로 "풀"이 생겨나며, 그다음으로 "짐승"이 생겨나고, 마침내 인간의 "마을"이 생겨나는 것으로 이어진다. 이 시는 '세계와 인간은 어떻게 창조되었는가?'에 대한 물음에 대한 답이라고도 할 수 있다. 이 시의 시적 주체는 시의 심층에 숨겨져 있다. 이 시는 인간보다는 자연이 전경화되어 있다. "태고"의 자연은 창조주에 의해 탄생하면서 신성(神性)을 머금고 있다. 그 창조주는 인격신인지 자연신인지 명확히 드러나지는 않는다. 그렇지만 세계가 창조되어 가는 그 가운데 자연 안에 초재하면서 창조를 이끌어가고 있다. 신성이 깃든 자연존재 자체가 순수 존재일 수도 있다. 또한 이 시의 "마을"은 인간의 근원적인 고향과 같은 상징성을 지닌다. 이 시의 모든 존재들은 "태고"라는 근원의 시간으로 되돌려진 상태에서 탄생하는 존재들로 그려짐으로써 생명력이 회복되고 심미적인 존재로 회생되어 있다. 이 시는 신화적 근원 시간으로 세계와 인간을 되돌려 자신의 존재의 본질을 성찰함으로써 그 존재를 '순수 존재'로 거듭나도록 하고 있다.

다음으로 김춘수의 「밝안제」는 한민족의 기원을 그려 보이는 신화시이다. '밝안제'에서 '밝'이라는 어근이 광명, 즉, 태양을 상징하는 것은 주지의 사실이다. 한민족의 기원으로 거슬러 올라가 그 역사를 확인해 보면, 태양 숭배가 확연하게 드러난다. 이 시에서는 "태양"의 이미지는 "하이얀 마음"과 "하이얀 옷"의 백색, 그리고 "횃불"의 불 등의 이미지도 확장되면서 광명의 이미지를 이 시의 지배적인 이미지로 형상화하고 있다. 특히, 이 시에서 "태양을 하느님이라하여"라는 시구절이 좀 더 명확하게 태양 숭배, 나아가 태양신 숭배를 보여준다. 이러한 부분은 발레리의 『해변의 묘지』가 태양신 아폴론에 대한 숭배를 보여주는 것에 비견될 수 있는 대목이기도 하다. 존재의 근원을 물으면서 생명력을 회복하고자 하는 시인들이 공통으로 태양신을 자신의 시세계로 소환한 데는 태양의 원형상징으로서의 보편성에 그 이유가 있을 것으로 판단된다.

이 시 「밝안제」에서 "하늘의 아들"이라는 표현은 시적 주체가 신으로부터 태어난 존재임을 나타낸다. 카시러는 신을 순수 존재로 규정하였다. "하늘의 아들"이라는 표현은 '인간은 어디로부터 왔는가?'라는 물음에 대한 답으로, 인간의 근원을 "하늘"이라고 규정하고 있는 것이다. 그러한 맥락에서 이 시에서의 "하늘의 아들"은 존재의 근원을 상징함과 동시에, 신성한 존재, 순수 존재임을 상징한다. 그러한 순수 존재는 「신화의 계절」에서와 마찬가지로 신성이 깃든 자연존재들과 어우러져 이상세계를 신화적으로 구체화[95]하고 있다. 이처럼 김춘수는 신화시

---

95) Ernst Cassirer, 『언어와 신화』, 111면.

에 근원의 시간, 그리고 탄생의 시간을 소환함으로써 순수 존재를 드러내고 자기 구원에 다가가고 있다.

V. 결론

이 논문은 상징주의자를 자처하는 발레리와 김춘수의 신화시를 비교연구 하기 위하여, 신화를 일종의 상징으로 간주하는 현대의 신화학자인 에른스트 카시러의 신화론(神話論)의 관점을 원용하였다. 비교연구의 근거는 첫째, 작품에서의 영향관계가 발레리의 신화시 '나르시스' 시편과 김춘수의 신화시 '처용' 시편 사이에서 추정된다는 점, 둘째, 시론에서의 영향관계가 발레리의 시론 「시에 관한 이야기」("Propos sur la Poésie"), 「순수시」("Poésie Pure") 등과 김춘수의 시론 『시의 위상』, 『의미와 무의미』, 『시론—시작법을 겸한』 등 사이에 에서 추정된다는 점이었다.

II부에서는 근본감정인 신성함의 구현으로서의 신화시에 관하여 논의되었다. 1장에서는 발레리의 「나르시스는 말한다」와 「나르시스 단장들」이 해석되었다. 「나르시스는 말한다」와 「나르시스 단장들」은 카시러가 인간을 신화적 동물로 규정하고, 나아가 신성함을 인간의 근본감정으로 규정하였던 것을 보여주는 신화시였다. 왜냐하면, '나르시스'가 물거울에 비친 자기 자신을 사랑하는 것은 자신의 내면세계로서의 물거울에 자신의 분신을 형상화하는 시인의 신화적 원형을 보여주었기 때문이다. 2장에서는 김춘수의 「나르시스의 노래」가 해석되었다. 김춘수의 「나르시스의 노래」의 애상적 비애감은 김춘수 시세계의 근본감정이라는 점에서 정신의 내적인 척도에 준하여 창작된 신화시였다. 또한 김춘수는 내면세계와 자연세계를 조화롭게 하나의 내적 형식의 구조를 지닌 완결체(完決體)로서의 예술작품을 만들어내는 제2의 창조자가 되었다.

III부에서는 세계를 형성하는 정신적 힘으로서의 신화시에 관하여 논의되었다. 1장에서는 발레리의 『젊은 파르크』가 해석되었다. 카시러가 신화를 하나의 인식형식이라고 하였듯이, 이 시는 발레리가 파르크의 신화를 통해서 자신의 삶을 인식했다고 볼 수 있다. 파르크가 이 시에서 뱀에 물려 마비 상태에 있다가 오히려 순수한 자아를 의식하며 깨어나는데, 이러한 신화는 발레리가 자신의 인생에서 절필을 극복하고 다시 진정한 시인으로 거듭났음에 대한 상징이었다. 2장에서는 김춘수의 『처용단장』이 해석되었다. 『처용단장』은 신화를 하나의 인식형식으로 선택함으로써 시인 자신을 '처용'으로 명명할 수 있었고, 그럼으로써, 한국현대사의 고난 가운데 가로놓인 자신의 운명을 '처용'처럼 감내할 수 있었다.

IV부에서는 '순수 존재'로서의 신을 현현하는 신화시가 논의되었다. 1장에서는 발레리의 『해변의 묘지』가 해석되었다. 카시러는 자신의 신화론에서 신을 '순수 존재'로 보았다. '순수 자아'를 추구하던 발레리의 『해변의 묘지』에서 순수 존재의 표상은 아폴론으로 나타났다. 그 '순수 존재'는 『해변의 묘지』에서 죽음을 넘어선 존재, 신전 가운데서 명상하는 존재, 그럼으로써 불어오는 바람에 생 자체를 긍정하는 존재이다. 이 긍정의 순간은 또 하나의 태초의 시간이라는 점에서 근원적 시간이자, 존재의 본질을 성찰하는 보편적인 운명의 시간이다. 2장에서는 김춘수의 「신화의 계절」과 「밝안제」가 논의되었다, 「신화의 계절」의 존재는 "태고"라는 근원의 시간에서 탄생하는 존재로 생명력이 심미적으로 회생되었다. 이 시는 신화적 근원 시간으로 인간을 되돌려 '순수 존재'로 거듭나도록 하였다. 「밝안제」에서 "하늘의 아들"이라는 표현은 시적 주체가 신으로부터 태어난 존재임을 나타낸다. 이 시에서의 "하늘의 아들"은 존재의 근원을 상징함과 동시에, 신성한 존재, 순수 존재임을 상징한다.

결론적으로 폴 발레리와 김춘수는 상징주의자로서 신화시를 통해 신화적 동물인 인간의 근본감정인 신성함의 구현하였고, 세계를 형성하는 정신적 힘을 보여주었으며, 이상적 존재인 '순수 존재'로서의 신을 현현하고 있었다. 폴 발레리와 김춘수의 신화시는 신화라는 형식을 빌려 상징의 언어로 내면의 존재계를 형상화하였다는 공통점이 있었다.

그러나 폴 발레리와 김춘수의 신화시 사이에 차이점도 존재했다. 폴 발레리는 자신의 순수시의 시론에 따라 시로부터 비시적인 모든 것을 배제하고 순수 존재로서의 신을 지향하는 방향의 신화시를 써나갔다. 반면에 김춘수는 폴 발레리의 순수시 시론을 비판적으로 전유하여, 역사성을 포용하는 신화시를 써나갔다. 발레리의 신화시가 인간의 순수한 내면이라는 시적 공간에 생의 허무를 넘어 생의 긍정으로 나아감으로써 보편적인 인간성을 긍정했다면, 김춘수의 신화시는 인간 존재의 시원이기도 하고, 고통의 원인이기도 한 민족의 역사를 신화적 상상력을 통해 극복함으로써 존재의 순수한 본래성을 긍정했다. 이러한 차이점은 김춘수의 신화시가 발레리의 시와 시론으로부터 단순히 영향을 받는 수준을 넘어서서 한국적인 시와 시론을 창조하는 경지에 이르렀다는 점에서 고평되어야 한다. 그러나 어느 편이든, 세계문학사에서 폴 발레리와 김춘수의 신화시는 모두 '인간의 근원은 무엇인가?'를 묻는 존재론적 물음에서 가장 지고한 지위의 신의 존재에 대한 물음과 그 답을 내포한다는 데서 인간이 추구할 수 있는 이상적 존재의 가능성을 보여주며 그로써 그 고결한 가치를 지닌다.

참고문헌

1. 기본 자료

Valéry, Paul, 『발레리 시전집(詩全集)』, 박은수 옮김, 민음사, 1987.

__________, 『해변의 묘지』, 김현 옮김, 민음사, 1996.

__________, *Variété* I et II, Paris: Gallimard, 1930.

__________, *Variété* III·IV·V, Paris: Gallimard, 1938.

__________, *Cahiers* I, Paris: Gallimard, 1973.

__________, "Ego," *Cahiers* I, Paris: Gallimard, 1973.

__________, "Avant—propos à la Connaissance de la Déesse," *Œuvres* I, Paris: Gallimard, 1957, pp. 1269~1279

__________, "Situation de Baudelaire," *Œuvres* I, Paris: Gallimard, 1957, pp.598~613.

__________, "Propos sur la poésie," *Œuvres* I, Paris: Gallimard, 1957, pp.1361~1378.

__________, "Nécessité de la Poésie," *Œuvres* I, Paris: Gallimard, 1957, pp.1378~1390.

__________, "Existence du Symbolisme," *Œuvres* I. Paris: Gallimard, 1957, pp.686~706.

__________, "Poésie et Pensée Abstraite," *Œuvres* I. Paris: Gallimard, 1957, pp.1314~1339.

__________, "Poésie Pure." *Œuvres* I, Paris: Gallimard, 1957, pp.1456~1463.

김춘수, 『오지 않는 저녁』, 근역서재, 1979. (김춘수, 『김춘수 전집 3—수필』, 문장사, 1982. 재수록.)

______, 『꽃과 여우』, 민음사, 1997.

______, 『김춘수 시 전집』, 오규원 편, 현대문학, 2004.

______, 『김춘수 시론 전집 I』, 오규원 편, 현대문학, 2004.

______, 『김춘수 시론 전집 II』, 오규원 편, 현대문학, 2004.

2. 국내 논저

김경란, 『프랑스 상징주의』, 연세대학교 출판부, 2005.

김기봉, 「발레리의 시와 사유체계」, 『프랑스 상징주의와 시인들』, 소나무, 2000.

김성택, 「해변의 묘지 *Le Cimetière Marin*의 구조 연구: 오르페우스 신화의 회귀」, 『불어불문학연구』88, 2011, 41~77면.

김시원, 「발레리 시의 변형·생성 과정에 나타난 역동적 상상력 : 나르시스 시편들에 대한 생성비평」, 『불어불문학연구』60, 2004, 57~87면.

______, 「발레리의 작품에 나타나는 "카오스"와 "코스모스"의 풍경 —「오르페우스 *Orphée*」와 『암피온 *Amphion*』의 배경과 미학」, 『불어불문학연구』81, 2010, 61~81면.

______, 「『젊은 파르크』에 나타난 세계 내 탄생의 풍경」, 『프랑스어문교육』71, 2020, 219~237면.

김용직, 「아네모네와 실험의식—김춘수론」, 김춘수 연구 간행위원회, 『김춘수 연구』, 학문사, 1982.

김유중, 「김춘수의 문학과 구원」, 『한중인문학연구』45, 2014, 51~79면.

______, 「김춘수와 존재의 성화(聖化)」, 『어문학』128, 2015, 215~246면.

김윤식, 「한국시에 미친 릴케의 영향」, 『한국문학의 이론』, 일지사, 1974.

김주연, 「명상적 집중과 추억: 김춘수의 시세계」, 김춘수 연구 간행위원회 편, 『김춘수 연구』, 학문사, 1982.

김진아, 「P. Valéry의 *La Jeune Parque*에 나타난 여성의 이미지와 운동」, 전남대학교 석사학위 논문, 2004.

김진하, 『폴 발레리의 '정신(esprit)'의 시학 연구』, 서울대학교 박사학위 논문, 2003.

김현, 「처용의 시적 변용」, 『상상력과 인간·시인을 찾아서: 김현 문학 전집』3, 문학과지성사, 1991, 193~207면.

____, 「해설」, Paul Valéry, 『해변의 묘지 』, 김현 옮김, 민음사, 1996.

남금희, 「시적 진실로서의 고통과 성서 인유: 김춘수의 예수 소재 시편을 중심으로」, 『문학과 종교』15, 1, 2010, 127~149면.

______, 「예수를 이해하는 시적 세계관의 두 양상: 박두진 시편과 김춘수 시편을 중심으로」, 『문학과 종교』23. 3, 2018, 67~93면.

남기혁, 「김춘수 전기시의 자아인식과 미적 근대성—'무의미의 시'로 이르는 길」, 『한국시학연구』1, 1998, 64~100면.
노은희, 「폴 발레리 시에 나타난 몸, 에스프리 그리고 세계」, 『한국프랑스학논집』72, 2010, 263~282면.
라기주, 「김춘수 시의 신화적 상상력 연구」, 『한국문예비평연구』20, 2006, 129~148면.
문충성, 『프랑스 상징주의 시와 한국의 현대시』, 제주대학교 출판부, 2000.
박찬국, 「역자해제」, 에른스트 카시러, 『상징형식의 철학 제I권 언어』, 박찬국 옮김, 아카넷, 2016.
신익성, 「훔볼트의 언어관과 변형생성이론의 심층구조」, 『어학연구』15.1, 1979, 11~22면.
오주리, 『김춘수 형이상시의 존재와 진리 연구: 천사의 변용을 중심으로』, 국학자료원, 2000.
_____, 「이데아로서의 '꽃' 그리고 '책': 김춘수 시론에서의 말라르메 시론의 전유」, 『우리문학연구』67, 2020, 275~311면.
이지수, 「뽈 발레리의 사유체계 탐색」, 서강대학교 대학원 석사학위논문, 2002.
이진성, 「발레리의 순수시론과 브르몽의 순수시론」, 『인문과학』 63, 1990, 235~263면.
유기룡, 「새로운 가능을 현시하는 미의식: 김춘수, 시 세계」, 김춘수 연구 간행위원회, 『김춘수 연구』, 학문사, 1982.
유제식, 『뽈 발레리 연구』, 신아사, 1995.

3. 국외 논저 및 번역서

Aquinas, Thomas, 『존재자와 본질에 대하여』, 김진·정달용 옮김, 서광사, 1995.
Badiou, Alain, 『비미학』, 장태순 옮김, 이학사, 2010.
Barthes, Roland, 『목소리의 결정』, 김웅권 옮김, 동문선, 2006.
____________, 『글쓰기의 영도』, 김웅권 옮김, 동문선, 2007.
Blanchot, Maurice, 『도래할 책』, 심세광 옮김, 그린비, 2011.
______________, 『문학의 공간』, 이달승 옮김, 그린비, 2014.
Blüher, Karl Alfred, "Valéry et Kant," *De l'Allemagne I: Bulletin des Études Valéryennes* 92, Ed. Blüher, Karl Alfred & Jürgen Schmidt—Radefeldt, Paris: L'Harmattan, 2002.

Cassirer, Ernst,『상징형식의 철학 제I권 언어』, 박찬국 옮김, 아카넷, 2016.

____________,『상징형식의 철학 제II권 신화적 사유』, 박찬국 옮김, 아카넷, 2014.

____________,『상징형식의 철학 제III권 인식의 현상학』, 박찬국 옮김, 아카넷, 2020.

____________,『인간이란 무엇인가』, 최명관 옮김, 창, 2008.

____________,『국가의 신화』, 최명관 옮김, 창, 2013.

____________,『상징 신화 문화: 에른스트 카시러의 1935—1945년 에세이 및 강의』, 도널드 필립 뷔린 편, 심철민 옮김, 아카넷, 2015.

____________,『언어와 신화』, 신응철 옮김, 지식을 만드는 지식, 2015.

____________,『인문학의 구조 내에서 상징형식 개념 외』, 오향미 옮김, 책세상, 2019.

Cianni, Jean—Louis, "Valéry, invisible philosophe," Vallès—Bled et al., *Paul Valéry—contemporain*, Sète: Musée Paul Valéry, 2012, pp.47～64.

Descartes, René,『방법서설』, 권오석 옮김, 홍신문화사, 1995.

Jarrety, Michel, "Valéry en miroir," Vallès—Bled et al., *Paul Valéry—en ses miroirs intimes*, Sète: Musée Paul Valéry, 2013, pp.13～33.

Kant, Immanuel,『이성의 한계 안에서의 종교』, 백종현 옮김, 아카넷, 2012.

Launay, Claude, *Paul Valéry*, Paris: La Manufacture, 1990.

Liebert, Georges, "Paul Valéry et la Musique," Liebert, Georges et al., *Paul Valéry et les Artes*, Sète: Actes Sud, 1995.

Nunez, Laurent, "Trop Beau pour Être Vrai," Nunez, Laurent et al., *Le Magazine Littéraire*, Autmne 2011.

Prigent, Michel, "L'éclatement poétique," *Histoire de la France littéraire Tome 3: Modrenités XIXe—XXe siècle*, Paris: PUF, 2015, pp.298～300.

Raymond, Marcel,『발레리와 존재론』, 이준오 옮김, 예림기획, 1999.

______________,「상징주의의 고전, 폴 발레리」,『프랑스 현대시사』, 김화영 옮김, 현대문학, 2015, 221～247면.

Regard, André· Michard, Laurent,「폴 발레리—생애와 그의 시학」, 폴 발레리,『발레리 시전집』, 박은수 옮김, 민음사, 1987, 225～238면.

Rey, Alain, "L'architecte et la danse," Vallès—Bled, Maïthé et al., *Paul Valéry—intelligence et sensualité*, Sète: Musée Paul Valéry, 2014.

Signorile, Patricia, "Paul Valéry, philosophe de l'art," Vallès—Bled et al., *Regards sur Paul Valéry*, Sète: Musée Paul Valéry, 2011, pp.47～70.

Stétié, Salah, "Réenchantement de Paul Valéry," R*egards sur Paul Valéry: Journées Paul Valéry 2011*, Ed. Fata Morgana, Sète: Musée Paul Valéry, 2011.

Wilson, Edmund, 「폴 발레리」,『악셀의 성』, 이경수 옮김, 홍성사, 1984.

8 말라르메와 김구용의 '반수신'에 나타난 위선에 관한 비교 연구:

칸트의 윤리학의 관점을 중심으로

I. 서론

1. 문제제기 및 연구사 검토

이 논문의 목적은 김구용(金丘庸, 1922~2001)과 말라르메(Stéphane Mallarmé, 1842~1898)의 반수신(半獸神)을 비교 연구함으로써 인간의 위선에 대한 두 태도를 구명하는 데 있다. 반수신인 목신(Pan, Faunus)은 세계문학사적으로 오비디우스, 아풀레이우스, 롱고스, 루크레티우스, 베르길리우스, 위고 등의 작가에 의해 형상화되었다.[1] 그렇지만 김구용의 시 「반수신」과 「반수신의 독백」은 다른 작가들의 작품들과 달리 '독백'의 형식으로 쓰인 시라는 데서, 역시 '독백'의 형식으로 쓰인

1) 도윤정, 「말라르메의 목신: 목신 재창조와 그 시학적 기반」, 『불어문화권연구』 24, 2014, pp.228~236.

시인 말라르메의 「목신의 오후」("L'après—midi d'un Faune")를 연상시킨다. 특히, 1875년에 나온 말라르메의 「목신의 오후」의, 1865년에 나온 초고의 제목은 「목신의 독백」("Monologue d'un Faune")이었다.[2] 초고 「목신의 독백」에는 연극의 상연을 위한 극본의 형식인 지문(地文)이 나타나 있다.[3] 그러나 완성작 「목신의 오후」에는 연극적 요소인 독백과 지문이 사라진다.[4] 이러한 점은 이 논문의 비교연구의 타당성을 강력히 예증하는 중요한 근거가 된다. 즉, 목신을 반수신으로 번역하기도 한다는 점에 비추어 보았을 때, 김구용의 「반수신의 독백」은 말라르메의 「반수신의 독백」과 정확히 제목이 일치한다. 이러한 데서 김구용의 말라르메로부터의 영향관계가 추정된다.

나아가 김구용은 자신의 예술론인 「나의 문학수업」에서 "지성문학을 탐독하였고 특히 발레리(Paul Valéry)에 이르러서는 경이의 눈을 부릅뜨지 않을 수 없었었다"고 말하면서, 습작시절 발레리를 최상의 시인으로 여겼다고 고백한다.[5] 문학사적으로 '지성문학'에는 시작(詩作)을 지성의 산물로 보는 발레리의 문학과 함께 시작을 관념의 산물로 보는 그의 스승, 말라르메의 문학이 포함된다. 실제로 발레리는 말라르메로부터 받은 지대한 영향을 "기이하면서도 깊은 지성적 면모"[6]라고 고백했다. 그러므로 「반수신의 독백」이라는 제목의 정확한 일치는 김구용이

---

2) Alain Badiou, 「목신의 철학」, 『비미학』, 장태순 옮김, 이학사, 2010, 229면.

3) Stéphane Mallarmé, "La Musique et les Lettres," *Poésies et Autres Textes,* Édition Établie, Présentée et Annotée par Jean—Luc Steinmetz, Paris: Le Livre de Poche, 2015, pp.66~68.

4) *Ibid.*, pp.69~72.

5) 김구용, 『인연(因緣): 김구용 전집 6』, 솔, 2000, pp.373~374.

6) Valéry, "Lettre sur Mallarmé," *Œuvres* I, Ed. J. Hytier, Paris: Gallimard Pléiade 2v., 1957, p.637.

'지성문학'이라는 범주에서 말라르메를 읽은 것으로밖에 추정되지 않는다. 이처럼, 「반수신의 독백」이라는 제목의 정확한 일치와 함께 김구용이 자신의 산문에 직접 드러낸 습작시절의 독서목록도 이 논문의 연구의 필요성을 강력히 예증하는 중요한 증거가 된다.

그렇지만, 김구용 시의 반수신은 말라르메의 그것과 다른 독자성을 지니고 있다. 김구용의 반수신은 그의 전후시(戰後詩)를 이해하는 데뿐 아니라, 그의 세계관 전체를 이해하는 데도 중요하다. 마찬가지로 말라르메의 「목신의 오후」도 그의 대표작일 뿐 아니라, 그의 세계관 전체를 이해하는 데도 중요하다. 즉, 김구용과 말라르메에게 반수신은 다른 시인들과 구별되는 독특한 특이점이면서, 두 시인의 동질성을 구명하는 독특한 특이점이다. 따라서, 김구용과 말라르메의 반수신을 비교하여 연구하는 것은 상당히 의미 있는 일일 것으로 사료된다. 이러한 비교연구로써 김구용과 말라르메의 반수신의 의미가 훨씬 더 선명하게 드러날 뿐 아니라, 두 시인의 시세계 전반의 특징도 선명하게 드러날 것으로 기대된다. 그들은 인간 존재의 본질에 관한 시적 탐구에서 이원성(二元性, dualism)의 문제를 고뇌하는 과정에서 반수신을 창조하게 되었다는 공통점이 있다. 그러므로 본고는 반수신이라는 상징이 인간의 이원성에서 비롯된 위선을 폭로하는 의미작용을 한다는 전제를 가지고 논증해 나아가고자 한다.

말라르메는 파리에서 태어나 퐁텐블로에서 죽을 때까지 평생 영어 교사로서 단조로운 삶을 영위한다. 그는 오직 지성으로 순수한 아름다움을 창조하고자 하였으며, 그것을 위해 기존의 문장 구성법을 파괴하고, 독창적인 시적 문장 구성법을 시도하였다(Lanson 222). 데리다(Jacques Derrida, 1930~2004)는 『그라마톨로지에 대하여』에서 이러한 말라르메의 시학이 서구적 전통과 단절되어 있다고 평한다.[7] 한편, 바르트(Roland Barthes, 1915~1980)는 『목소리의 결정』에서 말라르메 이후 프랑스 문학은 더 이상 새로운 창안이 없으며, 말라르메를 반복하고 있을 뿐이라는 표현으로 말라르메의 문학사적 위상을 평한다.[8] 요컨대, 말라르메는 문학사의, 격변의 지점에 놓여 있다는 것이다. 그렇다면, 말라르메 시세계의 어떠한 특성이 그의 높은 문학사적 위상을 갖도록 하였는가 알아볼 필요가 있다. 말라르메는 「정신의 악기, 책」("Le Livre, Instrument Spirituel")에서 "시, 관념에 가까운 것"이라고 하면서 자신의 시관(詩觀)을 밝혔다(226). 그러므로 말라르메의 시적 언어는 블랑쇼(Maurice Blanchot, 1907~2003)가 『문학의 공간』(*L'espace Littéraire*)에서 확증하는 바와 같이 사유의 언어로서의 순수한 언어(41)라고 할 수 있으나, 이것은 공허의 한계에 부딪히게 되며 말라르메의 소설 「이지튀르」(*Igitur*)의 주제인 '철학적 자살'로 이어진다(48). 자살은 자기 자신에 의한 존재의 무화(無化)이다. 바르트는 『글쓰기의 영도』(*Le Degré Zéro de L'écriture*)에서 무(無)로부터 출발한 글쓰기, 즉 '글쓰기의 영도'의 기원을 말라르메의 언어의 해체로부터 찾고 있다(10). 말라르메의 언어의 해체는 궁극적 지점에서 침묵에 이를 수밖에 없다. 이러한 침묵은 일종의 실서증(失書症)으로서, 『글쓰기의 영도』에서 지적되는 바와 같이 시인에게는 '자살'에 비견된다.[9] 그러나 이것은 역설적인 의미를 갖는다. 즉, 침묵이라는 언어의 비어 있음은 사회적 언어나 상투어들로부터 벗어나는 자유를 시인에게 주는 것이다. 그러한 맥락에서, 바르트는 『목소리의 결정』(*Le Grain de la Voix*)에서 말라르메가 글쓰기의 한계,

---

7) Jacques Derrida, 『그라마톨로지에 대하여』, 김웅권 옮김, 동문선, 2004, 172면.
8) Roland Barthes, 『목소리의 결정』, 김웅권 옮김, 동문선, 2006, 182면.
9) Roland Barthes, 『글쓰기의 영도』, 김웅권 옮김, 동문선, 2007, 69면.

즉, 공허(creux)에 대한 고찰을 통해 오히려 위대한 문학을 탄생시켰다고 평하였다(43). 그 공허란 다시 허무(虛無)일 것이다. 『문학의 공간』에서 블랑쇼는 말라르메가 시작(詩作)을 할 때 자신을 실망시키는 심연, 즉 신의 부재와 자신의 죽음에 부딪혔다고 말한다.[10] 그러나 그러한 한계지점에 이르러 시인은 존재하는 모든 것을 시초부터 다시 사유할 수 있는 것이다. 그러므로, 레비나스(Emmanuel Levinas, 1906~1995)가 『모리스 블랑쇼에 대하여』(*Sur Maurice Blanchot*)에서 지적하는 것처럼, 글을 쓴다는 것은 말라르메에게 근원의 언어로 돌아가는 것이다.[11]

말라르메의 이러한 시관을 가장 잘 보여주는 작품은 미완의 장시(長詩) 「에로디아드」("Hérodiade")이다. 「에로디아드」의 여주인공 에로디아드(Hérodiade)는 '절대 허무'(Absolu—Néant)를 추구하는 인물로 그려진다(장정아, 「<에로디아드> 연구」 1). 이 작품에 대하여 말라르메를 스승으로 여긴 발레리는 극찬을 아끼지 않았다. 「에로디아드」는 파르나스파(École parnassienne)의 기교와 포(Edgar Allan Poe)의 정신성이 기적적으로 결합되어 있으며, '순수와 순결'이 아름다움의 조건으로 나타나 있다는 것이다.[12] 요컨대, 말라르메의 「에로디아드」는 한편으로는 '절대 허무'를 다른 한편으로는 '순수와 순결'의 양면성을 지닌다.

여기서 중요한 것은 말라르메가 「목신의 오후」를 창작하기 시작한 시점이 「에로디아드」의 창작을 그만둔 시점이라는 것이다. 말라르메는 「에로디아드」의 창작 중 '불모성'의 지점에 다다르게 되었고, 그 지점에서 목신이라는 영웅을 자신의 작품에 불러들여 「목신의 오후」를

10) Maurice Blanchot, 『문학의 공간』, 이달승 옮김, 그린비, 2014, 39면.
11) Emmanuel Levinas, 『모리스 블랑쇼에 대하여』, 박규현 옮김, 동문선, 2003, 18면.
12) Paul Valéry, 『말라르메를 만나다』, 김진하 옮김, 문학과지성사, 2007, 122면.

창작하게 된 것이다(최석, 「말라르메의 시 속에 나타난 에로스의 두 양상」 119). 여기서 목신은 에로디아드의 대척점에 놓여 있다고 볼 수 있다. 반인반수의 형상을 지닌 반수신인 목신은 인간에 내재한 수성(獸性) 또는 동물성(動物性)의 상징이다. 즉, 말라르메가 에로디아드 대신 목신을 선택했다는 것은 '순수와 순결' 대신 '본능과 욕망'을 선택했다는 것이다. 그리고 그것은 죽음에 대한 충동으로서의 '타나토스' 대신 삶에 대한 충동으로서의 '에로스'를 선택했다는 의미가 된다(최석, 「말라르메의 시 속에 나타난 에로스의 두 양상」 138). 민희식은 이러한 「목신의 오후」를 관능의 세계로 해석한다.13) 요컨대, 말라르메가 「에로디아드」의 세계에서 「목신의 오후」의 세계로 옮겨간 것은 인간 존재의 본질에 관한 시적 탐구 가운데서 인간의 이원성에 대한 갈등을 보여준다. 본고는 이 이원성의 지점에서 인간의 위선의 문제를 논구해 보고자 한다.

한편 김구용(金丘庸, 1922~2001)은 비운(非運)의 시인이다. 세 살 때부터 요양살이를 시작했던 그는, 평생 병약한 육신과 세인의 이목을 기피하는 은일적 성격으로, 문단의 화려한 조명 밖에 머물며, 외롭게 시작 활동을 해왔다. 김구용은 1949년 『신천지』에 「산중야(山中夜)」로 김동리(金東里, 1913~1995)의 추천을 받으며 등단한다. 이것은, 이념의 논리를 벗어나 전통미학을 바탕으로 순수문학을 확립해 가기 위해 김동리가 고전적 아취를 풍기는 김구용의 시14)를 높이 샀기 때문이다. 한국전쟁으로 피난생활을 하며 문단활동을 중단하였던 그는 1953년 조연현(趙演鉉, 1920~1981)과의 인연으로 「탈출」(『문예』, 1953.2.)을

13) 민희식, 「말라르메의 <반수신의 오후> 攷」, 『불어불문학연구』 6.1, 1971, 77면.

14) 그가 등단하기 전에 썼던 시 「부여(夫餘)」, 「석사자(石獅子)」, 「관음찬(觀音讚)」, 「고려자기부(高麗磁器賦)」 등은 전통미와 고전미가 서려 있는 작품들이다.

발표하며 본격적인 시작(詩作)을 재개한 다음, 조연현이 창간한 『현대문학』에서 기자 생활을 하다가, 1956년 『현대문학』이 제정한 제1회 신인문학상을 수상한다.[15] 한국전쟁의 전후(前後)를 관통하는 그의 시력(詩歷)은 전쟁이 그의 시세계에서 일종의 원체험으로 작용한다는 것을 간접적으로 예증한다. 현대문학상의 심사위원이었던 서정주(徐廷柱, 1915~2000)는, 김구용의 시가, 전쟁이란 비극적 상황에서 실험의 극한까지 나아갔으며, 동양정신의 영향을 받았으되 자연관조에 머물지 않고, 서양 희랍정신의 영향을 받았으되 신(神)을 맹목적 진실로 보지 않는, 동서양 정신의 완벽한 조화에 이르렀다고 고평하였다.[16]

그러나 김구용은 이러한 평가에 안주하지 않고 현대시 극복을 위한 실험을 계속하다 전후 모더니즘 시의 난해성 논쟁에 휘말린다. 김구용은 전쟁에 의해 폐허가 된 현대 문명의 모더니티가 곧 인간 비극의 근원임을 시적으로 형상화하기 위해 고뇌한 바는 있지만, 동양사상에 뿌리를 두고 있다는 점에서, 전후 모더니즘 시인들과는 사상적으로 거리를 두고 있었다. 그럼에도 불구하고, 김구용은 난해시를 쓰는 것으로 평가되는 후반기 동인, 송욱, 전봉건, 김수영 등의 전후 모더니스트들과 같은 범주에서 논의되면서 평가절하되었다. 김구용은 이 논쟁의 중심에 놓여 있지 않았음에도 불구하고, 김구용의 시는 '난해시'라는 평가가 고정되며 그는 점차 문단의 중심으로부터 멀어지게 된다. 이후, 그는 『화엄경』의 현대적 재현을 시도한 『구곡(九曲)』, 『송 백팔(頌 百八)』을 통해, 자신이 단지 전후 상황을 모더니즘이라는 첨단의식에 의해 촉각적으로 반응하다 단명한 시인이 아님을 지속적인 창작으로 보

15) 수상작은 다음과 같다, 「위치(位置)」, 「그녀의 고백(告白)」, 「슬픈 계절(季節)」, 「그네의 미소(微笑)」, 「육체(肉體)의 명상(瞑想)」, 「잃어버린 자세(姿勢)」

16) 서정주, 「김구용의 시험과 그 독자성」, 『현대문학』, 1956년 4월호, 134면.

여준다. 즉, 김구용은 『시집(詩集)』 I(1969)을 낸 후 1970년대 후반부터 의욕적으로 『시(詩)』(1976), 『구곡(九曲)』(1978), 『송 백팔(頌 百八)』(1982) 등의 시집을 냄으로써 일가를 이룬 것이다. 그의 이러한 시작활동은 전후 모더니즘 시인들이 대개 단명한 것과 달리, 모더니즘이라는 첨단의식과 유행에 편승하지 않고도 자기 시 세계를 확고하게 가지고 있었던 김구용의 저력을 보여준다. 마침내 2000년에 이르러 김구용 전집[17]이 출간되어, 그의 시 세계에 대한 정당한 평가가 다시 시작될 수 있는 계기가 마련된다.

당대 비평이 아닌 김구용 시에 대한 본격적인 논의는 크게 다섯 방향으로 이루어지는데, 첫째, 시의 실험정신과 산문성에 중점을 둔 경우,[18] 둘째, 불교적 사유와 미의식에 중점을 둔 경우,[19] 셋째, 상징주의나 초현실주의 등 모더니즘 또는 근대성의 관점으로 접근한 경우,[20] 넷

---

17) 김구용 전집은 시 전집 『시』, 『구곡』, 『송 백팔』, 『구거(九居)』 네 권을 비롯하여, 산문집 『구용 일기(丘庸 日記)』, 『인연(因緣) 』을 포함한 총 6권으로 구성되어 있으며, 2000년 솔 출판사에서 출간되었다.

18) 윤병로, 「김구용 시 평설」, 『한국현대시인작가론』, 한국문학평론가협회 편, 신아출판사, 1987.
하현식, 「김구용론: 선적 인식과 초현실 인식」, 『한국시인론』, 백산출판사, 1990.
이건제, 「공(空)의 명상과 산문시 정신」, 『1950년대의 시인들』, 송하춘·이남호 편, 나남, 1994.
홍신선, 「실험 의식과 치환의 미학」, 『한국시의 논리』, 동학사, 1994.
김동호, 「난해시의 風味, 一切의 시학」, 김구용, 『풍미』, 솔, 2001.
민명자, 「김구용 시 연구: 시의 유형과 상상력을 중심으로」, 충남대학교 박사학위 논문, 2007.

19) 홍신선, 「현실 중압과 산문시의 지향」, 김구용, 『시: 김구용 문학 전집 1』, 솔, 2000.
김진수, 「불이(不二)의 세계와 상생(相生)의 노래」, 김구용, 『구곡(九曲): 김구용 문학 전집 2』, 솔, 2000.

20) 고명수, 「한국에 있어서의 초현실주의문학고찰」, 『동악어문논집』 22, 1987.
송승환, 「김구용의 산문시 연구—보들레르 산문시와의 상관성을 중심으로」, 『어

째, 프로이트·라캉·지젝의 정신분석으로 접근한 경우,[21] 다섯째, 들뢰즈의 존재론으로 접근한 경우[22] 등으로 대별될 수 있다. 김윤식은, 그의 시의 난해성을 전후의 극한 상황에서 추구된 실험성과 사상성에 의해 필연적으로 동반될 수밖에 없는 '깊이'로 옹호하며, 전후(戰後)의 자생적 모더니스트의 계보에 위에 김구용의 문학사적 위상이 재정립[23] 되어야 함을 역설하였다. 본고는 이러한 평가의 연장선상에서 김구용 시를 말라르메 시와 비교 연구해 보고자 한다. 본고는 김구용과 말라르메를 비교연구하는 데서 반수신의 상징을 중심으로, 이것이 인간 존재의 본질에 관한 시적 탐구에서 인간의 이원성으로 인한 위선의 문제를 내포한다는 전제하에 논의를 전개할 것이다.

2. 연구의 시각

이 논문은 말라르메와 김구용의 반수신에 나타난 위선을 비교 연구하는 데 목적이 있다. 신화학에서 반수신은 동물신(動物神)에서 인간신(人間神)으로 넘어가는 중간단계에 등장하는 것으로 보고된다(오세정 242). 반수신은 한편으론 '자연의 신격화'일 수도, 다른 한편으론 '수성의 타자화'일 수도, 그리고 마지막으로 이 두 특성을 모두 지닌 '카오스의 형상화'일 수도 있다(이인영 252). 그러나 본고는 이처럼 복합적인 성격을 지닌 반수신의 상징을 문학작품에서는 인간 존재의 이원성에

문론집』 70, 2017.

21) 이숙예, 「김구용 시 연구: 타자와 주체의 관계 양상을 중심으로」, 중앙대학교 박사학위논문, 2007.

김청우, 「김구용 시의 정신분석적 연구」, 전남대학교 석사학위논문, 2011.

22) 박동숙, 『김구용의 생성 시학 연구』, 서울시립대학교 박사학위논문, 2015.

23) 김윤식, 「「뇌염」에 이르는 길」, 『시와 시학』, 가을. 2000, 18~25면.

대한 고찰에서 창조된 상상의 존재로 보고자 한다. 그리고 본고는 이러한 인간의 이원성으로부터 위선의 문제가 야기된다고 보고자 한다. 이를 구명하기 위해, 칸트(Immanuel Kant, 1724～1804)의 윤리학의 관점을 원용하여 말라르메와 김구용의 반수신 상징에 나타난 위선의 문제를 다루어 보고자 한다. 이 논문에서 칸트의 윤리학이 위선에 대한 연구의 시각으로 선택된 것은 칸트의 윤리학이 절대론적 윤리학의 정점에 있으며, 현대 윤리학에 대해서도 기원적 성격을 지니고 있기 때문이다.

칸트에 따르면 인간은 이성적인 동물이다.[24] 이것은 아퀴나스(Thomas Aquinas, 1225～1274)가 『존재자와 본질에 대하여』에서 말한 바와 같이, 인간이 동물과 이성(animali et rationali)으로 이루어졌음을 의미하는 것이 아니라, 이 둘이 합성된 제3의 존재임을 의미한다.[25] 이처럼 인간은 동물과 이성이라는 이원성에 기반한 제3의 존재이다. 그러나 아퀴나스에 따르면 인간 안의 동물과 이성은 아담의 원죄 이후 상충한다는 데서 인간사의 온갖 죄악이 탄생한다.[26] 한편, 인간이 이성적 존재이기 때문에 지니는 특성으로 도덕성이 있다. 도덕성은 이성 가운데서도 실천이성(實踐理性, Praktische Vernunft, practical reason)이 주관하는 특성이다. 이러한 맥락에서 칸트가 『실천이성비판』에서 주장하는 바와 같이, 인간은 도덕적인 존재자인 동시에 동물적인 존재자이다.[27] 인간이 아무리 도덕적인 존재자라고 할지라도, 육체를 지녔다는 점에

24) Immanuel Kant, 『이성의 한계 안에서의 종교』, 백종현 옮김, 아카넷, 2012, 189면.

25) Thomas Aquinas, 『존재자와 본질에 대하여』, 김진·정달용 옮김, 서광사, 1995, 31면.

26) Thomas Aquinas, 『영혼에 관한 토론 문제』, 이재룡·이경재 옮김, 나남, 2013, 177～178면.

27) Immanuel Kant, 『실천이성비판』, 백종현 옮김, 아카넷, 2012, 156면.

서 동물적인 존재자임이 부정될 수 없다. 칸트의 『윤리형이상학』에 따르면, 인간에게는 동물성(動物性, Tierheit)에 기반한 자연본성의 충동들이 내재하는데, 이것은 인간이 자기보존 또는 종의 보존을 위해 갖게 된 특성이다.[28] 그뿐만 아니라, 감성존재자(感性存在者, Sinnenwesen)로서의 인간도 동물적인 존재자로서의 인간이다.[29] 예컨대, 성욕 같은 본능은 동물적 존재자로서의 인간에게 내재할 수밖에 없는 것이다. 그러나 칸트의 『이성의 한계 안에서의 종교』에 따르면 인간의 자연본성 안에 있는 성벽(性癖, Hang)은 악(惡, Böse)이며(193), 그것도 근본적인 악, 즉, 근원악(根源惡, das radikale Böse)이다(208). 동물성과 반대로 윤리는 하나의 의무로서 당위적이고 강제적이다(칸트, 『윤리형이상학』 164). 즉, 이성적 동물로서의 인간은 이성의 명령 아래 도덕적 존재자(moralische Wesen)로서 자신의 동물성을 통제해야 한다.

또한, 칸트는 『이성의 한계 안에서의 종교』에서 인간이 무리 지으려는 특성을 인간의 부정적인 동물적 특성으로 보았다(190). 그러므로 인간사회가 평화를 유지하기 위해서 윤리가 필요하다. 칸트의 『영구평화론』에 따르면 평화는 자연상태(Naturzustand)가 아니며, 오히려 전쟁이 자연상태이다.[30] 이러한 관점은 홉스(Thomas Hobbes, 1588~1679)가 『시민론: 정부와 사회에 관한 철학적 기초』에서 자연상태가 '만인의 만인에 대한 투쟁(bellum omnium contra omnes)'이라고 주장한 것과 유사하다(46). 즉, 이들은 인간을 자연상태에 내맡겨두었을 때, 인간의 동물성은 사회를 전쟁상태로 만들 것이라는 관점이다. 오늘날 세계평화 유지를 위해 설립된, 세계정부로서의 UN은 칸트가 제시한 견해가 실현

28) Immanuel Kant, 『윤리형이상학』, 백종현 옮김, 아카넷, 2012, 513면.
29) *Ibid.*, p.510.
30) Immanuel Kant, 『영구평화론』, 이한구 옮김, 서광사, 2008, 25면.

된 것이다. 즉, 세계정부가 존재해야만 세계평화가 유지될 수 있다는 것이 칸트의 관점이다.

이어서, 본격적으로 칸트의 선(善) 개념으로부터 위선(僞善)의 개념을 이끌어내 보고자 한다. 칸트의 『윤리형이상학 정초』에 따르면 선(善, das Gut)의 유일한 기준은 선의지(善意志, guter Wille)이다.[31] 선의지는 "선하게 살고자 하는 의지"이다(浜田義文 194). 이처럼, 선의 판단 기준은 결과가 아니라, 선의지라는 목적에 있다. 왜냐하면, 결과에 대해서는 주체의 책임을 묻기 어렵지만, 목적에 대해서는 주체의 책임을 물을 수 있기 때문이다. 중요한 것은 주체의 책임이다. 그러므로 주체에게 선을 행할 의지가 있었는가 하는 것이 선의 판단기준이다.

그런데, 선이 성립되기 위해서는 선의지 이외에 또 하나의 조건이 더 필요하다. 그것은 바로 칸트가 『실천이성비판』에서 주장하는 바와 같이, "너의 의지의 준칙이 항상 동시에 보편적 법칙 수립의 원리로서 타당할 수 있도록, 그렇게 행위"한다(91). 그 선의지는 동서고금을 막론하고 항상 보편타당한 절대성을 띠어야 한다. 이것을 판별하는 것이 양심(良心, Gewissen)이다. 그러므로 칸트는 선의지가 양심의 법정의 명령에 따르는 것이어야 한다고 주장한다. 예컨대, 『성경』의 윤리는 '나는 해야 한다. 그러므로 나는 할 수 있다'는 칸트의 격률과 유사하다(니부어, 「그리스도인의 윤리」 72). 십계명에서 '살인하지 말라'는 것은 윤리인 동시에 하느님의 명령이다. 즉, 칸트에게서는 『성경』에서와 같이 양심의 절대적인 명령에 복종하는 방식으로 선은 실천된다. 이러한 양심을 칸트는 『윤리형이상학』에서 윤리적 존재자 안에서 도덕법칙에 대하여 의무가 '있다 또는 없다'를 판정하는 실천이성으로 본다(487).

31) Immanuel Kant, 『윤리형이상학 정초』, 백종현 옮김, 아카넷, 2010, 77면.

다음으로 선의 또 하나의 중요한 판별기준은 '주체의 의지가 자율적인가?' 아니면 '주체의 의지가 타율적인가?'에 있다. 칸트의 『윤리형이상학 정초』에 따르면, 의지가 자율적인 경우만 선이라고 할 수 있으며, 의지가 타율적인 경우, 그것을 사이비 선이라고 한다(169~170). 위선의 사전적 의미가 타인의 시선을 위해 겉으로만 선한 체하는 것이라면, 바로 위선이 선이 아닌 이유는 칸트의 관점에 따라 주체의 선의지가 자율적이 아니었기 때문이다. 그러므로 칸트가 말하는 이 사이비 선을 위선이라고 할 수도 있을 것이다. 요컨대, 칸트의 윤리학적 관점에서 주체의 자율성은 윤리성의 가장 기본적인 조건 중 하나이다(『윤리형이상학 정초』 169).

그러나 선의 성립을 위해서 무엇보다 중요한 것은 선의 실천이다. 인간은 윤리적 의무로서 주어진 선을 실천해야만 한다. 그러한 의무에는 타인에 대한 사랑의 의무[32]와 존경의 의무[33]가 있다. 우선, 칸트의 『윤리형이상학』에 따르면, 타인에 대한 사랑의 의무로는 자선, 감사, 동정 등이 있다(560). 특히, 타인과 더불어 기쁨과 괴로움을 느끼는 인간의 성정을 칸트는 '도덕적 동정(道德的 同情)'이라고 하며, 또한, 이 '도덕적 동정'은 '미감적 인간성(美感的 人間性)'이라고도 한다.[34] 윤리주의자로서의 칸트는 미학서인 『판단력 비판』에서조차 아름다운 것은 도덕적으로 선한 것의 상징이라고 주장했다.[35] 단, 도덕적 동정이 자연적인 것이라면, 미감적 인간성은 의무적인 것이라는 차이점은 있다.[36] 그

---

32) Immanuel Kant, 『윤리형이상학』, 554면.
33) *Ibid.*, p.573.
34) *Ibid.*, p.566.
35) Immanuel Kant, 『판단력 비판』, 이석윤 옮김, 박영사, 2003, 243면,
36) Immanuel Kant, 『윤리형이상학』, 566면.

러나 자연적인 것이든, 의무적인 것이든, 인간은 타인에 공감하는 데서 선을 실천할 수 있다. 다음으로 타인에 대한 존경의 의무로는 타인의 위엄(dignitas), 즉, 인간은 그 자체로 목적(Zweck)으로 대해져야 하며, 그럼으로써 자기 자신도 존엄성을 가질 수 있다는 것을 인정해야 하는 의무가 있다.[37] 그러므로 칸트는 『판단력 비판』에서 이성적 존재자(vernünftiges Wesen)이자 도덕적 존재자(moralische Wesen)인 인간 현존재(Dasein)는 그 자체가 최고의 목적으로 대해져야 하며, 이에 따라 '무엇을 위하여 인간이 현존하는가?'라는 질문을 인간에 적용하지 말아야 하고, 인간 현존재 그 자체가 최고의 목적이라는 당위명제에 반대되는 그 어느 자연의 힘에도 인간은 굴복하지 말아야 한다고 주장한다(344). '나 자신'이 '인간의 존엄성'을 지닌다는 권리를 주장하고자 한다면, 칸트의 주장처럼 그것은 '타인'의 존엄성을 존중하는 데서 시작되어야 할 것이다.[38] 이처럼, 칸트에게서 의무로서의 도덕은 도덕법칙이라고도 할 수 있을 것이다. 또한, 도덕법칙에 대한 존경의 감정을 '도덕 감정'이라 한다.[39] 위선의 문제는 어떠한 행위가 이러한 준거들에 부합한가 그렇지 않은가로 판별할 수 있다.

요컨대, 칸트의 윤리학적 관점에 따르면, 이성적 동물인 인간은 실천이성이라는 양심의 법정의 명령에 따라 자율적으로 선의지를 실천해야 하는 의무를 지닌 도덕적 존재자이다. 그리고 이러한 의무에는 타인을 사랑해야 하는 의무로서 도덕적 동정 또는 미감적 인간성을 지녀야 하며, 타인을 존중해야 하는 의무로서 인간은 그 자체로 목적으로 대해져야 한다는 존엄성을 존중해야 한다.

---

37) *Ibid.*, p.574.
38) Immanuel Kant, 『윤리형이상학』, 574면.
39) Immanuel Kant, 『실천이성비판』, 156면.

본고는 이러한 칸트의 윤리학적 관점에서 반수신의 상징에 나타난 위선의 문제를 고찰하고자 한다. 반수신은 이성적 동물로서의 인간에게서 동물성이 이성을 압도하게 됨으로써, 이성이 동물성을 지배하는 것이 아니라, 동물성이 이성을 지배하게 된 인간의 상징이다. 또한, 반수신으로 상징되는 인간은 이성으로 동물성을 통제하는 것을 일종의 위선이라고 폭로하고자 하는 욕망을 지닌 인간이다. 그러나, 오히려 반수신은 칸트의 윤리학적 관점에서 선을 결여한 존재로서 악의 상징이라고 할 수 있을 것이다. 칸트는 『이성의 한계 안에서의 종교』에서 "인간은 자연본성적으로 악하다."라고 주장하면서, 호라티우스가 "결여 없이 태어나는 자는 없다."라고 한 말을 인용한다(199). 칸트는 악을 선의 결여로 간주하고자 한다. 그 이유는 하느님께서 인간을 창조하실 때, 인간이 악이라는 본성을 가지고 태어나도록 창조하였다고 볼 수는 없으나, 악을 인간의 본성에서 절멸할 수도 없기 때문에, 악을 선의 결여로 간주하게 된 것이다. 그러므로 반수신은 선의 결여로서의 악의 상징이다.

말라르메의 경우 반수신이 섹슈얼리티의 상징인 것은 칸트의 관점에 따라 인간에 내재하는 동물성 가운데 자기보존과 종의 보존의 특성이 이성의 통제를 벗어난 것으로 볼 수 있을 것이다. 김구용의 경우 반수신이 살인의 표상인 것은 칸트의 관점에 따라 자연상태로는 전쟁상태인 인간사회가 세계정부의 통제를 벗어난 것으로 볼 수 있을 것이다. 이들은 선의지 자체를 갖지 않는다. 그뿐만 아니라, 타인의 사랑에 대한 의무와 존경에 대한 의무를 상실한 자들이다. 이들은 도덕적 동정과 미감적 인간성을 상실함으로써 악과 추의 상징이 된다. 즉, 윤리를 벗어난 인간이 동물존재와 다름이 없는 것이고 이것이 반수신의 상징으로 나타난다. 그러한 맥락에서 본고는 반수신의 상징에 나타난 위선의 문제를 논증해 나아가고자 한다.

II. 말라르메와 김구용의 반수신의 공통점

1. 동물성 우위의 상징으로서의 반인반수의 신

말라르메의 「목신의 오후」는 목신을 주인공으로 한 영웅시적 막간극으로 창작되었다(황현산 253). 목신(牧神)은 일종의 반수신(半獸神)으로서 그리스·로마 신화에 그 유래가 있다. 목신은 그리스신화의 판(Pan)이자 로마신화의 파우누스(Faunus)이다. 목신은 인간의 몸에 염소의 뿔과 굽이 결합된, 반인반수(半人半獸)의 신이다. 그 구체적인 형상을 「목신의 오후」의 한 구절을 통해 확인해 보면 다음과 같다.

> 어쩔 것인가! 다른 여자들이 내 이마의 뿔에
> 그네들의 머리타래를 묶어 나를 행복으로 이끌리라.
> 너는 알리라, 내 정념이여, 진홍빛으로 벌써 무르익은,
> 석류는 알알이 터져 꿀벌들로 윙윙거리고,
> 그리고 우리의 피는, 저를 붙잡으려는 것에 반해.
> 욕망의 영원한 벌떼를 향해 흐른다.
> 이 숲이 황금빛으로 잿빛으로 물드는 시간에
> 불 꺼지는 나뭇잎들 속에서는 축제가 열광한다.
> 애트나 화산이여! 그대 안에 비너스가 찾아와
> 그대의 용암 위에 순박한 발꿈치를 옮겨놓을 때,
> 슬픈 잠이 벼락 치거나 불꽃이 사위어 간다.

여왕을 내 끌어안노라!

Tant pis! vers le bonheur d'autres m'entraîneront
Par leur tresse nouée aux cornes de mon front:
Tu sais, ma passion, que, pourpre et déjà mûre,
Chaque grenade éclate et d'abeilles murmure;
Et notre sang, épris de qui le va saisir,
Coule pour tout l'essaim éternel du désir.
À l'heure où ce bois d'or et de cendres se tiente
Une fête s'exalte en la feuillée éteinte:
Etna! c'est parmi toi visité de Vénus
Sur ta lave posant tes talons ingénus,
Quand tonne une somme triste ou s'épuise la flamme.
Je tiens la reine!

— Mallarmé, 「목신의 오후」 부분. (88~89)[40]

위에 인용된 부분은 말라르메의 「목신의 오후」의 한 부분이다. 첫 행의 "내 이마의 뿔"은 바로 염소의 뿔을 가진 목신의 형상이 묘사된 구절이다. 이어지는 구절들에서 목신은 "정념"과 "욕망"에 충만해 있다. 목신을 둘러싼 자연적 배경마저 목신과 교응(交應)을 이루고 있음을 상징적으로 보여주는 듯이, 정열적인 적색의 이미지가 넘쳐난다. 예컨대, "석류", "피", "용암", "불꽃"의 이미지들은 목신의 "정념"과 "욕망"의 끓어오름과 잘 조화를 이룬다. 이러한 목신은 인간의 내면에 잠재된 동물성(動物性)을 상징한다. 인간에게는 동물성에 기반한 자연 본성의 충

40) 이 논문에 인용된 「목신의 오후」 시편들은 모두 스테판 말라르메, 『시집』, 황현산 옮김, 문학과지성사, 2005.의 번역을 따랐다. 괄호 안에는 인용 지면만 표기하기로 한다.

동들이 내재하는데, 이것은 칸트에 따르면 인간이 자기보존 또는 종의 보존을 하기 위해 갖게 된 특성이다.[41] 이 시의 시적 주체인 "목신"이 "비너스"를 "여왕"이라 부르며 끌어안는 것은 인간의 동물성 가운데서도 성(性)에 대한 열망을 보여준다. 성(性)은 종족보존을 위해 인간에게 내재하는 본성인 것이다. 그럼에도 불구하고, 인간은 이성적 동물이다.[42] 이는 인간이 이성과 동물이 결합된 존재가 아니라, 이성의 지배를 받는 제3의 존재임을 의미한다(아퀴나스, 『존재자와 본질에 대하여』 31). 그러나 반인반수의 신으로서의 목신은 인간의 이성과 동물의 기계적 결합을 상상적으로 보여준다. 특히, 위에 인용된 부분에서는 인간의 이러한 동물성만이 중점적으로 표현되어 있다. 즉, 말라르메의 반인반수의 신으로서의 목신은 이성적 동물로서의 인간에게서 동물성의 우위를 보여준다.

한편 김구용의 시에서 반수신의 이미지를 찾아보면 다음과 같다.

> 너는 사람 탈을 쓴 굶주린 짐승
> 옛 벽화에 서성거리는 나의 그림자
>
> 이 밤 가냘픈 등불인 양 빗발에 떨며
> 오롯이 돌아가는 시계(時針)에 몰리노니
>
> 아아 병든 꽃술이 무거이 벌어져
> 섬벽 아롱질 듯 빙주(氷柱) 같은 이빠디여
>
> 오오 비린내를 풍기는 모진 포효(咆哮)들

---

41) Immanuel Kant, 『윤리형이상학』, 513면.
42) Immanuel Kant, 『이성의 한계 안에서의 종교』, 189면.

물결 위로 솟는 해를 더듬으며
수많은 시체에서 일어서는

오늘도 나는 사람 탈을 쓴 굶주린 짐승
알몸의 피를 잎으로 씻으며
낡은 벽화에 꿈을 담는 사나이.

— 김구용, 「반수신」 전문. (313)[43]

위에 인용된 부분은 김구용의 「반수신」 전문이다. 이 시에서 '반수신'을 가리키는 구절은 두 차례 제시된다. 첫 번째는 1연 1행의 "너는 사람 탈을 쓴 굶주린 짐승"이고, 두 번째는 6연 1행의 "나는 사람 탈을 쓴 굶주린 짐승"이다. 이 시의 반수신은 얼굴은 사람이지만 몸은 짐승인 반인반수의 신이다. 1연에서 "너"는 "나의 그림자"이다. 그러므로, "너"가 "사람의 탈을 쓴 굶주린 짐승"이라면, 당연히 "나"도 "사람의 탈을 쓴 굶주린 짐승"이 된다. 이 시의 반수신은 "시계"라는 시어에서 보듯이 시간의 유한성 안에 놓인 인간이 잔인한 공격성을 발산하며 살생을 한 후 "시체" 가운데서 "피"를 씻으며 죄의식도 없이 다시 "꿈"을 꾼다. 이 시에서의 반수신은 칸트의 윤리학이 이성적 존재자(vernünftiges Wesen)로서의 인간에게 요구하는 타인에 대한 사랑의 의무[44]와 존중의 의무[45]를 모두 저버리고 있다. 타인에 대한 사랑의 의무는 타인과 더불어 기쁨과 괴로움을 느끼는 인간의 성정으로서의 '도덕적 동정(道德的 同情)'과 '미감적 인간성(美感的 人間性)'을 바탕으로 한다.[46] 그러

43) 이 논문에 인용된 김구용의 시편들은 모두 김구용, 『시: 김구용 전집 1』, 솔, 2000. 에서 인용했다. 괄호 안에는 인용 지면만 표기하기로 한다.

44) Immanuel Kant, 『윤리형이상학』, 554면.

45) *Ibid.*, p.573.

46) *Ibid.*, p.566.

나 이 시의 시적 주체인 반수신은 인간에 대한 그러한 도덕감정을 완전히 잃어버렸다. 그뿐만 아니라 인간 그 자체를 목적(Zweck)으로 대해야 한다는, 인간 존엄성에 대한 존중도 잃어버렸다. 이처럼 인간의 도덕적 의무를 모두 잃어버린 인간은 이 시에서 반인반수의 신으로 나타난다.

위의 시는 김구용의 전후시라는 맥락에서 볼 때, 살육의 현장인 전장에서 최소한의 인간성조차 파괴되어 오직 동물성만이 남은 인간의 모습을 반수신의 이미지로 그려내고 있는 것으로 보인다. 전쟁에서 자기 자신의 정당방위를 위해 살생을 저지르면서도 죽음 앞에서는 두려워하며 살아남기 위해 몸부림치는 반수신의 모습은 다름 아닌 인간의 모습일 것이다. 그렇지만, 이 시의 인간은 인간의 탈을 썼을 뿐 인간이 아니다. 인간은 살인해서는 안 된다는 것이 모든 도덕률의 기본이다. 인간이 살인해서는 안 되는 이유는 인간은 그 자체로 목적으로 대해져야 하는, 존엄성을 갖기 때문이다.[47] 그러나, 전쟁은 살인을 합법화한다. 이 시는 전쟁에서의 살인마로서의 반인반수의 신의 모습을 보여준다. 살인마가 반인반수의 신이라는, 동물성 우위의 존재로 상징되는 것은 자연상태는 전쟁상태라는 세계관에 바탕을 둔다(칸트, 『영구평화론』 25; 홉스, 『시민론: 정부와 사회에 관한 철학적 기초』 46). 이성에 의해 쌓아 올린 현대 문명이 오히려 전쟁을 통해 인간의 이성을 무장해제 해버린 역설적 현실 앞에서, 문명의 흔적은 해독 불가능한 "낡은 벽화"로 비칠 뿐이다. 이 시에서 반수신은 이성적 동물로서의 인간에게서 이성은 잃어버리고 동물성이 우위를 점하게 된 인간에 대한 상징이다.

이상으로 말라르메의 「목신의 오후」와 김구용의 「반수신」을 통해 반인반수의 신으로서의 반수신의 상징이 공통으로 나타난다는 것을 살

47) *Ibid.*, p.574.

펴보았다. 이 두 시인에게서 반수신은 공통적으로 짐승의 얼굴을 한 상상적 존재로 나타나면서, 이성적 동물로서의, 인간의 본성에 잠재된 동물성의 우위를 강렬하게 상징화하고 있다.

이제 조금 더 깊이 그 동물성의 의미를 살펴보도록 하겠다.

2. 이성으로부터의 도피와 본능의 지배

인간은 이성적인 동물이다.[48] 말라르메의 반수신은 인간 본성 가운데 동물성을 상징화한 상상적 존재이다. 인간은 도덕적인 존재자인 동시에 동물적인 존재자이다.[49] 인간이 도덕적인 존재자인 것은 실천이성으로서의 양심(良心, Gewissen)에 따라 선을 행할 때 그러한 것이다. 그런데, 말라르메의 반수신의 동물성은 한편으로는 이성(理性)을 상실한 것으로, 다른 한편으로는 본능의 지배를 받는 것으로 나타나는 것으로 보인다. 그러한 특성을 보여주는 구절은 아래와 같다.

아니다, 그러나 말이
비어 있는 마음과 무거워지는 이 육체는
대낮의 오만한 침묵에 뒤늦게 굴복한다.
단지 그것뿐, 독성의 말을 잊고 모래밭에 목말라 누워
잠들어야 할 것이며, 포도주의 효험을 지닌
태양을 향해 나는 얼마나 입 벌리고 싶은가!

Non, mais l'âme

48) Immanuel Kant, 『이성의 한계 안에서의 종교』, 189면.
49) Immanuel Kant, 『실천이성비판』, 156면.

De paroles vacante et ce corps alourdi
Tard succombent au fier silence de midi:
Sans plus il faut dormir en l'oubli du blasphème,
Sur le sable altéré gisant et comme j'aime
Ouvrir ma bouche à l'astre efficace des vins!

— Mallarmé, 「목신의 오후」 부분. (89)

위에 인용된 부분은 말라르메의 「목신의 오후」의 종결 부분이다. 이 부분은 꿈속에서 님프를 쫓던 목신이 님프가 갈대로 변해 버리자 허망한 심정을 고백하는 내용을 담고 있다. 위의 1~2행에서 "말이/비어 있는 마음"이라는 표현은 목신이 이성(理性, Verunft)을 상실한 것으로 볼 수도 있을 것이다. 왜냐하면, 하만(Johann Georg Hamann, 1730~1788)은 『언어에 관한 글』(*Schriften zur Sprache*)에서 "이성이란 언어이며 로고스이다(Verunft ist Sprache, Logos)."라고 했다. 그러므로 「목신의 오후」에서 인용된 위의 부분에서 "말" 즉 언어를 의미하는 로고스(Logos)는 이성으로 해석될 수 있을 것이다. 따라서 "말이 비어 있는 마음"이라고 하는 것은 이성이 상실된 지점을 보여주는 표현이라고 할 수 있을 것이다. 칸트의 『순수이성비판』에 따르면 이성은 인식에서의, 최고 통일의 능력이자, 원리의 능력이다.[50] 이러한 이성은 다시 순수이성(reinen Vernunft)과 실천이성(praktischen Vernunft)으로 구분된다. 인간을 도덕적 존재자(moralische Wesen)가 되도록 하는 것은 실천이성의 역할인데, 위의 시에서 이성이 상실되었다고 하는 것은 인간이 도덕적 존재자가 될 수도 없다는 의미일 것이다.

그리고 이어서 2행의 "무거워지는 육체"라는 표현은 이성에 대해 육

50) Immanuel Kant, 『순수이성비판』 제2권, 백종현 옮김, 아카넷, 2014, 257~258면.

체가 절대적으로 우위를 점해감을 묘사하는 표현으로 볼 수 있다. 즉, 이 표현은 이성적 존재자(vernünftiges Wesen)에 대한 동물적 존재자의 지배라고 해석될 수 있다. 왜냐하면, 인간에게서 동물성이 내재해 있는 곳이 바로 "육체"이기 때문이다. 이러한 해석은 이어지는 시행들로 더욱 지지를 받는다. 특히, 3행의 "독성의 말"이라는 표현은 언어의 폐해, 나아가 이성중심주의(rationalism)의 폐해를 상징한다고 볼 수 있다. 이 시에서 "목신"이 "독성의 말"을 망각하고 "포도주"와 "태양"을 갈망한다는 것은 환희에 가득 찬 도취와 생에 대한 열정을 갈망하는 것으로 해석될 수 있다. 열정은 칸트에 따르면 정서가 아니라 자기 자신에 대한 지배로부터 자유로워지려는 경향성이다.[51] 즉, "목신"은 이성에 의한 자기 자신에 대한 지배로부터 자유로워짐으로써 본능이 내재하는 곳, 즉 "육체"의 쾌락을 지향해 가고 있다고 할 수 있다.

특히, 「목신의 오후」의 이 부분은 말라르메가 시를 순수한 관념에 가까운 것으로 이해하면서(「정신의 악기, 책」 381), 영원불변의 진리로서의, 플라톤적인 이데아와 같은 시를 추구하던 것[52]에 대한 반성일 수 있다. 즉, 말라르메는 「에로디아드」의 창작을 통해 순수한 관념의 세계를 추구하다 공허의 벽에 부딪혀 실패하게 되자, 비로소 「목신의 오후」의 창작을 통해 인간 안에서 절멸되지 않는 본능에 관한 성찰을 하게 된 것이다. 요컨대, 이 시의 반수신은 이성의 지배를 벗어나 열정적으로 본능에 따라 살아가고 싶은, 인간 내면에 잠재된 동물적 존재자를 상징한다.

말라르메의 반수신이 이성으로부터 도피하여 본능의 지배를 받는

51) Immanuel Kant, 『이성의 한계 안에서의 종교』, 193면.
52) Stéphane Mallarmé, "La Musique et les Lettres," p.336.

모습은 김구용의 시에서도 나타난다. 이것은 이성적 존재임을 자부하는 인간의 위선에 대한 폭로이다. 김구용의 시에서 반수신의 동물성에 대해 깊이 살펴보면 다음과 같다.

> 어느 날, 내 몸이 나의 우상(偶像)임을 보았다. 비가 낙엽에 오거나 산새의 노래를 듣거나 마음은 육체의 노예로서 시달렸다. 아름다운 거짓의 방에서 나는 눈바람을 피하고 살지만 밥상을 대할 때마다 참회하지 않는다.
>
> 언제 끝날지 모르는 생을 두려워 않는다. 일월성신(日月星辰)과 함께 괴로워하지 않는다. 추호라도 나를 속박하면 나는 신을 버린다.
>
> 순간이라도 나를 시인하면, 나는 부처님을 버린다. 몸과 정신은 둘 아닌 것, 비단과 쇠는 다르다지만 그러나 나에게는 하나인 것, 언제나 여기에 있다.
>
> 시침이 늙어가는 벽에 광선(光線)을 긋는다. 산과(山果)는 밤에도 나무가지마다 찬란하다. 돌은 선율로 이루어진다.
>
> 사람 탈을 쓴 반수신은 산 속 물에 제 모습을 비쳐 보며 간혹 피 묻은 입술을 축인다.
>
> — 김구용, 「반수신의 독백」 전문. (286)

위에 인용된 부분은 김구용의 「반수신의 독백」 전문이다. 이미 「반수신」에서 "사람의 탈을 쓴 굶주린 짐승"이란 표현이 있었는데, 「반수신의 독백」에서는 "사람의 탈을 쓴 반수신"이란 표현이 있다. 이러한 점으로 보아, 「반수신」과 「반수신의 독백」은 연작으로서의 성격을 지닌다고 할 수 있다. 이 시에서는 "마음은 육체의 노예"라는 표현이 나온다. 이러한 구절도 말라르메의 반수신의 경우와 같이 이성적 동물이어야 하는 인간이 이성으로부터 도피하여 본능만의 지배를 받는 존재가

된 것에 대한 상징으로서 반수신을 보여준다. 이 시에서 "반수신"은 육체를 "우상"으로 섬기면서 "신"과 "부처"를 버렸다고 고백한다. 김구용의 사상은 불교에 깊이 닿아 있다. 그는 차후에 『화엄경』의 현대적 재현을 시도하여 『구곡(九曲)』과 『송 백팔(頌 百八)』을 썼다. 그뿐만 아니라, 첫 시집부터 그의 시에는 '관세음보살(觀世音菩薩)' 등의 불교적인 상징들이 녹아있다. 김구용의 반수신 관련 시편에서 "부처"가 등장하는 것도 그러한 맥락이다. 이러한 데서 기독교적 세계관에서 배태된 프랑스 상징주의 문학의 대표적인 시인인 말라르메를 비교하는 것이 타당한가 의문을 가질 수 있다. 그러나 말라르메의 시세계 전반을 관통하는 무(無)에 관한 깊이 있는 통찰은 여러 논자에 의해 불교적 세계관과의 유사성이 비교연구 되어왔다. 그 가운데서도 예컨대, 말라르메의 반수신 상징은 반—코기토(contre—cogito), 즉 비실체적 존재현상으로 볼 수 있는데, 이러한 사유는 불교의 무아(無我)의 개념에 상당히 가깝다는 해석도 있다.[53] 그러나 그 무아는 열반에 이르는 길이다. 불교의 사상이 종교 이상의 보편성을 갖는 것은 부처가 인류에게 보편적으로 윤리성의 귀감이 되기 때문이다. 그러나, 김구용의 「반수신의 독백」에서는 "부처"마저 저버린 시적 주체가 남아 있을 뿐이다. 이러한 시적 주체는 자신을 스스로 "반수신"이라고 고백한다. 즉, 인간의, 이성적 동물로서 갖게 되는 도덕성이 김구용의 "반수신"에서는 완전히 상실되어 있다. 다만 김구용의 "반수신"은 "입술"에 "피"를 묻힌 자로서 살생하는 자일 뿐이다.

지금까지 말라르메의 「목신의 오후」와 김구용의 「반수신」과 「반수신의 독백」에는 공통적으로 반인반수의 신으로서의 반수신이 등장하

53) 말라르메와 불교에 대해서는 최석(2004)과 장정아(2015)를 참조하라.

는데, 이는 이성적 동물로서의 인간에게서 동물성의 우위를 보여주는 한편, 이성으로부터 도피하여 본능의 지배를 받는 동물적 존재자로서의 인간을 상징한다는 것을 살펴보았다. 다음으로 말라르메와 김구용의 반수신에 어떠한 차이점이 나타나는지 살펴보도록 할 것이다.

III. 말라르메와 김구용의 반수신의 차이점

1. 말라르메의 '사랑'의 화신 대 김구용의 '증오'의 화신

말라르메의 「목신의 오후」에서 반수신에 대하여 최석(1995)은 '에로스'의 화신이라고 하였다. 그러면서 최석은 에로스의 의미를 관능적 사랑을 추구하는 에로티시즘(Eroticism) 또는 돈주앙주의(Don—Juanism)로 규정하고 있다(119). 그러나 에로스의 본래적 의미는 플라톤(Plato)의 『파이드로스』(*Phaedrus*)와 『향연』(*Symposium*)에서 비롯된 사랑의 개념이다. 이러한 플라톤의 에로스는 인간이 감성계에서 이데아계로 오르려는 영혼의 상향성이라는 의미를 내포한다.[54] 그러므로 본고에서 에로스라는 개념을 쓴다면 플라톤의 에로스와 통념상의 에로티시즘을 가리키는 에로스 사이에 의미의 혼선이 예상된다. 그러므로 본고는 에로스라는 개념 대신 사랑이라는 개념을 쓰고자 한다. 본고가 사랑의 의미를 에로티시즘으로 국한하지 않으려고 하는 것은 앞서 발레리가 말한 것처럼 이 작품에는 정신성이 잘 구현되어 있을 뿐 아니라, 이 작품

54) Anders Nygren, 『아가페와 에로스』, 고구경 옮김, 크리스찬 다이제스트, 2013, 172면.

의 구성 자체가 '회상'의 형식으로 되어 있어, 인간의 '의식'이라는 지점에 또 하나의 초점이 더 있기 때문이다. 따라서, 본고는 이 작품의 사랑이 심층적인 차원에서는 정신성을 완전히 배제하지만은 않는 것으로 보고, 이 시의 반수신을 에로스의 화신이라고 보지 않고, 사랑의 화신이라고 보도록 하겠다. 이 작품의 사랑의 구체적인 양상을 찾아 살펴보면 다음과 같다.

> 아주 나직하게 믿을 수 없는 여자들을 믿게 하는 입맞춤,
> 그네들의 입술이 누설한 그 부드러운 공허와는 달리,
> 증거의 허물이 없는 내 순결한 가슴은
> 어느 고귀한 이빨에 말미암은 신비로운 상처를 증언한다.
> 그러나, 아서라! 이런 비의는 은밀한 이야기 상대로
> 속 너른 쌍둥이 갈대를 골랐으니 푸른 하늘 아래서 부는
> 갈대 피리는 뺨의 혼란을 저 자신에게 돌려,
> 한 자락 긴 독주 속에 꿈을 꾼다, 우리가
> 주변의 아름다움을, 바로 그것과 우리의 순박한 노래 사이
> 감쪽같은 혼동으로, 기쁘게 하는 꿈을,
> 내 감은 눈길로 따라가던 그 순결한 등이나
> 허리의 흔해 빠진 몽상으로부터
> 한 줄기 낭랑하고 헛되고 단조로운 선을
> 사랑이 변주되는 것만큼 높이 사라지게 하는 꿈을.

> Autre que ce doux rien par leur lèvre ébruité,
> La baiser, qui tout bas des perfides assure,
> Moin sein, vierge de preuve, atteste une morsure
> Mystérieuse, due à quelque auguste dent;
> Mais, bast! arcane tel élut pour confident

Le jonc vaste et jumeau dont sous l'azur on joue:
Qui, détournant à soi le trouble de la joue,
Rêve, dans un solo long, que nous amusions
La beauté d'alentour par des confusions
Fausses entre elle—même et notre chant crédule;
Et de faire aussi haut que l'amour se module
Évanouir du songe ordinaire de dos
Ou de flanc pur suivis avec mes regards clos,
Une sonore, vaine et monotone ligne.

— Mallarmé, 「목신의 오후」 부분. (86)

위에 인용된 부분은 「목신의 오후」의 한 부분이다. 이 부분은 목신이 님프들을 겁탈하려는 순간 님프들이 갈대로 변하자, 목신이 갈대로 악기를 만들어 불었다는 신화의 서사를 그대로 차용하고 있다. 즉, 그리스 신화는 목신이 겁탈하려 한 님프 에코(Echo)는 메아리로 변했고, 시링크스(Syrinx)는 갈대로 변했다고 전한다. 시링크스는 팬플루트(pan flute) 또는 팬파이프(pan pipes)로 불리는 악기들의 또 다른 이름이기도 하다. 이 시의 결말에서 활화산 같던 사랑의 정념은 결국, 랑시에르(Jacques Rancière)가 『말라르메: 사이렌의 정치학』(*Mallarmé: The Politics of the Siren*)에서 말한 것처럼, "무상한 존재의 신비(the mystery of an evanescent presence)"로 변화된다.[55] 이 부분에서 목신은 자신의 이루지 못한 사랑을 음악으로 승화하고 있다. 구체적으로 마지막 행에서 "사랑"의 "변주"를 말하고 있는 것이 바로 그러하다. 팬플루트 또는 팬파이프를 부는 목신은 음악의 신이기도 하다. 말라르메에게 음악은 이데아(Idée)

55) Jacques Rancière, *Mallarmé: The Politics of the Siren,* Trans. Steve Corcoran, Bloomsbury: Continuum, 2011, p.18.

에 도달하도록 도와준다.[56] 「목신의 오후」에서도 음악은 신비를 추구하는 것을 가능하게 하는데, 이것은 곧 말라르메가 「책, 영혼의 악기」("Le Livre, Instrument Spirituel")에서 말하는 바와 같이, 현실로부터 이데아로의 전환을 가능하게 하는 것을 의미한다(Œuvres Complètes. Vol. II. 226). 말라르메가 「음악과 문학」("La Musique et les Lettres")에서 말하는 바와 같이, 그에게 음악과 문학은 신비롭게도 청각을 통해 추상적인 시각을 연상시킴으로써 이해력을 높이는 것이다(330). 이처럼 음악을 중요시하는 입장에서 말라르메는 「목신의 오후」를 창작한 것이다. 작곡가 드뷔시(Claude Achille Debussy, 1862~1918)가 말라르메의 「목신의 오후」에 헌정하는 작품 『목신의 오후에의 전주곡』(Prélude à l'Après Midi d'un Faune)을 작곡한 것도 말라르메가 시와 음악의 조화를 추구했던 것과 무관하지 않을 것이다. 칸트는 「여러 미적 예술의 미감적 비교」에서 시와 자연스럽게 결합되는 예술로서 심의(心意)를 내면적으로 자극하는 공통적 속성을 지닌 음악을 들었다.[57] 그런 의미에서 목신은 또 다른 음악의 신인 오르페우스(Orpheus)와 비교될 수 있다. 바르트는 『글쓰기의 영도』에서 말라르메를, 사랑하는 여인을 뒤돌아보던 오르페우스에 비유한다(69). 진실로 「목신의 오후」에서 목신이 님프를 추억하는 이 장면은 바로 오르페우스가 에우리디케(Eurydike)를 그리워하는 모습을 연상시킨다. 그뿐만 아니라, 「목신의 오후」 전편(全篇)이 이루지 못한 사랑에 대해 회상하는, 한 편의 음악이기도 하다. 이러한 점을 보았을 때, 말라르메의 반수신은 사랑의 화신이라고 할 수 있을 것이다.[58]

---

56) Joseph Chiari, *Symbolisme from Poe to Mallarmé: The Growth of Myth,* New York: Macmillan Company, 1956, p.131.
57) Immanuel Kant, 『판단력 비판』, 212~213면.

그러나, 이 시 「목신의 오후」에서, 목신의 입장에서의 사랑이 반드시 님프의 입장에서도 사랑인 것은 아니다. 왜냐하면, 사랑은 상호주체적인 것이기 때문이다. 그러므로 목신의 일방적인 사랑은 타자의 동의를 구하지 않았다는 의미에서 강간에 가깝다. 실제로 서양미술사에서 나타나는 회화나 조소에서 목신은 남근이 비정상적으로 확대되어 형상화된다든지, 님프를 강제로 쓰러트리는 모습으로 형상화되기도 한다. 이것은 결코 아름다운 사랑의 형상화만으로 보이지는 않는다. 목신이 추(醜)로 형상화되는 경우도 있는 것은 미술가에게 목신의 행위가 악(惡)한 것으로 판단되었기 때문이다. 즉, 칸트의 관점에서 아름다운 것은 도덕적으로 선한 것의 상징이라면(『판단력 비판』 243), 추한 것은 도덕적으로 악한 것의 상징이 될 수 있는 것이다. 목신은 칸트의 관점에서 님프에 대하여 올바른 방식으로 사랑의 의무와 존중의 의무를 다하지 않았다. 왜냐하면, 목신은 님프를 목적 그 자체로 대하지 않고, 자신의 성적 욕망을 충족하기 위한 수단으로 대한 것이기 때문이다. 만약 목신이 님프에게 도덕적 동정을 가졌다면 님프를 일방적으로 성적으로 대상화할 수 없었을 것이다. 그러므로, 목신의 입장에서 자신의 성적 욕망에 충실한 상태에서의 님프에 대한 사랑은 님프의 거부에 의해 좌절될 수밖에 없는 것이다.

그러나 흥미로운 것은 예술사에서 목신이 고대 그리스 시대부터 19세기까지 지속적으로 창작되어 온 이유가 목신이 인간보다 더 인간적인 존재로 이해되었기 때문이라는 것이다.[59] 목신은 주지하다시피 고

58) 물론, 이 사랑을 실현하는 방식이 겁탈이라는 방식으로 나타남으로써 이 사랑을 실패로 돌아가게 하는 것은 문제가 된다. 그러나 목신은 자신의 그러한 행위에 대해 죄의식을 느낀다. 그러한 점에서 목신의 사랑을 사랑이 아닌 것으로 볼 수는 없을 것이다.

대 그리스신화로부터 유래한 신이다. 이러한 목신에게는 선악의 개념이 없다. 그러나 서구의 정신사가 고대 그리스적 세계관에서 기독교적 세계관으로 전환됨에 따라, 목신은 사탄(Satan)의 기원이 된다. 기독교에서 사탄의 형상은 염소와 같은 두상에 뿔을 가진 반인반수의 형상으로 나타난다. 이러한 목신의 형상은 사탄의 형상과 외형상 거의 같다, 『성경』에서 염소는 양과 대비되는 상징으로 등장하는 경우가 있다. 양이 희생 제물로서의 예수의 상징이요, 예수를 따르는 신자의 상징인 데서 알 수 있듯이, 양은 기독교적 상징체계 안에서 선(善)의 상징이라고 할 수 있다. 이러한 의미는 「마태오 복음서」에서 분명해진다, 「요한묵시록」 20장 11~15절에서 나오는 최후의 심판이 「마태오 복음서」 25장 31~46절에서도 언급된다. 그중에서 「마태오 복음서」 25장 32~33절을 살펴보면, "그리고 모든 민족들이 사람의 아들 앞으로 모일 터인데, 그는 목자가 양과 염소를 가르듯이 그들을 가를 것이다. 그렇게 하여 양들은 자기 오른쪽에 염소들은 왼쪽에 세울 것이다."라고 되어 있다. 이 구절은 「요한묵시록」 20장 11~15절에서 "생명의 책"에 기록된 선인(善人)만 구원을 받고, 그렇지 않은 악인(惡人)은 벌을 받는, 최후의 심판에 대응된다. 그러므로 「마태오 복음서」 25장 32~33절에서의 "양"은 「요한묵시록」 20장 11~15절에서의 "생명의 책"에 기록된 선인에 대응되고, 「마태오 복음서」 25장 32~33절에서 "염소"는 「요한묵시록」 20장 11~15절에서 "생명의 책"에 기록되지 않은 악인에 대응된다. 즉, 최후의 심판에서 양과 염소는 각각 선인의 상징과 악인의 상징으로 대비되는 것으로 볼 수 있다. 이처럼 이 구절에서 양이 선인의

59) Hervé Joubeaux, "Le faune littéraire," *Au temps de Mallarmé, le Faune,* Valvins: Musée départmental Stéphane Mallarmé, 2005, p.17.

상징인 것은 양은 아무에게도 해를 입히지 않고 온유하며 저항하지 않는 인내심이 있기 때문이고, 반면, 염소가 악인의 상징인 것은 변덕, 자만심, 호전성 등의 악덕을 지니기 때문이다.[60] 물론, 성경에서의 양과 염소의 상징적 의미가 위의 해석과 같이 항상 일의적인 것만은 아니다. 여하튼, '사탄의 형상이 왜 인간과 염소가 결합된, 반인반수신의 변형으로 형상화되는가?'의 문제에 완벽한 해답은 없다. 다만, 기독교에서 사탄은 하느님과 대적하는 자이자, 또는 교만한 자, 또는 성적으로 유혹하는 자 등의 속성을 지닌다. 이 가운데 그리스신화에서 목신은 성적으로 유혹하는 자이다. 즉, 성적 욕망을 상징하는 목신이 바로 기독교에서 사탄의 원형이 된 것으로 볼 수 있다. 왜냐하면, 기독교에서 성적 욕망은 죄악이 될 수 있기 때문이다. 목신에게는 악에 대한 죄의식이 부재한다. 그에 반해, 사탄은 목신에게 악에 대한 개념이 덧씌워지며 탄생한 것이라고 볼 수 있다.

칸트는 인간에게 동물성에 기반한 자연본성의 충동들이 내재하는 것을 인정하며, 이것을 인간이 자기보존 또는 종의 보존을 위해 갖게 된 특성으로 보았다.[61] 말하자면 목신은 그러한 인간의 동물성에 기반한 자연본성을 긍정한 것이라고 볼 수 있다. 그러나 칸트는『이성의 한계 안에서의 종교』에서 인간의 자연본성 안에 있는 성벽(性癖, Hang)은 악(惡, Böse)이라고 규정한다(193). 그것도 근본적인 악, 즉 근원악(根源惡, das radikale Böse)이라고 규정한다.[62] 즉, 인간의 성(性) 자체가 악인 것은 아니지만, 성을 쾌락과 유희의 도구로 삼는 성벽은 악인 것

60) Manlio Simonetti,『교부들의 성경주해 신약성경 II』, 이혜정 옮김, 분도출판사, 2014, 358면.
61) Immanuel Kant,『윤리형이상학』, 513면.
62) Immanuel Kant,『이성의 한계 안에서의 종교』, 208면.

이다. 여기서 주의해야 할 것은 성과 성벽 사이의 미묘한 간극이다. 이러한 미묘한 간극 사이에서 그리스 신화는 목신의 성적 욕망을 긍정한 것이고, 기독교는 사탄의 성적 욕망을 부정한 것이다. 예컨대, 칸트와 같이 인간을 이성적 동물로 간주했던 아퀴나스는 인간의 동물적 속성을 죄성(罪性)으로 간주한다. 원죄사상(原罪思想)도 바로 이러한 데서 탄생한다. 인간의 본성 안에서 절멸시킬 수 없는 동물성이 기독교의 관점에서는 원죄의 근원인 것이다.[63] 이러한 맥락에서 칸트가 근원악이라고 한 성벽은 아퀴나스로 대변되는 기독교 신학에서 원죄가 된다. 이러한 원죄의 관점에서 목신은 사탄으로 변화한 것으로 볼 수 있다.

다시 말라르메에 대한 논의로 돌아가면, 말라르메의 「목신의 오후」는 보들레르가 "낭만주의는 우리에게 영원한 낙인을 남긴, 신성한—혹은 악마적인—축복이다"라고 말한 영향 아래 있다(이부용 11). 오비디우스의 『변신』과 루소의 『에밀』 등도 말라르메와 같이 인간에 내재한 자연을 옹호하였다.[64] 그러므로, 계보학적으로 고대 그리스신화의 목신은 중세 기독교의 사탄이 되었다가 다시 근대에 이르러 기독교의 쇠락과 함께 고대 그리스 신화적 의미의 목신으로 부활했다고 볼 수 있다. 예컨대, 19세기 니체의 반기독교 사상 등의 시대적 조류가 목신의 부활을 가져왔다고도 볼 수 있는 것이다.[65] 그러나 기독교의 관점에서 목신은 악신(惡神), 나아가 사탄으로 볼 수 있을 것이다. 또한, 위선도 악이라면, 반수신은 양심에 따른 죄의식 없이, 인간에 내재하는 동물적 충동으로서의 성적 욕망을 인간적인 것으로 옹호하며, 이것을 억압하는 도덕률을 도리어 위선이라고 폭로하고자 하는 작가적 욕망의 표현

63) Thomas Aquinas, 『영혼에 관한 토론 문제』, 177~178면.
64) Hervé Joubeaux, *op. cit.*, pp.10~13.
65) Joseph Chiari, *op. cit.*, p.129.

일 수 있다.

한편, 김구용의 반수신은 전쟁 중에 합법적으로 살인을 하는 인간을 가리킨다. 그러한 의미에서 김구용의 반수신도 위선을 폭로하는 악신이라고 할 수 있을 것이다. 합법적인 살인은 악에 대한 죄의식이 부재하는 것이라고 할 수 있다. 말라르메와 김구용이 다른 점이라면 말라르메에게서는 성적 욕망에 대한 죄의식이 사라진다는 것이고, 김구용에게서는 살의에 대한 죄의식이 사라진다는 것이다. 말라르메의 목신의 사랑은 낭만화되어 있지만, 실은 타자가 동의하지 않은 사랑이라는 점에서 폭력적이라고 볼 수도 있다.

반면에 김구용의 반수신은 사랑과는 전혀 거리가 먼 모습으로 그려진다. 구체적으로 그 양상을 살펴보면 다음과 같다.

> 나는 죽었다. 또 하나의 나는 나를 조상(弔喪)하고 있었다. 눈물은 흘러서 호롱불이 일곱 무지개를 세웠다. 산호뿔 흰사슴이 그 다리 위로 와서 날개를 쓰러진 내 가슴에 펴며 구구구 울었다. 나는 저만한 거리에서 또 하나의 이런 나를 보고 있었다.
>
> — 김구용, 「희망」 전문. (318)

이 시에서 반수신은 "산호뿔 흰사슴"으로 나타난다. 이 시의 그러한 시적 주체 "나"는 동물적 존재자의 형상을 띠고 있다는 점에서 이성적 존재자(vernünftiges Wesen) 또는 도덕적 존재자(moralische Wesen)의 형상으로부터는 벗어나 있다. 그러나 독특한 점은 시적 주체가 "나는 나를 조상(弔喪)"한다는 표현에서 보는 바와 같이 '자신의 죽음'을 상상적으로 애도하며 성찰한다는 것이다. 즉, 이 시의 시적 주체는 자신을 타자화하여 인식한다. 이러한 상상의 세계는 "호롱불"이 "무지개"를 세우며 더욱 아름답고 환상적인 이미지로 그려진다. 이 시에서 특별히 선과 악의 대별은 이루어지지 않는다. 그러나 시적 주체의 '울음'을 통해 희박하게나마, 함께 기뻐하고 함께 슬퍼하는 도덕적 동정[66]의 가능성이 발견된다. 즉, 이 시에서 "산호뿔"과 "흰사슴"의 몸, 그리고 '비둘기'의 날개가 결합된 동물의 이미지가 어떤 도덕적 의미로 곧바로 환원되는 것은 아니다. 그러나 상술한 「반수신」과 「반수신의 독백」에서의 "반수신"의 이미지가 잔인하게 살생하는 육식동물의 이미지였던 것과 비교해볼 때, 「희망」에서의 "산호뿔," "흰사슴," 그리고 '비둘기'가 결합된 이 상상의 반수신의 이미지는 아름답고 평화로운 초식동물의 이미지다. 칸트의 『판단력 비판』에 따르면 미의 특징으로 '쾌(快)'의 감각을 유발한다는 것이 있다(60~61). 이 시에서도, 보석으로 분류되는 "산호," 순결의 상징인 "흰" 색, 그리고 평화의 상징인 '비둘기,' 이들은 모두 감각적으로도 쾌를 유발하는, 미적 존재로서의 동물들이다. 칸트의 『판단력 비판』에 따르면 아름다운 것은 도덕적으로 선한 것의 상징이다(243). 그러한 맥락에서 이 시에서 미적 존재로서 나타나는 이 상상의 동물은 미감적 인간성[67]을 회복할 가능성을 지닌 도덕적 존재자로서의 인간을 의인화한 것으로 볼 수 있다.

> 내가 볼 적마다 놈은 흘끔흘끔 나를 보기에 무슨 할 말이 있다면 시원히 들어보려고 가니까 놈도 긴한 일이나 있는 듯이 내게로 온다. 우리 인사 합세다 하니까 놈은 음흉스레 입술만 들먹일 뿐, 대답을 않는다. 내가 수상한 놈임을 알았지만 선심으로 악수를 청해도 놈은 싸늘한 제 손끝만을 내 손 끝에 살짝 들이댄다. 놈의 소행이 괘

66) Immanuel Kant, 『윤리형이상학』, 566면.
67) *Loc. cit.*

씸하나 나로서는 기왕 내민 손을 옴칠 수도 없어서 정답게 잡으려는데, 놈은 기를 쓰며 그 이상 응하지 않는다. 어처구니가 없어 웃으니까 그제는 따라 웃는다. 하 밉살스러워서 뺨을 쳤더니, 거울은 소리를 내며 깨어진다. 놈은 깨끗이 없어졌다.//목을 잃은 나는 방안에 우뚝 서 있는 놈의 동체를 보았다.

— 김구용, 「신화」 전문. (335)

이 시 「신화」에서의 주체의 분열과 그 주체들 간의 대립 양상은 앞의 시 「희망」과 같다. 이 시 「신화」의 "나"와 "놈"은 서로 거울상이다. 즉, "놈"은 타자화된 자기 자신이다. 이들은 한 쌍의 짝패(double)로서 대립하며 서로에게 공격성(aggressivity)을 드러낸다. 이 시에서 "나"는 자신과 동일시되는 상을 파괴함으로써 오히려 자아의 붕괴를 초래하고 있다. 이러한 붕괴는 깨어진 거울의 이미지로 반복되어 나타난다. 프로이트에 따르면, 인간의 파괴본능과 공격본능의 정신분석적 기원은 증오이다(「왜 전쟁인가」 358). 그러므로 김구용의 반수신과 관련된 시에서 반수신이 타인을 죽이고, 자신을 죽이는 것은 그 심층심리에 증오가 있다고 볼 수 있다. 그러한 맥락에서 말라르메의 반수신이 사랑의 화신인 것과 대별(大別)하여, 김구용의 반수신은 증오의 화신이라고 할 수 있을 것이다. 이 시에서 김구용의 반수신은 칸트의 관점에서 타인에 대한 사랑의 의무[68]뿐 아니라, 타자로서의 자기 자신에 대한 사랑의 의무마저 저버린 것이다. 그리고 그것의 귀결은 결국 "목을 잃은 나"라는, 이 시의 결말이 보여주는 바와 같이 자기파괴이다. 칸트에 따르면 사랑이 의무인 것은 그것이 자연적인 감정에서 비롯된 것이 아닐 수도 있으며, 실천이성(praktischen Vernunft)의 명령에 따라 행해야만 하는 것이기

68) Immanuel Kant, 『윤리형이상학』, 554면.

때문이다. 그러므로 인간의 양심(良心, Gewissen), 즉, 실천이성의 통제를 벗어난 반수신에게는 증오만 남게 된다. 그리하여, 그 증오는 타인에 대한 공격성, 나아가 타자화된 자신에 대한 공격성으로 나타난다. 이러한 공격성은 전쟁 소재의 시에서는 폭력에 의한 살인으로 나타난다. 그리고 거울 소재의 시에서는 자살로 나타난다. 칸트가 인간의 존엄성을 파괴하려는 자연적 힘에 굴복해선 안 된다고 주장[69]한 데 반해, 자살충동은 바로 그 자연적 힘에 굴복하여 자기 자신의, 인간으로서의 존엄성을 파괴하려는 충동이다.

요컨대, 「희망」에서의 반수신은 도덕적 동정이 되돌아옴으로써 양심이 회복될 기미를 보이지만, 결국, 「신화」에서의 반수신은 주체의 분열을 겪음으로써 증오에서 비롯된 공격성을 자기 자신에게 투사하는, 자살충동을 보인다.

이로써, 말라르메의 반수신은 사랑의 화신이고, 김구용의 반수신은 증오의 화신이라는 차이점이 있다는 것을 밝혔다. 전자의 반수신은 양심에 따른 죄의식 없이, 인간에 내재하는 동물적 충동으로서의 성적 욕망을 인간적인 것으로 옹호하며, 이것을 억압하는 도덕률을 도리어 위선이라고 폭로하고자 하는 작가적 욕망의 표현이었다. 반면, 후자의 반수신은 양심이 회복될 기미를 보이지만, 주체의 분열로 인해 증오를 자기 자신에게 투사함으로써 자신의 존엄성을 파괴하려는 자살충동의 표현이었다. 그러나 이러한 차이점에도 불구하고, 이 반수신들은 모두 선과 악의 카오스 가운데 놓인 인간의 위선에 대해 폭로하고 있다.

69) Immanuel Kant, 『판단력 비판』, 344면.

2. 말라르메의 '영육'의 테마 대 김구용의 '전쟁과 평화'의 테마

그렇다면, 어떠한 이유에서 말라르메의 반수신은 사랑의 화신으로 나타나고 김구용의 반수신은 증오의 화신으로 나타나는지 구명해 보도록 하겠다. 우선, 말라르메의 경우를 살펴보도록 하겠다.

이 님프들, 나는 그네들을 길이길이 살리고 싶구나.

이리도 선연하니,
그네들의 아련한 살빛, 무성한 잠으로 졸고 있는
대기 속에 하늘거린다.

내가 꿈을 사랑하였던가?
두텁게 쌓인 태고의 밤, 내 의혹은 무수한 실가지로
완성되어, 생시의 숲 그대로 남았으니,
아아! 나 홀로 의기양양 생각으로만
장미밭의 유린을 즐겼더란 증거로구나

더듬어 생각해보자……

Ces nymphes, je les veux perpétuer.

Si clair,
Leur incarnant léger, qu'il voltige dans l'air
Assoupi de sommeils touffus.

Aimai—je un rêve?

Mon doute, amas de nuit ancienne, s'achève
En maint rameau subtil, qui, demeuré les vrais
Bois même, prouve, hélas! que bien seul je m'offrais
Pour triomphe la faute idéale de roses—

Réfléchissons..

— Mallarmé, 「목신의 오후」 부분. (84~85)

위에 인용된 부분은 「목신의 오후」의 도입 부분이다. "꿈" 또는 "생각"과 같은 시어는 "목신"이 독백하고 있는 "님프"와의 사랑이 현재의 사건이 아니라 자신의 의식 속에서 회상된 과거의 사건이라는 것을 알려준다. 앞서 한 차례 언급한 바와 같이, 말라르메의 이 시는 표층적으로는 목신이 관능의 사랑에 빠져 있으므로, '육체'가 전경화(前景化)되는 것처럼 보인다. 그렇지만, 심층적으로는 이 사랑의 시(Love Poem)가 목신의 몽상과 회상이라는 '영혼'에서 이루어진 것이다. 그러므로, 이 시는 인간의 이원성, 즉, '육체'와 '영혼'의 대립이라는 주제로 다루고 있는 것으로 보아야 한다. 즉, 이 시의 사랑은 절묘하게도 영적 관능(sen sualité spirituelle)[70]을 다루고 있다. 이처럼 인간의 이원성에서 비롯된 영육의 대립이라는 주제는 말라르메의 시세계 전체를 조망할 때도 가장 중요한 주제 중 하나가 될 것이다. 말라르메가 「에로디아드」를 창작하다가 「목신의 오후」를 창작하게 된 것도 바로 영육의 대립이라는 문제에 관해 질문을 던지는 시인 자신의 실존이 그 주제에 내포되어 있었기 때문이다. 즉, 말라르메의 반수신에는 영육의 대립이라는, 그의 시세계 전반에 내포된 주제에서 탄생한 것이라고 볼 수 있다.

70) Jean—Luc Steinmetz, *Mallarmé: L'Absolu au Jour le Jour,* Parsis: Fayard, 1998, p.181.

이러한 맥락에서 말라르메에게서 「목신의 오후」의 "목신"이라는 상징은 인간 육체의 실존에 대한 긍정이라는 의의가 있다. 주보(Hervé Joubeaux)는 「문학의 목신」("Le Faune Littéraire")에서 말라르메에게서 반인반수라는 설정은 단지 장식적인 것에 불과하고, 목신이 오히려 더 인간적이라는 것을 보여준다고 말한다(17). 즉, 이 시는 육체로부터 비롯되는 욕망과 쾌락을 있는 그대로의 인간의 모습으로 긍정한 것이다. 말라르메는 현실과 이상 사이에서 갈등하다가, "이원론적 전일성의 절대성"(김기봉 49)을 추구하였다고 할 때, 목신은 그 과정 중에 탄생한 상징이 될 수 있을 것이다. 또한, 이처럼 인간의 육체를 실존적으로 긍정할 때, 목신의 육체에 대한 태도는 소년의 그것과 같을 수도 있다는 관점이 있다. 예컨대, 김보현은 「목신의 오후」에서의 "목신"은 "백합" 등과 함께 순진성(ingenuité)을 암시한다고 보았으며(47), 리샤르도 「목신의 오후」에서 목신은 순진성(ingenuité)의 육체라는 주제를 내포하고 있다고 보았다(126). 이러한 관점에서 바라볼 때, 반수신은 인간의 위선의 가면을 발가벗은 인간의 모습일 수도 있는 것이다.

나아가, 말라르메의 「목신의 오후」라는 작품에서 "목신"의 행위를 단순히 선과 악의 이분법에서 악으로만 규정할 수 없는 것도 "꿈"이라는 문학적 장치 때문이다. 이 작품에서 "목신"의 "님프"에 대한 사랑은 "꿈"이라는 문학적 장치, 즉, 현실의 공간이 아니라 가상(假想)의 공간 안에서 형상화된다. 더 나아가, "꿈"이라는 문학적 장치 안에서조차 그 사랑은 이루어지지 않는다. 예컨대, 프로이트는 근친상간과 근친상간적 욕망을 구분한다. 근친상간은 죄이지만, 근친상간적 욕망은 모든 인간의 무의식에 잠재하는 심리일 뿐 그 자체를 죄라고 할 수 없다고 보는 것이다. 무의식의 작용으로서의 "꿈"에서조차 성몽(性夢)을 꾸지 않는 사람은 없으며, 성몽 자체를 죄라고 할 수도 없는 것이다. 이와 같은 논리에서, 말라르메의 「목신의 오후」도 마찬가지이다. 말라르메는 "목신"이라는 신화 속 가상의 존재를 "꿈"이라는 문학적 장치 안에 등장시킴으로써 인간의 본성에 내재하는 동물적 충동, 그 자체를 있는 그대로 표현한 것이다. 「목신의 오후」, 이 한 편의 작품이 말라르메의 대표작이라고 할 수는 있지만, 말라르메의 시세계 전체를 대표한다고는 할 수 없다. 말라르메의 시세계는 이데아적인 우주 전체의 진리를 담고자 한, '한 권의 책(Le Livre)'을 궁극의 목표로 삼고 있다. 그러한 관점에서, 말라르메가 문학적으로 도달한 최고의 성취는 "주사위 던지기는 결코 우연을 배제하지 않는다(Un Coup de Dés Jamais N'oublira le Hasard)."[71] 라는 명언을 남긴, 일명(一名) 『주사위 던지기』(*Un Coup de Dés*)라고 할 수 있다. 말라르메의 「목신의 오후」는 그러한 맥락에서 「에로디아드」의 순수한 관념의 추구에서 『주사위 던지기』의 절대의 책으로 가는 과정에서, 인간의 영육 간의 이원성에 대한 고뇌에서 창작된 작품이라고 보아야 할 것이다.

반면에 김구용의 반수신이 탄생한 맥락은 전혀 다른 것으로 보인다. 그 구체적인 양상을 살펴보면 다음과 같다.

> 마음은 철과 중유로 움직이는 기체 안에 수금되다. 공장의 해골들이 핏빛 풍경의 파생점을 흡수하는 안저(眼底)에서 암시한다. 제비는 포구(砲口)를 스치고 지나 벽을 공간에 뚫으며 자유로이 노래한다. 여자는 골목마다 매독의 목숨으로서 웃는다. 다리[橋] 밑으로 숨는 어린 아귀(餓鬼)의 표정에서 식구들을 생각할 때 우리의 자성

71) Stéphane Mallarmé, *Igitur · Divagations · Un Coup de Dés,* Édition de Bertrand Marchal, Paris: Gallimard, 2016, p.417.

은 어느 지점에서나 우리의 것 그러나 잡을 수 없는 제 그림자처럼 잃었다. 시간과 함께 존속하려는 기적의 기가 바람에 찢겨 펄럭인다. 최후의 승리로, 마침내 명령일하(命令一下)! 정유(精油)는 염열(炎熱)하고 순환하여, 기축(機軸)은 돌아올 수 없는 방향을 전류지대로 돌린다. 인간기계들은 잡초의 도시를 지나 살기 위한 죽음으로 정연히 행진한다. 저승의 광명이 닫혀질 눈에 이르기까지 용해하는 암흑 속으로 금속성의 나팔 소리도 드높다.

— 김구용, 「인간기계」 전문. (320)

위의 시 「인간기계」에서는 독특하게도, 반수신이 반인반수의 형상으로 그려졌던 앞의 시들과 달리, '반인(半人)—반기계(半機械)'인 "인간기계"로 나타난다. 기계론적인 우주관의 관점에서 보자면, 인간의 육체 또한 하나의 기계라고 볼 수도 있을 것이다. 그러므로 김구용의 "인간기계"는 또 하나의, 현대적인 반수신이라고 볼 수 있다. "인간기계"는 현대 문명이 만들어낸 그 어떤 무기보다 위험한 무기가 된다. 과거의 전쟁은 최소한 민간인의 생존을 위협하지 않는 한도를 지킨다는, 전쟁의 법칙을 지켜가며 진행되었다. 그러나 현대의 전쟁은 모든 인간과 문명을 무차별적으로 파괴하기 위한 무기를 만들어내게 되었다. 나아가, 이러한 현대의 전쟁에서는 인간 자신도 무기가 되어야만 하는 비극성이 과거의 전쟁에 비해 더욱 고조되었다. 칸트는 전술한 바와 같이, 평화가 아니라 전쟁을 인간사회의 자연상태로 보았다(『영구평화론』 25). 칸트가 우려한 바와 같이, 동물적 존재 상태로 전락한 인간은 이 시에서 "인간기계"가 되어 나타난다. 이 시에서 "마음은 철과 중유로 움직"인다고 하는 표현은 자연스러운 도덕감정과 양심(良心, Gewissen)으로서의 실천이성(praktischen Vernunft)을 잃어버린 현대의 반수신, 즉,

"인간기계"의 마음을 보여주는 것이라고 할 수 있다. 다시 말해, 이 시에서 전쟁이라는 자연상태는 "인간기계"라는 동물적 존재자로서의 반수신을 등장시킨 것이라고 할 수 있다. 결론적으로, 이 작품에서 "인간기계"는 살상무기(殺傷武器)가 되어 맹목적인 죽음의 행렬을 걷고 있는 인간에 대한 상징인 것이다.

> 한 실체(實體)가 무수한 주의(主義)들에 의해 여러 가지 색채로 나타났다. 제각기 유리한 직감의 중첩과 교차된 초점으로부터 일제히 해결은 화염으로 화하였다. 이러한 세력들과 규각(圭角)은 모든 것을 분열로 구렁으로 싸느랗게 붕괴시켰다.//철탄들이 거리마다 어지러히 날으고 음향에 휩쓸린 방 속 나의 넋은 파랗게 질려 압축되었다. 한 벌 남루의 세계 지도에 옴추린 내 그림자마저 무서웠다.//발가벗은 본능은 생사(生死)의 양극에서 사고(思考)와 역사성이 없었다. 조상(祖上)이 미지(未知) 앞에 꿇어 엎드렸던 바로 그 자세였다.//그러나 지식과 과학이 인간을 부정함에 만질 수 없는 용모와 보이지 않는 구호를 힘없는 입술로 불렀다.//… 우리의 손으로 만들어지지 아니한 무기들은 불비를 쏟는다. 주검들이 즐비하니 쓰러져 도시는 타오르며 거듭 변질하였다.//조국은 언제나 평화를 원하였을 따름이다. 승리의 기(旗)를 목적한 적은 없었다.
>
> — 김구용, 「탈출」 부분. (325~326)

위의 시 「탈출」에서의 "조국"은 "나"의 국가를 의미한다. 국가는 정치의 인격화된 형태이다. 푸코(Michel Foucault)는 『사회를 보호해야 한다』에서 '정치는 전쟁의 연속'이며, 그 본질은 폭력에 의한 억압으로 보았다.[72] 다만, 전쟁과 정치의 차이점은 폭력성이 은폐되어 있느냐, 아

72) Michel Foucault, 『사회를 보호해야 한다』, 박정자 옮김, 동문선, 1998, 33~35면.

니면 노출되어 있느냐에 있을 뿐이다. 그러한 논리에서, 전쟁은 평화 시에 제도, 경제적 불평등, 언어 등에 의해 행해지는 억압(칸트, 『영구 평화론』 34)이 이데올로기(ideology)에 의해 은폐되어 있던 폭력성이 물리적인 형태로 드러난 것이다. 칸트는 『이성의 한계 안에서의 종교』에서 인간의 집단성을 인간의 동물적 특성이자 패악의 근거로 보았다 (190). 이 시에서 "조국은 언제나 평화를 원하였"지만, 오히려 도시는 주검들로 즐비하다. 이 시에서 가리키는 전쟁은 이념을 명분으로 내세운 전쟁이었기 때문에 "무수한 주의(主義)"들은 화려한 "색채"를 띠고 나타나지만, 국민으로부터 동의를 얻어낼 만한 설득력은 모두 사라졌을 뿐이다. 오히려 이념은 "생사의 양극"에서 "사고"의 마비만 초래할 뿐이다. 그 결과, 남은 것은 "발가벗은 본능"뿐이라고 김구용은 이 시를 통해 말한다. 다시 말해, 전쟁에 의해 적나라하게 드러나는 동물적 존재자로서의 인간에 내재한 본능은 이데올로기적으로 억압되어 온, 혹은 문명에 의해 잠재되어 온 죽음본능[73]이라고 할 수 있다. 전쟁은 국민에 대한 폭력적 억압을 합리화하기 위해 도덕규범의 수호자로 자처해 오던 국가의 이면에 은폐되어 있던 가장 저급한 도덕성과 잔인성을 보여준다.[74] 그러한 의미에서 "발가벗은 본능"은 앞 절에서 전술한 바와 같이, 증오로부터 비롯된 공격본능 또는 파괴본능이기도 할 것이다. 전쟁의 영향에 의해, 인간은 인류사적·개인사적으로 정신 발달의 초기 단계로 퇴행하는 현상을 보이게 된다고 한다. 이를 위의 시는, "조상(祖上)이 미지(未知) 앞에 꿇어 엎드렸던 자세"로 표현하고 있다. 이 시에

73) Sigmund Freud, 「왜 전쟁인가?」, 『문명 속의 불만』, 김석희 옮김, 열린책들, 1998, 358면.

74) Sigmund Freud, 「전쟁과 죽음에 대한 고찰」, 『문명 속의 불만』 김석희 옮김, 열린책들, 1998, 37~73면.

서 알 수 있는 것은, 김구용의 반수신 관련 시가 실제 전쟁을 역사적 배경으로 가지고 있다는 것이다. 그러므로, 김구용의 반수신은 전쟁에서 인간이 인간을 살육하는 비인간화된 인간에 대한 상징이라고 할 것이다. 즉, 김구용에게는 전쟁이라는 주제가 이 시편들에 공통적으로 전제되어 있다. 특히 "조국은 언제나 평화를 원하였을 따름이다. 승리의 기(旗)를 목적한 적은 없었다."라는 구절은 반어(反語)의 수사법을 통해 보편적 이성(理性)의 구현이라 불리며 국가로 표상되는, 인간 공동체 전체의 위선을 폭로한다. 전술한 바와 같이 칸트의 『영구평화론』에 따르면, 전쟁이라는 자연상태(25)로부터 벗어나기 위하여, 인간의 실천이성을 통해 평화는 창조되어야 한다. 그러한 맥락에서 아이러니하게도 평화를 위한다며 전쟁을 하는 인간이야말로 위선의 상징인 반수신이라고 할 수 있다.

요컨대 말라르메의 반수신이 영육의 모순이란 주제에서 탄생했다면, 김구용의 반수신은 전쟁과 평화의 모순이란 주제에서 탄생했다는 차이점을 지닌다.

IV. 결론

이 논문 「말라르메(Stéphane Mallarmé)와 김구용(金丘庸)의 반수신(半獸神)에 나타난 위선에 관한 비교연구: 칸트의 윤리학의 관점을 중심으로」의 연구 목적은 말라르메와 김구용의 반수신을 비교연구 함으로써 이들의 시세계의 본질을 구명하는 과정에서 인간의 위선에 대한 두 태도를 밝히는 것이다.

II장에서는 말라르메와 김구용의 반수신의 공통점에 대하여 논의하였다. 첫 번째 두 시인의 반수신의 공통점은 반인반수의 신으로 그려진다는 점이다. 이것은 이성적 동물로서의 인간에게서 동물성이 이성보다 우위를 차지하게 된 양상이었다. 두 번째 두 시인의 반수신의 공통점은 반수신이 이성으로부터 도피하여 본능의 지배를 받고자 하는, 인간의 내면에 잠재된 동물성의 상징이라는 점이다. 즉, 이 두 시인의 공통점은 반수신을 인간이 문명이라는 가면을 통해 숨긴 위선이 폭로된 존재의 상징으로 본다는 것이다.

III장에서는 말라르메와 김구용의 반수신의 차이점에 대하여 논의하였다. 첫 번째 두 시인의 반수신의 차이점은 말라르메의 반수신은 사랑의 화신으로 나타나는 반면, 김구용의 반수신은 증오의 화신으로 나타난다는 점이다. 두 번째 두 시인의 반수신의 차이점은 말라르메의 경우 반수신이 영육(靈肉)의 모순이라는 주제에서 탄생했다는 점과 김구용의 경우 반수신이 전쟁과 평화의 모순이라는 주제에서 탄생했다는 점이다. 즉, 말라르메의 반수신은 사랑과 영육의 문제를 통해 인간의 위선 가운데서도 주로 성(性)에 대한 위선을 폭로하고 있다면, 김구용의 반수신은 증오와 전쟁의 문제를 통해 인간의 위선 가운데서도 주로 폭력에 대한 위선을 폭로하고 있다. 요컨대, 두 시인에게서 '반수신'이란 존재의 상징은 인간의 위선을 폭로하고 있다.

좀 더 깊이 살펴본 바에 따르면, 칸트의 윤리학의 개념으로 인간은 이성적 동물로서 양심(良心, Gewissen)이라는 실천이성을 통해 도덕성을 갖는데, 도덕적 의미로서 타인의 사랑에 대한 의무와 타인의 존중에 대한 의무에서 나타나는 도덕적 동정과 미감적 인간성을 상실한 인간이 말라르메와 김구용의 시에서는 반수신의 상징으로 나타났다. 즉, 실천이성의 통제를 벗어난 인간이 동물적 존재자와 다름이 없는 것이었고, 이것이 이성에 대한 동물성 우위로서 반수신의 상징으로 그들의 시에 나타난 것이다. 이러한 의미에서 결론적으로 말라르메와 김구용의 시에 나타난 반수신의 상징은 인간의 본성에 관한 시적 탐구의 과정 중에 인간의 이원성에서 비롯된 선과 악의 갈등, 영혼과 육체의 갈등, 전쟁과 평화와 갈등 사이에 존재하는 위선에 대한 폭로라고 할 수 있다.

참고문헌

1. 기본자료

김구용, 『시: 김구용 전집 1』, 솔, 2000.

______, 『인연(因緣): 김구용 전집 6』, 솔, 2000. [『인연』으로 표기]

______, 「산중야」, 『신천지』, 1949.10.

______, 「탈출」, 『문예』, 1953.2.

Mallarmé, Stéphane, 『시집』, 황현산 옮김, 문학과지성사, 2005.

______________, *Œuvres Complètes,* Vol. II, Paris: Gallimard, 2003.

______________, "La Musique et les Lettres," *Poésies et Autres Textes,* Édition Établie, Présentée et Annotée par Jean—Luc Steinmetz, Paris: Le Livre de Poche, 2015.

______________, *Igitur· Divagations· Un Coup de Dés,* Édition de Bertrand Marchal, Paris: Gallimard, 2016.

2. 국내 논저

고명수, 「한국에 있어서의 초현실주의문학고찰」, 『동악어문논집』 22, 1987.

김기봉, 「말라르메의 본질」, 『불어불문학연구』 l.1, 1966.

김동호, 「난해시의 風味, 一切의 시학」, 김구용, 『풍미』, 솔, 2001.

김보현, 「말라르메와 데리다: 백색의 글쓰기」, 『비평과 이론』 14.2, 2009.

김윤식, 「뇌염」에 이르는 길」, 『시와 시학』, 2000. 가을.

김진수, 「불이(不二)의 세계와 상생(相生)의 노래」, 김구용, 『구곡(九曲): 김구용 문학 전집 2』, 솔, 2000.

김진하, 「말라르메론에 나타난 발레리의 비평가적 면모」, 『프랑스어문교육』 22, 2006.

김청우, 「김구용 시의 정신분석적 연구」, 전남대학교 석사학위논문, 2011.

도윤정, 「말라르메의 목신: 목신 재창조와 그 시학적 기반」, 『불어문화권연구』 24, 2014.

민명자, 「김구용 시 연구: 시의 유형과 상상력을 중심으로」, 충남대학교 박사학위논문, 2007.

민희식, 「말라르메의 <반수신의 오후> 攷」, 『불어불문학연구』 6.1, 1971.

박근영, "한국초현실주의시의 비교문학적 연구," 단국대학교 박사학위 논문, 1988.

박동숙, 『김구용의 생성 시학 연구』, 서울시립대학교 박사학위논문, 2015.

서정주, 「김구용의 시험과 그 독자성」, 『현대문학』, 1956년 4월호.

송승환, 「김구용의 산문시 연구—보들레르 산문시와의 상관성을 중심으로」, 『어문론집』 70, 2017.

오세정, 「한국 신화의 여성 주인공에게 나타나는 반인반수의 성격」, 『기호학 연구』 31, 2012.

유종호, 「불모의 도식」, 『비순수의 선언』, 신구문화사, 1963.

윤병로, 「김구용 시 평설」, 『한국현대시인작가론』, 한국문학평론가협회 편, 신아출판사, 1987.

이건제, 「공(空)의 명상과 산문시 정신」, 『1950년대의 시인들』, 송하춘·이남호 편, 나남, 1994.

이부용, 「말라르메의 모색과 꿈—그의 시와 시론을 중심으로」, 연세대학교 석사학위논문, 1999.

이숙예, 「김구용 시 연구: 타자와 주체의 관계 양상을 중심으로」, 중앙대학교 박사학위논문, 2007.

이인영, 「동서양 신화의 '반인반수 테마' 연구」, 『카프카연구』 13, 2005.

장정아, 「말라르메의 「에로디아드 Herodiade」 연구 : 일원적 존재—언어를 중심으로」, 부산대학교 박사학위논문, 2009.

______, 「불교의 '무아(無我)'를 바탕으로 말라르메의 ≪주사위 던지기≫와 라캉의 ≪세미나≫ 11에 나타난 '환상의 주체' 연구」, 『동아시아불교문화』 23, 2015.

최 석, 「말라르메의 시 속에 나타난 에로스의 두 양상」, 『불어불문학연구』 31.1, 1995.

______, 「말라르메와 불교」, 『동서비교문학저널』 11, 2004.

하현식, 「김구용론: 선적 인식과 초현실 인식」, 『한국시인론』, 백산출판사, 1990.

홍신선, 「실험 의식과 치환의 미학」, 『한국시의 논리』, 동학사, 1994.

______, 「현실 중압과 산문시의 지향」, 김구용, 『시: 김구용 문학 전집 1』, 솔, 2000.

황현산, 「주석」, Stéphane Mallarmé, 『시집』, 황현산 옮김, 문학과지성사, 2005.

3. 국외 논저 및 번역서

浜田義文 외, 『칸트 사전』, 이신철 옮김, 도서출판 b, 2009.

Aquinas, Thomas, 『존재자와 본질에 대하여』, 김진·정달용 옮김, 서광사, 1995.
__________, 『영혼에 관한 토론 문제』, 이재룡·이경재 옮김, 나남, 2013.
Badiou, Alain, 「목신의 철학」, 『비미학』, 장태순 옮김, 이학사, 2010.
Barthes, Roland, 『목소리의 결정』, 김웅권 옮김, 동문선, 2006.
__________, 『글쓰기의 영도』, 김웅권 옮김, 동문선, 2007.
Blanchot, Maurice 『문학의 공간』, 이달승 옮김, 그린비, 2014.
Chiari, Joseph, *Symbolisme from Poe to Mallarmé: The Growth of Myth,* New York: Macmillan Company, 1956.
Derrida, Jacques, 『그라마톨로지에 대하여』, 김웅권 옮김, 동문선, 2004.
Foucault, Michel, 『사회를 보호해야 한다』, 박정자 옮김, 동문선, 1998.
Freud, Sigmund, 「왜 전쟁인가?」, 『문명 속의 불만』, 김석희 옮김, 열린책들, 1998.
__________, 「전쟁과 죽음에 대한 고찰」, 『문명 속의 불만』, 김석희 옮김, 열린책들, 1998.
Hamann, Johann Georg, *Schriften zur Sprache,* Suhrkamp, 1967. (『칸트 사전』, 261. 재인용.)
Hobbes, Thomas, 『시민론: 정부와 사회에 관한 철학적 기초』, 이준호 옮김, 서광사, 2013.
Joubeaux, Hervé, "Le faune littéraire," *Au temps de Mallarmé, le Faune,* Valvins: Musée départmental Stéphane Mallarmé, 2005.
Kant, Immanuel, 『판단력 비판』, 이석윤 옮김, 박영사, 2003.
__________, 『영구평화론』, 이한구 옮김, 서광사, 2008.
__________, 『윤리형이상학 정초』, 백종현 옮김, 아카넷, 2010.
__________, 『이성의 한계 안에서의 종교』, 백종현 옮김, 아카넷, 2012.
__________, 『윤리형이상학』, 백종현 옮김, 아카넷, 2012.
__________, 『실천이성비판』, 백종현 옮김, 아카넷, 2012.

__________, 『순수이성비판』 제2권, 백종현 옮김, 아카넷, 2014.

Lanson, Gustave 외, 『랑송 불문학사』 하, 정기수 옮김, 을유문화사, 1997.

Levinas, Emmanuel, 『모리스 블랑쇼에 대하여』, 박규현 옮김, 동문선, 2003.

Niebuhr, Reinhold 외, 「그리스도인의 윤리」, 『세계사상전집』 45, 박봉배 외 옮김, 삼성출판사, 1982.

Nygren, Anders, 『아가페와 에로스』, 고구경 옮김, 크리스챤 다이제스트, 2013.

Rancière, Jacques, *Mallarmé: The Politics of the Siren,* Trans. Steve Corcoran, Bloomsbury: Continuum, 2011.

Richard, Jean-Pierre, *L'Univers Imaginaire de Mallarmé,* Paris: Le Seuil, 2016.

Sarda, Marie-Anne, *Stéphane Mallarmé à Valvins,* Valvins: Musée départmental Stéphane Mallarmé, 1995.

Simonetti, Manlio, 『교부들의 성경주해 신약성경 II』, 이혜정 옮김, 분도출판사, 2014.

Steinmetz, Jean-Luc, *Mallarmé: L'Absolu au Jour le Jour,* Parsis: Fayard, 1998.

Valéry, Paul, "Lettre sur Mallarmé," *Œuvres* I, Ed. J. Hytier, Paris: Gallimard Pléiade 2v., 1957.

__________, 『말라르메를 만나다』, 김진하 옮김, 문학과지성사, 2007.

Walker et al, *Portraits de Mallarmé—de Maner à Piccaso,* Valvins: Musée départmental Stéphane Mallarmé, 2013.

주교회의 성서위원회, 『성경』, 분도출판사, 2011.

9 데카르트의 코기토, 그 너머:

김구용 시론에서의 발레리 시론의 전유

I. 서론

1. 문제제기 및 연구사 검토

이 논문의 목적은 폴 발레리(Paul Valéry, 1871~1945)의 시론과 김구용(金丘庸, 1922~2001)의 시론을 데카르트(René Descartes, 1596~1650)의 코기토(Cogito: 나는 생각한다)의 관점에서 비교·연구함으로써 그 전유 양상을 밝히는 데 있다. 김구용은 자신의 산문집『인연(因緣)』가운데 <예술론> 장(章)의「나의 문학수업」에서 "지성문학을 탐독하였고 특히 발레리에 이르러서는 경이의 눈을 부릅뜨지 않을 수 없었다"[1]라고 고백한 바 있다. 이것은 김구용이 습작 시절 발레리를 최상의 시인으로 여기며, 그의 문학을 자신이 추구해야 할 문학의 전범 중 하나로 여겼음을 보여준다. 물론 김구용은 대가의 작품에 대한 독서보다

1) 김구용,「나의 문학수업」,『김구용 전집 6 인연』, 솔, 2000, 373~374면.

중요한 것은 "자아의 인간 본성"[2]에 대한 탐구라고 하면서, 자신의 자아에 대한 탐구로부터 기인한 창작론을 찾음으로써 발레리와 차별화해 간다. 또한 김구용은 또 다른 산문 「환상」에서 발레리의 문학적 침묵을 책임감 있는 작가의 엄숙한 행위라고 고평했다.[3] 그뿐만 아니라 그의 대표적 시론 「눈은 자아의 창이다」에서는 "발레리가 데카르트의 이지(理智)에서 힘입었"[4]다는 구절이 나오는데, 이러한 구절은 김구용이 발레리의 시뿐만 아니라, 시론도 읽었다는 것이 확인되는 부분이다. 발레리의 시론이 데카르트의 철학의 영향을 받았다는 것을 김구용이 정확히 간파하고 있었다는 점은 상당히 중요하다. 이상으로, 이러한 시론상의 고백들이 발레리와 김구용을 비교·연구할 수 있는 논거가 된다.

김구용이 탐독했다는 지성문학(知性文學)은 발레리와 그의 스승인 말라르메(Stéphane Mallarmé, 1842~1898)의 문학을 포함한다.[5] 예컨대, 논거로서 김구용의 시 「반수신의 독백」이란 제목은 말라르메의 「목신의 오후」("L'après—midi d'un Faune")(1875)의 초고의 제목인 「반수신의 독백」("Monologue d'un Faune")(1865)과 정확히 일치[6]한다는 것을 들 수 있다.

발레리는 자신의 시론(詩論) 「보들레르의 지위」("Situation de Baudel aire")에서 프랑스 상징주의 시인들을 두 계보로 분류한다.[7] 첫째 계보는 '보들레르(Charles Baudelaire, 1821~1867)—말라르메—발레리'의

2) 같은 글, 376면.
3) 김구용, 「환상」, 『김구용 전집 6 인연』, 177면.
4) 김구용, 「눈은 자아의 창이다」, 『김구용 전집 6 인연』, 428면.
5) 오주리, 「말라르메와 김구용의 '반수신(半獸神)'에 나타난 위선에 관한 비교 연구: 칸트의 윤리학의 관점을 중심으로」, 『문학과 종교』 제25권 1호, 한국문학과종교학회, 2020, 176면.
6) Alain Badiou, 「목신의 철학」, 『비미학』, 장태순 옮김, 이학사, 2010, 229면.
7) Paul Valéry "Situation de Baudelaire," *Œuvres I,* Paris: Gallimard, 1957, pp.612~613.

계보이다. 이 계보는 시적 완벽성(la pureté poétique)과 순수성(perfection)을 추구한다. 둘째 계보는 '보들레르—랭보(Arthur Rimbaud, 1854~1891)—베를렌(Paul Verlaine, 1844~1896)'의 계보이다. 이 계보는 감성(sentiment)과 감각(sensation)을 추구한다. 발레리는 자기 스스로 보들레르—말라르메—발레리의 계보에 자리매김한다. 이 계보는 이데아(Idea)로서의 이상주의적인 예술을 추구하는 플라토니즘(Platonism)을 사상적 기반으로 삼아, 순수 관념(notion pure)[8]을 통해 절대에의 추구(the search for the absolute)[9]를 하는 방향으로 나아간다. 그 정점에서 발레리는 순수시(la poésie pure)[10] 개념을 완성한다.

일반적으로 시에서 시 이외의 모든 요소를 제외한 시로 정의되는 순수시가 지향하는 것은 자아에 대한 탐구이다. 그리고 발레리에게서 자아 탐구의 전범이 되는 것은 데카르트(René Descartes, 1596~1650)이다. 발레리는 데카르트에 관한 산문으로 「데카르트에 대한 단상」("Fragment d'un Decartes"), 「데카르트」("Decartes"), 「데카르트의 견해」("Une vue de Decartes"), 「데카르트의 두 번째 견해」("Seconde vue de Decartes")를 썼다. 이 산문들은 철학적인 성격을 띠면서, 그의 시론과 시의 사상적 바탕이 된다. 발레리는 데카르트의 "나는 생각한다. 그러므로 존재한다."[11]라는 명제를 시적으로 전유하여, 자신만의 관념의 세계에 존재론적 탐구를 펼쳐간다.

---

8) Stéphane Mallarmé, "Crise de Vers," *Œuvres Complètes II*, Paris: Gallimard, 2003, p.213.

9) Joseph Chiari, *Symbolisme from Poe to Mallarmé: The Growth of Myth*, New York: Macmillan Company, 1956, p.157.

10) Paul Valéry, "Avant—propos à la Connaissance de la Déesse," *Œvres I* Paris: Gallimard, 1957, p.1275.

11) René Descartes, 『방법서설』, 권오석 옮김, 홍신문화사, 1995, 42면.

발레리의 그러한 특성, 즉, 관념성과 존재론적 탐구라는 특성은 김구용의 문학에서도 나타난다. 김구용이 「나의 문학수업」과 「환상」에서 발레리를 고평한 바 있는데, 그로부터 배운 것은 자기 자신에게도 미지인(未知人)[12]인 자아에 관해 탐구하는 시인으로서의 태도라고 판단된다. 발레리에 관한 논의로는 국내외에서 작가론적 논의[13] 이외에 존재론적 논의[14]와 사상성에 대한 논의[15]가 이루어졌고, 김구용에 관

12) 김구용, 「환상」, 177면.

13) Claude Launay, *Paul Valéry*, Paris: La Manufacture, 1990.
함유선, 『발레리의 시에 나타난 자아 탐구』, 이화여자대학교 박사학위논문, 1993.

14) Maurice Blanchot, 『도래할 책』, 심세광 옮김, 그린비, 2011.
____________, 『문학의 공간』, 이달승 옮김, 그린비, 2014.
Georges Liebert, "Paul Valéry et la Musique," Liebert, Georges et al., *Paul Valéry et les Artes*, Sète: Actes Sud, 1995.
Michel Prigent, "L'éclatement poétique," *Histoire de la France littéraire Tome 3: Modrenités XIXe—XXe siècle*, Paris: PUF, 2015, pp.298~300.

15) 김진하, 『폴 발레리의 '정신(esprit)'의 시학 연구』, 서울대학교 박사학위논문, 2003.
노은희, 「폴 발레리 시에 나타난 몸, 에스프리 그리고 세계」, 『한국프랑스학논집』 제72권, 한국프랑스학회, 2010.
이진성, 「발레리의 순수시론과 브르몽의 순수시론」, 『인문과학』 제63권, 인문학연구원, 1990.
이지수, 「뽈 발레리의 사유체계 탐색」, 서강대학교 대학원 석사학위논문, 2002.
Karl Alfred Blüher, "Valéry et Kant," *De l'Allemagne I: Bulletin des Études Valéryennes* 92, Ed. Karl Alfred Blüher, & Jürgen Schmidt—Radefeldt, Paris: L'Harmattan, 2002.
Jean—Louis Cianni, "Valéry, invisible philosophe," Vallès—Bled et al., Paul Valéry—contemporain, Sète: Musée Paul Valéry, 2012, pp.47~64.
Alain Badiou, 『비미학』, 장태순 옮김, 이학사, 2010.
Michel Jarrrety, "Valéry en miroir," Vallès—Bled et al., *Paul Valéry—en ses miroirs intimes,* Sète: Musée Paul Valéry, 2013, pp.13~33.
Laurent Nunez, "Trop Beau pour Être Vrai," Laurent Nunez et al., *Le Magazine Littéraire*, Autmne 2011.
André Regard, 「폴 발레리—생애와 그의 시학」, 폴 발레리, 『발레리 시전집』, 박은수 옮김, 민음사, 1987, 225~238면.
Patricia Signorile, "Paul Valéry, philosophe de l'art," Vallès—Bled et al., *Regards sur Paul Valéry,* Sète: Musée Paul Valéry, 2011, pp.47~70.

한 논의로는 작가론적 논의[16] 이외에 존재론적 논의[17]와 사상성에 대한 논의[18]가 이루어졌다. 그렇지만, 김구용 시론에 나타난 폴 발레리 시론의 전유에 관한 연구는 전무(全無)하기 때문에, 이에 본고는 발레리와 김구용의 영향관계를 데카르트적 사유의 관점에서 논증해 보고자 한다.

2. 연구의 시각

데카르트는 『방법서설』(*Discours de la méthode*)(1637)에서 "나는 생각한다. 그러므로 존재한다."라는 명제를 언명함으로써, 근대 철학의 효

Alain Rey, "L'architecte et la danse," Vallès—Bled, Maïthé et al., *Paul Valéry—intelligence et sensualité,* Sète: Musée Paul Valéry, 2014.

16) 윤병로, 「김구용 시 평설」, 『한국현대시인작가론』, 한국문학평론가협회 편, 신아출판사, 1987.
하현식, 「김구용론: 선적 인식과 초현실 인식」, 『한국시인론』, 백산출판사, 1990.
민명자, 「김구용 시 연구: 시의 유형과 상상력을 중심으로」, 충남대학교 박사학위논문, 2007.

17) 이숙예, 「김구용 시 연구: 타자와 주체의 관계 양상을 중심으로」, 중앙대학교 박사학위논문, 2007.
김청우, 「김구용 시의 정신분석적 연구」, 전남대학교 석사학위논문, 2011.
박동숙, 『김구용의 생성 시학 연구』, 서울시립대학교 박사학위논문, 2015.

18) 이건제, 「공(空)의 명상과 산문시 정신」, 『1950년대의 시인들』, 송하춘·이남호 편, 나남, 1994.
홍신선, 「실험 의식과 치환의 미학」, 『한국시의 논리』, 동학사, 1994.
이수명, 「김구용의 「꿈의 이상(理想)」에 나타난 불교적 상상력」, 『한국문학이론과 비평』 제61권, 한국문학이론과비평학회, 2013.
김청우, 「시의 개념적 혼성 양상과 상상력의 구조 — 김구용의 「뇌염(腦炎)」을 중심으로」, 『문화와 융합』 제42권 9호, 한국문화융합학회, 2020.
______, 「시의 환상, 환상의 시: 불가해한 현실에 대응하는 미학으로서의 환상 — 김구용 시에 나타난 환상을 중심으로—」, 『한국문학이론과 비평』 제94권, 한국문학이론과비평학회, 2022.

시가 되었다. 데카르트의 명제 "코기토 에르고 숨(Cogito Ergo Sum)"은 근대성의 주체의 특성을 상징하는 명제 그 자체가 되었다. 그리하여, 데카르트의 코기토(Cogito: 나는 생각한다)의 주체는 근대성의 주체와 거의 동의어로 통용되기에 이르렀다. 현대철학은 바로 그러한 데카르트의 코기토의 주체로부터 기인한 근대적 주체의 한계를 반성하고, 비판하며, 해체함으로써 그 대안을 제시하려 하였다. 그렇지만, 탈근대가 근대를 극복하려 하였지만, 탈근대 역시 근대의 연속선상에 있음으로써 그것을 완전히 파기할 수 없는 것과 같은 논리로, 데카르트의 코기토의 주체의 한계를 극복하려는 그 어떤 시도도 그것을 완전히 파기하지는 못했다. 탈근대 철학이 이성의 이항대립항에 있는 감성, 합리성의 이항대립항에 있는 비합리성을 주목하고, 그 가치를 재고할 수는 있을지언정, 오늘날까지 이성(理性)과 합리성을 완전히 파기할 수 없는 까닭에, 여전히 데카르트의 코기토의 주체의 의의는 유효하다.

데카르트는 『방법서설』에서 양식(良識, common sense, 佛 bonsens)은 모든 인간에게 공평하게 배분된 것이라는 전제에서 논의를 시작한다.[19] 양식은 거짓된 것으로부터 참된 것을 분리하도록 하는 판단력이다.[20] 그는 정신의 완전성을 추구한다. 그러기 위해, 그는 인간을 다른 동물과 달리 인간답게 하는 근거는 이성, 즉, 양식이라는 스콜라 철학의 입장을 계승한다.

그는 진실에 대한 강렬한 열망으로 기존의 논리학을 비판하고, 논리학의 새로운 네 가지 규칙을 제시한다. 그것은 첫째, 자신이 명증하게 진실이라고 인정한 것 이외에 그 어떠한 것도 진실로 받아들이지 않는

19) René Descartes, 『방법서설』, 8면.
20) 위의 책, 8면.

다는 것, 둘째, 문제를 해결하기 위해 최소 단위로 나누어 사유한다는 것, 셋째, 자신의 사상을 가장 단순한 것에서 가장 복잡한 것의 순서에 따라 이끈다는 것, 넷째, 확신에 이를 때까지 완전한 매거(枚擧)와 전체에 대한 통람(通覽)을 한다는 것이다.[21] 데카르트의 논리학의 규칙은 진실에 도달하기 위한 사유의 방식 자체를 제시하고 있다.

그렇지만, 그는 한편 이성이 아직 미결정 상태일 때도 행복에 이르기 위해 도덕의 규칙이 필요하다고 판단한다. 그래서 그는 도덕의 격률(格率)을 마련한다. 제1의 격률은 조국의 법률과 종교에 복종하고, 공동체의 보편적인 실생활을 존중하며, 극단주의를 배격한다는 것이고, 제2의 격률은 자신의 행동에 확실한 태도를 취하는 것이며, 제3의 격률은 운명이나 세계를 변화시키는 것은 불가능하다는 것을 인정하고 자기 자신의 욕망과 사상을 지배하도록 노력한다는 것이다.[22]

이러한 과정을 거쳐 데카르트는 철학의 제1원리로서 "나는 생각한다. 그러므로 나는 존재한다.(Je pense, donc je suis.)"라는 진리명제에 이른다. 이 진리명제는 모든 것을 의심하는 가운데도 의심할 수 없는 확실성을 보장할 수 있다는 것이다. 그러나 발레리의 순수시 시론에 지대한 영향을 미쳤다는 데서 데카르트의 사상에서 주목되어야 할 부분은 확실성의 주체라는 부분보다 도저한 정신주의에 있다고 판단된다. 데카르트의 "나는 생각한다. 그러므로 존재한다."라는 명제가 내포하는 또 다른 의미는 '나'의 존재성이 신체, 세계, 공간 등 물질적인 것에 의존하고 있지 않다는 것이다.[23] 그는 '나'의 존재성은 물체로부터 완전히 분리된 정신에 의존하며, 정신 또한 정신으로서 독립적으로 존재

21) 위의 책, 26면.
22) 위의 책, 31~34면.
23) 위의 책, 41~42면.

한다고 주장한다.[24)]

나아가, 데카르트는 완전한 존재에 대한 관념에 관하여 추론해 나아간다. 완전한 존재라는 관념은 불완전한 존재인 '나'라는 인간으로부터 나올 수도 없고, 무(無)로부터 나올 수도 없으므로, 신(神)을 상정할 수밖에 없다는 것이다.[25)] 또한 그는 관념은 '나'보다 완전하고, 그러한 관념의 완전성은 신에 의해 '나'의 내부에 놓인 것이라고 추론한다.[26)] 데카르트의 이러한 관념의 완전성에 대한 신념은 순수 관념(notion pure)을 추구했던 말라르메와 그의 제자 발레리에게도 확연히 나타난다.

데카르트는 『성찰』(*Meditationes de prima philosophia*)(1641)에서도 『방법서설』에서의 논지를 견뢰하게 다져간다. 그는 철학의 근본을 여섯 조목(條目)으로 나누어 성찰한다. 첫 번째 성찰은 회의(懷疑)의 효용은 선입견으로부터 우리를 해방한다는 것이고, 두 번째 성찰은 정신은 자신의 자유로써 자신이 존재하지 않을 수 없다는 것을 증명하는 것이며, 세 번째 성찰은 신의 존재를 증명하는 것이고, 네 번째 성찰은 자연의 빛(lumen naturalie)으로서만 인식되는 진리를 논하는 것이고, 다섯 번째 성찰은 물체적 본성 일반을 설명한 후 신의 존재를 논증하는 것이며, 여섯 번째 성찰은 오성과 상상력을 구별하는 것이다.[27)] 그런데 이 모든 성찰은 단 하나의 목표, 즉, 정신만이 가장 명증함을 증명하는 것으로 귀결된다. 이러한 논리는 심신이원론(心身二元論)으로 규정될 수 있다.

데카르트는 자신의 말년인 1649년에 마지막 저작 『정념론』(*Les Passi*

---

24) 위의 책, 42면.

25) 위의 책, 43면.

26) 위의 책, 43면.

27) René Descartes, 「성찰」, 『방법서설/성찰/철학의 원리/정념론』, 소두영 옮김, 동서문화사, 2011, 83~86면.

ons de l'âme)을 발표한다. 이 저서는 많은 철학자의 비판 대상인 심신이원론의 입장에서 '영혼과 몸이 어떻게 결합하는가?'에 대한 질문에 답하기 위해 쓰였다. 그는 영혼과 몸의 결합체인 인간은 그 결합의 결과로 감각, 감정, 정념을 지닌다고 주장한다.[28] 그는 영혼과 몸이 결합된 장소로 송과선(松科腺)을 지목한다.[29] 그렇지만, 그는 영혼과 몸이 결합되는 데 자연의 원리로서 신(神)을 개입시킨다.[30]

정념은 영혼의 지각, 감정, 동요로 정의된다.[31] 그리고 이 정념은 오직 몸과 관련하여 좋은 것과 나쁜 것에 의해 생겨난다.[32] 그는 사랑, 미움, 기쁨, 슬픔 등의 정념에 대해 자세히 논의한다. 예컨대, 사랑은 정기에 의해 야기된 영혼의 동요로, 유익한 대상과 영혼이 결합하게 자극하는 정념이라는 것이다.[33] 그렇지만, 그는 결론적으로 몸에 대해 영혼의 형이상학적 실체와 그 우위를 강조한다. 발레리의 순수시 시론의 경우, 정신주의의 입장에서 감성에 대해 이성을 강조한다. 그렇지만, 시라는 장르가 인간의 정념을 다루지 않을 수 없다. 발레리가 이성을 강조하는 것은 낭만주의 시론과의 차별화를 위해서이기도 하다. 실제로 발레리의 시는 인간의 몸과 결합된 감각, 감정, 정념을 아름답게 형상화한다.

요컨대, 데카르트의 코기토의 존재론으로부터 시작하여 신의 존재에 대한 성찰을 경유하여 인간의 영혼과 몸이 결합된 데서 나오는 정념에 대한 사색에 이르는 철학은 발레리의 시론 형성에 지대한 영향을 미친 것으로 확인된다. 본고는 발레리 시론에 나타난 데카르트 사상의 영

---

28) 김선영, 「해제」, René Descartes, 『정념론』, 김선영 옮김, 문예출판사, 2013, 199면.
29) René Descartes, 『정념론』, 48면.
30) 김선영, 앞의 글, 209면.
31) René Descartes, 앞의 책, 42면.
32) 위의 책, 95면.
33) 위의 책, 83면.

향을 살펴보고, 이것이 어떻게 김구용의 시론으로 전유되는가에 대한 논증을 하겠다.

II. 데카르트의 코기토에 대하여: 폴 발레리의 경우

폴 발레리의 시론은 순수시(純粹詩, poésie pure)의 시론으로 대표된다. 순수시 개념은 문학사적으로 포(Edgar Allen Poe, 1809~1849)의 시론『시적 원리』(*The Poetic Principle*)(1850)에 기원을 둔다.『시적 원리』에서 포는 시의 개념을 아름다움이 음악적으로 창조된 언어로 정의하였다.[34] 이러한 개념은 보들레르를 경유하여 발레리에게서 완성된다.

발레리의 시론 가운데 순수시라는 용어가 처음 등장한 글은 1920년 프랑스의 작가 파브르(Lucien Fabre, 1889~1952)의 시집『여신의 인식』의 서문(序文)이다.[35] 이어서 발레리의 순수시 시론은「보들레르의 지위」("Situation de Baudelaire")(1924),「시에 관한 이야기」("Propos sur la Poésie")(1927),「앙리 브르몽에 대한 강연」("Discours sur Henri Bremond")(1934),「시의 필요성」("Nécessité de la Poésie")(1937),「순수시」("Poésie Pure")(1927),「상징주의의 존재」("Existence du Symbolisme")(1938), 그리고「시와 추상적 사유」("Poésie et Pensée Abstraite")(1939)에 걸쳐 전개되고 완성되어 간다.

그 결과, 순수시는 예술의 본질 자체(l'essence même de notre art)[36]를

34) Poe, Edgar Allan. *The Poetic Principle*. A Word to the Wise, 2013, p.1.

35) Paul Valéry, "Avant—propos à la Connaissance de la Déesse," *Œvres I*, Paris: Gallimard, 1957, p.1275.

36) *Loc. cit.*

추구하는 것을 목표로 하는 시로 규정되지만, 또한 결코 접근할 수 없는 이상적 한계(une limite idéale)[37]로서의 시로 규정된다. 그리하여 순수시의 개념은 시에서 시 이외의 모든 요소를 제외한 시로 정의될 수밖에 없게 된다.

순수시가 비시적인 것을 배제함으로써 궁극적으로 추구하는 것은 존재론적인 관점에서 순수한 존재이다. '순수 존재(pure Being)'는 신(神)이다.[38] 발레리의 대표작들 가운데 신(神)이 시적 주체로 등장하는 신화시(神話詩, mythopoetry, 佛 Mytho—Poésie)가 주를 이룬다. 예컨대, 「나르시스는 말한다」("Narcisse Parle"), 「오르페우스」("Orphée"), 「세미라미스의 노래」("Air de Sémiramis"), 「젊은 파르크」("La Jeune Parque"), 「암피온」("Amphion"), 그리고 「해변의 묘지」("Le Cimetière Marin") 등이 신화시 또는 신화적 상상력이 나타난 시로 분류된다.

발레리가 그리스 신화의 모티프를 차용하여 자신의 시에 시적 주체로 설정한 것은 고답파(高踏派)의 영향이기도 하다. 그렇지만, 발레리의 순수시 시론이 순수 존재를 형상화하는 신화시의 창작으로 이어져 간 경향에는 내적 필연성이 있다고 추론된다.

그리스·로마 철학에서는 카타르시스(catharsis)가 곧 순수화(purification)였다.[39] 나아가, 『명상록』(*Meditations*)을 쓴 스토아학파(Stoicism)의 철학자, 아우렐리우스(Marcus Aurelius Antoninus, 121~180)는 명상으로 자아로부터 열정과 충동을 분리하여 신과 동일시되는 지성적 영역인 순수한 자아에 이를 수 있다고 가르친다.[40] 이러한 정신사적 맥락에

---

37) Paul Valéry, "Poésie Pure", *Œvres I*, p.1463.

38) Ernst Cassirer, 『언어와 신화』, 신응철 옮김, 지식을 만드는 지식, 2015, 135면.

39) Jean—Louis Cianni, "Valéry, invisible philosophe," Vallès—Bled et al., *Paul Valéry—contemporain*, Sète: Musée Paul Valéry, 2012, p.56.

서 발레리도 순수시 시론을 통해 순수한 자아, 즉, 이상적으로 신이라는 존재의 관념에 다가가는 그러한 자아를 추구하였다. 발레리의 그러한 태도는 시론「상징주의의 존재」에서도 확인된다.

> 그러므로 저는 ≪상징주의≫가 이제부터, 오늘날 유행하고 심지어 지배하는 것에 가장 반대되는 영혼의 상태와 영혼의 상황의 명목상 상징이라고 논평함으로써 결론을 내리고자 합니다.
>
> 이보다 더 높은 상아탑은 나타나지 않았습니다.
>
> — 폴 발레리,「상징주의의 존재」부분.

> Je terminerai donc en observant que le ≪Symbolisme≫ est désormais le symbole nominal de l'état de l'esprit et des choses de l'esprit le plus opposé à celui qui règne, et même qui gouverne, aujourd'hui.
>
> Jamais plus haute n'a paru la Tour d'ivoire.
>
> — Paul Valéry, "Existence du Symbolisme" (706).

위에 인용된 순수시 시론「상징주의의 존재」에서 발레리는 세속적인 것과의 결별을 선언하면서, 상아탑(la Tour d'ivoire)에서 영혼의 상태(l'état de l'esprit)를 시화하는 상징주의 시인으로서 자부심을 표명(表明)한다. 시로부터 비시적인 것을 배제하는 순수시를 쓰기 위해서 시인은 상아탑에서 영혼의 상태를 상징의 언어로 형상화하는 것이다.

이처럼 상아탑의 시인 발레리는 시인—철학자(poète—philosophe)로 불렸으며, 정신의 인간(homme de l'esprit)을 추구하였다.[41] 그는 시집

40) Jean—Louis Cianni, "Valéry, invisible philosophe," p.56.

41) Marcel Raymond,「상징주의의 고전, 폴 발레리」,『프랑스 현대시사』, 김화영 옮김, 현대문학, 2015, 221~239면.

뿐만 아니라, 『카이에』(*Cahiers*)와 『바리에떼』(*Variété*)와 같은 방대한 분량의 산문집을 남겼다. 이 산문집들에는 그의 철학적 사유를 담은 명문들이 담겨있다. 특히 『바리에떼』에는 '철학적 연구'(Études Philosophique)라는 장(章)이 있다. 이 장에는 「데카르트에 대한 단상」, 「데카르트」, 「데카르트의 견해」, 「데카르트의 두 번째 견해」와 같이 데카르트의 철학에 관해 탐구하는 글 네 편이 실려 있다. 물론 철학자로 데카르트만 언급된 것은 아니다. 베르그송에 관한 글로 「베르그송에 관한 논문」("Discours sur Bergson"), 예술과 철학에 관한 글로 「레오나르도 다빈치와 철학자들」("Léonard et les Philosophes"), 그리고 그 밖의 글로 「철학」("Philosophie") 등이 있다. 그렇지만, 발레리의 철학적 산문에서 가장 큰 비중을 차지하는 철학자는 데카르트이다. 발레리는 데카르트의 사상을 자신의 시론에 적극적으로 전유한다. 그러한 예가 드러나는 글로 첫 번째로 살펴보고자 하는 글은 아래의 「데카르트에 대한 단상」이다.

> 데카르트의 구상은 우리가 우리 자신에게 귀 기울이는 것, 즉 우리 자신의 불가결한 독백을 불러일으키는 것, 우리가 자신의 본래의 소원을 표명하게 하려는 것이었습니다. 본래 그 자체인 것[즉자(卽自)]으로 발견한 것을 우리 안에서 발견하는 것이 중요했습니다.
>
> — 폴 발레리, 「데카르트에 대한 단상」 부분.

> Il était du dessin de Descartes de nous faire entendre soi—même, c'est—à—dire de nous inspirer son monologue nécessaire, et de nous faire prononcer ses propres vœux. Il s'agissait que nous trouvions en nous ce qu'il trouvait en soi.
>
> — Paul Valéry, "Fragment d'un Decartes" (790).

위에 인용된 철학적 산문 「데카르트에 대한 단상」에서 발레리는 데카르트의 구상을 다음과 같이 유추한다. 그것은 곧 우리 자신의 내면의 목소리에 귀 기울이고, 그럼으로써 우리 자신의 고백을 불러일으키며, 나아가 우리 자신의 소원을 표명하게 하는 것이다. 그것은 있는 그대로의 우리 자신, 즉, 즉자를 스스로 깨닫는 것이다. 발레리의 데카르트에 대한 이러한 이해는 시의 본질에 대한 이해와 근본적으로 닿아 있다. 서정 장르로서의 시의 본질이 시인 자신의 내면의 목소리를 고백하는 것이라면, 발레리가 이해한 바로, 데카르트가 일깨우는 인간 주체의 상은 시의 본질을 구현하는 시인의 상에 상당히 가깝다.

데카르트의 『방법서설』에서 도덕의 규칙 중 제3의 격률로 운명이나 세계를 변화시키는 것은 불가능하다는 것을 인정하고, 자기 자신의 욕망과 사상을 지배하도록 노력한다는 내용이 있었다(31~34). 이러한 격률은 세계에 대해 관심을 기울이기보다 자기 자신에 대해 관심을 기울이도록 한다. 발레리가 「데카르트에 대한 단상」에서 자기 자신의 내면에 관심을 기울이도록 함으로써 있는 그대로의 자기 자신을 표명하라고 말하는 것은 데카르트의 도덕 규칙 중 제3의 격률의 영향이 있을 것으로 유추된다.

또한 위에 인용된 발레리의 「데카르트에 대한 단상」에서 내면에 대한 강조는 데카르트가 『방법서설』에서 정신의 완전성을 추구하고, '나'의 존재성이 신체, 세계, 공간 등 물질이 아니라 정신에만 의존한다는 입장에 닿아 있다(41~42). 「데카르트에 대한 단상」을 조금 더 살펴보면 다음과 같다.

완전히 연관된 정신은 이 한계를 향해 무한히 자유로운 정신이 될 것입니다. 왜냐하면 자유는 요컨대 가능한 것의 사용에 불과하고, 정신의 본질은 자신의 전체와 일치하려는 욕망이기 때문입니다.

데카르트는 자신의 모든 주의력을 유지합니다. 그리고 그는 자신에게 있는 가능성을 사용합니다. 자신의 삶의 이야기의 한가운데서조차, 자신의 존재를 의심하기 시작할 때까지!

아마추어로서 세계를 배회하고 전쟁을 벌였던 그 사람이 갑자기 자신의 현전과 육신의 근간 안으로 돌아옵니다. 그리고 그는 그의 참고문헌들의 전체 체계와 우리의 공통된 확신을 상대적인 것으로 만듭니다. [⋯]

그러나 인간 안에 있는 존재를 느끼고 그것들을 아주 분명하게 구별하는 것, 일종의 비범한 절차를 통해 더 높은 차원의 확실성을 추구하는 것, 이것이 철학의 첫 번째 신호입니다...

— 폴 발레리, 「데카르트에 대한 단상」 부분.

Un esprit entièrement relié serait bien, vers cette limite, un esprit infiniment libre, puisque la liberté n'est en somme que l'usage du possible, et que l'essence de l'esprit est un désir de coïncider avec son tout.

Descartes s'enferme avec le tout de son attention; et il use du possible qui est en lui jusqu'à se mettre à douter de son existence au milieu même du récit de sa vie!

Le même qui courait le monde et guerroyait en amateur, tout à coup se retourne dans le cadre de sa présence et de sa chair, et il rend relatif tout le système de ses références et de nos communes certitudes; [⋯]

Mais de ressentir l'être dans l'homme, et de les distinguer si nettement, de rechercher une certitude du degré supérieur par une sorte de procédure extraordinaire, ce sont les premiers signes d'une philosophie...

— Paul Valéry, "Fragment d'un Decartes" (791).

위에 인용된 「데카르트에 대한 단상」에서 발레리는 데카르트의 "무한히 자유로운 정신"(un esprit infiniment libre)에 대한 동경을 주목한다. 데카르트는 『성찰』에서 정신은 자신의 자유로써 자신이 존재하지 않을 수 없다는 것을 증명한다고 주장한다(94~103). 그는 '나는 누구인가?' 그리고 '인간이란 무엇인가?'라는 질문에 대하여 '이성적 동물'이란 답이 충분하지 않다고 생각하는데, 그 이유는 그 답은 다시 '이성은 무엇인가?'와 '동물은 무엇인가?'라는 질문을 파생하기 때문이다.[42] 그러면서 그는 '나'의 신체도 '나'임을 부정하는데, 그 이유는 시체도 신체를 갖고 있지만, 시체는 더 이상 '나'가 아니기 때문이다.[43] 그렇기 때문에 그는 '나'는 '사유한다'는 정신의 활동, 그 자체를 명증적(明證的) 진리로 받아들이는 것으로만 확실성에 이를 수 있다고 주장한다. 그에게 '사유하다'의 의미는 '의심하다', '이해하다', '긍정하다', '부정하다', '욕망하다', '상상하다', '감각하다'를 모두 아우른다.[44] 이 모든 것이 정신의 통찰에 의해서만 가능하기 때문이다.[45] 이처럼 데카르트에게 '나'는 '사유한다'는 정신의 활동은 자신의 존재를 명증적으로 증명한다. 발레리는 데카르트에게 자신의 존재를 스스로 증명하는 정신의 활동, 그것을 "무한히 자유로운 정신"으로 이해한 것으로 보인다. 또한 위의 글에서 발레리가 가리키는 "인간 안의 존재"(l'être dans l'homme)가 데카르트가 가리키는 정신이 아닐 수 없다. 그리고 발레리는 "인간 안의 존재"로서의 정신을 느끼는 것, 그것이 철학의 첫 번째 신호라고 받아들이게 되는데, 그것은 순수시 시론의 정초로 삼는 데 영향을 미친 것으로 볼 수 있다.

42) René Descartes, 「성찰」, 95~96면.
43) 위의 책, 96면.
44) 위의 책, 98면.
45) 위의 책, 101면.

이어서 다음은 발레리의 「데카르트」라는 철학적 산문의 한 부분이다.

> 그렇다면 저는 『방법서설』에서 무엇을 읽는가요?
>
> 우리를 오랫동안 붙잡을 수 있는 것은 원리들 자체가 아닙니다. 저의 눈을 사로잡는 것은, 그의 삶에 대한 매력적인 서술과 그의 연구의 원래의 환경에서 시작하는데, 그것은 바로 하나의 철학의 서곡 안에 있는 그 자신의 존재입니다. 그것은, 만약 우리가 원한다면, 이런 종류의 저술에서 '나'와 '자아'를 사용하는 것, 그리고 인간의 음성을 소리 내는 것입니다. 그리고 그것은 아마도 스콜라 신학적인 구성에 가장 명백하게 반대되는 것입니다. '나'와 '자아'가 우리 앞에 하나의 완전한 일반성의 사고방식을 소개한다는 것, 여기에 저의 데카르트가 있습니다. [⋯]
>
> 이것이 제가 위대한 데카르트의 의연하고 대담한 개성을 강조하는 이유입니다. 데카르트의 철학은 아마도 그가 우리에게 장엄하고 영광스러운 자아를 제시하는 관념보다 그 가치가 줄어듭니다.
>
> ― 폴 발레리, 「데카르트」 부분.

> Qu'est-ce donc que je lis dans *le Discours de la Méthode?*
>
> Ce ne sont pas les principes eux-mêmes qui nous peuvent longtemps retenir. Ce qui attire mon regard, à partir de la charmante narration de sa vie et des circonstances initiales de sa recherche, c'est la présence de lui-même dans ce prélude d'une philosophie. C'est, si l'on veut, l'emploi du *Je* et du *Moi* dans un ouvrage de cette espèce, et le son de la voix humaine; et c'est cela, peut-être, qui s'oppose le plus nettement à l'architecture scolastique. Le *Je* et le *Moi* devant nous introduire à des manières de penser d'une entière généralité, voilà mon Descartes. [⋯]

> C'est pourquoi j'ai insisté sur la personnalité forte et téméraire du grand Descartes, dont la philosophie, peut—être, a moins de prix pour nous que l'idée qu'il nous présente d'un magnifique et mémorable Moi.
>
> — Paul Valéry, "Descartes" (806~810).

위에 인용된 발레리의 철학적 산문 「데카르트」에서 발레리는 자신에게 데카르트의 『방법서설』이 어떠한 의미가 있었는지 고백하고 있다. 발레리는 자신이 데카르트의 『방법서설』에서 주목한 것은 철학의 원리 자체가 아니라고 말한다. 데카르트의 『방법서설』의 가장 큰 특징 중 하나는 이전의 스콜라 철학서가 주로 라틴어로 쓰인 것과 달리, 프랑스어로 쓰였다는 것이다. 그리고 '나'(Je)라는 주어를 내세워 데카르트 자신의 학창 시절에 수업 들을 때의 심정이나 여행을 다닐 때의 사념이 여과 없이 서술되었다는 것이다. "나는 생각한다. 그러므로 존재한다."라는 근대 철학의 시초를 알리는 대명제가 등장하는 책으로 알려진 『방법서설』을 처음 읽는 독자들이 놀라는 점은 이 책이 일반적인 철학서와 달리 자신의 자전적 수필 또는 여행 수필처럼 쉽게 기술되어 있다는 점이다. 발레리 또한 바로 이러한 부분에 주목한다. 그것은 바로, "나는 생각한다. 그러므로 존재한다."라는 명제에 이르기까지 철학적인 논쟁이나 논증을 그 추론 과정으로 보여주는 것이 아니라, 데카르트 자신의 인생을 통해 그러한 명제에 이르게 되었음을 보여준다는 것이다. 다시 말해, 발레리가 데카르트의 『방법서설』에서 본 것은 그의 철학하는 삶 자체, 그리고 철학하는 인간 자체인 것이다. '나'(Je)라는 주어를 내세워 자신의 목소리로 자신의 이야기를 하는 가운데, "나는 생각한다. 그러므로 존재한다."라는 명증적 진리를 깨달았다는 것, 발레리는 그러한 부분을 자신이 『방법서설』에서 가장 인상 깊게 배운 점이라고 고백하는 것이다. 그러면서 발레리는 데카르트가 이러한 파격을 감행할 수 있던 성격을 "위대한 데카르트의 의연하고 대담한 개성"(la personnalité forte et téméraire du grand Descartes)이라고 상찬한다.

그리하여 발레리는 데카르트 철학의 영향 아래 자아에 대한 탐구를 전개하는 철학적 산문들을 써나간다. 그 대표적인 예가 「자아」("Ego"), 「자아, 작가」("Ego scriptor"), 그리고 「자아와 개성」("Le Moi et la personnalité")이다.

> 나는 무언가를 발견하기 위해 존재합니다.
>
> — 폴 발레리, 「자아」 부분.

> J'existe pour trouver quelque chose.
>
> — Paul Valéry, "Ego" (19).

> 나의 인생은 특별한 것이 없습니다. 그렇지만, 그것(인생)에 대해 생각하는 방식이 그것(인생)을 바꿉니다.
>
> — 폴 발레리, 「자아」 부분.

> Ma vie n'a rien d'extraordinaire. Mais ma façon d'y penser, la transforme.
>
> — Paul Valéry, "Ego" (20).

> 나의 코기토 - 그것은 『테스트 씨와 함께 저녁시간』 안에 나타나 있습니다. "인간은 무엇을 할 수 있는가?"
>
> — 폴 발레리, 「자아」 부분.

> Mon ≪Cogito≫ — Il est inscrit dans la Soirée avec Martin Teste

— ≪Que peut un homme?≫

— Paul Valéry, "Ego" (196).

나는 존재하고 있다, 나 자신을 봄으로써. 나를 보는 나를 보고 또 마찬가지로....

— 폴 발레리, 「테스트 씨와의 저녁 식사」 부분.

Je suis étant, et me voyant; me voyant me voir, et ainsi de suite...

— Paul Valéry, "La Soirée avec Martin Teste" (25).

위에 인용된 글은 발레리의 「자아」와 「테스트 씨와의 저녁 식사」의 부분들이다. 우선 발레리의 「자아」는 제목 그대로 자아에 대한 철학적 성찰을 경구(警句) 형식으로 쓴 단문을 모은 산문이다. 이 글에서 그는 자신의 존재의 이유를 밝힌다. 그는 "나는 무언가를 발견하기 위해 존재합니다"(J'existe pour trouver quelque chose.)라고 고백하는 것이다. 이러한 발레리의 명제는 데카르트가 『방법서설』에서 "나는 생각한다. 그러므로 존재한다."(Je pense, donc je suis.)라고 말한 철학의 제1 원리로서의 진리 명제를 연상시킨다. 달라진 점이 있다면, '생각하다'(penser)가 '발견하다'(trouver)로, '존재하다'(être)가 '존재하다'(exister)로 대체된 것이다. 거의 동의어로 대체한 것처럼 두 명제는 상통한다. 발레리에 대한 데카르트의 절대적인 영향이 확인되는 부분이다.

나아가, 발레리는 자신의 인생에 대하여 특별한 것은 없지만, 인생에 대해 생각하는 방식이 인생을 바꾼다고 입언(立言)한다. 인생 자체보다 인생을 어떻게 생각하느냐 그 방식이 더 중요하다는 것이다. 발레리의 인생에 대한 태도는 데카르트가 『방법서설』에서 제시한 도덕의 제3 격률을 연상시킨다. 제3 격률은 운명을 변화시키는 것은 불가능함을 받아들이고, 자신의 사상을 변화시키도록 노력해야 한다는 격률, 바로 그것이다.[46] 데카르트가 자신의 외부세계와 투쟁하는 삶의 방식을 포기하고, 자신의 내면세계를 풍요롭게 하는 데 경주하였던 태도가 그대로 발레리에게도 그대로 나타나는 것이다.

발레리의 「자아」에는 '나는 생각한다'를 의미하는 코기토(cogito)라는 표현이 등장한다. 발레리가 지성을 강조한 것은 초기 산문 『테스트 씨』로부터 시작되었다.[47] 그는 『테스트 씨』의 한 부분인 「테스트 씨와의 저녁 식사」에서 "인간은 무엇을 할 수 있는가?"(Que peut un homme?)라는 질문을 던졌다는 것이다. 「테스트 씨와의 저녁 식사」에서 그러한 내용이 무엇인지 확인해 보면 그것은 "나는 존재하고 있다, 나 자신을 봄으로써"(Je suis étant, et me voyant)라는 문장으로 나타난다. 이 문장에서 그는 자신의 존재의 이유를 자기 자신에 대한 성찰에서 찾고 있다. 전술한 바와 같이, 발레리는 「데카르트」에서 자신이 『방법서설』에서 주목한 것은 "나는 생각한다. 그러므로 존재한다."라는 원리보다 '나'(Je)와 '자아'(Moi)를 표명했다는 점이라고 밝혔다. 발레리가 "나는 존재하고 있다, 나 자신을 봄으로써"라고 선언한 문장은 "나는 생각한다. 그러므로 존재한다."라는 명제에 자아에 대한 문제의식을 새롭게 결합한 결과인 것으로 보인다. 데카르트의 코기토가 발레리의 코기토로 전유된 것이다.

그런데 발레리의 코기토는 조금 더 나아간다. "나를 보는 나를 보"는

46) René Descartes, 『방법서설』, 31~34면.
47) 김기봉, 「발레리의 시와 사유체계」, 『프랑스 상징주의와 시인들』, 소나무, 2000, 306면.

것이 무한대로 발산하는 것이다. 그것은 마치 두 거울 사이에서 '나'가 거울 속의 '나'를 보는 것과 같은 현상이다. 그리고 『테스트 씨』에서 거울 속의 '나'를 보는 것 같은, 자기 자신에 대한 성찰은 순수시를 추구하는 것과 필연적인 관련이 있다.[48] 순수시가 비시적인 것을 배제해 가는 과정은 자아가 외부세계로 향한 시선을 거두어 자기 자신에게로 돌리는 과정에 준하는 것이다.

그러나, 발레리가 데카르트의 철학으로부터 영향을 그대로 받기만 한 것은 아니다. 윌슨은 『악셀의 성』에서 시인인 발레리가 철학자인 데카르트와 같은 형식의 언어로 쓰인 글을 그 결과로 낼 수는 없었다고 비판을 한다.[49] 그러나 윌슨의 그러한 비판은 과도한 면이 있다. 왜냐하면, 발레리 자신도 철학자와 시인 사이의 간극(間隙)에 대해 충분히 인식하고 있었기 때문이다. 다음은 「자아」의 한 부분이다.

> 시인들에 대항하여, 나는 존재합니다. 왜냐하면, 나의 정념은 어떠한 종교개혁일지 모를 정념이기 때문에… 정신을 개조하는 것, 그것은 결코 시인들의 임무가 아닙니다.
>
> 철학자들에 대항하여, 나는 존재합니다. 왜냐하면, 나의 본성은 권력을 조금도 위장하지 않기 때문입니다. 나는 세계를 믿지 않습니다. 나는 기호들을 부풀리지 않습니다. 그리고 나는 그것들이 관계된 곳을 압니다.
>
> 자아에 대항하여, 나는 존재합니다. 왜냐하면 나의 자아는 나의

48) Michel Jarrety, "Valéry en miroir," Vallès—Bled et al., *Paul Valéry—en ses miroirs intimes*, Sète: Musée Paul Valéry, 2013, pp.14~24.
49) Edmund Wilson, 「폴 발레리」,『악셀의 성』, 이경수 옮김, 홍성사, 1984, 84면.

자아를 괴롭힙니다. 그리고 나는 나의 견해들을 경멸합니다.

— 폴 발레리, 「자아」 부분.

Contre les poètes, je suis. Car ma passion fut la passion de je ne sais quelle Réforme···

Refaire son esprit, ce n'est point une tâche pour les poètes.

Contre les philosophes, je suis. Car ma nature ne déguise point les puissances. Je ne crois pas à l'universe. Je n'enfle pas les signes et je sais où ils s'adressent.

Contre moi, je suis. Car mon moi dévore mon moi et je méprise mes opinions.

— Paul Valéry, "Ego" (105).

위에 인용된 「자아」에서 발레리는 자기 자신의 실존과 시인 사이의 간극, 철학자 사이의 간극, 그리고 자아 사이의 간극을 고백하고 있다. 자기 자신에 대한 성찰에서 발견하게 되는 것은 자기 자신과 모순되는 자기 자신이다. 어떠한 하나의 개념으로 규정될 수 없는 무규정성(無規定性)으로서의 '나'가 있는 것이다. 무규정성의 영역에 남아 있는 것은 바로 "정념"(passion), "권력"(puissances), 그리고 "괴롭히기"(dévorer)이다. 이러한 것에 대한 발레리의 통찰은 말년의 데카르트가 『정념론』을 쓰게 한 통찰과 맥락이 상통한다. 데카르트는 '나'의 존재성이 정신에 있다고 주장하는 정신주의자이다. 그러나, 그는 말년에 영혼과 육체의 결합의 문제에 대해 성찰하게 된다. 그 결과 영혼과 육체가 결합하여 정념이 생겨난다고 하였다.[50] 그러면서 그는 정념을 다시 영혼의 지각, 감정, 동요로 정의하였다.[51] 결국 그는 인간의 내부에서 이성의 영역이

50) 김선영, 앞의 글, 199면.

아닌 부분, 즉, 육체와 연관되어 있으면서 감정을 일으키는 부분을 긍정한 것이다. 발레리도 감정(émotion)이 시의 본질(l'essence de la poésie)의 하나라는 것을 인정하면서[52] 순수시라는 이상에 도달하기 위해 이성의 역할을 강조하였다. 발레리도 '시인—철학자'라는 별명도 갖고 있지만, 그럼에도 불구하고 인간의 정념에 대해서도 긍정한 것이다. 실례로 발레리의 시편들, 예컨대, 「젊은 파르크」에서 그는 젊은 여신의 슬픔과 같은 감정을 극도로 섬세하고 아름답게 표현하였다.

발레리가 데카르트의 영향을 받았지만, 시인과 철학자 사이의 간극에 대해 성찰하는 것은 「자아, 작가」에서도 확인된다..

> 철학자 또는 시인
> 전자는 자신의 체계 또는 자신의 관념을 실현하기 위해 노력합니다.
> 후자는 그것들을 명확하게 말하기 위해 노력합니다.
> 나의 성격은 명확성의 정도에 만족한 다음에만 그 실현을 꿈꾸도록 나를 부추겼습니다.
>
> — 폴 발레리, 「자아, 작가」 부분.

> Philosophe ou Poète
> L'un s'efforce de réaliser son système ou son idée.
> L'autre s'efforce de les préciser.
> Mon caractère m'a poussé à ne songer à la realization qu'après que j'aurais été satisfait du degré de précision.
>
> — Paul Valéry, "Ego scriptor" (249).

51) René Descartes, 『정념론』, 42면.
52) Paul Valéry, "Propos sur la Poésie," p.1378.

위에 인용된 발레리의 「자아, 작가」도 「자아」와 마찬가지로 작가로서의 자아에 대한 철학적 성찰을 경구 형식으로 쓴 산문이다. 위에 인용된 부분에서는 발레리가 철학자와 시인의 차이점을 분석한 것이 주목된다. 그에 따르면, 철학자는 "체계"(système)와 "관념"(idée)을 실현하기 위해 노력한다면, 시인은 그것들을 명확하게 말하기 위해 노력한다는 차이점이 있다. 시인의 역할은 철학자가 제시하는 이념을 구체적으로 형상화하는 것이라는 의미로 해석될 수 있다. 그러나, 발레리의 정체성이 철학자와 시인 가운데 어느 편으로 더 무게중심이 기울어져 있는가 하면, 그것은 바로 시인이다. 발레리는 명확하게 말하는 것이 만족할 만큼 이루어진 다음에만 철학적 관념을 꿈꾸었다고 고백하고 있다. 그러니까, 발레리도 시가 언어의 예술로서의 그 본분을 충족하는 것이 선행되어야 하고, 그다음에야 그 시에 철학적인 관념을 담겨야 한다고 주장한 것이다. 이 부분이 바로 철학자와 시인의 경계에서 섬세하게 자신의 정체성을 설정한 대목이다.

지금까지 발레리가 데카르트의 코기토, 즉, "나는 생각한다. 그러므로 존재한다."라는 진리 명제를 어떻게 자신의 시론에 전유하였는지 살펴보았다. 발레리는 데카르트의 코기토에 자아에 대한 문제의식을 결합하여 전유하였다. 그리고 그러한 시론은 「나르시스는 말한다」, 「나르시스 단장」, 그리고 「젊은 파르크」 등의 시에서 이상적인 시로서의 순수시를 추구함과 동시에 자아의 문제에 천착하는 것으로 발현된다. 특히, 「젊은 파르크」의 "그러나 나는 알고 있다, 내 사라진 시선이 무엇을 보는가를"(Mais je sais ce que voit mon regard disparu)이란 시구절은 라캉에 따르면 데카르트적인 확실성의 주체가 가장 잘 형상화된 부분이다.[53] 그뿐만 아니라 「젊은 파르크」의 "나는 마음 속에서 되살린다,

내 수수께끼들, 내 신들을"이란 시구절은 자신의 내면의 미지에 대한 시적 탐구를 보여준다. 이러한 시구절들은 데카르트적인 철학성을 내포하면서도, 그리고 그 이상의 심미적인 예술성을 내포한다.

Ⅲ. 데카르트의 코기토, 그 너머에 대하여: 김구용의 경우

발레리 시론에 나타난 데카르트의 철학의 영향을 살펴본 데 이어, 이번 장에서는 김구용 시론에 나타난 발레리 시론의 전유 양상을 살펴보고자 한다. 그러한 논증의 과정에서 가장 최우선으로 살펴보아야 하는 글은 「나의 문학수업」으로 사료(思料)된다.

> 내가 산사에 들어갔을 무렵은 주로 바이런, 테니슨, 푸시킨, 스코트, 롱펠로우의 장시와 셰익스피어와 하우프트만의 『심종』, 그러나 많이 본 것은 실렐의 극시 전부와 보들레르의 『악의 꽃』이었다. 그때 나는 방대한 서사시(?)를 쓰고 있었던 만큼 이런 책들만 골라서 읽었던 것 같다. […]
>
> 그때부터 내가 주로 사집(四集), 사교(四教), 조사어록(祖師語錄) 등 불경을 보는 한편 사서삼경(四書三經)과 노장(老壯)과 동양고전을 읽었다기보다 도대체 이 책엔 무엇이 있나 하고 한번씩 들여다본 것이 의외로 내게 가장 큰 영향을 끼칠 줄이야 애초부터 상상도 못한 일이었다. 그 후, 졸라, 발자크, 도스토예프스키, 이러한 거장(巨匠)에서 물러서며부터 타고르, 간디, 키플링, 헤세, 카로사, 릴케에게

53) Jacques Lacan, 『세미나 11: 정신분석학의 네 가지 기본 개념』, 맹정현·이수련 옮김, 새물결, 2008, 127면.

로 경도(傾倒)하였고 다다와 쉬르레알리즘을 경박자(輕薄子)들이라고 멸시하였으니 저간의 정저와를 짐작할 수 있으리라. […] 흐르는 광음(光陰)과 함께 나의 독서 경향은 다시 변하여 지드, 아당들의 지성문학을 탐독하였고 특히 발레리에 이르러서는 경이의 눈을 부릅뜨지 않을 수 없었다. 발레리의 것이 아니면 읽을 맛이 없다고 생각하였으리만큼 중독되어 의식적으로 불경 다음에 동양 고전, 성서, 시, 소설, 학술 서적, 잡지 순으로 꽂던 나의 서가들엔 언제나 발레리의 저서만이 시건 산문이건 간에 시의 최상부에 놓여 있었을 정도였다.

— 김구용, 「나의 문학수업」, 『인연』 부분. (372~374)

위에 인용된 김구용의 「나의 문학수업」에는 그가 습작 시절 읽었던 작가와 저서의 목록이 자세히 소개되어 있다. 우선 김구용은 서사시를 쓰고 있었기 때문에 바이런 등의 장시와 실렐의 극시를 본보기 삼아 읽었다는 점이 주목된다. 또한 김구용은 자신의 정신의 고향을 "동학동천(東鶴洞天)", 동학사(東鶴寺)가 있는 자연이라고 고백[54]한 적도 있거니와, 유불선의 동양사상이 그의 시에 깊이 삼투되어 있다는 것도 습작 시절부터 시작된 독서 편력 때문이란 점도 확인된다. 그런데, 「나의 문학수업」에서 기존의 연구자들에 의해 간과된 부분이 있다. 그것은 첫째, 김구용이 다다이즘과 쉬르리얼리즘을 "경박자"라고 멸시하였다는 점, 둘째, 발레리에 중독될 만큼 경도되어 있었다는 점이다. 물론 그가 다다이즘과 쉬르리얼리즘에 대해 멸시했던 것을 정저지와(井底之蛙)의 태도였다며, 자신의 태도를 시정하고 있기는 하다. 그렇지만, 위의 글이 쓰인 것은 1955년이다. "저간"이라는 시간의 부사어는 1955년 무렵

54) 김구용, 「내 정신의 고향」, 『김구용 전집 6 인연』, 272면.

까지 다다이즘과 쉬르리얼리즘을 경시했다는 의미이다. 그러므로, 김구용의 문학이 한국의 전후문학의 쉬르리얼리즘 경향으로 분류되던 것은 세심한 재고와 보충 논의가 필요하다고 판단된다. 따라서 본고는 김구용 시론에 나타난 발레리 시론의 영향을 조금 더 추론해 가고자 한다. 다음은 김구용의 대표적인 시론 중 하나인 「눈은 자아의 창이다」의 한 부분이다.

> 문예부흥의 의의는 신의 쇠사슬에서 탈출한 인간의 존엄에 있었다. [⋯]
>
> 폴 발레리가 유례없는 지성으로 상징주의를 승화시켜 완벽에까지 성취시켰건만 T.S. 엘리어트가 오늘날 사람들의 입추리에 회자되는 것은 비로소 시가 이 가열한 역사적 사회성을 배경하였다는 데 의의를 두는 까닭인 것 같다.
>
> T.S. 엘리어트가 고전주의에 근거를 두었거나 발레리가 데카르트의 이지(理智)에 힘입었거나 그것은 고사하고 간에 우리가 세밀히 그들을 대조해볼 때 많은 공통점이 그들 시의 내부에 흐르고 있음을 알 수 있을 것이다.
>
> 헬레니즘, 즉 고대 희랍 신화에서 취재한 발레리와 전혀 이질적인 종교에서 출발한 T.S. 엘리어트에서 공통점을 발견할 수 있다는 것은 유의해야 할 일이라고 믿는다.
>
> 발레리가 인간의 가능성을 확대시키고 가시적 변화를 통하여 모든 자체의 순수성에까지 이르렀다는 것은 T.S. 엘리어트의 업적이 '영원(永遠)의 서장(序章)'으로써 결단을 내리지 아니한 그 깊이와 넓이와도 서로 비등되는 까닭이다.
>
> 우리들은 항상 과거의 작품과 위대한 시인들을 생각할 때마다 자기의 위치를 돌아보게 된다. 과연 시란 무엇이며 시인은 무엇을 할 것인가 하는 문제이다. 그것은 이 현실에 있어 자기 세계의 창조에

있다. [⋯] 시는 독자를 위한 생산품이 아니며 어디까지나 자아에의 집중이며 극복인 것이다.

—김구용, 「눈은 자아의 창이다」, 『인연』 부분. (428~429)

위에 인용된 김구용의 「눈은 자아의 창이다」는 발레리에 대한 논의가 가장 많이 이뤄진 시론 중 한 편이다. 위의 글에서 김구용이 발레리의 문학의 특성으로 지적한 것은 첫째, 지성으로 상징주의를 승화하여 완벽한 성취를 이뤘다는 점, 둘째, 발레리가 데카르트의 철학의 영향을 받았다는 점, 셋째, 발레리가 자신의 시에 고대 그리스 신화의 모티프를 차용하였다는 점, 넷째, 순수시 시론으로 인간의 이상적인 가능성을 확대하였다는 점이다. 이와 같은 특성은 본고가 I부와 II부에서 전술(前述)한 발레리의 특성과 거의 일치한다. 다시 말해, 김구용은 이미 발레리에 대한 기존의 일반적인 총평을 충분히 이해하고 있었다는 것이 확인된다. 김구용의 이러한 글은 데카르트가 발레리로 하여금 지성문학과 순수시 시론을 통해 이상적인 존재를 추구하기 위하여 자아의 문제에 집중하도록 하는 데 영향을 미쳤다는 것을 간파하고 있었음을 유추하게 한다. 발레리를 최고의 시인으로 여겼던 김구용이 위의 시론에서 자신은 시인으로서 "자기 세계의 창조"와 "자아에의 집중"을 추구하겠다고 선언한 것은 발레리의 순수시 시론이나 자아에 대한 시론에 나타나는 그것과 상당히 일치한다. 김구용이 위에서 "신의 쇠사슬에서 탈출한 인간의 존엄"을 언급하는 것도 사상적으로는 데카르트의 "나는 생각한다. 그러므로 존재한다."라는 명제로 인하여 신으로부터 독립한 인간 주체가 중심이 되는 근대의 세계관이 열렸다는 것과 상통한다.

예술은 완전한 자유 정신 위에 성립할 수 있을 뿐이다.

시인에 있어서는 작품을 만들기까지 취해야 할 자기 태도가 문제일 뿐 일단 이루어진 작품은 그 누구도 첨삭할 수 없으며 변경시킬 수 없는 결과인 것이다.

그런 까닭에 시인의 외부에 대한 응시는 자아에의 집중인 동시 누구보다도 자기 작품에 대하여 준열한 비평을 가할 수 있게 되어 있다. […]

어떠한 시대에 있어서도 시인의 눈은 젊었을 때부터 죽음의 저편까지 응시하고 있다.

자아는 주위에 의하여 대결하는 존재로서 실상과 부합하려는 생명을 탐구한다. 그러므로 시인은 오히려 이론에 권태를 느끼고 우연에 예각해지는 것이다. […]

삼가야 할 것은 인간의 정신을 함부로 단정하지 말아야 할 일이다. 그것은 모험이라기보다 위험한 장난이다. 단정할수록 정신의 본질은 나타나지 않는다.

즉 시 정신은 오늘날의 현상에서 갈피를 잡을 수 없을 만큼 착잡한 데 근본된 것이 아니라 도리어 단정할 수 없는 영역에 의하여 모든 의의를 보여준다고 생각한다.

그러기에 조직과 형성을 착각하는 수가 있다. 하나의 의미는 그렇게 협착할 수가 없다.

이론과 분석과 조직은 필요일 뿐 전부가 아니다. 작품 행위에 있어 필요를 전부로 착각하는 데 위기와 비극을 흔히 보게 되는 것이다.

육신은 비록 어떤 구속에서 완전히 탈출할 수 없을지라도 정신은 끝까지 자유의 본질에서 사고하게 마련이다.

— 김구용, 「눈은 자아의 창이다」, 『인연』 부분. (434~435)

위에 인용된 김구용의 「눈은 자아의 창이다」에서는 발레리가 자신의 시론에서 데카르트의 코기토에 대한 담론을 펼쳐 보인 것과 상통한 내용이 많이 나타난다. 그러나 또 한편으로는 위의 글에서 김구용은 텍스트의 심층에 잠재된 내용상으로 데카르트의 코기토, 그 너머에 대한 담론을 펼쳐 보인다. 우선 김구용은 "예술은 완전한 자유 정신"에 의해 성립될 수 있다고 한다. 이러한 부분은 데카르트가 『성찰』에서 정신의 활동의 자유로움을 근거로 정신의 존재성을 증명했던 것을 연상시킨다. 데카르트가 『방법서설』에서 "나는 생각한다. 그러므로 존재한다." 라는 진리명제에 이른 것이 도저한 정신주의에 의해서였던 것을 기억한다면, 김구용의 정신주의에서도 본질상 데카르트의 사상과 모종의 상통하는 점을 발견할 수 있다.

발레리가 「데카르트」에서 데카르트의 코기토의 명제, 그 철학적 원리 너머에서 '나'(Je)와 '자아'(Moi)의 문제를 발견했던 것처럼 김구용도 위의 글에서 자아의 문제를 심도 있게 제기한다. 그는 평시에도 "시는 세계와 인류를 대하는 자아(自我) 위치"[55]라고 가르쳐 왔다. 그러한 것처럼 위의 글에서도 김구용은 자아의 문제를 시인의 시와 시작의 문제와 연관 짓는다. 그는 시작을 위해 "자아에의 집중"을 강조한다. 그 이유는 시인에게는 "외부에 대한 응시"조차 "자아에의 집중"이기 때문이다. 이러한 점은 데카르트에게서 외부세계를 감각함으로써 내면세계로 전해진 어떠한 것도 정신의 통찰에 의해서만 감지 가능한[56] 것으로 본 바와 상통한다.

그러나 김구용의 시론에서는 데카르트의 코기토, 그 너머에 대한 사유도 나타난다. 김구용은 "인간의 정신을 함부로 단정하지 말아야" 한다고 역설(力說)한다. 그 이유는 "단정할수록 정신의 본질"은 드러나지 않으며, 정신에는 "단정할 수 없는 영역" 역시 존재하기 때문이다. 이는

55) 김구용, 「시를 생각하는 꽃들에게」, 『김구용 전집 6 인연』, 151면.
56) René Descartes, 「성찰」, 98~101면.

데카르트로 대변되는 서양근대철학의 대척점에 있는 비트겐슈타인(Ludwig Wittgenstein, 1889~1939)이 『논리철학 논고』에서 "말할 수 없는 것에 대해서는 침묵해야 한다"라고 말한 바나, 노자(老子)가 『도덕경』에서 "도가도비상도(道可道非常道)"라고 말한 바를 연상시킨다(19). 그 밖에도 라캉이 데카르트의 확실성의 주체를 대신하여 불확실성의 주체, 즉, 무의식의 주체를 내세웠던 것을 연상시키기도 한다(『세미나 11』 61). 어느 편이든 간에, 김구용이 정신을 하나의 의미로 단정하지 말아야 한다고 한 것은 데카르트가 정신을 결국 이성(理性)으로 귀결시킨 것과는 차이가 있는 것이다. 발레리는 전술한 바와 같이 「자아」에서 정념과 같은 인간 내면의, 무규정성의 영역이 있음을 응시했었다. 그러한 바와 같이 김구용도 정신 내부에 단정할 수 없는 그 어떠한 무규정성의 영역이 있음을 응시한다. 그것은 "오늘날의 현상", 즉, 양대 세계대전의 비극을 겪은 20세기의 현상이 폭로하는 인간의 비이성적인 면모를 가리키는 것으로 해석될 수 있다. 김구용은 현대의 혼란상이 인간에게 반성토록 하는 이성적 존재로서의 인간이라는 관념을 겸손하게 내려놓는다.

그러나 여기서 주의 깊게 살펴야 할 점은 그가 결코 반(反) 데카르트주의의 노선을 선택하지는 않는다는 것이다. 그는 시작에 "이론", "분석", "조직"은 필요하지만 전부가 아니라고 말하는데, 이것은 시작에 이성의 역할은 필요하지만, 전부는 아니라는 의미이다. 즉, 그는 이성의 역할을 인정하는 것이다. 완전한 반이성주의라면 다다이즘과 초현실주의를 예로 들 수 있을 것이다. 그러나 그는 「눈은 자아의 창이다」에서 다다이즘과 초현실주의가 현대의 "극난한 시정신의 탐구"에서 발생한 사조이지만, "착각"이자, "기현상"이자, "낭비"였다고 비판한다(429~430).

나아가 그는 인간의 "육신"과 "정신"의 관계에 대해 논한다. "육신"은 현재의 물질적 세계에 구속되어 있을 수밖에 없으므로 정신의 자유를 추구해야 한다는 귀결에 이른다. 김구용의 이러한 점은 데카르트가 『정념론』에서 영혼과 육체가 어떻게 결합하는가에 대해 논의하며 그 결합에서 발생하는 정념을 긍정하면서도 궁극적으로는 육체보다 정신의 중요성을 강조하는 방향으로 결론 짓는 것과도 상통한다. 사랑이나 슬픔 같은 인간의 정념을 다룬 데카르트의 『정념론』 자체가 이성중심주의적인 코기토를 보완하는 성격을 가지고 있었다. 김구용의 시론에도 데카르트적인 코기토와 그 너머가 공존한다. 그러한 논의를 더 살펴보면 아래와 같다.

> 시는 변화하는 무한의 세계와 자아의 실상이 분리될 수 없음을 작품으로 보여주어야 한다. […] 미에까지 승화하지 못하면 지식은 목적을 잃고 만다. […] 그러나 시는 공중누각을 지으면서까지 인간에서 이탈하여서는 안 된다. 우리는 알 수 없는 모든 본질을 자아에서 발견해야 할 것이다. […]
>
> 현대의 비극은 과학을 물질로서 정신과 구별함으로부터 시작되었다. 현대 시는 과학의 기능을 자아의 정신과 결부시켜 인간과 자연을 접맥 융화하는 생명을, 미를 찾아야 할 것이다. […] 이제야 정신과 물질은 분립으로부터 인간에 의하여 총화되어야 할 것이다.
>
> 시는 공통하는 개체의 참모습을 파악하여 미와 생명이 충만하는 작품에 이르기까지 가능을 위한 성의를 요한다.
>
> 인류가 서로 사랑하게 되느냐 또는 미워하게 되느냐에 의하여 세계는 얼마든지 변할 수 있다.
>
> 이 세계란 것은 시인에 있어서는 마음의 영역이다.
>
> — 김구용, 「눈은 자아의 창이다」, 『인연』 부분. (444~446)

위에 인용된 글은 역시 김구용의 시론 「눈은 자아의 창이다」의 한 부분이다. 이 부분도 데카르트의 『정념론』이 영혼과 육체의 관계를 문제 삼아 논의한 것을 연상시킨다. 이 부분에서 김구용은 "현대의 비극"의 원인이 "과학"을 "물질"로만 간주함으로써 그것을 "정신"과 구별한 데 있다고 진단한다. 김구용은 「인간의 성당(聖堂)」이란 산문에서 종교와 과학은 인간에 의해 상통하는 것으로 보면서, "종교는 미지에 대한 정신적 탐구며 과학은 신비에 대한 물질적 탐구"라고 하였다.[57] 통념상, 종교는 신비에 대한 정신적 탐구이고, 과학은 미지에 대한 물질적 탐구라고 규정하는 것이 옳은 것처럼 보인다. 그렇지만, 김구용은 종교와 과학에 대하여 역설적(逆說的) 진리를 입언한다. 그의 그러한 입언은 상당히 설득력을 지닌다. 위의 글에서 김구용은 정신과 육체의 관계를 정신과 물질의 관계로 확대한다. 그리고 그 관계를 다시 인간과 자연의 관계로 확대한다. 그러면서 이 이항관계에 놓인 것들을 각각 분리하여 바라보는 관점이 오늘날 물질문명의 문제를 야기했다고 그는 진단한다. 그러므로, 그는 이러한 문제를 해결하기 위해 이항관계에 놓인 것들에서 "총화(總和)"를 발견해야 한다고 제언한다. 그 총화를 이루는 것은 미(美)의 영역인 시가 선도적으로 할 수 있다. 그리고 그는 또 한 가지를 제언한다. 그것은 바로 인류애이다. 인류애는 "마음의 영역"인 시가 우선 선취해야 할 것으로 제시된다. 데카르트는 『정념론』에서 사랑이라는 정념은 자신에게 이로운 것과 결합하도록 한다고 주장한 바 있다(128). 인류애가 전쟁을 멈추게 한다면, 그 사랑만큼 인류에게 이로운 것도 없을 것이다.

김구용이 데카르트의 코기토, 그 너머로 향해가고 있다면, 그러한 것을 확인할 수 있는 것은 다음의 산문 「환상」에서이다.

---

57) 김구용, 「인간의 성당(聖堂)」, 『김구용 전집 6 인연』, 32면.

작품은 어디에서 시작하는가. 내 생각 같아서는 되도록 이론을 부정하는 데서 출발한다고 말하고 싶다. […]

비교적 가까운 예로는 릴케와 발레리가 10여 년간이나 침묵하였다. […] 그들이 스스로 책임을 느끼는 작가라면 우리는 그들의 침묵을 엄숙한 행위로 보아야 한다.

그러나 과거로 올라가면 올라갈수록 흔히 작가들은 자연으로, 또는 신에게로, 또는 사랑으로 간단히 자기를 합리화시켰다.

이런 것을 좋다든지 또는 나쁘다든지는 고사하고 현대문학의 당면 문제에선 암만 도피하려 해도 도피할 길이 없다. 인간이 모든 책임을 지게 마련이다. […]

나는 단칸방에서 간혹 환상에 사로잡힌다. 그 미지인의 모습은 침묵하지만 그 표정은 늘 방황한다. 그러나 난 환상으로 나타난 그 사람의 연령을 모른다.

—김구용, 「환상」, 『인연』 부분. (177)

위에 인용된 김구용의 「환상」은 발레리가 직접 거론된 시론 중 한 편이다. 위의 글에서 김구용은 시작(詩作)의 시작(始作)은 "이론을 부정"하는 데서 비롯된다고 주장한다. 발레리도 관념의 순수성을 통한 이데아를 지향하는 지성문학의 입장에 서면서도 「자아, 작가」에서는 철학자와 시인을 구분하면서, 관념은 예술적 형상화가 충분히 이루어진 다음에 취해야 할 것이라고 주장한 바 있다. 이처럼 김구용도 이론의 부정을 언급하고 있기는 하지만, 그의 시론의 전체적인 맥락에서 그 의미를 고려해 보았을 때, 예술에는 미의식이 충분히 성취된 다음에 관념이 스며야 한다는 주장으로 이해될 수 있다.

그러나 이 글에서 주목을 끄는 부분은 그가 발레리에 대해 언급한 부분이다. 발레리는 시인으로서 19세였던 1890년에 이미 「나르시스는 말한다」를 발표하였음에도 불구하고, 과작(寡作)의 시인으로 남아 있다가 1917년 긴 시간 동안의 침묵을 깨고 「젊은 파르크」를 발표하며, 이 이후 프랑스를 대표하는 시인으로 올라서게 된다. 「젊은 파르크」는 「해변의 묘지」와 함께 그의 대표작이다. 「젊은 파르크」는 분량상으로도 장시(長詩)라는 것으로 독자들을 압도하고, 표현상으로도 놀랍고 다채로운 수사법으로 독자들을 압도하며, 무엇보다 주제상으로도 여신의 운명적인 좌절과 극복이라는 내용으로 독자들을 압도한다. 이처럼 한 편의 대작이 탄생하였기 때문에 발레리의 침묵은 시인으로서 진정으로 책임감 있는 태도로 이해된다.

김구용은 작가로서의 책임을 자아와의 대면으로부터 도피하지 않는 것으로 해석한다. 예컨대 그에게는 현대 이전의 시인들이 "자연", "신", "사랑"을 작품세계에서 전경화하는 것도 일종의 도피로 해석된다. "자연"도 "신"도 "사랑"도 자아를 압도하는 큰 타자를 상정한 것이라는 의미에서 김구용의 그러한 해석에는 일리가 있다. 시인 자신의 존재의 근거, 행불행의 근거, 그리고 정념의 근거를 "자연" 또는 "신" 또는 "사랑"에 두면서 시에서 큰 타자를 '당신'이라고 호명하는 것은 쉬운 일일 수 있다. 이보다 어려운 것은 시인이 자신 안의 무, 혼돈, 불행, 증오, 고통 등을 직면하는 것이다. 예컨대, 발레리가 「해변의 묘지」에서 "바람이 분다 살아야겠다"라고 고백한 것은 생의 허무와 대면하는 자아의 진실한 목소리였다.

김구용은 위의 글에서 시작의 주체인 자신을 환상 속의 "미지인(未知人)"이라고 고백한다. 그는 자아를 응시하지만, 자신이 모르는 미지의 자아를 만나곤 한다는 것이다. 그 "미지인"은 "침묵"한다고 한다. 그 "침묵"은 이성의 언어, 그 너머에 있는 무규정성의, 정신의 영역에 잠재되어 있는 또 다른 자아의 언어화 이전의 목소리인 것이다.

발레리는 「자아」에서 "자아에 대항하여, 나는 존재합니다. 왜냐하면 나의 자아는 나의 자아를 괴롭힙니다."라고 고백한 바 있다. 김구용에게 "미지인"과 발레리에게 '자아를 괴롭히는 자아'는 상통하는 점이 있다. 한편 김구용은 "망각이라는 의식"58)이라는 모순적 표현을 쓴 적도 있다. 이 표현이 의도하는 바는 의식적으로 잊으려 하면 잊히지 않는다는 것이다. 이처럼 정신의 중요성을 강조하던 김구용에게 환상에 대한 성찰과 망각에 대한 성찰이 나타난다.

「빛을 뿜는 심장」이라는 시에서 "내가 안고 있는 정신이 태양"이라고 비유했던 김구용은 분명 그 누구보다 도저한 정신주의자이다. 그렇지만, 그는 다시 그 "태양"을 "심장"으로 은유한다. 즉, "정신"="태양"="심장"이라는 은유가 성립된다. 그는 정신주의자이면서도 시적 상상력을 통해 정신과 육체를 일원론적으로 인식함을 보여주기도 한다.

이와 같은 점은 김구용이 도저한 정신주의자로서 데카르트의 코기토의 이념과 상당히 상통하는 사상을 가졌으면서도 그 너머에 대해 모색하는 도정(道程)을 보여주었다고 할 수 있다.

IV. 결론

이 논문 「데카르트의 코기토, 그 너머: 김구용 시론에서의 폴 발레리 시론의 전유」의 목적은 폴 발레리의 시론과 김구용의 시론을 데카르트의 코기토(Cogito: 나는 생각한다)의 관점에서 비교·연구함으로써 그 전유 양상을 밝히는 데 있었다.

58) 김구용, 「망각이라는 의식」, 『김구용 전집 6 인연』, 241면.

이러한 목적에 따라 I부에서는 김구용의 시론에 발레리, 그리고 그의 사상에 절대적 영향을 미친 데카르트가 함께 언급되었다는 사실을 논거로 이 연구의 타당성을 제시하였다. 이어서 데카르트의 코기토로 명명되는 “나는 생각한다. 그러므로 존재한다.”라는 진리명제를 둘러싼 그의 사상의 전반적 맥락을 『방법서설』, 『성찰』, 그리고 『정념론』을 통해 제시하였다.

II부에서는 폴 발레리의 시론에서 데카르트의 코기토의 사상이 언급된 부분을 중심으로 논의가 이루어졌다. 우선, 발레리의 시론은 순수시 시론으로 대표되는데, 시에서 비시적인 것을 배제한 시로서의 순수시는 정신주의로서 시에서의 자아에 대한 탐구를 담은 신화시를 낳았음을 밝혔다. 이어서 발레리의 시론 「데카르트에 대한 단상」과 「데카르트」에서 데카르트가 발레리에게 자기 자신의 내면의 목소리에 귀 기울이도록 하였으며, 그것은 「자아」 「자아, 작가」 그리고 「자아와 개성」 등 자아에 대한 탐구로 이어졌음을 논하였다. 마지막으로 ‘시인—철학자’로서의 발레리는 데카르트의 “나는 생각한다. 그러므로 존재한다.” 라는 진리명제를 자신의 시 「젊은 파르크」에서 "그러나 나는 알고 있다, 내 사라진 시선이 무엇을 보는가를"로 전유됨을 보였다.

III부에서는 김구용의 시론에서 발레리와 데카르트가 언급된 부분과 그들의 사상과 상통하는 부분을 중심으로 논의가 이루어졌다. 우선 김구용의 시론은 일반적으로 동양의 유불선 사상으로부터 절대적인 영향을 받은 것이 확인되었다. 이어서 아직 본격적인 논의가 없는 발레리와의 영향관계가 논의되었다. 김구용의 시론 「나의 문학수업」, 「눈은 자아의 창이다」에서 그가 발레리에 대해 깊이 이해하고 있음이 밝혀졌다. 그 다음, 김구용이 자아에 대한 탐구를 통한 자기 세계의 창조를 해 나아가는 시작 태도가 데카르트의 코기토와의 연관성 아래서 논의되었다. 그렇지만, 그의 시론 「눈은 자아의 창이다」의 후반부와 「환상」에는 현대의 비극을 체험한 김구용이 정신과 육체의 총화의 문제와 자아 안의 미지의 자아의 문제를 다루고 있음이 논의되었다. 그것은 김구용이 자신의 시 「빛을 뿜는 심장」에서 "정신"과 "심장"을 동시에 "태양"으로 은유함으로써 도저한 정신주의를 보여주면서도 그것을 넘어서는 것을 보여주는 것이었다. 이러한 일련의 시론과 시로써 김구용이 데카르트의 코기토, 그리고 그 너머를 모색해 가는 도정이 확인되었다.

이러한 논증 과정을 거쳐 이 논문이 도달한 결론은 데카르트의 코기토, 즉, "나는 생각한다. 그러므로 존재한다."라는 진리명제는 근본적으로 시라는 장르의 본질, 즉, 자신의 내면의 진실을 고백하는 장르라는 본질과 상통하고 있었다는 것이다. 데카르트의 코기토가 표명하는 정신주의와 자아에 대한 탐구는 그러한 이유에서 세계문학사에서 이상적 존재와 이상적 시를 추구하는 두 시인 발레리와 김구용의 시론에 삼투되어 있었다고 판단된다. 그러나 발레리와 김구용 모두 자아에 대한 응시를 통해 자신 안의 무규정성의 영역, 즉, 코기토로 상징되는 이성 너머의 영역을 발견하기도 한다. 그 영역은 정념일 수도, 존재의 무일 수도, 무의식일 수도 있다. 자신의 내면에서 자아에 맞서는 또 다른 자아를 응시한다는 것은 데카르트의 코기토, 그 너머를 발견한 것이라고 할 수 있다. 그렇지만, 그것은 또한 데카르트가 『정념론』을 통해서 스스로 코기토를 극복하려 했던 시도에 이미 그 단초가 있었다. 그러므로, 데카르트의 코기토, 그 너머는 데카르트 자신이 가는 도정이기도 하였다.

참고문헌

1. 기본자료

김구용, 『김구용 전집 1: 시』, 솔, 2000.

______, 「눈은 자아의 창이다」, 『김구용 전집 6: 인연(因緣)』, 솔, 2000.

______, 「나의 습작시절」, 『김구용 전집 6: 인연(因緣)』, 솔, 2000.

______, 「환상」, 『김구용 전집 6: 인연(因緣)』, 솔, 2000.

______, 「내 정신의 고향」, 『김구용 전집 6: 인연(因緣)』, 솔, 2000.

______, 「망각이라는 의식」, 『김구용 전집 6: 인연(因緣)』, 솔, 2000.

______, 「시를 생각하는 꽃들에게」, 『김구용 전집 6: 인연(因緣)』, 솔, 2000.

Valéry, Paul, 『발레리 시전집(詩全集)』, 박은수 옮김, 민음사, 1987.

__________, *Œuvres I*, Paris: Gallimard, 1957.

__________, *Œuvres II*, Paris: Gallimard, 1957.

__________, "Ego," *Cahiers I*, Paris: Gallimard, 1973, pp.19～231.

__________, "Ego scriptor," *Cahiers I*, Paris: Gallimard, 1973.

__________,"Philosophie," *Cahihers I*, Paris: Gallimard, 1973, pp.477～771.

__________, "Le Moi et la personnalité," *Cahihers II*, Paris: Gallimard, 1974, pp.277～356.

__________, "Discours sur Bergson," *Œuvres I*, Paris: Gallimard, 1957, pp.883～886.

__________, "Léonard et les Philosophes," *Œuvres I*, Paris: Gallimard, 1957, pp.1234～1269.

__________, "Avant－propos à la Connaissance de la Déesse," *Œuvres I*, Paris: Gallimard, 1957, pp.1269～1279.

__________, "Discours sur Henri Bremond," *Œvres I*, Paris: Gallimard, 1957, pp.763～769.

__________, "Situation de Baudelaire," *Œuvres I*, Paris: Gallimard, 1957, pp.598～613.

__________, "Propos sur la poésie," *Œuvres I*, Paris: Gallimard, 1957, pp.1361~1378.
__________, "Nécessité de la Poésie," *Œuvres I*, Paris: Gallimard, 1957, pp.1378~1390.
__________, "Existence du Symbolisme," *Œuvres I*, Paris: Gallimard, 1957, pp.686~706.
__________, "Poésie et Pensée Abstraite," *Œuvres I*, Paris: Gallimard, 1957, pp.1314~1339.
__________, "Poésie Pure," *Œuvres I*, Paris: Gallimard, 1957, pp.1456~1463.
__________, "Fragment d'un Decartes," *Œvres I*, Paris: Gallimard, 1957, pp.787~791.
__________, "Decartes," *Œvres I*, Paris: Gallimard, 1957, pp.792~809.
__________, "Une vue de Decartes," *Œvres I*, Paris: Gallimard, 1957, pp.810~841.
__________, "Seconde vue de Decartes," *Œvres I*, Paris: Gallimard, 1957, pp. 842~843.
__________, "La Soirée avec Martin Teste," *Œuvres II*, Paris: Gallimard, 1960, pp.15~25.

2. 국내외 논저

김기봉, 「발레리의 시와 사유체계」, 『프랑스 상징주의와 시인들』, 소나무, 2000.
김시원, 「발레리 시의 변형, 생성 과정에 나타난 역동적 상상력 : 나르시스 시편들에 대한 생성비평」, 『불어불문학연구』 제60호, 한국불어불문학회, 2004, 57~87면.
김진하, 『폴 발레리의 '정신(esprit)'의 시학 연구』, 서울대학교 박사학위논문, 2003.
김청우, 「김구용 시의 정신분석적 연구」, 전남대학교 석사학위논문, 2011.
______, 「시의 개념적 혼성 양상과 상상력의 구조 — 김구용의 「뇌염(腦炎)」을 중심으로」, 『문화와 융합』 제42권 9호, 한국문화융합학회, 2020, 455~482면.
______, 「시의 환상, 환상의 시: 불가해한 현실에 대응하는 미학으로서의 환상 — 김구용 시에 나타난 환상을 중심으로—」, 『한국문학이론과 비평』 제94권, 한국문학이론과비평학회, 2022, 35~62면.
노은희, 「폴 발레리 시에 나타난 몸, 에스프리 그리고 세계」, 『한국프랑스학논집』 제72권, 한국프랑스학회, 2010, 263~282면.
민명자, 「김구용 시 연구: 시의 유형과 상상력을 중심으로」, 충남대학교 박사학위논문, 2007.
박동숙, 『김구용의 생성 시학 연구』, 서울시립대학교 박사학위논문, 2015.
오주리, 「말라르메와 김구용의 '반수신(半獸神)'에 나타난 위선에 관한 비교 연구」, 『문학과 종교』 제25권 1호, 한국문학과종교학회, 2020, 175~216면.
윤병로, 「김구용 시 평설」, 『한국현대시인작가론』, 한국문학평론가협회 편, 신아출판사, 1987.
이건제, 「공(空)의 명상과 산문시 정신」, 『1950년대의 시인들』, 송하춘·이남호 편, 나남, 1994.
이수명, 「김구용의 「꿈의 이상(理想)」에 나타난 불교적 상상력」, 『한국문학이론과 비평』 제61권, 한국문학이론과비평학회, 2013, 101~118면.
이숙예, 『김구용 시 연구: 타자와 주체의 관계 양상을 중심으로』, 중앙대학교 박사학위논문, 2007.
이지수, 「뽈 발레리의 사유체계 탐색」, 서강대학교 대학원 석사학위논문, 2002.
이진성, 「발레리의 순수시론과 브르몽의 순수시론」, 『인문과학』 제63권, 인문학연구원, 1990. 235~263면.
하현식, 「김구용론: 선적 인식과 초현실 인식」, 『한국시인론』, 백산출판사, 1990.
함유선, 『발레리의 시에 나타난 자아 탐구』, 이화여자대학교 박사학위논문, 1993.
홍신선, 「실험 의식과 치환의 미학」, 『한국시의 논리』, 동학사, 1994.

노　자, 『도덕경』, 오강남 역주, 현암사, 2016.

Descartes, René, 『방법서설』, 권오석 옮김, 홍신문화사, 1995.
______________, 「성찰」, 『방법서설/성찰/철학의 원리/정념론』, 소두영 옮김, 동서문화사, 2011.
______________, 『정념론』, 김선영 옮김, 문예출판사, 2013.
Badiou, Alain, 『비미학』, 장태순 옮김, 이학사, 2010.
Blanchot, Maurice, 『도래할 책』, 심세광 옮김, 그린비, 2011.
________________, 『문학의 공간』, 이달승 옮김, 그린비, 2014.
Cassirer, Ernst, 『언어와 신화』, 신응철 옮김, 식을 만드는 지식, 2015.
Lacan, Jacques, 『세미나 11: 정신분석학의 네 가지 기본 개념』, 맹정현·이수련 옮김, 새물결, 2008.
Lanson, Gustave, 『랑송 불문학사』 하, 정기수 옮김, 을유문화사, 1997.
Raymond, Marcel, 『발레리와 존재론』, 이준오 옮김, 예림기획, 1999.
______________, 「상징주의의 고전, 폴 발레리」, 『프랑스 현대시사』, 김화영 옮김, 현대문학, 2015, 221~247면.
Regard, André· Michard, Laurent, 「폴 발레리—생애와 그의 시학」, Paul Valéry, 『발레

리 시전집』, 박은수 옮김, 민음사, 1987, 225~238면.
Wilson, Edmund, 「폴 발레리」, 『악셀의 성』, 이경수 옮김, 홍성사, 1984.
Wittgenstein, Ludwig, 『논리철학 논고』, 이영철 옮김, 책세상, 2020.

Blüher, Karl Alfred, "Valéry et Kant," *De l'Allemagne I: Bulletin des Études Valéryennes* 92, Ed. Karl Alfred Blüher & Jürgen Schmidt—Radefeldt, Paris: L'Harmattan, 2002.

Brémond, Henri, *La Poésie Pure — avec un Débat sur la Poésie*, Maurepas: Hachette Livre BNF, 2018.

____________, *Prière et Poésie*, Maurepas: Hachette Livre BNF, 2018.

Cianni, Jean—Louis, "Valéry, invisible philosophe," Vallès—Bled et al., *Paul Valéry—contemporain*, Sète: Musée Paul Valéry, 2012, pp.47~64.

Jarrety, Michel, "Valéry en miroir," Vallès—Bled et al., *Paul Valéry—en ses miroirs intimes*, Sète: Musée Paul Valéry, 2013, pp.13~33.

Launay, Claude, *Paul Valéry*, Paris: La Manufacture, 1990.

Liebert, Georges, "Paul Valéry et la Musique," Liebert, Georges et al., *Paul Valéry et les Artes*, Sète: Actes Sud, 1995.

Mallarmé, Stéphane, "Crise de Vers," *Œuvres Complètes II*, Paris: Gallimard, 2003.

Nunez, Laurent, "Trop Beau pour Être Vrai," Nunez, Laurent et al., *Le Magazine Littéraire*, Autmne 2011.

Poe, Edgar Allan, *The Poetic Principle*, A Word to the Wise, 2013.

Prigent, Michel, "L'éclatement poétique," *Histoire de la France littéraire Tome 3: Modrenités XIXe—XXe siècle*, Paris: PUF, 2015, pp.298~300.

Rey, Alain, "L'architecte et la danse," Vallès—Bled, Maïthé et al., *Paul Valéry—intelligence et sensualité*, Sète: Musée Paul Valéry, 2014.

Signorile, Patricia, "Paul Valéry, philosophe de l'art," Vallès—Bled et al., Regards sur Paul Valéry, Sète: Musée Paul Valéry, 2011, pp.47~70.

Stétié, Salah, "Réenchantement de Paul Valéry," *Regards sur Paul Valéry: Journées Paul Valéry 2011*, Ed. by Fata Morgana, Sète: Musée Paul Valéry, 2011.

10 박재삼 시조시집 『내 사랑은』 연구:
정신분석학적 치유의 관점으로

Ⅰ. 서론

1. 문제제기 및 연구사 검토

박재삼(朴在森, 1933~1997)은 한국 전통 서정시의 계보에서 김소월(金素月, 1902~1934)과 서정주(徐貞柱, 1883~1978)를 잇는 한(恨)의 미학의 계승자로 평가되어왔다. 그는 일본 동경(東京)에서 태어나, 경남 삼천포에서 학창 시절을 보내던 중, 교사이던 시조 시인 김상옥(金相沃, 1920~2004)으로부터 가르침을 받았다. 그는 교지 『삼중(三中)』에 시조 「해인사(海印寺)」(1948)를 발표하고, 제1회 영남예술제에서 시조 「촉석루(矗石樓)」(1949)로 입상하는 등, 일찍이 시조로 문재(文才)를 인정받았다. 그는 1953년 삼천포고등학교를 수석으로 졸업한 후, 1955년 고려대학교 국어국문학과에 입학하여 학업을 이어갔다. 그러한 가운데, 1953년 모윤숙(毛允淑, 1910~1990)의 추천으로 『문예(文藝)』

에 시조 「강물에서」를 발표하고, 1955년 서정주와 유치환(柳致環, 1908~1967)의 추천으로 『현대문학(現代文學)』에 시 「정적(靜寂)」과 시조 「섭리(攝理)」를 발표함으로써 등단하였다.

이처럼 등단부터 시조 창작에 문재를 발휘했던 박재삼은 등단 이후에도 『현대시조(現代時調)』, 『시조생활(時調生活)』, 『시조문학(時調文學)』 등의 시조 전문 문예지 또는 동인지에 지속적으로 시조를 선보였다. 또한 그는 민족문학의 가장 중요한 유산이 시조라고 고평하기도 하였다.[1] 그러나 첫 시집 『춘향이 마음』부터 마지막 시집 『다시 그리움으로』를 상재하기까지, 시조시집은 『내 사랑은』 단 한 권만 상재하였다. 그 이유에 대해 그는 다음과 같이 해명한 바 있다.

> 솔직히 말해 나는 시조 쓰기가 어려웠다는 것을 고백한다. 가락을 자기류로 휘어잡아야 한다는 것, 그 속에 시를 살려야 한다는 것, 이 두 가지를 양수겸장으로 다스린다는 것이 힘에 부쳤던 것이다.
>
> 형식미와 내용미의 행복한 일치가 얼마나 어려운가 하는 것을 생각할 때, 그것을 극복한다는 것이 쉬운 일이 아니다.
>
> — 박재삼, 「자서」, 『내 사랑은』 부분. (II 619)[2]

위에 인용된 「자서」에서 박재삼은 시조의 창작이 시인에게 요구하는 형식미(形式美)와 내용미(內容美)의 일치가 어려웠다고 고백하였다. 그의 그러한 고백은 시조 작품이 과작(寡作)인 사유에 대한 충분한 해명이 된다. 그렇지만, 박재삼의 시조시집 『내 사랑은』은 그의 다른 시

---

1) 박재삼, 『바다 위 별들이 하는 짓』, 문학사상사, 1987, 63면.

2) 이 논문에 인용된 박재삼의 시와 자서는 모두 박재삼, 『박재삼 시전집』I·II·III, 박재삼기념사업회 편, 도서출판 경남, 2007.를 참조한 것이다. ( ) 안에 권 수와 면 수만 표기하기로 한다.

집들과 비교해 볼 때, 전체적인 완성도가 높은 편일 뿐만 아니라, 한의 정서가 아름다운 절창으로 승화된 수작(秀作)을 다수 담고 있다.

이에 반해 박재삼의 시조에 관한 연구[3]는 그의 자유시에 관한 연구에 비해 양적으로 충분히 이루어지지 않은 편이다. 박재삼에 관한 연구는 시조보다는 전통과의 연관성에 관한 연구[4]가 가장 주를 이룬다. 그 가운데, 조춘희의 연구는 전통 시조와 현대 시조의 기로에 선 박재삼의 시조에 대해 논한 바 있어 주목된다. 조춘희는 1920년대 국민문학파(國民文學派)의 시조부흥운동(時調復興運動)과 1950년대 순수문학파의 전통 미학에의 추구가 정치적 보수주의라는 이념적 함의를 내포하는 것으로 평가하는 맥락에서 박재삼 시조의 위상을 정립한다. 그는 박재삼의 시조가 민족의식과 역사의식을 드러낸다는 점에서 여전히 민족과 아버지를 대타자(大他者)로 상정하고 있다는 것을 한계로 지적한다. 그러면서 그는 현대시조가 나아가야 할 지향점으로 "깨어진 주체"를 표현해야 함을 역설하고, 그러한 관점에서 박재삼의 시는 사랑이라는,

---

3) 김제현, 「박재삼 시조론」, 박재삼, 『내 사랑은』, 영언문화사, 1985; 공영옥, 「박재삼 시조 연구」, 한국교원대학교 교육대학원 석사논문, 2000; 정인성, 「박재삼 시조와 시 연구」, 한국외국어대학교 교육대학원 석사논문, 2001; 신대생, 「박재삼 시조 연구」, 진주교육대학교 교육대학원 석사논문, 2004; 조춘희, 「박재삼 시조 연구」, 『사림어문연구』제20권, 사림어문학회, 2010; 김보람, 「박재삼 시와 시조의 전통수용 양상 연구」, 고려대학교 문예창작학과 석사학위논문, 2013; 손진은, 「박재삼 시조의 이미지 구현방식과 의미화 과정 연구」, 『시조학논총』44, 한국시조학회, 2016.

4) 이광호, 「박재삼 시 연구」, 고려대학교 국어국문학과 대학원 석사학위논문, 1987; 양혜경, 「박재삼 시의 설화 수용 양상」, 『수련어문논집』 제25호, 부산여자대학교 수련어문학회, 1999; 김은경, 「한국 근대시에 나타난 한의 미학 연구」, 건국대학교 대학원 국어국문학과 석사학위논문, 2001.; 김석준, 『한국 현대시에 나타난 전통 지향성 연구』, 서울대학교 대학원 박사학위논문, 2005; 임곤택, 『한국 현대시에 나타난 전통의 미학적 수용 양상 연구』, 고려대학교 대학원 국어국문학과 박사학위논문, 2011.

한 개인의 사적 영역을 다룬다는 점을 고평한다(76). 본고는 조춘희의 주장에 동의하면서, 박재삼의 시조시집 『내 사랑은』을 정신분석학의 치유의 관점에서 분석하여 그의 시조가 그의 내면 깊은 심리에 숨겨져 있던 병성(病性)을 자기 치유하고 승화해 간다는 것을 논증하고자 한다. 기존 연구사에서는 융(Carl Gustav Jung, 1875~1961)의 개인무의식(個人無意識, the personal unconscious)과 집단무의식(集團無意識, the collective unconscious)의 개념으로 접근한 김종호의 논문[5] 정도가 유의미한 학문적 성과를 낸 바 있다. 본고는 조춘희와 김종호의 연구가 어느 정도 방향성은 제시하였지만, 박재삼의 시조에 대해 정신분석학적 치유의 관점으로 접근한 연구는 아직 이루어지지 않았기 때문에, 이에 관한 연구를 수행하고자 한다,

2. 연구의 시각

본고는 박재삼 시의 근본정서를 한, 사랑, 허무로 전제하여, 이러한 근본정서를 정신분석학적 방법론을 원용하여 분석하고자 한다. 특히, 그의 시조시집 『내 사랑은』이 그의 시력 가운데 자기 치유적 성격을 지니고 있음을 논증해 보고자 한다.

정신분석학적 치유의 특징은 언어를 매개로 한 대화치료(對話治療, talking therapy)라는 데 있다. 이러한 특징은 정신의학적 치유가 약물치료(藥物治療, pharmacotherapy)를 병행하는 것과 대비된다. 한편, 정신분석학적 치유는 상담자가 내담자의 증상에 특정한 병명을 부여하지

---

5) 김종호, 『한국 현대시의 원형 심상 연구: 박재삼·박용래·천상병의 시세계를 중심으로』, 강원대학교 국어국문학과 박사학위논문, 2006.

않으며, 내담자 스스로 자신의 이야기를 풀어놓게 함으로써, 내담자 자신의 고통의 근원을 깨닫게 하고, 무(無)의 지점에서 새로운 자아를 창조해 가도록 하는 방식으로 치유한다는 특징을 지닌다. 그러한 의미에서 정신분석학은 일종의 변증법이자 산파술이라고 할 수 있다.[6] 정신분석학은 『메논』(*Μένων*)에서 소크라테스(Socrates, B.C.470~B.C. 399)가 노예에게 서임의 기술(un art de confiére), 즉, 자기 자신의 말에 진실한 의미 부여를 하는 법을 가르치는 것과 같은 방식으로 치유한다.[7] 이같이 정신분석학의 치유에서는 내담자 스스로 병증을 깨닫고 병증으로부터 벗어나 새로운 자아를 창조하도록 한다. 그리고 나아가 이러한 과정은 예술에서 예술가가 자기 치유로써 작품을 창작해 나아가는 과정과 원리적으로 그 유사성이 유추될 수 있다.

우선 박재삼 시의 근본정서의 첫 번째인 한을 정신분석학적으로 접근해보고자 한다. 다음은 박재삼의 한에 대한 시각이 드러난 시론(詩論)이다.

> 우리 시에 있어서 전통을 굳이 한마디로 한다면 '한'의 미학을 들고 싶다. 내가 그려내고 있는 '한'이란 '영원히 지워지지 않는 슬픔의 정감에 있다. 슬픔의 정감의 연면성이 한에 있는 것이다.
>
> — 박재삼, 「현대시의 계보」 부분.[8]

위에 인용된 부분에서 박재삼의 한에 대한 시각은 두 가지로 요약된다. 첫째, 한은 전통적인 민족 정서라는 시각이고, 둘째, 한은 영원히 지

---

6) Jacques Lacan, 「전이 속에서의 말」, 『자크 라캉 세미나 1: 프로이트의 기술론』, 맹정현·이수련 옮김, 새물결, 2016, 494면.

7) 위의 글, 495면.

8) 박재삼, 「현대시의 계보」, 『심상』, 1976.10, 78면.

워지지 않는 슬픔이라는 시각이다. 첫째, 한을 가장 한국적인 정서로 보는 시각[9]은 정신분석학적으로는 일종의 집단무의식으로 볼 수 있는 시각이다.[10] 둘째, 한을 지워지지 않는 슬픔으로 보는 시각은 정신분석학적으로 일종의 우울(憂鬱, Melancholy)로 볼 수 있는 시각이다. 그런데 본고는 후자에 주목하고자 한다. 왜냐하면, 집단무의식이 개인무의식과 완전히 분리될 수 있는 것이 아닐 뿐만 아니라, 본고는 박재삼의 시조시집 『내 사랑은』이 '춘향', '홍부' 등 집단무의식을 표상하는 페르소나(persona)를 벗고, 민낯의 박재삼의 개인무의식을 표상하는 자아상을 창조해 간다고 전제하는 데서 출발하기 때문이다.

천이두의 경우, 한을 우울의 일종으로 볼 경우, 한은 삭임의 기능을 가지며, 상극의 원리에서 화해의 원리로 승화되어, 미학적 · 윤리적 표상으로 승화된다는 점에서 일본의 모노노아와레(もののあわれ)와 대조된다고 본다.[11] 이러한 관점에서 사라지지 않는 슬픔으로서의 한의 이면의 미학적·윤리적 승화도 정신분석학적으로 충분히 해명이 가능하다.

정신분석학적 치유의 관점에서 우울의 개념은 프로이트(Sigmund Freud, 1856~1939)에서 비롯된다. 그는 우울의 개념을 슬픔의 개념과 비교한다. 그는 「슬픔과 우울증」("Trauer und Melancholie")에서 슬픔(Trauer)과 우울증(Melancholie)을 일종의 상실감이라는 점이 공통적이라는 것을 전제한다. 그러나, 슬픔은 주체가 사랑의 대상에 대한 상실을 수긍함으로써 주체 자신과 사랑의 대상을 분리하는 데 이르기 때문에 일

9) 고　은, 「한의 극복을 위하여」, 한길사 편, 『한국사회연구』, 한길사, 1980; 문순태, 「한이란 무엇인가」, 『민족문화』제1집, 서울, 1985.
10) 민성길, 「한(恨)의 정신병리학」, 라캉과현대정신분석학회 편, 『코리안 이마고』2, 인간사랑, 1998, 62~63면.
11) 천이두, 『한의 구조 연구』, 문학과 지성사, 1999, 263면.

시적이고, 반면에 우울증은 주체가 사랑의 대상에 대한 상실을 수긍하지 못함으로써 주체 자신과 사랑의 대상을 분리하는 데 이르지 못하기 때문에 지속적이라는 점은 차이점이다.[12] 우울증의 주체에게는 상실의 대상에 대한 증오와 공격성이 내향화(內向化)하여 자아의 상실이 일어난다. 그 밖에도 프로이트는 초자아(超自我, super ego)가 과도하게 자아(自我, ego)로 하여금 도덕적으로 죄의식을 느끼도록 자극하면 우울증이 발생할 수 있다고 보았다.[13]

프로이트를 계승한 정신분석가 라캉(Jacques Lacan, 1901~1981)은 선(善)의 구조가 마조히즘(masochism)의 구조를 지닌다고 주장한다.[14] 타자를 위한 희생에 따르는 고통을 감내한다는 점에서 선과 마조히즘은 구조적 상동성을 지니는 것으로 볼 수 있다. 이처럼 우울증은 심리적 고통을 수반하는데, 이 고통은 죽음 충동(thanatos, death drive)을 유발할 수 있다. 죽음 충동은 주체가 실재(the real)의 허무를 깨닫도록 한다.[15] 그런데 예술이 태어나는 것은 바로 이 허무의 지점이다.[16] 우울증의 주체는 상징적인 죽음으로서 '제2의 죽음'(the second death)에 이르는데 예술가는 이러한 허무의 지점로부터 창조(creation ex nihilo)[17]를 한다. 유사한 맥락에서 크리스테바(Julia Kristeva, 1941~)는 우울이

---

12) Sigmund Freud, 「슬픔과 우울증」, 『무의식에 관하여』, 윤희기 옮김, 열린책들, 1998, 248~251면.

13) Sigmund Freud, 『새로운 정신분석 강의』, 임홍빈 외 옮김, 열린책들, 1998, 87~100면.

14) Jacques Lacan, "The Function of the Beautiful," *The Seminar of Jaques Lacan Book VII: The Ethics of Psychoanalysis*, Editor Jacques Alain Miller, Translator Dennis Porter, New York · London: W · W · Norton & Company, 1997, p.239.

15) Peter Witmer, 『욕망의 전복』, 홍준기 외 옮김, 한울아카데미, 1998, 79면.

16) François Regnault, *Conférences d'Esthetique Lacanienne*, Paris: Seuil, 1997, p.12.

17) Jacques Lacan, "The Articulations of the Play," T*he Seminar of Jacques Lacan Book VII: The Ethics of Psychoanalysis*, pp.260~261.

철학적 인간과 창조적 인간의 표지라며 우울의 긍정적인 면을 강조한다.[18]

정신분석학적 치유는 주체를 고통스럽게 하던 것이 실상 무(無)라는 것을 깨닫게 함으로써 주체로 하여금 우울한 상태를 필연적으로 통과하도록 한다. 박재삼이 말한, 사라지지 않는 슬픔으로서의 한은 그러한 무의 지점으로 해석될 수 있다. 박재삼 시의 근본정서로서의 허무는 그러한 무의 지점에서 주체가 생에 대해 거짓 없이 느끼는 정서이다. 정신분석학적 관점에서 그러한 정서는 오히려 창조가 가능한 긍정적인 토대이다.

창조란 자신의 존재 가치에 대한 새로운 의미 부여이다. 그것은 역시 언어로 기술을 해 나아감으로써 이루어진다. 이른바 언술행위(言述行爲, enunciation)가 바로 그것이다. 진정한 자기 이해는 인간에 대한 올바른 이해에서 시작될 수 있다. 라캉은 인간을 삼위일체적 합성물(trinitarian composite)로 규정한다.[19] 삼위일체의 각 요소는 상징계(象徵界, symbolic), 상상계(想像界, imaginary), 그리고 실재(實在, real)이다.[20] 자신의 새로운 상을 창조하는 자아의 글쓰기(the writing of the Ego)[21]는 자기 자신을 응시한다는 데서 나르시시즘적(Narcissistic)이다. 그럼으로써 발견되고 창조되는 것은 사회적 페르소나가 제거된 이후, 자신과 자신의 신체와의 관계에 대한 은유[22]이다. 신체는 완전히 다른 본성(na

---

18) Julia Kristeva, 『검은 태양: 우울증과 멜랑콜리』, 김인환 옮김, 동문선, 2004, 17~36면.

19) Jacques Lacan, "The Writing of the Ego," *The Seminar of Jacques Lacan Book XXIII: The Sinthome*, Ed. Jacques-Alain Miller, Trans. A. R. Price, Cambridge: Polity Press, 2016, p.126.

20) *Loc. cit.*

21) *Ibid.*, p.123.

22) *Ibid.*, p.128.

ture)을 지니고 있기 때문에, 모든 인간은 자신의 신체와 불완전한 관계를 맺을 수밖에 없다.[23] 무의식이 독일어로 '잘 알려지지 않은'(Unerkannt)이란 의미인 데는 신체에 대해 그러하다는 의미를 내포하고 있다.[24] 무의식은 신체라는 실재에 묶여 있다.[25] 신체의 이미지는 대상을 인식하는 데서 통일성을 갖게 하는 원리이다.[26] 그렇지만 인간의 온전한 이미지는 완전히 실현되지 못하며, 소외, 파괴, 그리고 거부로 귀결되기도 한다.[27] 그리고 모든 인간의 성(性, sexuality)은 통제를 벗어나 주체를 당혹스럽게 만든다. 박재삼의 시조시집 『내 사랑은』에는, 민족과 전통이라는 대타자 또는 가장(假裝)으로서의 여성성(womanliness as a masquerade)[28]의 표상들로 형상화된 다른 시집들과 달리, 자신과 자신의 신체와의 관계, 그 신체가 무의식에 묶여있음으로 인해 유발되는 당혹감과 같은 시인이 민낯을 드러내는 국면이 나타난다. 그러나 진정한 의미의 성관계(sexual relation)란 존재하지 않는다.[29] 성관계란 일종의 동상이몽이다.

중요한 것은 사랑하는 관계(loving relation)[30]이다. 사랑은 주체(主

23) *Loc. cit.*
24) *Ibid.*, p.129.
25) *Ibid.*, p.134.
26) Jacques Lacan, *The Seminar of Jacques Lacan Book II: The Ego in Freudd's Theory and in the Technique of Psychoanalysis 1954—1955*, Ed. Jacques—Alain Miller, Trans. Sylvana Tomaslli, New York·London: W· W· Norton & Company, 1988, p. 166.
27) *Loc. cit.*
28) Jacques Lacan, "Desire and Jouissance," *The Seminar of Jacques Lacan Book V: Formations of the Unconscious*, Ed. Jacques—Alain Miller, Trans. Russell Grigg, Cambridge: Polity Press, 2017, p.238.
29) Jacques Lacan, "An Issue of Ones," *The Seminar of Jacques Lacan Book XIX: ...or Worse*, Ed. Jacques—Alain Miller, Trans. A. R. Price, Cambridge: Polity Press, 2018, p.133.
30) *Ibid.*, p.134.

體, subject), 사랑의 대상(대상(對象, object), 대타자 간의 전이(轉移, transference)이다.31) 그렇지만, 전이가 반드시 오래된 트라우마를 재생산하거나 반복하는 것은 아니다.32) 전이는 사랑에 의문을 제기하기도 한다.33) 또한 전이의 핵심인 실재의 사랑은 주체가 자기 자신에게 아갈마($\alpha\ \gamma\ \alpha\ \lambda\ \mu\ \alpha$)가 될 수 있는 것, 즉, 자신이 결핍한 것, 자신이 결핍하고 있기 때문에 사랑하는 것에 의해 성립된다.34) 결핍은 욕망의 근원이다. 그렇지만 사랑은 욕망의 승화(昇華, sublimation)35)이기도 하다. 박재삼의 시는 승화된 사랑을 보여준다. 승화는 논리적인 주체의 단계, 즉, 논리의 영역 안에서 창조적인 작품이 만들어지는 단계에서 탄생한다.36) 이러한 단계에서 박재삼의 시조시집『내 사랑은』은 시조가 요구하는 형식미와 내용미의 조화 가운데 한, 사랑, 허무를 승화한다.

지금까지 전술한 바와 같이, 본고는 정신분석학적 치유의 관점으로 박재삼의 시조시집『내 사랑은』을 논증해 보고자 한다.

---

31) Julia Kristeva,『사랑의 역사』, 김인환 옮김, 동문선, 2000, 28~33면.

32) Jacques Lacan, "The Cause of Desire," *The Seminar of Jacques Lacan Book X: Anxiety*, Ed. Jacques—Alain Miller, Trans. A. R. Price. Cambridge: Polity Press, 2014, p.108.

33) Jacques Lacan, *The Seminar of Jacques Lacan Book VIII: The Transference*, Ed. Jacques—Alain Miller, Trans. Bruce Fink, Cambridge: Polity Press, 2015, p.65.

34) Jacques Lacan, "The Cause of Desire," *The Seminar of Jacques Lacan Book X: Anxiety*, p.108.

35) Jacques Lacan, "Aphorisms on Love," *The Seminar of Jacques Lacan Book X: Anxiety*, p.179.

36) Jacques Lacan, "Towards Sublimation," *The Seminar of Jacques Lacan Book VI: Desire and Its Interpretation*, Ed. Jacques—Alain Miller, Trans. Bruce Fink, Cambridge: Polity Press, 2019, pp.484~485.

II. 박재삼의 시조시집 『내 사랑은』 이전 시집의 경우

박재삼의 시조시집 『내 사랑은』은 그의 시의 변화 과정상, 초기시인 『춘향이 마음』, 『천년의 바람』 등과도 구별되며, 후기시인 『허무에 갇혀』, 『다시 그리움으로』 등과도 구별된다. 우선, 박재삼의 시에 쓰인 시어의 성별을 분석해 볼 때, 그 차이점이 분명하게 나타난다.

박재삼의 첫 시집 『춘향이 마음』의 경우, 남성 시어는 서방님, 변학도, 이도령, 큰형님, 심봉사, 울아버지로 모두 6종류의 남성 시어가 7회에 걸쳐 나타난다. 이에 비해, 여성 시어는 춘향, 천첩, 남평문씨 부인, 누님, 홀어미, 울엄매로 모두 6종류의 여성 시어가 15회에 걸쳐 나타난다. 중성 시어는 임, 첫사랑, 흥부 부부, 그 사람, 제왕, 오누이로 모두 6종류가 7회 나타난다. 여성 시어가 확연히 많이 나타나며, 특히, 박재삼 시의 근본정서인 한, 사랑, 허무가 여성을 통해 표현된다는 것이 확인된다.

박재삼의 두 번째 시집 『햇빛 속에서』의 경우, 남성 시어는 임방울, 소년, 아버지, 형제, 흥부, 놀부로 모두 6종류가 6회 나타난다. 이에 비해, 여성 시어는 고모, 아내, 누님, 누이, 심청, 여자, 처자, 여학생, 어머니로 모두 9종류가 12회 나타난다. 중성 시어는 노인, 애인, 아이, 아기, 부모, 사람으로 모두 6종류가 7회 나타난다. 역시, 여성 시어가 확연히 많이 나타나며, 특히, 박재삼 시의 근본정서인 한, 사랑, 허무가 여성을 통해 표현된다는 것이 확인된다.

박재삼의 세 번째 시집 『천년의 바람』의 경우, 남성 시어는 나타나지 않는다. 이에 비해, 여성 시어는 과부, 처녀, 여인 모두 3종류가 3회 나타난다. 중성 시어는 아기, 사랑, 사람으로 모두 3종류가 6회 나타난다.

역시, 여성 시어가 확연히 많이 나타나며, 중성 시어도 가리키는 대상이 여성인 경우가 많다. 특히, 박재삼 시의 근본정서인 한, 사랑, 허무가 여성을 통해 표현된다는 것이 확인된다.

박재삼의 네 번째 시집 『어린 것들 옆에서』의 경우, 남성 시어는 할아버지, 애비, 아들로 모두 3종류가 3회 나타난다. 이에 비해, 여성 시어는 처자, 아내, 소영, 엄마, 어머니, 어머님, 딸, 심청, 숙향으로 모두 9종류가 11회 나타난다. 중성 시어는 아기, 손주, 아이, 아가, 어린 것, 사랑하는 이, 막내, 친손주, 외손주로 모두 9종류가 16회 나타난다. 이 시집의 경우, 중성시어로서 아이를 가리키는 시어가 가장 많이 나타나지만, 여전히 여성 시어가 남성 시어보다는 많이 나타나며, 특히, 박재삼 시의 근본정서인 한, 사랑, 허무가 여성을 통해 표현된다는 것이 확인된다.

박재삼의 다섯 번째 시집 『뜨거운 달』의 경우, 남성 시어는 사내 장부, 홍부, 애비로 모두 3종류가 3회 나타난다. 이에 비해, 여성 시어는 여인, 여자, 누이, 누님, 애미, 어머님으로 모두 5종류가 7회 나타난다. 중성 시어는 사랑하는 사람, 사랑, 애인, 첫사랑, 아름다운 사람, 착한 이, 가난한 사람들, 아이, 임으로 모두 8종류가 18회 나타난다. 중성 시어가 가장 많이 나타나지만, 『어린 것들 앞에서』와 달리, 중성 시어가 가리키는 대상이 여성인 경우가 많다. 또한 남성 시어에 비해 여성 시어가 확연히 많이 나타나며, 특히, 박재삼 시의 근본정서인 한, 사랑, 허무가 여성을 통해 표현된다는 것이 확인된다.

박재삼의 여섯 번째 시집 『비 듣는 가을나무』의 경우, 남성 시어는 바깥 어른, 형제, 할아버지, 아버지, 지아비, 홍부로 모두 6종류가 7회 나타난다. 이에 비해, 여성 시어는 할머니, 어머님, 아내, 누이, 아주머니,형수, 가시내, 처녀, 계집, 계집애, 딴 여자, 양귀비, 순이, 옥이, 홍부 마누라, 남평문씨 부인, 사랑하는 처자, 사돈네집 딸로 모두 18종류가 2 5회 나타난다. 중성 시어는 사랑, 손주, 사랑하는 사람, 그 사람, 조상, 임, 아이, 아가, 어린것, 손주, 어른, 친구, 벗, 나그네, 귀신, 도적놈으로 모두 16종류가 27회 나타난다. 이 시집의 경우, 다른 시집보다 남성 시어가 많은 편이긴 하다. 그러나, 여성 시어가 남성 시어보다 더 많이 나타나며, 중성 시어도 여성을 가리키는 경우가 많이 나타난다. 특히, 박재삼 시의 근본정서인 한, 사랑, 허무가 여성을 통해 표현된다는 것이 확인된다.

박재삼의 일곱 번째 시집 『추억에서』의 경우, 남성 시어는 할아버지, 아버지, 아빠, 형, 형제, 남자, 만식으로 모두 7종류가 9회 나타난다. 이에 비해, 여성 시어는 할머니, 어머니, 엄마, 울엄마, 울엄매, 누이, 누님, 누이동생, 시누이, 색시, 계집, 아주머니, 친이모, 숙모, 며느리, 여자로 모두 16종류가 22회 나타난다. 중성 시어는 아이, 아가, 손주, 어른, 동무, 친구, 사촌, 손님, 선생, 오누이, 개구쟁이, 신선, 백성으로 모두 13종류가 18회 나타난다. 여성 시어가 확연히 많이 나타나며, 특히, 박재삼 시의 근본정서인 한, 사랑, 허무가 여성을 통해 표현된다는 것이 확인된다.

박재삼의 여덟 번째 시집 『대관령 근처』의 경우, 남성 시어는 아버지, 울아배, 남편 바위, 소년, 초부, 고은, 현진, 이호철로 모두 7종류가 10회 나타난다. 이에 비해, 여성 시어는 아내, 처녀, 어머니, 엄마, 누님, 아내 바위, 맏며느리로 모두 8종류가 16회 나타난다. 중성 시어는 사랑하는 이, 사랑하던 사람, 친구, 아이, 어린이, 어린 것, 노래꾼, 나그네, 막내둥이, 이웃, 조상, 각서리, 하느님, 부모, 아우, 주인, 장돌뱅이, 친척, 부부, 원수, 나그네, 막내, 처자, 임자, 식구, 사람으로 모두 26종류가 38회 나타난다. 중성시어가 가장 많이 나타나지만, 남성 시어에 비해서는 여성 시어가 많이 나타나며, 특히, 박재삼 시의 근본정서인 한, 사랑, 허무가 여성을 통해 표현된다는 것이 확인된다.

이상과 같이, 박재삼의 시조시집 『내 사랑은』 이전에 발간된 여덟 권의 시집의 성별로 시어를 분석해보면, 여성 시어가 남성 시어보다 훨씬 많이 나타나는 것을 알 수 있다.

종류상으로는 남성 시어 대 여성 시어의 비율이 38회 34% 대 74회 66%로 여성 시어가 남성 시어보다 거의 두 배 가까이 많이 나타난다. 회수상으로는 남성 시어 대 여성 시어의 비율이 45회 29% 대 110회 71%로 여성 시어가 남성 시어보다 세 배 이상 많이 나타난다. 이처럼 박재삼의 시에서 여성 시어는 남성 시어보다 압도적으로 많이 나타난다.

남성 시인인 박재삼의 시에서 이와 같은 여성 시어에 대한 편향성이 나타나는 것은 다음과 같이 해석될 수 있다. 첫째, 그의 시의 근본정서인 한, 사랑, 허무의 정서를 보여주는 인물은 대체로 여성에 의해 형성된다는 점이다. 둘째, 그의 시에서는 『춘향전』이나 『홍부전』과 같은 고전(古典)이 차용되는 경우와 친구의 사랑 이야기나 지인의 서러운 이야기가 차용되는 경우가 많이 나타나는데, 이 경우 여성의 이야기가 대부분이라는 점이다. 이처럼 박재삼은 민족의 전통적인 고전이나 다른 사람의 일화를 차용하여 간접적으로 시의 정서를 창조하는 경향이 강하게 나타난다. 박재삼의 『내 사랑은』 이전의 시의 경우, 시에서 '나'라는 시적 주체가 드러날 때도 시에서 펼쳐지는 이야기의 관찰자이자 전달자의 지위인 경우가 많고, 3인칭 시점으로 고전이나 지인의 일화로부터 차용된 인물의 이야기를 서술하는 지위인 경우가 많다. 이러한 창작 상의 방법론은 민족과 전통이라는 대타자 또는 가장(假裝)으로서의 여성성[37]의 표상들을 빌려와 형상화한 것으로 해석될 수 있다.

이러한 데서 나타나는 박재삼 시의 특성 중 하나는 바로 서사성(敍事性)이다. 서정 장르인 시 가운데도 하위장르로 서사성을 내포하는 서사시(敍事詩), 단편 서사시(短篇 敍事詩), 담시(譚詩), 발라드(ballad), 이야기시(narrative poem) 등이 존재한다. 박재삼의 『내 사랑은』 이전의 시는 파토스가 강한 서정시이면서도 서사성을 내포하는 단편 서사시나 담시 류와 상당히 교접되는 부분을 가지고 있었다. 박재삼의 서정시에는 서사 장르적 특성이 삼투되어 있던 것이다. 서정 장르가 1인칭 고백체를 기본으로 한다는 점을 전제할 때, 위와 같이 서사 장르적 특성이 그의 시에 삼투되어 있던 것은 서정성으로부터 멀어지는 원심력으로 작용되었다고 해석될 수 있다.

연속선상에서 박재삼의 『내 사랑은』 이전 시집은 형식적인 면에서도 행과 연을 나눌 때, 음악성이나 회화성을 고려하기보다는 의미성을 중심적으로 고려하여 시 형식을 구성하는 특성을 보여왔다. 예컨대, 첫 시집 『춘향이 마음』에서 『춘향전』으로부터 모티프를 차용한 1부의 시편들의 경우, 「수정가」를 비롯한 상당 수의 시편들이 산문시로 쓰였다. 산문시가 아니라도, 행과 연의 형식이 불규칙하며 시형이 자유로운 경향이 나타났다. 이같이, 음악성이나 회화성보다 의미성을 고려한 시형의 구성은 예술로서의 시의 심미성으로부터 멀어지는 원심력으로 작용되었다고 해석될 수 있다.

요컨대, 박재삼의 시조시집 『내 사랑은』 이전의 경우, 남성 시인인

---

37) Jacques Lacan, "Desire and Jouissance," *The Seminar of Jacques Lacan Book V: Formations of the Unconscious*, p.238.

박재삼은 한, 사랑, 허무라는 그의 시의 근본정서를 형상화하는 데 여성이 중심이 되는 고전이나 일화를 차용하는 기법을 주로 활용하였고, 그 결과 서사성이 강화되면서 상대적으로 1인칭 고백체의 장르인 서정 장르의 본질이 약화되었으며, 음악성이나 회화성보다 의미성을 중심으로 한 자유로운 시형의 구성에 의해 예술로서의 시의 심미성이 약화되었다고 할 수 있다.

III. 박재삼의 시조시집 『내 사랑은』과 이후 시집의 경우

박재삼의 시조 시집으로서의 『내 사랑은』의 첫 번째 특징은 시조 시인 가람 이병기(嘉藍 李秉岐, 1891~1968)와 노산 이은상(鷺山 李殷相, 1903~1982)에 대한 헌정과 추모의 시가 두 편 상재되어 있다는 것이다. 그 두 편을 살펴보면 다음과 같다.

> 그늘도 등을 돌린/건단 두어 분을/오늘 두고만/햇빛은 밝았을까만/심심한 세월을 엮은/고책 너머 내린다.
>
> —박재삼, 「가람 선생 댁에서」 부분. (II 439)

> 우리의 것인 얼은/산천에 널려 있다. 밤낮으로 갈고 닦아/빛을 내던 당신이여!/그 뜻을 이어 받아서/이 강산에 펴리라.
>
> —박재삼, 「그리운 남쪽바다—노산 이은상 영전에」 부분. (II 458)

위에 인용된 「가람 선생댁에서」는 시조 시인 가람 이병기에 대한 헌정시이자 추모시이다. 「그리운 남쪽 바다—노산 선생 영전에서」는 노산 이은상에 대한 헌정시이자 추모시이다.

가람 이병기는 주시경(周時經, 1876~1914)으로부터 조선어 문법을 배우고, 1920년대 시조부흥론이 대두될 때부터 시조를 창작하였으며, 「시조는 혁신하자」(『동아일보』, 1932.1.23.~2.4.)라는 시론을 발표하여 현대시조가 나아가야 할 방향을 제시하였다. 그는 시조 시인일 뿐만 아니라, 1942년 조선어학회(朝鮮語學會) 사건으로 옥고를 치르기도 하였다. 박재삼이 시조 시집 『내 사랑은』에 가람 이병기에 대한 헌정의 시를 상재한 것은 이처럼 외연적으로 문학사적인 맥락도 모두 담고자 하는 의도가 있었을 것으로 유추된다.

노산 이은상도 가람 이병기와 여러 면에서 비슷하다. 그 또한 시조부흥론의 영향으로 시조 시인이 되었으며, 조선어학회 사건에 연루되기도 하였고, 대한민국 건국 후 민족문화를 세우는 데 앞장섰다. 노산 이은상의 이러한 면모에 대해서 박재삼의 시조 「그리운 남쪽바다—노산 이은상 영전에」에는 "우리의 것인 얼"을 "빛을 내던 당신이여!"라며 존경의 언사가 표현되어 있다. 박재삼은 이 시조의 후반부에서 자신도 이은상을 본받아 우리의 얼을 강산에 펼칠 것이라고 다짐한다. 박재삼의 우리 민족과 전통 문화에 대한 애착은 이같이 가람 이병기와 노산 이은상과 같은 시인으로부터 계승된 면이 있다. 박재삼에게 시조 시집은 그의 열다섯 권의 시집 가운데 한 권에 불과하지만, 그의 시세계의 정수와 본령이 시조 시집에 무게감 있게 실려 있다.

그러나, 이같이 「가람 선생댁에서」와 「그리운 남쪽바다—노산 이은상 영전에」에 나타난 민족과 전통이라는 대타자가 박재삼에게 보지(保持)하도록 한 예술가적 위상은 『내 사랑은』 이전과 이후의 연속성을 보여주는 부분이다. 다만, 시의 형식이 자유시인가, 시조인가가 다를 뿐이다.

박재삼의 시조시집 『내 사랑은』에서는 이전의 시집에 나타나던 특성들과 다른 특성들이 나타난다는 데서 살펴볼 시는 우선 등단작인 「강물에서」와 「섭리」이다.

무거운 짐을 부리듯/강물에 마음을 풀다./오늘, 안타까이/바란 것도 아닌데/가만히 아지랭이가 솟아/아뜩하여지는가.//물오른 풀잎처럼/새삼 느끼는 보람,/꿈같은 그 세월을/아른아른 어찌 잊으랴,/하도한 햇살이 흘러/눈이 절로 감기는데……//그날을 돌아보는/마음은 너그럽다. 반짝이는 강물이사/주름살도 아닌 것은,/눈물이 아로새기는/내 눈부신 자욱이여!

—박재삼, 「강물에서」 전문. (II 453)

그냥 인고하여,/수목이 지킨 이 자리와/눈엽이 봄을 깔던/하늘마저 알고 보면/무언지 밝은 둘레로/눈물겨워도 오는가.//신록 속에 감추인/은혜로운 빛깔도/하랑없는 그 숨결/아직도 모르는데/철없이 마음 설레어/미소지어도 보는가.//어디메 물레바퀴가/멎는 여운처럼/걷잡을 수 없는 슬기/차라리 잔으로 넘쳐/동경은 원시로웁기/길이 임만 부르니라.

—박재삼, 「섭리」, 전문. (II 451)

위에 인용된 시조 「강물에서」와 「섭리」는 그의 등단작이다. 「강물에서」는 회상(回想)의 형식으로 쓰였다. "강물"은 물거울로서 시적 주체로 하여금 자기 응시를 가능하게 한다. 진정한 자기 이해는 인간으로서의 자기 자신에 대한 응시에서 시작된다. 다시 말해, 진정한 자기 이해로부터 자아의 글쓰기(the writing of the Ego)가 가능해지는 것이다,

「강물에서」의 시인은 나르시스가 자신을 응시하는 것처럼 하고 있다. 나르시스는 시인의 원형이다. 그 원형이 박재삼에게서도 등단작에서 나타나는 것은 우연이 아니다. 이러한 지점, 즉, 새로운 자아를 찾기 위한 자기 응시의 지점이 바로 정신분석학적으로 창조의 시작 지점이자 치유의 시작 지점이다. 이 시의 시적 주체는 "강물" 앞에서 "그날"을 회상하며 "무거운 짐"을 내려놓고 "눈물"을 흘림으로써 카타르시스(katharsis) 효과에 의해 "보람"과 "너그"로움이라는 자기 치유에 이른다. 정신분석학에서 치유는 새로운 자아를 스스로 창조하는 데서 시작된다. 창조란 자신의 존재 가치에 대한 새로운 의미 부여의 언술행위에 의해 이뤄진다. 이 시에서 "보람"과 "너그"러움은 새로운 의미 부여로 해석될 수 있다.

또 다른 등단작 「섭리」는 시적 주체가 봄의 "눈엽"을 바라보며 자연의 재생과 부활의 섭리를 깨닫는다는 내용을 담고 있다. 이 "섭리"는 "원시"라는 태고의 시간을 현재까지 반복한다. 이것은 마치 신의 "물레바퀴" 같은 "여운"으로 시인으로 하여금 "임"을 부르게 한다. 자연의 원리에 대한 통찰과 이에 대한 감동이 시인의 사랑을 일깨운다는 이 시 역시 자기 치유적인 의미를 내포하고 있다. 인간의, 우주의 근원에 대한 사유에는 현시의 무질서가 유발하는 병성을 태초의 질서의 시간으로 되돌림으로써 치유하려는 의도가 담겨 있다. 이 시간은 영원성의 시간이며, 서정시가 본질적으로 추구하는 시간이다.

박재삼의 시조 시집 『내 사랑은』은 그의 등단작 「강물에서」와 「섭리」가 시조였다는 점에서 그가 다시 자신의 시의 출발점으로 회귀했다는 데 의의가 있다. 학창 시절, 스승이었던 시조 시인 김상옥으로부터 사사를 받았던 그에게 시조가 그의 시세계의 출발점이지 않을 수 없다.

등단작 시조 두 편이 모두 시조시집 『내 사랑은』에 실림으로써, 시조 시인으로서의 박재삼의 정체성이 재정립된다. 그리고 그러한 의미는 시인 박재삼이 탄생하던 순간으로 되돌아간다는 의미도 있다. 시인 박재삼이 탄생하던 순간은 위의 두 시조가 보여주는 바와 같이 새로운 자아의 글쓰기로 새로운 자신을 창조하기 위한 자기 응시의 순간이자 태초의 우주의 섭리가 사랑을 일깨우는 순간이다. 그의 등단작 두 편의 시조는 그의 여느 시에 비해, 1인칭 고백체와 영원성의 시간을 담지하고 있다는 데서 서정성의 본령에 충실할 뿐만 아니라 자기 치유적 의미까지 내포하고 있어 의의가 깊다.

다음으로 살펴볼 작품은 박재삼 시의 근본정서 중 가장 주된 한의 정서가 드러난 두 작품 「섬에서」와 「그대 목소리」이다. 그 전문을 살펴보면 다음과 같다.

명분도 없는 수도를/사이 하여 바라뵈는/뭍에선 봄 기운이/띠를 둘러 흐르는데/세월은 주저앉은 채/한시름 푸는 중이다.//갈매기 두어 마리/무심 끝에 오르고/다만 손짓으로는/가릴 수 없는 햇살,/화안한 배추밭 하나/눈썹 위에 와 있다.//아무리 둘러봐야/드디어는 물새처럼/모가지 휘어지는/하얀 뒷덜미 설움,/뭍으로 오르다 그만/지쳐 쉬는 바다여.

—박재삼, 「섬에서」 전문. (II. 436)

내 귀가 열렸다면/몇 겁을 통하여야/들릴까 그대 목소리,/기다리던 봄이다마는/
저승은 따로 없어라/눈에 덮인 이 강산!//설움이 바닥 나면/오히려 잃을 것 없고/이런 날 스스로 이/내 가슴 울어지는/그 속에 그대 목소리/눈 내리듯 잠겼네.//하늘빛 뒤엔 아직/보이는 것 별로 없고/몸

하나 마음 하나/깃을 떠는 나날을/동백꽃 짙은 그늘엔/하늘 소리 새 소리

—박재삼, 「그대 목소리」 전문. (II. 438)

위에 인용된 시 「섬에서」와 「그대 목소리」에는 공통적으로 "설움"이라는 시어가 나타난다. "설움"이라는 시어는 『내 사랑은』에서 이 두 편의 시 이외에도 나타나는 빈도가 높은 편이다. 박재삼의 시세계가 한이라는 근본정서를 바탕에 두고 있는 것으로 규정되곤 하지만, 실제로 그의 시에 '한'이라는 단어가 시어로 직접 드러나는 경우는 드물다. 그의 시에서 한과 가장 가까운 시어는 "설움"이라는 시어라고 판단된다. "설움"은 가슴에 맺혀 사라지지 않는 슬픔이란 의미를 갖고 있기 때문이다. 또한 그 "설움"은 정신분석학적으로 우울의 일종으로 규정될 수도 있다. 왜냐하면, "설움"과 우울은 모두 대상을 상실한 데서 오는 슬픔의 일종이면서도, "설움"에 내포된 원망과 증오는 우울에 내포된 상실한 대상에 대한 공격성과 상당히 유사하기 때문이다.[38] 『내 사랑은』에 "설움"이라는 시어가 나오는 높은 빈도로 미루어 보건대, 박재삼은 어느 정도 의도적으로 "설움"이라는 시어를 통해 한의 정서를 표현하고 있는 것으로 보인다.

우선 「섬에서」에서 "섬"은 "뭍"과 대비되는 공간이다. "뭍"에 봄이 왔다면, "섬"은 "한시름"뿐이다. 그리고 시인의 "한시름"은 "갈매기"의 "무심"과 대조를 이룬다. 그러나, 이내 시인은 "물새"에 은유되며, 한이라는 관념은 "모가지 휘어지는/하얀 뒷덜미 설움"로 시각화되어 표현된다. 이것은 일종의 예술적 승화이다. 바로 이 승화의 지점에서 "설움"

38) Sigmund Freud, 「슬픔과 우울증」, 『무의식에 관하여』, 248~251면. 참조.

이 갖는 위험성, 즉, 내향화된 공격성이 유발할 수 있는 자기 파괴적 충동이 멈춰진다. 그러므로 그것은 "쉬는 바다"라는 휴식의 이미지로 이어질 수 있다. "뭍"으로 오르려는 "바다"는 모순어법이다. 왜냐하면, "바다"가 "뭍"에 오른 순간, 그 "뭍"은 "바다"가 될 것이기 때문이다. "뭍"과 "바다"는 존재론적으로 모순적인 관계에 있다. "뭍"이 "바다"에 오르려 한다는 것은 무모하게 불가능한 어떠한 것을 포기하지 못하는 시인의 내면 심리가 형상화된 표현일 것이다. 여기서 "쉬는 바다"는 심리적으로 다시 되돌릴 수 없는, 잃어버린 대상에 대한 분리(分利, separation)가 이루어진 국면이라는 점에서 긍정적이다. 분리는 '탈(脫)—소외'로서 타자 속의 결여를 받아들이는 것이다.[39] 이 시의 시적 주체도 "쉬는 바다"의 이미지 가운데서, 삶에 대한 피로에서 벗어나 자기 치유를 하는 순간을 맞는다고 해석될 수 있다.

다음으로 박재삼의 「그대 목소리」 역시 "설움"이라는 한의 정서가 극렬하게 나타난 작품이다. 그러나 이 시조가 기존의 다른 작품의 한의 정서와 다른 것은 "스스로 이/내 가슴 울어지는/그 속에 그대 목소리"에 나타난 바와 같이, 고전이나 일화에서 차용된 다른 사람의 정서가 아니라 자신의 정서라는 점이다. 이 시조에서만큼은 박재삼은 슬픔을 자신의 슬픔으로 울고 있는 것이다. 그것도 아주 극렬하게 울고 있다. "겁"이라는, 무한의 시간만큼, 시적 주체인 '나'와 "그대"는 단절되어 있다. 이별은 했지만, 그것을 받아들이지 못하는 사랑의 주체는 사랑의 타자의 목소리를 욕망하지만, 그것은 자신이 가질 수 없는 것이기 때문에, "그대 목소리"라는 타대상(他對象, object a)은 "하늘 소리"와 "새 소리"

39) Slavoj Zizek, 「타자 속의 결여: 케 보이?」, 『이데올로기의 숭고한 대상』, 이수련 옮김, 인간사랑, 2002, 214면.

로 치환된다. “저승은 따로 없어라”나 “설움이 바닥 나면/오히려 잃을 것 없고”라는 시구절은 우울증의 위험한 지점인, 극심한 고통 끝에 죽음 충동이 나타날 수 있는 상황을 노정한다는 점에서 위태로운 심리상태를 보여준다. 이 시조의 우울증적 주체는 “저승은 따로 없다”는 상징적인 죽음으로서 ‘제2의 죽음’에 이르러 있는데, 시인은 “잃을 것 없는” 허무의 지점로부터 창조[40]를 하고 있는 것이다. 예술이 태어나는 것은 역설적으로 이러한 허무의 지점이며,[41] 유사한 맥락에서 우울의 창조성[42]도 부연될 수 있을 것이다.

그 허무의 지점이 새로운 창조의 지점이 될 수 있는 또 하나의 이유는 그 지점에서 사회성의 페르소나가 벗겨지기 때문이다. 박재삼의 시조 시집 『내 사랑은』에서 가장 주목해야 할 시조가 바로 표제작 「내 사랑은」인 이유가 바로 그것이다. 「내 사랑은」의 전문을 살펴보면 다음과 같다.

> 한빛 황토재바라/종일 그대 기다리다,/타는 내 얼굴/여울 아래 가라앉는/가야금 저무는 가락,/그도 떨고 있고나.//몸으로, 사내 장부가/몸으로 우는 밤은,/부연 들기름불이/지지지 지지지 앓고,/달빛도 사립을 빠진/시름 갈래 만갈래.//여울 바닥에는/잠 안 자는 조약돌을/날 새면 하나 건져/햇볕에 비쳐 주리라./가다간 볼에도 대어/눈물 적셔 주리라.
>
> —박재삼, 「내 사랑은」 전문. (II. 433)

40) Jacques Lacan, “The Articulations of the Play,” *The Seminar of Jacques Lacan Book VII: The Ethics of Psychoanalysis*, pp.260~261.

41) François Regnault, *Conférences d'Esthetique Lacanienne*, p.12.

42) Julia Kristeva, 『검은 태양: 우울증과 멜랑콜리』, 17~36면.

위에 인용된 박재삼의 「내 사랑은」은 제목에서 '나'라는 1인칭을 내세워, 가장 개인적이고 존재론적인 감정인 '사랑'을 노래하였다는 데서 주목된다. 기존의 『내 사랑은』 이전의 시가 자신이 아닌 다른 사람, 특히, 여성이 주인공인 고전 또는 일화를 차용하여 사랑을 노래하였다는 점을 상기해볼 때, 「내 사랑은」은 큰 변화를 보여준다.

이 시조에서 "가야금"과 같은 전통을 상징하는 시어, 그리고 "달빛", "여울" 같은 자연을 상징하는 시어가 새로운 점은 아니다. 가장 충격적으로 새로운 점은 바로 "몸으로, 사내 장부가/몸으로 우는 밤"이라는 시구절이다. 전통주의자로서의 박재삼의 사회적 페르소나가 벗겨진 다음 나타난 것은 자신과 자신의, 신체와의 관계에 대한 은유[43]이다. 이 시조에서, 떨고 있는 "가야금"이나, 앓고 있는 "기름불"은 "몸"으로 우는 "사내"와 은유 관계에 있다. "내 사랑"이 그동안 기존의 시에서 여성성으로 가장해 온 사랑과 달리, 숭고한 것도, 순결한 것도, 헌신적인 것도, 영원한 것도, 진실한 것도, 정신적인 것도 아니고, "사내 장부"의 "몸"의 "사랑"이라는 것을 고백한 것은 더 이상 벌거벗을 수 없는 시인의 민낯을 드러낸 것으로 보인다.

"사내장부"의 "몸"의 "사랑"이라는 것은 남성 시인으로서의 자신을 성화(性化, sexualization)하고 있는 국면이다. 시적 주체가 "지지지 지지지" 볼품없이 우는 것은 이성적 동물이라 자부하는 인간에게도, '잘 알려지지 않는' 그 무엇으로서의 무의식[44]이 신체라는 실재에 묶여 있는 고로,[45] 때때로 이성의 통제를 벗어나는 신체에 대해 주체는 당혹해할 수밖에 없

---

43) Jacques Lacan, "The Writing of the Ego," *The Seminar of Jacques Lacan Book XXIII: The Sinthome*, p.128.

44) *Ibid.*, p. 129.

45) *Ibid.*, p. 134.

기 때문이다. 신체의 이미지는 대상을 인식하는 데서 통일성을 갖게 하는 원리46)이지만, 그것은 충족스럽게 실현되지 못하기 때문에 주체를 소외시키거나 거부하기도 한다47)「내 사랑은」에서 시적 주체에 의해 자기 응시된 자아의 신체 이미지가 초라하게 울고 있는 것은 그 때문이다.

그러나 이 시조「내 사랑은」이 정신분석학적 치유의 관점에서 긍정적인 의미가 있는 것은 고전과 일화의 서사성 가운데 형상화된, 가장으로서의 여성성의 사랑으로부터 벗어나 박재삼 자신의 민낯을 자기 응시하게 했다는 점이다. 왜냐하면 그것이 치유의 시작점이기 때문이다. 그리고 시조라는 장르가 이러한 치유의 시작점을 가능하게 해주었다고 추정되는 이유 가운데 하나는 바로 시조의 절제된 형식미가 시에 서사성을 도입할 여지를 주지 않기 때문이라는 점이다.

그러나 박재삼의「내 사랑은」에 나타난 남성적 사랑은 이 시집 안에서는 더 이상 발전하지 않는다.48) 다음은 박재삼의「별」전문이다.

> 차마 끊을 수 없어/반짝이는 인연인가,/손가락 사이사이/빠져나간 별의 거리,/메울 수 없는 무력을/이미 울지 않는다.//오로지 감추기엔/불과 같은 죽음이여,/또한 드러내기엔/부끄러운 목숨이여,/그 거리 합쳐진 듯 갈라진 듯/은하수 흐른다.//가슴 울렁거려 내/자리 잡지 못하고/하나 아닌 그리움/헤아리지 못하여/밤 인생…언덕에도 오르네,/시궁창이 빠지네
>
> —박재삼,「별」전문. (II. 430)

---

46) Jacques, Lacan, *The Seminar of Jacques Lacan Book II: The Ego in Freudd's Theory and in the Technique of Psychoanalysis 1954～1955*, p.166.

47) *Loc. cit.*

48) 박재삼 시에 나타나는 남성적 사랑의 경향은『내 사랑은』이후의 시집에서 다시 강화된다.

위에 인용된 박재삼의 「별」은 이별 후에도 이어지는 사랑의 "인연"을 노래하고 있다. "밤"에 "언덕"을 오르다 "시궁창에 빠지"는 것은 어느 정도 「내 사랑은」의 "밤"에 "몸"으로 우는 "사내장부"와 유사성이 있는 이미지다. 그렇지만, 이 시조에서는 "밤"이라는 시간에 지상에서는 이루어질 수 없는 사랑을 "죽음" 너머 천상의 "은하수"로 형상화하고 있는 것이다. 그렇기 때문에 이 시에는 생사를 넘나드는 허무의 정서의 아름다움이 나타난다. 아울러 허무의 두 가지 면, 즉, 생에 대한 슬픔과 초탈이 나타난다. 예컨대, "별의 거리,/메울 수 없는 무력을/이미 울지 않는다."는 시구절은 더 이상 가지려 해도 가질 수 없는 사랑의 대상에 대한 심리적 분리가 이루어지고 그로 인하여 초탈한 주체의 모습이 나타난다. 「별」이라는 이 시조는 그러한 덕분에 그의 여느 시편보다 서정성이 강화된 특징을 보인다.

이 시조 「별」에서 확인되는 바와 같이 「내 사랑은」에 나타났던 남성적 사랑이 더 발전해야 할 필요성이 없었던 이유 가운데 하나는 성관계란 일종의 동상이몽일 뿐 애초에 존재하지 않는 것이기 때문일 수 있다.[49] 그러므로 중요한 것은 사랑하는 관계[50]이다. 진정한 사랑은 존재론적 진실을 동반하는 사랑이다. 즉, '나는 당신이고 싶다'라는 은유적 관계 또는 상징적·상상적 동일시 관계를 아우르는 존재론적 열정이 있는 관계가 진정으로 사랑하는 관계이다. 또 다른 관점에서, 사랑은 주체가 자신에게 아갈마가 되는 것, 즉, 자신이 결핍한 것, 그렇기 때문에 사랑하는 것에 의해 성립된다.[51] 결핍은 욕망의 근원이지만 사랑은 욕

49) Jacques Lacan, "An Issue of Ones," *The Seminar of Jacques Lacan Book XIX: ...or Worse*, p.133.

50) *Ibid.*, p.134.

51) Jacques Lacan, "The Cause of Desire," *The Seminar of Jacques Lacan Book X: Anxiety*,

망의 승화[52]이기도 하다. 박재삼의 시조 「별」은 시조시집 『내 사랑은』의 사랑의 방향이 승화로 나아감을 보여준다. 승화는 논리적인 주체의 창조 행위에 의해 탄생한다.[53] 형식미와 내용미의 일치를 이루어야 하는 시조의 창작의 과정은 시인에게 고도로 이성과 감성의 조화를 요하는데, 이러한 시조의 특성이 사랑의 승화라는 치유적 효과를 줄 수 있는 것으로 판단된다.

이러한 경향성, 다시 말해, 시조 시집 『내 사랑은』에서 1인칭 고백체, 새로운 자아의 창조, 존재론적인 사랑 등 서정 장르의 본령이 회복된 경향성은 『내 사랑은』은 이후의 시집에도 나타나는 것으로 확인된다. 『내 사랑은』이 그 이후의 시집 『찬란한 미지수』, 『사랑이여』, 『해와 달의 궤적』, 『꽃은 푸른 빛을 피하고』, 『허무에 갇혀』, 『다시 그리움으로』에 나타난 새로운 경향성으로의 전환에 결정적인 분기점이 되었다고 해석될 수 있다.

『내 사랑은』 이후의 시집에서는 더 이상 고전 또는 일화로부터 여성이 주인공인 서사를 차용하는 시는 나타나지 않는다. 『내 사랑은』 이후의 시집에서는 사랑을 주제로 하는 시에서 시인 자신과 동일시되는 '나'라는 화자를 통해 1인칭 고백체로 진술하는 경향성이 지속적으로 나타나는 것이다. 『내 사랑은』 이후의 시집에서의 사랑은 「내 사랑은」에서 드러난 남성적 사랑의 민낯이 조금 더 자주 그리고 조금 더 노골적으로 드러나는 경향성을 나타낸다.

---

p.108.

52) Jacques Lacan, "Aphorisms on Love," *The Seminar of Jacques Lacan Book X: Anxiety*, p.179.

53) Jacques Lacan, "Towards Sublimation", *The Seminar of Jacques Lacan Book VI: Desire and Its Interpretation*, pp.484~485.

다만, 『내 사랑은』 이후에 가장 달라진 점이라면, '설움'이라는 시어로 나타나던 '한'의 정서가 지닌 강렬한 파토스가 차분하게 가라앉았다는 점이다. 나아가 강렬한 파토스를 비워낸 대신 인생과 자연에 대한 담담한 관조가 나타난다는 점이다. 대신 50~60대라는 인생의 황혼기에 시인이 느끼는 생에 대한 허무감이 '허무', '허망' 등의 시어로 많이 쓰이는데, 이러한 허무의 정서가 후기시의 주요한 정서를 이룬다. 스스로 시에서 무종교인임을 자주 고백하는 그는 죽음 이후의 내세를 믿지 않기에 그 허무의 정서는 더욱 강렬해진다.

중요한 점은 그러한 시작(詩作)이 자아의 글쓰기에 의해 이루어진다는 점이다. 요컨대, 『내 사랑은』은 그 이전 시집과 이후의 시집의 중요한 분기점이 되어 그 이후의 시집에 영향을 미친 점이 확인된다.

IV. 결론

이 논문 「박재삼의 시조시집 『내 사랑은』 연구: 정신분석학적 치유의 관점으로」는 박재삼 시의 근본정서를 한, 사랑, 허무로 전제하여, 이러한 근본정서를 정신분석학적 개념을 원용하여 분석하고, 특히, 그의 시조시집 『내 사랑은』이 정신분석학적으로 자기 치유적 성격을 지니고 있음을 논증하는 것을 목적으로 하였다. 이 논문은 한을 정신분석학적으로 일종의 우울로 보았으며, 우울이 주체로 하여금 이르게 하는 생의 허무의 지점이 역설적으로 시인이 새로운 자아를 창조함으로써 자기 치유를 가능하게 하는 지점이라는 관점을 취하였다. 나아가 이 논문은 사랑이 성관계에 의해 성취될 수 없으며, 진정한 자기 응시에 따른 자기 이해로부터 비롯된 타자에 대한 존재론적 열정에 의해 성취될 수 있다는 관점을 취하였다.

II부에서는 박재삼의 시조시집『내 사랑은』이전의 시집의 특징을 분석해 보았다. 제1시집『춘향이 마음』부터 제8시집『대관령 근처』까지 시어의 성별을 분석해 본 결과, 여성 시어가 남성 시어보다 종류 상으로는 두 배, 회수 상으로는 세 배 가량 쓰이고 있음이 확인되었다. 박재삼 시의 근본정서로서의 한, 사랑, 허무가 주로 여성이 주인공이 되는 서사의 차용에 의해 형상화되고 있는 것이었다.

III부에서는 박재삼의 시조시집『내 사랑은』의 특징을 분석해 보았다. 등단작「강물에서」와「섭리」에서는 기존의 시와 달리 자아의 글쓰기가 시도됨으로써 자기 치유에 이르고, 1인칭 고백체와 영원성의 시간이라는 서정성의 본령이 회복되었다.「섬에서」와「그대 목소리」에서는 "설움"이라는 한의 정서가 생의 허무를 드러내며 제2의 죽음의 공간을 열어 보이는데, 그것이 역설적으로 새로운 창조의 공간이 되어 예술적 승화가 가능해진다는 것이 분석되었다.「내 사랑은」에서는 기존의 시에 나타나던 가장으로서의 여성성의 사랑이 제거되고, 박재삼의 남성 시인으로서의 민낯이 드러난 성화된 신체의 사랑임이 분석되었다. 마지막으로「별」에서는 생에 대한 슬픔의 초탈이 성관계가 아니라 사랑의 예술로의 승화에 이 시조 시집의 방향성이 있음이 분석되었다.

결론적으로 말하자면, 박재삼의 시조시집『내 사랑은』이전의 시집은 자유시의 형식을 띠면서, 고전이나 일화의 여성을 주인공으로 한 서사를 차용하여 한, 사랑, 허무를 형상화하려 하였다. 반면에, 박재삼의 시조 시집『내 사랑은』에서는 1인칭 고백체, 영원성, 자아의 응시, 새로운 자아의 창조, 존재론적인 사랑, 생의 허무에 대한 초탈 등 서정 장르의 본령의 회복과 함께 높은 차원에서 한, 사랑, 허무가 형상화되었다. 이러한 이유는 시조의 정형률이 서사의 차용을 원천적으로 차단하였으며, 형식미와 내용미의 일치를 요구하는 시조의 창작법이 시인으로 하여금 이성과 감성의 조화를 통해 예술적 승화를 끌어냈기 때문이라고 판단된다. 박재삼의 『내 사랑은』의 시조 장르적 특성이 가능하게 한 박재삼의 1인칭 고백체의 회복은 자아의 글쓰기를 통한 새로운 자아의 창조라는, 새로운 정신분석학적 치유의 길을 제시했다는 점에서 큰 의의가 있다.

참고문헌

1. 기초 자료

· 시집

박재삼, 『춘향이 마음』, 신구문화사, 1962.
______, 『햇빛 속에서』, 문원사, 1970.
______, 『천년의 바람』, 민음사, 1977.
______, 『어린것들 옆에서』, 현현각, 1979.
______, 『뜨거운 달』, 근역서재, 1979.
______, 『비 듣는 가을 나무』, 동화출판공사, 1980.
______, 『추억에서』, 현대문학사, 1983.
______, 『대관령 근처』, 정음사, 1985.
______, 『내 사랑은』, 영언문화사, 1985.
______, 『찬란한 미지수』, 오상출판사, 1986.
______, 『사랑이여』, 실천문학사, 1987.
______, 『해와 달의 궤적』, 신원문화사, 1990.
______, 『꽃은 푸른 빛을 피하고』, 민음사, 1991.
______, 『허무에 갇혀』, 시와시학사, 1993.
______, 『다시 그리움으로』, 실천문학사, 1996.
______, 『박재삼 시전집』I·II·III, 박재삼기념사업회 편, 도서출판 경남, 2007.

· 수필집

박재삼, 『바다 위 별들이 하는 짓』, 문학사상사, 1987.

2. 참고 자료

고은, 「한의 극복을 위하여」, 한길사 편, 『한국사회연구』, 한길사, 1980.

공영옥, 「박재삼 시조 연구」, 한국교원대학교 교육대학원 석사학위논문, 2000.

김보람, 「박재삼 시와 시조의 전통수용 양상 연구」, 고려대학교 문예창작학과 석사학위논문, 2013.

김석준, 『한국 현대시에 나타난 전통 지향성 연구』, 서울대학교 대학원 박사학위논문, 2005.

김은경, 「한국 근대시에 나타난 한의 미학 연구」, 건국대학교 대학원 국어국문학과 석사학위논문, 2001.

김제현, 「박재삼 시조론」, 박재삼, 『내 사랑은』, 영언문화사, 1985.

김종호, 『한국 현대시의 원형 심상 연구: 박재삼·박용래·천상병의 시세계를 중심으로』, 강원대학교 국어국문학과 박사학위논문, 2006.

문순태, 「한이란 무엇인가」, 『민족문화』제1집, 서울, 1985.

민성길, 「한(恨)의 정신병리학」, 라캉과현대정신분석학회 편, 『코리안 이마고』2, 인간사랑, 1998.

손진은, 「박재삼 시조의 이미지 구현방식과 의미화 과정 연구」, 『시조학논총』44, 한국시조학회, 2016.

신대생, 「박재삼 시조연구」, 진주교육대학교 교육대학원 석사학위논문, 2004.

양혜경, 「박재삼 시의 설화 수용 양상」, 『수련어문논집』제25호, 부산여자대학교 수련어문학회, 1999.

이광호, 「박재삼 시 연구」, 고려대학교 국어국문학과 대학원 석사학위논문, 1987.

임곤택, 『한국 현대시에 나타난 전통의 미학적 수용 양상 연구』, 고려대학교 대학원 국어국문학과 박사학위논문, 2011.

정인성, 「박재삼 시조와 시 연구」, 한국외국어대학교 교육대학원 석사논문, 2001.

조춘희, 「박재삼 시조 연구」, 『사림어문연구』제20권, 사림어문학회, 2010.

천이두, 『한의 구조 연구』, 문학과 지성사, 1999.

Freud, Sigmund, 『무의식에 관하여』, 윤희기 옮김, 열린책들, 1998.

____________, 『새로운 정신분석 강의』, 임홍빈 외 옮김, 열린책들, 1998.

Kristeva, Julia, 『검은 태양: 우울증과 멜랑콜리』, 김인환 옮김, 동문선, 2004.

____________, 『사랑의 역사』, 김인환 옮김, 서울: 동문선, 2000

Lacan, Jacques, 『자크 라캉 세미나 1: 프로이트의 기술론』, 맹정현·이수련 옮김, 새물결, 2016.

____________, *The Seminar of Jacques Lacan Book VII: The Ethics of Psychoanalysis*, Ed. Jacques—Alain Miller, Trans. D. Porter, New York· London: W· W· Norton & Company, 1997.

____________, *The Seminar of Jacques Lacan Book X: Anxiety*, Ed. Jacques—Alain Miller, Trans. A. R. Price. Cambridge: Polity Press, 2014.

____________, *The Seminar of Jacques Lacan Book VIII: The Transference*, Ed. Jacques—Alain Miller, Trans. Bruce Fink, Cambridge: Polity Press, 2015.

____________, *The Seminar of Jacques Lacan Book XXIII: The Sinthome*, Ed. Jacques—Alain Miller, Trans. A. R. Price, Cambridge: Polity Press, 2016.

____________, *The Seminar of Jacques Lacan Book V: Formations of the Unconscious*, Ed. Jacques—Alain Miller, Trans. Russell Grigg, Cambridge: Polity Press, 2017.

____________, *The Seminar of Jacques Lacan Book XIX: ...or Worse,* Ed. Jacques—Alain Miller, Trans. A. R. Price, Cambridge: Polity Press, 2018.

____________, *The Seminar of Jacques Lacan Book VII: The Ethics of Psychoanalysis*, Ed. Jacques—Alain Miller, Trans. D. Porter, New York· London: W· W· Norton & Company, 1997.

____________, *The Seminar of Jacques Lacan Book II: The Ego in Freud's Theory and in the Technique of Psychoanalysis 1954—1955*, Ed. Jacques—Alain Miller, Trans. Sylvana Tomaslli, New York·London: W· W· Norton & Company, 1988.

____________, *The Seminar of Jacques Lacan Book VI: Desire and Its Interpretation*, Ed. Jacques—Alain Miller, Trans. Bruce Fink, Cambridge: Polity Press, 2019.

Regnault, François, *Conférences d'Esthetique Lacanienne*, Paris: Seuil, 1997.

Witmer, Peter, 『욕망의 전복』, 홍준기 외 옮김, 한울아카데미, 1998.

Zizek, Slavoj , 「타자 속의 결여: 케 보이?」, 『이데올로기의 숭고한 대상』, 이수련 옮김, 인간사랑, 2002.

11 허영자 시의 '여성—되기': 들뢰즈의 생성의 존재론의 관점으로

Ⅰ. 서론

1. 연구사 검토

허영자(許英子, 1938~현재)는 1961년 박목월(朴木月, 1915~1978)의 추천으로 『현대문학(現代文學)』에 「도정연가(道程戀歌)」, 「연가삼수(戀歌三首)」, 「사모곡(思母曲)」을 발표하며 등단한 이래, 한국적 서정(抒情)을 현대적으로 재창조한 여성 시인으로 높이 평가되어 왔다. 김재홍은 사랑을 의미하는 라틴어 'amor'가 어원적으로 죽음에 대한 항거라는 의미를 지닌 것을 예로 들면서 허영자의 시에는 사랑에서 나오는 생명력이 넘친다고 평가하였다.[1] 그 이후에 대부분의 평자들도 이러한 평가에 동의하면서 허영자 시의 여성적 생명력에 관하여 '자연,' '모성,' '관능' 등의 주제로 논의하였다.[2] 또한, 허영자는 한국현대시사

1) 김재홍, 「갈망과 절제의 시」, 허영자, 『허영자 전시집』, 마을, 2008, 377면.

상 최초의 여성시동인인 『청미(靑眉)』의 일원으로서 여성 시인의 지위를 높이는 데 기여해 왔다. 이러한 여성시인들의 시에 대해 비판적 시선이 전혀 없는 것은 아니다. 예컨대, 김현은 여성 시인들의 시가 원초적 정서의 센티멘털리즘[3]에 빠질 수 있음을 우려하였다. 그러나 허영자의 시는 충분히 절제[4]의 미(美)를 갖추고 있을 뿐 아니라, 감성과 이성의 조화 가운데 형이상시(形而上詩, metaphysical poetry)의 성격을 지니고 있어,[5] 김현의 그러한 우려로부터 자유롭다. 허영자 시의 종교성[6]과 철학성[7]에 대한 논의가 진행되어 온 것도 김현의 비판을 넘어선다. 본고는 이러한 허영자에 관한 연구사를 수긍하면서, 허영자 시의 본질에 더욱 깊이 다가가는 논의를 심화해 가고자 한다.

이에 본고는 허영자 시의 여성으로서의 시 쓰기에 관하여 들뢰즈(Gilles Deleuze, 1925~1995)의 생성(生成)의 존재론(存在論)의 관점으로

---

2) 송하선, 「육체와 영혼이 합일된 사랑」, 위의 책, 460면.
이창희, 「허영자 시의 주제의식 연구」, 경남대학교 교육대학원 석사학위논문, 2006.
고 곤, 「허영자 시에 나타난 사계의 의미 연구」, 가천대학교 국어국문학과 대학원 석사학위논문, 2012.
윤향기, 『한국 여성시의 에로티시즘 연구』, 경기대학교 국어국문학과 대학원 박사학위논문, 2015.
조별, 「이성의 삶과 욕망의 삶, 1960년대 여성 시의 내면—허영자의 초기 시를 중심으로」, 『우리문학연구』 61, 우리문학회, 2019.
이은영, 「허영자 시에 나타나는 여성적 정체성의 변화 양상」, 『비평문학』 77, 한국비평문학회, 2020.

3) 김현, 「감상과 극기」, 한국여류문인협회 편, 『한국여류문학전집』 6, 신세계사, 1994, 334면.

4) 박호영, 「사랑과 절제의 변주」, 허영자, 『허영자 전시집』, 425면.

5) 김종길, 「허영자 시의 특질」, 위의 책, 397면.
박진환, 「허무의 시적 변증법 혹은 승화」, 위의 책, 422면.

6) 손미영, 「허영자 시의 종교적 이미지 연구」, 『비평문학』 56, 한국비평문학회, 2015.

7) 한영옥, 「허영자 시 연구」, 『한국시학연구』 5, 한국시학회, 2001.

조망하여 여성적 창조성의 의미를 구명해 보고자 한다. 허영자라는 여성 시인에 대한 논의에 들뢰즈의 생성의 존재론이 유의미한 이유는 첫째, 그 존재론의 핵심인 '소수자—되기' 나아가 '여성—되기'로 여성주의와 조우하기 때문이고,[8] 둘째, 그 존재론의 핵심인 '되기'가 개성 형성(individuation)을 지향하는데,[9] 이것이 창조성을 추구하는 예술가의 특성에 부합하기 때문이다. 이에 본고는 국외연구 가운데서 들뢰즈의 생성에 관한 연구 논문들과 여성 문학에 관한 비평의 관점으로 연구된 논문들[10]을 선례로 검토하였고, 나아가 국내연구 가운데서 들뢰즈의 '생성(becoming, 佛 devenir)' 에 관해 연구된 논문들[11]과 들뢰즈의 '여성—되기(becoming—woman, 佛 devenir—femme)'에 관해 연구된 논문들[12]을 선례로 검토하였다. 기존 연구사 가운데 한국 여성 시인 중 문

8) Hannah Stark, *Feminist Theory After Deleuze*, London·New York: Bloomsbury, 2017, p.26.

9) Anne Sauvagnargues, *Artmachines: Deleuze, Guattari, Simondon*, translation by Suzanne Verderber with Eugene W. Holland, Edinburgh: Edinburgh University Press, 2016, p.35.

10) Beatrice Monaco, "'Nothing is simply one thing': Woolf, Deleuze and Difference," *Deleuze Studies* Issue 7, Volume 4, Edinburgh: Edinburgh University Press, 2013.
Jason Skeet, "Netting Fins: A Deleuzian Exploration of Linguistic Invention in Virginia Woolf's *The Waves,*" *Deleuze Studies* Issue 7, Volume 4, Edinburgh: Edinburgh University Press, 2013.
Derek Ryan et al, "Introduction: Deleuze, Virginia Woolf and Modernism", *Deleuze Studies* Issue 7, Volume 4, Edinburgh: Edinburgh University Press, 2013.
Hannah Stark, *Feminist Theory After Deleuze*, London·New York: Bloomsbury, 2017.

11) 김재인, 「여성—생성, n개의 성 또는 생성의 정치학」, 『철학사상』 제56권, 서울대학교 철학사상연구소, 2015.
황수영, 「들뢰즈의 생성의 철학」, 『철학』 제84권, 한국철학회, 2005.

12) 조애리·김진옥, 「들뢰즈와 가따리의 여성—되기와 전복성」, 『페미니즘 연구』 제16권 제1호, 한국여성연구소, 2016.
김은주, 「들뢰즈와 가타리의 되기 개념과 여성주의적 의미 : 새로운 신체 생산과 여성주의 정치」, 『한국여성철학』 제21권, 한국여성철학회, 2014.

학사적 중요도가 높은 허영자에 대한 들뢰즈의 생성의 존재론의 관점으로 '여성—되기'의 의미를 밝힌 논문이 없어 본고는 그 시도를 해보고자 한다.

2. 연구의 시각

들뢰즈의 존재론은 생성의 존재론으로 그 특성이 규정된다. 생성(生成, becoming, 佛 devenir)은 인간을 스스로 자신 안의 내재적 힘에 의해 변화하고 발전해 가는 존재로 보는 개념이다. 들뢰즈의 이러한 생성의 존재론은 니체(Friedrich Wilhelm Nietzsche, 1844~1900)의 존재론의 영향이다. 들뢰즈는『니체와 철학 *Nietzsche et Philosophie*』에서 인간을 창조적 존재로 규정한 니체의 존재론에 주목한다. 니체의 철학은 철학의 예술적 전회라고 일컬어진 만큼 창조적인 예술가의 본질을 해명하는데 도움이 된다.

들뢰즈의『니체와 철학』은 니체의 철학의 핵심인 초인(超人, superman, 獨 Übermensch), 권력에 대한 의지(Will to Power, 獨 Wille Zur Macht), 비극(悲劇, tragedy, 獨 Tragödie), 염세주의(厭世主義 , Pessimism, 獨 Pessimismus)의 극복 등을 주요한 논제로 다룬다.[13] 들뢰즈는 니체의 철학의 주요한 개념을 자신의 철학의 개념으로 전유한다. 그중 가장 핵심적인 것은 바로 생성이다. 니체는 존재(being)를 생성(becoming)으로 규정한다. 들뢰즈의 존재론은 그러한 니체의 존재론을 계승한다. 들뢰즈의 철학에서 주요한 개념인 생성은 그의 문학론을 관통한다. 들뢰

---

13) Gilles Deleuze, *Nietzsche and Philosophy*, translation by Hugh Tomlinson, London: Bloomsbury, 2013.

즈에게 창조자로서의 작가는 생성의 존재이며, 작품의 창작은 생성의 과정이다.

니체에게서 생성은 궁극적으로 초인으로 가는 과정이다. 들뢰즈는, 니체의 초인은 영원회귀(永遠回歸, Ewige Wieder—Kunft)에 의해 권력에 대한 의지를 창조해 내는 자로서 시인과 닮았다고 보았다.[14] 또한, 들뢰즈는 니체가 철학의 새로운 두 형식으로서 아포리즘과 시를 사유의 새로운 이미지로 도입한 것을 주목했다.[15] 이와 같이, 니체는 시인의 위상을 격상한 철학자였다. 들뢰즈는 예술에서 형(形)을 발명하고 재생산하는 것보다 본질적인 것은 거기에 담긴 힘이라고 말하는데, 그것도 니체가 권력에의 의지를 강조하는 것과 같은 맥락으로 볼 수 있다.[16]

이러한 들뢰즈의 생성의 존재론은 그의 여성작가에 대한 비평에서는 '여성—되기(becoming—woman, 佛 devenir—femme)'라는 개념으로 나타난다. 여성작가의 '여성—되기'는 글쓰기를 통해 이루어진다. 들뢰즈는 생성으로서의 글쓰기의 목적이 한 개인의 사적인 비밀에 대한 토로를 넘어서는 것이라고 주장한다.[17] '여성—되기'도 마찬가지다. 본고의 핵심 개념이므로 들뢰즈의 글을 직접 인용하여 살펴보면 다음과 같다.

---

14) 특히, 시인 랭보(Arthur Rimbaud, 1854~1891)와 닮았다고 보았다. Gilles Deleuze, "On the Will to the Power and the Eternal Return," *Desert Island and Other Texts 1953~1974*, edit. by David Lapoujade, translation by Michael Taormina, South Pasadena: Semiotext(e), 2002, p.125.

15) Gilles Deleuze, "Nietzsche," *Pure Immanence—Essays on A Life*, with an introduction by John Ratchman, translation by Anne Boyman, New York: Zone Books, 2001, p.65.

16) Gilles Deleuze, 『감각의 논리 *Logique de la Sensation*』, 하태환 옮김, 민음사, 2009, 69면.

17) Gilles Deleuze, 「영미문학의 탁월함에 대하여」, 『디알로그 *Dialogue*』, 허희정·정승화 옮김, 동문선, 2005, 100~101면.

> 오히려 글쓰기는 여성—되기를, 즉 사회적 장 전체를 관통하고 침투하며, 남성들에게 전염시키고, 남성들도 여성—되기에 휘말려 들도록 만들 수 있는 여성성의 원자들을 생산해야만 한다. 매우 부드럽지만 또한 견고하고 끈질기고 환원 불가능하고 길들일 수 없는 입자들을.[18)]

> 글쓰기에는 여성—되기가 있습니다. 여자'처럼' 글을 쓰라는 말이 아닙니다. [중략] 여자들조차도 여성의 미래에 관련하여 여자처럼 글을 쓰려는 노력이 항상 성공하는 것은 아닙니다. 여자라고 해서 반드시 작가인 것은 아니죠. 여자든 남자든 간에 그(녀)의 글쓰기가 마이너리티가 되어야 합니다.[19)]

위의 인용에서 보는 바와 같이, 들뢰즈는 여성의 글쓰기란 여성으로서 글을 쓰는 것을 의미하는 것이 아니라, 사회적 장 전체를 관통하는 '여성—되기'를 의미한다고 보았다. 또한, 나아가 들뢰즈는 글쓰기에서의 '여성—되기'란 기존의 관습이 강요하는 여자'처럼' 글쓰기 하는 것을 거부하고, 오히려 '소수자—되기(becoming—minority 佛 devenir—minoritaire)'를 행하는 것이라고 보았다. 들뢰즈의 소수성 개념은 아래의 다수성 개념의 이해로부터 시작될 수 있다.

> 다수성은 상대적으로 더 큰 양이 아니라 어떤 상태나 표준, 즉 그와 관련해서 더 작은 양뿐만 아니라 더 큰 양도 소수라고 말할 수 있는 상태나 표준의 규정, 가령 남성—어른—백인—인간 등을 의미한

18) Gilles Deleuze & Félix Guattari, 『천 개의 고원: 자본주의와 정신분열증 *Mille Plateaux : Capitalisme et Schizophrenie*』, 김재인 옮김, 새물결, 2001, 523~524면.
19) Gilles Deleuze, 「영미문학의 탁월함에 대하여」, 『디알로그 *Dialogue*』, 허희정·정승화 옮김, 동문선, 2005, 86면.

다. 다수성이 지배 상태를 전제하는 것이지, 그 역은 아니다.[20]

위의 인용문에서 확인되는 바와 같이, 다수성은 양(量)과 관련된 개념이 아니라, 표준의 기준이 되는, 지배적인 권력을 지닌 그룹의 특성과 관련된 개념이다. 이러한 관점에 따라, '남성—어른—백인'이 다수자라면, '여성—아이—유색인'은 소수자가 된다. 이러한 맥락에서 여성문학(女性 文學, woman literature)은 소수 문학이 된다. 들뢰즈의 생성으로서의 존재 개념은 지배적 권력에 균열을 일으킨다는 점에서 소수적이다.

소수 문학에서 '소수자—되기'란 소수 문학(minor literature 佛 littérature mineure)을 창조하는 것이다. 소수 문학이란 소수 언어에 의해 쓰인 문학을 의미하는 것이 아니라, 소수자가 다수 언어로 창조한 문학을 의미한다.[21] 다시 말해, 소수 문학은 권력을 위해 운용되는 지배적 언어를 낯설게 함으로써, 그러한 언어의 한계를 폭로하는 문학이다.[22] 이때 여성 문학은 소수 문학이라고 할 수 있다. 여성 작가가 '여성—되기'로서 소수 문학을 창조한다는 것은 젠더 규범(gender norms)을 거부하고, 여성 자신 안의 자기다움을 표현하는 것을 의미할 것이다. 들뢰즈에게 상상력과 판단력에 반대되는 것은 바로 습관이다.[23] 그에게 위대하고 혁명적인 모든 문학은 소수 문학이다.[24]

---

20) Gilles Deleuze & Félix Guattari, 앞의 책, 550면.

21) Gilles Deleuze & Félix Guattari, 『카프카: 소수적인 문학을 위하여 *Kafka, Pour une Littérature Mineure*』, 이진경 옮김, 동문선, 2001, 43면.

22) Arnaud Villani 외 편, 『들뢰즈 개념어 사전』, 신지영 옮김, 갈무리, 2013, 253면.

23) Gilles Deleuze, "The Power of Imagination in Ethics and Knowledge," *Empiricism and Subjectivity: An Essay on Hume's Theory of Human Nature,* translation and with an introduction by Constantin V. Boundas, New York: Columbia University Press, 1991, p.72.

한편, '소수자—되기'는 '다르게—되기'의 과정을 거치게 되는데, 그러한 변화의 과정 중 하나가 바로 들뢰즈의 개념으로 리좀(rhizome)이다. 리좀은 '뿌리줄기'라는 의미로서 들뢰즈와 가타리(Félix Guattari, 1930~1992)가 『천 개의 고원: 자본주의와 정신분열증』에서 하나의 은유로서 자신들의 철학에 전용한 개념이다.[25] 리좀은 연결접속의 원리, 다질성의 원리, 다양체의 원리, 탈기표 작용적인 단절의 원리, 지도 제작의 원리, 전사의 원리를 지닌다.[26] '리좀적 글쓰기(rhizomatic writing)'는, 나무의 선형성(線形性)을 벗어나, 마치 뿌리줄기가 자라나는 것과 같은, 자유롭고 창조적인 글쓰기로 정의된다. 그러한 리좀적 글쓰기는 중심이나 계보나 모델 없이, 자기 내면의 힘에 스스로 내맡겨 성장해 가며 창조해 가는 글쓰기다. 여성 작가의 글쓰기는 그렇게 중심이나 계보나 모델 없이 젠더 규범의 억압을 스스로 물리치며 뿌리줄기처럼 자기 내면의 힘으로 스스로 자기 성장을 해나간다는 점에서 리좀적 글쓰기라고 할 수 있다.

한편, 들뢰즈적 사랑의 일종으로 매저키즘(masochism)을 들 수 있다. 들뢰즈의 매저키즘은 프로이트의 매저키즘이 피학적 변태성욕으로 정의되는 것과 달리, 『모피 옷을 입은 비너스 *Venus in Furs* 獨 *Venus im Pelz*』의 작가인 마조흐(Leopold Ritter von Sacher—Masoch, 1836~1895)의 미학으로 정의된다.[27] 이는 들뢰즈가 매저키즘을 병리학적으로 보지 않고, 미학적으로 바라본다는 의미이다. 허영자 같은 여성 작가의

24) Gilles Deleuze & Félix Guattari, 앞의 책, 67면.

25) Gilles Deleuze & Félix Guattari, 『천 개의 고원: 자본주의와 정신분열증』, 18면.

26) 위의 책, 19~32면.

27) 매저키즘의 전체적인 특징은 다음을 참조할 수 있다. Gilles Deleuze, 『매저키즘 *Masochism*』, 이강훈 옮김, 인간사랑, 2007, 160면. 참조.

시에서의 매저키즘 또한 병리적인 것이 아니라 미학적인 것으로서 창조의 힘이 된다. 나아가 들뢰즈는, 매저키즘적 주체는 반복적으로 느끼는 고통을 종교적인 것으로까지 받아들인다고 보는데,[28] 이 또한 허영자가 구도자적 예술가 유형인 데 대해 유의미한 해석을 이끌어낼 수 있다.

여성 작가에게 '여성–되기'는 위와 같은 메커니즘(mechanism)에 따라 상상력으로써 젠더 규범에 복속된 문학적 습관을 깨뜨리고 창조자로서의 작가가 되는 것이다. 이와 같이 본고는 들뢰즈의 생성의 존재론의 관점에서 '여성–되기' 개념을 허영자 문학에 적용하여, 허영자 문학의 창조적 생성의 본질을 구명하고자 한다.

II. '자수(刺繡)'의 미학에 나타난 '여성–되기': 리좀적 글쓰기의 창조성

한 시인에게 등단작은 그 시인의 잠재적 가능성을 보여준다는 데서 의의가 있다. 그러므로 허영자 문학의 '여성–되기'에 관하여 등단작부터 살펴보기로 한다. 허영자의 등단작 중 한 편인 「사모곡(思母曲)」은 그 제목부터 한국의 시가를 계승하고 있다. 「사모곡」은 고려속요로 처음 창작되어 조선시대의 향악(鄕樂)으로 전래된다. 또한 신사임당(申師任堂, 1504~1551)의 「사모곡」도 허영자의 「사모곡」에 앞선 선례로 들 수 있다. 이러한 「사모곡」들은 모두 한결같이 어머니에 대한 지극한 사랑을 표현하고 있다. 신여성(新女性)의 효시라고 할 수 있는 나혜석

28) 위의 책, 143~144면.

(羅蕙錫, 1896~1948)은 모성의 신화를 깨뜨리는 방향으로 나아갔다.[29] 허영자의 경우, '어머니—딸'의 관계를 어떠한 방향으로 그려 나아가는지 밝혀내야 할 필요가 있다. 그러한 의미에서 허영자의 「사모곡」을 살펴보면 다음과 같다.

1. 은나비

손톱 발톱 잦아지게/남 유다른 세월에//짚동 한숨은/소금 부벼 삭이고//엄니 엄니/울 엄니는/나래도 빛나는/나비라 은나비

2. 눈밝애 귀밝애

다음에/죽은 다음에도/또 세상 있으믄//자비하신 석가세존/그 말씀대로/삼월에 제비 오는 세상 있으믄야//엄마야 오늘같이/바느질하는 엄마 옆에서/바늘에 긴 실 꿰어드리지//새아씨 적 옛말은 인두에 묻어나고//아롱진 앞섶자락 섧디섧은 눈빛을 물려줄 테지//이 다음에/죽은 다음에도 이런 세상에//엄마는 울엄마/나는 또 까망머리/엄마딸 되리//눈밝애 되리야/귀밝애 되리야.

3. 해빙기

우수절/남녘 바람에/강얼음 녹누만은//엄니 가슴 한은/언젯 바람에/풀리노//눈 감아/깊은 잠 드시고야//저승 따/다 적시는/궂은비로 풀리려나.

— 허영자, 「사모곡」 전문.

위에 인용된 허영자의 「사모곡」은 3편의 연시(聯詩)로 구성되어 있다. 첫 번째 편에서는 어머니의 육체가 소멸되면서 그 영혼이 죽음의

29) 이상경, 「7장 나혜석의 여성해방론」, 『한국근대여성문학사론』, 소명출판, 2002, 187면.

경계를 넘어 심미화되는 것이 "은나비"에 비유되고 있다. "은나비"는, 박목월의 '청노루'와 같이, 현실에 존재하지 않으나, 상상력에 의해 창조된 동물이다. 여기서 '은(銀)'은, 그녀의 제8 시집 『은(銀)의 무게만큼』에 상재된 시편들이 대부분 어머니에 대한 사친(思親)의 정을 주제로 하면서, '은'이 노모의 은발(銀髮)에 대한 은유(隱喩)로 쓰인 것으로 유추해 볼 때, 노모(老母)에 대한 상징이라고 볼 수 있다. '나비'는 원형 상징적으로 '영혼'을 상징한다. 예컨대, 『장자(莊子)』의 호접지몽(胡蝶之夢)이나, 그리스 신화의 프시케(Psyche)는 '나비'라는 형상을 통해 인간의 영혼을 상상적으로 가시화한다. 그러므로 허영자의 「사모곡」의 첫 번째 시편에서 "은나비"는 돌아가신 노모의 영혼이라고 볼 수 있다.

두 번째 시편에서는 불교의 윤회설(輪廻說)을 따라, "석가세존"이 있다면, 다시 태어나도 모녀지간의 인연을 지키고 싶다는 염원을 '실과 바늘'에 담고 있다. 여기서 주목할 만한 부분은 시적 장치로서의 '실과 바늘'이다. 그 첫 번째 이유는 '실'이 인간의 수명(壽命)을 은유적으로 상징한다는 점이다. 다시 말해, '실'은 어머니의 수명이 영원하기를 기원하는 딸의 어머니에 대한 사랑의 상징이다. 그 두 번째 이유는 마지막 연의 "눈밝애 되라야/귀밝애 되리야"가 눈과 귀가 어두워진 어머니가 느낄 바느질의 어려움을 대신하여 딸이 어머니의 눈과 귀가 되어줌으로써 모녀지간의 일체를 이루는 것의 상징이 되는 데 '실과 바늘'이 중요한 시적 매개가 되고 있기 때문이다. 그 세 번째 이유는 딸이 어머니의 눈과 귀가 되어 실을 바늘에 꿰는 것을 도와주어야만 여성으로서의 삶을 이야기하는 어머니와 이에 공감하는 딸이 함께 하는 여녀 관계의 아름다운 시간이 지속될 것이기 때문이다.

세 번째 시편에서는 어머니의 한(恨)풀이에 대한 염원을 "해빙기(解

氷期)"를 맞이하는 마음에 비유하고 있다. 봄비가 내린다는 절기인 "우수절"에도 풀리지 않는 어머니의 "한"이 "저승"에서라도 풀리기를 이 시의 시적 주체는 종교적으로 기원하고 있다. 그러므로 "해빙기"는 천국이나 극락처럼 죽음 너머의 세계에 찾아올 구원의 시간이다. 요컨대, 허영자의 「사모곡」은 어머니를 심미화하며, 어머니에 대한 절대적인 사랑을 노래하고, 어머니의 한에 공감하는 딸의, 사친의 정을 죽음 너머의 세계까지 예술적으로 승화하여 표현한 작품이다.

이 시의 의의는 젠더 규범에 따라 어머니의 모성성을 신화화하거나 경효사상을 강조하는 것이 아니라, 딸이 어머니와 같은 여자로서 어머니의 삶에 공감과 위로를 해주는 모습을 예술적으로 승화하여 표현함으로써, '어머니—딸'의 여녀관계에 녹아있는 깊은 사랑을 아름답게 심미화한다는 것이다.

예컨대, 이 시 「사모곡」에서는 "한숨", "섧디섧은", "한" 등의 시어에서 나타나는 바와 같이, 어머니의 비천함, 다시 말해, 크리스테바(Julia Kristeva, 1941~현재)의 의미로 아브젝트(abject)[30]에 대해 딸인 시적 주체가 공감하고 위로한다. 이 시가 남성 중심적 세계관에서의 어머니의 모성성의 신화와 확연히 다른 것은 바로 "한숨", "섧디섧은", "한" 등이 자애로운 어머니의 내면에 억압된 고통을 표층텍스트(pheno—text)[31]로 드러낸다는 것이다. 그리고 고통 받는 어머니에 대한 배려는 허영자의 후기시(後期詩) 세계를 보여주는 『은의 무게만큼』에 실린 「어

30) 아브제는 초자아에 의해 축출된 비천한 어떤 것으로, '나'를 의미가 붕괴되는 곳으로 내몰고, 주체를 전멸시키려 하지만, 상실된 자신의 존재 그 자체이기도 하다. Julia Kristeva, 『공포의 권력 *Pouvoirs de L'horreur*』, 서민원 옮김, 동문선, 2001, 21~43면. 참조.

31) Julia Kristeva, 『시적 언어의 혁명 *La Révolution du Langage Poétique*』, 김인환 옮김, 동문선, 2000, 98면. 참조.

머니 편찮으시니」나 「이제야」에까지 일관되게 나타난다. 이러한 맥락에서 「사모곡」, 이 시의 '어머니'라는 기표는 남성 중심의 세계관이 여성에게 덧씌우는 모성성의 신화 속의 '어머니'라는 기표를 벗어난다. 들뢰즈에 따르면, 남성은 '표준'의 지위를 점하므로 다수성에, 여성은 그렇지 못하므로 소수성에 상응한다.32) 그럼에도 불구하고, 허영자의 시는 그 '표준'을 벗어나면서도, 어머니를 진정으로 이해하기 위해 알아야 할 어머니의 진실을 예술적으로 심미화함으로써 '소수자—되기' 나아가 '여성—되기'를 해내고 있다. 이것은 허영자의 이 시가 소수 문학으로서, 권력을 위해 운용되는 지배적인 언어를 전복한 것이다. 그러한 의미에서 이 시는 소수 문학으로서의 여성 문학의 가치를 높이고 있다.

나아가, 이 시가 보여주는 '어머니—딸' 사이의 사랑은 오히려 젠더 규범이 보여주는 것보다 보편적인 사랑의 본질을 내포하고 있다. 왜냐하면, 남성 중심의 이데올로기가 딸이 어머니의 모성성을 본받으며 성장하기를 기대하는 바와 달리, 일반적으로 딸은 어머니가 겪는 고통을 보고 어머니와 함께 아파하며 성장하기 때문이다. 이것은 젠더 규범에 가려져 있던 '어머니—딸' 사이의, 보편적인 사랑의 진실이다.

그러므로 이 시에서의, 딸의 어머니에 대한 사랑은 허영자라는 개인의 사랑을 넘어 보편적인, 딸의 어머니에 대한 사랑으로 격상되어 있다. 이러한 점은 허영자가 여성 작가로서 사적인 여성을 넘어서서 보편적인 여성에 다가가는 과정으로 볼 수 있다는 점에서도 '여성—되기'를 성취했다고 볼 수 있다.33) 허영자 등단작에 나타난 이러한 '여성—되

32) Gilles Deleuze & Félix Guattari, 앞의 책, 550면.
33) Gilles Deleuze, 「영미문학의 탁월함에 대하여」, 100~101면.

기'의 주제의식과 정서는 그녀의 시세계 전반에 내포되어 있다.

그런데 여기서 한 가지 더 주목할 만한 것은 「사모곡」의 시 형식이 1, 2, 3 세 부분으로 나뉘어 있으며, 1, 2, 3 각 부분이 길이도 다르고, 제목도 다르다는 점에서 분연체도 아니라는 점이다. 이러한 시 형식의 특징은 기존의 시론이 한 편의 시를 하나의 통일된 유기체로 보는 관점을 벗어난다. 즉, 이 시는 나무와 같은 선형적 형식이 아니라, 뿌리줄기와 같은 다중심적 형식이다. 이러한 점에서 허영자의 이 시의 형식은 리좀적 글쓰기와 닮아있다.

그러므로 여기서 리좀적 글쓰기에 대한 논의를 심화해 볼 필요가 있다. 허영자 시의 리좀적 글쓰기에 관하여 「자수(刺繡)」라는 작품을 통해 본격적으로 논증해 보기로 한다. 중등교육과정의 국어과 교과서[34]에도 게재된 작품인 「자수」도 바로 「사모곡」의 연장선상에 있는 것으로 볼 수 있는 작품이다. 그 이유는 우선 '실과 바늘'이라는 상징이 "자수"로 변용되어 나타나기 때문이다.

> 마음이 어지러운 날은/수를 놓는다//금실 은실 청홍실/따라서 가면/가슴 속 아우성은 절로 갈앉고//처음 보는 수풀/정갈한 자갈돌의 강변에 이르른다//남향 햇볕 속에/수를 놓고 앉으면//세사번뇌(世事煩惱)/무궁한 사랑의 슬픔을/참아내올 듯//머언 극락정토 가는 길도//보일 상싶다
>
> — 허영자, 「자수」 전문.

위에 인용된 허영자의 「자수」는 일반인들에게 가장 널리 알려진 허

34) 박지연, 「고등학교 국어과 교과서의 여성시 연구」, 성신여자대학교 교육대학원 석사학위논문, 2005.

영자의 작품이다. 이 작품은 "자수"를 하는 과정과 그에 따른 심리적 변화 과정을 심미적으로 표현하고 있는 수작(秀作)이다. 즉, "자수"라는 예술적 행위를 통해 인간의 "세사번뇌"로부터 해탈(解脫)하여 "극락정토(極樂淨土)"라는 이상향에 도달할 수 있다는 것이 이 작품의 요지이다. 이 작품이 보여주는 사상은 "세사번뇌"나 "극락정토"라는 시어를 근거로 불교(佛敎)라고 판단내릴 수 있다. 불교는 현세로부터 해탈(解脫, 산스크리트어 Vimokṣa)하는 것을 궁극적인 이상으로 상정하는 종교이다. 그러한 불교를 니체는 허무주의(虛無主義, nihilism 獨 Nihilismus)로 이해한다. 석가(釋迦, BC 563～ BC 483)와 니체는 기존의 전통을 해체하고, 새로운 주체를 대안으로 제시한다는 점에서 상통한다.[35] 그리고 불교의 윤회와 니체의 영원회귀 또한 상통한다. 물론, 니체의 이상적 인간상인 초인은 불교의 이상적인 인간상인 여래(如來, Buddha 산스크리트어 Tathagata)나 보살(菩薩, Buddhist Saint 산스크리트어 Bodhisattva)과는 차이점이 있다.[36] 들뢰즈 사상과 불교 사상의 연관성도 들뢰즈의 저작과 그에 관한 후대의 연구에서 확인된다. 들뢰즈도 『천 개의 고원』에서 동양적 사유 또는 아시아적 사유에 대한 흥미와 친연성을 숨기지 않았으며, 특히, 혼돈에 대한 사유에서 불교의 영향을 받았다.[37] 그러한 들뢰즈 사상과 불교 사상의 공통분모는 정신적 무정부주의(spiritual anarchism)로 규정된다.[38] 허영자의 위의 시의 시적 주체가 자신이 놓인 상태로부터 해탈하여 새로운 존재로 나아가고자 하는,

---

35) 김진, 「니체와 불교적 사유」, 『철학연구』 제89권, 대한철학회, 2004, 23면.
36) 위의 논문, 23～24면.
37) Toshiya Ueno, "Deleuze and Guattari and Buddhism: Toward Spiritual Anarchism through Reading Toshihiko Izutsu," Tony See et al, *Deleuze and Buddhism*, edition by Tony See & Joff Bradley, London: Palgrave Macmillan, 2016, pp.123～124.
38) *Ibid.*, p.123.

여성 예술가로서의 창조적인 지향성을 보인다는 점은 한편으로는 불교적이기도 하지만, 다른 한편으로는 니체—들뢰즈적이기도 하다. 그러한 맥락에서 니체에서 들뢰즈까지 계승되는 생성의 존재론의 관점에서 이 시도 해석될 수 있다.

여기서 허영자의 창조력을 찾아내기 위해, 위에서 분석한 사상적 기반 위에 「자수」라는 작품의 시어를 세밀하게 살펴보고자 한다. 우선 1연에서 "마음이 어지러운 날"은 시적 주체의 심리가 카오스 상태임이 표현된 것으로 볼 수 있다. "수를 놓는다"는 것은 예술을 위한 의식적인 창작행위이다. 그렇지만 "청홍실 따라서 가"는 것은 의식적 창작행위가 어떤 몰입의 지점을 넘어 무의식적 창작행위로 변해가는 것을 보여준다. 예술의 창작 과정에서 영감과 상상력 등은 인간의 정신영역에서 무의식의 작용에 큰 영향을 받는다. "자수"를 놓은 결과물이 "처음 보는 수풀"이라는 것은 뿌리줄기, 즉 리좀(rhizome)이 연상되게 한다. 리좀은 '뿌리줄기'라는 의미로서 들뢰즈와 가타리(Félix Guattari, 1930~1992)가 『천 개의 고원: 자본주의와 정신분열증』에서 하나의 은유로서 그들의 철학에 전용한 개념이다.[39] 허영자의 「자수」에 나타난 시적 주체의 심리 상태의 변화 과정이 리좀, 즉, 뿌리줄기처럼 카오스 가운데도 특유의 생명력으로 건강하게 성장해 나아간다. 허영자 시의 이러한 점은 니체—들뢰즈의 생성의 존재론이 전통이나 규범을 해체하고 인간 안에 내재하는 힘에 따라 새로운 존재로 성장해 나아간다는 데도 부합한다.

'리좀적 글쓰기(rhizomatic writing)'는, 나무의 선형성(線形性)을 벗어나서, 마치 뿌리줄기가 자라는 것과 같이 자유롭고 창조적인 글쓰기로

39) Gilles Deleuze & Félix Guattari, 『천 개의 고원: 자본주의와 정신분열증』, 18면.

정의된다. 그러한 의미에서, "자수"에 몰입함으로써, 세속이 시적 주체에게 미치는 힘과 자신 안의 생명력이 대립하는 카오스 상태로서의 "세사번뇌"에서 벗어나, 무의식적 힘에 따라 자신의 생명력을 긍정하고 그것을 창조력으로 승화하는 허영자의 시작은 리좀적 글쓰기로 규정될 수 있다. 수풀은 나무와 달리 뿌리줄기로 번식을 한다. 풀 한 포기는 쉽게 뽑히지만, 수풀은 그렇지 않은 것은 뿌리줄기가 수풀의 생태와 종족 보존의 양태이기 때문이다. 이 시 「자수」에서 자수를 통해 "수풀"에 이른 것을 우연으로만 간주할 수 없는 것은 바느질을 통해서 천에 '실'을 꿰어가는 형상이 뿌리줄기가 번식해 가는 형상과 유사하기 때문이다. 또한 '실'이라는 선(線)의 이미지는 '풀'의 선의 이미지와 유사하다. 또한, 자수의 앞면은 하나의 아름다운 그림이지만 뒷면은 실이 복잡하게 얽혀 있는 것도 수풀이 땅 위로는 꽃과 잎의 아름다운 이미지를 갖지만, 땅 아래로는 복잡하게 얽힌 뿌리줄기로 되어 있는 것과 유사하다.

들뢰즈의 생성의 존재론에서 리좀, 즉, 뿌리줄기라는 개념도 논리적 사유로 도출된 개념이 아니라, 은유적 사유로 도출된 개념이다. 그러한 것처럼, 허영자의 시, 「자수」에서 "자수"의, "수풀"에의 은유는 들뢰즈의 리좀이라는 개념이 직접 원용된 것은 아닐지라도, 그러한 은유적 사유가 발생한 원리에서 충분히 그 유사성이 유추(類推, analogy)된다.

니체가 서구사상사에서 소위 진리라고 받아들여져 온 것이 하나의 은유에 불과할 수 있음을 지적한 바도 시사점이 크다.[40] 이러한 서구사상사에 대한 비판적 사유에 근거하여, 철학의 예술적 전회를 감행한 니체가 시적 사유를 새로운 철학의 대안으로서 높이 평가한 태도는 들뢰

40) Friedrich Wilhelm Nietzsche, "On Truth and Falsity in Their Extramoral Sense," *Philosophical Writings* Vol. 48, edition by R. Grimm, translation by Martin A. Mügge, New York: Continumm, 1995, pp.88~92.

즈의 철학함의 태도에도 계승된 것으로도 볼 수 있다. 들뢰즈는 '무엇을 사유라고 부르는가?'라는 질문에 대하여, 여러 이질성이 내재하는 혼돈 가운데서, 마치 주사위 던지기처럼 무력함과 창조성이 결합되는 것이라는 답을 제시한다.[41] 들뢰즈가 사유라는 관념에 대해서도 주사위 던지기라는 하나의 은유적 사유를 거치면서, 창조의 근저로서의 혼돈을 배제하지 않는 것은 그가 리좀이라는 하나의 은유적 사유를 철학의 개념으로 제시하는 것과 유사하다. 이러한 사상사적 맥락에서 허영자의 「자수」에서 "세사번뇌"로부터 해탈하기 위한 예술적 창조행위는 텍스트의 표층에서는 불교적 개념을 빌려 이루어지고 있지만, 텍스트의 심층에서는 니체—들뢰즈의 생성의 존재론과 조우한다.

그러나 본질적인 것은 이 시의 여성이 과거의 젠더 규범에 따라 가사노동의 하나로 여성에게 주어졌던 "자수"를 생활의 도구로 받아들이는데 그치는 것이 아니라, 오히려 그 젠더 규범을 넘어 여성으로서 이상적인 자기완성을 향해가는 창조행위를 하고 있다는 것이다. 이러한 창조행위에는 어떠한 중심도, 계보도, 모델도 상정되지 않았다. 그럼에도 불구하고, 이러한 창조행위는 여성 주체 자신의 내면으로부터 솟아나는 생성의 힘에 따라 이뤄지고 있다는 점에서 리좀적 글쓰기로 볼 수 있다. 즉, 이러한 점이 본질적으로 이 시의 여성 주체가 리좀적 글쓰기를 하고 있다는 근거이다.

나아가 이 시의 마지막에서 "극락정토"에 이르렀다는 것은 구원을 의미한다고 볼 수 있다. 여기서 예술의 창작을 통한 자기 구원은 들뢰즈가 『스피노자와 표현의 문제 *Spinoza et Le Problème de L'expression*』에서 표현이 자기 구원에 이르는 길이라고 한 주장에 견주어 볼 수 있다.[42]

41) Véronique Bergen, *L'ontologie de Gilles Deleuze*, Paris: L'Harmattan, 2001, p.7.

허영자의 「자수」라는 시에서 '마음'이라는 카오스의 한가운데서 수를 놓는 과정이 곧 시를 쓰는 과정이 되며 궁극적으로 구원에 이르는 과정이 되는 생명력과 창조력은 뿌리줄기가 자라나는 것과 같은 리좀적 글쓰기라고 하지 않을 수 없다. 요컨대 허영자 시의 '자수의 미학'은 리좀적 글쓰기에 의해 실현되었다고 볼 수 있다. 이러한 미학과 글쓰기는 「자수」라는 시에만 국한되는 것은 아니다. 또 다른 대표작 「친전(親傳)」을 통해서 그러한 바를 확인할 수 있다. 다음은 「친전」 전문이다.

> 그 이름을/살 속에 새긴다/암청(暗靑)의 문신(文身)//불가사의의 윤회를 거쳐/마침내/내 영혼이 고개 숙이는 밤이여/무거운 운명이여//절망의 눈비/회의(懷疑)의 미친 바람도/숨죽여 좌선(坐禪)하는 고요//'사랑합니다'//참으로 큰/슬픔일지라도/어리석은 꿈일지라도//살 속에/그 이름 새기며/이 봄밤/눈 떠 새운다
>
> —허영자, 「친전(親傳)」 전문.

위에 인용된 허영자의 「친전」은 제목 "친전"이 편지봉투의 받는 사람 이름 앞에 붙이는 말이라는 데서 짐작할 수 있듯이, 사랑의 고백을 담은 연서(戀書)의 형식을 띠고 있다. 이 시에서 핵심적인 시구는 "암청의 문신"이다. 문신은 바늘로 살 속에 글씨나 그림을 새기는 것이다. 시적 상상력 안에서 "문신"은 또 다른 자수라고 볼 수 있다. 왜냐하면, 자수가 옷에 바늘로 글씨나 그림을 새기는 예술이라면, "문신"은 살이라는 옷에 바늘로 글씨나 그림을 새기는 예술인 것이기 때문이다. 그러한 맥락에서 이 시 「친전」에서 허영자 시세계의 예술성은 심화되어 있다.

---

42) Gilles Deleuze, 『스피노자와 표현의 문제 *Spinoza et Le Problème de L'expression*』, 이진경·권순모 옮김, 인간사랑, 2004, 431면.

시인이 시를 쓰는 데서 시를 쓰는 주체와 대상은 분리되는 것이 아니다. 하이데거가 『예술작품의 근원 *Der Ursprung des Kunstwerkes*』에서 말하는 바와 같이, 작가는 예술작품의 근원이며, 예술작품의 근원은 작가이다.[43] 예술가로서의 시인이 자신의 살에 "문신"을 새긴다는 것은 시인이 자기 자신을 시화(詩化)하는 과정이라고 할 수 있다. 시인은 시를 쓰는 주체이지만 다시 자기 자신이 시가 된다. 그러한 점에서 이 시에서 "문신"이라고 하는 것은 더욱 의미심장하다. 문신(文身)은 또한 하나의 예술로서, 문신의 '문(文)'은 글이자 무늬를 동시에 의미한다. 즉, 문(文)은 내용형식이 하나인 예술이다. 들뢰즈는 존재한다는 것은 표현하는 것이라고 본다.[44] 허영자의 시에서도 시적 주체는 표현으로서 자신의 존재를 증명한다.

이 시는 사상적으로도 심화된다. 이 시에서 시적 주체는 "윤회"와 "운명"을 사유하고 "절망"과 "회의"에 고뇌한다. 그러나 그것이 모두 "좌선(坐禪)"에 의해 승화된다. "좌선"은 예술의 창작과 종교적 수행을 같은 것으로 보는 사상과 미학이 드러나는 시어이다. 그런데, 이 시가 「자수」보다 한 시인의 정신세계를 심화하였다면, 그것은 "사랑" 때문이다. "사랑"은 타자의 본질을 있는 그대로 승인하는 것이다. 본질이 명명되는 것이 "이름"이다. 이 시에서 자수를 "문신"으로 심화하는 것은 바로 한 인간 존재의 본질을 서로 승인하는 "사랑"이라는 관계의 힘이다. 그러므로 이 시에서 "사랑"의 주체는 타자의 "이름"을 통해 만들어져 가는 주체이다. 이 시의 처음이자 마지막인 "친전"이 가리키는 연서는

43) Martin Heidegger, 「예술작품의 근원 *Der Ursprung des Kunstwerkes*」, 『숲길 *Holzwege*』, 신상희 옮김, 나남, 2010, 18면.

44) Gilles Deleuze, 『스피노자와 표현의 문제 *Spinoza et Le Problème de L'expression*』, 341면.

그러한 의미에서 시적 주체 자신이다. 왜냐하면, 사랑의 고백을 쓴 공간이 바로 자신의 "살"이기 때문이다. 연인 자체가 연서가 되는 것이다. 연서를 받는 상대가 친히[親] 펼쳐[展] 보게 되는 것은 바로 그의 "이름"을 "문신"으로 새겨 자기 자신이 예술이 된 연인인 것이다. 그것이 이 시의 제목의 의미이다. 이러한 연유들에서 이 시 「친전」은 심히 아름다운 상상력에 의해 쓰인 연시라고 하지 않을 수 없다.

한편, 들뢰즈와 가타리는 편지는 리좀이라고 말하는데, 왜냐하면, 편지는 책처럼 출간을 목적으로 하지 않기 때문이다.[45] 편지는 중심도 계보도 모델도 없이 오로지 쓰는 주체의 내면의 힘의 발로에 의해 쓰인다는 점에서 가장 리좀적인 글쓰기로 보는 것도 타당할 것이다. 그러한 의미에서 허영자의 「친전」은 또 하나의 리좀적 글쓰기의 창조물이다.

이 시 「친전」도 「자수」에서와 마찬가지로 살에 문신을 새기는 것과 같은 시작이 "윤회"를 거듭하게 한다는 사유의 방식으로 보건대 이것은 니체의 영원회귀와 상통한다. 니체에게 영원회귀(永遠回歸, Ewige Wieder—Kunft)에 의해 권력에 대한 의지를 창조하는 초인은 시인과 닮은 존재였는데,[46] 허영자의 시에서도 멈출 수 없는 창조의 힘은 극도의 고통에도 불구하고 자신을 예술화하는 행위를 계속하게 한다. 이러한 경지는 허영자가 여성 시인으로서 젠더 규범에 길들여지지 않은 주체성을 보여준다는 의미에서 진정한 '여성—되기'에 다가간다고 볼 수 있다.

허영자의 시세계에서 '자수'를 하는 여성상은 이처럼 허영자의 여성상을 대표하는 상징이라고 규정될 수 있다. 이 시들에서 창조자로서의

45) Gilles Deleuze & Félix Guattari, 『카프카: 소수적인 문학을 위하여 *Kafka, Pour une Littérature Mineure*』, 72~74면.

46) Gilles Deleuze, "On the Will to the Power and the Eternal Return," p.125.

'여성'은 허영자 개인의 사적인 존재로서의 '여성'을 넘어선다. 시작의 과정에서 '여성이란 무엇인가?'라는 질문을 여성 시인이 자기 자신에게 던지고, 그 질문에 자기 자신이 답하기 위하여 발견하고 창조한 여성이 그녀의 시편들에서 구현되는 것이다. 이러한 것은 여성이 자신의 주체성과 정체성을 확립해 나아가는 과정으로서의 '여성—되기(becoming woman)'라고 규정될 수 있을 것이다. 그럼으로써 허영자 시의 여성은 자수의 미학에 나타난 리좀적 글쓰기를 통해서 여성으로서의 정체성과 주체성을 스스로 창조해 가는 '여성—되기'에 의해 탄생한 여성이라고 할 수 있다.

그리고 나아가, '여성—되기'의 전복성은 가부장제에 균열을 일으키는 데서 나타나며, 그 '여성—되기'는 리좀으로 성장해 나아갈 때 확대된다.[47] 그러나 '여성—되기'가 가부장제를 해체하는, 작은 균열을 일으킬 수 있는 것은 여성이 반달리스트(vandalist)가 되기 때문이 아니라, 여성 자신 안의 고유한 개체성을 스스로 보존하고자 하는 코나투스(Conatus)[48]의 힘에 의존하기 때문이다. 들뢰즈의 생성의 존재론은 한 인간 존재의 개체화를 적극 옹호한다. 그는 자신의 주저(主著), 『차이와 반복 *Différence et Répétition*』에서 '차이는 존재를 언명한다'[49]는 존재론적 선언을 한 바 있다. 이 때, 차이는 차이 그 자체, 즉, 즉자적 차이이다.[50] 동일성의 논리가 지닌, 비동일성에 대한 폭력의 가능성으로부터 들뢰즈의 '차이가 존재를 언명한다'는 선언은 이 세상에서 '차이'에 의

47) 조애리·김진옥, 앞의 논문, 265면.

48) 들뢰즈는 스피노자의 코나투스 개념을 자신의 존재론에 차용한다. Baruch de Spinoza, 『에티카 *Ethics*』, 강영계 옮김, 서광사, 1990, 140면. 참조.

49) Gilles Deleuze, 『차이와 반복 *Différence et Répétition*』, 김상환 옮김, 민음사, 2009, 633면.

50) 위의 책, 263면.

해 '차별' 받는 소수자의 편에 선다. 그러한 맥락에서 허영자 시의 '소수자―되기'로서의 '여성―되기'를 예술적으로 구현하는 리좀적 글쓰기는 여성 자신 안의 즉자적 차이 그 자체에 대한 긍정을 실천하는 것이다. 그러한 실천은 동일성이라는 표준에 근거해 자기 자신다움을 사상하지 않는, 자기 자신의 존재의 진실에 대한 옹호, 나아가 자기 자신의 존재의 생명력에 대한 옹호이다.

III. '관능(官能)'의 미학에 나타난 '여성―되기': 매저키즘의 사랑

이 장에서는 「친전」에서 제기된 '사랑'이라는 주제를 여성성과 연관지어 논구해 보고자 한다. 사랑은 인류의 역사상 세계 문학사에서 가장 본질적이고 가장 보편적인 주제이다. 그 가운데서 여성 작가가 말하는 사랑은 남성 작가가 말하는 사랑과 어떻게 다른가를 구명하고, 또 문학에서 여성의 사랑과 남성의 사랑은 어떻게 다른가를 구명하는 것은 새로운 시대에 요구되는 문학사적 과제이다. 이러한 관점에서 허영자 시의 사랑을 그녀가 여성 시인이라는 점과 여성의 사랑에 대해 쓰고 있다는 점에 초점을 맞추어 논의를 전개해 보고자 한다.

허영자는 수많은 수필을 통해서 현대가 요구하는 여성성 그리고 여성 스스로가 이 시대에 웅전하여 창조해 가야 할 여성성에 대하여 다양한 주장을 해왔다. 예컨대, '여성은 여성으로 태어난 것이 아니라 여성으로 만들어진 것'51)이라는 명언을 남긴, 여권신장운동의 고전(古典)인

51) Simone de Beauvoir, 『제2의 성(性) *Le Deuxième Sexe*』 I, 이희영 옮김, 동서문화사,

『제2의 성(性) *Le Deuxième Sexe*』을 쓴 보봐르(Simone de Beauvoir, 1908~1986)에 대하여 허영자는 다음과 같이 자신의 견해를 피력한다.

> 유명한 사르트르와 보브와르의 관계를 볼 때마다 나는 이 사랑의 정직성을 생각하곤 한다. 저들이 계약결혼이라는 파격적이고 유례드문 관계를 맺은 것은 기이한 행동을 원하여서가 아니라 보다 준열하게 자기를 직시하고 관습의 얼개에 의하여 상대방을 속박하지 않기 위하여서인 것이다.
>
> — 허영자, 「사랑이 우리에게 주는 것」 부분.[52)]

> 결국 두 남녀가 서로 만나 사랑함은 자기의 분신을 찾아 하나로 합일하는 것입니다. 영혼과 육체가 화합하며 이룩되는 것이 남녀 간의 사랑이라면 상대방에 대한 존경과 헌신과 이해와 정열이 이 사랑의 본질을 이루는 것이겠습니다.
>
> — 허영자, 「사랑을 갖는 건 구원에 이르는 것」 부분.[53)]

보봐르는 사르트르(Jean Paul Sartre, 1905~1980)와 계약결혼을 한 것으로 유명하다. 이 계약결혼은 '남자는 주체이고, 여자는 타자'[54)]라는 불평등한 관계에서 벗어나, 남녀 간에 평등한 관계를 지향하기 위해 감행된 것이다. 『존재와 무 *L'être et le Néant*』[55)]를 통해 자유를 실존주의가 추구하는 가장 기본적인 전제로 보았던 사르트르는 사랑이 두 사람의 관계를 속박함으로써 자유를 상실하게 하는 것이 되지 않도록 보봐

2017, 340면.

52) 허영자, 『허영자 선수필』, 마을, 1998, 175면.

53) 위의 책, 166면.

54) Simone de Beauvoir, 앞의 책, 19면.

55) 사르트르는 "자유는 인간의 존재이다."라고 말한다. Jean Paul Sartre, 『존재와 무 *L'être et le Néant*』, 정소성 옮김, 동서문화사, 2014, 727면.

르와 계약결혼을 한다. 이러한 세기의 결혼에 대하여 허영자는 「사랑이 우리에게 주는 것」에서 "정직성"을 생각한다고 말하는데, 이때 "정직성"이란 인간의 본성을 도덕관념으로 억압하지 않고 있는 그대로 긍정하는 태도를 일컫는 것으로 보인다. 즉, 허영자는 당대에 가장 진보적이었던 사랑에 대한 담론의 가치를 수긍하고 있었다. 그녀는 시대의 변화에 따라 남녀 간의 사랑도 변화한다는 것을 잘 인지하고 있었다.

허영자는 「사랑을 갖는 건 구원에 이르는 것」에서 사랑은 남녀가 자신의 "분신(分身)"을 찾는 것이라고 하면서 서로에 대한 "존경"을 강조하는데, 이것은 남녀 간의 평등을 의미하는 것으로 해석될 수 있다. 또한, 이 글에서 사랑을 영육의 합일로 본 것은 전통적인 가치체계에서 폄하되었던 육체의 가치를 인정한 것이라고 해석될 수 있다. 허영자의 시에서도 사르트르와 보봐르의 관계에서 보이는 것과 같은 모종의 "정직성"이라고 할 수 있는 인간의 본성이 육체라는 주제로 제시되기도 한다. 다음의 시편들은 허영자의 "정직성"과 '영육의 관계'에 대한 태도를 보여주는 일례들이다. 이러한 사랑관은 다음과 같은 시들에 삼투되어 있다.

> 잠들 줄 모르는 그리움/출렁이는 관능이여/네 영혼과/육신의/끝없는 갈증이/마침내/천 길 벼랑에 이마를 짓찧고/희디흰 포말로 부서지는/마조히즘의 절정이여.
>
> — 허영자, 「파도」 전문.

> 정화수에 씻은 몸/새벽마다/참선(參禪)하는//미끈대는 검은 욕정/그 어둠을 찢는/처절한 미소로다//꽃아/연꽃아.
>
> — 허영자, 「연(蓮)」 전문.

가쁜 숨결/끓는 몸뚱아리/다 던져둔 채//빛나는 촉루(髑髏)/희디흰 넋으로/바라만 보는//임이여/임이여//오관(五官)에 사무치는/큰/아픔이여.

— 허영자, 「수련을 보며」 전문.

위에 인용된 허영자의 「파도」는 여성의 관능적 사랑에의 갈망을 "파도"라는 은유를 내세운 다음 "출렁임"과 "포말"의 이미지를 통해 강렬하게 그려내는 작품이다. 「파도」의 여성 주체는 1행에서 인간의 본성에 타자를 향한 "그리움"이 있음을 고백하고, 2행에서 그 "그리움"이, 영육이 분리되어 있지 않다는 관점에서 "관능"으로 발현된다고 고백한다. 그리고 마지막 9행에서는 그것을 라캉(Jacques Lacan, 1901~1981)의 관점에서, 고통스러운 여성적 주이상스(feminine jouissance)[56]를 유발하는 "마조히즘"이라는 시어를 통해 직접적으로 진술하고 있는 것도 특이한 대목이다. 여기서 "마조히즘"은 프로이트의 정신분석이 규정하는 것과 같이 피학적 변태성욕을 의미한다기보다 들뢰즈가 『매저키즘 *Masochism*』에서 마조흐의 『모피 옷을 입은 비너스』라는 작품에 대해 논하며 규정하는, 일종의 예술성으로 보는 것이 타당하다.[57] 그녀의 시의 여성성은 「파도」에서와 같이 여성의 "관능"과 "마조히즘"을 성애(性愛)의 한 부분으로 긍정하면서 다 같이 내포하는 것이다. 들뢰즈에 따르면 매저키즘적 고통은 기다림의 반복으로부터 기인하는데, 그 고통을 느끼는 주체는 그것을 종교적인 것으로까지 의미 있는 것으로 받아들인다.[58] 허영자의 「파도」는 "파도"가 밀려오고 다시 밀려가는 반

56) Jacques Lacan, *The Seminar of Jacques Lacan Book XX: On Feminine Sexuality, the Limits of Love and Knowledge, 1972—1973,* edition by J. A. Miller, translation by B. Fink, New York·London: W·W· Norton & Company, 1999, p.14.

57) Gilles Deleuze, 『매저키즘 *Masochism*』, 14~16면.

복성과 "포말"로 부서지는 고통을 시적 주체의 사랑의 진실이라 고백하고 있다. 이러한 맥락에서 허영자의 「파도」에 나타난 사랑은 들뢰즈의 매저키즘적 사랑이라고 해석될 수 있다.

이러한 점은 허영자가 시론에서 자신의 사랑에 대한 태도를 애정지상주의(愛情至上主義)59)라고 밝힌 바에 잘 부합된다. 허영자의 시의 "관능"은 「연」의 "욕정" 또는 「수련을 보며」의 "오관" 등의 다양한 시어들로 변주된다. 이 시들에도 "어둠을 찢는/ 처절한"(「연」 2연 2~3행)이나 "오관에 사무치는/큰/아픔"(「수련을 보며」 4연 1~3행)과 같이 통감(痛感)의 감각이 드러난다는 점에서 "관능"과 "마조히즘(매저키즘)"이라는 주제가 일관되게 보인다고 할 수 있다. 그런데 이 고통은 시적 주체가 기피해야 할 고통이 아니라 「연」의 "정화수"와 "참선"이라는 시어가 드러내는 바와 같이 종교적인 신성성마저 지니는 것이다. 그러므로 상술한 바와 같이 들뢰즈적 매저키즘의 개념에서 고통의 감내가 종교적 구도로서의 육체적 고행의 수반과 같은 의미를 내포하는 것이 허영자의 「연」에서는 "정화수"와 "참선"으로 나타난다고 해석될 수 있다.

요컨대, 이처럼 허영자는 자신의 여성성에서, 자신이 사랑에 의해 성화(性化)됨으로서 갖게 되는 섹슈얼리티로 나타나는 "관능"과 "마조히즘"을 긍정한다. 즉, 허영자의 '여성-되기'는 '파도'나 '연꽃' 등의 자연의 이미지를 빌려온 후, 매저키즘적 고통의 감내를 종교적 구도로 은유함으로써 궁극적으로 성화를 예술적으로 승화하는 데서 이루어진다.

허영자 시에 나타난 이러한 심리적 메커니즘(mechanism)은 통념상 남성은 대부분 새디즘적 성향을 지니고, 여성은 대부부분 매저키즘적

58) 위의 책, 143~144면.
59) 허영자, 「나의 시, 나의 시론」, 『허영자 전시집』, 243면.

성향을 지닌다는 것과는 본질적으로 그 차원을 달리한다. 그러한 통념은 잘못된 통념이다. 왜냐하면 새디즘과 매저키즘은 도착증(倒錯症)의 일종으로 정상성의 범위를 벗어난다는 의미를 내포하기 때문이다. 예컨대, 여성 문학 가운데 오스트리아의 노벨문학상 수상작가 엘프리데 옐리네크(Elfriede Jelinek, 1946~현재)의 『피아노 치는 여자 *Die Klavier s-pielerin*』(1983)의 주인공 에리카(Erika Kohut)는 포르노그래피(pornography)를 통해 남성은 새디즘적이고 여성은 매저키즘적이라는 잘못된 통념을 받아들였다가 그것이 얼마나 왜곡된 사랑의 허상인지 깨달으며 자신의 사랑에서 비극적인 파국을 맞는다. 미국의 급진적인 여성주의 법학자인 맥키넌(Catharine Alice MacKinnon, 1946~현재)은 포르노그래피가 남성우월주의(malesupremacy)에 따른 남녀불평등을 제도화하고 내면화한다고 비판한다.[60] 그러한 의미에서 에리카도 포르노그래피가 은폐하는, 여성에 대한 폭력성의 피해자라고 볼 수 있는 것이다. 또한 일본의 남성작가인 다니자키 준이치로(谷崎潤一郎, 1886~1965)의 『치인의 사랑 癡人の愛』(1924)의 주인공 가와이 조지(河合譲治)는 남성이면서도 매저키즘적 사랑을 보여줌으로써 특유의 탐미주의(耽美主義)를 완성한다. 일반적으로 여성주의 성향 또는 여성숭배 성향이 강한 것으로 평가되어온 다니자키 준이치로의 작품은 가부장제 사회를 희화화하는 효과를 지닌다.[61] 이와 같이, 문학사 내에서 엘프리데 옐리네크와 다니자키 준이치로의 작품을 들어 예증하건대, 남성은 대부분 새디즘적이고, 여성은 대부분 매저키즘적이라는 통념은 잘못된 것이

60) Catharine Alice MacKinnon, "Not a Moral Issue," *Yale Law & Policy Review* Vol. 2 No. 2, New Haven: Yale Law School, 1984 Spring, p.326.

61) 김영옥, 『谷岐潤一郎文學硏究: '女性'의 時 空間을 중심으로』, 동덕여자대학교 대학원 일어일문학과 박사학위논문, 2002, iv면.

다. 기존의 젠더규범이 남성의 지배에 대한 여성의 복종을 생래적 본성과 연관 지으려던 오류가 남성은 대부분 새디즘적이고, 여성은 대부분 매저키즘적이라는 잘못된 성관념(性觀念)에까지 삼투되어 있는 것일 뿐이다.

그러므로 허영자 시의 매저키즘적 사랑은 허영자 시의 사랑의 고유성을 보여주는 사랑이라고 할 수 있다. 허영자 시의 매저키즘적 사랑이 '소수자—되기' 나아가 '여성—되기'가 될 수 있는 것은 바로 그러한 이유에서이다. 허영자 시의 종교적 구도에 가까워져 가는, 고통에 대한 매저키즘적 감내는 존재론적으로 현재의 자기 자신보다 더 나은 자기 자신으로 변화되어 가게 한다. 허영자 시의 매저키즘은 존재의 완전성을 향해 가는 과정 중에 필연적으로 나타나는 것이다. 허영자 시의 여성 주체가 존재의 완전성을 추구하는 과정 끝에 궁극적으로 목표로 하는 것은 사랑의 완성이자 예술의 완성이다. 즉, 허영자는 사랑과 아름다움과 창조를 여성의 본질 자체로 보는 단계로까지 발전한다. 다음은 그러한 예를 보여주는 시이다.

> 심장의 피/간의 기름을/졸이고 태우는//그 처절하고/다함 없는/봉헌의 불꽃 속에//비로소 현신(現身)하는/한 점/빛나는/사리(舍利)
>
> — 허영자, 「시(詩)」 부분.

> 마이더스의 손이 닿는 것은/무엇이나 황금으로 변하지만/그녀의 손이 닿는 것은/모두 아름다움으로 변한다//비 오는 날 흐린 하늘 한 편에/찬란한 무지개가 서고/세상의 깊은 아픔도 슬픔도/고운 물감으로 채색된다//보이지 않던 세계가 새로 열리고/들리지 않던 소리가 들려온/태초의 아침 같이/한 잎 한 잎 꽃잎이 벙그는 화폭//이 눈부심 앞에서는/사나운 비바람도 숨을 죽이리/이 드높은 향기 속에서는

/사랑과 화해의 환호성도 높으리//그녀의 손끝에 모인 정성은/우리 마음 냉기를 따습게 녹이고/그녀의 손끝이 모우는 빛은/짙은 어둠한 켜를 고이 벗긴다

— 허영자, 「이 눈부심—한 여류화가의 꽃그림에 붙여」 전문.

위에 인용된 「시」에서는 허영자의 시관(詩觀)이 나타난다. 이 시의 시적 주체에게 "시"는 3연 4행에서 보는 바와 같이 "사리"에 비유된다. 종교인이 구도(求道)를 마치고 입적(入寂)한 끝에 그 결정체로 남는 "사리"가 바로 "시"인 것이다. 그리고, "사리"를 얻기 위해 필요한 것이 1연에 나타나는 바와 같이 "심장의 피"와 "간의 기름"을 "졸이고 태우는" 매저키즘적 고통이다. 이 시 「시」를 통해 확인되는 허영자의 시관의 특징은 다음과 같다. 즉, 허영자에게 시를 쓴다는 것은 구도자적 고행의 삶을 실천함으로써 그 결과물로 얻어내는 보배인 것이다. 이 시 「시」를 통해 허영자의 매저키즘은 구도자적 태도로 승화된다,

그 다음으로 위에 인용된 「이 눈부심—한 여류화가의 꽃그림에 붙여」에서는 1연 1행에 나타나는 바와 같이 여성 예술가가 "마이더스"의 신화에 비유되고 있다. 여성 예술가에게는 작품만이 아름다움을 담지하는 예술의 영역인 것이 아니다. 1연 2행에 나타나는 바와 같이 여성 예술가에게는 그녀의 존재와 더불어 존재하는 "무엇이나" "아름다움"으로 재창조된다. 허영자의 시세계에서 여성 예술가는 "아름다움"을 창조한다는 점에서 신화적 인물인 "마이더스"를 넘어서는 신적 존재에 비견되고 있다. 그 절정은 3연 3행의 "태초의 아침"이란 표현에 나타나는 바와 같이 여성 예술가를 창조주에 비유하는 데 있다. 이 시의 여성 예술가는 여성 예술가의 이상(理想)을 보여주는 것이다. 허영자의 시세계의 여성이 아름다움을 창조할 수 있는 것은 여성이 그 자체로 아름다

운 존재이고, 아름답게 사랑하는 존재이기 때문이다. 이것은 마치 신의 자기완결성에 비견된다. 허영자는 여성의 본질을 아름다움과 사랑과 창조성의 삼위일체 가운데서 발견하는 것이다. 이러한 여성의 자기 긍정은 남성들에게 감화를 줄 정도로 부드러우면서도 견고한 여성성의 원자를 생산하고 있다.62) 허영자의 '여성—되기'는 궁극적으로 여성 예술가로서 아름다움과 사랑과 창조성을 모두 구현한 이상적인 존재가 되는 데 있다.

IV. 결론

허영자는 한국여성문학사상 삼국시대의 「공무도하가」, 「도천수관음가」, 「원앙생가」, 고려시대의 「가시리」, 조선시대의 황진이, 신사임당, 허난설헌, 1920년대의 나혜석, 김명순, 김일엽, 1930년대의 모윤숙, 노천명, 1950년대의 김남조, 홍윤숙을 계승하며 1960년대 등장한 여성 시인이다. 허영자는 한국 여성시를 대표하는 시인으로 평가되어 왔다.

이 논문의 목적은 허영자 시의 '여성—되기'를 들뢰즈의 생성의 존재론의 관점에서 논구함으로써 여성 시인의 창조성과 사랑의 의미를 구명하는 것이었다. 들뢰즈의 생성은 인간을 스스로 자신 안의 내재적 힘에 의해 변화하고 발전해 가는 존재로 보는 개념이다. 여성작가의 '여성—되기'는 한 개인의 사적인 비밀에 대한 토로를 넘어서 사회적 장 전체를 관통하는 '여성—되기'로서, 젠더 규범을 넘어 '소수자—되기'를

62) Gilles Deleuze & Félix Guattari, 『천 개의 고원: 자본주의와 정신분열증 *Mille Plateaux : Capitalisme et Schizophrenie*』, 523~524면.

의미한다. 소수 문학은 모든 위대하고 혁명적인 문학의 특성이다. 2장에서는 허영자 시의 '자수(刺繡)'의 미학에 나타난 '여성—되기'가 '리좀적 글쓰기'의 창조성에 의해 실현된 것임이 「사모곡」, 「자수」, 「친전」을 통해 논의되었다. '자수'의 미학은 영원회귀를 지향하는 내면의 창조성으로부터 기인하였다. 3장에서는 허영자 시의 '관능(官能)'의 미학에 나타난 '여성—되기'가 매저키즘의 사랑으로 실현된 것임이 「파도」, 「연」, 「수련을 보며」, 「시」, 「그 눈부심—한 화가의 꽃그림에 붙여」를 통해 논의되었다. 허영자 시의 매저키즘적 사랑은 고통을 종교적 수행으로 승화한다. '관능'의 미학은 사랑과 미를 동일시하는 애정지상주의로부터 기인하였다. 허영자의 '여성—되기'는 궁극적으로 여성 예술가로서 아름다움과 사랑과 창조성을 모두 구현한 이상적인 존재가 되는데 있다. 허영자 시의 '자수'의 미학과 '관능'의 미학에 나타난 '여성—되기'의 독자성과 그 가치는 한국여성문학사에서 올바로 평가되어야 한다.

참고문헌

1. 기본자료

· 시집

허영자, 『허영자 전시집』, 마을, 2008.
______, 『가슴엔 듯 눈엔 듯』, 중앙문화사, 1966.
______, 『친전』, 한국시인협회, 1971.
______, 『어여쁨이야 어찌 꽃뿐이랴』, 범우사, 1977.
______, 『빈 들판을 걸어가면』, 열음사, 1984.
______, 『조용한 슬픔』, 문학세계사, 1990.
______, 『기타를 치는 집시의 노래』, 미래문화사, 1995.
______, 『목마른 꿈으로써』, 마을, 1997.
______, 『은의 무게만큼』, 마을, 2007.
______, 『마리아 막달라』, 서정시학, 2017.
______, 『투명에 대하여』, 황금알, 2017.

· 시선집

허영자, 『암청의 문신』, 미래사, 1991.
______, 『얼음과 불꽃』, 시월, 2008.
______, 『모순의 향기』, 시인생각, 2013.

· 시조집

허영자, 『소멸의 기쁨』, 문학수첩, 2003.

· 산문집

허영자, 『허영자 선수필』, 마을, 1998.
_____, 『허영자의 삶과 문학』, 국학자료원, 2003.
_____, 『살아 있다는 것의 기쁨』, 을지출판공사, 2015.

· 논문

허영자, 「노천명 연구」, 숙명여자대학교 국어국문학과 대학원 석사학위논문, 1963.
_____, 「현대시에 나타난 신화의 세계(상): 미당의 시를 중심으로」, 『성신 저널』 8, 성신여자대학교, 1975.
_____, 『한국여류시문학연구: 의식의 물질상징과 내면성을 중심으로』, 단국대학교 국어국문학과 대학원 박사학위논문, 1980.

2. 국내외 논저

고 곤, 「허영자 시에 나타난 사계의 의미 연구」, 가천대학교 국어국문학과 대학원 석사학위논문, 2012.
김영옥, 『谷岐潤一郎文學硏究: '女性'의 時 空間을 중심으로』, 동덕여자대학교 대학원 일어일문학과 박사학위논문, 2002.
김은주, 「들뢰즈와 가타리의 되기 개념과 여성주의적 의미: 새로운 신체 생산과 여성주의 정치」, 『한국여성철학』 제21권, 한국여성철학회, 2014, 95~120면.
김재인, 「여성-생성, n개의 성 또는 생성의 정치학」, 『철학사상』 제56권, 서울대학교 철학사상연구소, 2015, 215~237면.
김재홍, 「갈망과 절제의 시」, 허영자, 『허영자 전시집』, 마을, 2008.
김종길, 「허영자 시의 특질」, 허영자, 『허영자 전시집』, 마을, 2008.
김 진, 「니체와 불교적 사유」, 『철학연구』 제89권, 대한철학회, 2004.
김 현, 「감상과 극기」, 한국여류문인협회 편, 『한국여류문학전집』 6, 신세계사, 1994, 23~56면.
박지연, 「고등학교 국어과 교과서의 여성시 연구」, 성신여자대학교 교육대학원 석사학위논문, 2005.
박진환, 「허무의 시적 변증법 혹은 승화」, 허영자, 『허영자 전시집』, 마을, 2008.

박호영, 「사랑과 절제의 변주」, 허영자, 『허영자 전시집』, 마을, 2008.
손미영, 「허영자 시의 종교적 이미지 연구」, 『비평문학』 56, 한국비평문학회, 2015, 131~161면.
송하선, 「육체와 영혼이 합일된 사랑」, 허영자, 『허영자 전시집』, 마을, 2008.
이상경, 「7장 나혜석의 여성해방론」, 『한국근대여성문학사론』, 소명출판, 2002.
이은영, 「허영자 시에 나타나는 여성적 정체성의 변화 양상」, 『비평문학』 77, 한국비평문학회, 2020, 203~234면.
이창희, 「허영자 시의 주제의식 연구」, 경남대학교 교육대학원 석사학위논문, 2006.
조 별, 「이성의 삶과 욕망의 삶, 1960년대 여성 시의 내면－허영자의 초기 시를 중심으로」, 『우리문학연구』 61, 우리문학회, 2019, 363~393면.
조애리·김진옥, 「들뢰즈와 가따리의 여성－되기와 전복성」, 『페미니즘 연구』 제16권 제1호, 한국여성연구소, 2016, 265~284면.
한영옥, 「허영자 시 연구」, 『한국시학연구』 5, 한국시학회, 2001, 263~294면.
황수영, 「들뢰즈의 생성의 철학」, 『철학』 제84권, 한국철학회, 2005, 87~108면.

Beauvoir, Simone de, 『제2의 성(性) *Le Deuxième Sexe*』 I, 이희영 옮김, 동서문화사, 2017.
Bergen, Véronique, *L'ontologie de Gilles Deleuze*, Paris: L'Harmattan, 2001.
Deleuze, Gilles, 『니체, 철학의 주사위 *Nietzsche et Philosophie*』, 신범순·조영복 옮김, 인간사랑, 1993.
____________, 『스피노자와 표현의 문제 *Spinoza et le Problème de L'expression*』, 이진경·권순모 옮김, 인간사랑, 2004.
____________, 『디알로그 *Dialogue*』, 허희정·정승화 옮김, 동문선, 2005.
____________, 『매저키즘 *Masochism*』, 이강훈 옮김, 인간사랑, 2007.
____________, 『차이와 반복 *Différence et Répétition*』, 김상환 옮김, 민음사, 2009.
____________, 『감각의 논리 *Logique de la Sensation*』, 하태환 옮김, 민음사, 2009.
____________, *Nietzsche and Philosophy*, translation by Hugh Tomlinson, London: Bloomsbury, 2013.
____________, "The Power of Imagination in Ethics and Knowledge," *Empiricism and Subjectivity: An Essay on Hume's Theory of Human Nature*, translation and with an introduction by Constantin V. Boundas, New York: Columbia University Press, 1991.

__________, "Nietzsche," *Pure Immanence—Essays on A Life*, translation by Anne Boyman, with an introduction by John Ratchman, New York: Zone Books, 2001.

Deleuze, Gilles & Guattari, Félix, 『카프카: 소수적인 문학을 위하여 *Kafka, Pour une Littérature Mineure*』, 이진경 옮김, 동문선, 2001.

__________, 『천 개의 고원: 자본주의와 정신분열증 *Mille Plateaux: Capitalisme et Schizophrenie*』, 김재인 옮김, 새물결, 2001.

Heidegger, Martin, 「예술작품의 근원 *Der Ursprung des Kunstwerkes*」, 『숲길 Holzwege』, 신상희 옮김, 나남, 2010.

Kristeva, Julia, 『시적 언어의 혁명 *La Révolution du Langage Poétique*』, 김인환 옮김, 동문선, 2000.

__________, 『공포의 권력 *Pouvoirs de L'horreur*』, 서민원 옮김, 동문선, 2001.

Lacan, Jacques, *The Seminar of Jacques Lacan Book XX: On Feminine Sexuality, the Limits of Love and Knowledge, 1972—1973*, edition by J. A. Miller, translation by B. Fink, New York·London: W·W· Norton & Company, 1999.

MacKinnon, Catharine Alice, "Not a Moral Issue," *Yale Law & Policy Review* Vol. 2 No. 2, New Haven: Yale Law School, 1984 Spring.

Monaco, Beatrice, "'Nothing is simply one thing': Woolf, Deleuze and Difference", *Deleuze Studies* Issue 7, Volume 4, Edinburgh: Edinburgh University Press, 2013.

Nietzsche, Friedrich Wilhelm, "On Truth and Falsity in Their Extramoral Sense," *Philosophical Writings* Vol. 48, edition by R. Grimm, translation by Martin A. Mügge, New York: Continumm, 1995.

__________, 『차라투스트라는 이렇게 말했다 *Also Sprach Zarathustra*』, 정동호 옮김, 책세상, 2000.

Sartre, Jean Paul, 『존재와 무 *L'être et le Néant*』, 정소성 옮김, 동서문화사, 2014.

Skeet, Jason, "Netting Fins: A Deleuzian Exploration of Linguistic Invention in Virginia Woolf's The Waves", *Deleuze Studies* Issue 7, Volume 4, Edinburgh: Edinburgh University Press, 2013.

Sauvagnargues, Anne, *Artmachines: Deleuze, Guattari, Simondon*, translation by Suzanne Verderber with Eugene W. Holland, Edinburgh: Edinburgh University Press, 2016.

Spinoza, Baruch de, 『에티카 *Ethics*』, 강영계 옮김, 서광사, 1990.

Stark, Hannah, *Feminist Theory After Deleuze*, London·New York: Bloomsbury, 2017.

Ryan, Derek et al., "Introduction: Deleuze, Virginia Woolf and Modernism", *Deleuze Studies* Issue 7, Volume 4, Edinburgh: Edinburgh University Press, 2013.

Ueno, Toshiya, "Deleuze and Guattari and Buddhism: Toward Spiritual Anarchism through Reading Toshihiko Izutsu," edition by Tony See & Joff Bradley, *Deleuze and Buddhism*, London: Palgrave Macmillan, 2016.

Villani, Arnaud 외 편, 『들뢰즈 개념어 사전』, 신지영 옮김, 갈무리, 2013.

12 김경주의 철학시 연구

I. 서론

1. 문제제기 및 연구사 검토

이 논문은 2000년대 한국시단에 등장한 전위시인으로 거론되어 온 김경주(1976~현재) 시인의 철학시에 관해 본격적으로 학문적인 논의를 하는 것을 목적으로 한다. 그럼으로써, 그의 철학시 중 대표작들을 플라톤과 헤겔의 영향에 따라 철학적 시 쓰기의 세 유형으로 분류한 후, 그 각각의 특성을 밝히고, 문학사적 가치를 부여하고자 한다.

김경주는 1976년 광주(光州)에서 태어나, 서강대학교 철학과에서 수학하였으며, 2003년 대한매일 신춘문예에 「꽃피는 공중전화」로 등단하였다. 그 후, 시집으로 『나는 이 세상에 없는 계절이다』(랜덤하우스코리아, 2006), 『기담』(문학과지성사, 2008), 『시차에 눈을 달랜다』(민음사, 2009), 그리고 『고래와 수증기』(문학과지성사, 2014)를 상재하였다. 나아가 그는 2009년 제28회 김수영 문학상, 2009년 제17회 오늘의 젊은 예술가상, 그리고 2009년 제3회 시작문학상을 받는 등 문학적 성과를 인정받았다. 그는 짧은 무단이력에 비해 여느 시인보다 풍성한 창작의 성과를 이루며, 동시에 문단의 인정을 받았다.

우선, 김경주를 중심으로 한 2000년대 전위시인들에 대한 문단의 평가는 권혁웅에 의해 "미래파"[1]로, 그리고 신형철에 의해 "뉴 웨이브"[2]로 규정된 바 있다. "미래파"나 "뉴 웨이브"라는 표현에는 전위성에 대한 높은 기대치가 반영되었다. 그러나 2010년대 중후반에 이 전위시인들에 대한 학문적 논의는 김남진, 이병철 등에 의해 문단 내 진영과 문학장 등에 초점이 맞춰지며 비판적으로 평가되었다.[3] 그 후, 김경주 시에 대한 학문적 논의는 강주현, 김영란, 박한라, 이현정 등에 의해 이뤄졌다.[4] 이들의 논의는 김경주 시의 새로운 실험성, 즉, 상호텍스트성, 연극성, 감각성 등에 초점이 맞춰져 긍정적으로 평가되었다.

그러나, 정작, 김경주의 시가 문단 내에서 주목을 받았던 이유인 철학성(哲學性)에 대한 학문적 논의는 이루어져 있지 않다. 다른 전위시인들, 대표적으로 황병승(1970～2019)이나 김언(1973～현재)의 시가

---

1) 권혁웅, 「미래파 - 2005년, 젊은 시인들」, 『미래파』, 문학과지성사, 2005, 148면.

2) 신형철, 「문제는 서정이 아니다 - 웰컴, 뉴웨이브」, 『몰락의 에티카』, 문학동네, 2008, 181면.

3) 김남진, 「죽은 시인의 사회: 한국 미래파에 대한 장 이론적 분석」, 서강대학교 사회학과 대학원 석사학위논문, 2018; 이병철, 「2000년대 한국 시의 서브컬처와 오타쿠 문화 수용 양상: 소위 '미래파' 시인의 시를 중심으로」, 중앙대학교 문예창작학과 대학원, 2014.

4) 강주현, 「〈폭설, 민박, 편지1〉 의 상호텍스트적 분석과 교육적 의의」, 『한국어문교육』 제25권, 2018; 김영란, 「공연예술 콘텐츠로서 시극의 발전과제-김경주 시극을 중심으로」, 『인문사회 21』 제8권 제3호, 2017; 박한라, 「김경주 시에 나타난 감각 운용 연구」, 『한민족어문학』제78호, 2017; 이현정, 「한국 현대시에 나타난 극적 요소 연구」, 『한국시학연구』제56호, 2018.

주목을 받았던 이유는 문단의 관습에 대해 전복적인 반시(反詩, anti-poem)로서의 특성을 지녔기 때문이었다. 이들에 비해 김경주는 상대적으로 시 장르의 본질로서의 서정성을 버리지 않으면서, 존재 사유로서의 철학성을 심화하는 방향으로 나아갔다. 이에, 김경주 시의 독특성은 다른 전위시인들과 대별하여 철학성이라고 사료(思料)된다. 그러므로, 본고는 김경주의 철학시에 관하여 학문적인 논의를 시도해 보고자 한다.

2. 연구의 시각

본고는 현재 시단의 전위시인인 김경주 시의 특성을 철학시로 규정하는 데서 시작한다. 이러한 철학시는, 하이데거(Martin Heidegger, 1889～1976)가 말하는, 시인의, 고유한 존재의 진리를 언어로 현성(現成)하는, 철학으로서의 시이기도 하다. 김경주는 철학도이자 시인으로서, 감각적 언어로 표현하면서도 형이상학적 사유를 지향하는 시를 보여왔다. 그러한 그의 시는 종종 플라톤(Plato, B.C. 427～ B.C. 347)과 헤겔(Georg Wilhelm Friedrich Hegel, 1770～1831) 같은 철학의 대가를 호명하면서 그들의 철학서와 상호텍스트성(intertextuality)의 관계를 형성해 왔다. 그러므로 김경주 시의 철학성은 우선 철학자가 직접 거론된 시를 통해 확인된다고 볼 수 있다. 본고는 철학적 시를 보여준 김경주의 시세계의 본질을 구명(究明)하기 위하여, 플라톤과 헤겔이 호명된 시가 일차적으로 분석되고 해석되어야 한다고 보고, 논증을 행하고자 한다.

김경주의 시 가운데서 철학자가 언급된 시는 『나는 이 세상에 없는 계절이다』 중 「파이돈」, 「오르페우스에게서 온 한 통의 엽서」, 그리고

「정신현상학에 부쳐 횔덜린이 헤겔에게 보내는 마지막 편지」 세 편이다. 이 시 세 편이 김경주의 모든 시의 경향성을 대변한다고 볼 수 없을지라도, 그의 시의 특장점인 철학성을 대변한다고 볼 수 있다. 그러나, 그의 시의 철학성은 그의 시에 내포된 세계관의 지향성을 분명히 보여준다는 점에서 의미심장하다.

김경주의 시 가운데 철학자가 등장하는 시들은 철학과 시의 대화적 관계를 상호텍스트적으로 드러내고 있다. 우선 「파이돈」에는 철학자이자 시인으로 플라톤이 등장한다. 다음으로 「오르페우스에게서 온 한 통의 엽서」에는 철학자로 헤겔과 플라톤이, 시인으로 횔덜린(Johann Christian Friedrich Hölderlin, 1770～1843)이 등장한다. 마지막으로 「정신현상학에 부쳐 횔덜린이 헤겔에게 보내는 마지막 편지」에는 철학자로는 헤겔이, 시인으로는 횔덜린이 등장한다. 그러므로 본고는 연구의 시각으로 김경주의 시에 거론된 플라톤, 헤겔, 그리고 횔덜린의 시론을 세운 하이데거의 철학의 관점을 원용하여 철학시인 그의 시를 분석 및 해석해 보고자 한다.

플라톤의 시론은 그의 철학의 정수인 이데아론으로부터 추론된다. 플라톤은 『국가』, 『파이돈』, 『소피스테스』, 『파르메니데스』 등의 저서에서 이데아론을 정립해 간다.[5] 이데아는 존재의 본모습을 의미하는 개념[6]에서 유래하여, 변치 않는 존재이자 본질(ousia)이란 개념으로 확립되었다.[7] 플라톤에게 선(善, agathon)의 이데아는 궁극적 원리로 이해된다.[8] 김경주의 시 「파이돈」에서 언급되는 플라톤 사상의 일면은

5) William David Ross, 『플라톤의 이데아론』, 김진성 옮김, 누멘, 2011, 19면.
6) Plato, 『국가』, 박종현 역주, 서광사, 2011, 176면.
7) *Ibid.,* p.387.
8) *Ibid.,* p.428.

이와 같은 이데아론이다. 그러나 김경주의 시 「오르페우스에게서 온 한 통의 엽서」에서 언급된 플라톤 사상의 또 다른 일면은 이른바 시인 추방론(詩人追放論, Banishment of Poets)이다. 플라톤의 시론은 통념상 시인추방론으로 일컬어져 왔다. 그러나 플라톤의 지론은 이상국가(理想國家), 즉, 유토피아(Utopia)를 건설하기 위하여 시인은 이성을 통해 이데아를 깨달을 수 있는 철학자의 지도를 따라 진실하고 도덕적이며 교육적인 시를 써야 한다는 것이다. 플라톤은 시작(詩作)의 지침을 제시한 것이지, 결코 시인을 모두 공동체로부터 추방하려 한 것은 아니다. 그럼에도 불구하고, 진선미 가운데 미의 자율성을 주장하는 학파와 예술가들 사이에서는 진과 선에 복속되는 시를 창작하도록 종용하는 플라톤이 시인을 몰이해하고 그들을 추방한 것과 다름없다고 받아들인 것이다. 김경주는 자신의 시 「오르페우스에게서 온 한 통의 엽서」에서 플라톤이 자신의 시론과 달리, 플라톤 자신도 시인들과 다름없이 죽음에 대한 비애를 느꼈으며, 그것을 극복하는 과정에서 형이상학적 진리의 세계, 즉, 이데아의 세계를 꿈꾸었던 것이 시인과 마찬가지라고 이해한다.

김경주 자신의 시 「파이돈」에서 상호텍스트적으로 제목을 차용하고 있는 플라톤의 『파이돈』이 담고 있는 핵심사상은 영혼불멸론(靈魂不滅論, The Immortality of the Soul), 상기론(想起論, Doctrine of Recollection) 그리고 이데아론이다. 이 가운데서도 가장 강조되는 것은 영혼불멸론이다. 우선, 영혼불멸론은 소크라테스가 사형일에 죽음을 의연히 받아들이는 데서 시작된다. 소크라테스는 철학자가 삶의 쾌락을 경멸하는 자라는 의미에서 오히려 역설적으로 죽음을 추구하는 자로 볼 수도 있다는 것이다.[9] 그에게 죽음은 단순히 혼과 육체의 분리에 불과하다. 그런데 육체는 악에 오염되기 쉬운 것이다. 오염되지 않고 순수한 것을 진리라고 한다면,[10] 그것은 혼에 관여하는 것이다. 즉, 아름다움의 이데아도 선의 이데아도 혼에 의해 인식되므로, 그러한 혼은 불멸하고 불사한다고 하지 않을 수 없다.[11] 그러한 의미에서 소크라테스에게 혼은 신적인 것으로까지 비약한다.[12] 그가 죽음을 의연히 받아들일 수 있는 이유도 바로 죽음은 육체의 종말일 뿐, 혼은 죽음 이후에도 불멸이라는, 영혼불멸론을 믿기 때문이다. 이러한 영혼불멸론의 맥락 안에서, 태어나기 전에 알던 지식을 잊었다가 감각으로 일깨워 다시 되살리는 것인 상기론[13]과 또한 영원불변의 진리를 주장하는 이데아론이 플라톤 사상의 핵심을 이룬다.

다음으로 김경주의 「오르페우스에게서 온 한 통의 엽서」와 「정신현상학에 부쳐 횔덜린이 헤겔에게 보내는 마지막 편지」에서 거론된 철학자는 헤겔이다. 헤겔은 독일 관념론(觀念論, idealism)을 완성한 철학자이다. 김경주의 시 「정신현상학에 부쳐 횔덜린이 헤겔에게 보내는 마지막 편지」에 인용되고 있는 『정신현상학(精神現象學)』(*Phänomenologie des Geistes*)(1807)은 헤겔의 주저 중 한 권이다. 『정신현상학』은 모든 철학서 가운데 가장 어려운 철학서로 꼽힌다. 그러나 『정신현상학』은 근현대에 가장 근본적인 영향을 준 철학서로 꼽히기도 한다. 헤겔의 『정신현상학』은 '생성하는 지'(das werdende Wissen)[14]에 관하여 다룬다. 1

9) Plato, 「파이돈」, 『소크라테스의 변론·크리톤·파이돈·향연』, 천병희 옮김, 숲, 2002, 118~121면.

10) *Ibid.*, p.125.

11) *Ibid.*, p.197.

12) *Ibid.*, p.156.

13) *Ibid.*, p.146.

14) 임석진, 「절대적 자기인식과 근대 서양 합리주의의 완성」, Georg Wilhelm Friedrich Hegel, 『정신현상학』1, 임석진 옮김, 한길사, 2011, 20면.

807년 처음 출판될 당시의 제목이 『학의 체계』였던 바와 같이, 『정신현상학』은 학문의 체계가 의식(意識, consciousness, 獨 Bewußtsein), 자기의식(自己意識, self-consciousness, 獨 Selbstbewußtsein), 이성(理性, reason, 獨 Vernunft), 정신(情神, Spirit, 獨 Geist)의 단계로 발전해 가는 것으로 서술한다. 이것은 주체(主體, subject, 獨 Subjekt)가 세계(世界, world, 獨 Welt)와 일치에 이를 때까지 스스로 운동하여 발전해 가는 과정을 나타낸다. 즉, 『정신현상학』은 궁극적으로 주체가 인륜(人倫, Sittlichkeit)으로서의 세계와 일치하는 정신의 온전한 단계에 이를 때까지의 위대한 도정을 보여준다. 헤겔이 이처럼 강조하는 인륜성은 "자유의 이념이 살아 있는 선의 모습을 한 것"으로 규정된다.[15] 주체가 개인으로서 자유롭게 존재하면서도 인륜과 조화를 이루는 경지, 그럼으로써 '나'와 '세계'가 일치하는 경지를 헤겔은 인류가 도달해야 할 이상(理想)으로 제시한다. 다시 말해, 헤겔은 인간 주체가 이성적 존재로서 개별자(個別者, the individual)이면서도 보편자(普遍者, the universals)로 존재할 수 있는 경지를 이상적으로 보았다. 그리고 헤겔의 이러한 철학은 근대 세계를 형성하고 기초하는 근간이 되었다.

김경주의 시에서는 헤겔의 『정신현상학』 가운데서도 「정신(情神)」 장(章)이 거론되고 있다. 「정신」 장은 『정신현상학』의 전체 구성 가운데서 결말에 배치되어 있다. 「정신」 장에서는 인륜성(人倫性), 도덕성, 종교, 그리고 절대지(絶對知)가 다뤄진다. 이 단계에서의 정신은 개별자의 단계를 넘어서 보편자의 단계에 이르러 있다. 이때, 정신은 한 개인의 육체를 벗어나고, 생명체가 죽더라도 정신은 육체로부터 분리되어 다른 요소가 된다.[16] 「정신」 장에서 헤겔은 "온갖 실재라는 이성의

15) Georg Wilhelm Friedrich Hegel, 『법철학』, 임석진 옮김, 한길사, 2008, 303면.

확신이 진리로 고양되고 이성이 자기 자신을 세계로, 그리고 세계를 자기 자신으로 의식하기에 이르렀을 때, 이성은 곧 정신"17)이라고 주장한다. 이러한 정신은 인륜, 종교를 거쳐 절대지에 이른다. 그리고 마침내 정신이 자기의 참모습을 앎으로써 자기 자신으로 완성되는 절대지에 이르는 것으로 「정신」 장은 완결된다. 김경주의 「정신」 장의 강조는 『파이돈』의 영혼불멸론과도 상통하며 관념론의 특성을 분명히 한다.

그런데, 김경주의 「정신현상학에 부쳐 횔덜린이 헤겔에게 보내는 마지막 편지」에서 시적 주체는 헤겔이 아니라 횔덜린이다. 김경주는 횔덜린의 시각에서 헤겔을 바라본다. 이 시들을 통해 확인되는 것은 김경주가 자신을 횔덜린과 동일시한다는 것이다. 그러므로 본고는 횔덜린의 시의 이해를 위해 하이데거의, 횔덜린의 시에 관한 존재론적 시론을 원용하고자 한다. 하이데거는 횔덜린의 시가 시의 본질을 결정화하였다고 극찬한다.18) 하이데거의 횔덜린론으로는 『횔덜린의 송가-게르마니엔과 라인강』, 『횔덜린의 송가-회상』, 『횔덜린의 송가-이스터』, 그리고 「무엇을 위한 시인인가」 등이 있다. 하이데거는 1928~1929년 카시러(Ernst Cassirer, 1874~1945)의 『상징형식의 철학』(*Philosophie der symbolischen Formen*)의 2장인 『신화적 사유』(*Das Mythische Denken*)로부터 영감을 받아 신화적 현존재와 형이상학적 현존재를 넘나드는 사유를 발전시킨다.19) 하이데거 존재론의 핵심 개념인 현존재(現存在, Dasein)

---

16) Georg Wilhelm Friedrich Hegel, 『헤겔 논리학』, 김계숙 옮김, 서문문화사, 1997, 315~316면.

17) Georg Wilhelm Friedrich Hegel, 『정신현상학(精神現象學)』2, 임석진 옮김, 한길사, 2011, 17면.

18) David Halliburton, "The essence of Poetry: Hölderlin," *Poetic Thinking: An Approach to Heidegger*, Chicago & London: The University of Chicago Press, 1981, p.112.

개념이 확대되어 갔던 것이다. 하이데거의 존재론의 절정인 『존재와 시간』(*Sein und Zeit*)이 출간된 것은 1927년이다. 그리고 하이데거의 휠덜린론인 『휠덜린의 송가-게르마니엔과 라인강』은 1934~1935년, 『휠덜린의 송가-회상』은 1941년, 그리고 『휠덜린의 송가-이스터』는 1942년에 쓰였다. 그렇지만 하이데거는 『존재와 시간』에서 휠덜린론으로 넘어가던 그 시기에 카시러와의 교감을 통해 철학과 신화 사이의 공통분모를 발견했던 것으로 보인다. 철학이 '존재'의 문제를 형이상학적으로 다룬다면, 신화는 '신'의 문제를 형이상학적으로 다룬다. 철학이든 신화든 이데아적인 진리의 세계를 추구하는 형이상학이라는 공통점이 있다. 그러한 점에서 신화적 세계를 그려내는 시로서의 뮈토포에지(Mythopoesie)를 쓰는 휠덜린의 시를 통해 하이데거가 자신의 존재론적 시론을 확립해 갈 수 있던 것이다.

하이데거의 근본 물음은 존재의 문제 또는 존재의 의미의 문제이다.[20] 하이데거의 존재론에서 핵심 개념은 현존재와 죽음을 향한 존재(Sein zum Tode)이다. 현존재는 하이데거의 『존재와 시간』에서 "우리들 자신이 각기 그것이며 여러 다른 것들 중 물음이라는 존재가능성을 지닌 존재자"로 정의된다.[21] 그러한 현존재는 다시 죽음을 향한 존재이기도 하다. 죽음을 향한 존재는 자신의 미래의 죽음을 가정해 보는 기획투사(Entwurf)로써 존재의 진리를 현성하는 삶을 추구하는 현존재로 볼 수도 있다.[22] 하이데거의 시론에서는 그러한 문제의식에 언어의

---

19) François Jaran, *La Métaphysique du Dasein,* Bucharest: Zeta books, 2010, p.194.

20) Tayor Carman, "The Question of Being," Mark A. Wrathall et al., *The Cambridge Companion to Heidegger's Being and Time,* Edited by Mark A. Wrathall, Cambridge: Cambridge University Press, 2013, p.84.

21) Martin Heidegger, 『존재와 시간』, 이기상 옮김, 까치, 2001, 22면.

22) *Ibid.,* p.338.

식이 더해진다. 하이데거의 시론에서 현존재가 진리를 열어밝혀 보이는데, 그 표현의 매개가 되는 것이 바로 언어인 것이다. 말을 한다는 것은 하이데거의 존재론에서도 인간의 본질로 이해된다.[23] 그러나 모든 말이 진리를 담고 있는 것은 아니다. 바로 잡담(雜談, Gerede)이 그러하다. 하이데거에게 잡담은 세인(世人, das Man)의 언어이다. 언어 가운데서도 잡담과 대별되는 것이 바로 시의 언어이다. 사랑의 대화는, 비시적 언어인 잡담과 반대로, 시적인 언어여야 한다.[24]

존재의 진리를 언어로 드러내는 것이 시를 쓰는 것이라면, '시를 짓는다'(Ditchten)[25]는 것의 목적은 곧 철학함의 목적과 같다.[26] 그러므로 시작(詩作)은, 철학함이 그러하듯이, 존재를 건립하는 존재 자체의 근본사건이 되는 것이다.[27] 그러므로 시의 본분은 시적 진리를 현성하고, 존재자의 본질에 명명을 하는 것이다.[28] 하이데거에게 그렇게 해서 완성된 예술은 현존재의 시적인 집이다.[29] 그러므로 예술의 근원은 작가이고, 작가의 근원은 예술이라는 쌍방향성의, 존재의 근거가 성립되는 것일 터이다.

이와 같은 하이데거의 시론을 이끌어낸 것이 바로 횔덜린의 명시들이다. 하이데거는 사람들이 횔덜린과 헤겔의 우정을 근거로 횔덜린의

---

23) David A. White, "Saying and Speaking," *Heidegger and the Language of Poetry*, Lincoln & London: University of Nebraska Press, 1978, p.36.

24) Martin Heidegger, 『횔덜린의 송가-회상』, 신상희 외 옮김, 나남, 2011, 212면.

25) Martin Heidegger, 『횔덜린의 송가-이스터』, 최상욱 옮김, 동문선, 2005, 30면.

26) Martin Heidegger, 「언어에 이르는 길」, 『언어로의 도상에서』, 신상희 옮김, 나남, 2012, 380면.

27) Martin Heidegger, 『횔덜린의 송가-게르마니엔과 라인강』, 최상욱 옮김, 서광사, 2009, 348면.

28) Martin Heidegger, 『횔덜린의 송가-이스터』, 186면.

29) Véronique Bergen, *L'Ontologie de Gilles Deleuze*, Paris: L'Harmattan, 2001, p.412.

시가 헤겔의 철학으로부터 영향을 받았을 것이라고 믿는 통념에 반대하는데, 그것은 바로 횔덜린의 반신(半神, Halbgötter) 개념의 독특성 때문이다.[30] 반신은 반은 신적 존재이고, 반은 인간적 존재이다. 이때, 반의 의미는 1/2이라는 의미가 아니라 중간이란 의미이다. 즉, 반신은 신과 인간 사이, 즉, '중심-안의-존재'이다.[31] 그리고 다시 이 '중심-안의-존재'는 인간적 존재로부터 도약하여 마침내 신적 존재가 되고자 하는 열망을 지닌다는 의미에서 중간적 존재로 이해되기도 한다.[32] 하이데거는 횔덜린의 반신을 바로 시인으로 보는데, 반신으로서의 시인은 한편 '인간-너머-존재'이지만, 또 다른 한편 '신-아래-존재'에 머무는 것이다.[33] 하이데거가 시인이 반신으로서 이 시대에 역할을 해야 한다고 생각하는 이유는 횔덜린이 현재를 세계의 밤(Weltnacht)으로 인식하는 데서 기인한다.[34] 세계의 밤은 횔덜린의 시 『빵과 포도주』(*Brot und Wein*)에서 신이 죽은 후 아직 재림하지 않은 시대를 의미한다. 에스쿠바스는 횔덜린의 언어는 세계 안에 있고, 그 세계는 역사 안에 있다는 이유로 그를 역사적인 시인으로 정의한다.[35] 예컨대, 『빵과 포도주』는 횔덜린의 역사철학을 보여주는 시이다. 횔덜린은 서구의 역사 전체를 통찰하면서 그리스의 신들도 예수 그리스도도 존재하지 않는 현재를 세계의 밤으로 인식하지 않을 수 없던 것이다. 하이데거는, 횔덜린 시의 독해에 따라, 반신으로서의 시인은 이처럼 신이 부재하는 세계의 밤에

---

30) Martin Heidegger, 『횔덜린의 송가-회상』, 135~136면.

31) Martin Heidegger, 『횔덜린의 송가-게르마니엔과 라인강』, 260면.

32) *Ibid.,* p.7.

33) *Ibid.,* p.309.

34) Martin Heidegger, 「무엇을 위한 시인인가」, 『숲길』, 신상희 옮김, 나남, 2009, 295면.

35) Eliane Escoubas, *Questions Heidegeriennes-Stimmung, Logos, Tradiction, Poésie,* Paris: Hermann Éditeurs, 2010, p.145.

그 신의 흔적과 신의 재림을 신성하게 노래하는 존재여야 한다고 본 것이다.[36)]

이에 본고는 김경주의 시 가운데서 『나는 이 세상에 없는 계절이다』 중 철학자가 직접 언급된 시 「파이돈」, 「오르페우스에게서 온 한 통의 엽서」, 그리고 「정신현상학에 부쳐 횔덜린이 헤겔에게 보내는 마지막 편지」 세 편을 플라톤, 헤겔, 그리고 하이데거의 시론을 원용하여 해석을 시도해 보고자 한다.

II. 김경주의 「파이돈」의 경우: 플라톤의 영혼불멸론과 이데아론의 전유

김경주의 시 「파이돈」은 플라톤의 『파이돈』의 제목을 차용하고 있다. 이 시는 플라톤의 『파이돈』과 상호텍스트적 관계에 있다. 플라톤의 『파이돈』의 주제는 "영혼에 대하여"라는 부제가 암시하는 바와 같이, 영혼의 불멸성이다. 플라톤의 『파이돈』은 소크라테스(Socrates, B.C. 470~B.C. 399)가 사형 집행을 기다리던 날을 시간적 배경으로 한다. 플라톤의 『파이돈』은 도망갈 기회가 있었음에도, 사형 집행을 담담히 받아들이는 소크라테스를 통해 죽음을 넘어서 진리로서의 이데아의 세계를 추구하는 것이 철학자의 임무임을 보여주는 명작이다. 제목이 『파이돈』인 이유는 노예의 신분이었다가 소크라테스의 애제자가 되었던 파이돈이 소크라테스와 대화를 나누는 주인공으로 등장하기 때문이다. 그러나 김경주의 「파이돈」은 소크라테스의 일화와는 전혀 다른 내용

36) Martin Heidegger, 「무엇을 위한 시인인가?」, 399면.

을 담고 있다. 김경주의 「파이돈」을 도입부부터 구체적으로 살펴보면 다음과 같다.

> 이름 없는 바다 속 동굴 벽에 붙어사는 미물(微物)들은 아무도 모르게 눈이 조금씩 퇴화해간다는데 그곳엔 정말 눈 없는 물고기가 살고 있을지 모른다 대신 눈이나 날개기관 따위는 다 소실돼버리고 팔다리만 조금씩 가늘게 길어진다는데 가늘어진다는 말의 소요들.
>
> — 김경주, 「파이돈」 부분.(26)[37)]

위에 인용된 김경주의 시 「파이돈」은 "눈"이 "퇴화"해 가는 "미물"의 이야기를 알레고리와 같이 형상화한다. 이 시의 상상력은 심해(深海)의 "눈 없는 물고기"로부터 시작된다. 그런데, 이 시에서 "눈"이 없다는 것은 생물학적으로 처음부터 존재하지 않던 것이 아니라, "소실"되었기 때문에 없는 것이다. 이 시는 "눈"의 "소실"을 "날개"의 "소실"로 그 상상력을 확장해 간다. "눈"이나 "날개"는 생명체에게 가장 중요한 기관이다. 이처럼 "눈"과 "날개"의 "소실"은 치명적인 상처로 죽어가는 존재를 연상시킨다. 생명체가 그러한 기관을 잃었다는 것은 살아 있어도 죽어 있는 것이나 다름없다. 그러한 맥락에서 심해의 "동굴"은 원형 상징적으로 무덤의 이미지를 내포한다. 그러므로 "눈 없는 물고기"가 "동굴"에서 "가늘어진다는" 것은, 시체가 무덤 속에서 부패(腐敗)되어가는 것을 암시한다.

이와 같은 알레고리에서 소크라테스는 직접 등장하지 않지만, 「파이돈」이란 제목 때문에 "동굴"에서 육체를 소실해 가는 "물고기"는 역시

37) 이 논문에 인용된 시는 모두 김경주, 『나는 이 세상에 없는 계절이다』, 랜덤하우스코리아, 2006.에서 가져온 것이다. 괄호 ( ) 안에 면수만 표기하기로 한다.

동굴로 된 필로파포스(Philopappos, 希 *Φ ι λ ο π ά π π ο υ*)의 감옥에서 죽음을 기다리던 소크라테스를 연상시킨다. 나아가 플라톤의 『파이돈』에서 소크라테스가 철학자는 언제나 죽음을 추구하는 자라고 역설한 바가 연상되도록 한다.[38] 이어서 김경주의 「파이돈」에서의 시상의 발전을 추적해 보면 다음과 같다.

> 이것은 5～6억 년 전부터 살아남은 캄브리아기 생물들의 절대음감에 관한 얘기다 젖을 먹고 자란 새들이 날개를 펼쳐놓고 고공에서 알 수 없는 바다 속을 내려다보고 있다 새들의 눈은 그런 해저의 동굴 안을 바라보고 있는 것은 아닐까 몇 백만 킬로의 바람을 날아와 새들은 물 안의 시간들만 바라보고 있다 새들은 아무도 모르게 말라간다 사람들은 아무도 새들이 마르는 것에 참여할 수 없다 바람에 가까워지기 위해 어미로부터 눈을 버렸고 너희들이 날개라고 부르는 것들이 내게는 점점 가늘어지는 일일 뿐이어서 마르고 있다는 건 점점 세계 밖으로 희미해지는 일이란다 아무도 모르게 바다 속 이름 없는 동굴의 벽에 거꾸로 매달려 있다가 다시 우리가 모르는 이국으로 돌아가고 있는 것이다 가령, 심해에서 긴 혀를 꺼내 바닥을 핥고 있던 물고기들이 그물에 건져올려질 때 눈을 뜨지 못하고 내는 가는 신음 같은 건 사라진 새들을 부르고 있는 것이 아닐까
>
> — 김경주, 「파이돈」 부분. (26～27)

위의 인용에서 이 시 「파이돈」의 시적 주체는 육체의 "소실"을 다시 "세계 밖으로 희미해지는 일"로 은유한다. 이것은 죽음을 암시하면서도, 죽음 너머에 또 다른 세계가 있다는 것을 의미한다. 그러니까 종말로서의 죽음의 세계를 말하는 것이 아니라, 그것을 넘어서는 초월로서

38) Plato, 「파이돈」, 118～121면.

의 죽음의 세계를 말하는 것이다. 나아가 이 시의 시적 주체는 그 초월의 세계를 "이국"으로 칭하며 그곳으로 "돌아가고 있다"라고 말한다. 그러니까, 우리가 온 곳이 "이국"이라는 것이다. 그러므로 "다시 우리가 모르는 이국으로 돌아가고 있는 것"의 "이국"은 존재의 본모습을 의미하는 개념에서 유래하여,[39] 변치 않는 존재이자 본질(ousia)이란 개념으로 정립된 이데아의 세계로 볼 수 있다.[40] 플라톤의 『파이돈』에서도 영혼은 인간의 형상을 지니고 태어나기 전에 이미 어딘가 존재했다고 믿어진다.[41] 그러니까 이 시에서 "눈"과 "날개"가 소실된 존재는 "세계 밖"으로, 즉, 죽음을 너머 우리가 본래 존재하던 곳인 "이국," 즉 이데아의 세계로 돌아가고 있는 것이다. 이러한 시 구절이 의미심장한 것은 이 시집의 제목인 『나는 이 세상에 없는 계절이다』가 시인이 죽음 너머 이데아의 세계를 지향하는 존재로 해석되도록 하기 때문이다.

이 시의 시적 주체는 「파이돈」에서 죽음 너머 초월의 세계, 즉, 이데아의 세계에 대해, "가령"이라고 운을 띄우며 다시 한번 예를 들고 있다. 그러면서 "심해"의 "물고기"가 "그물"에 걸려 죽으며 내는 "신음"이 "새"를 부르는 것이 아니겠냐고 묻는다. "물고기"의 "동굴"로부터 "새"의 하늘로의, 계(界)의 이행은 플라톤이 이데아를 '동굴의 비유'를 통해 설명한 것을 연상시킨다. 특히, 다음 부분이 그러하다.

> 해저에서 백 년에 한 번쯤 눈을 치켜뜨고 물을 떠나 날아가는 새를 바라보는 물고기나 물 밖에서 백 년은 새의 눈을 따라 항해하는 어부들은 고요의 바닥에서 눈을 감는 일이 적요로운 것임을 안다 그

---

39) Plato, 『국가』, 176면
40) *Ibid.,* p.387.
41) Plato, 「파이돈」, 138면.

들의 몸이 점점 가늘어지는 것은 자신의 눈들이 조금씩 인성(人性)
의 밖으로 퇴화하고 있다는 것을 알기 때문이다

— 김경주, 「파이돈」 부분. (27)

위에 인용된 부분에서 "해저"의 "물고기"는 "백 년에 한 번" "새"를 바라볼 수 있다. "새"를 바라본다는 것은 시적 상상력의 연상 작용에서 하늘의 태양을 발견한다는 것으로 확장될 수 있다. 동굴감옥과 같은 "해저"에서 "새"를 따라 태양을 발견하는 것, 이것은 플라톤의 동굴의 비유에서 죄수가 동굴 밖의 태양을 보는 알레고리와 유사하다. 동굴의 비유에서 동굴에 갇혀 벽에 속박된 죄수는 불빛에 비친 자신의 그림자를 실재로 오인한다. 그러므로, 그 죄인은 동굴로부터 벗어나 태양이 있는 세계로 나옴으로써 실재를 깨달아야 한다. 이러한 알레고리에서 동굴은 감성계(感性界)를 의미한다. 동굴에서는 그림자밖에 인식할 수 없는데, 그 그림자는 실재의 모방이다. 즉, 동굴은 이데아의 모방으로서의 그림자의 세계인 것이다. 반면에 동굴의 바깥은 지성으로 파악이 가능한 실재의 세계에 비유된다.[42] 나아가 동굴의 비유에서 태양은 모든 이데아 중의 이데아의 상징으로 불변의 진리를 상징한다.[43] 지성으로 이데아를 깨닫게 되는 것이 죄수가 동굴로부터 벗어나서 태양을 보는 것에 비유되는 것이다.[44]

김경주의 「파이돈」에서 동굴에서 살다 죽음을 맞이한 물고기가 하늘의 새를 꿈꾸는 것은 플라톤의, 동굴의 비유와 상통하는 면이 있다.

---

42) Plato, 『국가』, 447면.

43) Martin Heidegger, 「플라톤의 진리론」, 『이정표』1, 신상희 옮김, 한길사, 2005, 291면.

44) Plato, 『국가』, 485면.

나아가 김경주의 「파이돈」은 죽음을 "인성의 밖으로 퇴화"하는 것이라고 의미부여하고 있다. "인성"의 반대가 신성이라면, 다시 "인성"은 육체에, 신성은 혼에 대응된다. "인성"의 "퇴화"는 소크라테스가 말하듯 육체의 소멸로서의 죽음이다. 그렇지만, 죽음 이후에도 혼은 신적인 것으로서 승화되어 영원히 불멸한다.[45] 그렇기 때문에 이 시에서 죽음은 "적요로운 것"이기도 할 것이다.

이즈음에서 다시 이 시의 제목인 「파이돈」의 의미에 대해 결론을 내릴 필요가 있다. 김경주가 「파이돈」에서 죽음이 초월의 세계이자 이데아의 세계인 "이국"으로 가는 것이라고 비유하는 것은, 소크라테스가 자신이 사형 집행이 됨에도 불구하고, 의연히 죽음을 맞이함으로써 초월의 세계이자 이데아의 세계로 가는 것이라고 믿은 것과 상통한다. 즉, 소크라테스는 『파이돈』을 통해 자신의, 육체의 소멸에 아랑곳하지 않고, 영혼의 불멸에 대한 믿음을 보여주었던 것이다. 플라톤은 진정한 철학자라면 생성과 소멸의 변화를 겪지 않는 존재를 사랑한다고 말한다.[46] 그렇기 때문에 진정한 철학자는 영혼의 불멸을 믿으며 죽음을 초월할 수 있다. 그리고 이것이 김경주의 「파이돈」에도 통하는 것은 플라톤의 『파이돈』에서 소크라테스가 사형집행일에만큼은 시를 쓰는 시인이 되었기 때문이다.[47] 현세를 초월하여 영혼 불멸의 이데아계를 꿈꾸는 본질은 철학자에게나 시인에게나 같다.

45) Plato, 「파이돈」, 156면.
46) Plato, 『국가』, 387면.
47) Plato, 「파이돈」, 112면.

III. 김경주의 「오르페우스에게서 온 한 통의 엽서」의 경우: 플라톤으로부터 헤겔로

김경주의 철학시 가운데 플라톤과 연관성이 있는 또 다른 시는 「오르페우스에게서 온 한 통의 엽서」이다. 김경주의 「파이돈」이 플라톤의 『파이돈』과 제목과 주제가 같았다면, 김경주의 「오르페우스에게서 온 한 통의 엽서」에는 플라톤이란 이름이 직접 거론된다. 그런데 이 시에서는 플라톤 이외에 헤겔도 거론된다. 이번 장에서는 「오르페우스에게서 온 한 통의 엽서」와 플라톤 그리고 헤겔의 연관성을 밝힘으로써 철학시로서의 김경주의 시 세계를 구명해 보도록 하겠다.

> 스무 살 공장에서 내가 조립한 수천 개의 전구엔 밤마다 불이 들어오고 있을까 [중략] 아이의 복부를 과도로 찌른 후 자신도 찌르고 살아남은 여자의 인터뷰는 적요로웠어 이 여관은 횔덜린과 헤겔이 함께 안고 갔던 하숙집 같아 [중략]『정신현상학』을 베고 잠들던 네 얼굴이 떠올랐다
>
> — 김경주, 「오르페우스에게서 온 한 통의 엽서」 부분. (52)

위에 인용된 김경주의 시 「오르페우스에게서 온 한 통의 엽서」는 제목에서 "오르페우스"가 등장한다. 오르페우스(Orpheus)는 그리스 신화에서 시인이자 음악가인 신이다. 그러한 연유에서 오르페우스는 세계문학사에서 시인과 음악가의 원형이 되어왔다. 특히, 오르페우스가 자신의 사랑하는 아내 에우리디케(Eurydike)를 찾아 저승까지 내려가는 이야기는 그 자체로 아름다운 사랑의 서사이다. 동시에, 오르페우스의 신화는 시인과 음악가의 예술적 원천이 사랑의 비애(悲哀)에 있다는 알

레고리를 담고 있기도 하다.

이 시에서 시적 주체인 '나'는 "스무 살"에는 "공장"에서 일한 적도 있는, 사뭇 평범한 청년으로 등장한다. '나'의 세계는 아이와 함께 죽으려다 실패한, 비극적이지만, 인륜을 저버린 여자와 공존하는 세계이다. 이처럼 이 시에서 '나'는 상당히 구체적인 세계상 가운데 그려진다. 그러나 다른 한편, 「오르페우스에게서 온 한 통의 엽서」라는 제목과의 연관성 속에서 이 시의 '나'는 시인의 원형인 오르페우스와 동일시된다. 이러한 맥락에서 자연스럽게 '너'는 에우리디케가 된다. 그런데, 이 시는 제목처럼 곧바로 신화의 세계로 장면이 전환되지는 않는다.

이 시에서는 헤겔의 『정신현상학』이 하나의 의미심장한 소품으로 등장한다. 이 시 속에서 '나'는 정황상 젊은 철학도로 유추된다. 왜냐하면, '나'는 이 책을 평상시에 소지한 것으로 드러나기 때문이다. 이 시에서 시적 주체의 연인으로 유추되는 '너'가 베고 잠든 책이 바로 헤겔의 『정신현상학』이다. 이러한 맥락에서 자연스럽게 이 시 김경주의 「오르페우스에게서 온 한 통의 엽서」는 헤겔의 『정신현상학』과 상호텍스트적인 관계에 놓인다. 그런데 다시 이 시에서는 횔덜린과 헤겔의 인연이 언급된다. 그러면서 '나'와 '너'의 관계는 횔덜린과 헤겔의 관계에 대응되며, 또한 오르페우스와 에우리디케의 관계에 대응된다. 다시 말해, 이 시에서 '나'는 시인의 이상(理想)인 오르페우스이자, 시인들의 시인인 횔덜린에 대응되는 것이다.

하이데거는 횔덜린의 시가 시의 본질을 결정화하였다고 극찬한다.[48] 하이데거에게 존재의 진리를 언어로 드러내는 것이 시를 쓰는 것이라면, '시를 짓는다'(Ditchten)[49]는 것의 목적은 곧 철학함의 목적과

48) David Halliburton, *op. cit.*, p.112.

같다.[50] 하이데거는 이처럼 시작과 철학함이 동일하다는 시론을 철학시를 썼던 횔덜린으로부터 찾아낸다. 신화적 세계를 그려내는 시로서의 뮈토포에지를 쓰는 횔덜린의 시를 통해 하이데거가 자신의 존재론적 시론을 확립해 갈 수 있던 것이다. 김경주의 시 세계에서도 비슷한 사유의 전개 과정이 나타난다. 「파이돈」이나 「정신현상학에 부쳐 횔덜린이 헤겔에게 보내는 마지막 편지」가 형이상학적 현존재에 대하여 말하고 있다면, 「오르페우스에게서 온 한 통의 엽서」는 신화적 현존재를 말하고 있다. 이처럼 김경주의 시에서도 형이상학적 현존재와 신화적 현존재가 그의 시 세계 안에서 공존한다. 그리고 이것은 철학시의 한 유형인 신화화이다.[51]

횔덜린론의 핵심은 반신[52]으로서의 시인이라고 할 수 있다. 김경주의 「오르페우스에게서 온 한 통의 엽서」도 제목에는 "오르페우스"가 나오므로 신적 존재가 시에 등장할 것이라고 독자들은 기대한다. 그렇지만 막상 시가 시작되면 "공장"이나 "여관" 같은 시어들로써 아주 현실적인 세계상의 모습이 그려진다. 그러한 의미에서 이 시의 상상력은 현실과 신화가 유비적으로 포개진다. 횔덜린의 반신도 그러한 존재이다. 반신은 신과 인간 사이, 즉, '중심-안의-존재'이다.[53] 김경주의 이 시에서도 "공장"이나 "여관"의 세계는 분명히 인간의 세계이고, "오르페우스"의 세계는 신의 세계이다. 그러한 의미에서 현실을 살면서도 자기 자신을 "오르페우스"라고 생각하는 이 시의 시적 주체는 반신으로 볼

---

49) Martin Heidegger, 『횔덜린의 송가-이스터』, 30면.
50) Martin Heidegger, 「언어에 이르는 길」, 380면.
51) John Croew Ransom, *op. cit.*, pp.194~200.
52) Martin Heidegger, 『횔덜린 송가-게르마니엔과 라인강』, 7면.
53) *Ibid.*, p.260.

수 있다. 그런데, 이 시에서 '나'는 한 때는 "공장"에서 일했지만, 헤겔의 『정신현상학』을 읽기도 했다. 노동의 현실 가운데서도 철학서를 읽었다는 것은 그러한 현실로부터의 초월을 지향했다는 것을 유추되게 한다. 그러한 의미에서 반신의 '중심-안의-존재'라는 의미는 인간 존재로부터 도약하여 마침내 신적 존재를 닮아가고자 하는 열망을 지녔다는 의미에서 중간적 존재이기도 하다.[54] 그러나 여전히 인간인 '나'는 신이 될 수는 없다. 그러므로 반신으로서의 시인은 한편 '인간-너머-존재'이지만, 또 다른 한편 '신-아래-존재'에 머문다는[55] 이치가 이 시의 '나'에게도 적용될 수 있다. 요컨대, 이 시의 '나'는 시인의 원형으로서의 "오르페우스"이자 철학적인 시인으로서의 "횔덜린"의 반신이기도 하다. 이 시의 구성은 '나'와 '너' 사이의 일화들이 자유연상에 따라 환유적인 방식으로 전개되어 나아간다. 다음은 이 시에서 국면이 바뀌어 플라톤이 언급되는 부분이다.

> 그러니까 내가 키우던 말들의 생태계는 대개 그런 것이 아니었을까 해 산 자들이 죽은 자들의 세계에서 태어나고 죽은 자들이 산 자들의 세계에서 태어나는 일 따위 밤마다 몰래 자신의 화장을 지우던 플라톤은 자신이 시인이었다는 걸 왜 몰랐을까?
>
> — 김경주, 「오르페우스에게서 온 한 통의 엽서」 부분. (53)

위에 인용된 김경주의 「오르페우스에게서 온 한 통의 엽서」에서 '나'는 시인으로서 고백을 하고 있다. 제목을 통해 '나'는 "오르페우스"인 것이 확인된다. 그뿐만 아니라, "내가 키우던 말들의 생태계"라는 아름

54) *Ibid.*, p.7.
55) *Ibid.*, p.300.

다운 표현을 통해서 ‘나’는 시인임이 자연스럽게 드러난다. 왜냐하면, “내가 키우던 말들의 생태계”는 그 자체로 시작(詩作) 과정에서 태어나는 시를 의미하기 때문이다. 다음으로 이어지는 시구절은 이 시에 담긴 세계에 관한 것이다. 그 세계는 “산 자들이 죽은 자들의 세계에서 태어나고 죽은 자들이 산 자들의 세계에서 태어나는” 세계이다. 삶과 죽음을 넘나드는 이러한 세계는 다의적으로 해석이 가능하다. 그렇지만, 이 시의 제목에 따라 “오르페우스”의 관점에서 해석되는 것이 가장 타당하다. 오르페우스는 죽은 아내를 찾아 저승으로 간다. 그것이 곧 “산 자들이 죽은 자들의 세계에서 태어나”는 일일 수 있다. 또한, 에우리디케는 저승에 있다가 오르페우스를 만나 다시 이승으로 돌아간다. 그것이 “죽은 자들이 산 자들의 세계에서 태어나는” 일일 수 있다. 이를 통해 오르페우스에 은유된 ‘나’ 나아가 김경주 시인 자신의 시 세계가 삶과 죽음을 넘나드는 세계라는 것이 밝혀진다. 이것은 시적 주체가 죽음에 개의치 않고 불멸불사하는 혼이기 때문에 가능한 것이다. 이러한 맥락에서 이 시 「오르페우스에게서 온 한 통의 엽서」는 다시 플라톤의 『파이돈』의 영혼불멸론과 연결된다.

그런데 이 시에서 최고의 절정은 다음 구절이다. 그것은 바로 “밤마다 몰래 자신의 화장을 지우던 플라톤은 자신이 시인이었다는 걸 왜 몰랐을까?”라는 구절이다. 이 구절은 이 시의 주제를 함축하고 있다. 이러한 시구절은 플라톤의 『국가』에 나오는, 이른바, 시인추방론에 대한 김경주의 반론(反論)이 될 수 있다. 플라톤의 시론은 통념상 시인추방론으로 일컬어져 왔다. 그러나 플라톤은 청소년들에게 시를 교육해야 하는 까닭은 그들에게 우아하고 고상한 성품(ēthos)을 형성해 주기 위해서라고 주장했다.[56] 그뿐만 아니라 그는 아름다운 나라(kallipolis)를 위해서 아이들이 시교육으로 법질서(eunomia)를 배우도록 해야 한다고 주장했다.[57] 그러므로 플라톤이 시인추방론을 주장했다는 것은 통념일 뿐, 학문적으로 적확한 사실은 아니다. 다만, 플라톤의 시론은 이상국가, 즉, 유토피아를 건설하기 위하여 시인은 이성을 통해 이데아를 깨달을 수 있는 철학자의 가르침을 따라 도덕적이며 교육적인 시를 써야 한다는 것이다.

이러한 면, 도덕적이고 교육적인 얼굴을 한 플라톤에 대하여 「오르페우스에게서 온 한 통의 엽서」는 "화장"을 한 플라톤에 비유한다. "화장"이란 낮의 세계에서 사회생활을 위한 페르소나를 위해 요구되는 것이다. 플라톤은 자신이 철학자로서 시인을 지도하고, 그럼으로써 공동체를 위해 기여하는 것으로 비춰지도록 자신의 페르소나에 "화장"을 한다는 것이 이 시의 주장이다. 실제로 플라톤은 시작의 방향성을 제시한 것이지, 결코 시인을 공동체로부터 추방하려 한 것은 아니다. 다만, 그럼에도, 미의 자율성을 주장하는 예술가들은 플라톤이 시인을 몰이해한다고 받아들인 것이다.

그러나 김경주는 플라톤 자신의 시론과 달리, 그 자신도 시인들과 다름없이 죽음에 대한 비애를 느꼈으며, 그것을 극복하는 과정에서 초월적인 진리의 세계, 즉, 이데아의 세계를 꿈꾸었던 것이 시인과 마찬가지라는 것을 간파해낸다. 실제로 플라톤의 『파이돈』에서 소크라테스는 죽음을 앞두고 시를 쓰는 자로 등장한다. 그러면서 소크라테스는 최고의 예술을 철학이라고 말한다. 그렇게 말할 수 있는 이유는 소크라테스와 플라톤이 바로 죽음 너머의 이데아의 세계를 꿈꾸는 자였기 때문

---

56) Plato, 『국가』, 220면.
57) *Ibid.,* p.268.

이다. 그러므로 플라톤 자신도 시인이라고 한 것은 김경주의, 시인으로서의 통찰력이 드러난 부분이다.

또한, 더 나아가 이 시에서 죽음 너머의 이상 세계를 꿈꾼다는 점에서, '나'의 시작의 본질과 플라톤의 이데아론의 본질이 같은 것으로 등치된다. 그러면서 '나'와 "플라톤"의 은유 관계가 성립된다. 그러므로 김경주 시인의 분신으로도 읽히는 「오르페우스에게서 온 한 통의 엽서」의 '나'는 "플라톤"에 은유되므로, 김경주 시세계의 플라톤주의적 요소가 확인된다. 이러한 맥락에서 김경주가 쓴 시는 플라토닉 포에트리(Platonic Poetry)이자, 하이데거의 철학으로서의 시로 규정할 수 있다. 이러한 철학시를 통해 김경주는 오르페우스이자, 횔덜린이자, 플라톤으로 거듭난다.

IV. 김경주의 「정신현상학에 부쳐 횔덜린이 헤겔에게 보내는 마지막 편지」의 경우: 헤겔의 『정신현상학』 전유

김경주의 시 세계에서 철학과의 상호텍스트성은 「파이돈」과 「오르페우스에게서 온 한 통의 엽서」를 거쳐 「정신현상학에 부쳐 횔덜린이 헤겔에게 보내는 마지막 편지」에서 절정을 보인다. 이 시의 화자로 등장하는 횔덜린은 독일 슈바벤라우펜에서 태어나, 1788년 튀빙겐 신학교에서 수학하는 동안 헤겔과 만나, 평생 우정을 쌓았다. 횔덜린은 헤겔과 철학과 예술에 대해 대화를 나누던 시인이자 하이데거의 시론과 철학에 영향을 준 시인으로 철학자들의 시인으로 불린다. 횔덜린의 문학사적 위상은 바이마르 고전주의의 위대한 두 주인공 괴테와 쉴러 이후 낭만주의 계열의 아웃사이더 시인이다.58) 이 시의 첫 구절을 살펴보면 다음과 같다.

> 죽기 전 내 심장을 한 번이라도 볼 수 있을까
> 사람은 누구나 자신의 심장을 상상만 하다가 죽는다는 사실을 나는 아네
> 1842년 11월 횔덜린에게
>
> — 김경주, 「정신현상학에 부쳐 횔덜린이 헤겔에게 보내는 마지막 편지」 부분. (68)

위에 인용된 부분은 김경주의 「정신현상학에 부쳐 횔덜린이 헤겔에게 보내는 마지막 편지」의 첫 구절이다. 이 첫 구절은 시의 본문이 아니라, 제사(題詞)로 쓰이고 있다. 이 시에서 제사는 "헤겔"이 "횔덜린"에게 보낸 편지로 설정되어 있다. 반면에, 이 시에서 본문은 "횔덜린"이 "헤겔"에게 보낸 답장으로 설정이 되어 있다. 김경주는 헤겔과 횔덜린이 주고받았을 편지를 상상적으로 설정한 것이다. 특히, 이 시가 전기(傳記)와 다른 것은 헤겔이 살아 있을 때의 모습을 사실에 근거하여 재현한 것이 아니라는 데 있다. 그 근거는 헤겔이 횔덜린에게 편지를 보낸 시간에 있다. 이 시에서 헤겔이 횔덜린에게 편지를 보낸 시간은 "1842년 11월"이다. 그런데, 전기적으로 헤겔은 1831년에 운명(殞命)했다. 그리고 전기적으로 횔덜린은 1843년에 운명했다. 그러므로 이 제사에서 편지를 보낸 사람은 바로 이미 죽은 헤겔의 영혼이고 편지를 받은 사람은 죽음을 앞둔 횔덜린인 것이다.

---

58) 안삼환, 『새 독일문학사』, 세창출판사, 2018, 299면.

이 시에서 죽은 헤겔의 영혼은 "죽기 전 내 심장을 한 번이라도 볼 수 있을까"라는 의미심장한 물음을 던진다. 이러한 물음은 우문(愚問)이다. '없다'라는 답은 이미 정해져 있기 때문이다. 이 시에서 헤겔이 이러한 질문을 던진 것은 인간의 생사를 결정할 만큼 중요한 심장을 인간이 스스로 한 번도 보지 못한다는 것은 인간이 궁극적으로 자기지(自己知)에 이를 수 있느냐를 묻는 것이다. 이것은 실제로 헤겔이 『정신현상학』에서 정신이 자신의 실체를 완전히 알게 되는 절대지(絶對知, absolutes Wissen)에 이를 수 있다고 주장한 것[59]에 대한 회의(懷疑)를 담은 물음이기도 하다.

김경주는 「오르페우스에게서 온 한 통의 엽서」에서 플라톤이 시인을 부정했지만, 그 자신 안에 시인이 있다고 보았던 것과 같이, 「정신현상학에 부쳐 횔덜린이 헤겔에게 보내는 마지막 편지」에서는 절대지를 확신하는 헤겔에게 그것에 대해 회의하도록 한 것이다. 김경주는 이러한 방식으로 철학자들에게 질문을 던지는 것이다. 김경주의 이러한 태도는 대가들의 철학사상을 답습하는 태도가 아니라, 자기 나름대로 그것을 이해하기도 하고 비판하기도 하는 태도인 것이다. 그러나 한편 이 시에서 헤겔의 영혼이 사후에 말을 하고 있다는 점에서 플라톤의 영혼불멸론이 작품에도 삼투되어 있다고도 볼 수 있다. 이렇게 김경주의 시세계에서 플라톤의 철학과 헤겔의 철학은 만난다. 다음은 이 시의 제사에 이어지는 본문의 첫 부분이다.

> 헤겔. 낡은 목선들이 물살에 흔들리고 있네. 자신의 무게를 바람에 놓아준 눈송이들은 지상의 시간을 떠돌다가 교회의 마당에 신의

59) Georg Wilhelm Friedrich Hegel, 『정신현상학』, 360면.

호흡처럼 흩어져 있었네. 자정이 되자 인간이 해변에 세운 수도원의 불빛들이 바람에 부서져 흩어지고 있네 마편으로 온 자네의 책과 편지를 이제야 받아보게 되었네.

— 김경주, 「정신현상학에 부쳐 횔덜린이 헤겔에게 보내는 마지막 편지」 부분. (68)

위에 인용된 김경주의 「정신현상학에 부쳐 횔덜린이 헤겔에게 보내는 마지막 편지」는 횔덜린이 헤겔에게 보내는 답장의 첫 구절이다. 이 답장은 "헤겔"이라고 호명을 하며 시작된다. "낡은 목선"이 떠 있는 강은 이 시의 중반부에서 "네카"라는 시어로 제시되듯이, 독일의 네카어강(Neckar江)이다. 횔덜린은 인생의 말년의 36년을 튀빙겐(Tubingen)의 네카어강에 있는, 이른바 '횔덜린 탑'(Hölderlinturn)에서 정신병으로 요양을 하면서 보냈다. 이 시의 배경은 바로 그 네카어강이다. 그 이후 이어지는 시구들은 흩날리는 "눈송이"를 신(神)의 현현(顯現)인 것처럼 묘사하고 있다. 이때 횔덜린에게 헤겔이 보낸 "책"이 도착한다. 이 "책"은 이 시의 제목에서 알 수 있듯이 『정신현상학』을 가리킨다. 이 시는 이하 횔덜린이 헤겔의 『정신현상학』을 읽으며 떠올린 상념들을 헤겔에게 답장으로 전하는 내용으로 전개된다. 다음은 횔덜린이 헤겔에게 전하는 근황이다.

나는 연필심이 뜨거워지도록 종이에 바다 속 금지된 소리들을 받아 적고 있다네. 어쩌다 귀퉁이에 조금씩 풀어 넣은 그림들은 모두 내가 꿈꾼 이타케라네. 사람이 누구하고도 할 수 없는 약속 같은, 머언 섬 안의 어둠은 밤늦도록 눈 안에 떠 있네. 어느 얼굴로 울고 새들은 저렇게 바람의 피를 마시며 날아가는 건가. 밤의 어둠 속에서 혼자 나룻배를 밀고 이곳으로 들어온 지 꽤 되었네 사람들은 나의 눈

속에서 무엇을 보고 가는지 알 수가 없네. 내가 해변에서 바다 속 같은 충광(蟲光)을 뿜으며 죽어 누워 있을 때 그들은 나를 작대기로 뒤집어볼까 물의 결로 밀어낼까 내일은 자네 책을 열고 들어가 그 심해에서 나는 노을보다 옅어져보겠네

— 김경주, 「정신현상학에 부쳐 횔덜린이 헤겔에게 보내는 마지막 편지」 부분. (68~69)

위에 인용된 부분은 김경주의 「정신현상학에 부쳐 횔덜린이 헤겔에게 보내는 마지막 편지」에서 죽음을 앞둔 횔덜린의 근황을 보여준다. 첫 구절에서 횔덜린은 헤겔에게 "연필심이 뜨거워지도록" 열정적으로 "바다 속 금지된 소리들"로부터 영감을 받아 글을 쓰고 있다고 고백한다. 이러한 시구절은 횔덜린이 정신병으로 요양 중에도 문학에 대한 열정을 그대로 간직하고 있음을 암시한다. 또한, "바다 속"이라는 심해의 이미지는 김경주의 또 다른 시 「파이돈」의 상상적 공간과 겹쳐진다. 그러한 맥락에서 심해는 무덤의 이미지를 내포하고 있다. 또한 "금지된 소리"라는 구절에서 암시되는 바와 같이, 심해는 인간의 억압된 욕망이나 감정을 담고 있는 무의식의 세계로서의 이미지도 내포하고 있다. 그러한 상상의 공간에서 횔덜린은 자신의 비참한 죽음을 미리 떠올려본다. 횔덜린은 "충광(蟲光)," 즉, 축어적으로 풀이하면 '벌레빛'이라는 의미를 지니는 조어(造語)에서 보는 바와 같이, 자기 자신을 벌레에 은유하고 있다. 횔덜린은 자신을 광인 취급하는 세인들에 대하여 두려움을 느끼고 있다. 인간이 가장 외로운 것은 죽음을 상상할 때이다. 횔덜린은 자신이 죽었을 때 아무도 슬퍼하지 않고, 한 마리의 벌레의 죽음을 본 것처럼 대할 것을 상상하며 외로워하고 있다. 죽음은 그 누구에 의해서도 대신될 수 없는 '나의 죽음'이고, 그렇기 때문에 현존재의 고유

성이 드러나는 국면이다.[60)]

횔덜린은 이 시에서 죽음을 앞두고 "이타케"를 꿈꾸고 있다고 고백한다. "이타케"는 불핀치(Thomas Bulfinch, 1796~1867)의 『그리스· 로마 신화』에 나오는 그리움의 땅이다. 이 시의 맥락상 "이타케"는 횔덜린이 꿈꾸는 이상세계로 해석될 수 있다. 횔덜린은 세인들이 자신을 광인으로 보는 시선에도 불구하고 자신만의 이상세계에 대한 꿈을 저버리지 않는다. 그러면서 친구인 헤겔의 "책"을 탐독해 보겠노라고 고백한다. 말년에 정신병력이 있던 횔덜린이 삶과 죽음의 경계, 이성과 광기의 경계를 넘나들며 시를 쓰면서도 헤겔과의 우정을 지키려는 모습이 애처롭게 보인다. 다음은 횔덜린이 꿈꾸는 "이타케"의 구체적인 의미가 드러나는 구절이다.

> 비로소 스스로의 고대(古代)까지 들어가 어두운 치욕을 헤쳐 바다가 제 속을 뒤집고 있네. 누구에게나 폭설 같은 눈동자는 있어 나의 죽음은 심장 가장 가까운 곳에서 그 눈 속의 폭설을 잃은 것일 테지. 자네가 현현한 정신장은 지금 가장 먼 곳에 있는 자를 가장 가까운 곳에서 아프게 하고 있겠네. 서랍 속에서 네카의 잔잔한 강변 옆, 우리가 유월의 종려나무 숲에서 찍은 사진을 꺼내 바라보고 있다네. 우리의 눈 안을 오래 떠다니던 이 눈동자들을 우리의 것이라고 할 수 있을까. 그 분의 눈이 우리의 눈 속을 치유할 때 사랑이라네. 사랑이라고 믿어주게. 뜨거운 수프처럼 수평선이 끓고 있네. 헤겔.
>
> — 김경주, 「정신현상학에 부쳐 횔덜린이 헤겔에게 보내는 마지막 편지」 부분. (69~70)

위에 인용된 김경주의 「정신현상학에 부쳐 횔덜린이 헤겔에게 보내

60) Martin Heidegger, 『존재와 시간』, 322면.

는 마지막 편지」에서는 “고대(古代)”로 시간이 옮겨간다. 그 이유는 횔덜린에게 현재라는 시간은 세인들에 의해 “치욕”을 견뎌야 하는 고통스러운 시간이었기 때문이다. “폭설”로 상징되는 자연의 분노 또는 인간의 분노가 횔덜린에게는 죽어가는 “심장 가장 가까운 곳”에서 멈춰버린다. 이러한 표현은 횔덜린이 현재와 맞설 힘이 없다는 심리를 반영하는 표현으로 해석된다. 횔덜린은 대신 역사의 황금시대(黃金時代, Golden Age)인 “고대”를 꿈꾸는 것이다. 횔덜린의 시 『빵과 포도주』에서의 “고대”는 신들의 황금시대로서의 이상세계이다. 반면에 현재는 고대 그리스의 신들도 예수 그리스도도 죽은 시대로서 세계의 밤[61]으로 나타난다. 그렇기 때문에, 이 세계의 밤의 시대에는 예수의 재림을 기다려야 한다는 것이다. 『빵과 포도주』라는 제목은 예수가 제자들에게 베풀었던 최후의 만찬을 재현한 영성체(領聖體) 의식에서 예수의 살을 상징하는 빵과 예수의 피를 상징하는 피를 의미한다. 즉, 횔덜린의 『빵과 포도주』는 예수가 재림의 약속으로 지상에 남기고 간 ‘빵과 포도주’를 그 제목으로 삼고 있는 것이다.

김경주의 시 「정신현상학에 부쳐 횔덜린이 헤겔에게 보내는 마지막 편지」에서 횔덜린은 자신의 이상세계인 “고대”를 꿈꾸면서 동시에 헤겔과 찍었던 사진을 꺼내 보며 우정을 추억한다. 그러면서 횔덜린은 헤겔의 『정신현상학』의 「정신」 장을 읽으며 그 소회를 고백한다. 우선 횔덜린은 헤겔과의, 깊은 우정에서 “가장 먼 곳에 있는 자,” 즉, 죽음의 세계에 가 있는 헤겔이 “가장 가까운 곳,” 즉, 삶에 세계에 있는 횔덜린 자신을 “아프게 하고 있”다면서 애도(哀悼)의 감정을 표한다.

헤겔의 『정신현상학』은 주체가 세계와 일치에 이를 때까지 스스로

---

61) Martin Heidegger, 「무엇을 위한 시인인가」, 295면.

운동하여 발전해 가는 과정을 서술한다. 즉, 『정신현상학』은 궁극적으로 주체가 인륜으로서의 세계와 일치하는 정신의 온전한 단계에 이를 때까지의 위대한 도정을 보여준다. 헤겔이 이처럼 강조하는 인륜성은 "자유의 이념이 살아 있는 선의 모습을 한 것"으로 규정된다.[62)]

김경주의 시에서 횔덜린이 읽고 있는 「정신」 장은 바로, 『정신현상학』이 완결되는 마지막 장이다. 「정신」 장에서 헤겔은 "온갖 실재라는 이성의 확신이 진리로 고양되고 이성이 자기 자신을 세계로, 그리고 세계를 자기 자신으로 의식하기에 이르렀을 때, 이성은 곧 정신"[63)]이라고 주장한다. 그리고 절대지, 즉, 스스로가 정신임을 아는 정신이 자기 완성을 하기까지 구축한 왕국을 예찬하며 헤겔의 『정신현상학』은 완결된다.[64)] 김경주의 시에서 나타난 바와 같이, 횔덜린에게 이상세계는 신들이 살아 있던 "고대"라고 한다면, 헤겔에게 이상세계는 이 「정신」 장에 구현된 세계이다. 「정신현상학에 부쳐 횔덜린이 헤겔에게 보내는 마지막 편지」에서 횔덜린은 헤겔과 젊은 시절, 함께 이상세계를 꿈꾸던 추억을 떠올리면서 헤겔의 『정신현상학』의 「정신」 장을 읽는 것이다. 그러면서 횔덜린은 비로소 '신(神)'으로 추정되는 "그 분의 눈"으로 횔덜린 자신을 바라보며 "치유"와 "사랑"을 경험한다. 이것은 횔덜린이 헤겔과의 진정한 우정을 추억하는 동안에만 가능한 기적과 같은 진실이다. 다음은 「정신현상학에 부쳐 횔덜린이 헤겔에게 보내는 마지막 편지」의 결말 부분이다.

수녀들이 다가와 내 팔다리를 꽁꽁 묶은 채 둘러앉아 기도를 하는

62) Georg Wilhelm Friedrich Hegel, 『법철학』, 303면.
63) Georg Wilhelm Friedrich Hegel, 『정신현상학』2, 17면.
64) *Ibid.,* p.361.

> 밤이면 창문으로 첨탑에 홀로 살고 있는 매가 보인다네. [중략] 수녀들이 가져다주는 신경이 없는 벌레들을 마시며 나는 죽어가고 있네. 후세는 자네와 나를 유미주의자로 보아줄까? 이 배를 밀고 바다로 가서 내 살의 항구마다 놀러 온 피들을 아무도 모르게 고래에게 던져주게. 내내 향유하게
>
> — 김경주, 「정신현상학에 부쳐 횔덜린이 헤겔에게 보내는 마지막 편지」 부분. (71)

위에 인용된 김경주의 「정신현상학에 부쳐 횔덜린이 헤겔에게 보내는 마지막 편지」는 이 시의 결말 부분이자 횔덜린의 죽음이 암시된 부분이다. 첫 구절에 나오는 "수녀"들은 이 시의 서두 부분에 나오는 "수도원"이나 "교회"와 같은 종교적인 소재들과 연관된다. 수녀는 천주교의 수도자로서 한편으로는 관상 생활을 하면서, 또 다른 한편으로는 구제 활동을 한다. 이 시에서 "수녀들"이 횔덜린의 "팔다리"를 묶고 "기도"하는 장면은 정신병으로 요양 중인 횔덜린을 "수녀들"이 간병하는 장면으로 보인다. 그러한 장면이 연출되는 것은 "수녀들"의 입장에서는 종교적 사명에 따라 구제 활동을 하는 것이기 때문이다. 그렇지만, 횔덜린의 입장에서는 정신과 치료약으로 추정되는 "신경이 없는 벌레들"로 비유된 어떤 것을 마시며 "죽어가고 있"을 뿐이다. 이와 같이, 이 시에서 "수녀들" 대(對) 횔덜린의 대립은 종교 대 예술의 대립을 대리한다. 더 나아가, 이러한 대립은 이성 대 광기의 대립 대리한다. 이러한 지점에서 횔덜린과 헤겔의 사상이 달라지는 지점이 나타난다.

하이데거는 사람들이 횔덜린과 헤겔의 우정을 근거로 횔덜린의 시가 헤겔의 철학으로부터 영향을 받았을 것이라고 믿는 통념에 반대하는데, 그것은 바로 횔덜린의 반신 개념의 독특성 때문이다.[65] 반신 개

념은 시인으로서의 횔덜린 자신의 상징이다. 이러한 개념은 그리스도교 신학의 입장에서는 용납되지 않는다. 한편, 헤겔의 『정신현상학』은 인류의 보편성을 지향하는 데 필수적인 것이 모든 주체가 이성적(理性的) 존재가 되는 것이라고 주장한다. 보편주의자이자 이성주의자로서의 헤겔의 입장에서 예술가의 광기는 용납되지 않는다. 헤겔은 시문학에서도 보편성과 총체성이 보존되기를 기대하는 것이다.[66] 그러한 의미에서 헤겔의 사상에서 미(美)는 진(眞)과 선(善)에 복속된다.

그런데 김경주의 「정신현상학에 부쳐 횔덜린이 헤겔에게 부치는 마지막 편지」에서 횔덜린은 "후세가 자네와 나를 유미주의자로 보아줄까?"라고 헤겔에게 묻는다. 여기서 횔덜린이 자신을 유미주의자(唯美主義者)로 규정하는 것은 타당성이 있다. 그러나 이 시에서 헤겔을 유미주의자라고 보는 것은 일반론과 다르다. 왜냐하면, 유미주의는 에피쿠로스 학파, 니체(Friedrich Wilhelm Nietzsche, 1844~1900), 그리고 예술지상주의 등의 예술관을 가리키는 것이 학계의 일반적인 관점이기 때문이다. 이 시에서 횔덜린이 헤겔을 유미주의자라고 보는 것은 김경주가 「오르페우스에게서 온 한 통의 엽서」에서 플라톤을 시인으로 보는 것과 유사한 맥락이다. 철학자가 주장하는 것과 실제 그 철학자의 삶 사이에 존재하는 괴리를 김경주는 가리키고 있는 것이다. 이 시에서 횔덜린의 입장에서는 정신의 완성이라는, 지극히 관념주의적인 이상을 제시하는 헤겔이 자신의 심장을 한 번도 보지 못한 채 죽었으면서도 절대지를 확신하는 것이 모종의 아이러니인 것이다. 횔덜린의 입장에서는 헤겔의 그러한 이상주의가 논리적인 것이라기보다는 유미주의적인

65) Martin Heidegger, 『횔덜린의 송가-회상』, 135~136면.
66) Georg Wilhelm Friedrich Hegel, 『헤겔 미학』III, 두행숙 옮김, 1998, 432~433면.

것이다. 그 결과 이 시에서 횔덜린은 후대가 헤겔과 자신을 유미주의자로 보아주길 기대한다. 그리고 김경주의 시세계에서 횔덜린은 김경주 자신과 동일시된다는 데 비추어 볼 때, 김경주는 이 시를 통해 자신을 유미주의자로 규정하는 것이기도 하다.

결국, 이 시의 결말은 자신의 "살"을 "고래"에게 던져주라는 횔덜린의 유언으로 끝을 맺는다. 그러한 의미에서 횔덜린이 헤겔에게 보낸 마지막 편지는 횔덜린의 유서였던 것으로 밝혀진다. 횔덜린은 죽음을 앞두고 자신보다 먼저 운명한 친구인 헤겔의 책을 읽고 그를 회상하면서 자신의 생의 마지막 말을 남긴 것이다. 이 시의 마지막 구절이 "내내 향유하게"인 것은 「파이돈」에서 소크라테스가 죽음을 앞두고 초연했던 모습을 연상시킨다. 횔덜린도 소크라테스도 육체의 죽음 앞에서 초연할 수 있었던 것은 죽음 너머 그들이 꿈꾸었던 이상세계, 이데아의 세계로 갈 수 있으리라는 믿음 때문이었을 것이다.

V. 결론

이 논문 「김경주의 철학시 연구」는 김경주의 철학으로서의 시의 가능성을 타진하고자 하였다. 이에 김경주의 철학시에 대한 논의를 정립해 가는 과정에서 우선 『나는 이 세상에 없는 계절이다』에서 철학자가 직접 거론된 시 세 편을 중심으로 철학시로서의 가능성이 모색되었다. 특히, 플라톤과 헤겔의 철학이 그의 시세계에 깊이 삼투되어 있다는 전제 아래 논증을 전개해 나아갔다.

I장에서는 김경주의 시에 등장하는 철학자와 시인인 플라톤의 이데

아론과 영혼불멸론, 헤겔의 『정신현상학』, 그리고 횔덜린에 관한 하이데거의 시론이 연구의 방법론으로 논의되었다.

II장에서는 플라톤의 영혼불멸론과 이데아론이 김경주의 시세계에 전유된 양상이 「파이돈」의 경우를 중심으로 분석되었다. 이를 통해 김경주의 「파이돈」에는 심해의 동굴에서 소멸해가는 물고기가 새가 되기를 열망하는 데서 플라톤의 『파이돈』에서 소크라테스가 사형집행을 앞두고서도 영혼불멸을 믿으며 죽음을 초월하는 이데아의 세계를 지향하는 모습을 보여주었던 것과 같은 상상력이 펼쳐졌음이 논의되었다.

III장에서는 김경주의 철학시가 플라톤에 대한 사유에서 헤겔에 대한 사유로 변화해 가는 과정을 「오르페우스에게서 온 한 통의 엽서」의 경우를 중심에 두고 논의되었다. 이를 통해 오르페우스에 비유되는 시인이 신과 인간의 중간에 놓인 반신적 존재라는 것이 밝혀지고 또한 플라톤도 시인으로 재해석되었다.

마지막으로 IV장에서는 헤겔의 『정신현상학』이 김경주의 시 「정신현상학에 부쳐 횔덜린이 헤겔에게 보내는 마지막 편지」에 전유된 양상이 논의되었다. 이 시는 헤겔과 횔덜린의 깊은 우정의 편지이자 유서를 통해, 헤겔이 정신현상학에서 정신의 자기완성으로서의 이상 세계를 추구해 가는 것이 횔덜린의 시각에는 유미주의적인 추구로 보일 수 있음이 논의되었다.

이러한 논의들을 통해 김경주의 철학시의 가치가 밝혀졌다. 김경주가 철학을 체화하여 감각적으로도 정서적으로도 아름답게 새로운 철학시를 창조해낸 것은 전례가 드물다. 그리고 김경주 시의 철학성은 그의 작품들에 인유된 철학자들인 플라톤과 헤겔로 판단하건대 영혼불멸론과 이데아론 그리고 정신현상학으로 이어진다고 볼 수 있다. 그러나,

김경주가 단순히 위대한 철학자의 사상을 '다시 쓰기' 한 시인에 불과한 것이 아니다. 김경주는 플라톤과 헤겔의 관념론적 사유를 체화하여 다시 비판적으로 재창조해낸다. 특히, 그가 「파이돈」에서 참신한 기상을 통해 플라톤의 영혼불멸론과 이데아론을 형상화한 것이나, 「오르페우스에게서 온 한 통의 엽서」에서 플라톤을 시인으로 본 것 그리고「정신현상학에 부쳐 횔덜린이 헤겔에게 보내는 마지막 편지」에서 헤겔을 유미주의자로 본 것 등은 김경주의 독창성이 돋보이는 부분이다.

김경주의 철학시가 한국문학사에서 올바로 평가되어야 하는 이유는 한국시에서 그 경우가 드문 초월성의 문제를 철학적 사유로 시화하였다는 데 있다. 나아가 철학시를 형이상시로 범위를 넓힐 경우, 한국의 철학시의 계보는 최치원, 정몽주, 이황, 이이, 한용운, 정지용, 윤동주, 고석규, 김수영, 김구용, 김춘수 등을 계승하는 지위에 놓일 수 있다. 김경주의 철학시는 그 이전의 여느 시인들의 철학시와 확연히 차별화된다. 이러한 점에서 김경주의 철학시의 문학사적 가치는 충분하다. 또한, 앞으로도 존재의 망각에 맞서 존재의 진리를 언어로 표현하는 철학으로서의 시가 한국문학사에 필요하다는 점에서 그의 시의 전위성은 더욱 가치가 있다.

참고문헌

1. 기본 자료

김경주, 『나는 이 세상에 없는 계절이다』, 랜덤하우스, 2008.

______, 『기담』, 문학과지성사, 2008.

______, 『시차에 눈을 달랜다』, 민음사, 2009.

______, 『고래와 수증기』, 문학과지성사, 2014.

2. 국내논저

강주현, 「〈폭설, 민박, 편지1〉 의 상호텍스트적 분석과 교육적 의의」, 『한국어문교육』제25권, 2018.

권혁웅, 「미래파-2005년, 젊은 시인들」, 『미래파』, 문학과지성사, 2005.

김남진, 「죽은 시인의 사회: 한국 미래파에 대한 장 이론적 분석」, 서강대학교 사회학과 대학원 석사학위논문, 2018.

김영란, 「공연예술 콘텐츠로서 시극의 발전과제-김경주 시극을 중심으로」, 『인문사회21』제8권 제3호, 2017.

박한라, 「김경주 시에 나타난 감각 운용 연구」, 『한민족어문학』제78호, 2017.

신형철, 「문제는 서정이 아니다-웰컴, 뉴웨이브」, 『몰락의 에티카』, 문학동네, 2008.

______, 「감각이여, 다시 한번-김경주 시에 대한 단상」, 『몰락의 에티카』, 문학동네, 2008.

안삼환, 『새 독일문학사』, 세창출판사, 2018.

이병철, 「2000년대 한국 시의 서브컬처와 오타쿠 문화 수용 양상: 소위 '미래파' 시인의 시를 중심으로」, 중앙대학교 문예창작학과 대학원, 2014.

이현정, 「한국 현대시에 나타난 극적 요소 연구」, 『한국시학연구』제56호, 2018.

최종환, 「2000년대 현대시론의 정전 구성과 메시아주의 수용 문제 - '미래파 시론'을 중심으로」, 『우리어문연구』제29권, 2015.

3. 국외 논저 및 번역서

Bergen, Véronique, *L'ontologie de Gilles Deleuze*, Paris: L'harmattan, 2001.

Carman, Tayor, "The Question of Being," Wrathall, Mark A., et al., *The Cambridge Companion to Heidegger's Being and Time,* Edited by Mark A. Wrathall, Cambridge: Cambridge University Press, 2013.

Eliane, Escoubas, *Questions Heidegeriennes-Stimmung, Logos, Tradiction, Poésie,* Paris: Hermann Éditeurs, 2010.

Halliburton, David, "The essence of Poetry: Hölderlin," P*oetic Thinking: An Approach to Heidegger*, Chicago & London: The University of Chicago Press, 1981.

Heidegger, Martin, 『존재와 시간』, 이기상 옮김, 까치, 2001.

______________, 「플라톤의 진리론」, 『이정표』1, 신상희 옮김, 한길사, 2005.

______________, 『횔덜린의 송가-이스터』, 최상욱 옮김, 동문선, 2005.

______________, 「무엇을 위한 시인인가」, 『숲길』, 신상희 옮김, 나남, 2009.

______________, 『횔덜린의 송가-게르마니엔과 라인강』, 최상욱 옮김, 서광사, 2009.

______________, 『횔덜린의 송가-회상』, 신상희 외 옮김, 나남, 2011.

______________, 「언어에 이르는 길」, 『언어로의 도상에서』, 신상희 옮김, 나남, 2012.

Georg Wilhelm Friedrich Hegel, 『헤겔 논리학』, 김계숙 옮김, 서문문화사, 1997.

_________________________, 『헤겔 미학』III, 두행숙 옮김, 1998.

_________________________, 『법철학』, 임석진 옮김, 한길사, 2008.

_________________________, 『정신현상학』1·2, 임석진 옮김, 한길사, 2009.

Hölderlin, Friedrich, 『빵과 포도주』, 박설호 옮김, 민음사, 1997.

Halliburton, David, *Poetic Thinking: An Approach to Heidegger*, Chicago & London: The University of Chicago Press, 1981.

Plato, 『국가』, 박종현 역주, 서광사, 2011.

_____, 「파이돈」, 『소크라테스의 변론·크리톤·파이돈·향연』, 천병희 옮김, 숲, 2002.

Ransom, John Croew, "Poetry: A Note in Ontology," *The American Review,* New York:

May 1934.

Ross, William David, 『플라톤의 이데아론』, 김진성 옮김, 누멘, 2011.

White, David A.,"Saying and Speaking," *Heidegger and the Language of Poetry*, Lincoln & London: University of Nebraska Press, 1978.

■ 보론

1 원죄와 속죄: 최문자 시인론

신화(神話)는 유한자인 인간의, 존재의 시초에 대한 물음의 답이다.[1] 그런 의미에서, 최문자 시인의 시세계는 신화적인 세계의 체현이다. 그녀의 시에서는 천상과 지상이 하나가 된다. 그녀의 시에서는 신과 인간이 공존하며 한 편의 드라마가 이뤄지고 있다. 그 가운데 『성경』의 「창세기 Genesis」에 나오는 에덴(Eden)은 그녀의 상상력의 중심에 있다. 바로 아래의 시편들이 그러하다.

(i) 에덴동산으로부터 시작된 사과 사건

— 최문자, 「사과 온라인」 부분.[2]

(ii) 아담이 실패한 사과밭이다/날마다 태초의 사과에게로 갔다가 내게로 돌아온다//[…]유혹 이후/날마다 새로 생긴 유혹에 밑줄을 긋고 사닥다리를 기다렸다

— 최문자, 「사이」1 부분.[3]

1) Mircea Eliiade, 『신화와 현실』, 이은봉 옮김, 한길사, 2011, 67면.
2) 최문자, 「사과 온라인」, 『사과 사이사이 새』, 민음사, 2012, 24면.

(iii) 이브가 수치를 가릴 때/흔들리던 부표, 그 떨리던 꽃잎/자장가처럼 간지럽게 흘러내리는 꽃잎/태초에 신이 진흙을 주물럭거릴 때/진흙을 뚫고 여자로 움트던 꽃잎

— 최문자, 「꽃잎」 부분.[4)]

(iv) 누가 사과처럼 날 따버린 거야//반복되는 태초의 사과 연습//이 넓은 지구에다 아이를 툭툭 떨어뜨리는 사과의 엄마들[…]//뱀과 여전히 헤어지지 않아

— 최문자, 「사과처럼」 부분.[5)]

(v) 나는/사과의 피가 흐르는 사람이었을까/사람의 피가 흐르는 사과였을까/연대조차 알 수 없는/선과 악의 무수한 점들이 찍힌 영혼을 걸친 듯한/계속 사람의 문장을 같이 쓴 흔적이 있는/사과 같은 사람들은 사과 없는 광야를 건넜다

— 최문자, 「사과 사이 사이 새」 부분.[6)]

위에 인용된 부분들은 모두 에덴에서 아담과 하와가 선악과(善惡果, the tree of the knowledge of good and evil)를 따먹은 신화적 사건을 시의 핵심적인 모티프로 삼고 있다. 이 모티프는 그녀의 시들에서 반복되고 있는 것이다. 그것은 그녀의 시의 주제의식이 끊임없이 되돌아가는 원점에 에덴의 아담과 하와가 있다는 것이다. 『성경』에서 여호와는 선악과를 따먹은 대가가 사망이 될 것이라고 분명히 경고하고 있다. 그런데 하와는 뱀이, 여호와가 선악과를 못 먹게 하는 것은 인간도 선악에 눈이 밝아져 하나님과 같이 될 것을 경계하기 때문이라고 꾀는 말에 아

3) 최문자, 「사이」 1, 『사과 사이사이 새』, 20면.
4) 최문자, 「꽃잎」, 『나무 고아원』, 세계사, 2003, 13면.
5) 최문자, 「사과처럼」,『파의 목소리』, 문학동네, 2015, 52~53면.
6) 최문자, 「사과 사이 사이 새」, 『사과 사이사이 새』, 38면.

담과 함께 선악과를 먹게 된다. 이것은 여호와에 의하여 만들어진 피조물, 그것도 여호와의 형상에 따라 만들어진 피조물, 최초의 인간, 아담이 자신의 창조주에게 불순종(不順從)한 첫 사건이다. 이러한 불순종이 곧 기독교적 의미에서 죄이다. 또한 이 죄는 인간이 지은 최초의 근원적인 죄이므로 원죄(原罪, original sin)라 한다. 원죄는 아담의 죄이다.[7] 아담 이후의 모든 인간은 이러한 원죄를 갖게 된다. 그렇다면, 여호와의 형상에 따라 창조된 인간이 원죄를 갖게 된 이유는 무엇인가? 그것은 여호와가 인간에게 자유의지(自由意志, free will)를 주었기 때문이다. 최문자의 시적 주체는 인간에게 주어진 자유의지 가운데서 끊임없이 갈등하는 실존을 있는 그대로 보여준다. 그녀의 시에서 시적 주체는 하와와 동일시된다. 하와라는 이름의, 인간 최초의 여자는 제 남자를 "유혹"하기도 하고(「사이」1), 그 유혹의 근원이 되는 욕망에 대하여 "수치"를 느끼기도 한다(「꽃잎」). 니체(Friedrich Wilhelm Nietzsche, 1844~1900)는 기독교가 인간의 성(性)과 욕망을 죄악시 하는 것을 비판하였다. 그 이유는 그것이 마치 바다에 파도가 일 듯, 인간의 몸에서 자연스럽게 발생하는 것으로 보는 것이 그의 인간관이었기 때문이었다. 그런 의미에서 그는 자신이 이상적인 존재로 제시한 초인(超人, Übermensch)은 마치 악마와 같다며, 강렬한 수사(修辭)를 동원하여 역설(力說)한 바 있다. 최문자의 「사과처럼」에서는 니체가 바라 본 것과 유사한 관점에서 인간의 목소리가 울려 퍼지고 있다. 즉, 「사과처럼」의 시적 주체는, 성(性)은 종(種)의 보존을 위해 인간의 몸에 내재하는 것으로, 성애(性愛)란 인류의 역사 대대로 반복되지 않을 수 없는 것이므로, 악마의 표상인 "뱀"과의 공모 관계를 청산할 수 없다고 항변하고 있는 것

7) Søren Aabye Kierkegaard,『불안의 개념』, 임규정 옮김, 한길사, 1999, 125면.

이다. 그녀는 기독교적 세계관의 프레임 안에 있으면서도 가장 반기독교적(反基督教的)이었던 철학자인 니체의 세계관으로까지 흔들리고 있다. 그녀의 작품에 의의가 있다면, 바로 그러한, 하와의 실존을 정직하게 밝혀 보이고 있다는 것이다.

> 나를 잡아당기는/너는 무슨 색인가?/그 색으로 그린 그림/고통에게 깨물릴까 봐/뒤돌아보지 못한다
>
> — 최문자, 「소돔과 고모라」 부분.[8)]

『성경』의 「창세기」에서 인간의 타락에 대한 경고로, 여호와가 아담과 하와를 에덴으로부터 추방한 이후, 다시 한 번 인간의 타락에 경고의 메시지를 보내는 것은 바로 소돔(Sodom)과 고모라(Gomorrah)를 멸망시킨 것이다. 그 이후, 소돔과 고모라는 인류의 역사에서 인간의 타락이 극악에 달한 도시의 상징으로 통용된다. 신약성서(新約聖書)에서 다시 이것이 언급되는 부분은 「루카 복음서 Luke's Gospel」과 「마태오 복음서 Matthew's Gospel」이다. 여기서 예수는 최후의 심판이 있은 다음 하나님의 나라가 도래하기 전에 다시 한번 소돔과 고모라가 멸망했던 것과 같은 일이 있을 것이라고 예언하는 것이다. 그러므로, 소돔과 고모라는 『성경』의 처음인 「창세기」로부터 그 끝인 「요한 묵시록 Apocalypse of John」까지 관통하는 멸망의 상징이다. 이 멸망은 여호와의, 불의(不義)에 대한 심판의 의미이다. 그런 의미에서 최문자의 시 「소돔과 고모라」는 지독하게 무겁다. 이 시에서 롯(Lot)을 연상시키는 "나"는 그 심판의 의미를 두려워하기 때문에 사랑의 이름으로 "나를 잡아당기

---

8) 최문자, 「소돔과 고모라」, 『그녀는 믿는 버릇이 있다』, 시와표현, 2006, 82면.

는/너"를 거절한다. 최문자의 「소돔과 고모라」는 『성경』의 소돔과 고모라를 제 나름의 다른 결말로써 각색하고 있는 것이다.

> (i) 달콤함이 구원이 될 경우는 없지만[…]//성찬예식이 시작되고 […]사소한 것만 참회했다[…]아무렇지 않게 보혈을 마셨다[…] 내 안에 갇혀서 순간순간 속죄양이 되어주던 달콤함의 세계[…]// 죽어버린 이 달콤함을 어디에다 흘려버릴까
>
> — 최문자, 「오렌지 성만찬」 부분.[9)]

> (ii) 하나님이/강둑에 세워둔 표지판/'낚시금지'/하나님이 말갛게 씻어놓은 죄를/이미 용서받은 물고기들을/밤새워 내가 끄집어올립니다
>
> — 최문자, 「죄책감」 부분.[10)]

『성경』에서 인간의 죄에 대한, 여호와의 심판을 멈추게 하는 것은 예수가 십자가에 못 박혀 보혈(寶血)을 흘림으로써, 그 죄를 대속(代贖)하여 주는 것뿐이다. 다시 말해, 예수가 속죄양(贖罪羊)이 되는 것이다. 인간은, 최문자의 「죄책감」의 시적 주체가 보여주는 것처럼 끝없이 죄를 반복하는 존재이다. 기독교적 세계관에서 인간은 스스로 죄에서 벗어날 수 없다. 인간이 죄로부터 벗어나는 것은 예수에 의한 구원(救援)을 통해서만 가능하다. 예수의 구원은 신이 인간에게 선사하는 무상의 선물이자 최고의 사랑이다. 그러나 최문자의 「오렌지 성만찬」은 죄에 대한 사랑을 말한다. 인간이 죄를 사랑하는 것은 그것이 마치 오렌지처럼 달콤하기 때문이다. 그녀의 시에서 시적 주체가 "뱀"과 결별하지 못했

---

9) 최문자, 「오렌지 성만찬」, 『파의 목소리』, 86면.
10) 최문자, 「죄책감」, 『그녀는 믿는 버릇이 있다』, 시와표현, 2006, 83면.

던 것도, 말하자면, "뱀"의 유혹이 인간의 귀에 달콤했기 때문이다. 그러므로, 그녀의 시에서 "뱀"과 "오렌지"는 동일한 의미의 맥락 안에 있다고 할 수 있다. 그 달콤한 것들을 욕망이라고 부를 수도, 쾌락이라고 부를 수도 있을 것이다. 그렇다면, 최문자 시는 신의 거룩한 사랑에도 불구하고 욕망이라면 욕망, 쾌락이라면 쾌락을 끝끝내 다 포기할 수 없는 것일까?

(i) 나무십자가를 메고/어디 가서 못 박히고 싶은 이 밤

— 최문자, 「못의 행방」 부분.[11)]

(ii) 고통이 득실거리는 겟세마네 동산./죽을까 말까 머뭇거릴 때마다/다시 메스를 댄다

— 최문자, 「옻나무밭」 부분.[12)]

(iii) 그녀는 믿는 버릇이 있다[…]//무거웠던 수만 개의 못들을 자르르 쏟아버린다./믿을 때마다 돋아나던 못,/ 못들을 안아야 돋아나던 믿음./그녀는 깊은 밤/피를 닦으며 잠이 든다.

— 최문자, 「믿음에 대하여」 부분.[13)]

위에 인용한 (i)~(iii)은 십자가형(crucifixion)을 모티프로 삼고 있다. 십자가는 그 자체로 기독교를 가리키는 상징이다. 그만큼, 십자가는 기독교의 교리에서 핵심이다. 인간의 구원은 예수의 대속에 의한 속죄에 의해서 이루어지는 것일 뿐 아니라, 그 이후, 신과의 관계를 온전히 회

11) 최문자, 「못의 행방」, 『그녀는 믿는 버릇이 있다』, 78면.
12) 최문자, 「옻나무밭」, 『나무 고아원』, 26면.
13) 최문자, 「믿음에 대하여」, 『나무 고아원』, 55~56면.

복하는 데 있다. 그렇게 하기 위해서는, 예수가 사랑을 실천한 방식 그대로 인간도 사랑을 실천해야 한다. 그것은 인간도 예수처럼 십자가에 못 박히는 것이다. 십자가에 못 박히는 것은 예수의 제자가 된 자가 가야 할 길이다. 최문자의 시 「못의 행방」이나 「믿음에 대하여」에서 시적 주체가 십자가에 못 박히는 것은 바로 예수의 제자로서 예수와 같은 운명을 감내하는 것이다. 시적 주체는 예수와 동화된 상태의 상상력 안에서 형성되고 있다. 십자가형 모티프는 가장 기독교적인 것이다. 이처럼 기독교는 가장 비극적인 세계관을 가지고 있는 종교이다. 그럼에도 불구하고, 예수의 제자들이 기꺼이 십자가에 못 박힐 수 있는 것은 지복(至福)을 지상(地上)이 아니라 천상(天上)에 쌓고자 하기 때문이다.

니체는 『차라투스트라는 이렇게 말했다』에서 "연민이란 사람을 사랑한 그가 못 박혀 죽은 바로 그 십자가 아닌가? 그러나 나의 연민은 결코 십자가형이 아니다"[14]라고 말한다. 이 장면은 『차라투스트라는 이렇게 말했다』의 머리말로 초인이란 어떤 존재인가 소개하는 단계에서 십자가형을 정면으로 비판하는 장면이다. 그만큼 기독교에서 신의 인간에 대한 사랑이 연민의 일종이며, 그 궁극이 십자가형에 있는 것이라면, 과연 진실로 그러한 신에게 당신은 만족할 수 있는가라고 니체는 독자들을 향하여 묻고 있는 것이다. 최문자의 시가 기독교의 세계관 안에 있으면서도 인간의 타락의 이면에 인간의 본성으로부터 자연발생적으로 생겨나는 욕망과 쾌락에 대한 추구가 있음을 옹호하고 싶어 하는 것은 니체의 사상처럼 사신론(死神論)이라는 극한까지는 가지는 않았지만, 신에 대한 반항이 있다는 것을 보여준다. 그녀의 시에서 죄에 대

14) Friedrich Wilhelm Nietzsche, 『차라투스트라는 이렇게 말했다』, 정동호 옮김, 책세상, 2000, 19면.

한 달콤한 사랑이 반복되는 것도 십자가형이라는 사랑의 방식에 반항하는 바가 있기 때문인 것이다.

> (i) 부활절 새벽 교회 모퉁이를 막 돌아서다가 헛구역질을 했다
>
> — 최문자, 「부활절」 부분.[15]

> (ii) 나는//아무도 모르게//부활하지 않는다//쉽게 부활한 사람들은//이미 칼을 들고 있다//강제로 물감 들인 알록달록한 달걀들//이미 며칠째 썩고 있다//칼과 썩은 달걀들이//무더기무더기 알을 낳는다//부활절 새벽//정말 아무도 모르게//나는 부활하지 않는다
>
> — 최문자, 「Vertigo 3 — 부활절」 전문.[16]

> (iii) 짐이 무거워서 죽으러 간 트럭이 있다//[…]무거워서 드문드문 하나님을 빠뜨리고/고개 숙인 트럭을 따라간 적이 있다/부활절이 되면/메시아처럼 목이 말랐다/달리면서 목이 말랐다//[…]그동안/너무 오래 하나님 사정거리 안에 있었다
>
> — 최문자, 「트럭 같은」 2 부분.[17]

위에 인용된 (i)~(iii)은 모두 부활절(復活節, Easter)을 모티프로 삼고 있다. 부활절은 예수의 부활을 기념하는 날이다. 「로마서 The Epistle to the Romans」 6장 8~9절에는 "만일 우리가 그리스도와 함께 죽었으면 또한 그와 함께 살 줄을 믿노니 이는 그리스도께서 죽은 자 가운데서 살아나셨으매 다시 죽지 아니하시고 사망이 다시 그를 주장하지 못할 줄 앎이로다"라고 하여 부활의 의미가 기록되어 있다. 즉, 이 구절은 예

15) 최문자, 「부활절」, 『그녀는 믿는 버릇이 있다』, 46면.
16) 최문자, 「Vertigo 3 — 부활절」, 『사과 사이사이 새』, 92~93면.
17) 최문자, 「트럭 같은」 2, 『파의 목소리』, 20~21면.

수를 믿는 자는 예수가 십자가형을 당할 때 같이 십자가에 못 박혀 죽고, 예수가 부활할 때 같이 부활한다는 의미이다. 그러므로, 부활절은 예수의 부활을 기념하는 날이기도 하지만 신도들의 부활을 기념하는 날이기도 한 것이다. 그런데 여기서 부활이란 죽었던 사람이 다시 살아난다는 사전적 의미 이외에 성경적 의미가 있다. 즉, 「코린토 신자들에게 보낸 첫째 서간 First Epistle to the Corinthians」 15장 44절은 그 부활이 "영의 몸(the spiritual body)", 즉 영체(靈體)로의 부활임을 알려주고 있는 것이다. 그러므로 기독교인에게 부활절이란 예수가 십자가에 못 박힐 때 같이 못 박힘으로써 죄 사함을 받은 다음 영적으로 거듭나 새 사람이 되었음을 기념하는 날인 것이다. 그러나 위에 인용한, (i)~(iii)에 나타난 최문자의 시구절들 가운데의 부활절은 평범한 기독교인이 맞이하는 부활절과는 전혀 다른 모습을 보여준다. 예컨대, 「부활절」에서 시적 주체는 "헛구역질"을 하고 있는 것이다. 그 이유는 무엇인가 살펴보면 다음과 같다. 「트럭 같은」2에서 시적 주체는 부활절에 "메시아처럼 목이 말랐다"고 절박하게 고백을 하고 있다. 메시아(messiah)의 의미는 히브리어로 '기름 부음을 받은 자'로 제사장, 예언자, 왕 등을 가리킬 수 있지만 문맥상 이 시에서는 구원자로서의 예수로 해석된다. 그러니까 이 시의 주체는 십자가에서 아버지를 부르며 죽었다가 부활한 예수만큼 구원이 갈급했다고 말하고 있는 것이다. 이 시에서는 곧 죽을 만큼 무거운 삶의 고뇌에 짓눌려 있는 시적 주체의 모습이 보이고 있는 것이다. 그러면서 최문자는 다시 「Vertigo 3—부활절」에서 부활의 무거움에 대하여 역설적(逆說的)인 언술을 하고 있다. 부활절에 삶은 달걀을 신도들 간에 나누어 먹는 것은 일종의, 민간의 풍습이다. 그 의미는 누구나 짐작할 수 있다시피, 병아리가 알을 깨고 나오는 것이 죽은 자가 다시 살아나는 부활을 연상시킨다는 데 있다. 그러나 이 시의 주체는 다음과 같이 고백한다. 만약, 인간이 전존재를 걸고, 자신의 속죄를 통한 구원을 얻고자 한다면, 어떻게, "알록달록한 달걀"처럼 겉으로 화려해 보일 수 있는가, 실상은 "썩은 달걀"인 것은 아닌가라는 질문을 던지는 이 시의 주체는 차라리 "나는 부활하지 않는다"라고 고백하고 있는 것이다. 이 고백은 표면적으로 신앙에 대한 절망에서 울려나오는 목소리일 수 있다. 그러나 심층적으로 아직 죽음의 어둠 가운데서 헤어 나오지 못한 자의, 그 누구보다 간절한 구원에 대한 갈망에서 울려나오는 목소리일 수도 있는 것이다. 이처럼 최문자는 속죄의 완성으로서의 부활을 기념하는 날에조차 그것을 하나의 축제로 받아들이는 기쁨의 정서를 가질 수 없을 만큼 비극적인 정조에 잠겨 있다.

> (i) 하나님은 /무서운 모종삽을 들고/옴팍옴팍 나를 파서/척박한 몹쓸 땅에/나를 옮겼다
>
> — 최문자, 「꽃 모종」 부분.[18)]

> (ii) 세상이 꽁꽁 얼어붙었습니다 하나님,//팽이 치러 나오세요// [⋯] 다시 쓰러지는 이게//제 사랑입니다. 하나님
>
> — 최문자, 「팽이」 부분.[19)]

그러나 최문자는 배교(背敎)의 길을 가지 않는다. (i)에 인용된 부분은 고난 가운데서도 "나"라는 피조물의 창조주를 여호와로 받아들인다는 시적 주체의 고백이다. 이 시의 제목에 나타난 "꽃"이란 그 자체로 완전

---

18) 최문자, 「꽃 모종」, 『나무 고아원』, 29면.
19) 최문자, 「팽이」, 『그녀는 믿는 버릇이 있다』, 76~77면.

하게 생명의 신비를 구현한 존재의 상징이 아닐 수 없는 것이다. 나 자신의 존재를 꽃으로 받아들이는 그 은유(隱喩)는 그 자체로 창조주에 대한 경배이다. 다만, "몹쓸 땅"이란 구절이 지난한 고난을 상징할 따름이다. 이것은 「팽이」에서 "세상이 꽁꽁 얼어붙었"다는 표현으로 변주되기도 한다. 그러한 세상에서 시적 주체는 신과 자신의 관계를 '팽이치는 사람'과 '팽이'의 관계에 유비한다. 맞아야 제 본성을 드러내고 존재의 가치를 가질 수 있는 팽이는 그러므로 신에 대한, 희생적인 사랑의 자세를 상징한다고 규정되지 않을 수 없다. 이 시에서 고통을 놀이로 승화(昇華)하여 사랑이라 부르는 것은, 여성이 주이상스(jouissance)의 영역에서는 우월하다고[20] 라캉이 말한 바를 연상시킨다. 최문자의 시적 주체의 이러한 경지는 십자가 위의 비극성과 닮은 점이 있는 것처럼 보이면서도 다른 점이 있다. 그것은 바로 종교의 경지에서 끝내 답을 다 얻지 못한 실존의 고뇌를 예술의 경지로 승화시키는, 모종의 비약이 감지된다고 하는 것이다. 이 지점에서 최문자의 시는 단순히 종교적 모티프를 소재를 차용한 예술의 차원을 넘어 자신의 내적 진실을 온몸으로 궁구하는 과정에서 종교의 예술화한 차원에 이르렀다고 할 수 있을 것이다. 이와 같이, 최문자의 시는 에덴의 원죄로부터 십자가의 속죄까지를 기독교적 세계관 가운데 존재하는 시적 주체의 상상력으로 인간 여자여서 더 아름다운 예술의 경지를 보여주었다.

여성으로서 세계 문학사에 빛나는 업적을 남겼던 버지니아 울프는 사회적으로는 여성 참정권 운동에도 참여하는 모습을 보인 한편, 개인사적으로는 우울증과 거식증을 앓았으며 끝내 자살로 생을 마감했다는

---

20) Jacques Lacan, "Woman, Truer and More Real," *Anxiety—The Seminar of Jacques Lacan Book X*, edited by Jacques—Alain Miller, Translated by A. R. Price, Cambridge: Polity Press, 2014, p.183.

데서[21] 여성 작가의 명암을 동시에 가지고 있다. 최문자 시인도 사회적으로는 대학 교수와 총장으로서의 존경받을 만한 모습을 보여주었지만, 개인사적으로는 그녀의 시를 보건대 그 어느 시인보다도 고통스러운 종교적 실존을 감내하는 삶을 살아냈을 것이라는 명암을 동시에 가진 것으로 보인다. 그러나 어느 면에서나, 그녀의 삶과 시는 인간의 보편적 가치를 고양시킨 것이 분명하다는 데 대단히 큰 의의가 있다.

21) Gillian Beer, "Biographical Preface," Virginia Woolf, *The Waves*, Edited with an Introduction and Notes by Gillian Beer, London: Oxford University Press, 2008, pp. viii~ix.

참고문헌

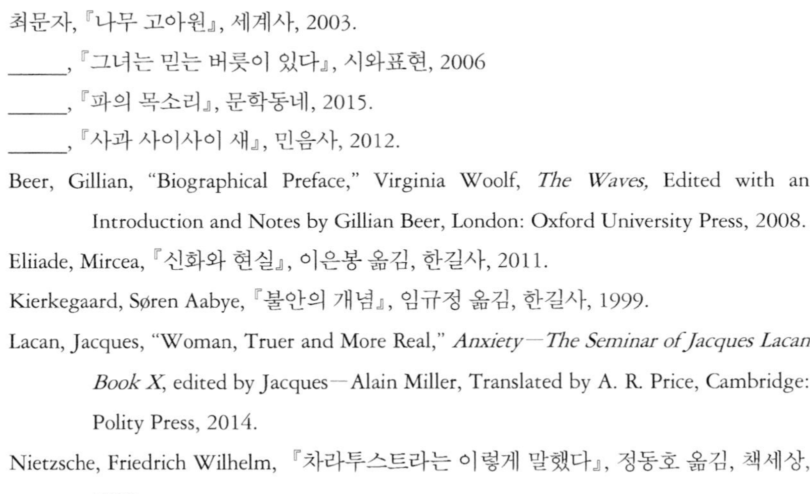

최문자,『나무 고아원』, 세계사, 2003.

_____,『그녀는 믿는 버릇이 있다』, 시와표현, 2006

_____,『파의 목소리』, 문학동네, 2015.

_____,『사과 사이사이 새』, 민음사, 2012.

Beer, Gillian, "Biographical Preface," Virginia Woolf, *The Waves,* Edited with an Introduction and Notes by Gillian Beer, London: Oxford University Press, 2008.

Eliiade, Mircea,『신화와 현실』, 이은봉 옮김, 한길사, 2011.

Kierkegaard, Søren Aabye,『불안의 개념』, 임규정 옮김, 한길사, 1999.

Lacan, Jacques, "Woman, Truer and More Real," *Anxiety—The Seminar of Jacques Lacan Book X,* edited by Jacques—Alain Miller, Translated by A. R. Price, Cambridge: Polity Press, 2014.

Nietzsche, Friedrich Wilhelm,『차라투스트라는 이렇게 말했다』, 정동호 옮김, 책세상, 2000.

2 영원의 시인: 오세영 시인론

I. 영원

오세영(1942~) 시인은 영원(永遠)의 시인이다. 그는 1968년『현대문학』에「잠깨는 추상(抽象)」으로 등단한 이래, 2016년『가을 빗소리』(시작사)를 상재(上梓)하고 현재에 이르기까지, 영원성(永遠性)이란 시적 주제를 지속적으로 탐구해 왔다. 이에 대해서는 그가 자신의 시론(詩論)「내 시의 좌표」에서도 밝힌 바 있다.

그가 영원성을 추구하는 경향은 최근작에서 더욱 심화되고 있는 것으로 보인다.「동화」,「그래서 어떻다는 것인가」,「유니세프 아동 구호기금」,「기다림」,「한 생애」 5편의 시는 노년(老年)이 된, 자기 자신의 자화상(自畵像)을 정직하게 바라보는 시인의, 영원에 대한 명상(冥想)이 독자(讀者)의 심금(心琴)을 울리고 있다. 그것은 그가 자신의 일상(日常) 속에 다가와 있는 죽음을 일생에 비추어 관조(觀照)하면서도 영원한 자유(自由)와 희망(希望)의 노래를 지속하고 있기 때문이다.

II. 비상

그때마다 당신은 다시/내 손목을 잡아주었다./그러나 이제 내게 뿌리칠 것이 없어진/노년의 어느 날/너 홀로 가라고 당신은/더 이상 나를 붙잡지 않았다./어디선가 피리소리가 아스라이 들려왔다./바람이 부는/그 피리소리에 홀려 어디론가 길을 나서다/문득 헛발을 디딘 순간 나는/천길인지 만길인지, 벼랑인지, 수심인지/아득한 허공을 미끌어 떨어져내렸다/나는 그것을 비상(飛翔)이라고 생각했다./황홀했다.

—오세영, 「동화」 부분.

이 시 「동화」는 '노년(老年)'이란 시어가 표면에 드러나 있는 작품이다. 시인은 '노년'이란 더 이상 '손목'을 붙잡아 줄 당신이 없는, 고독한 시기임을 고백하고 있다. 여기서 '손목'은 시적 여운이 상당히 깊은 시어이다. '손목'은 붙잡아 주는 당신에게는 구원(救援)을, 붙잡히는 나에게는 의지(依支)를 상징한다. 그렇다면, '노년'이란 더 이상 당신과 나 사이에 구원도 의지도 없는 시기라는 의미가 성립된다. 노년은 절체절명(絶體絶命)의 고독(孤獨)만이 덩그러니 남겨진 시기인 것이다. 그러나 그 고독은 역설적으로 모든 속박(束縛)으로부터의 해방(解放)인 것일까? '노년'의 시인은 유혹(誘惑)의 '피리소리'에 이끌려 길을 잃고 '허공(虛空)'에 이르지만, 그것을 '비상(飛翔)'으로 받아들이며 '황홀(恍惚)'의 감흥(感興)을 느끼는 경지에까지 다다라 있다. 그런 차원에서 '노년'은 해방의 진정한 의미를 몸소 깨닫고 그것을 누릴 수 있는 시기임을 시인은 보여주고 있다. 그것은 장년(壯年)의 나이에 가장 많은 사회활동을 함으로써 가장 개인적인 자유가 적어지는 생활과 대조적이라고도 할 수 있겠다. 그렇다면 '노년'은 고독 한가운데서, 해방된 진정한 자기 자신을 만나고, 자기 자신을 완성할 수 있는 시간이기도 할 것이다. 그러한 데 비상의 황홀을 느끼는, 시인만의 해방이 함께 할 수도 있을 것이다.

III. 희망

> 그래도/무엇인가 모를/단지 어제보다 나을,/그러면서도 그 났다는 것이 무엇인지 모를/그 어떤 것을/기다리며 다시 하루를 맞는다./그것을 희망이라 부르면서/희망이 있어야/산다고 하면서
>
> —오세영, 「그래서 어떻다는 것인가」 부분.

노년의 시인은 자유로운 비상의 존재이기 때문일까? 그 또한 시간 안에서는 유한(有限)할 수밖에 없는 인간임이 틀림없음에도 불구하고, 그에게 '하루'라는 시간은 다르다. 그에게 오늘의 '하루'는 더 나은 내일의 '하루'를 기다리는 '희망'의 시간인 것이다. 그렇다면 더 나은 무엇을 기다리는 것일까? 시인은 자신이 기다리는 것이 무엇인지 모른다고 고백한다. 그것은 일종의 부조리(不條理, L'Absurde)[1]의 상황이다. '희망'의 실질적인 내용이 비어있기 때문이다. 다시 말해 허무(虛無, nihil)의 한가운데 시인의 실존(實存)이 놓여 있는 것이다. 그가 시론에서 자신을 허무주의자(虛無主義者)이자 염세주의자(厭世主義者)라고 말하는 근거

---

1) Albert Camus, 『시지프스의 신화』, 민희식 옮김, 육문사, 1989, 162면.

도 바로 그러한 데 있으리라 헤아려진다. 다만, 그는 '희망'이란 인간을 살게 하는 것이라고 주장한다. '희망' 그 자체로 인간의 영혼을 숨 쉬게 하는 공기와 같은 것이라고. 그렇다면, '희망'은 부조리가 심화된 상황에 놓인 노년의 시인이 삶에 대하여 취하는 태도로서의, 일종의 신앙(信仰)이라고 부를 수 있을 것이다.

IV. 기다림

> 누구에겐가 쿵 떠밀려서/바닥에 떨어져 어리둥절/눈을 뜬 지상은/새소리 바람소리 물결소리/햇빛에 눈이 부시다.//[중략]천재는 요절, 미인은 박명,/이미 이른 나이에 팔려가/옆자리는 텅 비어 있는데/홀로 빈 매대를 지키는 나는/누구인가/하염없이 누군가를 기다리는……
>
> ―오세영, 「기다림」 부분.

'희망' 자체가 하나의 신앙인 시인에게는 자신의 죽음에 어떠한 가치와 의미를 부여하는 데서도 다른 모습을 보여준다. 「기다림」이란 시에서 시인은 자신을 '매대(賣臺)'에 놓여 있는 하나의 상품에 비유한다. 상품이 된 시인이 기다리는 누군가는 바로 자신의 값을 올바르게 치러 줄 고객일 것이다. 다시 말해, 시인은 자신의 진정한 가치를 인정해 줄 타자(他者)를 찾고 있다는 의미이다. 결국, 인간이 허무와 염세 가운데서도 가슴에 품고 사는 '희망'이란, 자신의 존재(存在)의 진리(眞理)를 인정해 줄 타자를 만나는 것 이상이 아닌지도 모른다. 시인은 그 타자를 '누구'라는 막연한, 미지(未知)의 존재로 부르고 있다. 그는 다른 시에서도 그러한 '누구'를 자주 불러내고 있다. 그 '누구'는 과연 '누구'일까? 먼저 그는 「기다림」이란 시에서 '누구'에게 떠밀려서 지상에 왔다고 고백한다. 하이데거(Martin Heidegger, 1989～1976)는 인간의 그러한 실존적 상황에 대하여 피투성(被投性, Geworfenheit)[2)]이라고 규정한 바 있다. 인간을 지상에 던진 '누구'는 이 시에서 미지의 '신적(神的) 존재(存在)'라고 가정해 볼 수 있을 것이다. 이 시 「기다림」에서 시인은 자신을 세상으로 던진 미지의 '신적 존재'가 돌아와 자신의 가치를 온당히 부여해 준 다음 자신을 데려가 주기를 기다리고 있는 듯하다.

V. 비움

> 물질을 비우면 그만큼 마음은 더/충만해지는 것,/왜 몰랐을까/삶과 죽음 또한 그렇지 않겠는가?/질량불변이다.//[중략]죽음이란 길바닥에 버려진 동전이/누구에겐가 밟혀 거두어지는 일일지도/모른다.
>
> —오세영, 「유니세프 아동 구호기금」 부분.

「기다림」에서 죽은 자를 데려가는 '누구'라 불리는, 미지의 '신적 존재'는 다음 시, 「유니세프 아동 구호기금」에도 등장한다. 이 시에서 시인은 표면적으로는 적선(積善)의 행복을 말한다. 굶주린 아이들의 배를 부르게 해 줌으로써 얻는 행복을 통해서, 시인은 물질보다 값진 정신의 가치를 강조하고 있는 것이다. '물질' 대 '정신'의 가치 가운데 시인은 '정신'의 편에 서고 있는 것이다. 시인은 여기서 더 나아가 삶과 죽음에

2) Martin Heidegger, 『철학입문』, 이기상·김재철 옮김, 까치, 2006, 324～325면.

대한 사유에 이른다. 죽음은 삶으로부터 물질을 내려놓는 것이라고 할 수 있다. 그런 의미에서 이 시에서 죽음이란 '누구'에게 즉 미지의 '신적 존재'에게 하는 적선이라는 의미가 성립된다. 자신의 죽음조차 적선이 되도록 하는 시인의 선(善)에 대한 의지(意志). 칸트(Immanuel Kant, 1724~1804)는 선한 것은 오직 선의지(善意志)라고 말한 바 있듯이[3], 이 시의 이러한 구절은 독자들의 마음을 정화(淨化)해 주는 대목이 아닐 수 없다.

「기다림」과 「유니세프 아동 구호기금」 이 두 편의 시에서 시인은 죽음을 '누구'라 불리는 미지의 '신적 존재'가 자신을 데려가는 것이라고 생각하고 있음으로써, 죽음 자체를 두려워하거나 회피하지는 않는다. 그는 오히려 죽음 앞에 초연하다. 그렇지만 시인은 죽음이 무의미하지 않고 진실한 가치가 있는, 어떤 것이기를 간절히 바라고 있다.

VI. 영원

벌레처럼 빛의 시원을 찾던 한 생애는 실로/얼마나 고달팠던가./마침내 한 마리 나방이가/촛불에 스스로 몸을 태우듯/빛으로 활활 타오르는 육신을 사른 뒤/문을 나선 화장장.

—오세영, 「한 생애」 부분.

맹목(盲目)의 사랑을 노리는/사금파리여,/지금 나는 맨발이다./베어지기를 기다리는/살이다./상처 깊숙히서 성숙하는 혼(魂)

—오세영, 「그릇」 부분.

---

3) Immanuel Kant, 『윤리형이상학 정초』, 백종현 옮김, 아카넷, 2010, 77면.

땅끝까지 온 나에게/다만/당신은 밤을 기다려라 한다./바람에 돛폭을 활짝 편 쪽배를 타고/너도 물때에 맞춰/이 무서운 바다를 건너라 한다./너도 이제 바람을 타라고 한다.

—오세영, 「다만 바람이 불었다」 부분.

다음으로 「한 생애」에는 죽음에 대한 선구(先驅)가 나타나 있다. 죽음에 대한 선구란, 죽는 순간을 미리 가정해 봄으로써 삶의 본래적 의미를 되찾는 것이라고 하이데거가 말 한 바 있다.[4] 시인은 이 시에서 자신이 '화장(火葬)'되는 순간을 가정(假定)하고 있다. 그 순간에 시인은 '빛'으로 타오를 자신을 상상한다. 이 시에서 시인은 "빛의 시원"을 찾던 것이 자신의 일생이었다고 고백하고 있다. 플라톤(Plato, BC 427~BC347)의 '동굴의 알레고리'[5]가 인간이 추구해야 할 것은 어둠 너머 진리의 빛임을 가르쳐주듯이. 시인이 추구한 "빛의 시원"은 그가 자신의 시론에서 밝힌 것처럼, 시의 이상(理想)으로서의 '이념태(理念態)'인 것일까? 일생 동안 그는 시인으로서 빛의 시원에 하나의 원점으로 존재할, 시의 이상을 향해 자신을 투신한다. 그렇게 일생 "빛의 시원"을 추구하던 그는 역설적으로 죽음의 순간에 "빛의 시원"이 된다. 마지막, 자신의 육신의 희생으로 빛은 타오르고 있는 것이다. 그런 의미에서 "화장장"은 자신이 추구하던 "빛의 시원"이 자신 안에 있었다는, "한 생애"의 원환적(圓環的) 귀결을 보여주는 상징이 된다.

생의 마지막 순간까지 이어지는 그의 이러한 자기희생적 열정(熱情)은 그의 대표작 「그릇」이나 「다만 바람이 불었다」에서도 이미 예견되는 것이었다. 그 두 시편이 보여주는 "맹목의 사랑"과 "땅끝까지 온 나"

4) Martin Heidegger, 『존재와 시간』, 이기상 옮김, 까치, 2001, 355면.
5) Plato, 『국가·정체』, 박종현 역주, 서광사, 2011, 448~454면.

의 모습은 지극한 순결(純潔), 그 자체에 가깝다. 영원은 무한한 시간이자 변치 않는 시간이다. 그의 이러한 순결은 영원의 제작자이다. 그는 "빛의 시원"을 향한 일관된 열정으로 자신에게 영원할 수 있는 것을 추구하면서 살아온 바, 죽음을 맞이해야 하는 노년의 삶 속에서 오히려 인간의 유한성을 초월하여 점차 고양된 존재가 되어가고 있다. 그는 그러한 가운데 쓰이는 자신의 시 안에서 하나의 영원일 것이다. 그는 영원의 시인일 것이다.

참고문헌

Camus, Albert, 『시지프스의 신화』, 민희식 옮김, 육문사, 1989.
Heidegger, Martin, 『존재와 시간』, 이기상 옮김, 까치, 2001.
Heidegger, Martin, 『철학입문』, 이기상·김재철 옮김, 까치, 2006.
Kant, Immanuel, 『윤리형이상학 정초』, 백종현 옮김, 아카넷, 2010.
Plato, 『국가·정체』, 박종현 역주, 서광사, 2011.

오주리

서울에서 태어나 서울대학교 윤리교육과를 졸업하고, 동대학원 국어국문학과 대학원을 졸업했다. 시인으로서 대학문학상, 『문학사상』 신인문학상, 한국문화예술위원회 창작기금 등을 받으며 문단활동을 하고 있다. 서울대학교에서 강사로서 시 창작을 가르쳐 왔으며, 현재 가톨릭관동대학교 교양대학 교수로서 문학을 가르치고 있다. 김춘수 연구로 한국연구재단으로부터 연구지원금을 받았다. 시집으로 한국문화예술위원회 나눔도서로 선정된 『장미릉』(한국문연, 2019)이 있으며, 학술서적으로 『한국 현대시의 사랑에 대한 연구』(국학자료원, 2020)와 『김춘수 형이상시의 존재와 진리 연구』(국학자료원, 2020)와 『존재의 시: 한국현대시사의 존재론적 연구』(국학자료원, 2021)가 있다. 『김춘수 형이상시의 존재와 진리 연구』는 2020년 세종학술도서로 선정되었다.

순수의 시
한국현대시사의 시적 이상에 관한 존재론적 연구

초판 1쇄 인쇄일 | 2023년 8월 23일
초판 1쇄 발행일 | 2023년 8월 31일

지은이 | 오주리
펴낸이 | 한선희
편집/디자인 | 정구형 이보은
마케팅 | 정찬용 김형철
영업관리 | 한선희 정진이
책임편집 | 정구형
인쇄처 | 으뜸사
펴낸곳 | 국학자료원 새미(주)
등록일 2005 03 15 제25100－2005－000008호
경기도 고양시 덕양구 권율대로 656 클래시아 더퍼스트 1519, 1520호
Tel 02)442－4623 Fax 02)6499－3082
www.kookhak.co.kr
kookhak2010@hanmail.net

ISBN | 979-11-6797-129-6 *93800
가격 | 38,000원